Contemporánea

Rodrigo Fresán (Buenos Aires, 1963) es autor de *Historia argentina*, *Vidas de santos*, *Trabajos manuales*, *Esperanto*, *La velocidad de las cosas*, *Mantra*, *Jardines de Kensington*, *El fondo del cielo*, *La parte inventada* y *La parte soñada*, primeras obras de una trilogía en curso. Fresán vive desde 1999 en Barcelona, colabora en numerosos medios periodísticos nacionales y extranjeros, y ha traducido, prologado y anotado libros de Anne Beattie, Roberto Bolaño, John Cheever, Denis Johnson y Carson McCullers, entre otros.

Rodrigo Fresán

La parte inventada

DEBOLS!LLO

Edición corregida y aumentada

Primera edición en Debolsillo: abril de 2017

Travessera de Gràcia, 47-49. 08021 Barcelona

Printed in Spain – Impreso en España

ISBN: 978-84-663-3993-3
Depósito legal: B-4.914-2017

Compuesto en La Nueva Edimac, S. L.

Impreso en Liberdúplex
Sant Llorenç d'Hortons (Barcelona)

P 3 3 9 9 3 3

Penguin
Random House
Grupo Editorial

Para Ana y Daniel:
la parte verdadera

La literatura no es autobiografía en código, y no es acontecimientos reales. No estoy escribiendo mi autobiografía y no escribo cosas según me sucedieron, excepción hecha del uso de ciertos detalles: tormentas y ese tipo de cuestiones. No, no es nada que me haya sucedido. Es tan sólo una posibilidad. Es una idea.

John Cheever

No tenía aún la menor idea de que, a veces, la vida se vuelve literatura; no por mucho tiempo, desde luego, pero sí el tiempo suficiente para ser lo que mejor recordamos y con la suficiente frecuencia como para que lo que al final entendemos por vida sean esos momentos en que, en vez de ir de lado, hacia atrás, hacia delante o en ninguna dirección, la vida forma una línea recta, tensa e inevitable, con una complicación, un clímax y, si hay suerte, una purgación, como si la vida fuese algo que se inventa y no algo que sucede.

Norman Maclean

La gente dice que lo que importa en la vida no es lo que sucede, sino lo que *piensas* que sucede. Pero, evidentemente, esa definición no sirve de mucho. Es muy posible que el acontecimiento central de tu vida sea algo que no ha sucedido o algo que crees que no ha sucedido. De lo contrario, no habría necesidad de ficción y sólo habría memorias e historias, legajos clínicos; con lo que ha sucedido –con lo que realmente sucedió y lo que crees que ha sucedido– sería suficiente.

Geoff Dyer

Hay una historia, siempre delante de ti. Apenas existiendo. Sólo gradualmente te acoplas a ella y la alimentas. Descubres entonces el caparazón que contendrá y pondrá a prueba tu carácter. De este modo encuentras el sendero de tu vida [...]. Y a su tiempo aprendes a alterar esa vida [...]. Todas esas cosas que están a la vista de todos.

Michael Ondaatje

Vemos partes de cosas, intuimos cosas completas.

IRIS MURDOCH

No se hará aquí ningún intento serio de competir con la verdad.

ROBERT MUSIL

Aquí el autor. Quiero decir, el verdadero autor, el ser humano sosteniendo un lápiz, no una de esas abstractas personas narrativas [...]. Todo esto es verdad. Este libro es realmente verdadero.

DAVID FOSTER WALLACE

¿Es éste el más noble objetivo de una ficción? ¿Convencer al lector de que aquello sobre lo que escribes está en verdad sucediendo o ha sucedido? No lo creo.

JOSEPH HELLER

Todo sucedió de verdad.

BRET EASTON ELLIS

Todavía hoy me parece increíble que todo esto haya sucedido.

CHRISTOPHER ISHERWOOD

No estoy seguro de que lo que me sucedió ayer sea verdad.

BOB DYLAN

Todo esto sucedió, más o menos.

KURT VONNEGUT

Nada de esto sucedió.

JAMES SALTER

Mentir siempre.

JUAN CARLOS ONETTI

¿Puedo llamar a esto una novela?

MARCEL PROUST

Esto no es una pipa.

RENÉ MAGRITTE

I

EL PERSONAJE REAL

Jueves 4 de junio, 1959

BIOY: Habría que escribir sobre los primeros pasos de un escritor.
BORGES: Sí, pero habría que hacerlo exagerando un poco.

ADOLFO BIOY CASARES, *Borges*

Los finales son esquivos, las partes del medio no se encuentran por ningún lado; pero lo peor de todo es empezar, empezar, empezar.

DONALD BARTHELME, «The Dolt»

Cómo empezar.

O mejor todavía: ¿Cómo empezar?

(Añadir los signos de interrogación que, nada es casual, tienen la forma de anzuelos, o de garfios. Curvas afiladas y punzantes ensartando tanto a quienes leen como a quienes son leídos. Tirando de ellos, trayéndolos desde el claro y calmo fondo hasta la turbia e inquieta superficie. O haciéndolos volar por los aires hasta caer justo dentro de la playa de estos paréntesis. Paréntesis que más de uno criticará o juzgará ortográfica y estéticamente innecesarios pero que, en la incertidumbre de la partida, son, ah, tan parecidos a manos juntándose en el acto de rezar rogando por un buen viaje que ya comienza. «Lasciate ogni speranza voi ch'entrate», leemos; «Once more unto the breach, dear friends, once more», oímos. Y buena suerte a todos, les desea esta voz –a mitad del camino de su vida en una selva oscura, porque había extraviado la buena senda– a la que la mordaza de los paréntesis vuelve desconocida. Aunque –como suele ocurrir con algunas canciones inolvidables, donde la melodía se impone al título y hasta a los versos del identificador estribillo, ¿cómo se llamaba?, ¿cómo decía?– esta voz *también* recuerda a la de alguien cuyo nombre no se alcanza a identificar y reconocer del todo. Y, sí, de ser posible, evitar este tipo de párrafos de aquí en más porque, dicen, espanta a muchos de los lectores de hoy. A los lectores electrocutados de ahora, acostumbrados a leer rápido y a leer breve en pantallas pequeñas. Y, sí, adiós a todos ellos, al menos por el tiempo que dura y dure este libro. Desenchufarse de fuentes externas para sólo alimentarse de electricidad interna. Y ésa es –warning!, warning!–, al menos en principio y en el principio, la idea aquí, la idea de aquí en más, están advertidos.)

O mejor aún: ¿Empezar *así*?

Y, apenas más abajo, lo que sigue.

La luz que se hace para hacer. La súbita pero no inesperada aparición de un paisaje.

Ir de lo general a lo particular, al individuo, al «héroe» del asunto.

El tipo de inicio –el firme establecimiento y fundación de todo un mundo dentro de una página y entre sus líneas, antes de que aparezcan sus habitantes, desplazándose de izquierda a derecha– al que se veían obligadas las novelas del siglo XIX. Novelas cuyos autores, en muchos casos, han sido completamente olvidados pero recién luego de haber redactado comienzos todavía inolvidables –¿hay alguien allí que recuerde a un autor titulado Edward Bulwer-Lytton, a una novela llamada *Paul Clifford*?– como aquél de «It was a dark and stormy night...». Novelas que, desde el siglo XXI, muchos lectores –no demasiados, cada vez menos– exploran con la feliz extrañeza retrovintage de quien debe aprender otra vez a respirar. A respirar *así*: como se respiraba entonces al abrir y entrar en uno de *esos* libros con perfume a libro y no, ya se apuntó, con olor a máquina, a motor eléctrico, a velocidad y a ligereza y a frase breve no por sabio poder de síntesis sino a burda base de abreviaturas. Respirar, en cambio, lentamente y hasta bien adentro. Respirar libros que, si hay suerte y si tienen suerte, los lectores enseguida disfrutarán como el oxígeno puro de bosque verde luego de tanto tiempo perdidos en las negras profundidades de una virtual mina de carbón. Ese bosque, ese lugar del que nunca debieron partir y al que, bienvenidos, regresan corriendo como sólo saben correr los niños. Como niños corredores que son pura rodilla: las rodillas propias son la parte más importante de su cuerpo (siempre en movimiento, siempre lastimadas) en un mundo de adultos al que conocen, fundamentalmente, a la altura de las rodillas de gigantes amorosos y feroces. Como niños sabios que corren sin pensar, aún, en que alguien los mira correr. Niños que corren sin ser conscientes de que, por desgracia, por total ausencia de gracia, pronto habrá una manera uniforme y vigente y respetable y armoniosa de correr porque se sabrán observados y juzgados y comparados a otros corredores. Pero todavía no. Y correr es leer. Y acelerados sean los lectores que corren como alguna vez corrieron, como cuando aún no sabían leer pero tenían tantas ganas de saberlo, como en una fiesta de los músculos y de los fémures y de las rótulas y de las tibias y de las calientes risas. Sin vergüenza ni recato o temor al qué dirán y al qué verán. Sin esa incomodidad que sentirán dentro de unos pocos años, en unas fiestas tempranas, en los primeros bailes. En esos bailes que son como correr sin avanzar: porque lo que en realidad se quiere y se desea allí es *no moverse*; pero, por favor, sin que se note demasiado nuestra quietud. Y, así, adornarla con mínimos movimientos de brazos y de piernas y algún espasmo despeinador de cabeza. Todos esos temblores, esos pequeños terremotos íntimos a un costado de la improvisada pista de baile con sonido *mono* para, un tanto simiescos, desde allí, hacer en digitalizado, con ojos videntes intensos como dedos invisibles, lo que de verdad importa: no dejar de mirarla moverse a ella o de mirarlo moverse a él. Como si se los leyera. Como si se quisiera aprenderlos de memoria para después recitarlos a solas, en la oscuridad, acostados pero como corriendo. Ella o él moviéndose *tan* bien, mientras nosotros intentamos movernos lo mejor posible. Y no pensar en cómo nos movemos, en lo ridículos que nos vemos cuando nos vemos bailar y, tal vez de ahí, la humillante proliferación de espejos en las discotecas que enseguida te empujan a detenerte e ir hasta la barra y gastar una pequeña fortuna en sucesivos y coloridos alcoholes con demasiado hielo y agua. Algo –el vernos bailar, encontrarnos desde afuera, a un lado de nosotros mismos, como esos objetos raros aunque muy conocidos a los que se mira de cerca– tan inquietante como oír la propia voz grabada, o descubrirnos de perfil en una foto. O, ya se dijo, como en uno de esos espejos de varios cuerpos, cuando nos obligamos o nos obligan a comprar y probarnos ropa nueva que nunca nos queda como deseamos que nos quede. Ropa que no nos cambia, que no es un disfraz, que lo único que hace es hacernos más nosotros y entonces dejamos escapar un gemido. ¿*Así* sonamos? ¿Somos *así*? Terrible revelación: no, no somos ni sonamos como pensamos que sonamos y somos. Un efecto similar al que se experimenta, en ocasiones, cuando se lee algo que uno escribió hace mucho tiempo. Algo que se entiende por escrito, pero que no puede entenderse para qué fue que se lo escribió y en qué circunstancias. O más terrible e iluminador aún y menos comprensible todavía: el cómo fue que pudo escribirse algo por el estilo. Cómo es posible haber pasado tanto tiempo aprendiendo a escribir para acabar escribiendo *eso* que, no, por favor, no digan que es nuestro, que salió de nosotros, que alguna vez se pensó *así*, y que hasta se lo puso por escrito. Y, de pronto, *así/eso* está *aquí* de nuevo para atormentarnos y encadenarnos como un fantasma de las navidades pasadas.

Pero aún falta mucho para preocuparse por estas cuestiones y, se preguntarán, cuál ha sido el propósito o la razón de ser de abrir la puerta para que salga a jugar semejante digresión. Fácil pero no sencillo: porque *así* piensan los adultos (saltando de un punto a otro, como dibujando/uniendo puntos) cuando se sienten particularmente infantiles y dejándose llevar por ráfagas de ideas que son como páginas sueltas arrastradas por la tormenta. Mejor dicho: *así* piensan (y hay gente que consume drogas durante años para intentar, sin conseguirlo, pensar *así* por un rato) los escritores más o menos adultos, veinticuatro horas al día, siete días a la semana, doce meses al año, hasta el infinito y más allá. Entonces, desear pensar *así* apenas un rato; porque si el efecto se prolonga demasiado la cosa pierde la gracia –y cansa y da demasiado trabajo– y luego no tiene demasiado sentido el poder decir cosas como «No puedes imaginarte el trip que tuve».

Pero –por ahora y aquí, muy cerca, tan cerca como están todas las cosas que ya pasaron– suficiente de esto.

Mejor oigan soplar el viento, aunque en realidad el viento no sopla.

El viento hace otra cosa para lo que no se ha creado un verbo preciso, justo, correcto.

El viento –más que soplar– corre.

El viento corre sobre sí mismo.

El viento no es circular sino que es un círculo.

Entonces –allá vamos, aquí llegamos, corriendo– es una playa en los bordes de un lugar llamado Canciones Tristes. Y hay un niño que corre por esa playa. Una playa a la que va a dar un bosque o un bosque que va a dar a una playa, según desde donde se mire, se la mire, se lo mire. Un bosque profundo y robusto y una playa larga y delgada que es, en realidad, una fina frontera entre agua y sal y madera y clorofila. Una frontera a punto de ser cruzada por un niño.

Y advertencia: aquí se dice «niño» cuando tal vez debería decirse *chico:* esa tan práctica palabra que conjuga edad con tamaño. Pero sabiendo ya quién y cuán digresivo será ese chico de grande –y por motivos que tienen que ver con la trascendencia y por el modo en que se suele preferir la versión más *universal* de todo lo que toca y se cae y se rompe– entonces, mejor, por las dudas, «niño»... «El niño»... «El Niño»...

Y El Niño tiene esa edad difícil de precisar.

La primera de esas edades/frontera: entre tres o cuatro años o entre cuatro o cinco años. Ese año –un perfecto desperfecto en la textura del tiempo– que en realidad dura dos años o algo así y en el que, de pronto, suceden tantas cosas. Los rasgos de El Niño todavía no han dejado de ser los que han sido hasta ahora; pero ya comienzan a ser los que serán hasta ese segundo pasodoble de un territorio a otro: el de los once o doce años. Mirarlo fijo produce entonces la mareante sensación de contemplar una foto movida y, además, El Niño no deja de moverse. Ni cuando duerme. El Niño es lo que se conoce como «un niño inquieto», aunque todavía queda por descubrir la existencia de algún «niño quieto»; porque es sabido que los niños sólo se aquietan, como en un microtrance, durante esos pocos segundos en los que deciden en qué próxima dirección van a moverse, a inquietarse y a inquietar.

Aquí viene entonces. Corriendo. Respirando por la boca, por el esfuerzo. Como si no estuviese de pie y moviéndose, sino sentado e inmóvil. Aunque, lo mismo, de pie y moviéndose. Como se sentiría, más adelante, sosteniendo cualquiera de sus muchas novelas favoritas. Con los ojos muy abiertos y con uno de esos libros que, con el paso veloz del tiempo, con el correr del tiempo, de entrada, te imponen el peaje de aprenderlo todo de nuevo: un flamante juego de reglas y, ya se advirtió, una respiración propia cuyo ritmo hay que asimilar y seguir si lo que se quiere es arribar a la orilla de la última página.

Y esa playa, inmortal, lleva milenios allí; pero tiene apenas unos pocos años (tantos años como los de El Niño) de ser reconocida como playa por los mortales, de figurar en guías de bañistas y de gente a la que le gusta tenderse para cambiar de color y de humor, bajo ese sol que alguna vez fue reloj preciso o deidad ardiente para quienes lo miraban y adoraban. La playa es, entonces, una de esas playas entre prehistóricas y futuristas. Allí no hay tiempo, no hay nada, no hay nombre. No hay ningún cartel que diga «Esto es una playa». No existe señal alguna que la bautice con nombres poco originales como «Nueva Atlántida» o «Punta Sirenas» o «Mar Dulce». Lo suyo es, apenas, el apellido del pueblo más cercano que se corresponde con el de un prócer independentista de tercera clase. Aun así, los padres de El Niño, sintiéndose colonos y fundadores, insisten en llamarla La Garoupe, remitiéndose así a otra playa para connoisseurs y a otra pareja exclusiva y tan inspiradora para ellos. Una y otra –playa famosa, pareja célebre, fantaseando con que sus distantes pero poderosas radiaciones los alcancen a ellos, a los padres de El Niño– lejanas en el tiempo y en el espacio y en el conocimiento de El Niño, que ya llegará a ellos y a ella, en una posible novela; pero a no adelantarse, a no correr demasiado rápido y tan lejos. Ahora, esta playa como una de esas playas en la que, tal vez, ustedes jamás estuvieron pero que, seguro, alguna vez dibujaron cuando, lo siento, ustedes eran *chicos* y no *niños*. Una zona blanca y horizontal, pero nunca recta y firme. Un sol amarillo ahí arriba. Unos golpes de azul de ultramar para el cielo y de azul cielo para el agua ultramarina. Pero no. Éste no es un azul conocido y *pantoneizado* y atrapado por la madera de lápices o el metal de pomos de óleo. Es un azul antiguo, un azul que nada tiene que ver con el azul con el que los niños pintan cielo o agua ni con el azul perfecto de los mejor rankeados dioses indios. Ese azul es algo que está ahí desde siempre y, aun así, para El Niño, la sensación de que todo eso –como el mantel de una mesa– se tiende todas las mañanas y se recoge todas las noches, como si se tratase de una escenografía que vuelve a montarse con cada amanecer. Una de esas playas que –de poder subir o bajar su temperatura a voluntad– podría ser tanto un desierto africano como una estepa siberiana. Aquí, el mar ni siquiera es mar: es la desembocadura de un río en el mar. El agua no es dulce ni salada ni –lo ve recién ahora, de cerca– azul ni marrón. La playa es blanca y salvaje y es el mediodía, la hora exacta en la que todo pierde su sombra y gana cuerpo. Y es el momento en que El Niño luminoso al que muchos adultos le adjudican un carácter más bien sombrío corre desde los médanos, que no son muchos ni muy grandes. Todo, hasta donde alcanza la vista, parece como petrificado en el instante exacto de un flash. Una postal de pupilas rojas a revelar sin apuro. Hay un barranco de piedras y más arriba un bosque profundo, sí. Pero la playa es angosta y parece acabarse casi enseguida. Más que una playa es el boceto de una playa, o de algo que alguien prefirió dejar inconcluso luego de pensarlo un poco o de no pensarlo demasiado, de irse a mirar otra vista a pintar.

Así que El Niño corre primero sobre la arena caliente (tan sólo dos o tres metros de arena gruesa, como de piedras y caracoles molidos por la marea de los siglos y, sí, más paréntesis, disculpas, y nada que perdonar) y el dolor curiosamente disfrutable en la planta de los pies le hace correr más rápido y correr más raro. Correr como –ya se dijo– corren los niños, como casi desarmándose. El Niño no grita pero todo su cuerpo se sacude como un grito, como un grito mudo, hasta alcanzar la arena húmeda de la orilla y calmar allí sus pies y el dolor ha tenido sentido para poder disfrutar de este alivio de ese dolor. «Puedo entender perfectamente por qué los niños adoran la arena», escribió tiempo atrás un filósofo que El Niño leerá tiempo después; pero, aun así, El Niño ya está completamente de acuerdo con él.

Este niño –ahora que lo vemos más de cerca, ahora que llevamos viéndolo por unos minutos– es, en realidad, contrario a lo que pensamos en un principio: es un niño inquietantemente quieto. Le gusta estar inmóvil, le gusta moverse por el solo placer de detenerse. Le gusta quedarse largos ratos mirando fijo el fuego o el agua (más adelante, El Niño jamás podrá precisar, a pesar de ya no ser un niño, si el agua y el fuego son entidades u organismos vegetales, minerales o animales; tampoco le conformarán del todo las explicaciones y definiciones que con los años le ofrezcan al respecto) y le gusta, de pronto, como atravesado por la flecha de un deseo, cargado de tensa energía, ponerse de pie y salir corriendo en cualquier dirección para así sentir la alegría enérgica de ir cansándose hasta alcanzar ese punto donde sólo queda pararse, detenerse.

Por eso, ahora corre. Corre como ese Correcaminos al que el Coyote no puede dejar de perseguir; porque ese Correcaminos, al que nunca alcanzará, es, después de todo y antes que nada, lo único que se mueve en ese panorama de líneas mínimas y desérticas. Y ese Correcaminos es lo que le obliga al Coyote a moverse. A El Niño le gusta pensarse correcaminos y que detrás de él vienen, mucho más despacio, dos jóvenes coyotes adultos, un hombre y una mujer, el padre y la madre, sin dudas.

El padre y la madre no tienen fuerza, o tienen el tipo de fuerza –débil, poca, decreciente, minúscula– que tienen los padres en el ecuador de unas largas vacaciones. De ahí que no sean Los Padres y que, desde su paternidad, se sientan reducidos, jibarizados como si un ente parásito y alien les estuviese absorbiendo su vitalidad. El padre y la madre no persiguen a El Niño. El padre y la madre son, más bien, arrastrados por El Niño. El padre y la madre arrastran los pies, y una canasta de mimbre, y una sombrilla, y toallas, y sus propios cuerpos. El padre y la madre son arrastrados por El Niño. Como si fuese él quien los llevase, enlazados, tirando de ellos, estrangulados por una soga invisible y ya imposible de cortar, rodeando sus cuellos. No es que el padre y la madre hayan intentado cortarla, pero tampoco es que no hayan pensado muchas veces en *cómo* sería cortarla. Y de este modo –¡presto!– volver mágicamente al pasado, a esas otras playas en las que El Niño no existía a no ser como una fantasía cómoda y egoísta. El padre y la madre regresan allí, cada vez más lejos, a El Niño apenas como una idea en la que se pensaba de tanto en tanto. Una idea a disfrutar por un rato y que luego, enseguida, se guardaba bajo llave (una de esas llaves que nunca encuentras cuando la buscas y que parecen haberse vuelto invisibles con la ayuda de un par de paréntesis) en los cajones de un más o menos posible futuro, siempre adelante o, por lo menos, en un futuro lateral, en la posible variación de un posible futuro. Con eso, aunque jamás lo confiesen, sueñan todos los padres y las madres del universo cuando cierran los ojos. Justo entonces. Ahí. Antes de dormirse para soñar en cualquier otra cosa, en caídas libres, en desnudos en público, en greatest hits de la pesadilla comunal. Pero primero algo así como los avances de una película que ya nunca se estrenará. Y que trata de cómo era no ser padres y madres. De cómo era lo de despertarse en un planeta en el que nadie descansaba –pero sin dejar de agitarse y de hacer ruidos– en la habitación de al lado. De esos tiempos en que se acostaban tarde o ni siquiera se acostaban. Tiempos en los que la mañana siguiente para ellos continuaba siendo una especie de continuación luminosa de la noche donde, antes de derrumbarse, compraban el periódico recién hecho y se sentaban a desayunar en un bar y se leían en voz alta y enamorada cosas como que un grupo de científicos con mucho tiempo libre (con tanto tiempo libre como ellos) había llegado a la conclusión de que, milenios atrás, los hijos eran siempre muy parecidos físicamente a sus padres. Ésta era la manera genética y narcisista, argumentaban, gracias a la cual la especie había garantizado su supervivencia: los seres primitivos cuidan mejor y quieren más y no dejan tirado por cualquier parte a aquello que más les recuerda a sí mismos. Ahora ya no tanto, ahora ya no hace tanta falta, parece: el parecido entre padres e hijos ha disminuido mucho estadísticamente porque los seres humanos se quieren más o fingen mejor que se quieren o se sienten cultural y sociológicamente obligados a ello. Y así El Niño no se parece en nada a sus padres. Y de acuerdo, lugar común, vista cansada: no puedes escoger a tus padres. Pero también es verdad que los padres *tampoco* pueden escoger a sus hijos. Y cabe preguntarse si estos dos, de haber podido acceder a otros modelos, habrían escogido a ese uno. O si este uno hubiera escogido a esos dos. Y cómo fue en primer lugar que los padres se escogieron entre ellos: ¿se sentían idénticos o complementarios o veían en el otro lo que querían que el otro viese en ellos? Haya sido lo que haya sido, ahora entienden –aunque no se atrevan a decirlo abiertamente– que todo fue un malentendido. Un espejismo disfrazado de oasis. Ahora el efecto ya ha pasado y lo único que queda de él no es su recuerdo sino la certeza de que ya pasó lo que les pasaba. Lo que sienten ahora es que lo que los une es, tal vez, lo que menos les gusta de sí mismos reflejado en y por el otro en el cristal no de un favorecedor espejo sino de una implacable lente de aumento a la que todo le parece elemental, mi querido. Y que El Niño no es otra cosa que la resultante de esa de pronto muy precisa distorsión. Algo realmente irreal. Algo que, por momentos, les parece como la resaca de un sueño que ya se olvida en el acto mismo de intentar recordarlo. Algo que fue pero no es posible que haya sido. Y hay veces en que los sueños de él se cruzan con los sueños de ellos y se produce un raro fenómeno: El Niño sueña que corre por la playa sin ellos y el padre y la madre sueñan que corren por la playa sin él. Y unos y otro son *tan* felices. Aunque a la mañana siguiente comprendan que ya no pueden vivir solos; que todavía, aunque cada vez menos, se necesitan; que ya nada ni nadie puede o podrá separarlos y deshacer el nudo de sus vidas.

Sin embargo, lo invulnerable de ese instante de amor puro dura poco; y ahora El Niño busca alejarse de ellos, corriendo. Y el padre y la madre lo persiguen, trastabillando como sonámbulos, repitiendo su inmenso nombre pequeño, cada vez más enojados, agregándole a ese nombre su apellido para así conseguir, piensan, un efecto de mayor autoridad, de rigor colegial. El padre y la madre dicen primero el nombre y el apellido y después –más escolares aún, cuando comprenden que lo primero no funciona– el apellido y luego el nombre. El Niño todavía no ha entrado al colegio primario. Pero ya aprendió que, en boca de sus padres, su nombre seguido por su apellido y su apellido seguido por su nombre significan que la paciencia de los adultos se agota, que están agotados por su infancia.

(Y su nombre y su apellido que no serán revelados aquí; porque escribirlos y leerlos equivaldría a hacer desaparecer a ese niño, y a que ese niño sea, siniestra y violentamente, no por arte de magia sino por arte de brujería, suplantado por ese adulto en el que se convirtió, en el hombre que todos saben quién es y de quien tanto se ha hablado y escrito últimamente; el desaparecido que aparece en todas partes, el hombre que tantos quisieron conocer y tan pocos conocen y que por eso, ahora, leen sin comprenderlo ni disfrutarlo pero para poder estar a la moda, en tema, deformemente informados.)

Su nombre y su apellido saltan sobre la arena como si fueran mascotas más o menos domesticadas o por qué no, mejor, como peluches que no muerden ni cagan ni mueren. Como si buscasen sus talones; y es por eso que El Niño corre aún más rápido bajo los relampagueantes rayos del sol. No van a alcanzarme, piensa El Niño, no lo conseguirán. Pero lo consiguen. Y lo consiguen de una manera que no estaba en los planes de El Niño: el padre y la madre se cansan. Buscan y encuentran un sitio en la arena. Extienden las toallas. Arrojan sobre ellas un par de libros con el mismo título y nombre de autor en su portada y los mismos personajes en su interior, aunque en ediciones diferentes. Clavan y abren la sombrilla y destapan los termos llenos de té frío mezclado con algún licor. El libro de la madre tiene varias líneas y párrafos subrayados a lo largo de sus páginas. El libro del padre sufre abundantes tachaduras y números y notas en los márgenes y, en la última página, una lista de palabras que incluyen «flapper», «bob», «crack-up». Y ambos lectores y ambos libros se sientan a leer al mar de frente y de reojo a El Niño quien, sintiéndose ya no perseguido sino ignorado, alcanzado, se detiene y vuelve sobre sus pasos. Despacio, no en línea recta sino en curvas elegantes, girando sobre sí mismo, postergando lo más posible el Momento Kodak de los tres juntos otra vez: padre-madre-hijo; un organismo de tres cabezas y tres cuerpos pero, aun así, indivisible a no ser que se tomen decisiones radicales y terminales. Y, ya se dijo, decisiones están a punto de ser tomadas. Todas. De un trago.

El padre y la madre y El Niño están –El Niño la entiende y la repite como una sola e indivisible palabra– *devacaciones.* Y, signifique lo que eso signifique, estar *devacaciones* es, fundamentalmente, estar en otra parte. Todo el tiempo juntos. Y a ver qué pasa, a ver si algo pasa, a ver si el clima interior mejora alentado por el buen tiempo exterior. El padre y la madre están allí, incomunicados (lejos de todo y todos, inaccesibles; lo más parecido que existe entonces a los teléfonos móviles sólo aparece en películas con espías muy a go-go bailando entre minifaldas) y haciendo todo lo posible por comunicarse. Pero enseguida, al poco de llegar, el padre y la madre se descubren descubiertos y sin cobertura y sólo deseando volver a la gran ciudad, donde es tanto más fácil perderse del otro para encontrarse uno.

Son los casi primeros días *devacaciones* y El Niño no se ha ajustado aún al nuevo ritmo –suave por momentos, acelerado por otros– de una nueva rutina. Todo es nuevo y todo es raro y El Niño extraña sus juguetes, a los que baldes y palas no pueden suplantar. A El Niño nunca le gustó el plástico y extraña el metal. En especial el metal de ese hombrecito de lata con una maleta. Un juguete que resultó defectuoso –no avanza al dársele cuerda sino que retrocede– y que El Niño insistió en conservar igual y no cambiarlo por otro igual pero funcionando bien porque, intuitivamente, le gusta su defectuoso mecanismo de defensa. Eso de estar preparado y vestido para el futuro y, sin embargo, sólo poder proyectarse hacia el pasado. Y hay días en que El Niño casi se convence de que el suyo es el único espécimen de ese juguete que *en realidad* funciona bien mientras que el resto, todos los que avanzan, son imperfectos, errores de fábrica, ensayos fallidos de algo en lo que sólo su hombrecito ha debutado con éxito. Y El Niño ha sido el elegido por la suerte, por el destino, porque le tocó a él y no podía tocarle a nadie más. Un pequeño turista viajando de espaldas hasta el borde de una mesa y, allí, media vuelta y hasta el otro borde. Sin caer nunca, cortesía de un ingenio simple pero efectivo. Un tope en sus pies que le impide precipitarse a un vacío lleno de patas de sillas pero, aun así, no privándose del asomarse una y otra vez al abismo para que le cuenten una historia.

El padre y la madre –al borde de otro abismo, su historia casi contada– ya no extrañan nada y juegan consigo mismos y habitan un puro presente. No se mueven ni hacia atrás (porque el pasado engaña, distorsiona) ni hacia delante (porque mañana nunca se sabe). Así, el reino del minuto a minuto. Un desplazarse despacio, como patinando sobre hielo muy delgado o junto a los traicioneros filos de un precipicio. Sabiendo que carecen de la tecnología primitiva que los ayudará a no caer y a no estrellarse en los riscos de su mutuo desencanto: porque el amor es una enfermedad, se autodiagnostican con una rara mezcla de tristeza y alivio, de la que ellos ya se han curado.

El Niño no lo sabe; aunque sí lo sospecha sin poder explicarlo. O explicárselo. Con esa rara capacidad para percibirlo todo, de ser permeables a todo, que tienen ciertos niños: sí, sí, sí, el padre y la madre ya han tomado una de *esas* decisiones. Sí, son los albores de una era en la que El Niño irá de uno a otra, de un lado a otro. Y, de tanto en tanto, uno y otra se juntarán para volver a separarse. Respetando el espasmódico pero estricto ritmo de un nuevo calendario en el que las estaciones pasarán a ser algo secundario y casi vulgar. Algo sólo útil para esa variedad de niños poco experimentados, para los cada vez más contados ejemplares de esa especie demodé que va desapareciendo, para los hijos que todavía viven con *ambos* padres en un *mismo* lugar.

En cambio, para los cada vez más numerosos miembros de esa nueva raza de niños –para estas flamantes mutaciones– los fines de semana y las vacaciones serán las nuevas formas de fraccionar y de explicar el paso del tiempo. Días largos. Tanto más largos que sus contadas veinticuatro horas. Y que parecen, cada uno, dividirse en tres días: el día de la mañana, el día de la tarde y el día de la noche. Tres actos bien precisos y perfectamente delimitados. Como en las tragedias y en las comedias. O como en ambas al mismo tiempo; porque durante la infancia, en un mismo día, se puede llorar mucho antes del almuerzo y dormirse entre carcajadas luego de la cena. En la infancia, cada día es una vida entera. ¿Qué hora es? ¿Qué importa? No les importa a los padres –quienes impusieron la costumbre a varios amigos, como si el gesto implicara la contraseña para pertenecer a una secta de elegidos–, que llevan sus relojes boca abajo. Con la esfera y las agujas de cara a sus muñecas. Al revés. Con la afectación supuestamente original de aquellos que dicen que el tiempo y su paso no les importa en absoluto cuando, en realidad, fugitivos, no hay otra cosa que les importe más que el tiempo y su paso y ellos pasando a través, atravesados por el tiempo. Y no le importa a El Niño; cuya vida todavía no ha sido reducida a horas y horarios estrictos y externos y que se rige tan sólo por la intimidad de comidas y sueños y despertares.

(Muchos años después, El Niño que ya no sería niño –pero se sentiría como uno al descubrir, siempre, cosas nuevas e inesperadas– leería, pasmado, que hubo un tiempo en que no existía un tiempo general y universal. Que la abstracción de un mismo tiempo para todos consiguió imponerse y asimilarse recién a finales del siglo XIX; cuando se coordinaron relojes por la llegada y salida de los ferrocarriles transcontinentales por la obligación de estar en hora en la estación para no perder el tren y, por fin, pronto y de pronto, todos estaban de acuerdo en que eran las doce del mediodía al oír el tañido de bronce de las campanas junto al silbato de acero de la locomotora.)

El padre y la madre y El Niño llegaron a esa playa en un tren agonizante, en uno de los últimos trenes de un país descarrilado. Y –El Niño no lo sabe pero, ya se dijo, de algún modo lo siente, lo presiente– otro tren se avecina a toda marcha. Humo sucio y fuego impurificador brotando de su chimenea: el Divorcio Express. El vehículo representativo de una época de grandes cambios. Un tren que no unirá sitios distantes sino que los separará con una serie de barreras, con rieles que desvían y sobre los que de tanto en tanto se arrojará un poeta enredado en sus propios versos o se depositará la flor de una damisela atada. Estaciones donde ya nadie espera nada, porque nada ya llegó hace tiempo, y llegó para quedarse. Y de ahí la poca imaginación de este veraneo en el que nada parece suceder. En el que todo está aparentemente bien pero de la peor manera posible. En el que las sonrisas del padre y la madre son siempre finas y tensas como el surco húmedo que queda al paso de una navaja demasiado afilada o como el filo helado de la navaja demasiado afilada. Da igual, es lo mismo. El surco, el filo: uno termina en el punto exacto donde empieza el otro: las sonrisas del padre y de la madre hieren y son heridas. La sonrisa de El Niño mientras decodifica esas sonrisas aunque no conozca su idioma –la suya todavía es una de esas sonrisas que son nada más que una sonrisa– no sabe por qué sonríe. Y aun así sonríe por las dudas, con cautela, y por eso esa necesidad irresistible de salir de allí. De correr sin parar. De creerse desde un poco lejos, con la ayuda de una mínima perspectiva, aquello de apenas unos metros atrás. Eso de «... comprenden que ya no pueden vivir solos; que todavía, aunque cada vez menos, se necesitan; que ya nada ni nadie puede o podrá separarlos y deshacer el nudo de sus vidas». (Dentro de muchos años, El Niño leería –en una novela cuyo protagonista enloquece más o menos civilizadamente, enviando cartas a vivos y a muertos, a celebridades y desconocidos– la frase «Las playas sientan bien a los locos con tal de que no estén demasiado locos» y, alzando los ojos del libro, se diría a sí mismo: «Exacto. De acuerdo. Mis padres eran locos que, por entonces, todavía, no estaban *demasiado* locos. Después, unos pocos veranos más tarde, dos o tres, bueno, la cosa ya fue muy diferente, muy demasiado...».) Pero ésa sería una novela compleja, una novela de respiración complicada. Aquí y ahora, entonces, El Niño en la playa tiene «preocupaciones» más infantiles aunque igual de difíciles de solucionar. Muchas de ellas –a El Niño le faltan y le hacen falta palabras, maneras de ordenarlas– más intuidas que verbalizadas y pensadas; otras que recién se le aparecieron un poco después; pero que él evocará, siempre, como parte y partes de una infancia sin límites ni fronteras claras. Asuntos que, por momentos, parecen enloquecerlo lo justo, en la playa, porque él todavía no está «demasiado loco». Ejemplos sueltos que, de traducirlos a un formato adulto, sonarían más o menos así:

* ¿Por qué Superman parece hacer el mismo esfuerzo –la misma tensión de músculos, su ceño fruncido– a la hora de levantar un automóvil o alterar a empujones la órbita de todo un planeta? Lo que lo lleva a: ¿Es realmente algo positivo para la humanidad el que Superman y sus amigos –entiéndase: Batman & Co.– velen tanto y tan eficazmente por nosotros? ¿No es un tanto inquietante que cada vez que el Hombre de Acero o el Hombre Murciélago son momentáneamente neutralizados por alguno de sus demasiados archienemigos –entiéndase Lex Luthor o The Joker– ni la policía ni el ejército ni la ciudadanía en masa puedan hacer algo? ¿Y que se limiten, rendidos a la contemplación de la aplicación del superpoder o de la megahabilidad, a no hacer nada salvo rogar por la, afortunadamente, inevitable y nunca muy tardía recuperación y fulminante victoria del paladín hasta la siguiente aventura en la que todo vuelve a comenzar, a seguir así? (Mucho después, El Niño definiría a los cada vez más absurdamente evolucionados y multifuncionales teléfonos móviles y sus aplicaciones de tipo «social» como «superhéroes de bolsillo sin los cuales ya no podemos existir y de los que dependemos sin siquiera imaginar que son supervillanos».)

* ¿Quién es el culpable de que haya tantos Sugus de color rojo y tan pocos Sugus de color verde en los paquetes de caramelos surtidos?

* ¿Por qué sus padres parecían empeñados en que él muriese por sobredosis de Patty con puré marca Maggi?

* ¿Por qué los expedicionarios que llegan a la Skull Island de King Kong no optan por llevar a la civilización a un más fácil de controlar dinosaurio de cerebro pequeño y apetitos sencillos –tanto más vistoso e impresionante como espectáculo– en lugar de a un inestable mono gigante y fascinado por las rubias? ¿Y por

qué en las películas esas con monstruos japoneses alguien siempre deja de correr y se da la vuelta y alza los brazos y grita, inmóvil, para ser aplastado por pata de reptil gigante?

* ¿Cómo es posible que el yoga que practica su madre –visiones aterrorizantes del pie de ella sobre su cabeza, de su cabeza entre sus piernas, la elasticidad plastilínica de todo su cuerpo– es algo que haga bien y no todo lo contrario?

* ¿Por qué en todos y cada uno de los espectáculos infantiles a los que lo llevan hay un momento terrible en que los actores o los que hablan al público bajan del escenario dando saltitos, y se dirigen lanzando risitas y con voz chillona directamente hacia él para hacerlo participar, obligado y delante de todos, en algo que nunca quiso ni quiere ni querrá hacer mientras *todos* lo miran?

* ¿A qué se debe el que haya agujeros en el queso?

* ¿Y no sería mucho más cómodo y lógico ponerse los calcetines al revés, con las costuras para el lado de afuera?

* ¿Por qué la gente que te canta el «Cumpleaños feliz» parece siempre estar pensando en cualquier otra cosa y algunos, incluso, no cantan sino que se limitan a mover los labios sin emitir ningún sonido; como cuando, lo comprobará dentro de poco, se canta el Himno Nacional en los actos escolares? ¿Y por qué están los que te lo cantan con indisimulado odio, como si te deseasen lo peor, como si se burlaran de que festejes el paso del tiempo, de tu tiempo?

* ¿Quiénes son las personas que deciden los colores de los países en mapas y globos terráqueos y si se puede conseguir trabajo haciendo eso?

* ¿Por qué los dedos de la mano tienen nombre y los del pie no? (Cuestión que se hará más intrigante al descubrir en el colegio que, en inglés, a los dedos de la mano se les dice «fingers» y a los del pie se les dice «toes».)

* ¿Es la aureola rodeando el cráneo de Jesucristo la representación gráfica de la poderosa migraña causada por la corona de espinas?

* ¿Por qué todos se empeñan en encontrarle parecido a los bebés cuando es perfectamente obvio que los bebés no se parecen a nadie, a nada, salvo a los bebés?

* De acuerdo, puede entender por qué Barbazul asesina a curiosas y sucesivas esposas, pero ¿por qué mató a la primera de ellas?

* ¿La gelatina es algo animal, vegetal o mineral o interplanetario?

* ¿Por qué los chistes nunca se pueden retener –por qué resulta imposible no recordarlos sino no olvidarlos– y se disuelven tan velozmente en la memoria? (Enigma que crecerá con él y, más adulto, se traducirá en un «¿Estarán hechos los chistes de la misma materia de los sueños?».)

* ¿Y por qué a la hora de los cuentos de genios –tanto más interesantes que los cuentos de hadas– el último y tercer deseo nunca es «Quiero tres deseos más» y, así, hasta el infinito, y pudiendo entonces incluir pedidos absurdos como que el mejor alumno no se sepa jamás las lecciones, que el agua de una piscina se convierta en Coca-Cola, o que el fin de semana dure todo un año o que, sobrando los deseos, haya paz y amor en todo el mundo, incluyendo entre sus padres?

* ¿Y a qué se debía eso de decirles cuentos de hadas cuando en realidad eran cuentos de brujas?

* ¿Cómo es que no se rompe la zapatilla de cristal de Cenicienta al salirse de su pie y caer por las escaleras?

* ¿A qué sabía la Coca-Cola –¿existía el sabor a Coca-Cola?– y cómo era posible que tantas personas tan diferentes comulgaran y coincidieran en su amor por esa gaseosa?

* Y ese magno misterio que sus padres no han conseguido aclararle: ¿Por qué de todos los alimentos sólo los espárragos consiguen transferir su sabor al olor del pis anulando incluso al olor del pis?

Y el último, el que acaba de añadir a su lista:

* ¿A qué se debe que en las playas –no en ésta, que, como se precisó, es una playa salvaje, sin domesticar, sin ninguna señal de

ser explotada o explotable– flameen banderas rojas o azules informando del líquido e inasible humor de las aguas pero no del estado de ánimo de la arena, siempre movediza, donde sus padres suelen comportarse de maneras más impredecibles que el clima y las corrientes y donde suceden tantas cosas inexplicables para El Niño?

Hay decenas, cientos de interrogantes como éstos bailando dentro de la cabeza de El Niño. Y no todas sus «preocupaciones» son, por supuesto, tan *sofisticadas*. También está su pánico a las mujeres gordas; que, para él, no son simplemente malas sino, en disney-lingua, *malignas* o *malévolas* o *maléficas*. Pero el mal ya está hecho o el mal funcionamiento ya ha sido activado. Y El Niño ya es alguien no demasiado cuerdo y que ya piensa como alguno de esos primitivos juguetes a cuerda y de lata. Como su juguete favorito. Juguete –aunque El Niño ni siquiera pueda aún imaginarse algo así, el que las cosas dejen de ser– próximo a ser dejado de producir. Listo para ser descontinuado como lo serán esos trompos chispeantes o aquel mono golpeando platillos. Modelo en retirada a preservar por coleccionistas: el eslabón perdido entre la eterna tracción a sangre de juguetes políticamente correctos y el sonido y la furia de engendros electrónicos e informatizados por aterrizar e invadir.

Y, aunque El Niño no lo sepa, hay muchos niños como él. Ahí fuera. Desarrollándose en secreto y listos para la línea de montaje. Infiltrados en hogares terrestres como aliens esperando la señal para activarse y comenzar a hacer lo suyo para alegría de psicólogos especializados. Niños cuyas infancias serán modificadas por la separación en serie de padres poco serios. Niños que, de pronto, para no pensar en eso tan *raro* comenzarán a pensar en cosas más raras todavía, a pensar mucho, todo el tiempo, para pensar lo menos posible. «Hey, aquí vienen los nuevos Hijos de Padres Divorciados. ¡Pídeselo a papi y a mami para estas fiestas!»

Y el virus aumentará su intensidad dentro de muy poco y para siempre. Y más preguntas, preguntas crecientes, a medida que él vaya creciendo sin por eso ser más grande o menos juguetón:

* ¿Qué tiene que hacer una coma metiéndose entre números? ¿No son las matemáticas algo creado exclusivamente para enloquecerlo, una conjura universal en la que todos fingen entender algo que, sin dudas, es incomprensible y no tiene ningún sentido ni lógica? ¿Y por qué un psicótico es aquel seguro de que 2 + 2 hacen 5 mientras un neurótico sabe que 2 + 2 hacen 4 pero no puede soportarlo? ¿Y qué será el que siempre pensó que 2 + 2 equivale a 1 + 1 + 1 + 1 o al número exacto de veces que hay que dejar sonar un teléfono antes de atenderlo o de cortar?

* ¿Por qué, en series de televisión y en películas, la velocidad más extrema sólo parece poder expresarse en la más lenta de las cámaras?

* ¿Qué pasaba –y, sí, le gustarán mucho las películas de terror, los monstruos que en más de una ocasión dan lástima– con la ropa y la capa de Drácula una vez que se convertía en murciélago? ¿La capa y la ropa también se vampirizaban y volvían a aparecer cuando el Conde recuperaba la forma humana? ¿Arrugadas, con manchas?

* ¿Por qué el concurso de belleza Miss Universo lo ganaba siempre una mujer del planeta Tierra?

* ¿Por qué las personas pegan fotos de sus seres queridos en las puertas de los refrigeradores? ¿Los consideran materia fría o alimento a calentar?

* ¿Por qué los cantantes en las bandas de heavy metal cantan con esa voz tan aguda cuando, por definición e intención, debería ser una voz grave, metálica, pesada?

* ¿Por qué las víctimas de los zombis son siempre alcanzadas por los no-muertos o no-vivos cuando éstos son tan torpes para moverse sin ninguna aparente urgencia? ¿Por qué los zombis necesitan tanto alimentarse de cerebros (*brrrrrrrainsssss…*) si su consumo no incrementa ni en un gramo su ínfima inteligencia?

* ¿Cómo es que los extraterrestres –en lugar de abducir a mandatarios mundiales, científicos descollantes o grandes artistas– optan por llevarse siempre a burdos granjeros o a tristes peluqueras de barrio o a cualquiera que pasara por allí, mirando al cielo?

* ¿Y por qué los que antes se detenían a ayudar a alguien víctima de un accidente ahora –¿no-muertos?, ¿marcianos?– se limitan a filmarlo con sus teléfonos y subirlo rápidamente a YouTube?

* Lo que lo lleva a: *¿Por qué todos esos famosos adictos al sexo que se internan en clínicas para superar semejante mal –luego de arrasar con varios harenes de diosas de piernas largas y pechos altos– jamás son sorprendidos por sus esposas con mujeres «normales», poco agraciadas, o incluso ancianas?

* ¿Por qué las chicas temen tanto ser espiadas en ropa interior pero no vistas en bikini y dicen siempre «No sé qué me pasa» cuando en realidad lo saben perfectamente?

* ¿Y por qué las mujeres –bajo sábanas y mantas, aun en verano– siempre tienen los pies fríos?

* ¿El alma sale por los pies en el momento de la muerte; de ahí el que todo aquel que es atropellado por un vehículo pierda, en el aire de un último salto verdaderamente mortal, los zapatos que siempre caen a unos metros del cuerpo?

* ¿A qué se debe que haya tan pocos relojes en los aeropuertos más modernos y que todo lo que se vende en los aeropuertos sea más caro que fuera de ellos?

* ¿Por qué ahora, después, la gente que te canta el «Cumpleaños feliz» siempre parece estar pensando en su propio cumpleaños, en cuánto falta, en cuántos quedan, en si son o no cumpleaños *felices*?

* ¿Por qué cuando la gente te dice «No es tu culpa» en realidad te quiere decir todo lo contrario? (¿Aunque a ti ni se te haya pasado la palabra «culpa» por la cabeza; palabra que ahora está ahí, para siempre, y que de aquí en más es toda tuya, por siempre?)

* ¿O por qué son cada vez más las personas que se detienen en el umbral de puertas o al pie de escaleras mecánicas o en salidas de medios de transporte a consultar dispositivos electrónicos?

* ¿De verdad se pensarán más evolucionados los soñadores de países nórdicos –y los encargados de sus frígidos hoteles– por haber renunciado a las sábanas y dormir a puro edredón?

Y aunque lo de * King Kong y lo de * los espárragos y lo de * los pies y el alma y los zapatos, como tentáculos desde una infancia profunda, continúan inquietándole y mucho (y, en el último caso, siempre, con el tiempo, le producirá la rara e injustificada científicamente calma de comprobar, o al menos convencerse de ello, de que sus tripas continúan funcionando como en el principio de sus tiempos porque lo de * los espárragos continúa sucediendo puntualmente), lo más intrigante de todo es *esa* pregunta. Esa pregunta que se planta en la infancia pero que, con el paso del tiempo, sus raíces continúan extendiéndose sin pausa por esa tierra en la que alguna vez seremos enterrados para dar de comer a árboles por crecer, pregunta para la que Google jamás ofrecerá respuesta:

* ¿Le gusto o no le gusto o le sigo gustando o ya no le gusto más o le gusté alguna vez? A ella. A él. A todos. A sí mismo.

Pero todavía le queda un poco de tiempo antes de tener que preguntarse todo eso. (Aquí viene desde tan lejos, tan lejos que es como si llegase desde una dimensión alternativa, desde un posible tal vez y, ah, otro de esos paréntesis como onda expansiva. Y El Niño no posee aún los conocimientos necesarios para resistir el aluvión que, dentro de unos años y *continuará*...)

Y mientras tanto El Niño seguiría preguntándose –de nuevo allí, en aquel presente, *devacaciones*– * cómo es que el sol comienza a descolgarse, se suelta de los bordes de la pared, de lo más alto. Y cómo, con su dejarse ir y caer, van reapareciendo las sombras. * ¿De qué color son las sombras?, se pregunta El Niño. Porque está claro que no son negras exactamente. Tampoco grises. Las sombras son del color de aquello que cubren y cambian: porque, a la sombra, todo adquiere una tonalidad sombría y un aire sombrío. Pero ahora, todavía, eso no es un problema. Las sombras –sombras nuevas, las sombras que siguen al mediodía apenas superado– son breves, son un boceto de sombra. Hace calor, hace azul del cielo y hace azul más oscuro del mar –un azul turbio y amarronado por la llegada del río– y hace amarillo de la arena. Todo es tan delicado, tan fácil de quebrarse. Todo parece recién hecho pero, de pronto, el aire es de cristal. Y el oxígeno es como copos de nieve llenos de puntas y que duele un poco al ser respirado.

Y El Niño se deja caer junto a sus padres. Allí junto a ellos hace más frío. Menos grados de temperatura. Como si sus padres refrigeraran el aire que los rodea. Y El Niño siente la exquisita sensación del sudor limpio secándose sobre la piel de su cuerpo que, enseguida, recibe un nuevo zarpazo de electricidad. Y, así, otra vez en movimiento y de pie y saltando y moviendo los brazos y lanzando alaridos de pájaro muy pero muy loco. «Un pájaro más loco que un pájaro loco», piensa y se ríe El Niño y casi se pregunta, con un temor raro, si acaba de inventar un chiste, o algo así, y se promete no olvidarlo. Y sigue graznando, haciendo ruido. Todo lo que sea necesario, cualquier cosa para romper la belicosa tregua en la que yacen sus padres: la calma que precede a la tormenta que precede al huracán que precede al tsunami que precede a la grieta que se abrirá en el mundo que precede al agujero negro que devorará toda la luz que precede a toda esa oscuridad que ya no precederá a nada, porque ya no habrá nada después de ella. *The End.*

Más adelante, con el correr o caer de los años, El Niño sabrá cómo neutralizar y desoír la llamada de ese abismo: abriendo un libro, precipitándose allí adentro en la más libre de las caídas, cerrar la tapa de la realidad, ya no delante sino detrás de él, y abrir los ojos. Y nunca dejar de maravillarse ante el hecho de que, cada vez que coge por primera vez un libro –le han dicho que a otros les pasa lo mismo con los revólveres–, siempre se sorprenderá por el haberlo pensado, independientemente del número de páginas y tipo de encuadernación, más liviano o pesado pero nunca *así.* Y enseguida le parecerá lógico y narrativamente apropiado que cada libro se *sienta* único y diferente y singular. Pero todavía falta un poco para eso. Para leer y escribir. Falta casi la mitad de la vida que lleva vivida. Así que, como protesta ante la lentitud de su aprendizaje (con cada día que pasa incorpora a su vocabulario entre diez y veinte palabras cuyo significado desconoce o apenas percibe; lo que no le impide disfrutar de su sonido, del gusto que despiden dentro de su boca al repetirlas; hoy, en este hoy que ahora recuerda, ha escuchado y probado por primera vez la palabra «paréntesis»), El Niño no deja de moverse. El Niño –antes de que llegue la era del sentarse a leer y a escribir, de moverse de otro modo– corre y gira y salta y baila y se derrumba por el solo placer de ponerse otra vez de pie para volver a correr y a girar y a saltar y a bailar y a derrumbarse.

Y sus padres lo contemplan con una mezcla de pasmo, resignación y cansancio: El Niño inquieto es también, según su pediatra, un niño «proclive a los accidentes».

En su corta pero accidentada existencia El Niño ya ha pasado por los siguientes trances: *a*) un parto difícil en el que casi muere o, en realidad, murió por unos minutos, primero, estrangulado por su propio cordón umbilical y, segundo, cuando una enfermera lo dejó caer al suelo (no lo sabe aún, no lo recuerda, se lo contarán dentro de un tiempo y «un tiempo» es la unidad cronológica que suele equivaler a un cuarto de siglo o algo así, ¿no?); *b*) un encuentro indeseado con un cactus más grande que él; *c*) un nunca del todo aclarado episodio en triciclo en el que también intervinieron un camión, dos motocicletas y una silla de ruedas; *d*) un principio de incendio; *e*) un final de inundación con cortocircuito incluido; *f*) un segundo principio de incendio; *g*) un combate cuerpo a cuerpo con uno de esos perros mutantes entrenados para matar que, nadie sabe cómo, se quitó su bozal justo cuando El Niño pasaba por ahí (ver cicatriz de mordida a la altura del talón izquierdo; ver perro al que le falta un ojo); *h*) una intoxicación con productos de limpieza que, para desconcierto del médico de urgencias, habría matado a cualquier organismo vivo… y así hasta llegar a *z*) lo de, días atrás, cuando se clavó la concha de una almeja en el centro de su frente donde, ahora, hay una marca con forma de sonrisa y, próximamente, en cualquier momento, otra vez *a*), volver a empezar, alfabéticamente, como con los nombres centrifugados que les ponen a los huracanes caribeños.

Así es la vida, así es *su* vida.

Un constante y generalizado ensayo para una muerte que se estrenó en el primer segundo de su existencia y cuyo aplauso mudo no ha dejado de oír desde entonces y que seguirá oyendo hasta el instante último del saludo final que, en su caso, si todo va bien para él y mal para el resto de la humanidad será un constante *enter/exit ghost*. Mientras tanto y hasta entonces, una indefensa y todopoderosa y esclavizada tiranía a base de sucesivos desastres (y la fría planificación y ejecución de ese Muy Particular Gran Desastre que lo pondrá en boca y ojos de todos) con el desastre de sus padres como entrecortado hilo musical. (Varios capítulos más adelante, en el paréntesis horizontal de un diván, un psicoanalista le interpretará que esa sucesión de cataclismos infantiles fue el sistema que él utilizó, inconscientemente, para mantener unidos a sus padres en la adversidad de su matrimonio, tenerlos unidos para que así pensaran que lo cuidaban de sus descuidos catastróficos cuando en realidad era él quien los protegía a ellos y los perpetuaba como pareja.) Padres que, a su vez, se encuentran sitiados por ejércitos mercenarios a merced de sus propios y cada vez más vencidos y rendidos sentimientos. Otro capítulo de su saga. El mismo capítulo de siempre con cada vez más incorrectas correcciones, con erratas que se multiplican, con faltas de ortografía y cortesía.

En la playa, bajo el sol, el padre y la madre leen el mismo libro. No es la primera vez que lo hacen. Así se conocieron: los dos leyendo el mismo libro. En un tren, en el más romántico de todos los medios de transporte. Ese mismo libro que no dejan de leer. Y, seguro, no hay mejor argumento para iniciar la marcha de una conversación y adentrarse en el túnel del amor que ése. Pero como suele suceder con todo lo que parece encantador en los primeros tiempos del romance, ahora ese rito de leer juntos pero separados –de leer dos libros distintos pero iguales, al mismo tiempo– lo único que les produce es una cierta irritación. El tipo de molestia que se experimenta cuando después de mucho tiempo seguimos sintiéndonos obligados a algo a lo que empezamos a obligarnos nosotros mismos. Y, entonces, uno no puede sino preguntarse por qué estoy haciendo esto, maldita sea, maldito sea, como es que llegué aquí, acaso se puede ser más idiota.

El libro elegido por el padre y la madre no es, además, de lo más apropiado para los tiempos que corren, para el tiempo por el que ellos se arrastran. Ese libro empieza en una playa y narra –con exquisitez de detalle, con dolorosa elegancia– el vertiginoso a la vez que pausado apocalipsis de un matrimonio al que muchos envidiaron y consideraron perfecto. El libro es, también, un clásico indiscutible. Lo que significa que no se puede dejar de leerlo; pero sí que se fantasea con que el otro se canse, o se dé por vencido, o retroceda espantado ante el espejo cruel y revelador de esas páginas. Y lo deje. Y me deje en paz, leerlo yo solo y a solas, ¿sí? Nada de eso por el momento. Y el padre se identifica con el protagonista de la novela y la madre se identifica, también, con el protagonista de la novela. Porque *la* protagonista de la novela, la esposa del protagonista, está loca o, si se prefiere, «perturbada»: esa manera sutil y elegante y educada y un tanto vintage de informar que alguien está completa y absolutamente chiflada. Y el protagonista sufre y la sufre tanto. Y, en las primeras páginas, ella y él –los protagonistas de la novela– están en una playa. Y ella está demasiado loca como para que una playa le «siente bien». O tal vez sea al revés. Tal vez el padre y la madre de El Niño estén identificados con ella y no con él; porque es muy posible que él tenga algo que ver con la locura de ella. O tal vez la confusión para identificarse clara y precisamente se deba a las ediciones y traducciones diferentes. El ejemplar del libro del padre tiene una foto de una antigua bañista en la portada, el de la madre el póster turístico de un balneario en la Costa Azul. Y el padre y la madre no lo saben aún pero leen versiones diferentes de la misma novela del mismo modo en que escriben versiones diferentes de su matrimonio y de los inminentes alegatos para su defensa y/o acusación. Porque el autor del libro decidió, casi desesperado y poco antes de morir, alterar el fluir temporal de la trama –que inicialmente no era lineal sino sinuoso, presente y pasado y presente– y reordenarla cronológicamente. Para –y es que él había dedicado tanto esfuerzo a esas páginas que a nadie parecían interesarle demasiado y se consideraban como triunfal fracaso o algo así– ver si de ese modo la novela mejoraba, si gustaba más, si vendía más. Indicaciones que siguió, post-mortem, su albacea literario. Esa versión nueva fue considerada inferior y se volvió a la primera, a la que –al igual que el tiempo real– iba hacia delante y hacia atrás y otra vez hacia delante. Pero, para entonces, en inglés y en traducción, uno y otro modelo coexistirán por algunos años. Y El Niño –cuando ya no era niño, cuando pudo leer y comparar ambas, varias veces– nunca estuvo del todo seguro de cuál había leído su padre y cuál su madre. Cuál de ellos se proyectaba recto y firme desde el pasado al futuro y quién daba vueltas sobre sí mismo. No importa demasiado, pensará. Importa ahora, sí, la ausencia de su juguete metálico en reversa y el que el padre le dice a la madre «Zelda» y la madre le dice al padre «Zeldo». Con cariño tóxico. Y, cuando El Niño pregunta por qué se llaman así el uno al otro, le responden que es algo que tiene que ver con el libro, con los personajes del libro, con el autor del libro y con su esposa, que son como los personajes del libro, pero no exactamente. A El Niño, esta revelación de que la no-ficción y la ficción puedan ser una sola cosa le provoca un fuerte dolor de cabeza, más o menos el mismo dolor que le provocarán, ya se dijo, las películas de argumentos espacio-temporales. Una aureola beatífica y jesuítica, otro desconcierto a archivar junto a * Superman y a * King Kong y a * las mujeres obesas y a * la poderosa fragancia de los espárragos en la orina. Y tal vez, piense, todo se deba a que sus padres *también* extrañen a sus juguetes. Porque sus padres tienen más juguetes que él, piensa: almohadones plateados, máscaras plásticas, recipientes de vidrio con líquido de colores que sube cuando se los rodea con el calor de la mano, péndulos de varias bolas que chocan entre ellas de una en una o de dos en dos o de tres en tres, una ola azul prisionera en un rectángulo de acrílico que se bambolea, exóticos instrumentos musicales que no saben tocar pero son tan graciosos de ver, caleidoscopios psicodélicos, lámparas de fría lava; y vaya a saber uno qué otros juguetes tienen escondidos y lejos de él, bajo llave.

Ahora, aquí, sin nada de eso, el padre y la madre vuelven a pelearse. A «polemizar», prefieren decir ellos. Y El Niño se cubre los oídos para no oír lo que no puede dejar de oír. Cubrirse los oídos con las manos es, lo sabe, un deseo no necesariamente concedido.

Así que El Niño decide poner tierra de por medio y meterse al agua. Antes de entrar se toca el traje de baño, como revisando su uniforme de superhéroe. Es azul y con un ancla blanca y le queda como le quedan los trajes de baño a todos los niños: muy bien. Todavía está lejos de la adolescencia y aún más de la primera juventud (cuando los trajes de baño pueden quedar bien mal, y es tan *vital* el que queden bien-bien), o de la última madurez (cuando quedan siempre mal-mal, pero ya nadie se preocupa demasiado por ello). El Niño entra al agua como quien entra a un lugar que no conoce del todo bien. Con cautela, frío y calor. Y, con el agua a la cintura, se lleva una mano mojada a la boca y un sabor –¿existirá esa palabra, pertenecerá al mismo idioma que *devacaciones*?– *saladulce*. Atrás, sus padres continúan «polemizando». A El Niño le llegan frases sueltas. Como pedazos de cartas rotas, difíciles de leer. Como esquirlas de esas cartas que se rompen apenas leídas y después se intenta volver a armar para –rotos y desarmados– volver a leerlas fantaseando con la imposibilidad de que tal vez ahora digan otra cosa. Y es el sonido preciso más que el significado difuso pero tan fácil de adivinar de esas palabras sueltas lo que inquieta a El Niño. Algo no anda bien. Algo anda peor aún. Y entre todas esas palabras sueltas, una que aparece cada vez más seguido. Una palabra atada. Un nombre más poco común que raro: Penélope. La madre lo canta, burlona; porque el nombre salió de una canción. La madre lo dice una y otra vez y, cada vez que lo pronuncia, se lleva instintivamente una mano a su estómago y lo acaricia o le da unas palmaditas o se lo señala. El nombre «Penélope» produce otro efecto en el padre: lo escucha y mira fijo el estómago de la madre –como si lo perforase con rayos de Kripton– y luego mira al cielo y cierra los ojos. Penélope –está claro, mucho más claro que esa agua ahí delante– ya es, aunque invisible y minúscula, una poderosa presencia que pone inquieto y pone nervioso a todo lo que la rodea, a la madre y al padre. A la madre: náuseas, mareos, insomnios, bruscos cambios de temperatura corporal y súbitas alteraciones en la presión del humor. Y al padre: náuseas, mareos, insomnios, bruscos cambios de temperatura corporal y súbitas alteraciones en la presión del humor. Penélope es un volátil reactivo a casi todo. La problemática Penélope ya es un problema incluso antes de nacer. Penélope –*enfant du hasard*, dirían, en otra playa, Sara y Gerald Murphy, inspiradores difusos de la misma novela que leen el padre y la madre, en un francés importado pero de pronunciación admirable– no estaba en los planes. Ni siquiera había planes para Penélope y sin embargo... Con El Niño –experiencia agotada y agotadora– alcanzaba y sobraba ya para ser padres; para avanzar un stage en el videogame de la vida, para perpetuar la raza y mantener vigente el apellido; para estar a la moda entre los padres jóvenes de moda. Ser un padre joven, por entonces, al menos por un rato y de golpe –de golpe muy fuerte–, tiene el mismo encanto que morir pronto y dejar un cadáver bien parecido. Pero sin necesidad de morirse. Ser padre te vuelve legendario por un período de tiempo no demasiado largo. Pero algo es algo y cuántas oportunidades te dará la vida de sentirte legendario en serio y creador de verdad. El problema –el problema de Penélope, el problema que es Penélope– es que no es sencillo dirimir quién tiene y de quién es la culpa: ¿del espermatozoide o del óvulo? Así, enseguida, las palabras –incluido el nombre «Penélope»; porque aunque todavía no exista la tecnología precisa y ni siquiera hayan pasado los meses suficientes para lanzar ondas vientre adentro que reboten contra el huésped y devuelvan el eco de una imagen y de un sexo, ellos ya saben que será una niña y que se llamará Penélope en honor a una canción de moda– suben de volumen y de intensidad. Y se convierten en gritos desafinados. Otra vez, padre y madre gritando, gritándose.

Lo que impulsa a El Niño a alejarse de la orilla, a avanzar agua adentro.

Y a tratar de no pensar en lo que sucedió la noche anterior.

Lo de los cuchillos.

Algo que El Niño prefiere creer que fue un sueño pero que, lo sabe, no lo fue. Y que ahora, en su recuerdo, tiene la nitidez inolvidable de una de esas láminas ilustrando cuentos de hadas y cuentos de brujas, en páginas diestras enfrentadas a páginas siniestras, desbordando el todavía sinsentido de las letras.

Allí, ayer, él en su cama, en la oscuridad rota por la luz del pasillo. Y, primero su padre y luego su madre, mirándolo fijo, pensándolo dormido. (En el futuro, leería en una novela que los padres empiezan siendo dioses y acaban como mitos y que, entre un extremo y el otro, las formas humanas que adoptan suelen ser catastróficas para sus hijos.) Entonces, ahora, divinos y devoradores y ya catastróficos, su madre y su padre enmarcados en la puerta de su cuarto, los dos sosteniendo cuchillos en sus manos. Cuchillos grandes y peligrosos. Madre y padre empuñando cuchillos y tal vez pensando, piensa El Niño, en si lo van a hacer, en si van a atreverse a hacerlo mientras él, se supone, se hunde en sus sueños de niño para recordarlo todo, para no olvidar nada. Porque la suya es, todavía y por un tiempo, la implacable y milagrosa y fidedigna memoria de un niño con pocas cosas que recordar. Una memoria todavía a salvo de los olvidos que llegarán con el colegio; donde y cuando su capacidad hasta ahora infinita para el recuerdo será constantemente puesta a prueba con nombres de próceres con uniformes tanto más aburridos que los de los superhéroes, con tablas matemáticas, con fechas de batallas y ecuaciones inútiles que de nada le serán útiles pero que, tal vez, su secreta función sea la de sepultar bajo una avalancha de información pública y externa materias primordiales y asignaturas tanto más decisivas. Lecciones inolvidables e instantáneamente memorizables como la de la noche anterior. Lo de los cuchillos. Lo que por unos segundos le llena los ojos de lágrimas pero, por suerte, no hay nada que se «gaste» más rápido que las lágrimas: calientes bajo los párpados y enseguida, unos centímetros colina abajo, ya frías sobre las mejillas. Esos padres, sus padres, son como los padres de esos cuentos que llevan a sus hijos a un bosque y allí los abandonan para –había otra vez, siempre puede haber otra vez– volver a vivir felices y seguir comiendo perdices.

El Niño no sabe nadar aún –aprenderá a leer y a escribir antes que a nadar– y no sabrá nadar durante muchos años. Su especialización deportiva es la de derivar en tierra firme, cruzar y acostarse en lechos secos, comprender intuitivamente los planos y plantas de casas y apartamentos. Es, sí, un niño de ciudad. Y no sólo no sabe nadar; El Niño tampoco sabe andar en bicicleta, patear pelotas con precisión o trepar a árboles. Así que, ah, la embriagadora sensación de estar haciendo algo nuevo, algo que no sabe hacer pero que tal vez pueda aprender sobre la marcha. Paso tras paso, sintiendo el modo en que la crecida rara de río fundiéndose en mar se le enreda en los tobillos. Enseguida, el agua le llega hasta el pecho, hasta el cuello, hasta el mentón.

Y es entonces cuando algo ocurre.

El Niño lo siente sin entenderlo. El motor de movimiento constante del –y otra vez ¿existirá esta palabra pariente cercana de *devacaciones* y de *saladulce*?– *riomar* cambia de marcha, acelera. Y, de improviso, sus pies ya no tocan el fondo. Y El Niño se acuerda de ese aviso televisivo. En blanco y negro –apenas cuatro canales por entonces– y, tal vez por eso, el blanco y negro es el color de sus pesadillas, tanto más atemorizante. En el aviso que es una advertencia –filmado con cámara subjetiva– alguien se adentra en el mar, en una playa muy poblada. Se escucha el ruido de la gente en la arena y la respiración pesada de quien nada demasiado profundo. Ahora se escucha, también, el sonido de un silbato advirtiendo al bañista que se ha alejado demasiado de la orilla. Y, de pronto, el nadador comienza a gemir, a naufragar, a agitar con terror el agua que le rodea –algunas gotas mojan la lente de la cámara, la mirada de sus ojos– y, sí, a ahogarse. El nadador se hunde un par de veces, sale a tomar aire, grita pidiendo auxilio, jadea y, finalmente, es reclamado por ese abismo que enseguida funde a negro, a oscuridad. Después una voz que asusta diciendo algo de tomar precauciones o algo así al meterse al agua.

Algo parecido le pasa ahora a El Niño, sólo que en colores, colores tan brillantes que le duelen en sus pupilas, y sin que nadie –no se oye ningún silbato o voz, apenas el rumor distante y monocorde de la «polémica» de los padres– le preste atención. ¡Extra! ¡Extra! El Niño se está ahogando. Traga agua. Escupe agua. Se hunde hasta el fondo y, desde allí, se impulsa con fuerza y vuelve a la superficie. Hay un avión en el cielo, puede verlo, ¿podrán verlo a él desde allí arriba, desde una de esas ventanas circulares y pensar «Mira ahí abajo, me parece que ese niño se está ahogando… ¿Se lo decimos a la azafata para que se lo comunique al capitán y el capitán haga *algo*?»? Hay un cielo y un avión y El Niño se llena la boca de oxígeno, oxígeno que no alcanza para mucho. Apenas para el reflejo automático y el mecanismo de defensa de imaginarse allí arriba, lejos, volando, adulto y mirando por la ventanilla y preguntándose si esa pequeña mancha de color en el agua turbia que es él no será alguien en problemas. Un avión como algo de lo que agarrarse para no hundirse. Y los aviones llevan salvavidas bajo sus asientos. Pero no serán de ninguna ayuda: pronto estará demasiado cansado, no aguantará demasiado tiempo.

Y El Niño no es (de nuevo, las referencias de El Niño son aún escasas y fundamentalmente infantiles pero muy multiuso, y predicen ya la posibilidad de un consumado maniático referencial) como el Coyote golpeado pero irrompible y patrocinado por la marca ACME. *Así*, exactamente *así* es como se siente el Coyote –piensa El Niño y patalea y pedalea la bicicleta invisible del aire mojado y submarino– cuando descubre que se ha quedado sin suelo; que ha seguido de largo en su persecución del Correcaminos; que lo único que hay ahí es la nada total del precipicio y la caída larga y vertical a la que sobrevivirá sólo para volver a caer y sufrir la condena de ser irrompible para no dejar de lastimarse.

Y no, no es su caso, más allá de los innumerables «accidentes» que ya ha experimentado: él ahora es un niño frágil y con los minutos contados. Y el tiempo de los niños suele ser breve; por más que a ellos, en ocasiones, se les haga tan elástico, casi eterno. Y su vida ha sido tan corta que no hay demasiado material de archivo como para cumplir esa proyección de rigor; aquello de «en el momento de la muerte toda tu vida pasa frente a tus ojos en cuestión de segundos». Porque lo que ocurre, en cambio, es un caprichoso cambio de película. El miedo es un algo imposible de ordenar, no se le puede dar órdenes al miedo.

Y lo que El Niño contempla ahora –como sentado en un cine, una vez superado ese momento traumático entre el noticiero y la proyección de la película en que unas madres ancianas y pálidas pasean entre las filas de butacas, alcancías en manos, recaudando monedas para una fundación encargada del cuidado de niños huérfanos y callejeros– es la superproducción de todo lo que podría llegar a ser de sobrevivir a este trance.

El Niño se acuerda, se imagina en una sala de cine. El Niño está feliz, listo para recibir su dosis de alegría dibujada y animada. Y, de golpe, más cartoon, todo se vuelve muy poco Mickey Mouse (no el atípico y desobediente Mickey Mouse de *El aprendiz de brujo* sino el para él, aunque no se atreva a decirlo, pulcro y un tanto antipático Mickey Mouse de siempre, tanto más aburrido que el histérico Pato Donald) y todo se vuelve más… más bien Bambi. Aquí no valen las explosivas y constantes resurrecciones del Coyote. Aquí todo es sombrío, y dickensiano; aunque El Niño todavía no sepa lo que es *dickensiano*, pero ya haya sufrido lo suyo con *Oliver!* El Niño, solo y en su butaca. Y antes de que comience la película, esa otra propaganda que le da más miedo que la del ahogado. La propaganda no advertencia sino súplica. La propaganda diseñada para recoger fondos para una fundación de ayuda a la infancia. Allí, en la pantalla, se ve a un niño perdido, aferrado a la baranda de un puente que cruza una autopista. Un Oliver nacional. Su cara surcada de lágrimas y marcada por los mocos, mientras una voz de cantautor trascendente desgrana con voz lastimera versos que dicen «A esta hora exactamente... / Hay un niño en la calle / Hay un niño en la ca-aaa-lleee». Y lo que más le aterra a El Niño no es lo del pequeño perdido y abandonado a quien no dudaría un segundo en entregarle todos sus juguetes menos el hombrecito de lata con maleta. Y, no: no le preocupa el que él pueda llegar a acabar así sino eso de «A esta hora exactamente...». Esa precisión del espanto. Y el que, por más que sean las primeras funciones de la tarde –la matinée o la vermouth son las que El Niño suele frecuentar–, siempre, *exactamente*, según lo que se canta allí, todo está tan oscuro en alguna parte sin importar la hora que sea. Y esa oscuridad –con la que a veces, siempre es una sorpresa, El Niño se encuentra a la salida del cine, en invierno, cuando el sol cae tan pronto los domingos, como acelerando la llegada del lunes y el retorno a las aulas– puede alcanzarte. Es una oscuridad contagiosa y pegajosa, una oscuridad que se pisa como un chicle y después cuesta tanto despegarla de la suela de sus zapatos. Una oscuridad sin horario. Como ahora, aunque apenas haya pasado el mediodía, en un fulgor de tiniebla que lo deslumbra y lo ilumina en el CinemaScope de esa playa. De golpe, El Niño lo ve todo. Lo comprende todo en el acto. Como a la salida de una película cuando vuelve a pararse frente a las puertas del cine. Cines en los que entonces (la costumbre ya no existirá para cuando El Niño esté saliendo de una larga adolescencia; como tampoco existirán ya las películas de copias rayadas, o fuera de foco, o con el sonido y la imagen fuera de sincro, o estallando en llamas como vampiros bajo la luz de proyectores), además del póster de la película, también exhiben fotos de la película. Instantes que alguien señaló como ideales para atraer a indecisos, para tentarlos a entrar. Fotos que son como las ilustraciones de los libros que aún no se sabe muy bien de qué tratan o qué cuentan. Fotos que, al salir, después de la película, El Niño mira de nuevo. (Fotos que pronto no serán de animales dibujados sino de actores y actrices. Una chica con vestido confeccionado con pequeñas piezas metálicas. Otra chica –más chica que la anterior, más próxima y cercana–

en un cementerio bajo la lluvia. Un hombre cabalgando un camello. Y monos y monolitos y naves espaciales petrificadas en el ámbar de un fotograma especialmente escogido por alguien para tentar a los que pasan por allí.) Fotos a las que El Niño ya les había adjudicado un argumento en el momento de entrar y que ahora, antes de volver a casa, reubica en el orden de una historia que, muchas veces, resulta tanto más decepcionante que la que había imaginado antes de que se apagaran las luces y se encendiese la pantalla. Comprende ahora –contemplados desde lejos, como si también fuesen fotos de una película que ya se vio– que sus padres… ¡son dos niños tan asustados, porque de pronto han descubierto que ya no son niños y son adultos! ¡Y que no quieren, no saben, cómo serlo! ¡Y qué en realidad nunca lo serán! ¡Y que, no importa cuántos juguetes compren para poder seguir jugando, nada los salvará de esa realidad! ¡Serán, como mucho, jóvenes arrugados de huesos porosos y crocantes y quebradizos! ¡A esta hora exactamente! ¡En la calle! ¡En la playa! ¡En el agua! ¡Hay un niño! ¡En problemas! La fuerza de semejante revelación le quita el aliento, le produce ganas de irse *devacaciones* para siempre, de tomar agua, de tragar agua, de llenarse de agua hasta los bordes y desbordarse, como si su cuerpo fuese un recipiente. De estrenar triunfalmente y con gran éxito de crítica eso de lo que –viendo una película o temblando por el trueno de un rayo o reaccionando a la bofetada de algún grito o del grito que sale de una bofetada– hasta ahora El Niño tuvo apenas mínimos avances, breves ensayos: el sabor del miedo, el sabor del corazón latiendo en todas partes, el sabor desbocado del corazón en la boca. Un regusto entre metálico y carnal. Alguien, tal vez, podría precisar que *ése* es el sabor de la adrenalina destilada por su cuerpo. Pero no, es otra cosa. Es como si la adrenalina emitiera a todo su cuerpo, como si lo moldease.

¿Es esto lo más importante que le ha sucedido hasta ahora?, se pregunta El Niño. (Quién sabe, se responde; y, en el otro extremo de su historia, décadas después, él se dirá que sí, al comprender que las situaciones más trascendentes *ocurren* en el pasado pero recién *suceden* en el futuro, cuando somos verdaderamente conscientes de su importancia, influencia y peso sobre todo lo que vino y vendrá. Y es lo que sucede *después* lo que hace del *antes* algo triste o feliz. Necesitamos saber dónde llegamos para poder comprender del todo la textura del de dónde venimos. Tenemos que recorrer largos trechos sin brújulas precisas, arrastrarnos a lo largo y ancho de un inmenso y al mismo tiempo siempre pasajero presente. Pero, en la infancia, es cuando la separación entre lo que es y lo que se siente es mínima. Allí, el presente no es más que una puerta delgada separando el futuro del pasado, y no hay distancia para la reflexión porque no hay demasiada experiencia con la que comparar, no hay casi espacio entre lo que se hace y se percibe. No se necesitan mapas aún y la posibilidad de monstruos en los bordes de esos mapas ruge más acá, en todas partes. Y eso –esa sensación de instante eterno– es algo que él volverá a experimentar de nuevo, pero no muchas veces, en su vida como si fuesen variedades de un mismo sabor, del ya mencionado sabor del miedo que le afloja los primeros dientes que aún no se le cayeron. El sabor de esperar un diagnóstico en una sala de urgencias de un hospital, el sabor de descubrir que ya no podrá seguir viviendo sin esa persona, el sabor de la posibilidad cierta de dejarlo todo, el sabor de cerrar un libro para ya no volver a abrirlo, el sabor de la aceleración de partículas desarmando el puzzle de su vida en otro siglo, otro milenio.) Y El Niño casi puede adivinar, predecir todos esos miedos por temblar, con una precisión de iluminado lejos del interruptor que le permita apagar semejante resplandor. Un resplandor raro y fuera de lugar, como el de un rayo durante el día, como el del fantasma de un fantasma. De nuevo: tal vez, cuando mueres tan joven, no es todo lo que viviste lo que pasa frente a tus ojos sino todos los miedos que no llegaste a experimentar, todos esos miedos que te hacen sentir más vivo que nunca. Como ahora cuando, sorpresa, en el centro líquido del terror, las inexplicables ganas de reírse. (Ese reflejo slapstick que nos obliga a pensar que puede haber algo divertido en el horror como –en el plasma de un televisor futuro– la visión de todos esos espectadores y familiares mirando al cielo y preguntándose por unos segundos, con la boca y los ojos abiertos, si se supone que el *Challenger* tiene que echar tanto humo y dividirse en tantas partes, tan pronto, en el azul de ahí arriba.) Así se mira a sí mismo El Niño, como a una catástrofe *in situ, in tempo.* (El Niño no lo sabe aún pero padece de una leve pero decisiva anomalía cerebral, producto de una caída escaleras abajo en la casa de sus abuelos paternos. Un efecto más que un defecto. Algo que altera el ritmo de lo que se conoce como «persistencia visual»: la suya es más lenta y le hace ver todo más lento, como cuadro a cuadro, fotograma a fotograma, palabra a palabra. Persistencia visual que, sumada a su memoria eidética o «fotográfica», acabará –con el tiempo y según sus críticos y estudiosos– «influyendo decisivamente en su estilo y visión».) Y así toda la acción como en ese freeze-frame que se descongela despacio. Como los dibujos en los bordes o ángulos de las páginas de algunos libros que, al pasarlas rápido, a golpe de pulgar, parecen fundirse en un fluir espasmódico como de película vieja y tartamudeante donde todos parecen caminar sobre suelo electrificado.

Y enseguida –más mecanismo de ataque que de defensa; después de todo sigue siendo un niño– El Niño lo olvida todo.

Se borra toda memoria de lo que aún no ha experimentado (todas esas versiones apenas adultas de esos interrogantes eternamente infantiles); porque un cambio en las marchas de las aguas lo lleva ahora, como en andas, de regreso hacia la orilla, a la continuación de su historia, a su vida presente y sin demasiadas complicaciones ni oraciones tan largas o paréntesis tan inoportunos. Con el alivio llega la amnesia obligada, el olvido reglamentario de todo aquello que vio y entendió. Intuye que debe dejar todo eso en el agua, arrojarlo por la borda para así paliar la ausencia de vientos y ser más liviano.

El Niño vuelve a ser quien era, quien debe seguir siendo para, con los años, poder llegar a ser quien fue durante la breve eternidad de esos dos o tres minutos terribles y definitivos. El Niño se ha salvado y nunca ha experimentado nada más gratificante que la sensación del fango casi líquido otra vez lamiéndole la planta de sus pies. El agua le llega al cuello, al pecho, a la cintura, a las rodillas y sale de allí y da uno o dos o tres pasos y se derrumba junto a sus padres. Boca arriba, respirando profundo, los brazos en cruz, los rayos de sol como clavos extáticos sobre su piel. No es que sea feliz. Es otra cosa. Es algo que está más allá de la felicidad –hay que atravesar la felicidad y salir al otro lado de la felicidad para saber de qué se trata lo que ahora siente El Niño– y es algo que no tiene nombre. Es la materia prima con la que, entre otras cosas, se fabrica la felicidad. Es esa felicidad primaria y primitiva que, con los años, prueba ser irrecuperable y lo único que permanece de ella –como un bisonte feliz en una pared cromañona– es el recuerdo de esa felicidad. Souvenir contra el que superpondremos, en vano, todas las sucesivas felicidades –diluidas, más complejas, con conservantes más artificiales que naturales–, todas las felicidades que vendrán o no o pasarán de largo o no sabremos verlas o ni siquiera llegarán a salir de sus cuevas. Felicidades, en cualquier caso, más bien falsas, como calcos y copias y postales impresas en serie con las que nos conformaremos a la salida de un museo. Reproducciones. Falsificaciones. Pensando en que, si uno se esfuerza, si las mira fijo y sin pestañear, el pensar en ser feliz puede, por un rato, convencernos de que somos felices.

El Niño se ríe, pero se ríe no con risa sino haciendo un ruido raro, fuerte. La risa única y nueva –aquella que empezó a reír cuando, eternos minutos atrás, pensó como última y mejor risa– con la que se ríe alguien que ha ido y regresado desde muy lejos. La risa de un extraterrestre de nuevo en tierra firme. La risa de quien ha vuelto de la muerte y ha vivido para contarlo, para pasarlo en limpio y, entonces, alterarlo, mejorarlo, añadiéndole la parte inventada. La parte inventada que no es, nunca, la parte mentirosa, sino lo que *realmente* convierte algo que apenas sucedió en algo como debió haber sucedido. Algo (todo lo que vendrá, el resto de su vida, brotará de ahí y de entonces, de *esta hora exactamente*) mucho más auténtico y valioso y puro que la simple y vulgar y a menudo tan poco ocurrente y desprolija verdad.

La risa de El Niño hace mucho ruido y, por una vez, sus padres, molestos, desconcentrados –El Niño no les deja leer ni polemizar–, le gritan al mismo tiempo.

De completo acuerdo.

En perfecta sincronía.

Magia. Abracadabra. La misma palabra, que es un verbo (y que bien podría ser el nombre de un lugar lejano) y que, también, es una orden y, además, es un absurdo por ahora imposible de poner en práctica para él.

Pero no importa, no le importa.

El Niño, con esa risa de motor descompuesto feliz de volver a funcionar, se pone de pie y, sin dejar de reír, camina hacia los árboles, hacia la casa, y obedece.

Así empieza.

Con el tiempo (aquí y allá y en todas partes, en aeropuertos y en hospitales y en aceleradores de partículas; en los espacios cada vez más largos y difusos creciendo entre libro y libro; antes de esfumarse para así poder estar en todos los lugares) al hombre que alguna vez fue ese niño, El Niño, le preguntarán, una y otra vez, aquello de «¿Cómo se le ocurren esas ideas que escribe?». Interrogante casi obligado al que se responde (al que él responderá, siempre) con vaguedades eternas o con certezas que se olvidan al día siguiente.

Entonces él, inevitablemente, sin poder evitarlo, pondrá cara de paréntesis al responder a esas preguntas, inventará algo, cualquier cosa, para contestar cómo es que él inventa la parte inventada. La parte inventada –una nube tan frágil que, sin embargo, se las arregla para cerrarle la boca y hacer callar al sol por un rato– que no es otra cosa que una sombra verdadera proyectándose sobre la parte real.

Y entre paréntesis, otra vez, colocará dos paréntesis juntos.

Así:

()

Y lo que se obtendrá es una forma de vulva aerodinámica (no le gusta la palabra «vulva», pensará mientras la piensa; buscar otra, apuntará en un papel).

O de semilla misteriosa de lo que germinará.

O de artefacto por venir, por encenderse, dentro de su cabeza, que ya nunca se apagará y que continuará funcionando hasta el último día, emitiendo constantemente esa señal aunque, en más de una ocasión, se intente, en vano, desconectarlo.

Activarlo, entonces.

Y lo que vemos ahora es algo más o menos parecido a esto:

(((((((((((())))))))))))

El artefacto en cuestión y las vibraciones que despide.

Las excéntricas ondas concéntricas señalando el punto exacto del estanque en el que acaba de hundirse la piedra que arrojamos desde aquí, desde el excéntrico presente. Y otra pregunta infantil pero para todas las edades, otra pregunta sin respuesta: ¿por qué sentimos esa impostergable y refleja necesidad de arrojar una piedra al agua siempre que estamos en una orilla? Misterio. Alguna sospecha, sí. La piedra es la causa y sus ondas el efecto: lo que se cuenta a partir de lo sucedido, la historia antes y detrás de la Historia.

La piedra es la parte inventada que, enseguida, pasa a formar parte de la verdad.

Y, con esa cara de paréntesis, ese escritor que siempre seguirá siendo ese niño se preguntará a sí mismo –en silencio, entre el silencio absoluto de esos paréntesis donde ningún sonido del exterior puede penetrar y oírse, siempre– cómo es que nunca le preguntan algo mucho más importante, o, al menos, más interesante, que «¿Cómo se le ocurren esas ideas que escribe?».

Por qué nunca le preguntan: «¿Cómo se le ocurrió la idea de ser escritor?».

Los paréntesis son el futuro.

II

EL SITIO DONDE TERMINA EL MAR PARA QUE PUEDA COMENZAR EL BOSQUE

I

Lo primero que filman, por supuesto, es la biblioteca. Primeros planos y planos generales y acercamientos y distanciamientos en los que se alcanzan a leer títulos y no se alcanzan a leer apellidos. O viceversa. Aunque, claro, algunos títulos legibles activen automáticamente el apellido en letra más pequeña. O al revés. Acción y reacción. Alfa y Omega. Serpientes que se comen la propia cola o se estrangulan con ella. Estantes y más estantes. Y cabe preguntarse si son los estantes los que aguantan a los libros o si son los libros donde se apoyan los estantes. O ambas cosas. Libros de pie, libros al pie de la biblioteca, libros acostados, libros acostados detrás de libros de pie, libros de rodillas, libros reclinados e inclinados, como si rezaran a otros libros más arriba pero por debajo de otros libros más alto aún; a pesar de que la posición de éstos y aquéllos no signifique nada y revele menos en cuanto a calidad y prestigio y afecto y admiración de quien los leyó. No hay jerarquías claras ni favoritos evidentes; no hay orden alfabético o cronológico o geográfico o genérico. Todos juntos ahora, todos mezclados, y los libros alcanzan el techo y hasta suben por las escaleras, cubriendo los escalones como si fueran una variedad policroma de kudzu; convirtiendo esas escaleras de madera en escaleras de libros que alguna vez brotaron de la madera. Libros que de la madera salen y a la madera retornan. Libros que se transitaron como escalas en un ascenso sin cima ni destino. Libros subiendo por el solo placer de seguir subiendo y continuar leyendo hasta el último peldaño, no de una biblioteca pero sí de una *bioteca*: de una vida hecha de libros, de una vida hecha de vidas. Sí: la biblioteca como un organismo vivo y en constante expansión y sobreviviendo a dueños y usuarios.

Una biblioteca sin límites precisos en la que nunca se encuentra el libro que se está buscando pero en la que siempre se encuentra el libro que debería buscarse.

Una biblioteca que, a veces, se deja caer (hay casos documentados) y, mientras éstos extraen o agregan un libro, aplastan a sus dueños hasta una muerte que no es feliz pero, seguro, hay muertes peores, formas mucho más vulgares y menos ilustradas de morir sepultado.

Una biblioteca que, de tanto en tanto, deja caer el fruto maduro de un libro al suelo, como empujado por la mano de un fantasma o de su dueño, que no es un fantasma exactamente pero... Y el libro se abre y allí se lee, por ejemplo, como ahora mismo, subrayado hace años por una de esas fibras de tintas que resaltan todo con un brillo casi lunar, algo como «No te enojes porque nuestros personajes no siempre tengan los mismos rostros; así están siendo fieles a la vida y a la muerte». O algo como «Está el folklore, están los mitos, están los hechos, y están todas esas preguntas que permanecen sin respuesta». Y, al lado de esa frase atrapada en un globo de cómic que no conecta con ninguna boca, la irregular letra imprenta manuscrita y pequeña pero tan leíble, tan leída. Letra de alguien que siguió escribiendo a mano a pesar de teclados cada vez más livianos y blandos y plasmáticos. Letra más de científico loco que de médico cuerdo (¿Slow Writer Sans Serif Bold?), añadiendo, en tinta roja junto a la cita en negro sobre blanco, un «Y esas preguntas sin respuesta no son otra cosa que el folklore y los mitos y los hechos de una vida privada, muy privada: PLEASE, DO NOT DISTURB».

Una biblioteca con libros cubiertos de polvo. Polvo doméstico que, en un 90 por ciento, no es otra cosa que materia muerta desprendiéndose de seres humanos y que, dicen, es factor clave para la buena conservación de los libros. Así que no desempolvarlos del todo ni demasiado seguido y, ah, justicia poética y justicia literaria: nosotros nos deshacemos para que los libros se mantengan enteros y del polvo de nuestras historias venimos y al polvo sobre los libros volvemos. Volvemos a una biblioteca –como toda biblioteca– frente a la que uno puede pararse como contemplando las ruinas nobles de un mundo perdido o los materiales nuevos de un mundo a encontrar.

Una biblioteca a la que, de tanto en tanto, por accidente y como después de un accidente, desorientados por el shock del impacto, llega alguien para quien los libros y, sobre todo, la acumulación de libros, es un incomprensible misterio. Porque para demasiadas personas los libros se usan y se gastan y qué sentido tiene conservarlos. Ocupan tanto lugar, hay que sostenerlos y pesan, son tan sucios y, aunque no se diga en voz alta, los libros son demasiado baratos para ser algo bueno y provechoso, se susurra. Y, así, una biblioteca que bien puede provocar entre los visitantes accidentales –con una curiosa mezcla de respeto, inquietud y desprecio, como si se refiriesen a invulnerables y abundantes cucarachas, a una plaga o a un virus– un «Pero ¿has leído *todos* estos libros?». Visitantes que preguntan eso porque no se atreven a preguntarse lo que en realidad *no* quieren saber: «¿Cómo es que yo he leído tan pocos libros? ¿Cómo es que en mi casa apenas hay libros y casi todos son de fotos y algunos de fotos de casas con bibliotecas en las que apenas hay libros salvo libros de fotos y por qué en el lugar de libros, de libros con letras, en sus lugares, hay demasiadas fotos de personas a las que se supone que debo querer incondicionalmente pero cuando lo pienso un poco, con un par de copas encima, la verdad es que me parecen casi todos unos verdaderos y auténticos...?». Son éstos los mismos turistas maleducados –a los que no les produce ninguna extrañeza la cantidad de cruces en las iglesias o de billetes en los bancos o de comida en los mercados– que se sienten tan cordiales y satisfechos y supuestamente interesados, pero manteniendo una distancia de seguridad, por la inquietante fauna local cuando, a continuación, te preguntan «¿De qué tratan tus libros?». Y, sí, es para ellos que se ha inventado el status del libro electrónico donde –¡aleluya y eureka!– se ha conseguido hacer comulgar a la televisión con la impresión: para descargar y no cargar, para adquirir y acumular y no abrir ni pasar página. Y para que –tan satisfechos de que dos mil títulos puedan ser levantados por una sola mano– los libros no estén todo el tiempo ahí, a la vista, recordando con su atronador silencio todo lo que no se ha leído ni se leerá. Todas esas líneas verticales y líneas horizontales y todos los colores y blanco y negro. Y la respuesta a lo de antes (a la incredulidad envidiosa de que alguien haya sido capaz de consumir y procesar todo ese papel y tinta) es «*Sí*, los he leído *todos*... ¿algún problema?». Y, también, la respuesta es *no*. Porque hay libros que se compran y se guardan para el futuro, como si se almacenase alimento para una gran sequía o para una nueva edad glaciar. O para abrazarlos o cubrirse con ellos, en los compartimentos de una nave espacial, a la caza de un nuevo hogar, mientras afuera todo estalla y se funde y se apaga. Libros que, aunque no se hayan leído y, tal vez, no se lean, cumplen una función clave, imprescindible: esos libros son el pasado y el futuro y, también, el presente del imaginar (otra forma de lectura, después de todo) el qué cuentan, de qué tratan. No juzgándolos pero sí intuyéndolos o adivinándolos a partir de portadas y fotos de autores y breves biografías y sinopsis en sus más o menos anchas espaldas y en sus menos o más esbeltas solapas. Libros que, luego de un tiempo allí, aunque no se los haya leído o nunca se los vaya a leer despiden una fragancia telepática que produce un efecto extraño en sus dueños: el de sentir que, por las noches, cuando duermen, esos libros se cuentan a sí mismos con la más muda pero atronadora de las voces y es como, sí, se los hubiese recorrido y viajado y admirado sin que jamás haya hecho falta o se haya echado en falta abrirlos. A veces, piensa, le basta con mirar un libro –mirarlo fijo– para sentir que ya lo leyó. Sin leerlo. Los japoneses hasta tienen una palabra para acorralar a este síntoma y estado de ánimo: *tsundoku*, comprar un libro y no leerlo, verlos juntarse y amontonarse hasta que el *tsundoku* crece a tsunami, y aún así... Pero que para que esto suceda o se sienta, hay que comprarlo antes. Semejante magia blanca y negra no se logra en librerías públicas sino en bibliotecas privadas, a solas, ahora *no* lo ves y ahora *sí* lo ves.

Una biblioteca que se las ha arreglado para sobrevivir al margen pero no en los márgenes de esas cámaras fotográficas de páginas, de esos depósitos de letras. Artefactos que no se pueden oler ni prestar ni robar ni arrojar contra una pared; ni permiten el inesperado reencuentro con algo (nota o foto o recorte) en sus tripas; ni nos ayudarán a comprender la naturaleza de alguien cuando, recién llegados a una casa, nos acercamos hasta la biblioteca para leer títulos como si decodificásemos las manchas inconscientes de uno de esos test psicológicos y hasta, en las películas, cada vez que actúa una biblioteca, torcemos nuestros cuellos para intentar descifrar apellidos verticales en estantes horizontales.

Una biblioteca con demasiadas encarnaciones de *Tender Is the Night* y de *Tierna es la noche* o –según la traducción– *Suave es la noche*, y hasta una *Tendre est la nuit* y *Ночь нежна* y *Yö on hellä* y *Zärtlich ist die Nacht* y *Գիշեր ն անուշէ* y *Tenera è la notte*, todas de Francis Scott Fitzgerald y de Фрэ́нсис Скотт Кей Фицджéр y de Ֆրենսիս Սքոթ Ֆիցջերալդ.

Una biblioteca donde, a modo de decoración, como puntuando el fluir discursivo de los libros, hay también una primera edición en long-play (precintada, envuelto en su funda negra, sin abrir nunca) de *Wish You Were Here* de Pink Floyd; una no muy vieja pero instantáneamente antigua cámara digital (una de esas calcomanías en su flanco de metal, de las que se aplicaban a los flancos de los viejos baúles de viaje. Donde se lee «Abracadabra»); y un pequeño y primitivo y atemporal juguete de hojalata. Un hombre a cuerda, llevando una maleta sin necesidad de incluir baterías o interruptores. Uno de esos objetos que parecen haber sido fabricados para provocar incontenibles ganas de agarrarlos en todo aquel que los mira. Y hacer girar la llave que se clava en su maleta. Y de ponerlo a caminar. Y, sorpresa: de hacerlo, de sucumbir a su encanto, el hechizado descubrirá que este juguete (algo anda mal, o tal vez no) no avanza sino que retrocede, que sólo puede ir marcha atrás, como revisitando su viaje. Y, junto al juguete, la reproducción postal de un cuadro que muestra un reloj con sus tripas al aire. Resortes y engranajes, curvas cubistas y, mejor, ya es hora, encender los motores de lo que aquí se contará y *play* y *record* y mirar por el visor como se espía por el ojo de la cerradura que conduce exactamente aquí.

Y, avanzando sobre la biblioteca, cámara en mano (junto a una pared donde hay una enorme plancha de corcho con infinidad de pequeños papeles clavados como mariposas donde se leen citas de escritores. Se capturan dos: «Me fascina escribir porque adoro la aventura que hay en todo texto que uno pone en marcha, porque adoro el abismo, el misterio y esa línea de sombra que al cruzarla va a parar al territorio de lo desconocido, un espacio en el que de pronto todo nos resulta muy extraño, sobre todo cuando vemos que, como si estuviéramos en el estadio infantil del lenguaje, nos toca volver a aprenderlo todo, aunque con la diferencia de que de niños todo nos parecía que podíamos estudiarlo y entenderlo mientras que en la edad de la línea de sombra vemos que el bosque de nuestras dudas y preguntas no se aclarará nunca y que, además, lo que a partir de entonces vamos a encontrar sólo serán sombras y tiniebla. Entonces lo mejor que podemos hacer es seguir adelante aunque no entendamos nada... Los libros que me interesan son aquellos que el autor ha comenzado sin saber de qué trataban y los ha terminado igual, en la penumbra. *E. V-M.*» y «Toda literatura lleva en sí el exilio, lo mismo da que el escritor haya tenido que largarse a los veinte años o que nunca se haya movido de su casa. Probablemente los primeros exiliados de los que se tiene noticia fueron Adán y Eva. Eso es incontrovertible y nos plantea algunas preguntas: ¿no seremos todos exiliados?, ¿no estaremos todos vagando por tierras extrañas? *R. B.*». Y un póster con un desprolijo pero efectivo injerto/collage: el cuadro de Edward Hopper *Room by the Sea* por cuya puerta abierta se cuela la espumosa y salada cresta de 神奈川沖浪裏 de Katsushika Hokusai). Lo primero que dice la chica es algo así como «Ugh, espero que no empecemos mostrando los libros y el escritorio y todo eso». Y el chico, mirando a la chica mirar, filmando (¿o es grabando?, piensa el chico, quien tiene una constante propensión a corregirse y a editarse), le responde más o menos que «No te preocupes: es lo primero que filmamos y grabamos; pero no será lo primero que se verá en la película». Y el chico enseguida cierra la boca; porque hasta a él le suena un tanto pretencioso referirse a lo que están haciendo como «la película».

En cualquier caso, ¿qué será lo primero entonces? ¿Qué se mostrará primero para que se vea primero? ¿Con qué abrir? ¿Con ese juguete como guiño a aquella frase tan citada del escritor en cuanto a que «El pasado es un juguete roto que cada quien arregla a su manera»? ¿O con la ventana circular del estudio que produce la impresión de estar metidos en una especie de *pod* espacial con vistas a una cortina de pinos y de espaldas a una repisa de agua y arena, a Júpiter y más allá del infinito? O, mejor, con el puro y sin diluir paisaje. Un paisaje siempre es un buen principio. El lugar preciso: el mar, el bosque y, en esa línea que es el sitio puntual –el punto y seguido– donde termina el mar para que pueda comenzar el bosque. Y sobre pilotes y vigas y escaleras de madera y hormigón y acero, la casa que, al subir la marea, se convierte por unas horas en isla del mismo modo en que Cenicienta muta a protoprincesa bailarina de medianoche. Como por magia de arte.

El chico (El Chico, a partir de ahora; leer y percibir sus mayúsculas, aunque se lo haga en voz baja, como si éstas experimentasen un ligero cambio de presión atmosférica, de intensidad existencial, como cuando un ascensor arranca de golpe y nosotros estamos hablando en la mitad de una frase y entonces UPS!) piensa que sería una buena idea fijar la cámara sobre un trípode y filmar y abrir con exactamente eso: con la subida del mar junto al pequeño muelle. Un muelle es como un puente inconcluso, como un camino que uno recién termina de trazar dentro de la cabeza, piensa El Chico; pero no se atreve a decirlo, a decírselo a ella. Sí dice, sí se anima a decir, que después podría usarse ese lugar, esa escena, acelerada, como secuencia de títulos. La marea subiendo y aislando la casa que de pronto parece flotar sobre las aguas. «No está mal… Pero que no sea un amanecer o un atardecer, ¿eh?», conviene la chica (La Chica, de aquí en más; leer y percibir sus mayúsculas curvas, aunque…), y lo hace como si le hiciese un favor, como si le concediese un último deseo. Y, para hacer la idea también un poco suya, para que él no se quede con todo el mérito, La Chica añade: «Además pega muy bien con eso que él decía sobre el modo en que cambió su método de escritura y su estilo. Eso de que al principio, cuando empezó a escribir, se limitaba a esperar a que las ideas le llegasen ya formadas, como pasajeros, en la punta del muelle; y luego, más adelante, la dificultad y desafío y duda de tener que ir a buscarlas mar adentro y de alquilar un bote y remar y ponerse el traje de buzo y descender a arrancarlas a las profundidades como restos de un naufragio para armar, ¿no?».

«Él» es el escritor (El Escritor; leer y percibir y blablablá y UPS!) sobre el que están haciendo un documental (La Película). Y El Chico, con un fervor que no siente, pero que ha aprendido a fingir hasta casi creérselo siempre que está con ella, dice: «Es verdad. Perfecto. Gran idea». El Chico intenta, todo el tiempo, adivinar qué es lo que está pensando La Chica; anticiparse a sus ideas y deseos. Pero no es tarea sencilla y sí es un trabajo duro: es como proponerse adivinar cuál es la canción que suena en algún lado más o menos cercano contando nada más que con la pista de un bajo retumbando a través de paredes y pisos, desde hace años, en otra edad.

El Chico es seis meses menor que La Chica. No es una diferencia decisiva y mucho menos infranqueable, queda claro, estando El Chico y La Chica, ahora, a mitad de camino y en esa área nebulosa sin mapas muy confiables que se ubica entre los veinte y los treinta años. Pero a El Chico le parece que esos seis meses son como terribles y definitivos, seis meses. Como esos meses de tanto tiempo atrás: como si él tuviese aún diez años y ella ya hubiese cumplido los once y lo contemplase desde la otra orilla, con algo creciendo a la altura del pecho, bajo su vestido. Un pecho que se está pluralizando: pechos. Como si esa parte de su cuerpo hubiese sido sometida a un extraño experimento con rayos gamma o lo que sea. Y él no pudiese hacer otra cosa que observarlo, que observarlos, que observarla a ella, que ya es otra, mientras él sigue siendo el mismo de siempre o peor aún: él, entonces, es más pequeño porque ella ya es más grande. Así se siente él ahora mientras la mira, pechos de La Chica incluidos. Más que mirarla la *contempla* (verbo mucho más poético, se dice) como se aprecia, con una mezcla de temor y admiración, a un fenómeno de la naturaleza cada vez más cercano. Y que, nada cuesta anticiparlo, arrasará con todo. Y, muy especialmente, a ese pobre tipo que lo espera con ojos abiertos y boca abierta, sonriendo vaya uno a saber por qué, ya casi volando por los aires, arrastrado por vientos en espiral. A El Chico, La Chica lo deja sin palabras o le regala una elocuencia donde nada de lo que se dice tiene demasiado sentido. A El Chico, La Chica le quita el aliento o lo asfixia. Da igual, aunque no sea exactamente lo mismo.

Ahá, El Chico está enamorado de La Chica. Un amor no correspondido que es algo así, piensa El Chico, como algo parecido a eso que sienten aquellos que han perdido un brazo o una pierna. Pero no el fantasma de algo que alguna vez estuvo allí y ya no, sino el fantasma de algo que jamás se tuvo y que se desea tanto tener. Ese amor violento y triste que acaba siendo la perdición de los mejores monstruos. De Drácula y del monstruo de Frankenstein y de La Momia y de El Fantasma de la Ópera y de El Hombre Lobo y de La Criatura de la Laguna Negra y de La Mosca y de King Kong y de tantas otras mutaciones sucumbiendo a la más apasionada radiación de tantas Bellas. Un amor que no es ciego pero que sí alucina. Uno de esos amores que no es que se equivoque sino que, desde el principio, es una equivocación. Un amor que no acierta y que sólo da en el blanco cuando falla, cuando deja de ser amor para haber sido amor y se lo puede contemplar desde lejos, con cierta distancia y se descubre, como corresponde, que fue siempre un amor no correspondido.

Y La Chica no está enamorada de El Chico; porque La Chica reserva su amor nada más y nada menos que para los Grandes Temas. Para EL ARTE. Para LA LITERATURA, para todas las cosas mayúsculas en las que La Chica piensa en mayúsculas. Mayúsculas que no se limitan a las iniciales. Mayúsculas que alcanzan a las letras intermedias y a las últimas letras, y que hasta extrañan la ausencia de signos de puntuación mayúsculos. Mírenlos: El Chico y La Chica son animales literarios. Viven para la lectura de la escritura y sueñan con vivir de la escritura a partir de la lectura. Y tienen claro que ya ha pasado el modernismo (cuando todo era posible), el posmodernismo (cuando todo se había agotado), el pos-posmodernismo (cuando, habiéndose agotado todo, todo era posible). Y así, ahora, están a la espera de lo nuevo, de lo que vendrá, de su propio momento y de su era correspondiente y que les corresponda. Como esos surfers al amanecer, aguardando sobre sus tablas la llegada de la ola perfecta, El Chico y La Chica saben que se aproxima su hora dorada: la posibilidad de alcanzar la playa, triunfales y elegidos, lanzando gritos de cowboy de rodeo mientras aquí viene el sol a iluminarlo todo, a hacer que todo sea hermoso por el solo hecho de ser iluminado.

La Chica es dueña de una belleza que, cuando El Chico se siente entre lírico y épico, le gusta creer y describir para sí mismo como una de esas bellezas capaces de arrasar imperios enteros. Esa bellezas que –para trascender más allá de un bajorrelieve en la pared de un templo en ruinas– necesitan de la locura o de la inspiración de uno o de varios hombres para volverse legendarias, para dejar su nombre en la Historia. Pero no es verdad, es puro deseo de parte de El Chico. Un tan vano como vanidoso intento de convencerse a sí mismo de que él es ese hombre que la ascenderá a los cielos y la convertirá en constelación y leyenda. En realidad, a falta de un adjetivo mejor (y por el aumentado y automático reflejo de esas gafas clarkkentianas que ella usa y que, secreto, no necesita usar), la belleza de La Chica mejor y bien podría ser definida como indie. El Chico, también, tiene un aire indie. Lo que equivale a afirmar que La Chica es hermosa y El Chico no. La Chica es la personificación de la gracia hecha mujer. El Chico es gracioso. Así, La Chica ha sido bendecida por los dones del universo. Todo y todos los que la conocen, cuando la conocen, piensan, generacionalmente: «Uh, es como una mezcla de Natalie Portman con Anne Hathaway». Pero en realidad es otra cosa, ella es algo aún mejor y más clásica y moderna. Los franceses tienen la palabra perfecta –tanto en letra como en sonido– para definir su naturaleza. ¿Cuál era? Ah, sí: «gamine». La Chica es muy gamine. La Chica es como una Audrey Hepburn en un rol –¿joven que entra a trabajar a *The New Yorker* y se cruza con Salinger y Capote y Cheever en los ascensores?– que a Audrey Hepburn nunca le ofrecieron: el de una deliciosamente unfair lady cuyo hobby es el de romper, sin hacer nada, corazones en pedazos muy pequeños. Corazones que, al pisarlos con sus zapatos de tacos altos y afilados, suenan exactamente igual a como suenan las cáscaras de huevo al pisarlas. O, más precisamente, suenan como huesecitos de animales muy suaves y frágiles cuyos delicados organismos jamás resistirían su paso a ni siquiera un inmediatamente descartable boceto de posible dibujo animado. Al paso de La Chica, los corazones se estremecen y se parten, solos, como autodestruyéndose. A su lado, descorazonado, El Chico es, apenas, divertido como una caricatura piadosa. Como uno de esos personajes de cómic milenarista donde el superhéroe ha sido suplantado por el antihéroe; donde ya no hay sitio para poderes físicos o mentales; y lo único que vale es un tipo con las manos en los bolsillos, barba de un par de días, caminando por una calle de pueblo de pescadores y, con un anzuelo clavado profundo, arrastrado rumbo al fondo de un bar, al único bar que sigue abriendo fuera de temporada.

Pero parejas más desparejas han acabado amándose en pequeños grandes éxitos del cine indie; así que no todo está perdido, piensa y quiere y necesita creer El Chico. La Chica no piensa en esas cosas, no cree en esas películas y, mucho menos, en las canciones apenas alternativas de sus soundtracks. Es más: La Chica ni se considera indie. La Chica prefiere pensarse como más antigua, como hija perdida de una familia judía funcionalmente disfuncional y zen y con apellido monosilábico que suena a marca y con varios hijos prodigio. A pesar, sí, de que los padres de La Chica ostenten dos largos patronímicos de origen calabrés y como de opereta estridente y gritona. Apellidos que, juntos, uno detrás de otro, provocan risas en todo aquel que los oye. Y que enseguida le pidan que los repita, bis y otra-otra, El Chico incluido (apenas una vez, porque vio cómo se ponía La Chica y...). De ahí que, por razones más que obvias, El Chico evite el tema de nombres y apelativos delante de ella. El apellido de El Chico, en cambio, es *perfecto* para La Chica. Y La Chica no se lo va a perdonar nunca; porque La Chica siente, por momentos, que tal vez sea posible enamorarse de algo tan volátil como de un apellido. Un apellido que, a solas y cuando nadie la mira pensarlo, se ha arriesgado a probar junto a su nombre para descubrir que queda muy pero que muy bien. Un apellido que junto a su nombre sería un gran nombre de escritora.

El Chico y La Chica comentan un par de detalles técnicos; esos detalles técnicos que apenas un par de generaciones atrás su entendimiento y solución requería de varios años de una carrera universitaria y que ahora parece ser algo tan natural como masticar y tragar. Algo instintivo e intuitivo, una rápida danza de dedos sobre un teclado o sobre una pantalla que, si se lo permites, hasta te habla y te da instrucciones, como un oráculo, con voz metálica y cromada.

El Chico y la Chica hablan en voz muy baja, en una voz que baja la cabeza y encoge sus hombros para parecer y sonar más baja todavía. El Chico y La Chica hablan en voz baja porque no quieren, porque tienen miedo, de que los escuche Penélope. La hermana del escritor. La Hermana de El Escritor, a partir de ahora. O mejor: La Loca. O todavía más apropiado: La Hermana

Loca. La Hermana Loca de él, de El Escritor. El Escritor extraviado pero presente en todas partes, hecho (o, mejor, des/hecho) por lo que Penélope se ha convertido, por esas cosas de la sangre y de la ley, en la guardiana de la memoria de El Escritor desaparecido. Penélope es la protectora y administradora de su obra y vida después de la muerte o –abundan versiones y teorías que van de lo mágico a lo científico, de Einstein a Nostradamus– después de lo que sea y cual sea ahora su difusa e inédita y sin precedentes situación. Así que así, como en las instrucciones entre paréntesis de una obra de teatro, *Enter Penélope*. ¿Cómo es Penélope? Penélope –asegura La Chica, con voz de especialista– alguna vez fue hermosa. Muy. «Se nota», dice. Pero, ahora, Penélope es como una de esas casas a la que, por un descuido, se dejó con puertas y ventanas sin cerrar durante demasiados días y noches. Un cuerpo, abierto de par en par, expuesto a las inclemencias del tiempo y al azote de animales que pasaron un rato por allí y que luego se fueron dejando atrás un rastro de extática destrucción porque todo les fue permitido. «Me recuerda un poco a lo que le pasó a Jessica Lange», explica La Chica. Y, cuando lo dice, para El Chico, La Chica se parece más y mejor que nunca a Audrey Hepburn. Y El Chico tiene que bajar la vista: mirarla le da dolor de ojos. Pero enseguida se le pasa porque, desde afuera, llega la voz de La Hermana Loca de El Escritor que no habla sola pero sí grita sola. Y que a veces agarra a La Chica por los hombros y le pregunta «¿Tú eres una Hiriz o una Lina?». Y que va de aquí para allá, de la casa a la orilla, envuelta en una especie de abrigo impermeable de pescador/científico. La cabeza cubierta por un sombrero de hule y el rostro amordazado por uno de esos barbijos que usan los cirujanos para entrar a tocar o ejecutar los órganos desafinados del cuerpo humano. La Hermana Loca de El Escritor que aparece cantando a los gritos «Here comes the bride… Here comes the bride…». El efecto conseguido –efecto presuntamente involuntario– es el de una variedad de enfermera de película gore/slasher de vacaciones y como si estuviese buscando caracoles y estrellas de mar que después utilizará para clavar en ojos de adolescentes siempre en el sitio incorrecto y en el peor momento. Y El Chico y La Chica descubren que si hay algo peor que adentrarse en la vida de un escritor, ese algo es la hermana de un escritor custodiando esa vida. Porque El Escritor ni siquiera escogió a La Hermana Loca de El Escritor como única albacea y guardiana de su obra y memoria. El Escritor nunca pensó en su posteridad, en el después de la novela de su vida. Nada le importaba menos a El Escritor que la gestión de su fantasma y memoria. Tampoco era, pensaba, que fuese a haber demasiados médiums interesados en invocarlo y recordarlo o explorarlo como se recorre un flamante sitio arqueológico. El Escritor no era un escritor consagrado o universal. El Escritor era, apenas, un escritor reconocido más que reconocible y con eso era suficiente para él. Así, El Escritor nunca se casó ni procreó porque –comenzó a pensarlo apenas dejada atrás su infancia; de ahí, en parte, que El Chico y La Chica lo idolatren– consagraría su vida a la literatura. Casi de inmediato –sin padres y con una hermana de perfil y frente más bien disperso– El Escritor descubrió que todo era más fácil a solas. Todo el tiempo del mundo para leer y escribir. Actividades, ambas, diseñadas para un Hombre Solo que –como dijo en uno de los muchos programas de televisión «literarios» a los que acudió cuando era joven y los productores lo llamaban porque su primer libro vendía bien y «además dices cosas muy divertidas»– «no quiere dejar viudas sueltas o hijos firmando memoirs resentidas sobre lo mucho que sufrieron a la sombra del déspota que los utilizaba en sus ficciones sin pedirles permiso y blablablá».

Y ése es uno de los muchos videos –que un buscador programado y automático les encuentra en los pliegues de la red y descarga en sus pantallas– que El Chico y La Chica han seleccionado a partir de abundante material de archivo extraído a programas de televisión de trasnoche. Programas siempre grabados a las siete u ocho de la mañana, en estudios helados y con mínima y abstracta escenografía que parece estar ensamblada con sobras. Programas con nombres como *Ex-Libris*, *Páginas Sueltas* o *La Biblioteca de*

Alejandría. Programas conducidos siempre por hombres pálidos (y de tanto en tanto por una ex modelo con pretensiones intelectuales que supo ser musa generacional, de una generación tan breve como pequeña) a los que parece habérseles concedido una última oportunidad frente a las cámaras; ellos y ellas conscientes de que, si no llaman demasiado la atención y leen y repiten con un poco de cuidado las solapas de libros y contraportadas, esa oportunidad puede extenderse a lo largo de décadas.

De todas esas horas y horas grabadas en diferentes soportes –que van del celuloide, pasan por el video y llegan hasta la digitalización de teléfono móvil y la tablet– El Chico y La Chica han extraído un puñado de lo que El Escritor solía llamar «mis máximas mínimas» y que repitió una y otra vez a lo largo de sus libros. Así, un curioso efecto. Un efecto auditivo-ocular. Una especie de resbaladizo pasadizo entre la ficción y la no-ficción. Como de alguien que suena –simultáneamente, dos en uno, oferta especial– a ventrílocuo muñeco de ventrílocuo. Y El Chico y La Chica van a jugar con ello, compaginando frases similares en diferentes épocas (como esa atemporal y constante y rara adicción a citar a William Faulkner, escritor que casi no leyó), empezando una idea con El Escritor joven y más o menos exitoso y concluyéndola luego con El Escritor más viejo y lejano y, enseguida, mostrando esa frase, casi textual, en la boca y el papel de alguno de sus personajes. Ahí, El Escritor entusiasmado y veloz y tal vez ayudado por un empujón químico. Ahí también, El Escritor que ya se mostraba poco y con un aire que parecía anticipar a lo que los periódicos anunciarían con tipografía tamaño catástrofe (La Hermana Loca de El Escritor recortó y enmarcó las noticias que ya comienzan a ganar ese color amarillo-ya-pasó) como su «particular aceleración y volatilización molecular». Uno y otro –iguales, pero diferentes– diciendo exactamente lo mismo. El Escritor como un escritor, sí, particular y hecho y deshecho de partículas.

Esta especie creíble de videocredo que van armando primero les produce, a El Chico y a La Chica, una especie de mareo. Y enseguida –cuando descubren una nueva aparición de El Escritor repitiendo lo de siempre– una risa boba. Como si ambos hubiesen inhalado alguna especie de gas raro, mientras –cuidándose siempre de que La Hermana Loca de El Escritor no ande cerca– completan las frases en voz alta y casi con las palabras exactas. Muchas de ellas completamente absurdas e infantiles en su impudicia y, la verdad sea dicha, poco enmarcables y más bien desfavorecedoras fuera y lejos del contexto en el que fueron pronunciadas. Escuchando y mirando buena parte de esas declaraciones, El Chico pone cara-de-ugh y La Chica pone cara-de-agh. Las caras que, a veces, se suelen poner ante la incomodidad que produce el entusiasmo ajeno en aquellos que jamás han experimentado semejante entusiasmo. El Chico y La Chica, está claro, jamás han sentido algo así. Eso que –al menos en algunos-varios momentos– sintió El Escritor respecto al oficio de leer primero y escribir después y seguir leyendo. Y El Chico y La Chica se mueren por sentirlo y viven para poder experimentarlo alguna vez, al menos una vez. Y para El Chico –esa carencia mutua y plena– es un momento de rara comunión y sincronicidad con La Chica. Un momento que, paradojalmente, quisiera alargar durante horas, para siempre. Ser iguales de ignorantes e insensibles. Pero es un deseo que dura poco. Nadie quiere ser menos y no hay amor duradero que pueda construirse sobre los cimientos de la carencia. Y El Chico, también, se siente un poco-bastante traidor. Eso de reírse de El Escritor, a sus espaldas pero frente a su imagen rewind y fast-forward y freeze-frame. Es como reírse de un Dios frente a su imagen. Pero, hey, El Chico y La Chica, adoradores pecadores, tampoco quieren negarlas o barrerlas bajo la alfombra: todas esas cosas que dijo El Escritor en el pasado y que se siguen escuchando en el presente. La idea –al proyectarla hacia el futuro– no es cuidar y emprolijar la memoria e imagen de El Escritor ahora invisible. La idea es presentarlas sin hacer trampa. Sin editarlas. Así, El Chico y La Chica han detectado a las más frecuentes «máximas mínimas». Y, apenas en secreto, se alegran de que, con el tiempo, transcurriera más tiempo entre un libro y otro de El Escritor y, por consiguiente, las entrevistas de y a El Escritor hayan sido menos y contadas las declaraciones que, cerca del final, luego de escribir algo que definió como «un manual de etiqueta funeraria de más de seiscientas páginas disfrazado de ficción», eran casi monosilábicas o elocuentemente crípticas, diciendo cosas del tipo «Los muertos tienen ciertas obligaciones. ¿Será una de ellas el recordarnos?» o «Cuando mueren, los muertos se olvidan de nosotros para que así podamos recordarlos mejor» o «No es cierto eso de la soledad de la muerte, de la muerte como acto final y definitivo: morimos todos juntos, y el muerto arrastra a los vivos y los mata un poco y así los vivos van muriendo casi sin darse cuenta hasta que ya es demasiado tarde. El acto físico de morir no es más que el punto final a una de esas oraciones largas como las de aquel que dice acostarse temprano para escribir hasta tarde». Y El Chico y La Chica hasta han elaborado un ranking de temas y citas que, piadosamente, pueden considerarse obsesiones o, si se prefiere, cartas marcadas y cómodas.

A saber:

* Lo ya mencionado del muelle, del barco que antes llegaba cargado de pasajeros/historias a los que bastaba con describir y, ahora, lo del barco que ya no llega, lo del barco perdido entre nieblas o hundido entre tiburones y –previo alquiler de pequeño bote que se mueve demasiado entre corrientes traicioneras y ponerse el incómodo y complicado traje de buzo– lo del laborioso y asfixiante buceo de alta profundidad en busca de tramas rotas e ideas sueltas y subirlas a la superficie y a ver qué se hace o se deshace con ellas.

* Lo del irrealismo lógico propio como contracara del realismo mágico de los demás: «Si el realismo mágico es realismo con detalles irreales, entonces el irrealismo lógico es su gemelo opuesto: irrealidad con detalles realistas... Aunque ¿habrá algo más irreal que el llamado realismo? Esos cuentos y esas novelas con un tempo dramático y un orden de los acontecimientos perfectamente calculados y administrados. Como *Madame Bovary*. O el orden prolijo y el tempo preciso de casi todas las novelas

policiales. Pero la realidad no es así. La realidad es indisciplinada e imprevisible. La realidad real es auténticamente irreal... Hay más realismo y verosimilitud en un solo día de libre y fluido y consciente paseo de Clarissa Dalloway que en toda la prolija y bien dosificada vida y muerte de Anna Karenina. De ahí que, ante tanto escritor que se dice comprometido con la realidad, yo opto por presentarme como un escritor profundamente comprometido con la irrealidad. Ah, los escritores comprometidos... Los que dicen escribir para contribuir a la comprensión de la realidad, los que aseguran que escriben para ayudar a la gente, para guiarlos como si fuesen un faro... Los firmantes del pacto mefistofélico que han vendido su alma artística a las ventajas y beneficios inmediatos del mostrar las cosas tal como son sin darse cuenta que eso los obliga a limitarse a un puñado de cosas supuestamente universales y aptas para todo público y lector... Los iluminados que iluminan... Sin darse cuenta de que la literatura es la actividad más entre penumbras y solipsista y egoísta y burguesa que existe. Requiere de calma y de comodidades y de soledad y, siempre, de un sálvese quien pueda. *NO* dejad que los lectores se acerquen a mí. La práctica de literatura no es una ONG, amiguitos. Y, si lo es, es una ONG de autoayuda. De ayuda a uno mismo. Y si eso le funciona a alguien, genial. Si no, lo siento mucho, no lo siento en absoluto: mejor que te dediques a la medicina de frontera, a la abogacía ética, a la odontología de beneficencia... La literatura no le sirve a la realidad. Por eso es ficción... Pero volvamos a la idea del realismo. A toda esa falacia de la literatura como fiel espejo de la realidad... Mentira, imposible. La realidad no funciona como en los libros supuestamente reales, no respeta ese tempo dramático, esas prolijas secuencias de acontecimientos, uno detrás de otro, en perfecta y funcional formación... De hecho, cada vez que decido sumergirme en esas grandes trilogías o cuartetos o quintetos o sextetos o septetos decimonónicos, lo que yo hago es socavar ese falso realismo –como el de esos cuadros cuyo único objetivo es, en vano, ser lo más parecido que se pueda a una fotografía– leyendo los diferentes volúmenes fuera de orden. Así, paradójicamente, se muestran mucho más verdaderos: como si, como en la vida, uno conociese a alguien a los cuarenta años y recién luego, con confianza, nos contase la infancia; o que tiempo después de la muerte de alguien nos cruzásemos, como por casualidad, con su primer amor. Así, encantado de conocerte y encantado de reconocerte».

* Una declaración de Kurt Vonnegut en cuanto a que los escritores son «células especializadas de la sociedad» y «como canarios que en las minas de carbón anticipan la falta de oxígeno». Otra de John Cheever en cuanto a que «no poseemos más conciencia que la literatura». Una más de Francis Scott Fitzgerald en cuanto a que «La prueba exitosa de una inteligencia de primera clase es la habilidad para mantener dos ideas opuestas en la cabeza al mismo tiempo y aún así retener la capacidad para funcionar». A lo que El Escritor, sonriendo, añade: «Yo tengo unas cien ideas opuestas aquí dentro, al mismo tiempo. ¿Me convierte eso en un genio o en, apenas, un ingenioso? ¿Soy un superdotado o un infradotado? ¿O poseo las dos condiciones, opuestas, funcionando al mismo tiempo? Tal vez eso lo explique *todo*».

* Una escena de una representación teatral de uno de los cuentos de su primer libro en el que un joven actor y una joven actriz recitan citas como «La droga, que era la droga de moda y se llamaba Cat, producía el raro efecto de acelerar tu cuerpo y tu mente pero hacerte sentir que todo lo que te rodeaba se volvía más espeso, más denso. Eras como un pogo-punk infiltrado en el *Lago de los cisnes* y, estirando brazos y piernas, moviéndose de puntillas, las noches se hacían largas como días».

* Lo de la teoría del glaciar como contraparte de la teoría del iceberg de Hemingway («Que haya mucho bajo el agua pero, *también*, que haya mucho sobre el agua, ¿no?»).

* Incontables menciones a «A Day in the Life» de The Beatles (y a la portada de *Sgt. Pepper's Lonely Hearts Club Band* como «la radiación infantil y responsable de mi manía referencial»), a

2001: A Space Odyssey de Stanley Kubrick (en especial la escena en la que HAL 9000 va «desmemoriándose mientras canta, aterrorizado, una vieja canción»), a ese verso eléctrico y fantasmal y huesudo de Bob Dylan en «Visions of Johanna».

* Lo de «mi extrañeza en cuanto a que cada vez se lea menos lo que se escribe fuera de aquí y que tan sólo se lo lea cuando ese escritor o escritora extranjeros es editado por alguna pequeña editorial local y entonces "descubierto" por algún crítico o académico local sin importar que ese libro lleve ya años dando vueltas por ahí. Como si lo ajeno sólo fuese digno de ser considerado recién después de ser apropiado y nacionalizado. Y, en ocasiones, hasta discutirlo estableciendo vínculos y comparaciones absurdas –convencidos hasta el fanatismo, intentando convencer de influencias cronológicamente imposibles de lo de aquí para con lo de allá– con algún narrador nacional más cercano a la secta que al culto. Alguien, por lo general ya cómoda y convenientemente muerto, y por lo tanto manipulable. Alguien que, seguro, nunca leyó ni supo de ese importado por lo general bastante mejor que él».

* Un comentario sobre los editores jóvenes «que llevan una vida muy parecida a la de los escritores en los años veinte, de fiesta en fiesta; mientras que los escritores maduros de ahora somos más como los editores de los años veinte, como Maxwell Perkins: de casa al trabajo y del trabajo a casa haciendo el menor ruido posible».

* Una respuesta en una entrevista de *The Paris Review* (ese sitio donde los escritores se autoconvencen a posteriori de todo aquello sobre lo que, a priori y durante, no tenían la menor idea, trabajando en la oscuridad, la locura del arte, etcétera) a Harold Brodkey, donde le preguntan cuál es su «ideal literario» y él responde: «Los ideales son para las tarjetas de felicitación. Yo intento cambiar la conciencia, cambiar el lenguaje de tal manera que los modos de comportamiento a los que me opongo se vuelvan impopulares, absurdos, extraños». Y luego El Escritor añade: «Brodkey es un caso interesante, un caso a estudiar, un ejemplo

a admirar pero no a seguir en lo que hace a "la locura del arte" y a lo que sucede cuando eres devorado por tu propio estilo más allá de toda digestión posible».

* Y la respuesta de William Gaddis, en la misma revista, cuando se le pregunta acerca de una supuesta «dificultad» de su obra: «Bueno, si el trabajo no me resultara difícil lo cierto es que me moriría de aburrimiento».

* Un recuerdo para «el primer libro con el que yo sentí que estaba leyendo a alguien que *también* escribía, y cuyos personajes se la pasaban contando y contándose, literal y literariamente vampirizados, fue el *Drácula* de Bram Stoker: una novela que es, también, una máquina de escribir. [...] Escribí un cuento sobre esa novela, sobre *leer* esa novela, y ese cuento es de lo más autobiográfico que he escrito. Otro libro que me produjo una impresión temprana y parecida fue *Martin Eden* de Jack London. O, sobre todos y primero que ninguno, *David Copperfield* de Charles Dickens. Libros cuyos protagonistas eran escritores y, además, eran héroes. Novelas autobiográficas de otros que, enseguida, se habían convertido en autobiográficas para mí, porque de pronto eran parte fundamental de mi vida y de los libros que alguna vez escribiría. Sí, el descubrimiento de que las existencias ajenas pueden contener y contar las nuestras».

* «¿Momento más escalofriante y emocionante de mi vida como lector? Muchos. Pero tal vez el que mejor recuerdo es el de alcanzar las últimas páginas del último volumen de *En busca del tiempo perdido* y, luego de una inesperada, infrecuente separación de párrafos, leer que el narrador/autor Marcel nos confiesa, casi incómodo pero orgulloso: "Lo que yo quería escribir era otra cosa, otra cosa más larga y para más de una persona. Más larga de escribir". Y, claro, Proust se refiere allí exactamente a *eso* que estamos leyendo donde nos dice que aspiraba a otra cosa. Toda la historia –no de la literatura pero sí de los escritores– en una línea, en una línea breve.»

* Más: «O aquel otro momento, en *The Ambassadors* de Henry James. Ese "Live all you can... Live, live!" (libro quinto, capí-

tulo II) con el que, en Francia, el viajero y enviado en una supuesta misión de rescate, el maduro pero no muy experimentado Lambert Strether, de pronto siente que lo comprende *todo*. Y que ya nunca podrá volver a ser quien fue, aunque ya no le quede mucho de vida para intentar ser otro. Como consejo, convengámoslo, no es mucho más profundo o sabio de lo que solemos encontrarnos en las tripas de una galleta de la fortuna. Pero en el centro de una novela de James, una de sus últimas novelas, esa orden y pedido casi desesperado, adquiere otro peso y resonancia. Para decirlo de otro modo: uno de esos instantes en que la literatura, desde el acto mismo de hacer literatura, se da cuenta de cosas que la vida no alcanza ni jamás alcanzará a comprender por sí sola. De ahí la importancia y la existencia de la literatura. La buena ficción –si sabemos aprovecharla– es un manual de instrucciones para nuestra no-ficción... y ya que estamos en tema, en *The Ambassadors*: yo estoy de acuerdo con los que aseguran que el "little nameless object" fabricado mejor que en ningún otro sitio en Woollett, Massachusetts, y al que se refiere Strether sin nunca llegar a identificar con precisión, *no* es un orinal, o pomada para sacar brillo a los zapatos, o broches para colgar la ropa, o un pequeño reloj despertador. No. El pequeño objeto sin nombre es un palillo para escarbarse los dientes fabricado por un tal Charles Forster, quien pronto, como se señala en la novela, tuvo el monopolio norteamericano del producto en cuestión. Pero cambiemos de tema: porque nada me duele más que hablar de dientes, de mi convulsa historia odontológica».

* Más aún: «O si no en *Moby Dick*, en el capítulo 85, "The Fountain", donde, de pronto, la sombra de Melville, en su escritorio, es como una inesperada nube sobre el mar de Ishmael. Melville, quien, tan lejos y tan cerca, informa al lector de que, mientras pone por escrito esas palabras, es el preciso instante, el exacto y "blessed minute" suspendido entre paréntesis, "(la una y quince y un cuarto de minuto P. M. de este día número dieciséis de diciembre, A. D., 1850)". *Call me Herman*, sí. Un humilde deus ex machina que se contenta con ofrecer hora y fecha,

como tomando aliento y juntando fuerzas para el duelo final y el naufragio absoluto al que sólo uno sobrevivirá para así poder contar el cuento de la novela».

* De otra entrevista. Pregunta: «¿Cree que ha hecho escuela?». Respuesta: «Sí. Pero mi escuela sólo acepta a excelentes alumnos "especiales" y con problemas de aprendizaje porque están muy ocupados entendiendo cosas que no figuran en los programas o en asignaturas que no incluyen materias como Trabajos Cerebrales o Ciencias Inexactas. Alumnos que en los recreos se dedican a correr en cámara lenta y a mirar fijo a sus meriendas hasta que les lloran los ojos, hasta que éstas se vuelven cosas transparentes; y quienes se dirigen a su maestro levantando la mano pero, siempre, llamándolo "Vuestra excelentísima y decapitable majestad" para, a continuación, hacer una de esas preguntas que parecen más enmarcadas por signos de admiración que de interrogación».

* Y sigue: «Si se trata de continuar dentro de este rol, de tener algún poder absoluto y casi divino sobre los demás, alguno de mis discursos, desde el balcón más alto de mi palacio (pero sin necesidad de gritar o de mover mucho los brazos, a diferencia de todos esos políticos que parecen no haberse dado cuenta aún de que ya no hace falta, de que contamos con excelente amplificación y pantallas gigantes para que te escuchen y te vean bien desde casi otros reinos), incluiría lo que voy a decir a continuación: "La obra es memoria y la memoria no puede sino ser aquello a lo que los religiosos llaman alma. Pero es algo que no asciende a los cielos sino que se pudre en la tierra; aunque puede regrabarse sobre las memorias de los que vendrán. En un orden ideal de las cosas, en un mundo tanto mejor que el nuestro, todos deberían estar obligados a escribir un diario o una memoir o una autobiografía o, al menos, un journal de impresiones sueltas. Así, en ese mundo tanto mejor y en ese orden ideal, todos no sólo sabríamos escribir. Además, seríamos buenos escritores lúcidos ante nuestra propia historia y –revisándola día a día, pasando en limpio lo bueno y lo malo– aprenderíamos a cómo

mejorarla y corregirla antes de llegar al final, antes de que sea demasiado tarde. Seríamos mejores personas y, por lo tanto, mejores personajes"».

* Y a continuación: «Pero está claro que escribir no es sencillo. Escribir es esa disciplina que resulta cada vez más difícil. Es como lo que ocurre con la lente de una cámara. O con el ojo humano. En principio, se ve todo al revés, cabeza abajo, patas arriba. Y es la máquina y el cerebro lo que se encarga de enderezarlo, ponerlo del derecho, y darle algún sentido lógico. Pero es un sentido engañoso. Una ilusión. Y así, en cualquier momento, todo puede venirse abajo y dejar al truco en toda su torpe evidencia. De ahí que haya que ser cada vez más cuidadoso y sutil. Perfeccionar la mentira y el modo en que se toma algo de la realidad para invertirlo en la ficción. Y atención: la mayoría de las personas a las que consideramos mentirosas –las mejores y más profesionales y verosímiles personas mentirosas– no nos mienten a nosotros. Nunca. Lo que hacen es mentirse a sí mismas una y otra vez hasta que se creen sus mentiras. Y recién luego nos las comunican como verdades incuestionables y rotundas y absolutas. Los escritores, claro, son la versión extrema y artística de estos especímenes. Los escritores que no sirven para nada salvo para sí mismos. Los escritores que no sirven a nada salvo a sí mismos. Y, de paso, ya que estamos en tema: es mentira aquello de que, según algunos aborígenes, cada foto que te toman te roba un poco de alma. No. Uno demora en caer en que está hace mucho en una trampa de la que recién es consciente cuando ya es demasiado tarde. La verdad es que cada foto que *tomas* te roba a ti un poco de alma. Si miras con cuidado, sin pestañear, sin que tus ojos hagan un clic, todo resulta estar al revés de lo que parece. La tarea del escritor entonces… Me parece que no entiendo muy bien lo que quiero decir… Siguiente pregunta».

* Una recomendación del *Wish You Were Here* de Pink Floyd y de las *Goldberg Variationen* de Bach por Glenn Gould (su segunda versión, casi una despedida) como «sonidos de fondo ideales

para sentarse y mantenerse sentado y escribiendo. [...] Música perfecta para intentar conseguir aquello que afirmó Fitzgerald, eso de que "la buena escritura es como nadar bajo el agua y aguantar la respiración"». Y «Big Sky» de The Kinks como «lo mejor para encender los motores de cada día de trabajo. [...] Una suerte de plegaria. Un padre nuestro que, sí, está de verdad en los cielos porque él mismo es el cielo. Y también una forma de recordar que, mientras buena parte de los escritores de mi generación quisieron ser U2, no está nada mal y es mucho mejor querer ser The Kinks. De acuerdo, las giras serán más incómodas y menos espectaculares. Y la soledad del corredor de fondo antes que la gloria instantánea de los cien metros. Pero mejor estar más cerca de Harry Nilsson que de Bono. ¿Alguien aquí se acuerda o tiene la menor idea de quién fue y es Harry Nilsson? ¿O Warren Zevon? Y, por las dudas, no me refiero aquí a sus disonantes y ocurrentes épicas autodestructivas sino a su intimismo constructivo a la hora de ensamblar canciones delicadas y perfectas. La exquisitez con que armaban y desarmaban estrofas y estribillos y puentes para que puedan cruzar los versos al otro lado donde uno los espera. Así, de ese modo, es como yo entiendo la escritura de cuentos y novelas. Una cierta ecualización de sentimientos y sonido y fraseos y juegos de palabras. Y el coro griego se toma de las manos y canta "Anda diciendo que prefiere ser rocker que escritor, doo do doo, doo do, do doo do doo, doo do, doo do....". En fin... ¿En qué estaba? Ah, sí, buscaré un ejemplo muy fácil: mejor estar más cerca de Ray Davies que de Bono, pienso. Y me repito. Insisto. The Kinks. Los de "You Really Got Me", ¿OK? Pero yo pienso más en una canción como "Big Sky". En "Big Sky" –como Harry Nilsson en "Good Old Desk" cantándole a su divino escritorio; o Warren Zevon en "Desperados Under The Eaves", en horas bajas y escuchando el ruido que hace el aire acondicionado que, de repente, le inspira un crescendo final y majestuoso– Ray Davies invoca, sin angustiarse demasiado, a una suerte de deidad desconocida y que no se preocupa mucho por nosotros. Bono, en cambio, una y otra vez cae de rodillas y le reza intensa y desesperadamente a alguien que conoce muy bien: a sí mismo [...]. Y para seguir en tema –y en banda– no se me ocurre mejor canción que "Days", también de The Kinks, como fondo musical para bajar la persiana, al final de cada jornada de trabajo. Pero, tal vez, mejor oírla en la versión crepuscular de Elvis Costello y no en la original de The Kinks... Ray Davies. Thank You... De golpe me acuerdo que una vez, hace mucho, Ray Davies me rescató de una universidad perdida entre los maizales de Iowa e hizo posible que pudiese ir a New York, a oírlo cantar "Days". Yo estaba allí, como una especie de escritor invitado en una película académica clase B. Y no podía salir de ese sitio. Estaba prisionero por el hechizo burocrático de un visado especial que no te permitía desplazarte por los Estados Unidos a no ser que alguien te reclamara. Así que yo me enteré que Ray Davies iba a tocar en Manhattan. Y nunca lo había oído o visto en persona y en directo. Y necesitaba verlo y oírlo. Así que averigüé el número del hotel donde paraba, conseguí que me pasasen la llamada a su habitación y atendió él y le expliqué la situación. Tenía que comunicarse con el decano para que me dejasen partir, para poder ir a su concierto. Ray Davies, por supuesto, primero pensó que se trataba de una broma de algún amigo maligno y luego, para cerciorarse de mi autenticidad como fan suyo me hizo cantar varias canciones suyas por teléfono. No de las más fáciles. Ningún hit. Canciones como "Polly" o "Too Much on My Mind" (una de mis favoritas de siempre) o "People Take Pictures of Each Other" o "Art Lover" o "Scattered". Y yo me las sabía todas. Pero el hombre pronto se cansó y cortó la comunicación. Un par de días después, gracias a un mensaje suyo al decano, yo partía rumbo al sur. Ray Davies me invitó a tomar el té, me entregó una entrada, y me dijo "Hasta aquí llegamos y ya no vamos a vernos nunca más, ¿verdad?"... Un caballero, sí. Un artista que apenas enarcó una ceja por encima del humo perfumado de Darjeeling que ascendía de su taza y sonrió entre divertido y triste cuando yo le comenté, indignado, la desfachatez con que, por entonces, Blur y Oasis y Pulp saqueaban y falsificaban su estilo y canciones para revolcarse en dinero y fama apenas reconociendo su genio y tutelaje y maestría. No hay escritores, no hay escritores de libros así. Y si los hay, yo no los conozco. Tampoco hay fans de escritores así. Los fans de músicos se conforman con saber sus canciones y aullarlas a los gritos en conciertos o en habitaciones con la puerta bien cerrada. Los fans de los escritores, en cambio, son más peligrosos: los fans de los escritores quieren escribir, escribir lo suyo y, con su escritura, reescribir al y a lo del otro».

* Algo que una vez le dijo John Banville, mientras caminaban por los alrededores de la Martello Tower en Sandycove, en cuanto a que «el estilo avanza dando zancadas triunfales mientras que la trama lo sigue despacio y arrastrando los pies». Algo sobre lo que él luego pensó si, tal vez, no sería posible que el estilo retrocediese unos pasos y alzara amorosamente a la trama en sus brazos, como si fuese un niño brillante y complicado, y la convirtiese en algo nuevo, diferente: en una trama estilística, en el más tramado de los estilos. Fue Nabokov, y él casi siempre estaba de acuerdo con Nabokov, quien postuló que la mejor parte de la biografía de un escritor no pasa por el registro de sus aventuras sino por la historia de su estilo. El estilo como aventura y la aventura como estilo, sí.

* Algo que una vez le dijo él a alguien, mientras caminaba por los alrededores de vaya a saber dónde: «Los dioses de una religión a menudo se convierten en los demonios de la religión que la sucede. Algo parecido sucede con los escritores, con los escritores de una generación anterior al ser reconsiderados por los escritores de la generación siguiente».

* Respuesta: «¿Qué me gustaría como epitafio en mi lápida? Fácil: mi nombre, la palabra "Lector", y los años 1963-1.000.000.000 y sumando. Y no es que quiera vivir tanto tiempo; pero, atención, la clave del imposible segundo número pasa por la palabra "Lector". Es decir: más tiempo, todo el tiempo, para poder seguir no escribiendo sino leyendo… Cuando yo era muy

joven y todavía me preocupaba de cosas como de mi foto en la solapa de mis libros, una vez posé con una camiseta negra donde, en letras blancas, se leía "So many books... so little time!"... Me la compré en una librería de New York que ya no existe. Tampoco existe esa camiseta en mi clóset. Desapareció junto a esas otras dos camisetas: una con la leyenda "Likes Like / Like Likes" y otra con la reproducción de la portada de *Sgt. Pepper's Lonely Hearts Club Band*, donde un amigo diseñador de portadas de discos había insertado mi rostro junto al de William S. Burroughs. Pero sigo pensando lo mismo, lo de la primera camiseta. Es extremadamente injusto el que, seguro, ni yo ni nadie disponga del tiempo, *de todo-el-tiempo-del-mundo*, para leer todo aquello que necesita leer primero para escribir después. Para escribir lo mejor que alguien pueda llegar a escribir... Faulkner, sin ir más lejos. Aquí lo tengo, todos los tomos de la Library of America esperando. Lo leí poco y mal en mi adolescencia, en traducciones deficientes (lo que, también, podría llevarme a todo el tiempo que me falta para *releer*, para hacer aquello que es como la versión glorificada de la lectura), y ahí está, esperándome aún. ¿Debo? ¿No debo? ¿Ahora? ¿En verano o en invierno? ¿Es mejor que el clima y temperatura del paisaje externo se corresponda con el del Sur de Faulkner? ¿O al contrario? ¿El año que viene? ¿Está listo mi ADN de escritor para recibir semejante estallido y, tal vez, verse alterado para siempre? ¿Quién lo sabe? Ahí está y ahí sigue Faulkner, aullando, como uno de esos lobos peligrosos atados de una pata a una cadena cuya longitud no conocemos exactamente. Así que ¿hasta dónde será seguro acercarte a él sin que te salte encima y te coma la cara? ¿O se coma la pata sin avisarte y se quede ahí, esperándote? Un lobo solitario. No olvidar nunca aquello que dijo Faulkner, respondiendo a una propuesta de Hemingway, en cuanto a que los escritores deberían juntarse y hacerse fuertes, como los doctores y los abogados y los lobos. Faulkner, por lo contrario, desconfiaba de los escritores que se unían en camarillas y generaciones y que estaban condenados a desaparecer porque, decía, son como lobos que sólo son lobos en pandilla, pero que a solas no son más que perros mansos e inofensivos, perros que ladran pero no muerden».

* Su propensión a los títulos originales de los libros siempre y cuando sean en inglés (porque no habla otro idioma y porque el francés «me da pánico») y la idea de que «*The Great Gatsby* no tiene nada que enseñarte. Lo único que tiene para enseñarte *The Great Gatsby* es que ni en toda tu vida ni en ninguna de todas las reencarnaciones que te queden vas a escribir una novela tan perfecta como *The Great Gatsby*. Pero que sí se puede aprender, y mucho, de la imperfección, de la victoriosa derrota, de las grietas y asperezas de *Tender Is the Night*, el *Wuthering Heights* de Francis Scott Fitzgerald» (en el *tape* en que El Escritor declara lo anterior se escuchan claramente los gritos de La Hermana Loca de El Escritor aullando «¡*Wuthering Heights* es mía! ¡Y esa novela sobre esa familia extranjera de la que escribiste, también fue mía y la mía!»).

* Algo referente a que está un tanto cansado de «ser considerado un pop-writer; pero mejor eso que ser un poop-writer, ¿no?» y que «soy tan pop como en su momento lo fue Jane Austen, prueba más que fehaciente de la potencia de la ficción. Porque no olvidar nunca que ella, considerada hoy como la suma sacerdotisa oracular de lo matrimonial murió a los cuarenta y dos años virgen y aún viviendo con papito».

* Una aclaración en cuanto a que «cada vez disfruto más como lector de los libros que menos me interesan como escritor. Es un verdadero placer leer aquello que nunca se escribirá y que otros hacen tanto mejor que uno. Supongo, espero, que es algo que tiene que ver con la madurez. Algo parecido a que, recuerden, cuando uno es joven sueña con una novia idéntica a uno mismo, con un espejo que todo lo comprende y lo comprehenda. Los primales efectos de esas playas en películas de y con escritores como *Julia* o *Betty Blue* y la lectura cruzada de cartas, de cartas de esas que ya no se escriben. Cartas como aquellas elaboradas escenografías que ya no hace falta erigir y que ahora se suplantan con una pantalla azul –un azul infinito y celestial y

divino y digital– donde proyectar en el aire todo lo que se te ocurra dentro de tu cabeza. Cartas para ser leídas y releídas, doblándolas y desdoblándolas, de tantas parejas que escriben. Pero, con el tiempo, se descubre que ese espejo no hace más que reflejar, con clínica e impiadosa fidelidad, los propios defectos, las taras insuperables, los tics y los cracks propios. Así, no es raro que, más adelante en nuestras vidas y obras, nos enamoremos de opuestos, de tierras vírgenes donde todo está por descubrir y en las que se habla el más ajeno de los idiomas. Así, en tanto escritores, empezamos aprendiendo de lo que nos gustaría ser y acabamos aprendiendo de lo que ya jamás seremos, porque no queda ni tiempo ni espacio para volver a empezar con el paso cambiado. Comenzamos contando los cuentos que nos contaron y terminamos contando los cuentos que cuentan. Pero tal vez esté diciendo tonterías, mintiéndome a mí mismo para poder engañarlos a todos ustedes».

* Una de esas citas que se quieren broncíneas, marmóreas, pero sin perder cierta gracia o algo así: «La literatura es una carrera de fondo y, también, una carrera sin fondo».

* Otro tape, otro programa de televisión, una mesa, varias sillas, tres invitados más la mujer que conduce el asunto, una escenografía triste hecha de cubos con caras de escritores en sus caras, todas las caras de los escritores que tienen que estar allí sí o sí, ninguna sorpresa. El Escritor dice: «Un escritor es como una especie de monstruo de Frankenstein. Un modelo para armar. Es una vida hecha de varias vidas. Por lo menos cuatro: la vida compuesta por lo que escribe, la vida compuesta por lo que lee, la vida privada, la vida pública...». Entonces otro de los escritores invitados lo interrumpe con un «Otra vez la misma tontería de siempre» y la conductora ríe nerviosa y el tape se interrumpe ahí, corte, y...

* Una teoría del lector/escritor: «En lo que hace a la formación y/o deformación de un escritor, yo creo que el proceso es más o menos similar al de cómo se va armando un lector. Cuando comenzamos a escribir, durante nuestra infancia, lo que más

importa es el héroe, la identificación con el héroe. De apasionarnos con el chico o la chica ahí dentro, luego nos preocupamos en saber si ha protagonizado otras aventuras. Así, pilas y pilas de cómics y Sandokán, los Mosqueteros, Nemo, Jo, etcétera. Hasta allí / aquí llegan (y aquí pueden detenerse sin problemas) la mayoría de los lectores. De seguir en la aventura, jungla adentro, aparece un nuevo lector. Un lector un tanto más sofisticado, con un cierto interés por la estructura de sus aventuras y, después, una cierta intriga por quién los creó y en qué circunstancias: por ese fantasma vivísimo llamado autor y por la posibilidad cierta de otros autores similares. El último y más evolucionado stage de lector –y de escritor– es aquel que, además de por todo lo anterior, también se preocupa y disfruta de un determinado estilo. Eso que es lo único con lo que, singularmente, se puede dar batalla y tregua en tiempos digitales y plurales electrificados por escritores que narran pero no escriben, por escritores que sólo cuentan pero con los que no puedes contar cuando más y mejor los necesitas. Y son muy pocos los escritores –son los verdaderamente grandes– los que consiguen que su estilo pase por la prosa y, además, por aquello que cuentan con esa prosa. Así, el milagro de una trama y un estilo propios, únicos, intransferibles. De haber una meta, seguro, es ésa: que trama y estilo den lugar y tiempo a un nuevo y personal idioma. Que la parte inventada de lo que se cuenta *también* sea la manera en que esa ficción habla y se expresa. Pero –atención– no olvidar nunca que el estilo que se alcanza es, siempre, aunque a posteriori se intente convencer de lo contrario, de que todo estaba fríamente calculado, un desvío en el camino. Lo que acaba siendo el estilo no es otra cosa que la resaca de una borrachera. Lo que queda y duele en la cabeza y entonces a ver qué hacemos con esto. El estilo es el exitoso destilado de un fracaso, el glorioso accidente que no se olvida. Un problema en el laboratorio, como en *The Fly*, como en los cómics de Hulk. Sólo así puede entenderse la expansiva pero prusiana digresión en Saul Bellow o la mutación novelística de Shakespeare en Iris Murdoch. Algo que se encuentra cuando se buscaba otra cosa». Y, sí –El Chico y La Chica lo comprobaron a lo largo de los tapes–, El Escritor a veces se confunde el orden o se salta alguno de los pasos de su ciclo evolutivo.

* Más: «La gente lee cada vez menos y, por lo tanto, lee cada vez peor. Los lectores son cada vez más... silvestres. Y, así, son cada vez más los lectores que piensan que todo lo que está escrito en primera persona del singular inevitablemente le sucedió al autor. O que es lo que el autor piensa. Así, alguien como Donald Barthelme se pasó buena parte de su carrera no desautorizando del todo a un personaje de Donald Barthelme que dijo "Los fragmentos son las únicas formas en las que confío", pero sí aclarando, hasta el hartazgo, que Donald Barthelme no era ese personaje de Donald Barthelme».

* La reincidencia en Vonnegut y en la ambición de, algún día, poder escribir un libro tralfamadoriano, porque «Los libros de ellos eran cosas pequeñas. Los libros tralfamadorianos eran ordenados en breves conjuntos de símbolos separados por estrellas. Cada conjunto de símbolos era un tan breve como urgente mensaje que describe una determinada situación. Nosotros, los tralfamadorianos, los leemos todos al mismo tiempo y no uno después de otro. No existe una relación en particular entre los mensajes excepto que el autor los ha escogido cuidadosamente; así que, al ser vistos simultáneamente, producen una imagen de la vida que es hermosa y sorprendente y profunda. No hay principio, ni centro, ni final, ni suspenso, ni moraleja, ni causa, ni efectos. Lo que amamos de nuestros libros es la profundidad de tantos momentos maravillosos contemplados al mismo tiempo».

* Otra respuesta a otra pregunta en otra entrevista: «¿Qué es lo que más me gusta de todo lo que escribí? Probablemente esa primera línea de ese cuento que arranca con un "Entonces sucedió lo que, inevitablemente, debía suceder y que, por supuesto, era lo que de ningún modo debió haber sucedido pero...". ¡No! Me arrepiento. ¿Puedo cambiar de respuesta? ¿Sí? Lo que más me gusta es ese principio de ese otro cuento: "Tan tan tan ta-tatán ta-tatán tan"».

* «¿Que si alguna vez podré escribir algo donde no aparezca algún personaje que NO sea escritor? Difícil. Lo dudo. No creo. Tengo una idea completamente romántica de la figura del escritor. El tipo de idea, supongo, que otros tienen –durante su niñez– de la figura de astronautas o de deportistas o de bomberos o, pobrecillos, presidentes. Fue muy raro eso para mí: el saber desde siempre que yo quería ser un escritor. Incluso antes de saber escribir. No hace mucho leí una encuesta relativa a las edades en que se manifestaba la vocación literaria. Allí se concluía que el 30 por ciento de los escritores encuestados habían sentido el llamado entre los cero y los diez años, el 38 por ciento entre los diez y los veinte, el 24 por ciento entre los veinte y los treinta, el 6 por ciento entre los treinta y los cuarenta, y el 2 por ciento de los cuarenta años en adelante. Yo nunca tuve un plan B, jamás dudé, nací formado y deformado. De ahí, en mi caso, es verdad aquello de ten cuidado con lo que deseas porque te puede ser concedido. El don y el privilegio y la condena de no haber tenido que renunciar a la vocación primera, a la fantasía infantil. Y, enseguida, la rara culpa de sentir que uno tenía que estar, siempre, a la altura de semejante y cada vez más alto deseo concedido. Y crecer rodeado –en el colegio, en el parque, en la familia– por gente que no tenía la menor idea de lo que acabaría siendo mientras yo tenía la certeza absoluta de lo que acabaría siendo porque ya lo era entonces. Una especie de extraterrestre-terrestre. Para mí un escritor es alguien que vuela hasta las profundidades del universo, compite por algo, lo gana, y regresa con ello para iluminar un poco, apenas, la oscuridad. Pero sin que haga falta salir de casa. Siempre quise ser escritor por lo que –todo parece indicarlo, y no puedo decir que me molesta que así sea– siempre querré *hacer* escritores.»

* Una propuesta: «¿Cómo es que a nadie se le ha ocurrido aún hacer una *sitcom* como *Seinfeld* o *Louie* pero con escritores? Los escritores son tanto más graciosos y patéticos que los *stand-up comedians*. Y la fauna que los rodea: agentes, editores, periodistas, críticos, académicos, libreros, aspirantes a escritores... Y los escenarios: festivales, entregas de premios, presentaciones, la vida do-

méstica... Estoy seguro que tendría un gran éxito. O que, por lo menos, sería divertidísimo en el más terrible sentido del término, ¿no? Propongo un título: *Typos*... Ah, las cosas que se me ocurren, Dios mío...».

* «¿Creo en Dios? No. Al menos no en ninguno de los modelos que nos proponen todos esos grandes textos religiosos. Pero *sí* creo en una especie de Gran Potencia Narradora. En una Entidad Generadora de Tramas Formidables. No puedo no creer en eso. No puedo no creer en la idea de que allí haya alguien trabajando, urdiendo, pensando sin pausa en un a ver qué pasa. Volví a sentirlo no hace mucho leyendo un libro sobre los turbulentos orígenes de la Primera Guerra Mundial y el perverso modo en que fueron encajando todas las pequeñas piezas del asunto. La Primera Guerra Mundial que por entonces era nada más y nada menos que la Gran Guerra; porque nadie podía imaginar una continuación, unos pocos años después, con mucho mejores efectos especiales. Pero, bueno, está claro que alguien *sí* podía imaginarlo. Alguien con mucha imaginación.»

* Y la, por ahora, despedida: una última y ya añeja entrevista a El Escritor donde mira a cámara y dice en voz muy baja: «Cada vez me cansa más ir a sitios donde me preguntan, siempre, cómo se me ocurren las ideas para lo que escribo y nunca me preguntan cómo se me ocurrió la idea de ser escritor. [...] Cada vez me resulta más agotador todo lo que un escritor supuestamente tiene que hacer más allá de escribir para ser considerado escritor. Ser jurado. Ser juzgado. Ser observador y ser observado en alguna de esas mesas redondas. [...] Opinar sobre la realidad que, en verdad, es lo que menos le interesa, o lo que menos debería interesarle, a un creador de ficciones. [...] ¿Fue William Faulkner quien dijo que un escritor que no escribe tiende a hacer cosas moralmente reprochables?... No sé. [...] Cada vez me gusta más escribir, cada vez me gusta menos ser escritor...».

Todo eso y mucho más.

Y el buscador que El Chico y La Chica tienen programado

no deja de enviarles nuevas tomas y secuencias de El Escritor. Varias por día. Esquirlas y semillas y ladrillos. Archivos que abren cada mañana –entre expectantes y deseando que, por favor, no lleguen más, ¿sí?– como si se tratasen de regalos navideños fuera de lugar. Y todo va a dar allí. A una pequeña computadora portátil de poderes casi infinitos. El Chico y La Chica montan todas esas palabras en boca de un mismo rostro, de un rostro cambiante. Y ya están cansados de tanto mirar y de oír y de jugar apostando a cuántos minutos pasarán antes de que El Escritor vuelva a pronunciar la palabra «epifanía».

Y El Chico y La Chica tienen hambre pero, también, ya casi les da miedo que llegue, no la hora de las brujas, sino la hora de ponerse a construir sándwiches. El Chico y La Chica han acampado junto a la casa que alguna vez fue de El Escritor y ahora es de La Hermana Loca de El Escritor. Y no es un asunto sencillo: día tras día se ven obligados a plantar y a arrancar la tienda de campaña respetando los horarios de mareas poderosas y no del todo puntuales. Hubiese sido más sencillo levantarla en el bosque, pero La Hermana Loca del Escritor les advirtió que el bosque es terreno prohibido, que nadie entra en el bosque. El mar frente a la casa –que es un mar mezclado con la desembocadura de un río– es decididamente bipolar. Dulce y salado, manso y temperamental. Ahora no lo ves y ahora ya está aquí y, sí, fácil de comprender cómo y por qué el cuadro favorito de El Escritor era o es *Room by the Sea* de Edward Hopper. Y ahí dentro, El Chico y La Chica extraen lonchas de quesos y de jamones diversos de un pequeño refrigerador portátil. Y se ponen a edificar sándwiches cada vez más complejos y barrocos con ingredientes comprados en un almacén. En una gasolinera a tres o cuatro kilómetros tierra adentro (y donde, para desesperación de El Chico, no se consiguen latas gaseosas de Qwerty o de Plot o de Nov/bel o de Typë o de DrINK). Ida y vuelta por un camino a recorrer en una bicicleta plegable de diseño que llevó La Chica. Sándwiches como cárceles de Giovanni Battista Piranesi albergando presidiarios encadenados y perpetuos de Giuseppe Arcimboldo. Están tan cansados de esos sándwiches –El Chico y La Chica se preguntan si los cangrejos enormes y pardos que se arrastran en la orilla serán comestibles, pero no se animan a responderse– y el «momento de los sándwiches» se funde con el momento de «irse a dormir». Acción que siempre le ha resultado fascinante a El Chico porque supone, simultáneamente, acción y reposo. Moverse –irse, dormir– para quedarse quieto. Y es un momento que, ahora, no deja de causarle cierta incrementada excitante inquietud a El Chico. Porque por más que El Chico y La Chica duerman por separado, cada uno en su saco de dormir, junto a todo el equipo electrónico que, por suerte, ocupa cada vez menos espacio, porque el futuro ya no es la exploración del infinito espacio exterior sino la reducción del espacio a ocupar en el interior de la Tierra. Todo es diseño. Incluso la aerodinámica tienda de campaña, que tiene algo de módulo lunar y que los envuelve a ambos en un abrazo de larva. Y le da a toda la situación un aire de matrimonio blanco pero matrimonio al fin, al aire libre, bajo el pesado aliento del cielo, mientras se busca sincronizar la propia respiración con la del universo hasta conseguir el efecto de una canción de cuna. La Chica lo consigue casi de inmediato. Dormir. Para el Chico no es algo tan sencillo. Así, El Chico –que siempre tuvo un sueño tan ligero que parece como si levitara– ya sabe que La Chica habla dormida y que dice cosas muy extrañas, que en sus sonidos soñados se repite una y otra vez el verbo «caer» y el lugar «piscina». Y los dice con una voz de una suavidad que hace que todo se levante y se eleve y que su sueño, sus sueños despiertos, vuelen aún más alto mientras aumenta su temperatura corporal y...

Digámoslo rápido para poder pasar a otra cosa: entonces El Chico juguetea con la idea de masturbarse. Pero El Chico nunca fue bueno para masturbarse. No le resulta fácil excitarse. Necesita de historias elaboradas. De contexto. Incluso en los primeros tiempos de su pubertad, entreabriendo ejemplares de *Playboy* y *Penthouse*, El Chico siempre prefirió la sección del correo en blanco y negro de esas revistas a las satinadas fotos y desplegables de chicas de una desnudez que siempre le pareció demasiado vestida. A El Chico le excitaban mucho más esos largos despachos de supuestos lectores (pero seguramente redactores encerrados en una habitación sin ventanas y mal iluminada, imaginaba El Chico) contando, con pelos y señales y sudores y fluidos, historias de repartidores de pizza acosados por amas de casa en celo y de profesores de instituto perseguidos por alumnas desatadas y de primas a las que no se veía desde hace años y de omnipresentes novias de mejores amigos y de jefes a dominar y jefas dominátrix. Y, sí, El Chico podría escribir una carta de lectores con La Chica.

Cuando esto sucede –y esta suerte de doloroso y censurable y finalmente censurado éxtasis sucede todas las noches– El Chico se pone a contar corderos y los hace saltar sobre una verja, en reversa, como si proyectase una película de adelante hacia atrás. Así, intenta más o menos en vano atemperar su presente recordando cómo era su mundo antes de conocer a La Chica y antes de que la figura de El Escritor los uniese y los metiera dentro de esta tienda de campaña.

Sépanlo: El Chico y La Chica vienen de un país donde un escritor muerto o desaparecido cotiza más y mejor que un escritor vivo y aparecido. A veces pasa, pasa cada vez más seguido. Un escritor muerto siempre puede desenterrarse y redescubrirse y no protesta y sus familiares siempre suelen estar dispuestos a lo que sea a cambio de lo que fuera. Y El Escritor –cuyas acciones habían bajado en los últimos tiempos– ahora no sólo es un escritor muerto/desaparecido. En realidad, ahora, El Escritor es algo mucho más raro: un escritor perdido. Alguien cuya desaparición/extravío/trance ha sido, primero, una noticia de impacto mundial y luego algo mucho más extraño: una cruza entre aberración científica y fenómeno atmosférico a la que ya muchos periódicos y noticieros dedican espacio y atención diaria a la altura de las páginas y secciones del pronóstico meteorológico y los horóscopos. Porque El Escritor ha mutado en una rara especie de augurio climático-astrológico. Y cada vez hay más gente que mira al cielo para guiarse por sus apariciones esporádicas como alguna vez marcaron su rumbo marineros ubicando a la Estrella del Norte o a la Cruz del Sur.

El Escritor se ha convertido en, sí, una buena historia.

Así que hay que hacer algo y hacerlo pronto. Y así el editor (cuya breve participación aquí y su más bien baja altura moral no le hacen merecedor de las mayúsculas de El Editor) lo recibió una mañana en su despacho y aceptó de inmediato la propuesta de El Chico porque era una de esas proposiciones imposibles de no aceptar: El Chico se ofrecía a pagar de su bolsillo (El Chico acaba de recibir un pequeño pero suficiente legado de una abuela) viaje y financiación de un video a incluirse en antología de El Escritor con algún inédito y piezas sueltas y dispersas publicadas en revistas y suplementos culturales. Lo único que pedía El Chico del/al editor era una carta de presentación para La Hermana Loca de El Escritor (que para él no era aún La Hermana Loca de El Escritor). La única condición que ponía el editor (que era el hijo de El Editor, del primer y único y original editor de El Escritor; del mayúsculo Editor que fue derribado por el relámpago de un ataque cardíaco al enterarse de lo que le había sucedido a El Escritor en Suiza, bajo tierra, top-secret y clasificado) era que La Chica formase parte de la partida. El Chico en principio se resistió pero al final accede: su firme negativa se diluye en ruborizada aceptación cuando ve entrar a La Chica en la oficina. La Chica es sobrina del editor, trabaja en la editorial como correctora (y como objeto de deseo para más de un autor que acepta cualquier cláusula siempre y cuando sea ella quien le acerque el contrato y le toque el manuscrito), pero, por encima de todo, La Chica es fan incondicional de El Escritor. Primero, sin siquiera haberlo leído; porque El Escritor fue el único que no intentó seducirla (y por eso La Chica permitió que le tomaran una foto junto a él, a pedido de su tío; e incluso sintió la hasta entonces para ella inédita inquietud de preguntarse y preocuparse de si, con los años, en el epígrafe de la explicación de esa foto se leería, apenas, un «... con una joven sin identificar»). Segundo, porque El Escritor un día le trajo de regalo un ejemplar de esa novela de Fitzgerald, de *Tender Is the Night*, explicándole que «hay que leerlo como si se tratase de un libro de autoayuda de polaridad negativa: aquí está todo lo que *no* tienes que hacer para que te vaya muy bien en la vida. También una especie de fórmula más o menos secreta para perdonarles todo a tus padres. Además, está muy bien escrito». Y tercero, porque, después de eso leyó a El Escritor y no es que se haya enamorado de él. Pero sí se enamoró del personaje de una mujer –que salía y entraba de sus libros, en distintas épocas y circunstancias, en diferentes piscinas y ciudades y hasta planetas– y que produjo en ella la impostergable necesidad de saber más, de acercarse un poco. De ahí que le pidiese a su tío editor –habiendo ahorrado lo suficiente como para cruzar el océano– algún tipo de salvoconducto para llegar a la casa de El Escritor. El tío editor se mostró encantado siempre y cuando La Chica intentase revisar cajones a ver qué encontraba. Y alguna instrucción previa: rumores de toda una novela sobre la historia de los brazos perdidos de la Venus de Milo; de otra novela con el arquitecto nazi Albert Speer de protagonista; de una novela más titulada *The Beatle~~s~~* (así, con la ~~s~~ tachada) narrando la historia de un joven extranjero que llega a los estudios de grabación en Abbey Road para ser testigo directo del fin de la banda de rock más grande de todos los tiempos.

El editor no les dijo nada –ni a El Chico ni a La Chica– del carácter más bien inflamable de La Hermana Loca de El Escritor. El editor sospechaba que La Hermana Loca de El Escritor podía ser lesbiana. O ninfómana. Así, El Chico y La Chica como posibles carnales carnadas. El editor se limitó a presentarlos y juntarlos, dictarle una carta a su secretaria, enviarla vía e-mail e informarles –al día siguiente– de que La Hermana Loca de El Escritor aceptaba su visita siempre y cuando el documental (La Película) reservara tiempo y espacio suficiente para que ella contase «mi versión de la historia». El Chico y La Chica aceptaron sin pensarlo demasiado. Al editor –que alguna vez quiso ser escritor pero se detuvo demasiado tiempo en la estación de redactor publicitario al casarse con hija de presidente de filial de una popular marca de gaseosa– siempre le gustó, además, manipular a las personas hasta sentir que son sus personajes. Y El Chico y La Chica son materia ideal para él porque hacen que se sienta un poco legendario y algo Maxwell Perkins (aunque él no tenga la menor idea de quién fue Maxwell Perkins) velando, más publicitaria que literariamente, por la memoria de un autor suyo porque lo heredó, a la vez que divertirse contemplando desde fuera qué resultará de todo este experimento a ejecutar combinando variables interesantes. En más de una ocasión, razona el editor, la historia de la gran literatura se ha bocetado en manuscritos borrosos por los que nadie hubiese apostado nada. Y ése es, para él, el punto exacto donde publicidad y edición comulgan en lo que para él es y sería un milagro: que le tocase una de esas amas de casa y madres solteras y huérfanas de guerra con best-seller universal escrito mientras esperan que sus hijos con algún tipo de enfermedad exótica salgan de un colegio que ya no podían pagar y todo eso. El Chico y La Chica –como puntos seguidos y dos puntos y puntos suspensivos de partida– no son exactamente eso pero algo son. Un comienzo promisorio o, al menos, intrigante.

El Chico quiere ser escritor desde que tiene memoria y La Chica quiere ser algo mejor todavía: quiere ser inmortalizada, quiere ser el reactivo que detone el estallido cósmico de un gran artista, quiere ser musa. Y no hay nada mejor, para combinar y fundir ambas vocaciones, que una cámara digital y la obra ajena. Para eso es que existen los demás: para que nos convenzamos de que, por un rato, podemos dejar de pensar en nosotros mismos cuando en realidad, entonces, no hacemos otra cosa que pensar en qué piensan los otros de uno.

Ahora, al otro lado de la fina membrana de la tienda de campaña, El Chico escucha un ruido que resulta difícil catalogar: ¿el sonido que salta de las olas de la playa hasta los árboles del bosque?, ¿una ventana mal cerrada que siempre soñó con ser puerta? ¿O, tal vez, La Hermana Loca de El Escritor recorriendo sus dominios como una gozosa alma en pena que jamás ha sentido pena por nadie y preparando ya las tomas y testimonios que El Chico y La Chica se verán obligados a dedicarle y grabarle mañana? De hecho, desde su llegada hace un par de semanas, El Chico y La Chica poco y nada han podido ocuparse de la memoria de El Escritor, porque La Hermana Loca de El Escritor todo el tiempo les reclama que la cámara y el micrófono apunten a ella que, por supuesto, se siente «la verdadera heroína de la historia» y no deja de «revelar» su «influencia inevitable y decisiva» en todos y en cada uno de los libros de El Escritor (en especial «en aquel donde no hizo más que exprimir a mi efímera familia política a partir de mis informes confidenciales y videos clandestinos») y de perderse en extraviados monólogos autobiográficos del tipo «Mis padres me pusieron Penélope cuando bien podrían haberme puesto la versión femenina de Ulises. ¿Existe eso? Porque si por algo me he caracterizado a lo largo y ancho de mi vida es por el movimiento perpetuo y por no sentarme a esperar a nadie. O, al menos, puestos a ser mitológicos, el nombre de alguna de las muchas diosas guerreras... Pero no, Penélope tuvo que ser y todo por culpa de la canción por entonces de moda de un jodido cantautor catalán que, seguro que no lo saben, ni siquiera es el autor de toda esa jodida canción pero va por ahí, desde hace décadas, cantándola como si fuese nada más que suya. Pero la música es de otro. Y basta que me pregunten mi nombre y yo responda "Penélope" para que me tarareen la mierda esa del bolso de piel marrón y los zapatitos de tacón y el vestido de domingo. Y yo nunca tuve nada de eso: ni bolso, ni zapatos, ni vestido para un determinado día de la semana... Pero, bueno, otra de las muchas cosas que tengo para agradecerles a papi y a mami que, conociéndolos, se quedaron con las ganas de ponerme Zelda por razones obvias. Aunque, dejando de lado el costado demencial del asunto, Zelda hubiera definido y sintetizado mucho mejor mi condición de mujer artista secreta y explotada por el escritor famoso y... Aquí me tienen, otra mujer a la sombra de un hombre que no dejaba de robarle la luz. Aquí, perdida, en esta especie de museo de mi hermano que mi propio hermano construyó, eso sí, con mi dinero, con mis diamantes de sangre. Y si ustedes dos se portan bien tal vez les cuente la historia de mis jodidos y malditos diamantes pura sangre… En realidad, seamos justos, no es un museo, ni una pirámide. Nada faraónico o con ánimo de inmortalizar al sujeto. Mi hermano no era tan obvio y vulgar. Lo suyo fue algo más humilde y, al mismo tiempo, algo mucho más soberbio. Lo que mi hermano alzó aquí (con financiación mía, digámoslo) es una especie de parque temático de su propio pasado para uso privado. "El palacio de mi memoria", le decía. Esta casa es exactamente igual, en sus recuerdos, a la que había en una playa en la que él pasó unas vacaciones junto a nuestros padres, cuando era un niño. Yo no estuve allí. O sí: yo estaba por nacer. "El origen, la primera línea", le decía el muy tonto. El sitio exacto donde había empezado todo y al que quería volver, y quedarse, para que todo continuara… Y la única que continúa acá, ahora, soy yo».

Pensar en lo que dice La Hermana Loca de El Escritor le da a El Chico, por fin, un poco de ayuda para cerrar los ojos. De ganas de irse a dormir, de nuevo, intentando conciliar (ese verbo, «conciliar», aplicado a alcanzar la plenitud de una actividad donde cuanto menos se piensa y se hace mejor, siempre le pareció fuera de lugar a El Chico) el sueño. Pero no es sencillo. El Chico escuchó alguna vez que el hombre, habiendo surgido de las aguas, piensa mejor cerca del agua. No puede asegurarlo pero una cosa sí está clara para El Chico: él piensa *más* cerca del agua, como si el agua fuese un excelente conductor de la electricidad del cerebro. Ahora, electrocutado, El Chico intentando convencer al insomnio de que le dé una noche de descanso, no puede sino evitar pensar si todo esto del documental (La Película) no será otro callejón sin salida o, peor, un pasillo circular. El documental –La Película a la que él le había atribuido las propiedades psicoquímicas de un detonante, las palabras mágicas que deshicieran o consiguieran el hechizo– como otra manera de sospechar que, tal vez, su pólvora siempre ha estado y estará mojada.

El Chico, ya se dijo, quiere ser escritor por encima de todas las cosas. Por encima, incluso, de estar *encima* de La Chica; posición esta a la que, no lo duda, podría acceder mucho más veloz y fácilmente de dar en el blanco con una novela o un libro. Una obra maestra que desvanezca las barreras que alza La Chica y la convierta en una de esas sonrojadas damiselas en salones iluminados por complejos candelabros. Pero no. Todavía no. Y falta mucho, demasiado, parece. Porque, de acuerdo, El Chico escribe. Pero El Chico no es escritor porque (por más que se intente convencer de lo contrario con multitud de argumentos, por más de lo sucedido en ese breve y aéreo episodio con El Escritor que no se atreve a confesar y que cada vez recuerda más como un pecado inconfesable e imperdonable y cuyo castigo se escribe como un undécimo mandamiento, un «No escribirás») sabe que no se es escritor *de verdad* hasta que se ha publicado y se pasea por librerías para contemplar cómo se ha expuesto la propia obra y, cuando los empleados no miran, se la mueve y reacomoda en las mesas mejor ubicadas. Esas cosas. Tener ya algo detrás y todo por delante sabiendo que no se llegará a ninguna parte. Pero, por lo menos, estar de camino, en movimiento. Ahora, El Chico habita ese momento terrible en la vida de todo escritor, de todo preescritor. Una zona sin límites ni mapa en la que *todo* parece digno de ser contado, *todo* puede llegar a ser una buena historia, *todo* caballo te mira con ojos de apuesta-por-mí. Pero es pura ilusión de iluso. Un desierto de engañosa fertilidad donde nada germina. Apenas, títulos, primeras frases, finales, dedicatorias, epígrafes (que, como en los libros de El Escritor, serán demasiados, para muchos), agradecimientos (que, como en los libros de El Escritor, serán muchos, para demasiados; aunque el Chico está reconsiderando su inclusión desde que La Chica le dijo que «yo no me los creo, son falsos, son agradeci*mientos*») y conferencias y hasta diseños de portadas para ediciones en diferentes editoriales e idiomas. En días particularmente febriles, El Chico llega hasta a imaginar las críticas a sus libros y alguna frase para la contraportada regalada por algún nombre que admira. Todo eso cuidadosamente recopilado en letra pequeña y en cada vez más numerosas libretas (Moleskine, por supuesto) que lleva consigo a todas partes. Libretas que –al abrirlas y releerlas– le producen el frustrante desasosiego de quien intenta recordar sueños y encontrarles algún sentido. Todo significado parece escapársele como arena, como agua, como aire pero, enseguida, para no derrumbarse, se dice que no importa: todo lo que contienen esas libretas –se consuela, se justifica– se verá muy bien desde el otro lado de los años, en las primeras vitrinas de la gran exposición de su vida. A El Chico le gusta creer que esta etapa –este centrifugado iniciático de trajes vacíos que nunca le quedan bien al probárselos– es un pasaje inevitable, un desorden hormonal de esos que te enloquecen el cuerpo y la cara y la voz y el humor y la personalidad. Una danza eléctrica –un relámpago como de dibujo animado– que derivará en alguna coreografía más o menos rigurosa y armónica. Algo pasajero –una fiebre que ataca a todos los escritores cuando son niños– sin ni siquiera sospechar que ésta es una enfermedad que no cesa, que seguirá siempre allí, y que asomará de tanto en tanto la cabeza a lo largo de los años, disfrazado de bloqueo de escritor, de para qué sentarse adentro cuando se puede salir a caminar por el afuera. Pero El Chico no piensa en el futuro porque el futuro duele: cada día que pasa es otro día en el que no ha terminado un libro que ni siquiera comenzó. Y El Chico lo ha intentado todo para terminar de empezar algo. Desde terapias más bien líricas e ineficaces como copiar letra a letra el texto de un escritor amado para sentir que esas palabras brotan de sus dedos, hasta correr a campo abierto con un casco de metal en la cabeza durante un día de tormenta rezando para ser alcanzado por un rayo. Un celestial dedo de luz y energía cuyo efecto se traducirá en ponerse de pie convertido en una Máquina Balzac (que llegaba incluso a fabricar y escoger el tipo de papel y la tipografía de sus libros) o en una Máquina Dickens (que se autoeditaba y perseguía a los piratas entre una gira y otra donde se presentaba a sí mismo «actuando» partes de sus novelas) o, al menos, en una más intermitente Máquina Stendhal que, es verdad, dejó muchas cosas apenas comenzadas o sin terminar pero que *también* escribió *La cartuja de Parma* (se supone que también inconclusa, de acuerdo) en unas pocas semanas. Y esta última es una fantasía *tan* infantil: la de imaginar y desear que una vez activado ya no conocerá el desbordante *horror vacui* de la inmovilidad cuando –aunque pasen los libros y los años– siempre se volverá allí. A la Zona Cero. Al disparo de largada sin meta a la vista. Al salir corriendo de las trincheras disparando a todas partes con la esperanza de dar en el blanco de la página en blanco o en el negro del ordenador en negro. En sus horas más bajas y oscuras El Chico se pregunta si –hijo adoptivo de un tiempo adaptable– no será que le gusta más ser escritor que escribir.

Por supuesto, El Chico asistió a diferentes talleres literarios –como quien se arrastra de rodillas hasta Lourdes– de diferentes sabores y estilos. Puede contarlos, en la oscuridad impermeable de la tienda de campaña, con los dedos de una mano.

Pulgar: el de aquel que en la sala de su departamento tenía una punching bag con una fotografía pegada de Hemingway a la que golpeaba y golpeaba mientras sudaba y hablaba sin pausa pero entre jadeos sobre el coraje y la gracia bajo presión y recordaba una vez que había corrido a los toros en Pamplona, porque los toros nunca lo corrieron a él.

Índice: el del que tenía un pequeño busto de Shakespeare sobre el escritorio al que se dirigía, guiñándole un ojo, con un «Will» y les explicaba «el método para convertir movidas de ajedrez en tramas».

Medio: el del que los hacía acariciar cristales de cuarzo «hasta que llegue la idea».

Anular: el de quien consideraba imprescindible que antes leyesen (comprasen, directamente a él, «para no caer en la trampa de las editoriales y el mercado») todos sus libros y así «comprender el misterio de la literatura».

Meñique: el de quien les aseguraba «que todo empieza y termina en Chéjov». Lo que generó una gran angustia en El Chico: porque El Chico leyó a Chéjov, disfrutó a Chéjov, pero no entendía cuál era su genialidad. Y mucho menos entendía a todos aquellos que querían escribir algo así. Esos finales *tan abiertos* en los que nada se resolvía y sólo parecía oírse la voz del viento colándose y corriendo por todas partes. Finales en los que, por ejemplo, un hombre y una mujer se encontraban junto a las escalinatas de un museo, con todo el cielo sobre sus cabezas, nada más que para despedirse. Y poco o nada más. Un prólogo a una selección de sus relatos a cargo de Richard Ford le dio una secreta esperanza. Allí el norteamericano empezaba diciendo más o menos lo mismo que él pensaba: Chéjov no era interesante. Pero, enseguida, Ford admitía su error y se unía a los encendidos y en llamas apólogos del ruso. Peor aún, Ford se convertía en el peor tipo de fanático: en el fanático converso. El Chico había leído una traducción al español que le habían recomendado, dos traducciones al inglés, una al francés (con la ayuda de un diccionario) y hasta un original ruso al que se había limitado a mirar fijo, como si esas letras cirílicas fuesen, sí, cristales de cuarzo. Pero El Chico sólo alcanzaba a ver, como detrás de una de esas ventanas con vidrio esmerilado, a gente sencilla alcanzando (ah, *la* palabra) epifanías sencillas y, por lo general, tibias y tenues y casi inasibles, como el humo que despide la luz de las velas. Una noche, en plena sesión, con una copa de más, El Chico se atrevió a decir allí (repitiendo algo que alguna vez había declarado El Escritor) que cualquiera de los discípulos de Chéjov le parecía superior al maestro. Todos se rieron de él. Se fue y no volvió más. Y con él se fue Ismael Tantor. Su mejor amigo literario. O algo así. Lo había conocido en ese taller. Ismael Tantor era inmenso, pesaba más de ciento cincuenta kilos («Ya ves: en mi nombre comulgan lo ballenero con lo paquidérmico; muy apropiado»), era el hijo de un abogado de renombre, estudiaba las últimas asignaturas de Derecho, ya se lo consideraba una especie de prodigio en la materia, aseguraba haberse anotado en el taller «para conocer chicas» y admitía sin pudor haber leído muy poco. «No hay que leer tanto –decía–. Leer mucho confunde y te quita tiempo para escribir. Y tampoco hay que escribir demasiado.» Ismael

Tantor –«por cuestiones obvias»– aseguraba sólo haber leído, pero varias veces, *Moby Dick*. «No hace falta nada más. Todo salió de allí y va a volver allí.» Ismael Tantor nunca se había ofrecido a leer nada durante las sesiones del taller. Hasta que una noche fue el único que quedaba sin «exponerse» y sacó un montón de hojas arrugadas del bolsillo interior de una chaqueta de leñador canadiense que no se quitaba ni en verano y anunció «Voy a leer una cosita que escribí en el bar de la esquina, antes de venir...», se aclaró la garganta como si barritara y entonces...

Hubo un sexto maestro tallerista –como uno de esos sextos dedos con los que nacen algunas personas y son extirpados apenas sea posible– que para El Chico había sido el mejor de todos. Un hombre triste que había publicado muy joven una única novela –en su momento considerada como prueba precoz del genio por venir y llegar– y quien sólo parecía alegrarse al hablar de los libros de los otros. Alguien que se limitaba a hacerlos leer y hacerlos pensar en lo que leían y que, al final de una sesión, les avisó de que estaba muy enfermo y de que ya no podría recibirlos despidiéndolos con un «Les deseo lo mejor del mundo». Al poco tiempo, en las páginas de un suplemento cultural donde ahora todos parecían acordarse al mismo tiempo de él, El Chico se enteró de que el escritor había muerto. Pronto, pensó El Chico, sería reclamado por aquellos a los que a El Chico le gustaba referirse como a «Los Resurreccionistas»: siempre listos y jóvenes ladrones de cadáveres literarios repartiéndose muertos para revivirlos a su propia imagen y medida hasta deformarlos en algo que nunca habían sido y a lo que no podían negarse ni resistirse. Así, hasta que el ausente acabase funcionando como una especie de anticipo de los presentes que lo adoraban exactamente por eso: porque les daba una razón de ser. A escritores vivos a los que sólo parecen gustarles aquellos escritores muertos a los que, sienten, se parece lo que ellos hacen. Así, sólo los leen a ellos hasta convencerse de que son ellos los que se les parecen. Y Los Resurreccionistas iban por ahí y por allá, enfrentándose bajo estandartes de fantasmas (mi muerto está más vivo que el tuyo), escribiendo lo suyo a la manera de, actuando como médiums oficiales y canalizadores de una memoria cada vez más caprichosa, y elaborando curiosas cosmogonías donde no parecía haber sitio para escritores distintos o internacionales. Porque todos y todo parecían surgir única y exclusivamente del tragaluz de ese agujero negro y sin fondo que devoraba todo resplandor, cavando allí sin cesar con la dedicación fanática de enanos de Blancanieves. Pico y pala. Heigh-Ho casi sonando como Sieg Heil. Pero ni aun así. Para sorpresa de El Chico –tal vez porque no era lo suficientemente experimental sin ser tampoco tradicional– nadie robó la tumba del escritor triste. Y, sí, El Chico –desesperado– fantaseó con la idea de desenterrarlo él y llevárselo a su casa y sentarlo en una mecedora del sótano y matar en su nombre. O proponer artículos sobre su obra a periódicos y revistas. O dedicarle un blog. Pero El Chico era un chico noble o, por lo menos, con altos índices de culpa y pudor en su ADN literario.

De ahí que, para vencer semejante tentación, El Chico había optado por una maniobra secreta. Inventarse, dentro de su cabeza, todo un sistema literario al que –todas las noches, como esta noche, cuando no podía alcanzar el sueño para que el sueño le ganase, junto a «conciliar» otras dos curiosas variaciones verbales en lo que hace al acto de dormir– iba agregando detalles e historias con la misma dedicación y amor con que otros iban armando gigantescos sets de trenes eléctricos. Todo un universo inconfesable –toda una literatura, con sus vidas y sus obras y sus muertes y derrumbes– al que él, como la última pieza de un puzzle, viajaría solo y solo llegaría al final. En el séptimo día de su creación. No para descansar sino, entonces, para estar listo para escribir y empezar y terminar y publicar. Un universo que –marcando un poco el ritmo de antiguas danzas cabalísticas– creciera por inercia y acabase conteniéndolo a él para que, iniciado e incluido, tuviese lugar el movimiento inverso: la contracción absoluta luego de tanta expansión. Y que, al final, lo dejase a él solo y divino y todopoderoso y listo para alumbrar una Gran Obra. Y hay momentos en que El Chico piensa que éste es el camino correcto. Y otros momentos en los que se siente descarrilar hacia un abismo en cuyo fondo está él mismo. Ha leído de locuras así; y hasta ha admirado novelas que cuentan la historia de un hombre que acaba yéndose a vivir dentro de su propia cabeza, a una ciudad imaginada y que acabará siendo arrasada por el susurro del fuego y la voz del viento. Pero, se dice El Chico –quiere convencerse El Chico–, éstos son riesgos asumibles, los peligros que plantea toda magna empresa.

Así que ahora, en la tienda de campaña, El Chico vuelve a abrir su libreta y con la ayuda de una pequeña linterna pasa revista y revisita su reino, el único sitio donde se siente creador y creativo. Afuera, de nuevo, ese sonido que, ahora, sólo puede ser el de un niño perdido. El llanto de un niño prodigio. Un staccato de lágrimas y gemidos entrecortados pero precisa y rítmicamente entrecortados: como si fuese un llanto que se comunica en clave Morse. El mensaje de alguien que se está hundiendo en las aguas de su tristeza. Ese sonido le da un poco de miedo a El Chico. Así que, mejor, distraerse, pensar en otras cosas. El Chico lee y apunta y mira dormir a La Chica. Y hay una especie de consuelo en contemplarla con los ojos bien abiertos a ella con los ojos bien cerrados. Así, ahí pero en otra parte, tan cerca de lo lejano, entre sueños, La Chica le parece a El Chico menos consciente de su belleza. Porque a él no lo engaña, está seguro, tan seguro como de que no hay vida más allá de la muerte o de que los malos tarde o temprano siempre reciben su merecido: La Chica vive constantemente pensando –al menos con una parte pequeñísima pero importante de su cerebro– en lo hermosa que es. Algunas mujeres son así: saben que son hermosas, aunque de manera casi inconsciente, todo el tiempo, están programadas para eso. Dormida, es como si esa parte se desactivase y La Chica se convirtiese, apenas, en una chica hermosa que no sabe que es hermosa porque, tal vez, sueña que está en un edificio en llamas, o volando, o desnuda en público, sin que eso la haga pensar en que la suya es una hermosa desnudez. Dormida –los labios de La

Chica entreabiertos y dejando escapar un silbido que suena a viento de película de terror en blanco y negro–, El Chico puede concentrarse en lo único que en La Chica sería considerado, por seres torpes e inferiores, una imperfección. La Chica tiene una marca de nacimiento en la base del cuello que, al principio, El Chico se dijo que tenía la forma de un país. La dibujó de memoria, la buscó en un atlas, no encontró ninguna nación que tuviese esas fronteras. El Chico fue más lejos. Pensó en provincias, estados, comunidades, cantones. Pero tampoco. Así que, decidió, la forma de esa mancha debería corresponderse con la forma de una ciudad. Misión aún más difícil de llevar a cabo; pero El Chico ya ha recorrido varios meses encimando marca sobre mapas, y algo le dice que esa ciudad puede estar en Europa Central. Edificios con gigantes de piedra sosteniendo balcones y águilas imperiales aleteando sin moverse en el viento de tejados y paredes con agujeros de bala y árboles tristes y ventanas con cristales turbios que parecen siempre recién llovidos y «Tarde o temprano la encontraré. Y cuando la encuentre, como quien deshace un embrujo y anuda un encantamiento, ésa será la ciudad en la que viviremos juntos», se dice El Chico. Mientras tanto y hasta entonces, ésa es la ciudad más imaginada que imaginaria donde transcurre toda su literatura. Su cosmogonía. En ocasiones, claro, el asunto se rebela y se le revela con una «textura» demasiado parecida a la de esas cartas de *Playboy* y *Penthouse*. Despachos para sí mismo con mucho de masturbatorio, sí, de acuerdo; pero El Chico quiere creer entonces –y enseguida cree– en que lo suyo es una forma de masturbación épica. La madre de todas las masturbaciones. Masturbaciones como la de dioses antiguos que derraman la simiente de su sexo o la leche de sus pechos sobre la bóveda de los cielos y dan a luz al circuito de galaxias y nebulosas con nombres propios y mitos para todos. Un resplandor que El Chico manipula y anota y tacha como si se tratase de delicadas fórmulas físicas y químicas orquestando y desarreglando elementos muy volátiles. Bloqueado en la escritura, El Chico escribe escritores. Un elenco de nombres propios que él convierte en ajenos y que pone a marchar de aquí para allá –como los plomizos soldaditos de su infancia– trenzándolos en eternas batallas. En duelos sin primera sangre de afilados cuchilleros. En intrigas de palacios en ruinas. Hombres y mujeres. Jóvenes y maduros.

Algunos especímenes:

El disc-jockey Tomás Pincho (quien triunfa en Estados Unidos grabando *Iron Martin*: versión rap-dub-clank de poema nacional y telúrico con gaucho en fuga).

La joven y ácida blogger cuyo alias es Florida Boedo (enviando despachos donde revela pormenores vergonzantes de la vida intelectual y reproduce frases de otras que hace suyas, como lo que dijo Saul Bellow en Estocolmo, en 1976, recogiendo el Nobel, eso de «No podemos permitir que los intelectuales se conviertan en nuestros jefes. Y no les hacemos a ellos ningún bien permitiéndoles que estén al mando de las artes. ¿Deben ellos, cuando leen novelas, encontrar allí sólo aquello que, sienten, apoya sus propias teorías? ¿Estamos aquí sólo para jugar esos juegos?» y cambio y fuera y los odio a todos, a todos).

El exitoso y popular escritor barrial Rigoberto Paponia (quien comienza escribiendo sobre su barrio, luego sobre su calle, después sobre su casa, a continuación sobre su habitación, más tarde sobre su escritorio y que, por estos días, se adentra en una macronovela sobre su mano y la pluma que su mano sostiene sin que eso le impida desentenderse de todos los habitantes de su calle natal, donde sigue viviendo).

Su némesis, la académica Edith «Ditta» Stern-Zanuzzi, quien, aferrada a su cátedra en la universidad como al timón de un barco fantasma, combate el afán costumbrista-existencial de Paponia. Ditta, con su look de bohemia antigua que no la vuelve demodé sino vintage. Ah, Ditta: a la que El Chico dedica especial atención a la hora no de crearla sino de recrearla. Porque Ditta (a diferencia de buena parte de su mitología) está inspirada en alguien real. Alguien que se rió de él cuando –vagando entre un taller literario y otro– acudió a una de sus conferencias canónicas. Y, al levantar la mano y preguntarle por El Escritor (ausente en el complejo organigrama que Ditta acababa de presentar e imponer a la concurrencia como si se tratase de las inamovibles Tablas de la Ley), ésta lanzó una carcajada y se burló de él, delante de todos, por atreverse a mencionar nombre tan absurdo y fuera de lugar en su parnaso. Ah, Ditta: a la que sus colegas apenas acusan de «calcar» ideas extranjeras para sus publicaciones. Ah, Ditta: destellos de Susan Sontag y Joan Didion y una pizca de Nora Ephron o de Fran Lebowitz (hasta ahí llega y ahí se planta y queda; porque Ditta jamás leerá a Deborah Eisenberg, Renata Adler y a tantas otras porque «no tengo tiempo para lo que se escribe fuera de mi país») cuando de tanto en tanto hay que hacer/meter «algo ingenioso» en alguna parte. De ahí que –temida y admirada– Ditta sea «una genia» y «hermosa» para sus jóvenes y bellas seguidoras, las llamadas *dittettes*, a las que tienta, lésbica pero platónica, con pequeños pero intensos seminarios domésticos en su piso donde, entre puñalada y puñalada teórica, ofrece «home-made croissants». De tanto en tanto, alguna *dittette* veterana y cansada de la peregrinación a esa meca de tres ambientes siente que cuenta con los apoyos necesarios e intenta un golpe de Estado que, inevitablemente, fracasa: Ditta siempre parece ir dos pasos adelante no por inteligencia suya sino por torpeza de los demás. De ahí que también, temiendo represalias que siempre llegan desde los ángulos menos pensados y siempre a través de algún intermediario, la mayoría de sus detractores sólo se atrevan a susurrar, off the record y con alguna copa de más, que «en sus ensayos, Ditta siempre ensaya y nunca estrena y hasta es posible que jamás vaya a debutar». A lo sumo, como mucho, se la parodia en algún acto de fin de curso donde los alumnos de los cursos superiores montan un pequeño vaudeville. Allí, por supuesto, sólo un hombre puede *hacer de* Ditta.

El fashionista Facundo Anastasia (que una tarde entra armado hasta los dientes en un Congreso Mundial de Talleres Literarios y acribilla a unos doscientos protonarradores «porque se ponen unas camisetas estiradas y desteñidas sobre sus panzas; y sus sweaters son horribles; esos sweaters de color azul claro y cuello en V, como de escolares grandes y gordos y viejos, que sólo se ponen los escritores de mi país hasta que se mueren»).

El performer gay Maximiliano Persky (otro blogger, para el que todo y todos son gays aunque no lo sepan y, desde allí, desde la pantalla, les exige que salgan del armario «ya mismo o si no...»).

El autor de novelas policiales «absolutamente verosímiles» Bang-Bang Comisario, en las que el asesino nunca está entre los personajes y sólo aparece en la última página, como pasando por allí, detenido por un delito menor entregándose cansado de esperar en vano a que lo descubran y encierren.

La octogenaria Esfinge Tevas a (quien, en principio, se la considera como la típica inoportuna que, en las presentaciones de libros, pide la palabra para atormentar a los concurrentes con eternas y amorfas parrafadas sin soltar el micrófono durante largos minutos antes de ser silenciada y reducida por silbidos y expulsada a empujones del lugar. Hasta que una entusiasta y ambiciosa alumna de Ditta en la Facultad de Entropía y Números decide seguirla librería tras librería, registrar todas y cada una de sus intervenciones a lo largo de un par de años, desgrabarlas, traducirlas a letras, y descubrir que lo que Esfinge no delira sino recita es en realidad una novela genial y vanguardista y «postfinnegansiana». Novela que se edita con el título de *Preguntas al autor* y se convierte en uno de esos inexplicables best-sellers que todos compran y comentan sin haber leído).

El cyberpunk sumerio GygaMesh.

El *bon vivant* y *very few* Apolo Dionisio, cuyas tramas se detienen a lo largo de páginas y páginas cada vez que una de sus criaturas comen y beben.

El ominipresente y secundario inevitable en todas partes y en todas las fotos de grupo Constancio Tiempos (quien se especializa en la escritura de necrológicas siempre empezando con un «Conocí a X...» y que, se rumorea, ha dejado redactada la suya propia, con una primera línea donde se lee «Conoció a Constancio Tiempos...»).

El soldado de suplemento cultural con aspiraciones literarias Epifanio «Snoopy» Williams-Taboada (cuyas crónicas y reportajes a otros culturales comenzaban, invariablemente, con largas y sentidas descripciones del estado climático de todo lo que lo rodea llegando incluso a cerrar con el pronóstico meteorológico para el día siguiente. Lo de «Snoopy» le venía por eso de «Era una noche oscura y tormentosa», se entiende).

El misterioso y anónimo y multimediático MacTypo (cuyos libros de edición artesanal no eran otra cosa que un caos de tipografías variables y fotos sueltas que «deben ser reordenados por el lector de acuerdo a su particular experiencia vital y luego subidos a un site secreto al que se llega siguiendo las pistas que yo deposito en los huecos de árboles de varios parques en varios países»).

Cash Krugerrand, el agente literario al que todos desprecian en público pero con el que sueñan tener (y con ser poseídos) en privado.

El prócer Lucián Vieytes (quien padece una forma narcisista de arterioesclerosis que lo lleva a recordarse sólo a sí mismo y a su obra y, con el tiempo, hasta a creerse el autor de libros como *Los hermanos Karamazov* y *La montaña mágica*, de los que recita de memoria páginas enteras).

El Intelectualoide (un inesperado luchador enmascarado que surge de una troupe de exitoso programa televisivo para convertirse en cronista-aguafuertista celebrado por Edith «Ditta» Stern-Zanuzzi y por Rigoberto Paponia; lo que deviene en discusión en foros y revistas del tipo «Yo lo vi primero» y «Es mío»).

El antólogo compulsivo Bienvenido «Come Together» Tequiero (quien llega a armar una «antológica antología de antologías»).

El Nene Valencia (vanguardista/terrorista que amenaza a otros escritores para que le escriban sus libros y quien llega a secuestrar a una hijita de uno, a poner una bomba dentro del auto de otro)...

La nómina es enorme –en más de una ocasión los nombres

y los rostros se le mezclan y confunden– y no deja de crecer. Y, por supuesto, incluye a un clon simbólico de El Escritor: un tal Arturo Merlín habitando las catacumbas de una estación de metro abandonada y donde, se supone, continúa alumbrando historias que nadie puede leer. Y esta noche, con ojos que ya comienzan a pesarle, El Chico ordena y redacta en el aire bajo sus párpados algo tremendo: Paponia por una vez se atreve a salir de su casa y trascender las fronteras de su barrio y sube hasta lo alto de una torre y desde allí se arroja (aunque no queda del todo claro que se trate de un suicidio; están los que aventuran que lo de Paponia pudo haber sido un vahído causado por el vértigo de ascender, por primera vez, a un edificio de más de una planta) para, casualidad fatal, aplastar en su caída a Stern-Zanuzzi. Ditta, quien –su despeinada melena blanca de homeless de luxe, siempre como azotada no por el viento de la historia sino por el ventilador de su histeria– pasaba por ahí de camino a un congreso organizado por y sobre ella misma. Ditta quien –sus obituarios subrayaron que estaba entregada a una recopilación de sus recetas de cocina, Pollo a la Koiné con manzanas interpeladas y todo eso– insiste en afirmar que ha estado en todos los sitios en los que hay que estar y en todo momento trascendente para ser testigo y ofrecer testimonio. Ditta –quien por, también, justo haber pasado por allí y, si hay que creerle, estuvo entre radiaciones y en frentes de batallas y en zonas cero, escribió libros sobre ella y Chernóbil, sobre ella y el envenenado metro de Tokio, sobre ella y la caída del World Trade Center, sobre ella y shopping-centers erigidos con dinero del narcotráfico para que después el narcotráfico los haga volar por los aires–, es víctima de la más barrial y absurda de las muertes, casi un chiste, un chiste malo. Esto le plantea a El Chico un dilema de difícil solución: ¿están ahora unidos y reconciliados por el vínculo de la casualidad fatal Paponia y Stern-Zanuzzi? ¿Doble funeral masivo o recrudecimiento de hostilidades entre facciones de jóvenes, los seguidores de uno y otra, más enfrentados que nunca? ¿La práctica ha sepultado a la teoría o ha sido la teoría la que precipitó la caída de la práctica? ¿La alta cultura aplastada por la baja cultura? Alguien bromea que es una pena que Ditta no esté viva para poder escribir un libro sobre ella y la muerte de Paponia.

Y una cosa comienza a estar oscuramente clara para El Chico: casi sin darse cuenta –se da cuenta ahora– ha comenzado a «despoblar» el paisaje. El Chico se pasea por su mundo literario como arrancando brotes nuevos y plantas marchitas, envuelto en un viento amarillo. Ha comenzado la Era de la Contracción. Pronto, comprende, sólo quedará allí la poeta (nunca poetisa, porque El Chico sufrió mucho al ver la cara que puso La Chica una vez que él dijo «poetisa») y belleza underground Miranda Urano, en cuyo nombre muchos colegas se han quitado la vida o han renunciado al verso. La idea de El Chico es que, en el momento del Big Bang en reversa, en el retorno al momento absoluto del comienzo ahora traducido a final, en un Génesis de modales apocalípticos, Miranda Urano, enfrentada a la revelación de que él era el dios secreto a los mandos de esa máquina, caiga de rodillas y se le entregue como ofrenda. Y que vivan felices para siempre. Pero falta bastante para eso, sueña El Chico, que ya está soñando, casi dormido. En ese momento fronterizo en que los párpados parecen transparentes y lo que se vive se funde con lo que un cerebro insomne y liberado de las ataduras de la lógica se permite imaginar. En ese instante plateado todos somos experimentales, vanguardistas. Y, justo antes de descender hacia esas alturas, El Chico revive en detalle y fielmente su encuentro, en un avión en problemas, meses atrás, con El Escritor. Recordando las turbulencias internas y la tormenta ahí fuera, El Chico rechina los dientes de vergüenza (pocas cosas hay peores que el recuerdo imborrable y cada vez más detallado de algo que te hizo sentir tan incómodo, atado en el aire) y, por suerte, enseguida, el avión ya es otro avión. Un avión comandado por Miranda Urano, envuelta en un traje ajustado, látex negro, su cuerpo tan aerodinámico. Un avión cargado de bombas atómicas que lanzará sobre todos los escritores y escritoras creados por El Chico. Y la tierra arderá envuelta en la radiación de llamaradas en blanco y negro. Y, de pronto, unos contados supervivientes. Ninguna creación suya pero sí náufragos de su infancia cada vez más lejana: los protagonistas de una película que vio algún sábado a la tarde, por televisión, en tiempos de apenas cuatro canales y en los que había que ponerse de pie y girar una rueda para ver otra cosa. Lo ve por primera vez y lo ve varias veces en un ciclo que se emite los sábados por la tarde y donde se compaginan, desordenados, varios títulos de géneros diversos. El programa empieza apenas pasado el mediodía y ofrece una de cowboys, una de guerra, una comedia, una histórica y, ya de noche, una de terror. Y las de terror son sus favoritas y, entre ellas (clásicos y aristocráticos monstruos del Viejo Mundo de la Universal y, desde el Nuevo Mundo, tentaculares monstruos de la American International Pictures, donde todo crece o se reduce), destaca un film que transcurre en una de las pequeñas islas del atolón de Bikini donde, luego de unas pruebas nucleares, un grupo de hombres y mujeres –ellos con batas de laboratorio y uniformes militares; ellas, que primero aparecerán como serias y disciplinadas, pero siempre con un traje de baño a mano que no demorarán en desfilar para gozo y desesperación de científicos y coroneles– están sitiados por cangrejos gigantes y telepáticos que devoran no sólo su cuerpo sino, también, sus mentes. De uno en uno, sin apuro. El Chico sueña con eso y, en el sueño, se acuerda de lo que más miedo le dio cuando era chico, en sus pesadillas de entonces, en una inmensa cama pequeña donde había sitio para todos los terrores: las conversaciones crocantes entre los cangrejos y el modo en que sus voces (en el sueño de El Chico, uno de los cangrejos tiene la ya para él inconfundible voz de La Hermana Loca de El Escritor) se infiltraban en los cerebros de los humanos hasta enloquecerlos. Hasta convencerlos de que no podía haber nada mejor que darse un paseo por la playa. Tentándolos, tentándolo a él, con un «¿A que no sabes qué te ha traído de regalo la marea? ¿Es una buena historia lo que quieres, lo que buscas, lo que necesitas? ¡*Nosotros* somos la mejor historia de todas! Algo por lo que vale la pena morir para contarlo y para escribirlo».

Voces profundas y saladas invitando a una fiesta de tenazas abiertas pero listas para cerrarse. Voces junto a los arrecifes, bajo la luz de la luna. Voces mutantes en una playa, en otra playa que, más allá de años y de distancias, limita con esta playa, con estos cangrejos que ahora cantan sólo para él y le cantan ven, ven, ven, aquí estoy, aquí te espero, desde hace tanto, dónde estabas, no importa, por fin has vuelto, bienvenido a casa.

II

Canta, oh Diosa, la cólera de Penélope. Cólera funesta que causó infinitos males a sus allegados; pero que, parece, inspiró mucho a su ahora más particular que nunca hermano. Hermano convertido en partículas, cortesía de la partícula divina y ahora, todo él, polvo de estrellas, *blowin' in the wind*, flotando aquí y allá y en todas partes, en el Gran Cielo observando desde lo alto a esta pequeña tierra. * Y como en las disfunciones provocadas en satélites por histéricas tormentas solares, él apareciendo, sin aviso, como esas indicaciones entre paréntesis para que entre y salga un histriónico y operístico fantasma del más inocente escenario del crimen. Helo aquí, incorpóreo pero omnipresente, interfiriendo y entrometiéndose y –amparado en la coartada de *le mot juste* y todo eso– repitiendo obsesivamente ideas y apreciaciones. Proyectándose como en el loop de un video que ningún buscador puede encontrar para su descarga y compaginación; un video de cámara de seguridad donde él entra en escena y, luego de reducir a un frágil científico, cierra la puerta y, a solas y dentro de un laboratorio, mientras todos le ordenan primero y luego le ruegan que no lo haga, y presiona un botón para que todo, incluyéndolo, se ponga en movimiento y gire y gire y gire hasta provocar un vértigo mareante en las pupilas. Molestando, sí. Puliendo hasta el exceso una misma pieza –¿intervenciones tácticas?, ¿alfileres vudú?, ¿injertos de piedras más o menos preciosas?, ¿partes inventadas?, ¿asteriscos como dentados agujeritos negros, como pequeños engranajes buscando algo para girar y poner en movimiento?, ¿notas al pie de guerra que no se conforman con los bajos de las páginas y trepan por las líneas hasta insertarse donde más les gusta y les conviene?, ¿los paréntesis que son aquí el presente, el puro ahora mismo, el material sin editar que más tarde será ordenado y, por lo tanto, mentido para su mejor comprensión y entramado?- como, manifestándose también, en esas otras indicaciones, no a los actores sino al público, solicitando o exigiendo *risas y lágrimas y aplausos*. Aquí entonces, mezclándose desde el ahora indeterminado con el preciso lugar y el tiempo exacto que ya pasaron, que ya fueron. La Historia no es otra cosa que una alucinación consensuada. El colorido empapelado que distrae y esconde una pared gris cubierta de manchas de humedad que, según quién las mire, revelan cosas tan diferentes. Un orden pasajero para intentar evitar así la idea de que, en realidad, todo sucede sin solución de continuidad y con tanto problema de secuencia y, porque en realidad no hay tiempo, con todos los tiempos al mismo tiempo, con todo sucediendo al mismo tiempo. Así, la Historia -minúsculo subgénero de El Tiempo con mayúsculas- como una locura colectiva y recolectora en la que millones de personas acuerdan creer para no volverse locas. Fechas de nacimientos y muertes, nombres de batallas, apellidos de profetas y próceres, frases célebres y broncíneas, muletillas como muletas en las que apoyarse y hacer pie y repetir hasta alcanzar el nirvana automático del buen alumno que repite día a día lo que le repiten para no repetir año. Pero una cosa -cosa segura- es memorizar y otra muy distinta y arriesgada es hacer memoria. De ahí que recordar lo que pasó tiene más de reescritura que de relectura. La memoria es un recipiente de cristal opaco. Imposible discernir al trasluz cuán llena sigue o cuán vacía está; cuánto le falta y cuánto le queda al pasado que contiene. Y el pasado es tanto más sencillo de contar si se lo extrae de allí dentro -de ese propio pasado que contiene al mismo pasado en un insaciable ejercicio de autocanibalismo- con los fórceps de un presente complejo y siempre raquítico y liviano y breve. Saliendo de allí dentro a los gritos. Envuelto en la húmeda placenta de un primer llanto a secas o de una de esas risas que salpican con saliva al que no se ríe y que no se reirá ahora; porque -warning, warning- esto es un chiste privadísimo, una broma secretísima. Nada más y nada menos que el instante suspendido entre la nada y el todo en el que un escritor piensa por una eternidad de segundos lo que enseguida pondrá por escrito. Un mapa de la inconmensurable distancia que separa a las líneas de partitura del cerebro de la llegada de los dedos a y sobre la meta del teclado. Brotando con el mismo cuerpo pero de una fuente distinta, con otra tipografía. Y, seamos obvios, que ésta sea American Typewriter, ¿sí?; porque así era la letra de su primera máquina de escribir. Y porque el hermano de Penélope fue (¿es?) un escritor, siempre, con un particular y en más de una ocasión muy criticado interés en la literatura norteamericana, y cambio y fuera por un rato y... Reciban en vuestros ojos postal de la siempre iracunda y pelirroja Penélope, años atrás pero como si fuese ahora mismo, cruzando el océano, descendiendo desde las alturas olímpicas de un continente anciano hasta el, en comparación, juvenil inframundo de una ciudad llamada Abracadabra. Ciudad erigida sobre las ruinas de una civilización que un buen día –sin dejar nota de advertencia o adiós esculpida en piedra negra o tallada en jade verde explicando sus motivos– se fue de allí abandonando a sus espaldas templos y pirámides y altares donde ofrecieron corazones calientes a dioses de nombres largos y casi pura consonante. * Y, ah, la justicia poética e intuitiva de los nombres de los lugares, su ironía tan urbana ya desde la fundación: porque -Penélope está a punto de comprenderlo- nada sucede, nada conmueve demasiado, la mano que se introduce en el sombrero de copa mágico sale sin conejo ni ilusión alguna allí, en Abracadabra. Y, de pronto, Penélope se acuerda de una canción de su adolescencia. Una de esas canciones pegadizas, tan pegadizas que jamás se recuerda al intérprete pero siempre el estribillo. ¿Cómo era? Ah, sí: «Abra-Abracadabra... I'm gonna reach ya and grab ya... Abra-Abracadabra... Abracadabra». ¿De quién y quién la cantaba? Misterio. * «Abracadabra», de Steve Miller y por la Steve Miller Band (del álbum de 1982 del mismo nombre, número 1 en varios países). Ajustarse los cinturones. Turbulencias. Desplegar el tren de aterrizaje. Flaps hacia abajo.* Allá vamos. Rayos y centellas y apagar todos los aparatos electrónicos menos, por supuesto, el imposible de desconectar cerebro que, dicen, continúa funcionando por un instante eterno después de que el corazón se haya roto para siempre. * Sin pausa. Línea plana. Líneas rectas, una detrás de otra y todo seguido. Sin puntos y aparte, como una piedra que rueda sin dirección a casa, como algo -otra referencia a otra canción- «really vomitific», como algo que se pregunta una y otra vez cómo se siente, qué se siente, si se siente algo y entonces, ahí, las náuseas de Penélope –con el corazón destrozado desde que su cerebro tiene memoria– atada a su asiento como Ulises a un mástil. Penélope atada al asiento de un avión ambulancia de última generación, alquilado especialmente por su familia política. * Y Penélope, quien jamás destacó en el aceitado y aceitoso arte de la diplomacia, jamás vio dos palabras menos apropiadas para ir tomadas de la mano que «familia» y «política». O tal vez sí, pero se supone que no, que la familia debería ser el sitio y santuario donde la política no entra, queda fuera, pidiendo que la dejen pasar y, claro, el problema es que alguien siempre le abre y la invita dentro y le da la bienvenida «como a una más de la familia». Falta menos, falta poco, todo aterrizaje es forzoso y se tapan los oídos de Penélope y, en los fondos de la nave, custodiado por médico y enfermera, respira mecánicamente su marido, en coma profundo desde hace un par de semanas. * La historia, está claro, no comienza aquí. Pero éste es un buen punto de partida, tan bueno como suele serlo -en esos films en blanco y negro del Hollywood dorado- la introducción con un mapa ocupando toda la pantalla y, en él, una línea que se extiende entre un punto y otro. Y, como en esas mismas películas, varias líneas de palabras surgiendo desde el fondo de la pantalla y subiendo, como si amanecieran, hacia lo más alto, informando de lo sucedido antes en una galaxia muy lejana y hace mucho, mucho tiempo. Pero todo al mismo tiempo, todos los tiempos como si fuesen el mismo. Hacia atrás y adelante y arriba y abajo y, también, a derecha e izquierda y en ángulos oblicuos y agudos y graves ascendentes y descendentes. Lo más parecido al discurso atropellado y tropezado que se escupe luego de haber bebido varios litros de suero de la verdad pero, también, similar al modo panorámico y abarcador en que piensan los dioses, reflexionando sin prisa alguna acerca de un paisaje donde el pasado y el presente y el futuro suceden al mismo tiempo. «Toda buena prosa es como nadar bajo el agua y aguantar la respiración.» ¿Quién dijo eso? ¿Francis Scott Fitzgerald? ¿En una carta a su hija Scottie? De ser eso cierto, entonces leer esto es como ahogarse, como no respirar, como descubrir que cuando se deja de respirar (o se respira con esa respiración cósmica y abismal con la que respira el astronauta David «Dave» Bowman en *2001: A Space Odyssey*) hay otra forma de vida, una forma extraña de vida extraña narrada desde esa forma de vida más extraña aún que es la que ahora tiene él. El hermano de Penélope. El modo en que desde todas partes y desde ninguna –endiosado por cortesía de la ciencia– el hermano de Penélope la contempla. En persona pero ausente, en tercera persona. Como si contándose se leyese a sí mismo. Como si sus pensamientos más íntimos tuviesen ahora la textura fuera de sí de una voz en off. Así, Penélope en un resumen de lo vivido que no puede llegar demasiado lejos marcha atrás. Porque, de hacerlo, se correrá el riesgo de caer en ese delirio de resumir sagas *sci-fi* donde no entendemos absolutamente nada de lo que se pretende que procesemos y comprendamos: billones de años luz, todo lo acontecido en un planeta cuyo nombre es algo que suena a onomatopeya seguida de un número, desde el estruendo de su Big Bang hasta el último gemido de su Little Crash. Demasiada información. Por lo que –él también muy cósmico– deberá conformarse con explicarnos cómo es que nuestra heroína ha llegado a ese avión con un hombre al que, se supone, aún ama aunque él esté flotando en los puntos suspensivos de un coma profundo. Y el amor, claro. Pero no el amor como el amor de las novelas de Jane Austen (donde el matrimonio es ese océano de felicidad donde va a dar el complejo río del enamorarse) sino el amor como el amor de las novelas de George Eliot (donde el amor no es otra cosa que ese maremoto a la espera de que le den la señal de partida para regresar sobre la tierra supuestamente firme y convertirla en las más movedizas de las arenas). Todo depende de qué te toque en la rueda de la fortuna de los sentimientos. Cuestión de suerte o de justicia o de fuerzas químicas cuyos elementos aún no han conseguido sintetizarse. No hay manual de instrucciones, no hay lista de ingredientes, no hay fórmula precisa: el amor es la más inexacta de las ciencias. Y el amor puede ser tanto el pozo como aquello con lo que llenas el pozo sin nunca llenarlo del todo. En el caso de Penélope, el amor no es ni una cosa ni la otra. El amor de Penélope es una pala pesada y ominosa. Puro ejercicio para ejercitar la musculatura del corazón consciente de que difícilmente se le conceda el don de poder decir en esta vida, como a Catherine Earnshaw, aquello de «¡Yo *soy* Heathcliff!». El don sin retorno de amar tanto a alguien al punto que acabas sintiendo que eres él y que él es tú. Un todo inseparable. Un monstruo caliente y simétrico y de dos cabezas. Un milagro para los dos enamorados que es una aberración de la naturaleza para todos los demás. Pero no. * No es que ese tipo de cosas no pasen fuera de los libros: es que ese tipo de cosas no sucede en ningún otro libro que no sea *Wuthering Heights*, de Emily Brontë, 1847. La Biblia de Penélope. Y, también, su declaración de terminales principios y su rebelde himno de batalla contra el *Tender Is the Night* que sus padres no dejaban de releer y robarse y arrojarse sobre sus cabezas y que, ahora, su hermano no deja de estudiar y sacudir y armar y desarmar en busca de un sentido secreto y un orden que le ayude a comprenderlo todo. Ahí dentro, corriendo entre brezales y nieblas, como en la novela de Fitzgerald primero y en la telenovela de sus padres después, otra pareja de amantes muy pero muy *fou*. Pero, a diferencia de Dick y Nicole, Heathcliff y Cathy son tanto más activos y siempre parecen como a segundos de explotar o de volar por los aires. Lo borrascoso imponiéndose siempre a la ternura y, para ella, *Wuthering Heights* es más que un libro al que volver siempre: es un libro a no dejar nunca. Penélope ha leído todo lo que escribieron las hermanas Brontë y hasta lo que escribió el hermano Brontë, y buena parte de lo que se ha escrito sobre ellas y él; pero siempre vuelve a Emily y a su única novela, una novela única.

La única novela que escribió la pobre Emily; aunque hay rumores, de acuerdo a las últimas investigaciones de biógrafos, de que escribió una segunda y que fue arrojada a las llamas por Charlotte. Páginas demasiado salvajes, más salvajes aún que las de *Wuthering Heights*, se teoriza. Y la hermana mayor decidió así proteger la posteridad y reputación de la hermana menor; pero algunos piensan que lo hizo por pura envidia. Y Penélope está de acuerdo: nada más peligroso que los hermanos mayores que dicen protegerte y que, para que no te caigas, te encadenan de pie contra una pared y, sí, incluso pueden llegar a quemar dentro de tu cabeza la primera novela que nunca llegaste a escribir. Y nada irrita más a Penélope que esas interpretaciones en cuanto a que Cathy y Heathcliff son en realidad hermanastros. Y que su pasión está alimentada por algo tan grosero como un incesto de segunda clase cuando, en realidad, se trata de un amor más allá del amor. Un amor para el que el amor no es más que la puerta de entrada a un laberinto en línea recta, o torre de lanzamiento a las estrellas, o trampolín más alto desde el que saltar hasta el fondo de todas las cosas. «You have killed me», le dice Cathy, más viva que nunca y justo antes de morir, a un agónico Heathcliff. Aquí fuera, en lo que hace a los sentimientos, para Penélope todo es más burdo y leve y pasajero y como anestesiado. El amor común es, en palabras de Cathy, «como el follaje de un bosque: el tiempo lo cambiará como el invierno cambia a los árboles» y no se parece en nada «a las rocas eternas» bajo las raíces. Aquí, en el mundo real, a Penélope le gusta decir que «si el corazón pudiese pensar como piensa el cerebro, el corazón se detendría de inmediato». Víctima voluntaria para fulminante ataque cardíaco. Abrirse la camisa haciendo saltar todos los botones para presionar el interruptor secreto que marca el fin de todo latido y del eco inmediato del siguiente latido. Latidos como pasos en una escalera que sube y sube y sube para, al final, ir a dar a una pared sin salida. Una pared a la que, el esfuerzo de intentar derribarla sin conseguirlo, acaba rompiéndote el corazón en mil pedazos. Y esto último es lo que le dice Penélope en un bar llamado Psycholabis –luego de la presentación de un libro de su hermano mayor– a quien será su futuro imperfecto e inmediato marido. El hombre tiene el aire no de un galán de cine moderno pero sí la apostura de esos añejos actores de variedades que solían divertir a los espectadores entre película y película a principios del siglo pasado. «Número vivo», les decían. Seres reales como efecto especial contrastando el falso realismo en dos dimensiones de locomotoras arribando a estaciones de tren francesas o de cowboys robando trenes norteamericanos. El hombre se llama Maximiliano Karma y no Heathcliff (y cómo le fascina a Penélope que Heathcliff sea a la vez nombre y apellido, y hasta raza de un solo ser, y sexo único). Y el hombre –Penélope lo sabrá muy pronto– está más cerca de un inestable y pendular Edgar Linton, quien se hubiese sentido tanto más realizado y feliz y en su tinta, no muy lejos de allí, bailando y paseando de una casa a otra en una novela de Jane Austen. Nada entonces de un «¡Yo *soy* Maximiliano!». Y Maximiliano le pide a Penélope su número de teléfono y Penélope (un poco por aburrimiento, bastante para molestar a su hermano mayor, otro poco porque vive en un estado perpetuo de excitación sexual, uno de esos cenicientos fuegos pequeños pero imposibles de extinguir del todo) le da un beso largo, con lengua, entrando y saliendo, transmitiéndole la cifra de su celular en Código Internacional Morse. Penélope aprendió los golpecitos y puntos y rayas del S.O.S. de muy pequeña, para poder transmitirle a su hermano a través de una pared, en la habitación de al lado, en la sala de máquinas de su infancia, el naufragio del matrimonio de sus padres, ella y su hermano aferrados a un bote salvavidas, los niños primero, la mujer que se hunda con el hombre, y *save our souls*. Y, sorpresa, Maximiliano la decodifica y, al final del beso, marca en su móvil (uno de esos carísimos modelos satelitales) el número de Penélope sin dejar de mirarla a los ojos. Y el móvil de Penélope sonando y vibrando a la altura de su pecho izquierdo, sobre el corazón súbita e inconscientemente flechado y electrizado. * Y, sí, a veces alcanza y sobra con actos tan mínimos pero a la vez tan inmensos (porque su valor anecdótico es casi inagotable) para que la chispa eterna sea promovida a incendio forestal de variable duración y ardan las camas durante días y noches. De tanto en tanto, un poco de agua no para apagar nada pero sí para adentrarse en el conocimiento de esas llamas. Quién eres. De dónde saliste. Cómo llegaste aquí. Esas cosas. Penélope, claro, es la hermana de ese escritor. Y Maximiliano Karma lo idolatra no porque le gusten demasiado sus libros sino por que quiere ser como él sin saber, por supuesto, cómo es él. Maximiliano Karma pertenece a esa generación de los que se mueren por ser escritores y por que los lean pero no les preocupa demasiado leer o escribir. Y Maximiliano Karma quiere recibir *ese* diploma que lo justifique a la vez que lo convierta definitivamente en la oveja negra –pero una oveja bien peinada y perfumada y premiada y apareciendo en televisión– de su acaudalada familia. Maximiliano Karma es la pieza que no encaja del todo en el puzzle de una dinastía tropical. Una anomalía en el sistema, un error en el programa de los suyos que creen que quedarse es triunfar e irse es el fracaso, es poner distancia y distanciarse. O algo así. Los Karma no saben muy bien cómo tratar el tema y prefieren pensar que «Maxi está de vacaciones». Pero Maximiliano Karma ha llegado a esta ciudad para *a*) consagrarse como novelista, *b*) dejar atrás malas y narcóticas compañías en su ciudad de origen y *c*) conocer chicas menos reprimidas –por decisión propia o por eficaz lavado de cerebro y cuerpo implementado por sus padres y tías– que sus primas y que las amigas de sus primas. Hasta ahora, mucho de *c*) y poco y nada de *a*) y *b*), porque, digámoslo, lo que escribe Maximiliano Karma no es muy bueno y lo que se mete por la nariz es excelente, cortesía de un amigo que, desde lejos, en su inmensa patria chica, le hace llegar puntuales partidas de polvos químicos con los que condimentar sus polvos físicos. Maximiliano Karma era allá y sigue siendo aquí lo que suele definirse como un «consumidor social». Y, claro, el problema es que su vida social es tamaño Extra-Large y no encoge con sucesivos lavados rehabilitadores. Un día, cuando en un bautizo estrictamente familiar (donde los padrinos y madrinas son, siempre, otros Karma dando lugar a vínculos bicéfalos como tío-padrino o prima-madrina; cualquier cosa con tal de no traer a alguien ajeno o externo a la familia y degradar así la pureza de sus lazos cada vez más enredados así como producir la incomodidad de «tener que conocer extraños y aprendernos nuevos nombres») Maximiliano Karma se pasa de revoluciones y evoluciones en uno de esos bailes country-sincronizados. ¿Cómo es que se llaman esos bailes que tienen algo de competición, de deporte, de parece-que-estamos-haciendo-algo-todos-juntos-y-nos-estamos-divirtiendo-pero-en-realidad-estamos-compitiendo-a-muerte-por-algo-que-no-sabemos-ni-jamás-sabremos-muy-bien-qué-es? * Square Dance: baile popular con cuatro parejas (ocho bailarines) dispuestas en un cuadrado, con un par a cada lado, empezando por la pareja 1 se enfrenta fuera de la música y va hacia la izquierda hasta llegar a la pareja 4. Las parejas 1 y 3 son conocidas como la cabeza, mientras que las parejas 2 y 4 están al lado. Cada baile comienza y en cada secuencia con «juegos-en-orden» en la plaza de formación.Casi una tradición familiar, karmática. Penélope (quien es de la escuela de bailamos-por-separado-cada-uno-por-la-suya-pero-de-algún modo-unidos-casi-espiritualmente-y-en-perfecta-armonía) no dará crédito a sus ojos ni a sus músculos cuando, en las bodas de Abracadabra, los verá a todos salir como a un campo de batalla, sonriendo, mostrando los dientes, listos para triunfar sólo para que así alguien fracase, mientras de fondo pero en todas partes suena una canción donde un vaquero imbécil sin rodeos pide que no le rompas su corazón, su *achy breaky heart*. Y Maxi le pregunta a los gritos a su prima, con la nariz blanca, «cuántos gramos» pesó su hijito sietemesino, nacido justo siete meses después de la boda, pero con el inconfundible y saludable aspecto de un bebé de nueve meses bien terminado. Ahí, la familia interviene y lo envía de «viaje de estudios» al Viejo Mundo. Lo más lejos posible. La distancia suficiente como para que les permita a sus familiares directos afirmar a parientes y relaciones que Maxi (como le dicen los suyos; Penélope prefiere llamarlo Max) está triunfando en los salones intelectuales de antiguas y cultas ciudades. Y, ah, la vida de

Maximiliano Karma es tan frenética como para que su obra no le resulte suficiente. Y así Maximiliano Karma abre varios blogs, bajo diferentes nombres, para dejarse a sí mismo infinitos comments –insultos, elogios, propuestas para encontrarse y conocerse a sí mismo en pubs y playas– con demasiadas diferentes personalidades y sexos y edades. Escritura automática y alcaloide. Veloz y casi troquelada con un estilo que –de poder leer entre líneas negras y, sobre todo, entre rayas blancas– se descubre como inseparable del ritmo de dosis e inhalaciones. Así, el subterfugio experimental de una serie de «Cuentos (In)completos» (es decir, que empiezan pero nunca terminan). Y una serie de breves «Novelas Elementales» que, por su detallismo patológico cortesía no de profundas lecturas sino de surfear en la cresta de las oleaginosas olas de Google, a Maximiliano Karma le gusta definir –aunque jamás haya abierto uno de los libros del francés– como «proustianas». ¿De qué tratan? Tratan de cosas como del pausado crecimiento del iceberg contra el que acaba chocando el *Titanic*. O del lento pero constante desarrollo del árbol del Bois de Boulogne (averiguar si era un nogal o un castaño) donde se estrella y se mata a bordo de su Ferrari 250 GT, a la salida de Jimmy's, el playboy megadesarrollado sexualmente Porfirio «Rubi» Rubirosa. * Penélope, por un segundo, se pregunta por qué Max elige ese árbol y no, por ejemplo, el árbol tanto más literario (un plátano, vuelta en el aire, otro árbol más) contra el que se estrelló el Facel Vega Sport conducido por Albert Camus, quien pensaba que no había nada más idiota que morir en un accidente automovilístico. Y es una buena pregunta. Una pregunta más que pertinente. Pero como buena parte de ese tipo de preguntas que ya encierran su propia y esclarecedora contestación, la pregunta se disuelve enseguida y permite a aquellos que se la formularon seguir como si nada, flotando en el viento donde no hay respuestas sino, nada más, viento. O de las lenguas de fuego lamiendo lenta y ardientemente el cuerpo de Juana de Arco. O de la quinta bala de salva que se carga en todo pelotón de fusilamiento (para que todos y cada uno de los tiradores puedan convencerse de que esa bala muerta y que no mata les ha tocado a ellos) y que vuela a hundirse en el pecho de la sonrisa de Gary Gilmore. O de los eternos y plácidos días del caballo al que, un día de 1568, se sube el opaco Michel Eyquem de Montaigne para caerse y levantarse convertido en Montaigne a secas, en algo deslumbrante. Maximiliano Karma, está claro, jamás ha leído aquello que dijo William S. Burroughs (Penélope escuchará la frase por primera vez, varios meses más tarde, en labios de Lina, en otro bar, en otra noche, al otro lado del océano, en Abracadabra) en cuanto a que «se le dice a algo *experimental* cuando el experimento salió mal». Pero a William S. Burroughs *tampoco* lo han leído los miembros de una novísima y juvenil vanguardia generacional que no dudan en adoptar a Maximiliano Karma como a uno de ellos. ¿Por qué? Porque la gente sin talento tiende a juntarse para crear y cerrar pequeños y sectarios mundos y así intentar convencerse de que tienen genio reflejándose en el espejo delgado e inexacto de otros tan mediocres como ellos. Un espejo que no es más que una fina capa de mercurio y que no es mágico sino mentiroso y que siempre te dice que eres el más inteligente y hasta el más hermoso y que te pareces tanto a él. Te pareces tanto a personas a las que parece no resultarles suficientemente experimental y vanguardista –¿acaso habrá algo más vanguardista y experimental?, ¿qué más quieren y más necesitan?– el hecho de que con poco menos de treinta letras y poco más de diez signos se hayan construido mundos completos y tanto más perfectos y audaces que aquel en el que se los ha construido. Porque Maximiliano Karma les funciona como espécimen más o menos raro y –finalmente, pero no en último lugar– como generoso pagador de etílicas y añejas cuentas en bares e invitador casi compulsivo a sustancias controladas de máxima pureza en los baños de esos mismos bares. En uno de esos bares y de esos baños entran Maximiliano Karma y Penélope. Entonces, mientras se mete rectas blancas que dibuja sobre la tapa bajada de un váter, Maxi le informa a Penélope de que «anda metido» en una nouvelle titulada *El ruso y las mariposas* y que trata sobre la rara relación de un agente del

FBI al que J. E. Hoover le ha dado la misión de espiar a Vladimir Nabokov a lo largo de sus periplos lepidópteros por las colinas y bosques de Estados Unidos. Maxi nunca leyó *Lolita* o *Speak, Memory* –aunque ha recabado, al igual que para sus obras anteriores, toda la información que necesita a partir de entradas en la Wikipedia–, se lo explica a Penélope con ese raro y brutal orgullo que sienten los que no han hecho algo, que no han hecho nada. * Y tal vez -por qué no escribirlo en lugar de describirlo- Maximiliano Karma es tanto más inspirado cuando se refiere al acto de inspirar por la nariz. «La primera vez que me drogué fue como si un ángel me besara -le dice Maximiliano Karma a Penélope-. Hay gente que se droga para ser otro y hay gente que se droga para ser más uno mismo. Me parece una buena manera de dividir y clasificar a la raza humana, ¿no?... Yo, en cambio, me drogo para ser ese otro que alguna vez fui. Ese que fui la primera vez que me drogué. Cuando lo supe todo y lo entendí todo, de verdad. Y lo más tremendo es que te sigues drogando, cada vez más, buscando recuperar esa primera sensación de la primera vez. Pero pronto te das cuenta que es algo irrecuperable. A partir de entonces te sigues drogando para no pensar que se trata de algo irrecuperable. Drogarse se convierte en la búsqueda de algo que se sabe que jamás se encontrará... "Pura vida, hermano"», sigue Maximiliano Karma, con la voz de alguien que cita a alguien pero seguro de que no muchos acudirán a esa cita, una cita a ciegas a la que le disparas en el aire con la voz de ese alguien que ya es Max para Penélope. Y de ahí, duros y verticales (ahora es la lengua de él la que juega al raya-punto-raya entre las piernas de ella), a la horizontalidad del piso que le compraron sus padres al hijo obligadamente pródigo en un barrio contracultural pero de diseño con una inmensa cama en el centro de la sala. ¿Es Maximiliano Karma un gran amante o Penélope tuvo mala suerte hasta entonces en lo que hace al sexo y a sus posiciones? Ni una cosa ni la otra. Pero, para ella, acoplarse con y a este hombre es una relación anatómica y geográfica y económicamente funcional: mudarse a lo de Maximiliano Karma le permite a Penélope burlar la opresiva (para ella) vigilancia de su hermano mayor, dejar atrás el bosque y el mar e instalarse en la gran ciudad, contar con fondos sin límites para sus vicios y placeres. Y, de paso, comprender –mientras corrige los originales desordenados y poco originales de su novio en la pantalla gigante de un ordenador de última generación– que ella, aunque no escriba nada, es tanto mejor escritora que él. Y que por lo tanto Maximiliano Karma, Max, puede llegar a convertirse en una buena parte en la novela de su vida que, tal vez, algún día, cuando ya no tenga nada más que vivir, decida revivir por escrito. Mientras tanto y hasta entonces, en algún momento (a Penélope se le hace imposible precisar número y día y mes; surfeando la cresta de una ola psicotrópica de diseño) deciden casarse para que, así, Maximiliano pueda consumar, mientras consume y se consume, la transgresión absoluta para los suyos: boda civil y no religiosa, sin parientes, sin avisar a su familia. Cabe precisarlo, provocación añadida: Penélope (aunque parezca de dieciocho) tiene casi treinta años, y por más under y transgresora que seas, las tres décadas son una edad complicada para las mujeres en cuanto a lo que no han hecho aún, en cuanto a lo que les falta por hacer y vaya a saber una si lo harán alguna vez; casarse, por ejemplo. Mientras que Maximiliano Karma tiene veinticinco años. Los festejos (bautizados por Maximiliano como la Release the Kraken! Party, a los que un fanzine literario dedica un número especial y resulta posible seguir en directo desde el blog de la más bien retrógrada vanguardia antes mencionada) duran varias noches. A la quinta o sexta de ellas, Penélope y Maximiliano se derrumban –como vampiros que huyen del amanecer pero huyen *también* de la noche– en una habitación de persianas bajas. Veinte horas después, Penélope se despierta y Maximiliano no. Una semana después, el avión ambulancia que lleva a la flamante esposa y al marido en suspensión aterriza en el aeropuerto de Abracadabra. Y allí está toda su familia política. Toda. Los Karma. Todos. Indivisibles. Unidos. Medio grado de separación entre uno y otro y, con el correr de los días, Penélope jamás llegará a comprender si están juntos porque se aman, porque se necesitan, porque necesitan de la mirada del otro para ser uno, o porque –siguiendo aquel dictado entre mafioso y cortesano– lo más recomendable es tener cerca a los enemigos. Tampoco terminará nunca de comprender cuáles son y cómo funcionan las fluctuaciones que determinan las rotaciones del enemigo de turno o el idiota a despreciar entre los Karma. Semana tras semana, el rol de culpable o de torpe será entregado a uno o a otra, como en una carrera de postas, y esa una u otro lo soportará por unos días hasta poder pasar su «título» al siguiente a ser condenado y maldecido. En cualquier caso, todo queda y quedará, siempre, en familia. La familia que ahora, se supone, es la suya o a la que pertenece. Da igual, los Karma como una de esas alucinaciones alucinantes recubiertas de ese calor húmedo y vertical (en el aeropuerto el aire caliente envuelve a Penélope como a un regalo, como a una ofrenda para el sacrificio) que parece crecer siempre en los fondos de ese lugar donde aterrizan y despegan los aviones. Los Karma como una de esas criaturas mitológicas con demasiadas cabezas que dicen y piensan lo mismo. Mejor hablar mucho y decir poco. Y no hacer preguntas para que no te hagan preguntas. Las respuestas son siempre material inflamable. Así que los Karma funcionando como una cámara de ecos. Los Karma como una red social acústica pero, en persona, siempre enchufada y prefiriendo decir «Tendríamos que ir» a «Tengo que ir». Los Karma –plurales, gestálticos, más sucursales de una franchise en constante expansión que familiares– se mueven siempre en grupos. En pequeñas pero contundentes migraciones. Llenando una sala de cine cuando deciden ver una película. Una noche Penélope casi cree posible escaparse a ver lo más parecido a una película «de arte» jamás proyectada en Abracadabra (nada demasiado extremo; ni Andréi Tarkovski ni Terrence Malick, más bien, como mucho, Woody Allen o Wes Anderson). Pero, de algún modo que no alcanza a comprender del todo, como abducida, acaba siendo arrastrada por una marea karmática, justo en la puerta del multiplex de shopping-mall, hacia la sala donde se proyecta una de autos que corren y explotan o una de animación, ambas en 3D (difícil distinguirlas, tal vez el punto de separación sean esas chicas envueltas en látex de carreras o esas princesas feroces dispuestas a lo que sea no por un príncipe sino por un reino). Mientras, en las butacas, todos hablan en voz muy alta y mastican con dentaduras Dolby y se levantan una y otra vez. Está claro –Penélope ya lo ha descubierto cuando se sienta a mirar televisión con un puñado de Karma– que su capacidad de concentración por más de uno o dos minutos es nula, que no les importa cómo empieza y cómo transcurre y cómo terminará la película, que se puede empezar o terminar una historia en cualquier momento. Y, misterio para Penélope, nadie entre los jóvenes aprovecha para besarse o meterse mano en la oscuridad, mientras no dejan de consultar sus pequeñas y luminosas pantallas mensajeras, enviándose ciento cuarenta caracteres de una fila a otra del cine. Pero tampoco se queja: ha habido suerte. Después de todo, la marea kármica la ha arrastrado hasta un cine. Porque, en más de una ocasión, como desviados por un viento secreto e idiota, todos terminan en cualquier otra parte. En un parque de diversiones o en un bar de moda cuyo efecto atractivo dura apenas dos o tres meses máximo. Y cuando regresan a sus casas y sus padres les preguntan de qué trataba la película, los jóvenes Karma responden: «Sex on the beach» o «Montaña rusa». No importa adónde vayan, no. Lo importante es ir al mismo sitio al que otros Karma fueron antes y llegar primero al mismo sitio al que otros Karma irán después. Como patinando sobre el eco de un eco. Muchos. Todos. Juntos. El destino final es apenas un accidente temporal y geográfico. Pero allí van todos conquistando todo un comedor (generalmente de hotel dorado y ampuloso) cuando, muy de tanto en tanto, comen fuera. O, en ocasiones, aullando al abordaje de la primera clase y de la business class de un Jumbo 747 o la cubierta de primera clase de un crucero caribeño o mediterráneo: este último el medio de transporte preferido de los Karma (al que suben con las maletas llenas de comida autóctona e ingredientes regionales «para no extrañar») porque allí, todos juntos, sienten que han tomado por asalto la embarcación, que la tripulación les pertenece y se encuentra bajo sus órdenes. Y que abundan los rincones y escaleras para poder hablar mal –a escondidas, pero con voz suave y afectuosa y los ojos muy abiertos, en un torpe simulacro de asombro o incredulidad– de ese Karma que se ha demorado en sentarse a la cena. O en acostarse junto a la piscina. O que jura haber sido empujado escalerillas abajo. O al que alguien deslizó un poderoso laxante en su cocktail multicolor con sombrilla de papel. Bajan poco a tierra firme, apenas para ocupar un restaurante caro y malo, una trampa para turistas donde el maltrato que reciben de parte de los camareros es entendido por los Karma como muestra de prestigio y calidad y sofisticación que remuneran con propinas exageradas y absurdas. Y, sí, al regresar al puerto de embarque, se descubre que falta algún Karma de los que subió a bordo; pero nadie parece demasiado interesado o preocupado por la desaparición. O cuando, una vez al año, se juntan todos los Karma en Monte Karma para escenificar una suerte de olimpíada familiar con deportes y prendas varias en las que más de uno –cosas de la catarsis y del, por una vez, todo vale; prefiriendo competir entre ellos porque, intuyen, fuera de su círculo serían siempre perdedores y mejor, entonces, ser derrotados en familia y dentro de ese ambiente controlado donde las victorias se alternan para que nadie se sienta demasiado mal– termina entre lágrimas de furia o con brazos rotos o con ataques de nervios o con ligeras contusiones cerebrales. Los lugares, en realidad, son lo que menos importa y pronto, para los Karma, adquieren la mala terminación de esos telones de fondo ilustrados frente a los que se tomaban fotos antiguas. Lo que importa es esa multitud familiar que, de continuar existiendo dentro de varios siglos, se teletransportará *en masse* hasta Júpiter y más allá. Pero falta mucho para eso. Ahora, en el aeropuerto de Abracadabra, Penélope recuerda haber visto menos gente en mítines de Hitler en Berlín o en conciertos de The Beatles en New York. La familia de Maximiliano (su familia ahora) recibe a Penélope a pie de pista, ordenada piramidal y precolombinamente, formada por orden de generaciones. Y en la cima, en la punta de la pirámide, tanto más alta que los demás (y nadie puede ser tan alto, piensa Penélope mientras descargan la camilla con Maximiliano por la rampa trasera de la aeronave) sonríe una mujer, con un cigarro en la boca, su cuerpo pequeño pero absurdamente alto, envuelto en un poncho rojo y amarillo y llamarada. Una mujer de cabello plateado y corto casi al rape, varios dientes de oro en una sonrisa más dentadura que sonrisa clavada en el centro de una vejez, pero de una vejez como la de Clint Eastwood. Una vejez vigorosa. Una vejez añeja. Esa mujer no es alguien que ha envejecido sino que se ha fosilizado y que aguantará milenios. No es que se haya empequeñecido sino que ha sido destilada hasta su más pura y potente esencia. Y es una mujer que, descubre y comprende Penélope, es *tan* alta porque va montada a caballo. Y no piensa bajarse de allí. «Soy Mamabuela Karma, tengo noventa y cinco años, creo; porque mi partida de nacimiento se perdió para no encontrarse. En un terremoto o en una revolución o en un incendio. No me importa saber cuándo nací porque eso sólo sirve para tener clara la edad en que te mueres. Y no está en mis planes morirme. La vida es muy corta, pero también es muy ancha –le dice la mujer a Penélope–. Y éste es Caballo. Sí, el nombre del caballo es Caballo. Y punto. Porque a mí me gusta llamar a las cosas por su nombre», truena Mamabuela mientras le da palmadas a su cabalgadura. A Penélope le cuesta precisar donde termina Mamabuela y comienza Caballo y, desde entonces y hasta su último día en Abracadabra, muy rara será la ocasión en que no verá a la anciana inmortal moviéndose sobre cuatro patas. Enseguida –otra referencia hollywoodiense porque tal vez todo comienza a adquirir un cierto aire irreal, a Penélope irreal– Mamabuela se le antoja como una cruza bastarda de Bette Davis con Emiliano Zapata, el Zapata de Marlon Brando. Y a Penélope le quedará más que claro que esta aberración cronobiológica ha producido un efecto devastador en el muy amplio y anguloso círculo familiar. Mamabuela ya tendría que estar muerta y enterrada. Pero

Mamabuela tiene el vigor de una persona de medio siglo como mucho. Así, la segunda línea de sus hijos, cerca ya de los setenta años, parece contar con la edad mental de adolescentes caprichosos. Los padres de Maximiliano aparecen, de pronto, para Penélope como bocetos desdibujados e imprecisos: una mujer que parece flotar detrás de una sonrisa estupefacta y estupefaciente, y un padre con el aire de estar más que dispuesto a salir corriendo hacia cualquier parte que no sea esa en la que está. Mientras que sus nietos, en la cuarentena, tienen los modales envidiosos y competitivos de niños insaciables que no llegan a los diez años y que se pasan la vida mirando al otro, a lo que tiene el otro, a lo que les corresponde, siempre, a ellos y a ninguno más. En cambio, los jóvenes bisnietos (casi todos sietemesinos hasta que, como ya se dijo, Penélope comprende que eso no es más que un eufemismo para apenas velar un «Se casó embarazada») parecen tener la edad que tienen. Aunque no es posible comprobarlo del todo, porque viven en esa atemporalidad de enchufados a redes sociales y comparando modelos de telefonía móvil con cada vez más aplicaciones, soñando con el día en que todo se haga desde una pantalla a otra sin la interferencia de la carne o de la sangre. Mientras tanto y hasta entonces, utilizan sus tablets para entrar a boutiques virtuales y comprar casi a ciegas, a tropezones, «porque lo más divertido es cuando llegan las cajas de ropa y artefactos a casa y ni te acuerdas de lo que compraste y entonces es como si fuesen regalos de un desconocido y...». Su elocuencia casi lírica para gastar dinero y su dominio de lo informático es tan asombroso como su desinformación acerca de casi todo lo demás. Algunos de ellos –las chicas– piensan que se pueden quedar embarazadas si hay espermatozoides flotando en el agua de las piscinas o, por supuesto, cuando hacen el amor por primera vez, puntual e implacablemente fértiles y si no están casadas, como todas esas chicas inocentes pero tan culpabilizables de todas esas novelas que no leen y de todas esas telenovelas que sí ven. Los chicos piensan que la saga *Star Wars* transcurre justo después de la caída del

Imperio romano «o después del rey Arturo». Sus padres los quieren automáticamente y no dejan de recordarles que jamás se han «hablado mal» frente a ellos. Lo que no implica que no hayan hablado mal de todos los demás padres. Por lo que estos bisnietos –cada domingo, a la salida de misa, Penélope los contemplará como se mira a especies extrañas, a fosforescentes peces profundos– no dejan de enviarse mensajes electrónicos altamente clasificados en los que intercambian información que les puede resultar útil para chantajear a sus progenitores. Tan felices de que el progreso tecnológico haya avanzado pero también descendido a las casi subterráneas alturas de su lenguaje, con abreviaturas infradotadas, palabras cortas (y que aun así les cuesta tanto encontrar y ponerles voz y que, al buscarlas, siempre miran al cielo, sus pupilas súbitamente beatíficas, como esperando ayuda divina) y legitimación del error ortográfico. Comunicándose de teléfono a teléfono aunque se encuentren uno al lado del otro. * La transcripción fidedigna y por escrito de una conversación telefónica entre dos Karma –arriesgarse a leer, a dejarse caer allí– es como Beckett flotando entre los humos de un fumadero de opio. Nada es recto, todo es sinuoso y, en ocasiones, el verdadero motivo de la llamada (por lo general algún intento de conjura o reporte de maledicencia o certificación de falsedad o atronador rumor) recién se manifiesta pasados los cuarenta minutos luego del primer ring, después de haber discutido absolutamente todo. Desde el estado del tiempo a intercambios de gentilezas y almíbares antes de descorchar la hiel y la cicuta y los truenos y rayos, siempre cayendo sobre los ausentes, los que no participan de esa conversación porque están metidos en otra, hablando de aquellos que hablan de ellos. El modus operandi es siempre el mismo: 1) un Karma habla mal de un Karma ausente con otro Karma; 2) si ese otro Karma no se muestra de acuerdo o cómplice en el comentario acerca de quien no está allí pero brilla por su ausencia, el primer Karma deslizará una tenue agresión al «cobarde» o «por no haber estado a la altura de la situación» para, enseguida, 3) llamar a aquel Karma al que se condenó al principio del ciclo para contarle que el otro Karma que no quiso ser parte de la conjura dijo exactamente eso de él que inicial y originalmente pronunció él mismo. Parece complicado pero esta ronda infecta y tóxica es de una sencillez -y de una eficiencia- monstruosa. Pronto, en un vaudeville frenético, todos han disparado contra todos pero nadie se atreve a darse por tocado o herido o, mucho menos, a hacerse responsable del disparo torcido y entre sombras. Y es así como el monto de la factura telefónica mensual de un Karma alcanza sin problemas ni esfuerzos para alimentar por todo un año a un pequeño poblado africano, dicen. Intercambiando –como si se tratase de cromos o cómics– material classified y top-secret con el que podrán chantajear y amenazar a sus progenitores si se niegan a darles lo que exigen. Son como modelos a escala –más modernos– de la perfidia y mezquindad ancestral. Están listos para florecer como esas flores de perfume pesado que crecen entre la basura. Crecimiento incontenible pero que sus padres –ellos saben cómo son porque así fueron ellos; ellos saben cómo serán porque así ellos son–, podando brotes excesivos y arrancando espinas, intentan controlar, sin nunca conseguirlo del todo, como a indisciplinados bonsáis con delirios de grandeza. Abriendo y cerrando –sin solución de continuidad, arbitrariamente– las esclusas de dádivas y privilegios hasta convertirlos en criaturas nerviosas sólo preocupadas porque los muchos hermanos o los numerosos primos o primas tengan más que ellos. Así, unos y otros, por encima de los años y experiencias, sumergidos a diferentes profundidades en un terror doméstico de complejo protocolo. * Nadie dice lo que piensa aunque «pensar» sea uno de los verbos más pensados y al que, inevitablemente, se volverá una y otra vez, sin jamás irse del todo, como se verá aquí, si se piensa en los Karma. Se dice, nada más, lo que se tiene que pensar de acuerdo a lo que supuestamente se piensa de uno o, mejor dicho, a lo que uno piensa que los demás piensan de uno. Pensar en los demás -eso que puede entenderse como forma de generosidad pero, también, como deformidad avariciosa- no es lo mismo que pensar en lo que te gustaría que piensen los demás, especialmente de ti. Pero en eso se piensa. En nada más. Pero todo el tiempo. Pronto, Penélope descubrirá que nunca pensó tanto en su vida como en Abracadabra. Y que nunca pensó en tantos que, al mismo tiempo, son tan poco: los Karma. Sin cesar. Ellos y en ellos. Los Karma como leitmotiv y como barrera mental que rechaza todo pensamiento que no sea suyo o sobre ellos. Pensar en que se piensa en sus personas. Sin pausa. En un silencio transparente pero palpable y que se puede contemplar –a contraluz y con ojos entrecerrados y línea casi plana de pupilas– como si se tratase de una de esas radiografías con sorpresa. Los Karma pensando en que decir lo que se piensa es el equivalente a comer con la boca llena. Por eso, para ellos y de parte de ellos, apenas lo justo: frases sueltas y figurativas. Nada abstracto. Todo figurativo. El azúcar empalagoso de las ilustraciones de tarjetas postales. Corazones, besos, flores, nada que permita la incómoda singularidad de algún doble sentido. Normas tan blancas que parecen transparentes. Cosas sencillas como «Qué frío» o «Qué calor» o «Qué pena» o «Qué bueno» o «Qué hora es» y «Qué temperatura hace» y, automática, la invocación en voz alta de buenos deseos para todos y, en susurros, la esperanza de que sólo se cumplan los propios, los deseos que también desean lo peor para los demás. Y, por supuesto, el perdón cada domingo, en misa, de rodillas pero con la cabeza bien alta, lo que no significa necesariamente que se mire y se tema y se pida perdón a los cielos. Así, también, la sensación de estar oyendo a una máquina antigua manejada desde lejos por alguien que hace mucho olvidó para qué servía esa máquina. No importa: se la sigue revisando y aceitando porque nada da más miedo –más pánico– que el pensar que alguna vez se detendrá para ser suplantada por una nueva máquina con un nuevo manual de instrucciones. Y el ruido de la máquina es tan, por conocido, tranquilizador. Nadie le dice nada a quien quiere decirle algo. Todo llega en curvas raras, rebotes imprevisibles, de manera lateral y sinuosa, jamás en sinceras líneas rectas. Si te concentras, jura Penélope, hasta puedes ver las trayectorias de esquirlas de líneas punteadas donde poner o no un nombre. O las flechas envenenadas que unen y separan las iniciales de unos y otros como suspendidas en el aire. Un siempre alarmante tom-tom, electrocutador y láser, tejiendo una telaraña roja como esas que rodean y envuelven a reliquias malditas en los museos. No dejar huellas y prohibido tocar las piezas, sí. Pero nada se salva de ser despedazado por las manos siempre sucias de los malos pensamientos. Penélope no llega a decidir si se trata de un método de comunicación muy primitivo o ultrasofisticado: A le dice a C lo que en realidad quiere decirle a B pero no se atreve a decirle esperando que, casi enseguida, C se lo comunique a B como algo que le dijo A y, cuando B encara a A preguntándole si de verdad piensa eso, A responderá que es algo que le escuchó a D cuando Z... Así, todos dicen lo que se dijo pero nadie dice nada. Aunque se hable sin pausa, aunque se emitan sonidos. Y, con las semanas, Penélope mal entenderá como una especie de privilegio el que, de a uno y a solas, varios Karma se acerquen a ella para confiarle cosas que jamás le dirían ni siquiera a un sacerdote en domingo. Pero finalmente se dará cuenta de que le dicen todo eso a ella porque la consideran el equivalente de una torre del castillo a la que nadie sube o, peor, una cloaca a la que nadie baja. Descargan allí, en sus oídos, las aguas fecales de sus pensamientos y deseos prohibidos seguros de que, si Penélope cuenta algo, nadie la creerá porque ella no es una verdadera Karma, digan lo que digan los papeles. Así, Penélope emerge de esas confesiones como quien se sumerge en una fiebre que la obliga a siestas largas y pesadas. Siestas de las que te despiertas con la almohada empapada de saliva y el regusto de pesadillas en las que ella es siempre como Vincent Price en aquellas demenciales y libertinas adaptaciones de Poe y corre por escaleras de castillos en llamas –de qué estarán hechas las cortinas en las películas de Roger Corman para que ardan tanto y tan bien– y recita parlamentos inflamables y abraza cadáveres enterrados vivos mientras todo se hunde en ciénagas malditas en los fondos de un estudio clase B. Y durante sus primeras semanas en Monte Karma –a modo de hobby, de terapia, de lo que sea– Penélope, como empujada por una fiebre, escribe y traza en la pared de su cuarto iniciales y líneas. Un diagrama en el que los Karma son unidos a través de la potencia de su odio y envidia. La flecha une a este que dijo esto de ésta. Diferentes colores para calibrar la variable intensidad de sus dichos. Verde, amarillo, naranja; pero nunca llegando a rojo; porque autodestruirse está mal visto y ensucia mucho y quién se ocupará de los jardines y, finalmente, porque significaría el fin y a los Karma la idea de terminar cualquier cosa les produce vahídos, terminar es de groseros; para qué terminar en lugar de seguir. Pero para la recién llegada pronto es imposible mantener cierta claridad, las flechas se cruzan y se clavan entre ellas, el diagrama crece y se expande como la más terminal de las metástasis, como si se tratase de esas instrucciones supuestamente sencillas para ensamblar muebles imposibles. Y Penélope no puede sino imaginarse a viajeros del futuro llegando a la Tierra y descubriendo esa especie de carnívoro árbol genealógico y preguntándose por su significado aunque sospechando que, seguramente, se trataba de un manual de estrategia militar que devino en la gran batalla que acabó con todas las cosas de este mundo o algo así. Mamabuela y Caballo se acercan a Penélope y, desde allí arriba, fusta dura en mano fuerte, la mujer le dice: «No sé quién eras antes pero sé quién eres ahora: una de los nuestros... Supongo que estarás muy cansada del viaje. ¿Qué prefieres: ir a un hotel o venirte con nosotros? Tal vez prefieras estar un poco sola e ir de a poco. Somos demasiados, ¿no?». Penélope sonríe, agotada, y le responde: «Quizá lo mejor sería ir a un hotel porque...». «No se diga más entonces –la interrumpe Mamabuela–, nos vamos ya mismo para la casa. –Y agrega–: Bienvenida a los Karma.» * Y Mamabuela dice esa palabra, «Karma», como si se tratase no de un apellido sino de todo un planeta o, incluso, de un agujero de materia oscura capaz de devorar galaxias enteras en cuestión de segundos. Y, en ese breve diálogo inicial, Penélope vislumbra la molécula de todo lo que vendrá, la esencia protocolar de los Karma: obligarte a hacer lo que ellos quieren intentando convencerte de que es lo que tú quieres hacer; decirte «gracias» siempre con la inflexión de un «de nada»; repetirte una y otra vez que has llegado no al fin del mundo sino a la finalidad del universo. Para Mamabuela -y por lo tanto para todos los que viven bajo su régimen- Karma es el Alfa y el Omega. Y todas las cosas entre un punto y otro -y también lo demás, lo de afuera- no tiene para ella sentido o razón de ser. Lo de afuera (los de afuera) no se entiende (no se entienden) porque no es (porque no son) como lo de adentro. Y su única utilidad, llegado el momento, es la de ser oportunamente señalado y señalados como lo culpable y los culpables de algo impropio que hizo algún Karma intachable e intocable. Los Karma jamás reconocen una falta y, de verse obligados a hacerlo -y sólo frente a otros Karma-, se justifican como aquel que pide comprensión a la corte por ser huérfano sin importarle el hecho de que está siendo juzgado por el asesinato de sus padres. De ahí que sea prontamente indultado, adentro y por los de adentro, donde importa y por los que importan. Afuera y los demás es y son la nada, lo olvidable y lo prescindible. Un mundo inferior. Una vulgar antesala del paraíso que ellos habitan y han creado a su imagen y semejanza. Y los Karma -descubre Penélope- son como los personajes de *El ángel exterminador* pero sin ninguna inquietud por no poder salir, sin inquietud alguna por salir. ¿Por qué? ¿Para qué? Estamos tan bien aquí adentro, donde no hay caos, donde todo tiene un orden, donde todos se conocen a todos y las variables del desastre -los pecados, las vergüenzas, las traiciones, las miserias S y M y L y XL- los cubren y los envuelven y están contenidas en ellos mismos. Los Karma son, sí, felices de ser quienes son. Pero Penélope siempre desconfió del tan citado comienzo de Tolstói en cuanto a la uniformidad de la felicidad familiar. La felicidad de las familias no habla en esperanto sino en muy diferentes y, en ocasiones, incomprensibles e irreconciliables dialectos. Lenguas más largas y difíciles de escuchar y de entender incluso que las de la supuesta y también tolstoiana singular pluralidad en lo que hace a la infelicidad en las estirpes. Porque es sabido que en el nombre propio de la familia se suelen cometer y disculpar los más miserables y egoístas de los actos, sin intermedios ni telón, siempre monologando con coro de fondo y por el supuesto bien de todos. «Lo hice/lo hago/lo haré por tu bien» es la malvada frase con la que, unos a otros, jamás se disparan de frente y a quemarropa sino que se apuñalan por la espalda mientras intercambian esas palmaditas cristianas casi al final de la misa. Una y otra vez. Sonriendo y con las mejores intenciones, y las mejores intenciones jamás son un error o una equivocación. De ahí que, al menos en público, ninguno pueda reprocharle nada a nadie. Y así la felicidad en apariencia invulnerable de los Karma es una felicidad turbulenta y llena de fisuras. La felicidad de los Karma es como la felicidad de un volcán que se sabe siempre a punto de entrar en erupción, el día menos pensado, cuando ocurra o se le ocurra. Una felicidad a la que, mejor, por las dudas, no acercarse demasiado. Y Penélope está demasiado cerca demasiado tiempo, y cada vez se siente más mareada por las emanaciones subterráneas de esa felicidad tóxica y asfixiante. Una felicidad que es más un inercial reflejo automático y mecánico que una trabajada reflexión manual y muscular. Para Penélope -quien siempre pensó que la felicidad era algo a lo que recién se accedía después de una larga carrera, luego de cruzar la meta- esta especie de felicidad ya dispuesta en la línea de largada como trofeo a reclamar sin el menor esfuerzo o entrenamiento previo se le antoja algo sospechoso y hasta indigesto y capaz de provocar visiones, de hacerte oír voces o ver cosas que no están allí. Y, sí, en más de una ocasión, Penélope está casi segura de contemplar cosas que no oye y oír cosas que no ve. Pero ahí están, ahí resuenan, en Monte Karma. Ideas absurdas, creencias increíbles. Escucharlas para darles crédito sin intereses ni límites. Ver para creerlas, para seguirlas con paso incierto y a ciegas. Penélope anota todo en libretas, en pedazos de papel. Ponerlo todo por escrito, piensa, es una manera de conjurar el hechizo por unos segundos, de convencerse de que está allí para algo, para dar testimonio y advertir a la humanidad de lo que allí sucede. Hay días en que se siente cronista antigua, deambulando junto a templos rotos o entre columnas torcidas, cuando todo el mundo -bastaba con recorrer unos pocos kilómetros- era otro mundo, un nuevo mundo. Costumbres extrañas y mandamientos extranjeros. Para Mamabuela y su descendencia sus tradiciones son ley o sus leyes son tradiciones. Así, «Karma» como palabra mágica y negra. Como signo posesivo y poseedor. Como privilegio avasallante. Como estandarte ondeando al viento y, sí, hay banderas flameando en los altos de Monte Karma: una K coronada por una pirámide. Y todo aquel hombre «extranjero» (es decir: con otro apellido) que se case con una Karma deberá, previamente, firmar un poder autorizando la inversión de apellidos. Por lo tanto, de forma inmediata al sellado notarial del documento, el apellido de la novia antecederá al del novio: sus hijos serán, siempre, Karma antes que nada y después de todo. *Y ahora Penélope (por ley aunque no por religión; «Ya solucionaremos ese problema y también lo de que te quedes pronto embarazada de Maxi, claro», sonríe Mamabuela mostrando dientes pequeños y perfectos y afilados, como si la boca de un roedor peligroso viviera dentro de su propia boca) es una Karma. También, es verdad, Penélope recién aterrizada experimenta los efectos de estar súbitamente expuesta a organismos y sustancias tan efectistas. Penélope –mareos y sudor frío– se siente como una de esas hechizadas heroínas de cuentos de hadas, de cuentos de brujas. Princesas o plebeyas que pueden precisar el instante exacto en que fueron enredadas por las palabras de un conjuro pero a las que les resulta ya imposible saber cuándo y cómo se deshará el nudo del maleficio que las mantendrá allí, prisioneras. Y está claro que no queda esperar la llegada de un Príncipe Azul. Porque, en su caso, el príncipe azul es, aquí, *también* el Bello Durmiente. Penélope, de pronto, no es que sea Cenicienta; pero le sobran las hermanastras. Y –entre ellas y por encima de todas, como una de esas rubias histéricas y pérfidas al frente de una jauría de rubias en esas películas para adolescentes– Hiriz. «Hiriz con hache y con zeta», le aclara Hiriz; lo primero que le dice, como marcando una diferencia decisiva con todas las otras Iris, correctamente escritas, que pudiera haber en el resto del mundo. Penélope no demorará en comprender que las libertades ortográficas de los Karma, a la hora de sus nombres, son una suerte de reivindicación apenas subliminal para justificar así su pésima ortografía. Los Karma siempre sintieron la escritura como una forma involutiva del teléfono y ahora, de nuevo, se regocijan por la llegada de las pequeñas pantallas celulares donde está bien visto redactar mal, con menos letras, poner palabras como si sonaran a ruidos de cómic y silbidos para llamar perros y chasquidos de dedos y crujidos de dientes y nombres y apellidos y apodos (Penélope ha presenciado charlas donde lo único que se ha dicho es un nombre tras otro, pura prédica de sujeto, nada de verbal predicado). Y una de las pocas órdenes del mundo exterior que los Karma obedecen sin resistencias ni quejas es, ya se dijo, la de jamás pasarse de los ciento cuarenta caracteres para hablar o escribir. Para los Karma, escribir más de ciento cuarenta caracteres es casi como escribir una novela. Los diálogos entre Karma responden a un guión inamovible, perfectamente ensayado, con mínimos cambios. Ya se dijo nombres, fechas de efemérides privadas anulando a los hitos planetarios y así el 11 de septiembre de 2001 fue «el día de la puesta de largo de Carmelita Karma, a la que su padre no pudo asistir porque estaba en New York y por eso de los aviones y las torres suspendieron todos los vuelos; y cuando llamó para avisar su esposa no le creyó nada y sigue sin creerle». Una sucesión de conversaciones eternas y circulares en tránsito constante, temas a los que te subes y de los que te bajas, como si fuesen los vagones de un tren que no llega a ninguna parte y que no deja de dar vueltas, de memoria, sobre rieles sobre los que ya se anduvo y se volverá a andar tantas veces. Así, una pregunta puntual como qué hora es –dependiendo de humores internos o de climas externos– puede resultar en un breve y terminante «No» como respuesta o, a veces, en largos y sinuosos monólogos donde se acaba hablando de cualquier otra cosa menos de horas y minutos. Ejemplo: «Es la hora en que, ¿te acuerdas?, la tía Inmaculada salía a dar de comer a las gallinas mientras la prima Concepción le gritaba que tuviese cuidado porque había un zorro suelto y entonces el tío Evangelio…». Hay tardes en que Penélope siente que lo que oye es una forma épica y absoluta del déjà vu: no la sensación de que ya se escuchó todo eso alguna vez sino la absoluta certeza de que se oyó ayer mismo, y de que se volverá a oírlo mañana, en el mismo sitio, a la misma hora, con las mismas voces o con voces diferentes, da igual. Las personas pueden morir o cambiar, pero los roles dentro de la estructura dramático-familiar de los Karma, los personajes, serán siempre los mismos. Los que se ponen a cantar de golpe y sin ningún motivo. O los que informan de que «Tenemos que ir a Israel a ver a unos judíos» y a continuación se preguntan «¿Por qué los judíos se conforman con ser la raza elegida? Nosotros les ganamos porque somos la familia elegida. Y nos elegimos a nosotros mismos, sin ayuda de ningún Dios». Lo mismo sucede con las tramas: cambian los nombres, pero se mantiene el apellido y lo que hacen y dicen. Y, no, los Karma no leen novelas; porque para las novelas es que se inventó la televisión, las telenovelas, que se siguen a la noche, cada uno en su casa, como en una tregua de la telenovela en circuito cerradísimo que es la vida de todos ellos. Para los Karma no hay nada más real que la realidad propia y nada más irreal que la realidad ajena salvo cuando se la invoca, por necesidad, para -una vez más, no olvidarlo, tenerlo claro, tomar nunca demasiadas precauciones al respecto- culpar a alguien que no es un Karma de algo que ha hecho un Karma. Así, malos pensamientos propios e inconfesables siendo adjudicados a alguien más o menos lejano. Proyección de proyectiles en una especie de variedad de rito vudú donde siempre hay un muñeco a mano al que clavarle agujas y tatuarle responsabilidades. ¿Es Penélope una muñeca? Al verla y analizarla por primera vez, en el aeropuerto, sus narices vibrando como hocicos de sabuesos que descubren algo nuevo, los Karma no terminan de tenerlo claro. Penélope es un novedoso espécimen mixto. Una moneda todavía en el aire que no se sabe aún –¿la cara de ser Karma o la cruz de no ser Karma?– de qué lado caerá. Una cosa sí está clara: Penélope es rara. Y la hace más rara aún la noticia (cuando le preguntan por su familia para ver cómo y a cuánto cotiza la recién llegada y si podrá aportar valiosos primos o primas al frondoso y endogámico y siempre en llamas árbol genealógico karmático) de que los padres de Penélope murieron hace años por «cuestiones políticas». Y que el hermano de Penélope, su único familiar vivo, sea un escritor más o menos conocido, provoca que los Karma, inquietos, desconcertados, cambien de tema como quien cambia de canal con el control remoto de su muy controlada existencia. Algunos, a escondidas, continúan *mirando* un poco, unos minutos más: lo de tener un escritor en la familia les hace sentirse un poco perversos. Y, después de todo, exclusivos: ninguno de sus conocidos conoce o mucho menos tiene un escritor cerca. Pero enseguida buscan un programa mejor, menos complicado, más divertido, de esos con risas grabadas. Porque decirle «escritor» a un Karma inmediatamente provoca la erupción de la palabra «bohemio». A Penélope el rótulo le resulta, en principio, encantador en su inocencia. Y casi está tentada de comentarles, para potenciar aún más lo «bohemio», que su hermano no monta a caballo ni sabe conducir. Pero Penélope pronto descubre que la acepción karmática del término «bohemio» equivale no a salones literarios de la Europa finisecular sino a un cocktail con partes de «alcohólico», «ateo», «maricón» (nunca gay u homosexual; y no hay homosexuales ni gays entre los Karma, no porque no existan sino porque no se los admite como tales prefiriéndose catalogarlos como «solterones con muchas novias que nunca hemos visto»), «intelectual» y, lo peor de todo, persona de escasos medios económicos e inexistente inserción social. A no ser que se trate del responsable de ese libro de moda –nunca el escritor, porque el autor no importa en absoluto– que todos leen, hojean, como por dictado social. Moviendo los labios. Como si conversasen. Porque, si leer no puede convertirse en tema de conversación o en signo de pertenencia, qué sentido tiene leer un libro. La lectura, por otra parte, es una actividad inmediatamente asociada por los Karma con el aburrimiento, la melancolía e, incluso, con los síntomas preliminares de un suicidio. Los libros –que «son todos en blanco y negro»– son, para los Karma, aún peores que las películas en blanco y negro. * (Una noche, Penélope se entusiasma porque un canal de televisión emite *Citizen Kane* y le dice a Hiriz que tiene que verla, y ella a los pocos minutos se pone de pie y se despide hasta el día siguiente con un: «Estoy muy cansada de ver jugar al tenis. Además, seguro que Rosebud es su madre, su madrecita, ¿no?») Y el solo hecho de ver a Penélope repasando, una y otra vez, como si se tratase del Antiguo Testamento, su viajado ejemplar de *Wuthering Heights*, les produce a los Karma una hasta entonces inédita preocupación y precaución. Pocas veces han visto de cerca a alguien tan cercano en el acto mismo de leer. Acto que en casi nada se parece, lo intuyen los Karma, al de hojear revistas de sociedad con fotos grandes y breves epígrafes. Sólo pueden entender el que parezca pegada a ese libro de tratarse de un legado de abuela queridísima (los Karma se formulan esta hipótesis en falsamente emocionada voz alta) o de legado de amante secreto (los Karma aventuran esta posibilidad en conspirativos susurros auténticos). Y enseguida se preguntan (en voz de volumen medio y prejuicio promedio) si Penélope estará aburrida o deprimida (lo que sí es cierto, pero no por influjo de la lectura) y hasta se preocupan de entablar breves conversaciones que estiman literarias. Ah, los pobres Karma que, tan devotos, jamás leen la Biblia, que es lo mejor que tiene esa religión que han escogido. La mejor parte de aquello en lo que creen es un libro, pero se resisten a creerlo porque los Karma no creen en los libros. Los Karma escuchan la Biblia en misa, como si fuese una radio emitiendo desde quién sabe dónde, qué saben ellos. Algunos de ellos, incluso, prefieren cerrar los ojos porque les perturba un poco ver al sacerdote leer. Prefieren no verlo y pensarlo como un muñeco de ventrílocuo muy hábil e inspirado. Una joven Karma se acerca a Penélope y le confía que «Yo he leído un libro, pero no fue una buena experiencia. Así que ya no repetí. Fue *traumático*». Penélope detecta de inmediato el énfasis de la joven Karma al decir «traumático» y el rubor que se desprende del mero hecho de pronunciar la palabra «libro»; como si se tratase de algo indebido, transgresor, poco recomendable para una señorita. Para la joven Karma, está claro, «traumático» es una palabra compleja y que no pronuncia frecuentemente (y de ahí que la diga casi con orgullo de buena alumna más bien dotada con una buena memoria que bendecida por un auténtico interés o curiosidad) y «libro» es algo que piensa muy de tanto en tanto y preguntándose por qué se le ocurren esas cosas raras como pensar en un libro. Penélope, interesada, no puede sino preguntarle cuál era el título de ese volumen que expulsó a la joven para siempre del mundo de la lectura. ¿Algún título críptico o experimental? ¿Algo largo y lleno de curvas y recovecos? «No me acuerdo», responde con un suspiro tembloroso la joven Karma, ojos del azul profundo de las más superficiales lentes de contacto, melena rubia y teñida invocando en vano al fantasma de Farrah Fawcett. Y ahí queda todo y no tiene sentido ir más allá de este microrrelato. Aunque entonces Penélope, más encandilada que deslumbrada, piensa: «Ah, para este tipo de raro ser es que se inventó el concepto "cabeza hueca"; eso que suena mejor en inglés: "air head"; la idea de un cráneo dentro del que gira, sin pausa, un viento que no mueve nada pero que todo lo agita, un viento transilvano y theremínico, como de vieja película de la Universal... *La increíble mujer vacía,* alguien que una noche, en un laboratorio en blanco y negro...».* Aunque, con un escalofrío, como cada vez que uno se enfrenta al absoluto, surge la duda y el temor en ella: «Pero tal vez sea yo el espécimen ya primitivo –se dice Penélope–. Tal vez esta muchacha que es como un personaje de Jane Austen que jamás sabrá quién es Jane Austen sea tanto más sabia que yo; tanto más feliz y despreocupada, pudiendo arrancar y arrojar por la borda, sin dudas ni pesar, trozos enteros de historia y arte y música y así contemplar, con el mismo interés, un sublime cuadro de Leonardo o a ese infame coreano bailarín en YouTube. Y decidir que el coreano es tanto más gracioso y menos complicado. Porque para disfrutar plenamente del coreano no hay necesidad de un contexto o conocimientos previos. El coreano empieza y termina en sí mismo y no es parte de ningún Renacimiento o pertenece a esta o aquella técnica pictórica. Y, sí, tal vez no haya mejor estado que el de no sentir la obligación de pasar por Shakespeare. O Dickens. O Dostoievski. O Stendhal. O Borges. O James, donde esas damas prekarmáticas exclaman cosas como "Oh, lo confieso; no quiero saber nada más... Cuanto más sabes más infeliz eres". Y evitar la tentación de (otra vez James) ir preguntando por ahí, para clasificar y dividir a las personas, si se piensa en Isabel Archer en *The Portrait* *of a Lady* como en una inocente *ingénue* víctima de los vampiros que la rodean y acorralan o, por lo contrario, como en la soberbia imbécil sin remedio que se merece todo lo que le ocurre y mucho más. O pensar en Kate Croy en *The Wings of the Dove* como en alguien que tal vez no sea mala sino, apenas, alguien que se porta mal. Y, ah, la súbita complicación de comprender (de comprender leyendo) que ser mala y portarse mal, en muchas ocasiones, produce el mismo efecto en los demás. Y que si te portas mal más de dos o tres veces seguidas ya eres mala y punto. Poder pasear por Viena sólo pensando en pasteles de manzana y no en *The Third Man* o en Hitler o en Freud o, no más sea, en ese póster de Klimt besando paredes adolescentes. Renunciar ya en el puerto, sin siquiera subir a inspeccionar el camarote, a un viaje a tantos lugares pero que se intuye y se acepta sin destino final. Decirle no a la frustrante experiencia del saber que jamás habrá tiempo para saberlo todo». Penélope se pregunta si algún Karma se beneficiaría del encuentro con un Buddenbrook o un Forsyte o un Salina. Si Hiriz se reconocería, por ejemplo, en la voraz e insaciable Undine Spragg, en el espejo noble y bien escrito de alguna de sus burdas taras; y si esto la ayudaría a corregirlas o, al menos, a reconocerlas al verlas mejor escritas en la elegante tercera persona de un personaje que en la vulgar primera persona de sí misma. Seguramente no. Y, claro, siempre estaría la posibilidad de que el enfrentamiento al retrato tanto mejor escrito de otro apellido les produjese a los Karma un efecto, sí, traumático. «Así, quién sabe, quizá mejor quedarse en casa y convertirse en un experto absoluto del punto de origen e ignorar a todo lo demás a no ser que éste, muy de tanto en tanto, intersecte con la mínima pero abarcable experiencia. No buscarse en lo universal sino sentarte a esperar a que el universo te encuentre. Y si no, no hay problema: será que el universo no es interesante y no que no le interesas. "Había una vez..." una y otra vez. Enfocar lo microscópico con un telescopio. Ser estrella enana y silvestre, y acaso alguien tanto más apto para enfrentar mejor y con mayor plenitud la propia vida sin tantas complicaciones y manuales de instrucciones redactados por mentes tanto más poderosas que la nuestra», tiembla, tiembla mucho Penélope. Y se acuerda de que una vez, en un trasnoche cocaínico de Discovery Channel vio, entre raya y raya, un documental donde se aseguraba que un estudio sobre tribus africanas había determinado que la longitud de las vidas de sus miembros se había acortado notablemente luego de que les hubiesen enseñado a leer y escribir. También, informaba una voz incorpórea sobre un paisaje de chozas y desierto, dormían menos y peor. Todo por, de pronto, poder vivir otras vidas, pensar más. Y piensa demasiado Penélope, cada vez más temblorosa –los Karma como una nueva droga imposible de sintetizar y en la que resulta difícil ser sintética y de la que Hiriz es su cepa más pura y poderosa–, casi aterrorizada por lo mucho que piensa *así*, cada vez más: en círculos concéntricos y ascendentes y descendentes, como si se hubiese inyectado una lenta escalera de caracol en el veloz ascensor de su cerebro. Y además, se dice Penélope vertiginosa, diferencia atendible: esa joven Karma traumatizada por un único libro no es como Hiriz. Esta chica no sabe lo que quiere pero conoce a la perfección lo que necesita (un marido, dinero, hijos, más dinero); mientras que Hiriz cree saber lo que quiere y nada le importa menos que lo que necesita. Y lo que quiere Hiriz es absolutamente todo. Y lo quiere más y mejor que lo de los demás Karma. Hay momentos en que Hiriz, incluso, desearía no haber leído los libros que leyó Penélope pero *sí* saber lo suficiente sobre ellos como para poder causar una cierta impresión ante el eventual «bohemio» capitalino o extranjero que pueda llegar a caer por las inmediaciones. Pero tampoco es que ello le quite el sueño. Ésa, para Hiriz, es una batalla a afrontar recién luego de haber ganado una gran guerra. * Mientras tanto y hasta entonces, para el resto de los Karma, el caso de Penélope (eso de tener un hermano escritor) es aún más desconcertante (levemente desconcertante, como todo lo externo y ajeno y que, por lo tanto, por suerte, enseguida se puede dejar de pensar en ello) pero finalmente intrascendente. ¿Una familia de dos personas? Eso no es una familia. ¿Padres desaparecidos por «cuestiones políticas»? Aburrido y, seguro, algo habrán hecho y no sería raro que se lo hayan merecido y punto y a otra cosa. Pocas posibilidades argumentales. Apenas unas gotas de falsa piedad y un sonido como *oooh...* Y eso es todo. Nada de espacio en el mega-micromundo de los Karma para cuestiones ajenas. Todo está ocupado –en un barroco organigrama digno de una de esas insoportables sagas con gnomos, brujos y reyes y dragones– por traiciones, rumores, competencias, odios apenas escondidos y secretos inconfesables. Secretos que todos conocen y comentan como si se tratase del siempre variable estado de las constantes fluctuaciones climáticas donde, siempre, puede estallar una tormenta de verano o un huracán con nombre de mujer, o con marca de algo deseable y de luxe por el simple hecho de poseerlo otro, otra.

«Hiriz es el nombre de una diosa egipcia», sigue Hiriz y Penélope, que sabe mucho de muchas cosas, piensa «Horus, cabeza de halcón, considerado el fundador de la civilización, versión de Febo y Apolo en el Valle del Nilo». Y se pregunta cómo una familia tan católica (como le advirtió en su momento Maximiliano) nombra a sus retoños con mal escritos apelativos de divinidades paganas; pero mejor, por las dudas, no dice nada. Y ese «mejor, por las dudas, no decir nada» se convertirá, de inmediato, en uno de los varios mandamientos a seguir por Penélope durante su estancia en Abracadabra. En Monte Karma más que decir o hablar se recita o se proclama. No alta poesía sino comentarios inocuos y como envasados al vacío absoluto. Lugares comunes. Los Karma se comunican entre ellos con frases hechas y muchas veces ensayadas y repetidas. Slogans tribales a desgranar como quien camina sobre arenas movedizas o puentes de cristal. Nada que vibre, nada que provoque grietas o ayude a hundirse. Hablar sobre lo que se ve pero no sobre lo que se piensa. Pero, para Penélope, el no decir nada, a menudo, equivale a pensarlo todo. Y pronto Penélope –que habla poco; porque cuando habla tiene la incómoda sensación de hablar sola, cosa que no la molesta, comprenderá, con dos o tres copas más dentro que encima– descubrirá que no puede dejar de pensar en Hiriz. ¿Es esto porque –se hará evidente– Hiriz no puede dejar

de pensar en Penélope? Seguro, algo de eso hay. * Pero, también, hay algo más: los escritores tienden, por gaje del oficio y deformación profesional, a clasificar casi en el acto de conocerla a toda persona que se conoce, a sintetizarla en posible personaje. Aquellos que no son escritores pero que desean tanto escribir (el caso de Penélope) son aún peores en ese sentido: no clasifican sino que juzgan. Se la pasan tomando apuntes para posibles novelas e hipotéticos relatos. Frases sueltas, descripciones más o menos puntuales. Pero semejante actividad y reflejo no es algo sencillo de ejercitar en Abracadabra, entre los Karma. Los Karma son todos demasiado parecidos, dicen y piensan y hacen las mismas cosas. Son de una uniformidad absolutamente única y original en su instintiva disciplina. Parecerse los convierte en invencibles entre ellos, porque nadie quiere perjudicar a su doble, a su triple, a su quintuple. De este modo, si todos son impuntuales (porque la percepción del tiempo de los Karma es más bien elástica siendo el gerundio su conjunción verbal favorita: decir que se está haciendo algo pero sin que esto implique tener que llevarlo a cabo, flotar así en un eterno durante) entonces nadie es impuntual y la idea toda de la puntualidad se anula a sí misma. El mito del eterno comienzo. Estar todo el tiempo empezando; porque así se evita la frustración o el desencanto de un final que no estaba a la altura de las expectativas, que nunca se corresponderá con las fantasías infantiles del «Había una vez...». Demorar un año lo que se hace en una semana, o en un día. Tardar años en renunciar o en ser despedidos. Y sentirse siempre jóvenes –se envejece poco cuando un minuto se estira a meses– sufriendo la paradoja de que sus problemas adultos siempre conserven un aire infantil pero cada vez más arrugado. Los Karma no saben qué es la crisis de los treinta años. O de los cuarenta. Salvo cuando funciona como justificativo para algún desmán ocasional o locura pasajera. Los cincuenta –de edad o de matrimonio– no son otra cosa que la perfecta excusa para volver a subirse a un crucero. Los Karma son habitantes de su propia Shangri-La privada. Salir de allí –establecer algún tipo de comparación con los plazos y obligaciones y vencimientos del resto de los mortales– equivale a deshacerse, a perder todo lo ganado, a no ser únicos. Por lo que mejor... Penélope conocerá a Karma (Hiriz será una de las mutaciones más bizarras resultantes de este síndrome) que estudiaron –o eso aseguran– abogacía, cirugía nuclear, odontología, ciencias políticas, oceanografía, astronáutica y hasta se entregaron al sacerdocio con la ambición de llegar a Papa sin tener diploma alguno que lo certifique o los acredite. Karma que te dicen, automática y cortésmente, «A sus órdenes», teniendo perfectamente claro que jamás harán aquello que les pidas. Karma que te dicen «Enseguidita mismito» para anunciar que *no* se disponen a hacer algo de inmediato sino en algún momento, quién sabe cuándo, tal vez en alguna próxima encarnación. Y, siempre, en un plural difuso. Decir «Deberíamos hacer...» para no hacerlo y, automáticamente, involucrar a todos en su nada. Y Penélope –quien hasta entonces había desconfiado de la gente que utilizaba demasiados aumentativos en su discurso, exagerándolo todo y potenciando importancia y tamaño– de pronto descubre que no hay nada más peligroso que los diminutivos. Los diminutivos que dotan a todo de una falsa humildad y gracia infantil; pero que no son otra cosa que mandíbulas de tiburón con varias filas de dientes por entre los que brota una vocecita que dice cosas como «Pero qué buenito que eres». Excepción hecha de Mamabuela, que parece girar sobre sí misma, sin pausa, como una fuerza de la naturaleza, como un derviche centrífugo (Penélope se preguntará más de una vez si Mamabuela no sería una especie de incansable vampiro nutriéndose de los fluidos y energías de sus descendientes), el resto de los Karma se mueven como en la más lenta de las cámaras, como felices prisioneros del ámbar dorado de su comodidad y privilegios. «Pero no tiene ningún sentido un retrato de grupo», piensa Penélope. Así que Penélope elige a un solo Karma para abarcarlos a todos. Penélope elige a Hiriz. «Buen material», piensa Penélope, como piensan de casi todo aquellos que quieren escribir pero no son aún escritores. Pero Hiriz es *realmente* buen material. Hiriz es una Karma, sí; pero también es una Karma al borde de algo. Hiriz es inestable; como si su obligada satisfacción por ser quien es y venir de donde viene estuviese apoyada sobre una falla tectónica que tiembla en la noche, cuando piensa que nadie puede percibirla y calibrarla. Hiriz vive en ese eterno minuto anterior a un terremoto que sólo perciben las aves y los perros. Así que Penélope va a trazarla como se trazaban los mapas en la antigüedad: no como ahora, desde arriba y satelitalmente, sino desde los bordes y a lo largo de orillas, de afuera hacia adentro, paso a paso y piedra a piedra. En su propio terreno. De muy cerca. Penélope –como una fiel cartógrafa que *también* es audaz aventurera– va a seguirla y filmarla y grabarla y retratarla. Y a describirla en minuciosos y exhaustivos despachos que (a pedido de su hermano, quien, en la distancia pero insaciable y siempre reclamando nuevas «dosis de H», pronto se declarará «fan número uno» de Hiriz) enviará a través del aire y las ondas en archivos digitalizados. * Y, sí, él a veces -ahí arriba, en todas partes y en ninguna, centro electromagnético de una tormenta de cuásares- se imagina todavía aquí abajo, escribiendo, tentado y atraído por la potencia imantada de Hiriz a quien, tal vez, él convertiría en su provinciana Emma Bovary, en su ilusa Anna Karenina o, mejor aún, en la menos recordada pero igual de poderosa y tan frívola Gwendolen Harleth Grandcourt. De ahí las repeticiones, las insistencias, las variaciones más o menos sutiles, una y otra vez, sin disculpas a quien corresponda, en el modo en que actúa o no actúa Hiriz o piensan o no piensan los Karma. De ahí también una misma percepción de un Karma transmitida primero por Penélope y luego recibida por su hermano, quien hizo y sigue haciendo ajustes ahora que dispone de eternidades para encontrar *le mot juste* para atrapar el instante preciso, en un abrir y cerrar de ojos que puede extenderse a lo largo de años. Tal vez así, piensa Penélope, el tiempo pase más rápido, el tiempo pase y la vida siga. Hiriz es la hermana mayor de Maximiliano. «Así que ahora tú eres como mi hermanita», le dice a Penélope, quien no entiende del todo la lógica de ese nuevo vínculo pero, otra vez, mejor, por las dudas, no dice nada. Penélope, en principio y aunque hable su idioma, tampoco entiende muy bien cada cosa que le dice Hiriz. Hiriz habla del mismo modo en que escriben los doctores: sus letras y palabras son incomprensibles. Es como si la voz de Hiriz * (muy aguda y con un acento extraño, casi extranjero pero no del todo, como de operadora telefónica y teledirigida a la que le preguntas hora y fecha y te responde con dicción entrecortada, como si cada palabra y número fuesen oraciones o ideas completas) demorase unos segundos en llegar desde los oídos al cerebro de Penélope y, una vez allí, requiriese de algunos segundos más para acabar siendo traducida al mismo idioma. * (Hiriz ha conseguido, incluso, trasladar y traducir la cualidad sónica de su voz a lo escrito: sus e-mails y tuits -de los que puedes llegar a recibir unos treinta o cuarenta por día- están plagados, como suele ocurrir con los analfabetos que siguen siendo analfabetos aunque hayan aprendido a leer y a escribir, de mayúsculas enfáticas, de ???? y de !!!! y de muy personales errores ortográficos e inverosímiles abreviaturas consonantes que remiten al invisible y microscópico idioma de atenazadores coleópteros.) Hiriz –Penélope pronto comprende que nada más apropiado que su nombre derivado de Horus y no puede verla sin sobreimprimirle a su rostro las plumas y el pico y la mirada aguileña de una imposible de satisfacer ave de rapiña– debe de tener unos cuarenta y pocos años, aunque unas cuantas operaciones plásticas ya la hacen parecer mucho mayor o más gastada. Hiriz recuerda a una de esas casas de planta irregular a las que se intenta domesticar/decorar con mobiliario para armar moderno. Masajes y peelings y tantas millas náuticas acumuladas en varios cruceros de salud, y tantos metros de altura en spas alpinos, y tantas horas de plegarse y estirarse siguiendo la última variable yogaeróbica le han dado al cuerpo y alma de Hiriz la textura y el color y los modales y la estúpida pero ilimitada maldad de una cheerleader perpetua decidida a hacer las mejores y más vistosas piruetas para, tarde o temprano, siempre, caer delante de todos en el peor momento, en la instancia decisiva. Hiriz no es feliz porque para ser feliz hay que relajarse primero. Y de nada han servido, tampoco, demasiados «viajes espirituales» a la India o a Oriente o a África de los que Hiriz siempre regresa cargada de fotos en las que aparece abrazando con cierta tensión a niños exóticos y hambreados (de existir algo llamado «racismo amoroso», Hiriz lo ha descubierto y patentado, piensa Penélope al contemplarlas) y con baúles llenos de túnicas y trajes para vender a primas y cuñadas. En la situación en que muchas mujeres de su posición optan por buscarse un amante (de ser posible un instructor de tenis o maestro de canto; alguien a quien tengan en nómina), Hiriz, por temor al que dirán si la descubren o por demencial valentía sin importarle lo que piensen, ha decidido amarse desaforadamente a sí misma. Lo que no es sencillo, claro. Así, Hiriz vive en tensión permanente y es más que probable que, el día de su muerte, adquiera un inquebrantable rígor mortis al segundo de haber exhalado su último aliento. En algún momento, Hiriz se sincerará con Penélope y, con voz frágil, le confesará que nunca se repuso de un terrible episodio infantil. Cuando Penélope se prepara para recibir flashback terrible de violación a los siete años o algo por el estilo, Hiriz rompe en lágrimas y le dice que «una vez Mamabuela me dijo que ese corte de pelo no me favorecía. Era mi cumpleaños número diecinueve. Y te juro jamás he vuelto a ser la misma desde entonces». Penélope prefiere no comentarle a Hiriz que ella cree que la infancia y sus tristezas difícilmente se extiendan hasta los diecinueve años. Que eso no sería una infancia sino –el nombre súbitamente adjetivándose por cansancio– algo infantil. Pero Penélope prefiere callar, y llenar su copa de nuevo, y seguir escuchando pero oyendo lo menos posible. Lo cierto es que Hiriz tuvo una infancia tan perfecta como insatisfactoria, casi podría jurar que una vez «sentí un orgasmo», y está segura de que últimamente ha sufrido varios «golpes emocionales». Como cuando, cinética y obsesionada con bajar de peso, se encadenó a una bicicleta estática del gimnasio del club social luego de que la obligaran a volver a casa. O cuando un exceso de pastillas para adelgazar la convencieron por unas horas de que Jesucristo se le había aparecido para que organizara el menú y sugiriera la lista de invitados para la última cena. Hiriz, también, es una de esas personas a las que no cabe calificarse de bruta (una condición) por no haber contado con medios para su cultivo y florecimiento y haber crecido bajo determinadas condiciones medioambientales; pero sí puede tachársela de ignorante (una opción). Y es que Hiriz ha abrazado su falta de toda cultura como si se tratase de un título *summa cum laude*. El breve y elemental pasaje educativo de Hiriz * (y del resto de los Karma, quienes siempre han canjeado la idea de cultura general por la de cultura particular: por obsesivas y cada vez más complejas especializaciones en sí mismos que no dejan tiempo libre para nada más) ha estado así salpicado de calificaciones compradas a cambio de donaciones a escuelas. Hiriz siempre marcaba todas las opciones en los test multiple choice («Siempre me enseñaron que hay que quedar bien con todo el mundo», se explicaba) y se le hacía imposible concentrarse en la Florencia del Renacimiento, en Waterloo o en Hiroshima, o en el Big Bang, porque «en esas historias no aparece ningún Karma». Ahora, Hiriz no sabe qué hacer con su vida; pero Hiriz piensa que puede hacerlo todo. Penélope ha conocido versiones más atenuadas de la misma especie al otro lado del océano. Esas fans incondicionales de Madonna que la aman devotamente y la adoran y la envidian como role-model por su cuerpo firme, por la fantasía de sus amantes jóvenes, por sus coreografías esforzadas pero fáciles de imitar en alguna próxima boda y, de manera subliminal e inconfesable, por darles la esperanza de que alguien tan artísticamente mediocre, si aprende a trepar e intrigar, puede llegar a convertirse en una artista de fama planetaria. Pero lo de Hiriz es mucho peor. No es que Hiriz persiga la juventud eterna sino algo aún más imposible: Hiriz querría haber nacido varón; porque, de haber sido así, su vida hubiese sido tanto más justa, muy diferente, otra. * (Las mujeres Karma no trabajan. O, mejor dicho, trabajan de intentar, en vano, convencer a los demás de que trabajan. O, en el mejor de los casos, están metidas en larguísimas y teóricas y nada prácticas carreras universitarias de las que deshojan una o dos materias al año, no vaya a ser cosa de que se queden sin carrera o que alguien insista en darles un título que, seguro, no sirve para nada salvo para trabajar.) Hiriz está convencida de que sabe de todo más que todos. Sus áreas de especialidad incluyen desde la repostería a la construcción de cyborgs pasando por el derecho comercial y la importación de maquinaria pesada. Pero nunca –piensa y en contadas ocasiones llega a decir en voz muy baja Hiriz– se le ha dado el espacio que merece y exige (en su mente y en su mapa un espacio más o menos equivalente al de mil estadios de fútbol puestos uno junto a otro) nada más y nada menos que por su sexo, por su condición de mujer en un mundo supuestamente gobernado por los hombres. Excepción hecha de Mamabuela; que los gobierna a todos, sin importar género o especie o si se es vegetal o mineral o animal. Así, sólo ella, Hiriz a solas, convencida de un genio propio y polimorfo similar al de Leonardo da Vinci. Pero Hiriz es, en realidad, algo así como una desesperada Connie Corleone en *The Godfather III*, pero con muy escaso sentido práctico. Hiriz es un personaje secundario con ansias de película propia que ha convertido la potencia de su frustración en casi una forma de logro. Sus sucesivas derrotas funcionan como la antimateria de un éxito en el que sólo ella cree. Hiriz es una exitosísima fallida profesional y –buscando desesperadamente el favor y la aprobación de Mamabuela, soñando sin siquiera atreverse a confesárselo a sí misma con ser su sucesora– no ha hecho otra cosa que fracasar triunfalmente, a lo grande, cada vez mejor. Hiriz ha fundado, alternativamente, una guardería de niños de amigas y familiares y otra para niños pobres y huérfanos (pero éstos son niños pobres sospechosamente felices y agradables y siempre con una afinada canción en los labios, como escapados de una versión local de *Annie*, a los que Hiriz les propone juegos como «Ahora vamos a imaginarnos cómo sería ese juguete que nunca-nunca-nunca nos van a regalar, ¿sí?»; los hijos de Hiriz, por su parte, se disfrazan para Halloween no de zombis sino de «mendiguitos, porque dan mucho más miedo»); una tienda de decoración de interiores (para proveer a casas de amigas y familiares); un almacén de delicatessen (para surtir a fiestas y almuerzos y cenas de amigas y familiares); una boutique donde intentaba vender sus diseños (y vestir a amigas y familiares); y una agencia de viajes para hacer amigos y reconciliar familiares. Y su muy breve paso por la política local –gracias al único pero decisivo mérito de portación de apellido– cerró con el suicidio del alcalde con el que trabajaba como «asistente personal». La breve nota que dejó el pobre hombre antes de colgarse de una viga del techo de su oficina –donde se leía una única palabra: «Insoportable»– llevó a muchos a pensar que el hombre ya no podía soportar la culpa o el deshonor o el chantaje por algún desfalco o maniobra corrupta o vida secreta. Pero los que lo conocían bien y de cerca supieron perfectamente a qué y a quién se refería. Nada de lo anterior le ha impedido a Hiriz el autoerigirse en consigliere absoluta de su familia, en alguien que no deja de dar consejos no solicitados arrojándotelos con fuerza y pésima puntería, como si fuesen cuchillos o granadas, para no dar nunca en el blanco. Y los consejos de Hiriz siempre están relacionados con algún desperfecto de Hiriz. Ejemplo: si Hiriz tiene problemas con sus hijos inmediatamente se pondrá a aconsejarte sobre cómo evitar los problemas que, seguramente, tienes con tus hijos aunque no los tengas, no importa. Si evitas cruzarte con Hiriz no se trata, para ella, nunca de algo personal –porque no concibe siquiera la posibilidad de que alguien no quiera estar con ella– sino de una perversa misantropía general o, en sus palabras, de «esa gente a la que le gusta estar sola para hacer vaya uno a saber qué cosas cuando nadie los ve». Así, Hiriz –quien luego de cada viaje pretexta mareos y vómitos y hasta visiones que intenta decodificar yendo a lo de una amiga que se ha autoerigido en experta tarotista «pero muy católica»– no duda en recomendarle a la apenas aterrizada Penélope que no hay nada mejor para las articulaciones acalambradas luego de un largo vuelo que «llenar la bolsa de agua caliente con agua... pero, cuidadito, la clave está en llenarla con agua mineral». Así, Hiriz siempre sabe cómo hacer lo que no sabes cómo hacer; pero seguir sus imprecisas y complejas instrucciones equivale a destrucciones tan sencillas en su precisión. Su inagotable talento para el descalabro de todo lo que aborda y, enseguida, naufraga ha conseguido que los Karma –que se protegen entre ellos para poder atacarse nada más que entre ellos; los Karma se bastan y se sobran y son como los Montescos y Capuletos bajo un mismo apellido y sin muertes, porque no hay enemigo externo o extra familiar digno de su atención y linaje– consideren a Hiriz una suerte de gracioso espíritu inquieto y emprendedor, aunque todo lo en teoría bueno que emprenda Hiriz no demore, en la práctica, en su poca práctica, en acabar, en acabar mal. Hiriz –de ser definida militarmente– es daño colateral y fuego amigo. Y su último «logro» (porque los desastres de Hiriz, de algún modo, acaban siendo flexibles diálogos en tensas sobremesas) ha tenido que ver con sentirse capaz de desarrollar un alimento especial para el ganado. Una dieta que lo haría más grande y productivo, juraba. No importa que Hiriz no supiese nada de vacas, ni de toros, ni de lo que éstos comen o siquiera para lo que sirven y funcionan. Hiriz invirtió «unos dineritos, unos ahorritos» en un centenar de cabezas (escucha Penélope en el trayecto desde el aeropuerto a Monte Karma, la mansión matriarcal de Mamabuela) y creó, ella solita, una raza de colosales bovinos mutantes color esmeralda flúor. Una feroz y anabólica variedad que se reproduce a una velocidad de vértigo y que ha desarrollado un insaciable apetito carnívoro que lleva a las reses a matarse a crudas dentelladas y comerse entre ellas en una fiesta del canibalismo vacuno. No avergonzada, pero sí intentando que nadie se enterase, Hiriz liberó a las reses en los terrenos de una hacienda abandonada. Así, las bestias se convirtieron en una amenaza para la región y se descubrió a varios caballos decapitados y violados; «En ese orden», precisó un veterinario local. Primero se culpó de todo al Chupacabras o alguna otra superstición campesina; pero varios niños de familias humildes (a quienes ahora se atemoriza con un «Si no te comes todo vendrá a buscarte la Grandísima Vaca Verde») no demoran en desaparecer. Pronto, se responsabiliza de todo a un ganadero de la competencia (quien casi acaba siendo linchado por los humildes peones), y los Karma organizan partidas de caza todos los fines de semana para salir a matar «vacas loquísimas», ríen. Queda sólo una, parece. Una vaca verde gigantesca y totémica y mítica. Una mítica vaca verde como una simbólica ballena blanca. A Penélope, flotando en el jet-lag, le cuentan todo eso (y Penélope piensa que no puede ser sino una broma, o una leyenda más campestre que urbana) y mucho más como si ella se incorporase, en el acto, en calidad de actriz invitada con posibilidades de destacar y subir de rango, a un folletín que lleva escribiéndose desde hace siglos, a una telenovela sin final a la vista. Pero es algo raro, algo lejano pero de pronto tan cerca: Penélope tiene la sensación no de haber viajado a otro país sino a otro mundo. Un lugar donde hablan su idioma, pero no entiende nada de lo que dicen. O tal vez sea que es su propio planeta el que ha sido invadido. Alguien le pasa una pila de unas quinientas fotos para que «Se ponga al día y se aprenda rapidito todos los apodos y parentescos». * (Y a Penélope la asombra la cantidad de abuelo/as e hijo/as y nieto/as que se llaman exactamente igual y cuando les pregunta a qué se debe le responden que ya están tan acostumbrados a esos nombres que mejor seguir usándolos y que «así no hace falta volver a bordar el ajuar nupcial y las toallas y uno se ahorra tiempo cuando sale al parque entre las casas y llama a la familia porque hay reunión general: se gritan dos o tres o cuatro nombres y listo».) Otro le entrega un regalo (Penélope pronto descubrirá que los Karma se la pasan todo el tiempo haciéndose regalos entre ellos para demostrarse en público lo mucho que se aprecian a pesar de lo mucho que se detestan a escondidas). Es un vestido. Algo que jamás se pondría, algo que es dos tallas más grande que la suya; y Penélope comienza a inquietarse mucho: ¿qué tipo de organismo es capaz de regalar ropa a alguien a quien nunca ha visto ni conoce? La atmósfera de este nuevo mundo es respirable, sí; pero a Penélope le falta el aire aunque su cabeza le pese tanto como una escafandra para descender al fondo del cielo o del océano. Vivaces peces fluorescentes rozándola mientras se hunde o encandilador polvo de estrellas muertas metiéndose en sus ojos mientras flota ingrávida: demasiadas personas a su alrededor, demasiadas personas hablando y respirando simultáneamente dentro de esa camioneta de poderosa doble tracción, y de las otras siete camionetas –todas preparadas como para un safari, con múltiples accesorios colgando de techos y flancos–, y de la ambulancia de líneas futuristas que lleva a Maximiliano y que la siguen a ella, a velocidad media; porque al frente de la caravana cabalga Mamabuela sobre Caballo, lanzando grititos, por el asfalto y la tierra, rumbo a «casa», le dicen. Monte Karma * (una construcción gigantesca donde la arquitectura colonial hispánica parece fundirse, histérica y sincréticamente, con el barroco de las cortes italianas y posteriores incrustaciones de faux Bauhaus, Penélope extraña una ominosa K de hierro forjado sobre la verja de entrada antes de un largo zoom hasta una ventana) está rodeada por una cantidad intimidante de pequeñas réplicas de la mansión principal donde habita el resto de la familia. Son como pequeños satélites alrededor de un astro más dictador que rey. Las casas siempre están llenas de gente, las puertas están siempre abiertas, y Penélope no demora en preguntarse si no estarán conectadas todas por una red secreta de túneles y pasadizos. Monte Karma es el ombligo del mundo y cualquier salida de allí –a no ser a cualquiera de las sucursales de Monte Karma, en el mar o en la montaña– se convierte en algo complicado hasta alcanzar alturas de absurdo y comedia física y slapstick. Para los Karma el solo acto de subirse a vehículos que los lleven fuera de su área de influencia resulta algo desorientador. Así, demoran horas y días y semanas en decidir adónde irán, moviéndose como ciegas gallinas recién degolladas. Y una vez fuera, en el extranjero, sólo se sienten tranquilos entrando y saliendo de tiendas con logos de grandes y caras marcas, más sostenidos por que sosteniendo enormes bolsas que los mantienen, con su peso en oro, pegados al suelo. La posible visita y recorrido de catedrales y palacios, la contemplación de piezas de museo y de paisajes que no les pertenecen, sólo les provocan mareos y miedo y la pasajera sospecha de que hay todo un mundo ajeno y tal vez mejor y más interesante más allá del suyo. * Así, mejor, París es Chanel. Londres es Burberry. New York es Donna Karan. Sólo Roma es, sí, el Vaticano, donde rebaños de Karma se confiesan previo pago de audiencia papal para, limpios y puros, salir como levitando rumbo a Valentino. Lo que no significa que los Karma sean una especie migratoria. Los Karma optan por moverse lo menos posible, nunca de a uno o de a dos, y siempre lo más cerca que se pueda. No alejarse. No perderse de vista. No sentirse desconocidos en la multitud o en el desierto de metrópolis. Monte Karma como Acrópolis y Gran Pirámide y Muralla China. En el salón principal de Monte Karma, sobre una mesa tan larga y con tantas sillas que parece una ilusión óptica (una mesa donde caben, el núcleo más íntimo y cerrado y puro de los Karma, los hermanos que se casaron con hermanas y los primos que se casaron con primas), hay, como si levitara, un cuadro. Un cuadro de tres metros de alto por dos de ancho en el que se retrata a un hombre con aire de iluminado profeta bíblico, vestido mitad de cowboy mortal y mitad de torero matador, los ojos en llamas, una sonrisa ardiendo en los labios. «Es Papabuelo», le dicen en un susurro sacro y reverencial, como si temiesen que la figura pintada pudiera oírlos. «Ah, ¿dónde está?, ¿está aquí?», pregunta Penélope por preguntar algo, porque recuerda alguna mención al misterio de Papabuelo en la voz de Max. Y son varios los Karma que le ofrecen respuestas diferentes: Papabuelo murió ayudando a extinguir el incendio del convento, o en una catástrofe ferroviaria, o en un accidente de caza, o de un ataque cardíaco a la altura del hoyo número seis. Los más audaces, en voz baja y con aliento a jugo de cactus, se arriesgan a insinuar algo sobre una joven estrella cinematográfica de segunda intensidad (las versiones más extremas y entre susurros aún más susurrantes de lo habitual hablaban no de una actriz sino de un actor), sobre una fuga a Mónaco, o sobre un problema con un gángster local y un nuevo rostro y algo del Programa de Protección de Testigos del FBI. Alguno, casi hablando en lenguas, asegura haber visto cómo Papabuelo ascendía a los cielos mientras arreaba una manada de cebúes. No importa, da igual, las verdaderas leyendas sólo son legendarias si nadie se pone de acuerdo acerca de ellas, acerca de lo que pudo haber pasado, acerca de lo que puede llegar a significar lo sucedido. * Penélope mira y mira ese cuadro y a algo le suena, a algo le recuerda, hasta que se da cuenta: en su retrato Papabuelo está vestido igual que Napoleón Bonaparte en ese otro retrato en el que aparece, imperial, coronándose a sí mismo. Lo que pone en evidencia, de manera lateral, lo en inferioridad que se sienten los Karma ante la fragilidad de sus raíces en el Viejo Mundo. Casi nada. Mejor no hablar de eso. Una jauría de bandoleros que llegaron a la otra orilla para hacer fortuna. De ahí que los Karma -en especial las hembras, súbitamente hermanastras y madrastras-, desfallezcan ante la presencia de cualquier aristócrata europeo de pacotilla y sueñen con uniones, títulos, castillos y escudos de armas. Pero nada hasta ahora. Todo intento de colocar a una Karma -Hiriz incluida, de ahí su paso por un internado suizo- en el seno de algún apellido venido a menos pero respetable ha sido infructuoso hasta la fecha. Pero no pierden la esperanza. Y, de tener los Karma blasón y estandarte, en ellos debería leerse el lema que los sostiene: «Nadie contra Nadie, Todos contra Todos». Método infalible para la supervivencia: la imposibilidad de fulminantes duelos frontales y evidentes a cambio de la eternidad de maledicencias como corrientes subterráneas y fétidas disimuladas por litros de perfume y flores y una cordialidad constante y, por lo tanto, más bien poco creíble para Penélope, para cualquiera que no sea un Karma. Un afecto que nunca está claro por qué se siente y a partir de qué surge.

Lo que sí está claro es que Hiriz «adopta» a Penélope, la instala en el bungalow junto a la piscina de su casa, y la lleva a todas partes con ella. Como a un nuevo accesorio. Como algo que se compró o que le regalaron y que no deja de mostrar a todos. Y todos tratan a Penélope con * -¿fue, de nuevo, William Faulkner dentro de un arrugado traje de lino blanco, con aliento a bourbon, quien lo dijo?- esa sospechosa amabilidad de quienes sólo son amables porque no se atreven a ser de otro modo. Las mañanas transcurren, lentas e idénticas, en el club social y local donde Penélope (quien de pronto toma clases de a sorbos muy pequeños, porque «es lo que toca») se ve obligada a vestirse con vestiditos blancos y sostener con indolencia una raqueta o (Penélope nunca montó a caballo) caminar arriba y abajo las caballerizas enfundada en uno de esos vistosos y ajustados breeches color marfil para sonriente e inconfesable desesperación de Hiriz y sus amigas/primas. Porque está claro que Penélope tiene el mejor culo y las mejores piernas y las mejores tetas en varios cientos de kilómetros a la redonda. Y –el horror, el horror– Penélope ni siquiera va al gimnasio. No necesita de instructor ni de instructores para mantenerse en excelentísima forma. Los primos y los amigos y el marido de Hiriz (que originalmente responde al nombre de Ricky, pero que desde sus nupcias en Monte Karma no es más que «el marido de Hiriz») la admiran a Penélope y lo admiran y las admiran (a las partes de Penélope) con torpe disimulo de colegiales. Es decir: no miran otra cosa, porque les gusta y porque se supone que tiene que gustarles. Alguno disimuladamente fotografía el trasero de Penélope con su iPhone y lo transmite a los de sus conocidos, quienes con una mano sostienen bebidas de alta graduación etílica y con la otra se acarician, sensualmente, sus corbatas color amarillo semáforo o rosa metálico o se soban esos pequeños cocodrilos verdes a la altura del pezón izquierdo; y habrá algo más inquietante que llevar un reptil a la altura del corazón, se pregunta Penélope. Uno de ellos, de quien se dice, eufemísticamente, en voz muy baja, que tuvo «algunos problemas» durante su propio parto, mira a Penélope y agarra y aprieta, de arriba abajo, un palo de golf con el que nunca le pegará a una pelota de golf. Por supuesto, se ve que no está bien visto que Penélope se acerque a él para hablar o que les hable a ellos. A cualquier hombre. Modo de empleo, manual de instrucciones, reglas de protocolo: las mujeres junto a las mujeres para hablar de mujeres y de algún hombre, y los hombres con los hombres hablando de todas las mujeres. Para cuando, pasado el mediodía y luego de un almuerzo largo como una pesadilla, la intensidad erótica que Penélope despide casi sin darse cuenta amenaza convertir a todos esos jóvenes casados de apuro o apurados por casarse en bestias babeantes o máquinas masturbatorias, Hiriz arrastra a Penélope hasta la clínica privada donde yace –conectado a máquinas, perforado por cables y sondas– el comatoso Maximiliano. Max nunca se dedicó a nada tan disciplinada y profundamente como a flotar en su limbo y vaya uno a saber en qué piensa, piensa Penélope. Tal vez, se dice Penélope, Max piense en otra de sus ficciones elementales donde no pasa casi nada, en sus novelas comatosas y con tantas comas. Fuera de eso, la clínica de Abracadabra tiene más de hotel temático y cinco estrellas de Las Vegas que de hospital. Las enfermeras se desplazan con el indolente e intocable aire de coristas, los doctores (como derivados de Dean Martin químico por los trasnoches sin guión fijo de The Rat Pack) tienen la verba y la sonrisa de maestros de ceremonias y el encanto aceitoso de tiburones supuestamente domesticados pero... Y lo más desconcertante de todo para Penélope: aquí nadie ordena ni exige silencio de hospital y todos se rinden a un estruendo hospitalario. Todos gritan por los pasillos y se abrazan y ríen a carcajadas. Muchos de los visitantes están vestidos con uniforme de tenis y trajes de montar (Penélope comprende que la clínica es algo así como un anexo del club social) y abundan los sacerdotes, casi uno por paciente, entrando y saliendo de las habitaciones, con sotanas de una elegancia y corte digno de Armani, intercambiando impresiones. Todos, con esa articulación católica y apostólica y romana que a Penélope le recuerda siempre la dicción de las serpientes y de los hipnotizadores y de las serpientes hipnotizadoras en los más añejos dibujos animados. Todos yendo de aquí para allá con ese característico desplazarse como de rueditas ocultas por los bajos de sus hábitos. Los Karma han alquilado indefinidamente una suite. Dos amplios ambientes en planta baja y con vistas a un jardín donde, sin que nadie se atreva a llamarle la atención –porque ella es una de las principales benefactoras y accionista fundante de la clínica– Mamabuela monta a Caballo lanzando gritos al aire de la tarde. En una habitación, la más pequeña de las dos, late regular y mecánicamente el cuerpo de Maximiliano. En la otra, amplia como una cancha de tenis, se disponen varios sillones, mesas, una barra de bar y dos televisores de plasma de cincuenta pulgadas siempre encendidos y sintonizando indistintamente una telenovela que lleva varias décadas emitiéndose y malísimos partidos de fútbol protagonizados por equipos locales que parecen estar jugando a otra cosa, a un deporte cuyas reglas implican tocar la pelota lo menos posible y correr lo más despacio que se pueda y ejecutar pases de precisa imprecisión y nunca patear al arco del rival. Las mujeres, todas juntas (y, por supuesto, sin tener nada que ver con la compacta militancia feminista o el intercambio de intimidades que siempre pueden volverse en su contra, como inmediatos chismes aferrados a boomerangs), juegan al póker y beben de vasitos pequeños que enseguida, subrepticiamente, vuelven a llenar (la brevedad de los tragos está bien vista y poco y nada se condena la contundente cantidad) hasta imaginarse allí, en un futuro cercano o en un pasado remoto, acompañando, tan vivaces, las agonías de sus cónyuges. Y, ay, la inconfesable pero evidente desilusión de cuando alguno de ellos experimenta una mejoría milagrosa y se repone y entonces hay que demorar el estreno de vestidos de luto o, lo que es peor, usarlos para misas de difuntos ajenos (varias, un complejo entramado de rezos diseñado especialmente para, por capítulos, ayudar al alma del muerto a avanzar un poco más lejos y más profundo en las demasiadas mansiones del Paraíso) donde no se es llorona protagonista sino, apenas, lacrimosa de reparto. Los hombres, todos juntos, beben de vasos tan grandes como botellas –sorbiendo como si se tratase de biberones, sus rostros redondos e infantiles y casi de bebés, pero de los bebés que jamás llegó a pintar Francis Bacon– y vuelven a mirar y a comentar el culo de Penélope. Y lo cierto es que Penélope, por una vez, se alegra de ser mujer en Abracadabra. Y de que se limiten a mirarle el culo; porque de ser hombre estarían todo el tiempo estrechándole la mano con fuerza y dándole palmadas en la espalda y sonriéndole con todos los dientes y mirándolo fijo con todos los ojos y a ver quién es el más macho a la hora de sostener la mirada y así pasan los minutos, las horas, entre ellos. Ellas, las mujeres Karma * (quienes, la verdad sea dicha, son las que más miran y comentan los culos y pechos y operaciones de otras mujeres con fruición forense aprendida en series como en *C.S.I.* y cómo es que no hay un *C.S.I. Abracadabra*, se preguntan) son, por adopción y apellido de casadas y cazadas, más codiciosas que codiciables trophy wives que enseguida comienzan a herrumbrarse y los hombres son cazadores oxidados que no dejan de perforar con pupilas telescópicas a presas más jóvenes que saben prohibidas para ellos pero quién sabe. *¿Composición de las hembras Karma? Una manera sencilla de destilarlas sería la de afirmar que son locas o tontas o malas en proporciones diferentes. Las hay más locas o más tontas o más malas. Pero esos tres rasgos de personalidad se repiten, uno de ellos imponiéndose sobre los otros. Hiriz, sin embargo, es excepcional: es cien por cien loca y cien por cien tonta y cien por cien mala. Lo que, por supuesto, no se comenta. Y tanto Hiriz como las demás prefieren definirse como «muy lindas». Cuando en Abracadabra, en Monte Karma, alguien te dice de alguien que es «muy linda», más te vale salir corriendo sin mirar atrás. Y es durante una boda, bajo una luna color hepatitis, cuando Penélope escucha a una Karma decirle a otra Karma que «Penélope es muy linda». Por suerte, enseguida, la anestesia de música atronadora. De un equipo de sonido con potencia para discoteca surgen, non-stop y como en un loop infernal, Julio Iglesias y Luis Miguel susurrando y gritando rancheras y tangos y boleros y (¿delira Penélope?) eufóricos himnos de batalla de la Caballería Roja; algunos de esos indistinguibles pop-crooners italianos con la voz podrida por las brisas de San Remo; y esa trilogía nórdica-infernal compuesta por las versiones en español de «Chiquitita», «I Had a Dream» y «Thank You for the Music» de ABBA. Guantánamo debe ser algo muy parecido a esto, se dice Penélope. Y Penélope bebe. * Penélope se siente como una abeja a la que ha picado una avispa y, para sentirse así después, comprende, hay que haber bebido bastante antes. En Abracadabra, Penélope comprende el verdadero valor del alcohol como droga legal. Algo así como una manta de viento suave que te cubre y te empuja con delicadeza (la punta de sus dedos de aire apenas apoyándose en tu espalda) y hace que el tiempo lentísimo de Abracadabra transcurra, no más rápido pero sí, al menos, como si al menos se moviese y avanzara hacia el futuro. Nadie sabe nunca qué número de día o día de la semana es o cae. Y Penélope se pregunta si esto será consecuencia de haber nacido con dinero o de si los Karma serían siempre así sin importar el volumen de sus cuentas bancarias. Lina le explicará que «no necesitan aprender o recordar ese tipo de cosa porque para eso está la servidumbre; para preguntarle y para que te lo recuerden». En cualquier caso, en cualquier fecha, Monte Karma siempre parece ser el siglo XIX. Y Penélope no demora en comprender que su status, dentro del ecosistema de los Karma, es complejo: no es una esposa (lo que está muy bien y lo más rápido que se pueda, por favor) ni una viuda (lo que está aún mejor y equivale al premio consagratorio luego de una larga carrera, algo así como el Nobel a la mejor consorte). Y Penélope no es una cosa ni la otra. Pero sea lo que sea, Penélope *debe* y *tiene* que ser una virgen 2.0. Reconstituida. Intocable. Inmaculada. Su sexo como una nueva Línea Maginot y toda ella adoradora de la memoria de Maximiliano; aunque no haya evidencia científica alguna de que, ahora, en la habitación de al lado, Maximiliano se acuerde de Penélope. Es decir: Penélope no puede ni siquiera pronunciar un nombre masculino porque, le explica Hiriz, «puede malinterpretarse». Y Penélope comprueba que esto es verdad cuando comenta casualmente, por decir algo cuando no tiene nada que decir, algo sencillo y sin dobleces, algo que todos y todas entiendan, que «ayer en la cama vi una película de George Clooney». Y aun así... Con George Clooney. En la cama. ¿Qué quiere decir con eso? La miran raro, la miran fijo, la miran con párpados entornados como persianas siempre bajas para que los curiosos no vean –pero imaginen, y comenten– lo que sucede ahí dentro, al otro lado, como al principio de esa otra película que también vio en la cama, la lograda adaptación de *The Age of Innocence* de Edith Wharton por Martin Scorsese. Una película que transcurre en 1870 pero es como si todo sucediese la semana pasada o la semana que viene en Monte Karma, donde, como los personajes del film y de la novela en la escena inicial, todos parecen ir a una representación de *Fausto* en la Academy of Music of New York no para ver lo que sucede en el escenario –apenas música y drama de fondo– sino para mirarse colgados de palcos, como gárgolas intrigantes e intrigadas, a través de pequeños prismáticos, detrás de temblorosos abanicos. «No digas esas cosas, Penita. Por cosas menores han surgido problemas entre parejas», la informa Hiriz. * Y en Monte Karma, de producirse la indeseable rareza de un divorcio, enseguida se lo maquilla de viudez, de una viudez incierta pero viudez al fin: el ex o la ex desaparecen, dejan de frecuentar los lugares que solían frecuentar, no son invitados a ninguna parte, se cruza de acera cuando se los ve venir, no se les habla ni se los mira y, más temprano que tarde, mueren o dejan Abracadabra. Y los Karma creen en la vida después de la muerte (el paraíso es como Abracadabra pero con peor personal de servicio, temen) pero no creen que haya vida después o más allá de Abracadabra. Y para los Karma dejar Abracadabra es lo mismo que morirse. Y así, pronto, las divorciadas o los divorciados (siempre inocentes y víctimas) se han convencido de que son dolidas viudas y melancólicos viudos. La memoria de los esposos muertos fundiéndose con la amnesia por los ex esposos o, incluso, los esposos vivos a los que en ocasiones se trata como a simpáticos autómatas o pequineses falderos. Esos perritos pequeños que, pocos lo saben, fueron adoptados como compañeros ideales y coartadas perfectas por esas mujeres que se mueven poco y nada. Perritos que ladran son tanto mejores que hijos que muerden y que apenas les llevan el apunte aunque se preocupen por demostrar todo lo contrario. Perritos para cortesanas y aristócratas de entonces y por esas tías y/o viudas Karma de ahora que casi todo el día inmóviles, ya casi fagocitadas por sofás y divanes, acumulan gases y –ésta es la verdadera e inconfesable razón de ser y estar de esos perritos– necesitan a quién echarle la culpa cuando se les escapa alguna ventosidad. Algunas de ellas les hablan a sus pequineses o sus chihuahuas o lo que sean con dicción aguda e infantil. Algunas, incluso, se responden a sí mismas con un acento diferente, como si el perro les contestase: «¿Tienes hambrecita, mi chiquitito?». «Pues claro que sí, mamita mía... Y luego de comer podemos ver un poco de tele. Algo con perros, por favor.» Ahí están todas ellas, compartiendo con sus mascotas el secreto a voces, el secreto a ladridos: mujeres que juegan a ser hembras sometidas –pero tirando de riendas e hilos invisibles– para que sus maridos, vivos o muertos, hayan fracasado o pierdan la partida, sosteniendo el desconsolador premio de machos de que se les permita en teoría presentarse como machos dominantes pero, en la práctica, sometidos y quebrados por la culpa y la disculpa de quienes han sido descubiertos en algo que más vale ni mencionar. Maridos a los que se les dice, con dulzura servil, «Mi Rey», apenas escondiendo el filo de una guillotina bien aceitada y siempre lista para dejarse caer y destronar. «La familia es el bien más grande», suele tronar Mamabuela, clavando las espuelas en los flancos de Caballo. Y Penélope –que se casó por separación de bienes; porque la desobediencia de Maximiliano tenía sus límites– descubre que, aunque no desea otra cosa, no puede separarse de ese bien enorme y oscuro y gelatinoso y tentacular como el Gran Cthulhu. En lo que hace a los sentimientos, Penélope nunca creyó en nada salvo en la pasión de Heathcliff y Cathy en *Wuthering Heights* * (los autores favoritos de Penélope son Emily Brontë y Cipriano de Montoliú, primer traductor de la novela al español y quien en 1921 –conteniendo pero no domesticando al en teoría intraducible «adjetivo provinciano», según su autora– consiguió esa genialidad de la transposición idiomática que es *Cumbres Borrascosas*, nombre de casa primero y de novela después). Pero, de pronto, Penélope se descubre ahora como sacerdotisa sacrificial de una religión familiera desbordante de oraciones y mandamientos y festividades. Penélope, ahora, vuela por una zona crepuscular como *espiuda* o *viudosa* o algo así. Sea lo que sea Penélope, los Karma no se lo reprochan: están todos muy felices de poder ir a la clínica a beber y a reír. * Un enfermo en la familia es una especie de medalla, asunto inagotable antes y más allá de la muerte, de motivo de consulta a pacientes médicos y a curas enfermizos pero siempre amables. Un enfermo es algo que pasa, que transcurre. Un enfermo es un acontecimiento y una distracción. Y la verdad sea dicha aunque no deba pronunciarse: para los Karma, Maximiliano es alguien mucho más agradable y educado y simpático y socialmente presentable ahora que está en coma. Y los días y las semanas y los meses pasan. Y pasan varios bautizos y primeras comuniones y bodas y cumpleaños y funerales. Eventos donde mirar y ser mirados, donde criticar y ser criticados, donde mirar la paja en el ojo ajeno, donde arrojar la piedra aunque no se esté libre de pecado. Y siempre hay un Karma de segundo o tercer o cuarto o noveno grado de separación y parentesco naciendo o muriendo o reproduciéndose en alguna parte. Y cuando se van extinguiendo los festejos –ese breve limbo donde nadie nace y nadie muere y todos se han casado– es posible avistar a los Karma, como perros sueltos, infiltrándose o tomando por asalto celebraciones ajenas, a los gritos, bebidos y bebiendo, mirando a chicas y chicos más jóvenes con ojos como dedos de uñas largas, exigiendo a las orquestas hits que ya no dan en el blanco y que casi nadie recuerda. Allí, todos bailan como posesos, porque hay que bailar. Penélope incluida; pero nunca con extraños o con conocidos más o menos de cerca o de lejos (sobre todo si están casados o están solteros o son divorciados) y siempre con inofensivos y nada ofensivos karmitas: con niños o púberes todavía sádica y «tradicionalmente» sometidos al estreno de pantalones largos como rito de paso cuando sus compañeros de colegio los llevan desde hace años. * Y una y otra vez sometidos por sus mayores, hasta bien entrada la pubertad, al mismo interrogatorio, con la insistencia con que se lava un cerebro para luego poner a secar a un futuro magnicida: ¿cuántos años tienes?, ¿a qué colegio vas y en qué grado estás?, ¿tienes novia?, ¿cuál es tu deporte favorito?, a quién quieres más: ¿a mamá, a papá o a Mamabuela? Pequeños grandullones que –mientras las tías se dedican a vigilar con mirada casi infrarroja a karmitas del sexo femenino a las que siempre se las piensa como levitando en un arrebato ninfomaníaco– lo mismo, esa misma noche, no dejarán de desnudar mentalmente a su tía/prima/etcétera, para confesarlo en misa el domingo. Y, por supuesto, ser perdonados. En el acto. * Tal vez por eso los Karma sean tan creyentes en modalidad católica: el dios católico ofrece muchas ventajas, permite pecar primero y, enseguida, ser perdonado después. El dios de los Karma es como uno de esos productos que limpia y desinfecta y disimula todo mal olor, que a menudo es la fragancia del azufre; porque Penélope ha visto hacer y escuchado decir cosas a algún Karma que hubiesen provocado hervores de pánico en el más dedicado satanista. Y ese dios es el pegamento que los ayuda y obliga a permanecer unidos a pesar de grietas y conflictos internos. Y no es un dios molesto e inoportuno -como esos demasiados dioses que suben y bajan del Olimpo- en aquellas películas mitológicas y Dynamation para interactuar con los mortales manejándolos como a fichas de ajedrez. El dios de los Karma -para los Karma- es casi un empleado. Es de todos, sí. Pero, *también*, es suyo. Padre *nuestro*, sí. Dios les pertenece y, están convencidos, creen en *eso*, dedica horas extras para ocuparse de ellos, para solucionar sus problemas, para lavar y secar y planchar sus pecados, en exclusiva. Porque los Karma han invertido mucho en él y son accionistas mayoritarios en Dios, Inc. Y por eso, seguro, los Karma contribuyen tanto a obras de beneficencia (acto que no es otra cosa que una obra de beneficencia para consigo mismos, para poder decir que hacen obras de beneficencia, para que todo el mundo lo sepa, para hacer que hacen algo) y tienen a varios sacerdotes en plantilla y disponibles las veinticuatro horas del día y hasta para viajes en los que se los usa para confesiones urgentes y misas en hoteles y aeropuertos. * Esto es verdad: en una ocasión, los Karma se las arreglaron para retrasar la salida de un avión habiendo ya despachado maletas porque decidieron que había que ir a rezar en grupo a la capilla de un aeropuerto desoyendo las repetidas y cada vez más urgentes llamadas por los altavoces que les rogaban que, por favor, ¿sí?, acudiesen a la puerta de embarque. Durante generaciones, los Karma han intentado fabricar un religioso propio, un Padre Karma, pero no hubo caso: los pocos candidatos que se arriesgaron no demoraron en dejar el seminario cuando descubrieron que eso del «voto de pobreza» y del trabajo obligatorio y formativo en recónditas y primitivas misiones no era para ellos. * Durante un cumpleaños, rodeado por jóvenes Karma, Penélope escucha a uno de los sacerdotes a sueldo de la familia predicarles: «Cada vez que se masturban, muchachos, expulsan un promedio de cincuenta millones de espermatozoides. Así que es como si abortasen a cincuenta millones de bebés. Imaginen la cantidad de padrenuestros que tendrían que rezar para ser perdonados». Lo que no implica que –en la absoluta certeza de su fe, en el convencimiento absoluto de que Dios cree en ellos y nada más que en ellos– no haya en los Karma alguna duda en las aplicaciones de su fe y de su credo. Alguna esporádica tentación en lo que hace a posibilidades milenaristas extremas y sectarias. Todo eso, por ejemplo, de ascender súbitamente y sin aviso a los cielos. *The Rapture*, El Rapto, El Arrebatamiento, *Up*, etcétera. Hay Karma que apuestan a que ellos, como elegidos, serán los únicos que, una radiante mañana, se elevarán hacia las estrellas. Otros Karma, en cambio, prefieren pensar en que los verdaderos bendecidos se quedarán aquí abajo a disfrutar de todo el mundo nada más que para ellos mientras las almas de segunda y tercera clase levantarán vuelo para apretarse por toda la eternidad entre las nubes. Hiriz, por supuesto, cree haber hallado la solución perfecta: «Primero me quedo aquí solita con todo para mí y, cuando me muera, me voy al cielo». El mismo tipo de razonamiento práctico/blasfemo es el que Hiriz suele aplicar a toda fe «de esas en las que no actúa Jesús». Islam: «Ropa fea y las mujeres siempre cubiertas de pies a cabeza. Imposible creer en eso. ¿Para qué cuidarse y hacer ejercicio si te obligan a ir todo el tiempo tapada?». Budismo: «Yo soy buenísima para meditar porque no me cuesta nada pensar en nada… Pero la verdad que se me hace difícil que un dios sea así de gordo. ¿Un dios que no puede adelgazar? En fin...». Hinduismo: «¿Cuál es la gracia de reencarnarse si no te acuerdas de nada de lo anterior? Por otra parte, si te sale mal y vuelves como un cerdo...». Judaísmo: tema un tanto más complicado para Hiriz por los orígenes del Mesías pero quien «por suerte, vio la luz y se pasó a nuestro equipo». Mientras tanto, mientras esperan el día del Juicio Final en el que sin duda alguna saldrán absueltos y premiados, Hiriz y los Karma se persignan, y sus movimientos secos y precisos recuerdan más a una terrena contraseña masónica que a una sentida señal de amor a lo divino. * Penélope no demora en observarlo y observarlos y en filmarlos con su pequeña cámara. Porque su hermano le pide más y más «materia karmática». Su hermano sigue la vida de Penélope en Abracadabra como si se tratase de su serie favorita y, no se lo dice ni se lo dirá a ella, hasta juguetea con la idea de mudar todo eso a un país cercano, cambiar algunas cosas, meterlo todo en un próximo libro, ensamblar toda una *La comedieta inhumana* alrededor de los Karma. Y, ahora, después, con el libro ya escrito, a él -porque ahora todo sucede simultáneamente, como «momentos maravillosos» en los libros de cierta raza extraterrestre- vuelve a ocurrírsele... No: en realidad vuelve a ocurrirle el momento en que se le ocurrió la figura de un pequeño freak instalado en el seno voluptuoso de una familia. Un chico con un casco al que le ha implantado una cámara para seguir y alcanzar y sacar ventajas a un retrato en movimiento y non-stop de los suyos para lograr una especie de «telenovela total y vérité». Y el recuerdo de la invención de aquel niño lo lleva directamente a la memoria de otro niño, un niño verdadero, un niño non fiction sosteniendo, también, una cámara en su pequeña mano y enfocándolo a él, en la orilla, haciéndole preguntas adultas y graves con voz aguda e infantil. Y ese recuerdo le duele tanto -aunque él ya no esté hecho de nervios o músculos o corazón o cerebro- que es como si un relámpago lo clavase contra el cielo y le arrancara un grito que, enseguida, se convierte en un huracán en el Caribe o en un tsunami en el Pacífico o en un terremoto de esos que, para probar la inexistencia de cierto Dios, derrumba la cúpula celestial de alguna catedral renacentista y, de pronto, moribunda. Y él muere un poco con ella. Él se viene abajo, entre lágrimas y ángeles y sangre derramada. Así que Penélope los filma en iglesias y en capillas y hasta en misas privadas y a domicilio, con la mirada antropológica y zoológica y marciana de una mezcla de Margaret Mead con Dian Fossey y John Carter. Penélope registra el aire piadoso de su soberbia. La casi conmovedora manera, ya se dijo, en que los Karma creen en Dios porque –están seguros, hay amplia e incontestable evidencia al respecto– Dios cree en ellos. De no ser así, es inexplicable el que sean tan afortunados, el que su fortuna no deje de crecer. * (Atención: los Karma creen en Dios pero *también* temen a gatos negros, bajos de escaleras, espejos rotos. Para los Karma todas las supersticiones -tanto las «de marca» como las «artesanales»- tienen el mismo valor y potencia aunque no se atrevan a admitirlo.) De ahí también el casi pagano desenfreno en bodas y bautizos una vez concluida la parte sacra del programa. Entonces, se mastican animales y se vacían botellas y se baila casi en éxtasis, como si se avecinara el fin de todas las cosas de este mundo. Allí, Penélope bebe bastante y su resistencia al alcohol ya genera comentarios entre condenatorios y admirados. Penélope nunca parece borracha aunque lo esté –no se tambalea, no vomita, no se derrumba– y el único síntoma de una clara intoxicación alcohólica es el de volverse locuaz y afilada y aguda y aguijoneante y venenosa. Así, después del cáliz y entre copas, Penélope intenta torpedear tan acorazada e insumergible certeza mística con el cortante iceberg de comentarios del tipo «¿Cómo es posible que Caín luego de matar a su hermano sea desterrado a la Tierra de Nod, al este del Edén, y que allí se relacione con sus habitantes y hasta consiga esposa si, supuestamente, Caín y Abel y Adán y Eva eran hasta entonces los únicos miembros de su especie?» o «Si todos estaban dormidos, ¿cómo es que Mateo escuchó orar a Jesús en el Jardín de Getsemaní, al pie del Monte de los Olivos, y tomó nota con tanta exactitud de sus palabras?» o «¿Es Jehová el poli malo y Jesús el poli malo en el gran *precint* de los cielos?» o «¿Cómo es que pueden creer en todo… *eso*? ¿No se dan cuenta que los tiempos de Jesús, de haber existido Jesús, eran tiempos anteriores al racionalismo y al pensamiento científico y qué, básicamente, todos estaban locos e iban por ahí afirmando cosas raras e imposibles? ¿Y que todos ustedes continúan creyendo y leyendo lo que escribieron dementes que, de vivir hoy, estarían bajo llave y candado? ¿No se dan cuenta de que toda religión es como el eco del grito de un alucinado?». Pero nadie se da por aludido cuando la oyen decir esas cosas. Probablemente los Karma jamás hayan oído acerca de la Tierra de Nod. Sí del Jardín de Getsemaní; pero como de pasada y en alguno de esos tours por Tierra Santa en el que todos viajan juntos, inseparables, más cerca de la invasión fanática que del turismo devocional. Los Karma salen de Monte Karma para poder volver a Monte Karma y allí, caninos y pavlovianos, basta que uno mencione los nombres de New York, París, Moscú, Londres o Roma para que todos y cada uno de ellos ladre un «Monte Karma» o, como enorme concesión a la inmensidad del planeta, un «Abracadabra». Así, los Karma escuchan atentamente a la nómade Penélope, sí, pero sin prestarle la menor atención. Le sonríen con ojos desenfocados, como si utilizasen el sonido y no el significado de las palabras de Penélope para pensar en otra cuestión o, mejor aún, pensar en nada o –hombres y mujeres, por motivos muy diferentes pero coincidiendo en el lugar común de la codicia– en el culo de Penélope. *Así que la dejan «expresarse». Porque Penélope no habla sino que, como entienden poco y nada de lo que dice, «se expresa»; como si lo suyo se tratase de alguna disciplina «moderna». Y los Karma dicen siempre, *modehrnna* o *modehrnno*, arrastrando un poco la *r* y la *n*, insertando la contaminación muda pero siempre tan expresiva de una *h*, con una mezcla de gracia y desprecio, como si *moderna* o *moderno*, en sí, ya fuese una palabra *modehrnna*. Al principio, a Penélope la divierte la afectación y hasta la celebra como una rarísima forma de humor karmático más o menos sofisticado; pero al poco tiempo Lina derrumbará su ilusión informándola de que todo eso no es más que una poco firme muletilla de un programa de televisión cojo. Pero atención: a este recelo ante lo moderno no es que los Karma contraataquen con una encendida defensa de lo clásico. No, lo clásico (que tienden a asociar con modelo pasado de moda) no les interesa. Lo que imponen es lo tradicional, entendiendo por ello las tradiciones familiares y, específicamente, las tradiciones de la familia Karma. Todo un complejo entramado de leyes y cláusulas en permanente choque y contradicción. Ejemplo: está muy mal mirar el culo de Penélope, pero la culpa es de Penélope por el culo que tiene y que, piensan, llama descaradamente la atención para que lo miren. Y, pasados unos minutos, le preguntan a Penélope si no tiene ganas de bailar. Así que allí, en bautizos y primeras comuniones y bodas, Penélope *también* «baila muy diferente». Penélope, *además*, se viste muy diferente. Penélope es, sí, inequívoca y definitiva y terminalmente *modehrnna*. Mientras que todos los hombres llevan cualquier cosa que tenga logotipos o trajes de telas entre metalizadas y reptilianas, y las mujeres se envuelven en vestidos idénticos para que nadie pueda criticar o burlarse de nadie, lo de Penélope es algo que podría definirse como estilo de banshee alien-gótica. Lo de Penélope está más cerca de las evoluciones y giros de Patti Smith & Kate Bush * (quien, sí, debutó artísticamente muy joven y triunfó mundialmente con un single titulado «Wuthering Heights»; Penélope no sabe muy bien si esto le gusta o no) que del plástico sincronismo de Madonna y sus plagiarias. Y Penélope se autocentrifuga, sobre todo y todos y casi como protesta movediza, durante ese inexplicable medley de canciones infantiles de banda teen, ¿Bulimia y sus Delgaditas?, que todos los adultos celebran dando palmas y pataditas al aire como si se tratase de una versión sónica de un tónico rejuvenecedor. Para colmo, Penélope no se recoge el pelo en uno de esos turbantes/panales de cabello petrificados con spray de alta resistencia a lluvia y viento que todas las mujeres de su edad parecen llevar en estas ocasiones. * (La ecuación estética/ética es, siempre, peinado vertical + pestañas horizontales + palabras oblicuas; y alguna vez Penélope vio a alguna de ellas sin maquillar y la perturbadora sensación de un rostro naufragando frente al despiadado iceberg de su reflejo, un rostro al que todos sus rasgos lo abandonan a toda velocidad para encontrar sitio en unos pocos botes. Pero casi nunca ocurre. Casi nunca se muestran así las mujeres Karma. Por lo general, cuidadosas construcciones, el rostro todo como escenografía falsa y telón para cubrirlo y esconderlo todo. Maquillaje estilo «All right, Mr. DeMille, I'm ready for my close-up» y pestañas postizas sobre las que se arrojan, para empalarse, bandadas completas de kamikazes y amarillas mariposas.) Y la melena roja de Penélope en la pista de baile es como un latigazo rojo que azota a todo el que se le acerca demasiado (y no son pocos los maridos que se arriesgan a un roce casual) mientras resuenan los hits de un grupo de rock local, Manjar, famoso internacionalmente porque insisten, una y otra vez, una canción tras otra, todas iguales, en la audacia lírica y transgresión poética de rimar «amor» con «amor». Mírenlos danzar. Hombres con sombreros de pistolero y cinturones de peplum con sus iniciales y, a veces, amigos / socios norteamericanos a los que se presenta como magnates pero que nunca parecen dispuestos a quitarse gorras con logotipos de equipos de baseball o logotipos de fábricas de tractores. Mujeres con vestidos que encandilan con lentejuelas y pedrería y aplicaciones metálicas y hombreras como de heroínas de cómic. Y el marido de Hiriz –Ricky, que casi no habla pero cuando abre la boca dice cosas que antes o después dirá Hiriz, como si fuese un muñeco de ventrílocuo a nunca muy larga distancia– se acerca a Penélope y le dice que mejor no baile moviendo tanto los brazos porque «se le nota la edad», «Brazos de murciélago», diagnostica. Y lanza unos grititos como de roedor alado. El «problema» es que los músculos de los brazos de Penélope, quien nunca pisa un gimnasio, son mucho más firmes que los de los brazos de Hiriz y los de los brazos del marido de Hiriz. Y el marido de Hiriz, Ricky, contempla a Penélope con una mezcla de voracidad y desprecio, intentando ecualizar en un canal bajo y casi secreto las discretas pero inquietantes pulsiones homosexuales que siente las noches de luna llena y la imposibilidad de olvidar aquella mañana de calor en que, saliendo junto a Hiriz y amigos y amigas de un centro comercial de Abracadabra, cargado de bolsas pesadas, un golpe de calor lo hizo caer de rodillas sobre el asfalto del parking junto a Hiriz. * El calor en los parkings de los shopping centers de Abracadabra es como el calor en *Lawrence de Arabia*: un calor en CinemaScope que te golpea la cabeza como el martillo de un juez supremo y con muy poca cortesía. Ricky cae e Hiriz aumentando aún más la temperatura. Hiriz que no dejaba de hablar sobre una fórmula que había encontrado para hacer que no sé qué se convirtiese en qué sé yo. Y, siendo tan grande la vergüenza y el temor a las burlas (que se traducirían en un seguro y eterno relato del incidente a lo largo de comidas y décadas), Ricky decidió que el único modo que tenía de disimular su «debilidad» y cambiar el signo de la anécdota era, allí mismo, de rodillas y dolorido y, exageradamente emocionado, pedir a Hiriz en matrimonio. Después de todo era una manera de solucionar un problema: una vez casado, ya nadie hablará de ciertos modales un tanto «delicados» de Ricky. A Ricky se le llenan los ojos de lágrimas, demasiadas veces, incluso cuando con unas copas de más suelta cosas del tipo «Estoy tan bien dotado sexualmente que cada vez que tengo una erección tengo mareos por la cantidad de sangre que fluye hacia mis partes; por eso administro con cuidado cada una de mis relaciones sexuales» o «No puedo entender por qué uno tiene que lavarse las manos luego de ir al baño. Debería hacerse antes; porque no hay parte de mi cuerpo más impecable y libre de gérmenes y bacterias que mi querido Rickyto-Rickytón». Hiriz, cuando lo vio así, arrodillado, dijo sí; porque siempre le gustó la gente arrodillada, porque no tenía otro candidato a la vista, porque el apellido de Ricky era «correcto». Y estaba claro que Ricky se trataba de alguien débil y manipulable, porque hace ya tiempo que sospecha que está incapacitada para amar a nadie que no sea ella (la visión en DVD de trasnoche de ciertas estrellas de Hollywood no son más que la excusa inicial para tocarse a sí misma), y porque eso la colocaba automáticamente al frente del reparto de los suyos durante los meses de preparativos para una boda que exigiría el despliegue y estrategia del desembarco en una playa de Normandía. Ricky, en el acto, pensó que nada era casual y que, después de todo, Hiriz sería la pantalla perfecta y prestigiosa y envidiada por muchos en caso de que su propensión a seguir con la mirada a hombres en el gimnasio pasase a un siguiente stage de seguirlos –y alcanzarlos– con algo más que con sus ojos. * (En ciertos círculos de Abracadabra, le confían a Penélope, uno no se casa con hombres o mujeres; uno se casa con apellidos y familias; y no son apellidos como Rothschild o Vanderbilt o Rockefeller o Kennedy sino infinitas variaciones de Gómez y Gutiérrez y López; el apellido de Ricky, por ejemplo, es Fernández-Guzmán. Y hay algo conmovedor en que, secreto inconfesable, a muchos Karma les incomode su apellido original y diferente y deseen, secretamente, «algo más normal y fácil de recordar, algo como Pérez o Navarro o Cardona».) Y todos festejaron entonces la inclusión de una nueva boda en el calendario (no fue sencillo encontrar un sábado libre) y fue una boda magnífica aunque inevitablemente marcada por la estética de los años ochenta. * (Hiriz, muchos años después, pagó una pequeña fortuna por que todas las fotos del evento fuesen modificadas con descargas de Photoshop –años después haría lo mismo con las fotos de la primera comunión de sus hijos, pidiéndole al fotógrafo que insinuara, entre las ramas de los árboles del jardín, el rostro de Jesucristo bendiciendo la ocasión– para así alterar su peinado de entonces que la mostraba, los pelos de punta, como una especie de fan pararráyica de Duran Duran y A Flock of Seagulls y Culture Club. De paso aprovechó para azular su mirada y blanquear su dentadura y fortalecer pechos y planchar arrugas que tenía entonces pero que ya no tiene. Fotos operadas y milagro: la Hiriz joven de entonces se parece más en sus fotos a la Hiriz de ahora, que no es que parezca más joven sino que parece otra Hiriz, esta Hiriz: una Hiriz como un avatar de Hiriz, *reloaded & second life*, etcétera, la prueba irrefutable de que siempre fue así y, por lo tanto, jamás se hizo una cirugía plástica.) Y todos –menos la novia y el novio, que parecen un tanto desconcertados porque de pronto todo llega a su final y, además, todo parece seguir y seguirá a lo largo de décadas: lo que les vendieron como clímax resultó ser una breve preliminar para un larguísimo acto– festejan ahora como si se acercara el Apocalipsis y hubiese que sacarle todo el provecho posible porque se harán eternos los días hasta el próximo sábado, hasta la próxima boda. Una boda es una boda es una boda y, al caer la noche y llegar la madrugada, los hombres se abrazan borrachos y cantan antiguas baladas donde todas las mujeres son infieles y malas y fatales y los abandonan pero «por suerte me quedan mis amigos». Mis Karma. * (¿Son infieles los Karma? Por supuesto. Pero no exactamente. La suya es una infidelidad que no surge del deseo, la autodestrucción, el aburrimiento o la necesidad de fuga sin estar obligado a irse. No, los Karma machos sucumben sin pensarlo ante toda mujer más o menos dispuesta porque temen que, de resistirse, lo suyo sea interpretado como «mariconería», como rasgo reconocible de homosexualidad enclosetada. Las mujeres Karma, por su parte, no tienen nada que ver con las canciones que les dedican y les cantan. Por lo contrario: dejan hacer, se limitan al más histérico y jamás consumado de los flirteos, y sueñan mucho y muy despiertas a la espera de la inevitable hora de la venganza, de perdonar para reducir al arrepentido a un títere castrado y listo para hacer realidad todos sus caprichos. Abundan los abracadabrantes rumores que nunca llegan a ser confirmados, le comenta Lina, en cuanto a «casas muy bien puestas» donde las señoras son «atendidas» por profesionales. Y susurros de –recién medio siglo después que en el resto del mundo, las modas y transgresiones, como todo lo demás salvo los últimos modelos de automóviles y artefactos electrónicos varios, demoran lo suyo en penetrar las barreras morales de Abracadabra en general y Monte Karma en particular– swinging parties. Fiestas en las que los Karma meten las llaves de sus automóviles en un bol y las extraen a ciegas para ver quién se va con quién. Lo que no deja de ser una tontería, porque los Karma son todos para uno y uno para todos. Tampoco es justo considerarlos anticuados a los Karma por llegar tarde a este tipo de jueguitos: porque esta ceremonia no es que corresponda a una década sino a una edad, a la edad en la que los dueños de las llaves de esos autos por siempre jóvenes y último modelo comienzan a comprender, oyendo ruidos extraños en sus motores, que en la carretera de su vida ya han superado su medioevo y están desesperados por una suerte de renacimiento. Pero estos susurros a los gritos jamás llegan a ser del todo confirmados a y por Penélope. Tampoco es que le interese demasiado. Ya tiene suficiente con las mentiras verdaderas que los Karma se arrojan como puñales amorosos, entre ellos, y mejor no acercarse demasiado porque no es que su puntería sea muy precisa cuando, como se advirtió, se opta por sacrificar a alguien que pasaba por allí.) Y los que no son Karma directos o indirectos son Karma «de simpatía» o personas que darían cualquier cosa por ser un Karma y se convierten en prácticas y, sí, simpáticas comparsas y accesorios karmáticos a explotar por un rato y desechar luego para ser reemplazados por nuevos voluntariosos voluntarios. * Y Penélope (quien, de escribir seriamente alguna vez, de poner por escrito algo más que los cada vez más numerosos náufragos y embotellados despachos que envía por e-mail a su hermano desde Abracadabra) siempre dijo que desearía escribir como Joan Didion, quien, después de todo, es para ella una legítima continuadora californiana de su adorada Emily Brontë. La autora de poemas como «The Prisoner» y que Penélope recita en inglesa voz baja porque le parece tan apropiado para sus presentes circunstancias: «Oh dreadful is the check -intense the agony- / When the ear begins to hear, and the eye begins to see; / When the pulse begins to throb, the brain to think again / The soul to feel the flesh, and the flesh to feel the chain». Sí: la terrible y agónica verificación en sus oídos y ojos y corazón y cerebro y alma y carne de saberse encadenada. Se siente como ella sabiendo que no es ella pero segura de que le gustaría tanto ser como ella, ser ella, consumirse, dejarse ir por amor al arte. Pero Penélope (quien ni se atreve a pensar en que le gustaría escribir como Emily Brontë por temor a ser fulminada por un rayo castigador de semejante soberbia y osadía) descubre que los deseos, cuando se cumplen fuera de los cuentos, siempre se cumplen de manera retorcida y maliciosa. Sí: ahora Penélope no escribe como Joan Didion pero se siente como escrita por Joan Didion. Como esas mujeres en las novelas de Joan Didion, extraviadas en los trópicos, prisioneras de un paisaje que no es otra cosa que la versión igual de febril pero tanto más calurosa de los páramos y brezales británicos de las Tierras Altas, haciendo y deshaciendo tiempo, como suspendidas en un espeso jarabe atravesado por la luz del mismo modo y con la misma tonalidad que las botellas de ron proyectan sobre las paredes de un bar de aeropuerto al ser golpeadas por el sol mientras despegan aviones que nunca son el tuyo. Y una tarde de clínica algo ocurre. Una tarde Penélope conoce a Lina. Para la ya imprecisa fecha en que conoce a Lina * (Penélope se ve obligada a consultar la fecha en su teléfono móvil casi a cada hora para recordar qué época es, para no perderse en un calendario lleno de túneles que siempre van a dar a aniversarios, cumpleaños, santos) Penélope está volviéndose loca. Y Penélope nunca entendió esa expresión: «volverse loca». Porque, si se lo piensa un poco, uno se «va loco», se aleja, se pierde para ya no volver a ser la persona más o menos cuerda que alguna vez se fue. Entonces, por los pasillos de la clínica, Penélope se mueve como una zombi demasiado lúcida. Una zombi consciente de que es más una no-viva que una no-muerta. Y que no tiene ningún sentido o utilidad salir a morder cerebros. Porque los cerebros de los Karma no son cerebros nutritivos o fortalecedores. Su propio cerebro, apenas piensa, le parece ahora un gran músculo al que le da menos uso que a los muchos pequeños músculos utilizados para invocar una sonrisa perpetua y vacía. Su cerebro, está casi segura, tiene ahora menor actividad e inventiva que el de Maximiliano. Si el cerebro de Maximiliano está en coma, el suyo, piensa Penélope, está en punto final. Y muy pocas satisfacciones dignas de recordarse, de almacenar en una memoria cada vez más uniforme; porque hoy es igual que ayer y mañana será igual a hoy y todos los días son el Día de la Marmota en Marienbad, Loopländ. ¿Y qué fue lo más trascendente y emocionante que le ha sucedido a Penélope en Abracadabra hasta conocer a Lina? Fácil de ubicar pero tan difícil de asumir:

la noche anterior –o tal vez una noche de la semana pasada de hace tres meses– Penélope mató un mosquito grande y redondo de sangre. Y, ah, la satisfacción triunfal e íntima de descubrir esa manchita roja en la pared, a la mañana siguiente, luego de haber soportado durante demasiadas horas su zumbido picante en la oscuridad. Tan parecido al zumbido ensordecedor de almuerzos y cenas karmísticos. Allí, se grita mucho para decir poco. Se miente todo para que, sin que se den cuenta, la verdad resplandezca entre líneas, codificada, como escrita en tinta invisible, como transparentes estigmas tatuados en las frentes de todos los comensales que se hacen evidentes si se entrecierran los ojos y uno se concentra un poco. No hace falta ser telépata o adivino para saber lo que piensa un Karma de otra persona: porque lo que piensa y no dice un Karma es, a rasgos generales, todo lo contrario de lo que dice que piensa. Durante esos eternos almuerzos o cenas, Penélope habla poco o no puede dejar de hablar. Los monosílabos de compromiso que no son otra cosa que producto del renovado asombro de volver a escuchar, como grabada y reproducida, la misma conversación de ayer, de la semana pasada, del mes anterior y de la década que viene. Los mismos nombres y los mismos apodos (que se portan, inextirpables, desde los recreos del colegio primero y cuyo ingenio rara vez supera el de un «El Flaco» o «El Gordo» o «El Pelado» o «El Enano» o de casi onomatopéyicos «Chungui» o «Pupu» o «Teti») protagonizando las mismas historias de siempre que, por lo general, evocan episodios casi infantiles: caídas, tropezones, humor de cine mudo. Por lo general, Penélope consigue poner su mente en blanco, salir de allí de viaje astral, recitar para sí misma y en silencio partes favoritas de libros. A veces reza, por las dudas, por si hay algo ahí que pueda ayudarla. Pero hay ocasiones en que decide hablar y lanzarse en clavado a largas e incontenibles parrafadas. * Penélope con la boca en llamas, las palabras girando ahí dentro, chispeantes, como Pop Rocks, la impostergable necesidad de escupir todo eso como dragón inflamable y pirómano. Incinerar a todo y a todos en memoria de Ladón y de Fafnir y de Godzilla y de tanto reptil disneyano que, siempre, eran lo mejor, los mejor dibujados. Penélope como una serpiente emplumada mostrando colmillo y mordiendo y envenenando, furiosa, la supuesta y falsa calma -esa tregua como siesta eterna- que la rodea y la asfixia. Puro delirio y absurdo para sofocar por un rato el relato de lo que le pasó a El Sapo cuando se cruzó con La Pecosa en la clase de aerobics. Estos momentos, por supuesto, la convierten en la «tía» favorita de los más jóvenes y, especialmente, entre los hijos de Hiriz, a punto de entrar en la adolescencia y con alguna leve inquietud artística. * Durante un bautizo, con un par de copas de más, Hiriz, con una mezcla de pena inconfesable y desprecio apenas disimulado, le dice a Penélope que «Por más que me esfuerzo no puedo entender cómo es que mis hijos te quieren tanto». Y, ya se dijo, Penélope provoca cierto desconcierto entre los adultos que, ya, la consideran un apéndice de Maximiliano: una/otra mala influencia pero que, a diferencia de Maxi, ni siquiera es una Karma de primera mano. Y la verdad no es que los Karma más jóvenes quieran a Penélope. Querer es demasiado para criaturas cuyo sistema afectivo ya está afectado, para su funcionamiento, por cuestiones que no tienen nada que ver con la química de los sentimientos puros sino con las especulaciones de lo material y lo conveniente. Pero sí la consideran «novedosa», moda rara, cómoda forma de catarsis externa y a cargo de otro. Alguien que «hace lío» por ellos, que no se atreven a hacerlo. Así, admiran –además de a su cuerpo– su rebeldía sorpresiva y sus afirmaciones imprevisibles y transgresoras. Especialmente en lo que hace a asuntos religiosos y «de tradición». Exabruptos a los que ellos jamás se atreverán (porque nada les conviene menos, porque «Mira cómo terminó Maximiliano») pero que sí coleccionan en secreto e intercambian a través de mensajes de texto telefónicos y portátiles, como si se tratase de cromos infantiles o de postales casi pornográficas. * Algunos ejemplos breves: «¿Siete días? Si es Dios por qué no lo hizo todo en un día y listo»; o «¿Cómo puede explicarse que Adán y Eva tengan ombligos en todos sus retratos si no estuvieron dentro de ninguna panza? ¿O es que Dios es mujer?»; o «¿A que no sabían que el vals era una danza campesina que los aristócratas vieneses consideraron en principio obscena?»; o, en el centro de una primera comunión, «¿Cómo es posible que a alguien que aún no ha alcanzado la edad legal para votar o conducir un automóvil o beberse un gin-tonic o tener relaciones sexuales se lo confirme en la creencia de alguien que resucita a muertos y multiplica panes y peces sin permitirle siquiera hojear las otras páginas del catálogo donde están Buda y Mahoma y Vishnú?». Otros ejemplos de tamaño mediano: «Si se lo piensa un poco, Jesucristo es como ese amigo imaginario y protector de la niñez para gente que se niega a crecer y dejarlo atrás, ¿no? Y lo del Niño Dios suplantando a Papá Noel en Navidad... ¿No es un poco *demasiado*? Porque quién en su sano juicio puede pensar y creer en un recién nacido, recién expulsado por la entrepierna virgen de María, con su cabeza todavía envuelta en la más visionaria de las placentas, como si se tratase de un *foulard* a través del que ya contempla su doloroso y obligado final infeliz, pueda ponerse a repartir regalos por todo el mundo a los pequeños que se portaron bien y que, sobre todo, no dudan de su improbable existencia. Para eso, prefiero a Batman. Batman tiene la misma sustancia histórica que Jesucristo. Es tan *cierto* uno como otro. De hecho, Batman es más real que Jesús porque, al menos, conocemos los apellidos de sus creadores. Y lo más importante de todo, atendible diferencia: a Jesucristo su padre lo hace morir en su nombre y sin que quede del todo claro por qué y para qué y anunciando una segunda venida que, todo parece indicarlo, se postergará indefinidamente; mientras que el encapuchado de Ciudad Gótica mata en nombre de sus padres asesinados y siempre puedes contar con él. Por otra parte, el disfraz de Batman es mucho mejor que el de Jesucristo, ¿no? El de Jesucristo es como el disfraz más barato de Halloween. ¡Jesucristo es un zombi! De hecho, Jesucristo sería un magnífico supervillano, un ultramonstruo: parte zombi (porque vuelve de la tumba y "devora" los cerebros de sus seguidores), parte vampiro (porque los "convierte" a su especie), y parte monstruo de Frankenstein (porque está "ensamblado" con partes de leyendas antiguas y anteriores a él) y parte alien (porque…)». Y otros largos como relatos: «Todo eso de no apoyar los codos en la mesa… Pobres chicos… ¿Acaso alguno de ustedes sabe de dónde viene eso de que está mal apoyar los codos en la mesa? ¿No? ¿Quieren saberlo? ¿Sí? Para empezar sepan que no tiene nada que ver con buenas o malas costumbres en las comidas. En absoluto. Es algo que nos llega desde la Edad Media y que, aunque les resulte incomprensible a ustedes, como tantas otras cosas del pasado, ya no tiene razón de ser. El pasado pasa, pequeños. Veamos… En la Edad Media los pobres ni siquiera tienen mesas. Y mucho menos comedor. Apenas una tabla larga que apoyan sobre las rodillas o sobre una pila de piedras o un par de tocones de árboles. En realidad, los codos ni siquiera pueden llegar a esa tabla que les queda demasiado baja. Los nobles y aristócratas, en cambio, sí tienen salones para comer y sólidas y bien plantadas mesas y de ahí que disfruten del raro privilegio de esa obvia y evidente función estructural del codo: punto de soporte, apoyarlo en la mesa… No es que esté mal poner los codos en la mesa. Todo lo contrario. Pero, pobres, los pobres no pueden hacerlo, no se lo pueden permitir, no son dignos de ello: no es un problema de educación sino de posición, de posición social. Los codos son sólo para los poderosos y los ricos. Y los pobres que osan apoyarlos en la mesa no es que sean maleducados sino desubicados. Y, por supuesto, si a un pobre tipo lo sorprendían acodado en una rica y ajena mesa, eso *sí* que era mala educación. Y probablemente lo castigaban cortándole los brazos… Pero la Historia y el paso del tiempo pone las cosas en su sitio y, paradójicamente, ahí están hoy todos esos ricos de educación supuestamente exquisita sufriendo y prohibiéndose a sí mismos apoyar los codos sin saber muy bien por qué. En resumen: los de sangre azul… ¿Y saben de dónde viene lo de sangre azul? No, bueno; sucede que los ricos casi nunca estaban al aire libre y de ahí que fueran muy pálidos y la sangre se les viera tan azul en sus venas; sus súbditos, en cambio, se la pasaban trabajando bajo el sol y de ahí sus bronceados perfectos y su tan ordinaria sangre roja, al ser derramada, cuando se cortaban un dedo con un hacha o caían bajo un arado o un caballo les daba una cariñosa patada en la cabeza…

Pero volviendo a lo de antes: los ricos podían darse el lujo de apoyar los codos; por otra parte, ya lo dije, función más que anatómicamente obvia; porque de tratarse de algo incorrecto, entonces arrodillarse en misa y hacer uso de esos codos inferiores, apoyar las rodillas en el suelo, debería ser algo así como una blasfemia, ¿no? En resumen: apoyar los codos sobre la mesa es un privilegio de las clases altas; no apoyarlos es un estigma de las clases bajas. Sépanlo: ustedes llevan muchos pero muchos años comportándose como pobres... Y eso es todo. Y vivieron felices y, apoyando los codos en la mesa, comieron perdices. Y ya que estamos en tema: ¿cómo es que para todos ustedes siempre fue muestra de mala educación leer libros en la mesa y no lo es leer pantallitas en la mesa, eh?». Y Penélope se llama la atención a sí misma, y no añade que, de prohibirse los codos sobre la mesa desaparecería de la faz de la tierra buena parte de las fotos de escritores; incluyendo aquella de E. M. Forster, la preferida de su hermano: Forster con la cabeza entre las manos, sostenida por ambos antebrazos apoyados en sendos codos, una pluma lejos del manuscrito y en el aire, con un aire casi desesperado. «Exactamente *esto* es ser escritor, Penélope», le decía su hermano. Y después le contaba una de sus anécdotas preferidas, también de Forster, que hacía perfecto juego con su foto preferida de Forster y en la que el escritor, cuando un amigo le acusaba de «no hacer frente a los hechos», respondía: «Pero es que no se puede: los hechos son como las paredes de una habitación, todos a tu alrededor. Si enfrentas una de sus paredes no puedes enfrentar a las otras tres». Sí, decidir a qué parte de la realidad hacer frente era, también, una de las muchas formas más o menos secretas de ser escritor. Elegir es inventar. Y, en Monte Karma, Penélope no tenía mucho de que elegir. La realidad, en Monte Karma, era una pared circular, una pared lenta como tortuga que se comía su propia cola y se picaba con su propio aguijón envenenado porque estaba en su naturaleza. Pero lo más grave de todo –y lo que Penélope cada vez puede controlar menos– son los comentarios sobre cuestiones personales y cercanas. Por ejemplo, enfrentada al hecho de que todas las jóvenes Karma tienen un promedio de cinco hijos por entrepierna, y cansada de escuchar una y otra vez que esta fecunda actividad no puede sino deberse a la –siempre entre sonrisas, sonrojos y nunca dicho con palabras– frecuencia de su actividad sexual y lo «bien atendidas» que las tienen sus maridos, Penélope no puede sino teorizar, en voz alta y copa en mano, como un detective en una biblioteca victoriana rodeado por sospechosos, que «tal vez todo se deba a lo diametralmente opuesto: quizá todas ustedes, por desgana vuestra o por desinterés de ellos, hacen tan poco el amor que, cuando surge una esporádica e imprevisible chispa, no tienen ningún tipo de método anticonceptivo a mano y...». Penélope dice cosas así y se escucha diciéndolas. Y se dice a sí misma que no puede creer lo que está escuchando que está diciendo. ¿Qué es lo que le pasa? ¿De quién es esa voz? ¿Quién es el siniestro titiritero escondido entre sombras que tira de sus tensas cuerdas vocales? ¿Cómo fue que ella se ha convertido en una muñeca diabólica y ácida? ¿Qué hacer para detenerla, para cerrarle la boca? Entonces, intentando arreglar un poco las cosas y hablar de algo próximo y cercano, Penélope vuelve a meterse en problemas, a resultar problemática. Porque lo único que se le ocurre (en realidad lo único que le interesa) es si, por favor, pueden ponerse de acuerdo y decirle de una buena vez cómo fue que murió o desapareció o huyó de allí Papabuelo. Y así, de nuevo, otra vez: esas miradas inequívocamente karmáticas. Furia contenida en el nombre de una supuesta buena educación que no es otra cosa que bozal represor. O aquella otra mirada típica del lugar y de los lugareños que a Penélope le recuerda a la de los ciervos súbitamente encandilados por las luces de un automóvil que se acerca a ellos a toda velocidad. Y la otra y mucho más rara aún mirada karmática. La casi exclusiva de Hiriz. La mirada que es como la de un ciervo conduciendo el automóvil. Mirada que acelera hacia otra mirada que, también, sólo puede describirse adhiriéndosela a una especie que no es la del hombre. La mirada rara y como ausente acompañada de una sonrisa.

Una sonrisa escuálida pero, también, una sonrisa de escualo con doble hilera de dientes. Un escualo adormecido que nunca duerme del todo (Penélope sospecha que el consumo de pastillas relajantes y antidepresivas entre las tensas mujeres Karma da para alimentar a varias empresas farmacéuticas) pero que ni siquiera hace gala de los frontales hábitos del tiburón. No, lo suyo está más cerca de la comodidad parasitaria de esos peces alimentándose de lo que se adhiere al lomo de grandes y majestuosas ballenas o de los residuos que desprenden los regios barcos que pasan por ahí. Y la inconfundible sensación de que, detrás de esa máscara de amable comprensión, se está almacenando todo lo que dice Penélope para después repetirlo, repartirlo, comentarlo, criticarlo, condenarlo. Por eso, se la escucha a Penélope no con atención pero sí con la fidelidad de una grabadora. Y, después, rewind y play. Y decir de ella todo lo que nunca le dicen a ella (porque después de todo es la esposa de Maximiliano y Maximiliano es nieto directo de Mamabuela y es varón), pero que Penélope puede oír lo mismo, en la elocuencia de sus silencios, como si leyese el subtitulado secreto y alternativo de una película. Y en eso está y en eso sigue Penélope: en su film-loop interminable, *Int. / Día / Clínica / Suite de Maximiliano*. Rodeada de los Karma, con un doctor entrando y saliendo y diciendo «Nos confiamos a nuestro Señor» y un sacerdote explicando «Maxi está ahora disfrutando por un ratito de la compañía de los ángeles pero pronto, gracias a nuestras oraciones, lo tendremos de nuevo por aquí, tan alegre como siempre». Penélope, entonces, siente ganas irrefrenables de insertar allí uno de sus comentarios catalogados como «las cosas raras que dice Penélope». Algo relativo, por ejemplo, a que se ha comprobado que hace muy mal rezar por la recuperación de los enfermos; porque el enfermo, aunque sea creyente, no demora en sentirse mal al no mejorar por acción de las plegarias y comprende que no es digno de la atención y cuidados de Dios; y enseguida comienza a empeorar hasta morir en un abismo de incertidumbre, culpa y, por qué no, reproche hacia el Padre que lo ha abandonado. También, podría apuntar que no hay nada más contradictorio que pedirle al creador de todas las cosas que cambie el curso de algo –una quiebra empresarial o un matrimonio quebrado, por ejemplo– a la vez que se le repite, sin pausa, aquello de hágase tu voluntad así en el cielo como en la tierra. ¿Habrá algo más blasfemo y sacrílego que orarle a un dios para que cambie de idea? ¿Una y otra vez? ¿Todo el tiempo? Pero Penélope no dice nada. El televisor está encendido en un canal de noticias que se contemplan –antes de que empiece la cuarta telenovela de la jornada– como microrrelatos y ficciones súbitas y breves. Todas las malas noticias que siempre suceden lejos y son comentadas con un «Gracias a Dios, a nosotros no nos pasan esas cosas» o –como cuando se emiten las visiones terribles de un tsunami en el Pacífico– con un conciliador «eso de los tsunamis es muy bueno para los cultivos». Pero las referencias y atenciones a la realidad extrakarmática son pasajeras y pronto el tema vuelve a ser ellos mismos. * De nuevo, aunque no haga falta: lo primero que más les interesa a los Karma son los Karma; lo segundo que más les interesa a los Karma es lo que los demás (Karma en su mayoría) piensan de los Karma; lo tercero que más les interesa a los Karma es, otra vez, lo primero que más les interesa a los Karma: los Karma. Y es entonces cuando a alguien, en esa suite hospitalaria, mientras reparte los naipes para una nueva mano de un interminable torneo de canasta, se le ocurre que no estaría nada mal * (Penélope ha descubierto no hace mucho que *ése* es el apodo que le ha caído en gracia. Y que tiene que ver tanto con su nombre como con un «Esa chica nos da tanta penita». Y que esa penita que da no tiene que ver precisamente, como quieren hacerle creer, con su condición de semiviuda o de medio esposa sino con ella misma, con ser quien es y como es) que «Maxi y Penita» se casaran por la Iglesia. Y de ahí a tres sábados se ha producido el milagro de un fin de semana sin ninguna boda. Y ese espacio libre no puede ser sino una señal divina, una orden desde las alturas. «Aleluya», exclama el sacerdote de turno y el médico, solícito y bien remunerado, añade que «No veo ningún problema. Podemos trasladar todo el equipo a los jardines de Monte Karma y…». Asomándose sobre Caballo por una ventana de la suite, Mamabuela llama a silencio y dice que nadie le ha preguntado a Penélope qué piensa de casarse por la Iglesia. «¿Te gustaría hacerlo, Penélope?», le pregunta, la mira fijo. Penélope, agradecida, responde en voz baja que «Mejor no, al menos por ahora; porque no sabemos muy bien cómo evolucionará Maximi…». «Perfecto. No se hable más. El mes que viene tenemos boda», truena Mamabuela. Y vacía sus pistolas contra el sol, ahí afuera. Enseguida, todos –como máquinas súbitamente activadas, como una cadena de montaje perfectamente aceitada y, por una vez, veloz y expeditiva– se ponen a hacer listas, a planear maniobras casi militares, a calcular plazos. Para los Karma, la puntualidad es algo que sólo se pone en práctica a la hora de primeras comuniones y bodas y bautizos y funerales. Hiriz, por supuesto, se hará cargo y diseñará personalmente –a partir de un modelo comprado, porque Hiriz nunca hace nada desde el principio o llega al final de algo– el vestido de novia. «Por suerte, con Maxi como está ahora, no tendrás problemas con que vea el traje antes de la ceremonia», le dice Hiriz a Penélope. Y Penélope cree estar asistiendo a un milagro: Hiriz no sólo se permite hacer un chiste sino que, además, es bastante bueno. Y se ríe con ganas y de un tiempo a esta parte sus carcajadas –casi un relincho desesperado– le dan un poco de miedo. Pero no: resulta que –Penélope lo comprende cuando su cuñada la mira con extrañeza y un tanto ofendida– Hiriz habla en serio. Y Penélope siente que se marea. Y que, de seguir allí, va a acabar matando a una Karma de las allí reunidas (a Hiriz, puestos a elegir) o que todas van a matarla a ella. Probablemente, primero lo primero y segundo lo segundo. Y de pronto, en la habitación, una brusca alteración de la presión ambiental, como un cambio en la intensidad del voltaje. Todo parece apagarse para volver a encenderse. Como si empezara un nuevo programa coincidiendo con el inicio, en el televisor, de la telenovela que todas y todos (porque, curiosamente, no está mal visto que los machos sigan el devenir de esas tramas absurdas; tal vez porque, probablemente, sean de las pocas cosas de las que pueden conversar con sus mujeres) están siguiendo desde hace años, anochecer tras anochecer, mientras tragan las pastillas que corresponden a esa hora señalada. *Tormentas de éxtasis*, se llama. * Y aunque Penélope jamás vaya a admitirlo, él -que flota sobre todas las verdades de un mundo mentiroso, revisitándolo todo como quien pasa en limpio trapos más o menos sucios- recuerda que su hermana llegó por primera vez a *Wuthering Heights* no montada en la novela original sino a bordo de una adaptación telenovelesca y venezolana, años setenta, pobre pero bienintencionada y respetuosa y, con sus falsos exteriores recreados en estudio, con sus rocas de cartón y niebla artificial, de algún modo arreglándoselas para evocar y transmitir con fuerza el aire gótico y frío de páramos tan lejos del trópico. Y Penélope mira la telenovela en el televisor del hospital y cree percibir, bajo las sucesivas capas de una trama ya incontrolable después de tanto tiempo de enredarse en sí misma, destellos difusos pero reconocibles de Heathcliff y Cathy y se pregunta si alguien no se estará burlando de ella o, tal vez, dedicándole un piadoso guiño cómplice, apenas escondidas palabras de aliento entre todo eso que se dicen allí galanes y heroínas y villanos. Penélope se lleva la mano a su pecho, a su corazón. No porque se sienta particularmente emocionada por esta telenovela (o por aquella otra telenovela de su infancia que le señaló el rumbo hacia su libro de cabecera y de corazón) sino porque ahí, en un bolsillo casi secreto de su chaqueta de cuero, lleva siempre, inseparable, su pasaporte. No lo deja nunca por miedo a que desaparezca. O por miedo a que lo desaparezcan. O –casi delirante– por temor de no tenerlo a mano cuando sus empleadores (¿eran de la CIA, del MI6, de la KGB, de una tríada oriental con nombre de dragón?) decidan, por fin, canjearla por alguna espía Karma y liberarla y, ja, ja, ja, las cosas que se le ocurren a alguien en los primeros tramos de lo que, de no cuidarse, puede llegar a ser la infinita travesía de la locura. Y no es que Penélope crea que no puede irse. Bastaría con bajar las escaleras, subirse a un taxi en la puerta de la clínica, decir «Aeropuerto». Pero también es verdad que a Penélope cada vez le cuesta más hacer algo fuera de programa, diferente, que no sea lo mismo que hizo ayer y la semana pasada y hace dos o tres meses. Penélope tiene casi pánico a romper una rutina, a alterar un rito, a modificar el más natural pero bizarro de los ciclos. Penélope se siente como si llevase años sin dormir o años sin despertarse, da igual. En una especie de ocaso recién amanecido que, leyó alguna vez, es como el de los ciegos recién hechos. La penumbra de los que, desoyendo advertencias sin que nadie entienda muy bien por qué, han perdido la vista por, desafiantes hasta la estupidez, mirar fijo un eclipse y –con su reloj biológico y fotosintético súbita y completamente confundido, fuera de hora a todas horas– ya no saben cuándo toca cama para dormir o cuándo toca silla para trabajar. Por momentos, Penélope casi se convence de que ya no ve nada y, por otros, que ve demasiado pero siempre ve lo mismo, a los mismos. Penélope, sí, se está karmatizando. Y eso es como un viaje con pasaje sólo de ida. Así que sale de allí, tambaleándose, como por los pasillos de un barco en la tormenta y –mínima transgresión– de camino al bar de la clínica, pasa frente a una habitación con la puerta abierta. Allí dentro, una joven de aspecto inusual para Abracadabra (como si en su rostro giraran diez razas mezcladas) sostiene la mano de un anciano. Acostumbrada a la similitud en serie, a la casi clonación de rasgos y modas de las Karma, a Penélope la visión de la joven tan diferente la hace casi llorar. Penélope piensa –sin poder entender cómo es que está pensando eso, si no será que ya está irremediablemente contaminada por su sobreexposición a las pulsaciones religiosas de los Karma– que «Así, exactamente así es como yo imaginé siempre a la Virgen María» o, para sentirse un poco más cerca de ella misma, para no perder lo poco que le va quedando de su combustible transgresor, agrega «o a María Magdalena». La joven –que, pronto lo sabrá, se llama Lina– la mira y sonríe y le dice señalado al viejo en la cama: «Mi padre... Mi padre adoptivo... Siempre tuvo tan mala memoria que demoramos demasiado en darnos cuenta de que tenía Alzheimer». Penélope no sabe si eso es un chiste pero –como quien de pronto contempla algo que hacía tanto que no veía, como un náufrago descubriendo que vienen en su rescate desde el horizonte– sí que es algo gracioso. Algo como las cosas de las que se reía antes de vivir entre los Karma, que se ríen de todo en general pero no se ríen de nada en particular y cuyo sentido del humor, como todo, es algo en serie, colectivo, sin ningún tipo de singularidad. Así que, de pronto, las dos se ríen, a carcajadas, como poseídas, mientras una enfermera en un cuadro en una pared de la clínica insiste, en vano, con un índice sobre sus labios, pidiendo un silencio que nunca van a concederle. De pronto, inesperadamente, Penélope conoce a Lina y, de nuevo, otra vez, siente cómo todas y cada una de sus neuronas se desperezan y se comunican y hablan todas juntas luego de estar demasiado calladas. Para Penélope, Lina –después de mucho tiempo conviviendo con personas que hablan mucho de lo que harán y hacen tan poco en relación con lo mucho que dijeron que harían– es alguien que hace cosas sin anunciarlas y, mucho menos, postergarlas. Los Karma –para quienes decir que se hará algo equivale a hacerlo– seguramente la considerarían una desquiciada y, seguro, «drogadicta». Alguien definitivamente *modehrrna*. * A Lina le gusta contar que nunca se droga pero que, cuando era niña, por un descuido de sus padres, se comió una cesta llena de botones de peyote que su abuela había recogido para preparar vaya uno a saber qué medicina ancestral: «Así que ahora soy como Obélix, que se cayó de niño en la marmita de poción mágica. No necesito drogarme. No me hace falta para viajar a todas partes. Vivo alucinando todo el tiempo. Yupi». Penélope, en cambio, encuentra en Lina a una hermana gemela, pero diferente. Al contrario de Penélope, que actúa siempre por intuición, Lina, más allá de su constante sonrisa de Gioconda psicotrópica y Gata de Cheshire siempre yéndose por las ramas, parece tener planeado al milímetro cada uno de sus actos. Desde siempre. Y los va actuando sin pausa y con cierta prisa: como si tachase líneas en una lista y tallara muescas en una culata. * «Menos blablá y más dodó» es una de sus frases más recurrentes; «la leyenda sobre mi escudo de armas», precisa. Y Penélope la disfruta tanto que ni se atreve a preguntarse qué hace Lina allí, en Abracadabra, por qué no se ha ido lejos. Y cuando piensa en ello deja de pensarlo de inmediato, como si colgase un cuadro para cubrir esa imperfección de Lina, como si colgase un cuadro de Lina. Y –otra diferencia en su parecido– si Penélope está muy bien, entonces Lina es hermosa. La diferencia, aunque sutil, no sólo es atendible sino, además, decisiva. Y no es que Lina no sea –lo es– muy atractiva físicamente. Pero, a diferencia de lo que sucede con Penélope, a Lina no se la mira fijo. No se fija la mirada –en principio y por todos los minutos que se pueda, justo antes de llegar a ser considerado una especie de sátiro– en ciertas partes de su anatomía imposibles de ignorar. A Lina se la observa por completo; como quien entra a una de esas iglesias del Renacimiento de fachada engañosamente simple y, sin aviso pero ya presintiéndolo, desde ahí abajo, mirar hacia arriba es un milagro y en las alturas de la cúpula… * Y al mirarla a ella, hacia abajo, contemplar un * tatuado en su talón izquierdo, «mi nota al pie», bromea. Lina –el rostro de Lina– es como demasiadas influencias fundidas en un estilo único. Santa católica y modesta de ojos elevados a los cielos cuyo *pentimento* no alcanza a ocultar las pupilas de diosa pagana siempre fijas y desafiando a todo aquel que se atreve a mirarla. Otro milagro, sí. Lina viste telas y colores folk en combinaciones impensables como las de –según las últimas investigaciones– el plumaje de los más peligrosos dinosaurios. Pero sus rasgos tienen la angulosidad, ya lo pensó y lo sigue pensando Penélope, de una mujer fugada de la Biblia, o algo así, cruzada con una hembra de Frida Kahlo. Una Frida Kahlo sin problemas de espalda ni bigote. Una Frida Kahlo auténticamente falsa y, en realidad, como representada por una hermosa actriz, nacida en las babélicas colinas de Hollywood, sólo para algún día interpretar a Frida Kahlo y, meses más tarde de su estreno, agradecer a la Academia. Lina es una belleza exótica pero de un exotismo inmediatamente asimilable (y envidiada, y deseada) por mujeres y hombres habituados a los parámetros de la normalidad y de lo común. Incluso Hiriz, cuando descubre a Penélope y a Lina «cuchicheando» (un verbo *tan* Hiriz) en una mesa del bar de la clínica, no puede evitar –señal distintiva y frecuente y delatora de cuando percibe algo que no le gusta pero que le gustaría ser o tener– que su nariz se estremezca, como olisqueando, y se hagan más evidentes las cicatrices de su última cirugía plástica en un fruncir del botox de su ceño, producto de un dolor parecido a esas breves pero intensas jaquecas consecuencia de un bocado de helado demasiado grande. Penélope había contemplado síntomas similares en varios sabuesos habitués del Psycholabis olfateando, cuando ellos ya se habían quedado sin nada en sus bolsillos, quién tenía droga encima, quién podía pasarles alguna cosa para meterse por algún orificio. Una especie de agonía extática con mucho de disciplina deportiva y ejercicio zen y arte adivinatoria. En Hiriz, todo eso también; pero no al servicio de una sustancia controlada sino del descontrol de una adicción a sí misma. Y del necesitar creer –con la desesperación famélica de alguien entregada a una dieta despiadada– que todos la aman y desean, porque antes y después de ella no hay ni pudo ni podrá haber nada mejor. Hiriz necesita creer que no hay heroína más pura y mejor que ella, y que conocerla tiene que ser lo más parecido a amarla, a ya no poder vivir sin ella. Hiriz fue educada para eso y creció convencida de que así era. En los recreos del colegio donde reinaba como una pequeña y monstruosa reina. En el club de tenis y en la pista de equitación donde hacía como que jugaba (con su bronceado instructor, Pinto) y montaba mal (un caballo al que bautizó Wimbledon); pero qué importaba eso cuando se tiene la raqueta por el mango y las riendas tirantes. En un matrimonio tan inevitable como conveniente, tan convenido como predecible con Ricky, al que todos llaman Fido pero, con un par de copas encima, y al comenzar a contonearse de un modo extraño, todos pasan a llamar Lassie. Pero últimamente * (el rostro no es el espejo del alma; el rostro es la máscara que se pone el alma cada vez que tiene que mirarse al espejo) el espejo mágico de Hiriz mira a otro lado. Y no le responde. Y el mundo se ha llenado de mujeres más jóvenes que ella y que, podría jurarlo, se ríen a sus espaldas porque saben *algo* que ella no sabe. Porque crecieron más y mejor informadas y no como ella, que nunca habló de sexo con su madre, que recibió toda educación al respecto de parte de monjas y que llegó a la noche de bodas sólo pertrechada con lo aprendido en películas románticas y no pornográficas y que, a la mañana siguiente, se sentó entre los suyos con una mezcla de desconcierto y desilusión, preguntándose cómo seguiría la historia y si en verdad era imprescindible que continuara. Ahora, Hiriz sufre cada vez que nace una Karma en lugar de un Karma. Hiriz apenas soporta la visión de las ninfas terrenas y carnales en que se han transformado varias de sus sobrinas. Se ríen de ella, está segura, cada vez que ella dice o hace algo. O, peor aún, cuando les da algún consejo político/estratégico a la hora de vestirse y maquillarse para atraer «buenos candidatos» para la «elección matrimonial». Así, encontrar a Penélope y a Lina, juntas, es un nuevo golpe/desgracia para la ya tambaleante Hiriz, cada vez más temblorosa en su propio terremoto. Una renovada evidencia de que ha perdido el control. Porque, suponía Hiriz, Penélope era suya. Penélope era la herencia en vida o en semivida de Maxi. Sólo así podía soportarla y, aunque no exactamente quererla, al menos apreciarla como una ofrenda obligada a obedecerla y escucharla y darle siempre la razón y admirarla sólo a ella. Esto no estaba en los planes. Esto no es justo. Ahí están, Penélope y Lina riéndose. Y, seguro, se ríen de ella; porque la paranoia –como el patriotismo o esa forma bastarda del patriotismo, la política– es el último refugio de los mediocres y de los fracasados. Así que ese karmático hielo delgado por el que siempre camina Hiriz –de puntillas y temblorosamente, para nada sirvieron todas esas horas como cisne de ballet infantil– se abre a sus pies para tragarla, cubrirla de oscuridad y furia y rencor. Y –otro «episodio infantil» de los suyos– para escupirla como se escupe a algo amargo y amargado; como si Hiriz fuese una de esas tumoríficas bolas de pelo que de tanto en tanto expulsan los gatos con indolencia y satisfacción. Y, de vuelta en este mundo, transfigurada por su furia y desesperación y mezquindad, no es que Hiriz ya no sea quien era sino que, ahora, Hiriz sigue siendo Hiriz pero elevada a la millonésima potencia. Una Hiriz XXL. Una Hiriz mitad emplumado albatros de mal agüero y mitad tarántula tan venenosa como envenenada. Si Hiriz antes estaba un tanto dispersa y confundida por sus propios espejismos, de pronto Hiriz es una loca rematada sedienta de venganza y concentrada en un único objetivo. Aunque llamarla «loca» es excesivo e injusto no con ella sino con la locura: toda locura exige cierta disciplina y nobleza y creatividad. Lo suyo es, apenas, insatisfacción ascendida a alturas cósmicas y crónicas. Una sed que ha venido sufriendo y aguantando durante décadas –obligada por reglas y tradiciones de clan– y que ahora encuentra un blanco y víctima perfecta en Penélope. El problema es que Hiriz no tiene altura ni inventiva shakespeariana cuando se trata de tomar revancha. Su forma de maldad es vulgar. Una maldad más malcriada que con abolengo. La miserable y mísera maldad de quien, caminando por una playa, finge no darse cuenta de que va pisando castillos de arena. Y es que la educación cortesana y conspiradora de Hiriz ha pasado, básicamente, por esa versión muy degradada y previsible de los dramas isabelinos que son las revistas del corazón y las telenovelas. * Y, desde pequeña, Hiriz se ha lavado el cerebro con el dictum subliminal y la intuición apenas inconsciente de que el verdadero protagonista y la más brillante estrella –muy por encima de la opaca parejita romántica de turno y fabricada en serie– no es otra que «la mala» de la telenovela, la más buena para ser mala. Así que la idea de vendetta de Hiriz apenas causa efecto alguno en Penélope. Porque lo que decide Hiriz como forma de vindicación y castigo (suele ocurrir: los justicieros suelen elegir como escarmiento para otros lo que sería terrible para ellos y en más de una ocasión los otros, sencillamente, están en otra) es escoger y retocar para Penélope el traje de novia más horrible que jamás se haya visto. Y allí va Penélope, como envuelta en algodones de morfina, metida dentro de un traje de boda demasiado parecido a un pastel de boda. A su paso, en los rincones, un furioso flirteo típico de quienes se saben reprimidos de lunes a viernes y en domingo. Y que, durante los sábados festivos, se desatan lo justo, lo apenas, lo que sería considerado transgresor en pesadas novelas victorianas. Ahí están: pajes infantiles demasiado parecidos a esos enanos de las cortes; damas de honor jugando a ser mujeres deshonradas por unas pocas horas, miradas enturbiadas por el alcohol y por vestidos demasiado ajustados que impiden que el oxígeno fluya al cerebro; histeria entre las wisterias; fragmentos de anécdotas que no llegan a ser nada completo pero que, sin embargo, serán comentadas en susurros durante años y completadas de acuerdo al grado de imaginación y malicia y enfermedad de quien las relata. Pero, ahí, nada le importa menos a Penélope. De hecho –en lo que hace a su reflejo y automático sentido narrativo– le parece justo y apropiado. Antes, Penélope estuvo una hora encerrada en el baño. Náuseas y vértigo y un whisky doble. Y allí va ella, avanzando por un pasillo interminable de Karma. Y allí, al fondo, la espera Max, en coma, atado y en una camilla vertical. Y, al otro lado del altar, demasiados sacerdotes. Son cinco o seis, uno de cada congregación. Penélope los ha escuchado en más de una ocasión discutir sobre las virtudes insuperables de cada uno de sus «equipos», como si se tratasen de clubs de fútbol. Y Penélope ha sido en los últimos días testigo lateral de las arduas discusiones en cuanto a cuál sería el escogido para oficiar el acto en cuestión. Finalmente, salomónica, Mamabuela decidió cortar el asunto en varios pedazos y repartirlo. Así, para Penélope, el rito adquiere un aire a aquel videoclip de «We Are the World» en el que cada uno canta su parte tratando de superar en entrega y emoción a quien viene antes y sigue después. Y Penélope se muerde los labios para no reírse cuando descubre a Lina, trepada a las ramas más altas de un árbol centenario, como una paparazza de colores brillantes, sacando fotografías y filmándola para su hermano, maldito sea. Y Penélope intenta concentrarse en lo que le dice cada uno de los religiosos con esas voces sibilinas y supuestamente piadosas. Pero no, nada será revelado. Como nada, religiosamente, es explicado ahora por una bandada de sacerdotes que se aprestan a bendecir esta santa unión que nadie podrá ya desunir, en la salud y en la enfermedad, hasta que la muerte los separe. Y, sí, éstas son las mismas personas a las que, con un par de copas de vino de más, Penélope ha escuchado reír a carcajadas, compitiendo por quién «lo hizo mejor» y «tuvo mejores ideas» en sus breves estadías como misioneros en junglas aborígenes. «Yo me estudié de memoria las rutas y los horarios de los aviones que pasaban sobre la aldea y les predecía cuándo volvería a pasar Dios por sobre sus cabezas», dijo uno. «Y yo les regalé pequeñas radios portátiles diciéndoles que Dios les hablaba y les cantaba desde ahí dentro y, claro, cuando se gastaban las pilas tenían que venir a la iglesia a buscarlas y pedirlas de rodillas y rezar por ellas», dijo otro. Y ahora estaban allí, todos juntos: Bob y Bruce y Michael y Ray y Stevie. Son el mundo. O, al menos, son los jefes espirituales de Abracadabra y de los Karma, que contemplan todo con una mezcla de beatitud y de cálculo. Son sacerdotes pero no parecen ser muy creyentes, piensa Penélope. Son cinco y parecen, siempre, desplazarse como unidos por un cordón invisible. ¿Serán hermanos secretos? ¿Habrán sido alguna vez ladrones de bancos estilo Dalton? Penélope, entonces, piensa tanto que no sabe qué pensar y recuerda haberlos visto entrar y salir de una pequeña cabaña con vitraux devocionales en las ventanas –casi una de esas casas de muñecas gigantes para niñas ricas– en los límites de Monte Karma. Los cinco sacerdotes ejecutando extrañas y complejas y ágiles coreografías bajo la luna o tragándose el helio de los globos para, enseguida, ensayar armonías Bee Gees de castrati entre risitas. Penélope –quien se asustaría mucho menos de descubrirlos portando crucifijos invertidos y cubiertos de sangre de virgen y con máscaras de macho cabrío– sospecha que ellos se ríen de todo y de todos. Y que falta menos para ese día terrible en que romperán el hechizo shakespeariano que los mantiene convertidos en seres blandos e invertebrados, frágil gelatina de peces profundos alimentándose de las migajas de confesiones, para recuperar su naturaleza auténtica de Richelieu conspirativos. Y que entonces, con furia de jorobados descolgándose desde campanarios, pasen a toda la concurrencia por hacha y cuchillo. Tal vez, casi desea Penélope, ahora mismo, por qué no, ¿sí?, mientras avanza hacia el altar y hacia un Max enchufado a máquinas cuyos ruiditos convierten la triunfal marcha nupcial que ahora suena en algo delicadamente ambient. Pero no: nada termina y todo continúa y las bodas «de altura» en Abracadabra esconden, apenas, el trasfondo de una disciplina olímpica que se ejecuta sábado a sábado y donde todos luchan por el oro y la plata y el bronce. Así que ahí están todos, los invitados constantes, los mismos de siempre, esperando a que concluya esta parte litúrgica y demasiado larga donde son apenas extras o actores de reparto y empiece el largo tramo donde descollar bailando o bebiendo o rodando por las escaleras para enseguida ponerse de pie impulsados como un resorte y empezar a cantar o a vomitar discursos etílicos abrazados al primero que se ponga al alcance de sus brazos. Ahora –organizados por Hiriz, quien los presenta desde un micrófono con esa actitud vocal y solemne de todo aquel que no está acostumbrado a micrófonos pero, enseguida, descubre el renovado placer de dar órdenes y de llamar la atención a todo volumen arrancando con un «Sí... sí... sí... uno... dos... tres...»– un coro de pequeños Karma destroza el «Ave María». Hiriz suele encarar estas producciones artísticas suyas con envidiable y atemorizante euforia pero sus resultados –al igual que con sus emprendimientos empresariales– dejan bastante que desear. No es que los Karma sean empresarios visionarios. Por lo contrario, generación tras generación languidece confortablemente sobre un mullido colchón –gansos sobre plumas de ganso– de empresas familiares que casi funcionan por inercia y monopolio. Así, lo que hacen los Karma es, a trabajar, más o menos lo mismo que lo que es el Monopoly al hacer negocios: un juego, un hobby, una actividad pasajera y sin horarios, un deporte de baja exigencia física y mental cuya principal preocupación pasa por renovar tarjetas y papelería de cargos que nunca ocuparon ni ocuparán. (Penélope podría jurar que un Karma una vez le pasó una tarjeta donde bajo el nombre se leía en relieve dorado «Comisionado de Ciudad Gótica»; pero tal vez estuviese borracha.) Y la máxima aspiración y logro de estos no-ejecutivos profesionales, a nivel financiero, sería la de una moneda propia y de circulación interna a llamarse, por supuesto, el karma. * Y, sí, hablan mucho entre ellos de dinero, y de economía internacional, y de futuros mercados; pero Penélope –a pesar de que encuentra casi en cada esquina carteles publicitarios con la imperial K de los Karma y el slogan «Estamos en todas partes»– no alcanza a comprender del todo a qué se dedican, qué es lo que producen y venden. Y, cuando le preguntó al respecto a Hiriz, lo único que obtuvo fueron vaguedades; pero expresadas con una rara y casi teatral elocuencia, como si ella se dirigiese, con una mezcla de sorna y protocolo, a un flamante embajador que se enfrenta a su primer destino. Por una vez, pensó Penélope entonces, Hiriz parecía hablar bien, estar bien escrita: «Lo que fabricamos es algo muy pequeño… Pero lo hacemos mucho mejor que los demás. Una manufactura de la que casi tenemos el monopolio y… No es que se trate de algo impropio o que nos avergüence. De hecho, nos referimos constantemente a ello, con familiaridad y casi descaro. Pero no deja de ser algo pequeño y trivial y casi ridículo en lo que hace a usos domésticos… Es algo… cómo decirlo… Más bien vulgar». ¿Pomada para lustrar zapatos? ¿Broches para colgar la ropa? ¿Algún equipamiento para baños donde sentarse a pensar y purgar lo que nunca se piensa fuera de allí? ¿Palillos para dientes? Y entonces Hiriz cambia de tema, como una radio cambia de estación por sí sola en un coche en movimiento, y vuelve a hablar de sus «proyectos» que son «tanto más interesantes». Pero ya se dijo y se vuelve a decir: lo que sucede cuando Hiriz intenta realizarse es cuestión aparte. Todo es posible, cualquier cosa puede suceder para que, finalmente, nada suceda salvo, siempre, una apreciable cantidad de dinero malgastado –millones de karmas– y declarado en los impuestos como dinero para la beneficencia. Y así el apocalipsis siempre acontece demasiado cerca y pronto de la génesis de cualquiera de sus proyectos. De ahí que, incluso en lo que hace a la particular abulia de los Karma, siempre haya una cierta expectativa ante cualquier emprendimiento de Hiriz; sabiendo que, más temprano que tarde, acabará dando tema de conversación, anécdota con risas de fondo; porque si algo les gusta a los Karma es reír, en especial reírse de los demás cuando no están presentes; de ahí que todos, en las masivas reuniones familiares, intenten postergar lo más que se pueda el volver a casa para que vayan quedando los menos posibles carcajeándose a sus espaldas. En este sentido, se le agradece a Hiriz su «creatividad» tan perfecta como abono para burlas. Aunque, la verdad sea dicha, todos se ríen de Hiriz porque todos temen a Hiriz y lo que pueda llegar a ser Hiriz cuando mueran dos o tres Karma de la generación anterior y se acaben de decodificar una serie de últimas voluntades que la convertirían, misteriosamente, en alguien todopoderoso una vez que Mamabuela se baje para siempre del caballo. Pero de esas cosas no se habla, apenas se piensa (¿alguien se atreve siquiera a imaginar que Mamabuela pueda llegar a tener fecha de caducidad?) y, mientras tanto y hasta entonces, mientras se pueda, se ríen de Hiriz, apenas nerviosos, el futuro está sobrevalorado y es un tercer acto que nunca llega. Y todavía se recuerda el montaje de Hiriz –escrito, producido, dirigido y protagonizado por ella– de lo que definió como «una versión católica de *El diario de Ana Frank*». Penélope contempló una tarde, sin dar crédito a sus ojos y oídos, un viejo video del asunto. En esta particular aproximación al clásico, el personaje de Hiriz es –la informa ella antes de entregarle el VHS como si se tratara de una reliquia– una amiguita católica del colegio de Ana, Yvonne, que tiene «la mala suerte de ir a visitarla justo cuando llegan los nazis… La pobre niña es capturada y mientras se la llevan gime "Estáis equivocados… Yo soy una como ustedes. Es un error. La que buscan está ahí arriba, oigan esos ruidos que hacen". Los nazis suben y encuentran a Ana y a los suyos. Pero no le hacen caso a la pobre y desafortunada Yvonne… Y también se la llevan…

Y todavía me emociono al recordarlo». A Penélope ese súbito «estáis» –entendido por Hiriz como marca de calidad y de prestigio– le produjo un escalofrío. Y, ahora, Ave María, Hiriz ha hecho y deshecho por Schubert algo parecido a lo que entonces hizo por la pequeña gran mártir judía. Chillidos devocionales intentando, en vano, ascender a lo alto. Todos los Karma, por supuesto, sonríen pensando en cualquier otra cosa y Penélope vuelve a admirar y envidiar la capacidad de abstracción de esta tribu; una habilidad para estar pero no estar que supera, seguro, al coma de Maximiliano. Penélope, en cambio, no puede. No le sale. Penélope ve y escucha *todo.* Penélope siente que flota, que se va, que todo es como una película, y que –a lo sumo– llega el breve momento del flashback, como si se tratase de una de esas contadas cartas de juegos de salón que te permiten un breve santuario. * ¿Tal vez no reordenar pero sí justificar todo lo anterior como un largo recuerdo invocado mientras Penélope avanza hacia el «Sí, quiero»? ¿Precisar que en el momento de tu boda no toda tu vida pero sí todo lo que te llevó a esa boda, a esa otra *petite mort*, pasa frente a tus ojos cerrados? ¿O ya será demasiado tarde para semejante argucia y explicación para este caos? Penélope vuela y, para no caer desde las nubes de este presente indefinido, Penélope se aferra a la tierra firme de su pasado inmediato. Pronto Hiriz y Ricky bailarán frente a todos una aproximación al mambo para el que en su momento tomaron clases. Ricky, se supone –hay un absoluto consenso kármico en ello, pero, como suele ocurrirle, Penélope no llega a discernir si los Karma se burlan o celebran, porque suelen ser ambas cosas al mismo tiempo–, es «un maestro de las danzas tropicales». Y allí, en la pista de baile, es el único sitio en el que Hiriz le permite jugar a ser el macho que lleva el ritmo y marca los pasos, ella evolucionando a su alrededor con la displicencia casi poscoital de quien ha fingido con demasiado ruido un orgasmo. Pero Penélope ya vio a Ricky poner en práctica lo suyo en varias bodas y lo cierto es que su arte es más bien desconcertante. Ricky –sin por eso sacrificar un cierto aire de nereida lánguida– *mambea* como un enfermo del mal de San Vito sufriendo un ataque cardíaco durante el gran terremoto de San Francisco en versión «de película». * Es decir: un terremoto que dura no varios segundos sino demasiados minutos, para así poder hacer gala de sus efectos especiales de última generación, para que las víctimas puedan correr mucho. Y no se trata del histórico terremoto de San Francisco sino del próximo y último y final; terremoto que él, hermano de Penélope, ahora parte de la atmósfera, si se le antojase, es capaz de provocar con un chasqueo de sus dedos invisibles, movilizando placas tectónicas como si se pusieran a danzar tanto mejor pero igual de catastróficamente que Ricky. Finalizada su estudiada coreografía *à deux*, Hiriz siempre se acerca a Penélope, exagerando un sofoco, para explicarle: «Tuve que tomar clases para estar a su altura y poder bailar con Ricky. Porque era muy peligroso dejarlo suelto y a merced de otras que también bailan. Ya sabes, Ricky es un trofeo muy preciado para cualquier mujer». Y Penélope tiembla. Penélope –lo comprende de golpe– viene siendo la víctima de *otro* terremoto, desde hace demasiados meses. Penélope es su epicentro. Penélope no para de temblar. Y siempre se pregunta, estudiándola, si Hiriz está completamente loca o, tal vez, es completamente feliz. Si no habrá conseguido dejar de lado y muy atrás toda realidad colectiva para arrojarse en brazos de una irrealidad privada y mucho más gratificante y poderosa para experimentar algo que ninguna droga o religión pueden ofrecerte y darte. Así que Penélope ahora retrocede en el tiempo intentando no perder pie. Es fácil tropezar cuando se recuerda, sí; pero mirar hacia atrás produce menos vértigo que mirar hacia este ahora mismo, que parece extenderse como una alfombra de días casi idénticos que sólo se soportarán, como si se intentase diferenciarlos, jugando al juego de las muy difíciles de encontrar siete diferencias. Porque son diferencias mínimas: pomelo en lugar de naranja en el desayuno, a veces llueve un poco, cosas así. El resto –y la boda se entiende aquí como una suerte de regalo, un regalo de bodas, sí, pero también un regalo de bienvenida/despedida, esa jornada excepcional para cada novia aunque todas las bodas sean casi idénticas– será una acumulación de horas y décadas que parecen durar exactamente lo mismo. Para los Karma, ya se dijo, el tiempo no es sólo relativo; el tiempo es, también, irrelevante. Los Karma no tienen sentido del tiempo porque consideran el tiempo un completo sinsentido (algo que, además, tiene la mala educación de llegar de visita sin avisar antes o de imponer condiciones sin preguntar primero) salvo cuando se trata de celebrar cumpleaños, aniversarios y santos. Así, para ellos, el tiempo es algo que se enciende y se apaga a voluntad. Como la luz eléctrica o el deseo sexual. Y encendida y electrizada, recordando lo casi inmediato pero ya como protegido por los barnices de lo mítico, Penélope, a pocos pasos del altar, evoca los primeros días junto a Lina. Penélope recuerda que se ríe y que se ríe y no puede parar de reírse junto a ella y que Lina le dice «Es mi problema. No puedo dejar de decir cosas graciosas por más que lo mío sea lo de *stand-up tragedian* y no *stand-up comedian*». Lina le cuenta a Penélope que no sabe cuándo nació, que la dejaron en un portal, que es adoptada y que, por lo tanto, «todos los días leo completo el horóscopo y elijo el signo y pronóstico que más me convenga para esas próximas veinticuatro horas». Lina es, también, un espíritu sensible, pero sensible a su inconfundible y singular manera, entre lírica y freak. Ejemplo: en una película de ciencia-ficción, cuando muchos espectadores ven que el actor que hace de extraterrestre se ha olvidado de quitarse el reloj de su muñeca y lo critican como defecto insalvable, Lina prefiere pensar que ese extraterrestre «se llevó ese reloj de nuestro planeta en un viaje anterior porque le gustó mucho, y de ahí que le guste usarlo y saber cuál es la hora mientras anda por aquí, ¿no?». Lina le explica a Penélope que su familia adoptiva es judía. Los Liberman. Y que los judíos de Abracadabra son tanto o más conservadores que los católicos de Abracadabra: «Está prohibido tuitear en el sabbath y no se permite conducir automóviles marca Volkswagen, beber Fanta o calzar zapatillas Adidas o Puma por ser consideradas invenciones nazis». Y Lina escucha con una sonrisa los blues familiares de Penélope y le explica que «en Abracadabra los siete pecados capitales se multiplican en los siete millones de pecados provincianos». Lina le jura a una cada vez más paranoica Penélope que su familia no tiene relación alguna con los Karma, al menos en las últimas cinco generaciones, pero que «yo, al ser adoptada, no puedo prometerte nada: quién sabe si no soy una Karma secreta y comprometedora desechada lo más lejos posible; es decir: una Karma *judificada* o algo así. El mejor escondite posible. Nunca me van a encontrar». Lina, también, conoció a Max en el colegio secundario. Estudiaban juntos y en más de una ocasión Max la invitó a salir pero –condición previa, Maxi todavía no era Max– tenían que conocerla sus padres y Mamabuela. Lina optó por dejar pasar la oportunidad. Suficiente ya tenía en su vida con los ortodoxos Liberman para sumarles a los fervorosos Karma. «Pero puedo entender que le hayas resultado atractiva a Maximiliano. Seguro que le recordabas a mí. Y a que no pudo conquistarme», le dice, muy seria, Lina a Penélope. Penélope la observa en un silencio desconcertado. Entonces Lina estalla en carcajadas. En una risa terrible que suena a «Juajuajuá» y que parece surgir de otra persona, de alguien acaso perfectamente inconsciente de su belleza. Y que, por lo tanto –tal vez como mecanismo de autodefensa, o para defender a los que se cruzan con ella de un encandilamiento que los haga perder la orientación y estrellarse con una sonrisa contra un muro–, se permite el humilde gesto de volverse imperfecta. Una risa que –lo comprende Penélope– es falsa y exagerada y es la manera que Lina tiene de ser humana. La risa de Lina es el lunar que la hace inolvidable y, sí, Penélope acabará acostándose con ella, una vez, por amor, por simpatía, porque llevaba eones sin tener ningún tipo de actividad sexual (desde esa noche de varios días en la que varios transistores de Max se fundieron sin posibilidad aparente de recambio), porque Lina no es una Karma. Y porque la primera vez que Penélope la vio desnuda –ella que jamás había sentido nada parecido a un tironeo lésbico, ni siquiera remontando la cresta alcaloide de la noche más blanca– recordó una frase de un escritor que alguna vez había leído y cuyo nombre ahora se le escapaba: «Quiero arrancarle su brazo. Quiero dormir en su útero con mi pie colgando fuera». * Y no, por las dudas, mejor aclararlo: la cita *no* pertenece a William Faulkner; pero sí a uno de sus bastardos pero legítimos cachorros. Uno de los mejores y más pura sangre y pura raza entre todos ellos. Uno de esos escritores del Sur norteamericano arrojando oraciones como si se tratara de cocktails molotov elaborados con un tercio de gasolina, un tercio de agua de pantano, y un tercio de todo ese sudor que Penélope y Lina dejaron sobre sábanas que después retorcieron y exprimieron sin dejar de reír. Y Lina tiene dos personalidades, dos vidas. Por la mañana atiende tras el mostrador de una joyería que perteneció a su madre. El lugar se llamaba, pueblerina y familiarmente, «La Señora de los Anillos», y se especializaba en alianzas matrimoniales. Lina decidió darle una vuelta al asunto, lo rebautizó como «The Lady of the Rings» y ahora ofrece sortijas de linaje élfico y druídico y gótico. Sortijas ideales para bodas que tarde o temprano acabarán en espadas y brujerías porque, dice Lina, «la vida en pareja no es otra cosa que un complicadísimo juego de rol, ¿no?» .Terminada su jornada laboral, Lina muta y se convierte en princesa de la contracultura local. Lina representa su acto, todas las noches, en un café inequívoca y decididamente *bohemio* del centro de la ciudad. Allí, Lina escenifica y monologa la vida y muerte de Joan Vollmer, la desafortunada esposa de William S. Burroughs a la que el autor de *Naked Lunch* le clavó una bala en la sien mientras jugaban a William Tell. Esa misma noche, luego de concluidas las actividades hospitalarias-recreacionales, Penélope pretexta un dolor de cabeza y se escapa de Monte Karma y llega hasta el bar Carpe Noctem. Lina ha dejado su nombre apuntado en una lista y Penélope es recibida por los dueños del bar. Son dos extranjeros –uno flaco y triste y uno inmenso y expansivamente feliz– cuya nacionalidad original parece haberse desdibujado como esos pasaportes de cubierta gastada y páginas donde ya no cabe ni un sello más. Son extranjeros profesionales. «Parecen dos de esos actores secundarios de primera de

Casablanca», piensa Penélope mientras el flaco la lleva hasta una mesa y el gigante le sirve ron hasta los bordes de un vaso largo y en la juke-box parece sonar, todo el tiempo, como una plegaria pop, algo que habla de las intermitencias del corazón o algo así. En el escenario, con un agujero rojo en un costado de su cabeza, Lina está sentada frente a un televisor que no emite nada. Lina es Joan Vollmer, emitiendo su muerte y vida desde las profundidades de un inframundo precolombino, sentada frente a un televisor. En el cuerpo y la voz de Lina, Joan Vollmer odia a los beatniks y no se resigna a ser un miembro menor en el cuerpo de lo beat. * Y él lo percibió de inmediato: Lina -quien, a diferencia de Hiriz, es una intérprete magistral de sí misma a la que uno jamás se cansa de ver; porque resulta imposible creerla del todo, porque uno no da crédito a sus ojos y sus oídos- no es una gran actriz. Todo su encanto -que, de acuerdo, es mucho- pasa exclusivamente por ella, por su persona. Pero -él lo comprende a los pocos segundos de abrir y mirar el archivo digitalizado de su actuación que le ha hecho llegar Penélope- Lina no le hace ninguna justicia a la persona que fue y al personaje que podría ser Joan Vollmer. A su manera, Joan Vollmer como una especie de megamix donde se mezclan partes de Penélope y partes de Hiriz y partes de Lina: su furia de siglos, su eterna insatisfacción, su temperamento artístico que no es otra cosa que un permanente mal humor único, funcionando casi como tormentoso manifiesto estético y ético. Joan Vollmer como mujer universal y (ésta *sí* que le parece una gran idea de Lina, idea que robará sin ninguna culpa) diosa de ultratumba observándolo todo, su rostro iluminado por la fosforescencia fría de una pantalla que sintoniza un solo canal, desde un infierno celestial y antiguo y circular. Joan Vollmer -dieciocho años, pequeña pero con buenas curvas, rostro con forma de corazón, nariz respingada, la primera entre sus amigas en usar diafragma, casada con un tal Paul Adams, pero aun así tan suelta e imposible de atrapar- saltando de una habitación de hotel a otra y de una cama a otra. New York, principios de los cuarenta. Compartiendo apartamento con Edie Parker, novia y primera esposa de Jack Kerouac.

«Hay que cocinar los huevos a fuego lento», repite una y otra vez Joan Vollmer y allí empieza y acaba su sabiduría doméstica. «Y hay que tener mucho cuidado con dejar el fuego encendido», agrega. Pero Joan Vollmer es como uno de esos incontrolables incendios forestales de visita en la gran ciudad. Insaciable. Joan Vollmer es el fuego y el viento. Y enloquece con preguntas sin respuesta a sus profesores en las aulas de Barnard y escribe en los márgenes de su ejemplar de *El Capital* cosas como «Tal vez el marxismo sea dinámico y optimista y el freudianismo no lo sea. ¿Es uno más útil que el otro? ¿Por qué hay siempre que elegir esto o aquello?». Joan Vollmer compra todas las semanas y lee, desde la primera hasta la última página, el semanario *The New Yorker.* De sus páginas ha recortado su cartoon favorito y lo lleva doblado, dentro de su monedero, junto a unos pocos billetes: es el dibujo de un hombre desconsolado que dice «Mi madre me amaba, pero se murió». Y la risa de Joan Vollmer, a la que casi todo le causa gracia. Pero casi todo lo que le causa gracia no es gracioso para los demás, se queja con una mezcla de desconcierto y orgullo. Más orgullo que desconcierto mientras repite para sí misma, en la más vertiginosa y elevada de las voces bajas: «Nada me es ajeno. Todo es mío y para mí. Yo soy Alfa y Omega». Joan Vollmer que no escucha sino que *ve* música clásica mientras conversa sobre Platón y Kant o mientras lee a Proust, durante horas, en una bañera de agua cada vez más ártica. Joan Vollmer que se descubre embarazada y se hace la loca (la encuentran caminando bajo la lluvia sucia de Times Square, hablando sola, jugando con su pelo) y se la llevan al hospital psiquiátrico de Bellevue y da a luz a una niña prontamente despachada con sus abuelos, una niña que tiempo después tal vez diga «Mi madre me amaba, pero se murió... ja... ja... ja...». Aunque falta mucho (pero en realidad no tanto) para eso y Joan Vollmer, ahora, está cada vez más viva y tiene un amante menor de edad al que adiestra y entrena y educa y le hace sacar muy buenas calificaciones. Pero Joan Vollmer –indisciplinada y poco confiable cuando se trata de poner en práctica métodos anticonceptivos, varios abortos– decide que lo que necesita ahora es un único hombre de verdad. ¿Es William S.

Burroughs «un hombre de verdad» o es «un hombre único»? ¿Es capitalista o freudiano? William S. Burroughs es William S. Burroughs. William S. Burroughs empieza y termina en sí mismo, como ella, y se mueve por las habitaciones del piso de la calle Ciento diecinueve con la lentitud de un faraón frágil o la velocidad de un extraterrestre indestructible. William S. Burroughs es mayor que todos los demás y sabe cómo usar los palillos en un restaurante chino y consigue buenas mesas en el Russian Tea Room cuando sienten esas ganas irrefrenables y anfetamínicas de tomar borscht. William S. Burroughs es capaz de inventar en el acto historias imposibles pero verosímiles en sus detalles –como cuando cuenta que «volé para Franco durante la Guerra Civil española»– y es Joan Vollmer quien paga su fianza cuando, abril de 1946, es encarcelado por consumo de drogas y falsificación de recetas médicas. Joan Vollmer es también quien le consigue un poco de heroína cuando William S. Burroughs –faraón derrocado, extraterrestre perdido– sale del calabozo temblando, abrazado por un síndrome de abstinencia que no le agrada experimentar, porque «abstenerse» es un verbo que jamás le interesó y no le interesará. Y, casi enseguida, es William S. Burroughs quien rescata a Joan Vollmer de una nueva estadía en Bellevue y a partir de entonces son inseparables. A William S. Burroughs le gusta decir –con voz de gángster– «My old lady this...» y «My old lady that...». A Joan Vollmer, como a él, le interesan las drogas y los códices mayas en el Museum of Natural History y, bendecidos allí, paseando de una recámara a otra, por dioses de nombres más consonantes que vocales, parten rumbo a Texas. La idea, el plan, es encontrar una granja barata y aislada y sembrar y cosechar y vender marihuana. Allí, Joan Vollmer descubre que está embarazada y le pregunta a William S. Burroughs si quiere que aborte. «De ningún modo: el aborto es asesinato», le responde William S. Burroughs. Ninguno de los dos, cabía suponerlo, están hechos para el trabajo al aire libre. El único que parece feliz allí –entre remolinos y torres de petróleo y sombreros y autos grandes y largos con cuernos montados sobre el capó– es el pequeño William S. Burroughs, Jr., también conocido como «La Pequeña

Bestia», quien corre entre las plantas huyendo de su propia sombra mientras sus padres lo miran como se mira una nube: preguntándose qué forma tiene, a qué les recuerda, si trae lluvia o si será disuelta por el sol y acaso ya sospechando su destino trágico y maldito; porque no se puede haber salido de William S. Burroughs para entrar en Joan Vollmer y luego salir de Joan Vollmer y terminar bien y con buena letra. «Bill debería estar escribiendo en lugar de andar por ahí con una pala al hombro», le escribe Joan Vollmer a Allen Ginsberg. Nada sale bien, pronto son considerados *persona non grata* por los campesinos, y en 1948 huyen rumbo a New Orleans y compran una casa con lo que sacaron por la granja. Joan Vollmer busca farmacéuticos que le vendan inhaladores de Benzedrina, William S. Burroughs fantasea con el cultivo de vegetales fuera de estación o algodón, o algo así. Pero, de nuevo, sembrar no es lo suyo. Y sus amigos comienzan a vender sus manuscritos a editoriales hambrientas por el nuevo sabor, manuscritos que él corrigió o que les ayudó a escribir. ¿Y qué es toda esa tontería de la Beat Generation de la que empieza a leer (o tal vez sueña y delira, tal vez se trata de visiones anticipatorias y paranoides, acodado en la barra de una cantina de la Colonia Roma, como un rugiente gladiador sitiado por leones acorazados) en recortes de periódicos que le envían desde Estados Unidos? Si de algo está seguro él es de no pertenecer a ninguna parte. Nació solo y morirá solo; pero la soledad no es sencilla. ¿Dónde está su obra? ¿Cómo atraparla? ¿De dónde salieron estos policías que entran en su casa y encuentran marihuana y heroína y unas cuantas armas de fuego y se lo llevan al segundo precinto de la ciudad y otra vez entre rejas y de ahí a un hospital, bajo custodia, a desintoxicarse? William S. Burroughs, atado y aullando, ve esferas en el aire que le recuerdan a almanaques precolombinos y decide que la respuesta a todas sus preguntas está, *tiene que estar*, en México. A partir de ahora -ignorando futuras comparecencias por juicios varios- será un fugitivo profesional separado de los Estados Unidos, una pieza suelta y apátrida, un mecanismo de movimiento perpetuo, un hombre invisible que -junto a los suyos- cruza la frontera en septiembre de 1949. El cielo de Ciudad de México es inmenso y de un azul ideal para que en él bailen las águilas con serpientes entre sus garras. Bajo sus alas, un par de millones de habitantes no dejan de ir de aquí para allá, como en una película de escenas sueltas que esperan, en vano, ser compaginadas, que alguien las dote de un sentido y de una trama. Aquí ha llegado el satanista y volcánico Aleister Crowley para escalar el Popocatépetl y el Iztaccíhuatl y acceder así al grado 36 masónico. Ahí cerca, a la vuelta de su nuevo hogar, aletea un ángel dorado en lo alto de una columna y William S. Burroughs mira sin cerrar los ojos, para no perderse nada, desde el balcón de un departamento en el número 37 de Cerrada de Medellín. ¿O el 210 de Paseo de la Reforma? Da igual. Mi casa, su casa, y William S. Burroughs está en su casa. Toda la ciudad es como una inmensa mansión desbordando habitaciones, sin límites, una mezcla de pasado y futuro donde, al atardecer, las pistolas cantan con dulce voz de plata y plomo. Para William S. Burroughs, México es como el Lejano Oeste. Lo máximo que te pueden dar por acribillar a alguien a balazos es ocho años; pero abundan los tiroteos de cantina donde, finalmente, los únicos condenados son los muertos. «Esta ciudad tiene el mayor índice de muertes violentas en todo el mundo. Y cuando un mexicano mata a alguien, por lo general, se trata de su mejor amigo: los amigos dan más miedo que los desconocidos. Y lo bueno de matar a un amigo es que luego puedes llorarlo y emborracharte en su memoria», les explica alguien con dicción de guía turístico. Y concluye: «Ningún mexicano conoce de verdad a un mexicano». Y esto último le parece perfecto a William S. Burroughs porque aquí ya nadie se quejará de no conocerlo, de no saber qué pasa dentro de su cabeza sin entender que William S. Burroughs calla para no asustar: sus visiones son de un calibre peligroso y que siempre apunta y da en el más oscuro de los blancos. En México, William S. Burroughs siente por primera vez que ha encontrado el sitio donde a nadie le interesa ni le preocupa prohibir a William S. Burroughs. Todo vale, vale todo y me vale madre y qué padre, hijos míos. A nadie le preocupa que vayas por ahí fumado hasta las cejas o lleno de aguardiente. Tampoco le preocupa a nadie que frecuentes bares gays como el Chimu y salgas de allí con un adolescente en cada brazo rumbo al primer callejón de ese barrio que es como un paisaje aristocrático caído en desgracia. Dos dólares por día son más que suficientes para calmar apetitos y sed y vicios. Y, de acuerdo, no es tan fácil conseguir los inhaladores de Benzedrina para Joan Vollmer; pero ella se las arregla con pastillas para la tiroides y con emborracharse ya desde las ocho de la mañana gracias «a los espíritus malignos que te venden una botella de cuarto de litro de tequila por apenas cuarenta centavos». Los dealers del lugar –con nombres como Dave Tercerero (¿o en realidad es David Tesorero, y William S. Burroughs y Joan Vollmer escuchan mal y transcriben peor?) o la colosal Lola La Chata– redondean sus ganancias vendiendo crucifijos de plata falsa y los farmacéuticos te venden morfina con sonrisas de dientes dorados. William S. Burroughs y Joan Vollmer están todo el tiempo en órbita y no hay mucho tiempo ni ganas para el sexo. Lo que no preocupa a William S. Burroughs pero molesta a Joan Vollmer, quien no aguanta el enclaustramiento taoísta químico de su pareja y le grita que, por favor, salgan un poco no más sea a pasear su ruina por las ruinas junto a la Plaza Mayor. Joan Vollmer se escapa a Cuernavaca y William S. Burroughs acompaña a Dave Tercerero en su peregrinaje anual a la iglesia de Nuestra Señora de Chalma, patrona de los ladrones y los traficantes, en las eternas e inconmensurables afueras de la ciudad. Caminan casi ochenta kilómetros en dos días y entran en la basílica rodeados por mendigos y lisiados, muletas en el aire y sillas de una sola rueda y, allí, Dave Tercerero aprovecha para hacer negocios mientras William S. Burroughs se siente más deprimido con cada ofrenda que escucha y cada rezo que mira. ¿En qué cree toda esta gente? ¿Cómo pueden creer en una virgen que hizo brotar el agua de la tierra? ¿Cómo puede haber *tantas* vírgenes, iguales pero diferentes, surgiendo por entre las rocas, como hongos más alucinados que alucinógenos, acunando los cuerpos sangrantes de sus hijos, coronas de espinas de cactus en sus cabezas, los ojos volteados a lo alto como por voluntad de bofetada de padre nuestro siempre demandante e imposible de conformar, como anticipando ya su vuelo inminente y sin retorno ni aterrizaje? De regreso, sus plegarias han sido oídas: Joan Vollmer está de vuelta como si nada hubiese sucedido. Ha comprendido que son partes de un mismo organismo en pleno desarrollo y, como prueba, se lo demuestran a todo aquel que los visita –estudiantes norteamericanos del Mexico City College, Jack Kerouac y Neal Cassady– realizando un ejercicio: Joan Vollmer y William S. Burroughs dividen, con un lápiz, dos hojas de papel en nueve casilleros cada una; se ubican en extremos opuestos de la habitación, dibujan dentro de esos casilleros, más de la mitad de las imágenes resultan ser las mismas. Algún día, piensan, alcanzarán la comunión de la similitud absoluta y serán uno, la transformación será total y se llamarán Joan William Vollmer Burroughs, Jr. Pero todo sucede: William S. Burroughs, así lo describen quienes lo frecuentan, se parece cada vez más a un escorpión, a un escorpión disecado. Y tiene sueños paranoicos en los que se tirotea con policías con traje de mariachi y se despierta y sale sin rumbo para despertar a la mañana siguiente en hoteles. Y sale de allí para seguir bebiendo y pronto sabes que William S. Burroughs está cerca de ti por el hedor a orina por la uremia que baila en sus tripas. Puede olerse mientras escribe sobre cómo huele, sobre lo que sale de su cuerpo, sobre lo que se mete en su cuerpo. Como si se tratase de un circuito, de un cortocircuito. Y el dinero escasea y todo sabe a tortillas porque para lo único que les alcanza es para tortillas que cubren y llenan y doblan con lo que se pueda, con lo que haya y quede, y William S. Burroughs sueña ahora con que, poseído por una «gula troglodita», come tortillas de William S. Burroughs que se venden en los puestos, «uno tras otro, sobre la acera, embistiéndose, rebosantes de enchiladas y sopes, carnitas, pasteles horrendos, dulces mortecinos, panes mosqueados, un café de chinos, pescado frito, chorizos... ¿habrá quién trague todas esas porquerías?». Y William S. Burroughs mastica palabras y escupe cartas a sus lejanos compañeros de ruta donde se leen cosas como «México no es sencillo ni bucólico. En él se reflejan dos mil años de enfermedades y miserias y degradación y estupidez y esclavitud y brutalidad y terrorismo físico y psicológico. México es siniestro y tenebroso y caótico, con el caos especial y propio de los sueños. Es mi hogar y a mí me encanta». Y a William S. Burroughs le encanta el departamento al que se mudan. Orizaba 210. Y allí empieza a escribir en serio, de verdad. *Junky.* Memorias de adicto a las que invoca clavándose jeringas llenas. El lenguaje es un virus que se inyecta en vena y William S. Burroughs come carne casi cruda y patea gatos y se la pasa en una mesa del Bounty (¿será una joven Mamabuela quien está allí, acodada en la barra, quien invita a William S. Burroughs a sostener su revólver, una calavera grabada en la plata de la culata?), un bar donde se sirve comida desde el amanecer para así poder respetar la ley de sólo servir alcohol acompañado de alimentos. La comida es mala y el alcohol es alcohólico. Vodka o tequila o ginebra es lo que bebe William S. Burroughs. Le gustan los líquidos transparentes y Burroughs deja las drogas pero se pasa a las botellas llenas. Y sólo come tortillas vacías. Y el jueves 6 de septiembre de 1951, William S. Burroughs –luego de fantasear en voz alta con una nueva huida hacia el Sur, donde vivirá de su puntería y de cazar animales salvajes– desenfunda una pistola Star .380 y anuncia a la concurrencia que «es hora de realizar nuestro acto de Guillermo Tell, vamos a probarles a los muchachos lo buen tirador que soy». Joan Vollmer sonríe una sonrisa torcida y se pone un vaso vacío sobre su cabeza. William S. Burroughs luego dirá que no sabe qué pasó ni por qué lo hizo. Recordará haber sido poseído por un «Espíritu Feo». Y se dirá que fue la muerte de Joan Vollmer lo que terminó de convertirlo en escritor porque «me puso en contacto con el invasor del que sólo podría escapar escribiendo». Años más tarde, sin importarle el testimonio de los varios testigos presenciales, William S. Burroughs intentará una explicación vulgar e inocente, las palabras de un converso en reversa, la necesidad de dejar de creer en lo increíble pero cierto para cubrirse, como con una frazada, con la versión más pedestre de lo que pudo haber sucedido: un simple y terrible accidente doméstico mientras limpiaba el revólver que pensaba venderle a un amigo, un descuido, bang. Y William «Billy» S. Burroughs, Jr. –quien también estuvo allí, como parte del mortal *tableau vi-*

vant, quien murió tan joven, luego de haberlo recordado todo en un par de libros desesperados, y quien hubiese sido tanto más feliz entre padres menos "geniales" y sin nada "interesante" para recordar, más cerca de Monte Karma que de la Interzona–... escribirá mucho después que lo que se puso su madre sobre su cabeza fue «una manzana o un albaricoque o una uva o a mí». Pero ahí está y ahí sigue -suspendido en un pliegue espacio-temporal- el vaso vacío, girando en el suelo, junto a Joan Vollmer, por fin derribada y por una vez quieta, lista para ser enterrada en la fosa 1018 A- New del Panteón Americano, en la avenida México-Tacuba y, de ahí, en 1993, por falta de pago y mantenimiento, al nicho número 82 clase R. Sangre brotando de su cabeza. De la sien y no de la frente, como la actúa Lina por cuestiones artísticas y estéticas, porque queda mejor un tercer ojo ciego entre dos ojos que ya no ven. Y una cosa es cierta, innegable: tienes que tener mucho cuidado con los espíritus que invocas por amor al arte, los espíritus feos, los espíritus malignos siempre dados a la justicia poética y trágica. No es bueno retocar la realidad de los muertos. Cuando se reescribe su realidad, es como jugar con un arma de fuego. Y así Penélope no ve cómo un Karma encargado de la seguridad del evento (siguiendo instrucciones de «la señora-señorita Hiriz») prepara y apunta y hace fuego sobre Lina. Rifle con silenciador y –plop– Lina que cae desde lo alto, cámara en mano y cámara que se suelta de esa mano para filmar sus últimas imágenes, como siempre sucede con los corresponsales de guerra: Penélope de blanco junto a la camilla erguida que sujeta a Max y, después, el cielo, unas nubes, hojas verdes y pétalos encendidos y, al final, tierra por la que marcha un cortejo fúnebre de hormigas honrando a su reina recién fallecida. Y Lina casi no hace ruido al desaparecer dentro de un rosal inmenso. Lina se hunde entre las flores y las espinas. Y toda la escena es como de antigua película muda con truco simple y eficiente. Cortar unos metros de celuloide. Y volver a pegar. Y lo que estaba ya no está. Y ya no está Lina. Su cuerpo será inmediata y discretamente trasladado por la servidumbre que se ocupa de lo que nadie quiere ocuparse y abandonado junto a un camino. Y, al ser encontrado varios días después, hinchado por el sol y el calor, se lo etiquetará como el de otra de las demasiadas víctimas de la violencia entre narcobandas rivales de Abracadabra. Y, sí, la autopsia revelará que había briznas de sustancias ilegales flotando en la sangre de Lina; por lo que (la chica era una drogadicta y degenerada y delincuente, sí) no hará falta ninguna investigación posterior. Y ajena a todo lo anterior, lo que acaba de suceder, lo de qué y quién (la vida de Lina, la vida, Lina) se ha acabado para siempre para que empiece la eternidad (la inmortal muerte de Lina), Penélope llega hasta el altar repitiendo una y otra vez, como si rezara, en la bajísima pero atronadora voz de los pensamientos, algo que una vez leyó en un libro. No en su libro favorito, *Wuthering Heights*, pero sí en un libro muy cercano a él, en un pariente directo de su libro favorito. * «Reader, I married him... Reader, I married him... Reader, I married him... Reader, I...» (primera línea del capítulo treinta y ocho / conclusión, *Jane Eyre*, de Charlotte Brontë, 1847). Y de pie frente a Max, escuchando las cosas que dicen los varios sacerdotes, como en una carrera de postas, entregando el final de una frase al siguiente corredor para que la complete y siga con ella, Penélope podría jurar que su pasado y futuro esposo abre los ojos y la mira fijo y niega con la cabeza. Un par de veces. Y luego le sonríe la sonrisa más triste que jamás le han sonreído en su vida. Y es uno de esos momentos. * Uno de esos momentos como de hielo. Como de cristal. El hielo delgado sobre el que se deslizan unos patines helados con filos de cristal y, de pronto, luego de meses de pesada y sólida nada, todo es tan frágil y quebradizo y efímero. Y entonces algo se rompe dentro de Penélope y fuera de Penélope y, si todo esto fuera una película, éste sería el instante en que el sonido ambiente desciende a cero para que suba el volumen de los pensamientos de la protagonista. Y Penélope sólo piensa en salir corriendo de allí. Y corre. Y, al principio, los Karma contemplan su carrera casi con regocijo y entre sonrisas; porque les recuerda (aunque *jamás* recuerden el nombre de la actriz) a una de esas comedias tontas que van a ver a los cines cuando no hay ninguna con bolas y bólidos de fuego y otros efectos especiales variados y surtidos. Películas que, de tanto en tanto, proponen a los espectadores y a los invitados (escandalizados pero no tanto, porque se trata de una comedia, y por lo tanto se sabe que todo terminará bien y que lo inconcluso acabará consumándose) la visión de una novia a la fuga, huyendo de su propia boda, alejándose a toda velocidad con el traje blanco levantado y sostenido por encima de las rodillas con sus manos metidas en guantes de delicado encaje y seda, el complejo peinado derrumbándose armoniosamente, el velo desprendiéndose de la diadema que lo sujeta y, suspendido por unos segundos en el aire del mediodía, el ramo arrojado al aire de cualquier parte y siendo atrapado por una anciana o por una niña. Por una no Karma a la que de inmediato se le arrebata el ramo y se reduce a patadas. Ahí va Penélope. Una novia que se desnovia frente a todos. Desarmándose como una Cenicienta a las 12.01 de la noche pero a mediodía y no dentro de su carruaje a punto de calabaza sino delante de todos los invitados al gran baile y con un príncipe que ya no puede seguirla ni desearla. Qué gracioso, qué divertido, qué instantáneamente anecdótico y, sí, otra excusa ideal y coartada perfecta para volver a hablar (mal) de la buena de Penélope. Y la conciencia de que todos ríen porque piensan que se trata de una broma. «La loca de Penélope.» Así que graban con sus teléfonos a Penélope alejándose de allí, como en la más veloz de las cámaras lentas. Y nadie se atreve a hacer nada porque hacer algo significaría tener que dejar de grabarlo. Y, casi en los bordes del jardín, Penélope, que tiene lo más parecido a un gesto de afecto, de nostalgia inmediata. Penélope se detiene y se da vuelta y saca su móvil (que lleva sujeto, bajo la liga blanca y nupcial) y encuadra (no es sencillo, son tantos) y dispara. Y allí quedan fijados, como fósiles sobre pantalla y metal, en la pequeña pantalla: todos los Karma. Juntos, zumbando como una colmena de abejas siempre en vacaciones, en pose de estar posando para alguno de esos pintores cortesanos que no se privará de deslizar en un ángulo del lienzo, o disimulado entre volados y medallas, el mensaje oculto y contraseña de su desprecio hacia sus empleadores. * Penélope, con los años –y como en ese sueño agitado en el que una mujer sin nombre propio, sólo abrigada con su apellido de casada, regresa a Manderley–, encenderá esa permanente instantánea, lejos, en la casa de la playa junto al bosque (desde aquí la ve él, la lee él); y se preguntará qué habrá sido de todos ellos para enseguida responderse: «Nada. Lo mismo de siempre. Apenas las novedades de muertes y nacimientos en los que unos reemplazarán a otros y eso será todo y tal vez alguno, uno de esos sobrinos adolescentes y entonces en celo, muy de tanto en tanto, se preguntará como frente a un espejismo si yo habré sido real y dónde estaré ahora». Pero entonces nadie va tras ella. No están preparados para actuar ante lo imprevisto y, cuando algo como esto sucede (Penélope en fuga, cada vez más pequeña en el horizonte, con la textura líquida de un espejismo, el viento arremolinando velo y cola hasta hacerla parecer una columna de humo vertical ascendiendo a los cielos), los Karma prefieren no actuar, esperando que todo vuelva a su curso, como tantas otras veces. Intervenir sería involucrarse y, horror, hasta ser considerado cómplice. Así que mejor dejar estar y mirar para otro lado mientras Penélope sólo puede mirar hacia delante. Penélope pronto atraviesa los límites de Monte Karma y pocas veces ha experimentado geográficamente la sensación tan marcada de un final: el verde da lugar al desierto casi en cuestión de centímetros y el sol sobre su cabeza aumenta su potencia y todo gira. * Y es aquí donde, tal vez, encajaría muy bien la descripción exhaustiva de ese paisaje nuevo y vacío que se abre y se cierra sobre Penélope (quien se descubre jugueteando con la idea de volver pero que, lo comprende, ha perdido todo rastro de orientación). Pero él –entre nubes, en un sitio donde ya no hay editores ni sugerencias– prefiere hacer valer el cómodo recurso de la elipsis que tanto admiró en otros escritores, en otras partes: en el principio, ese hueso prehistórico virando en un segundo de milenios a nave espacial del 2001 y cerca del final de *La educación sentimental*, cuando se nos informa de que Frédéric Moreau «viajó» conociendo «la melancolía del barco a vapor, el frío despertar en tiendas de campaña, el tedio de paisajes y ruinas, la amargura de amistades interrumpidas». ¿Cuánto tiempo pasó? ¿Qué hora es? Respuestas: suficiente y ninguna. Penélope, ahora, entonces, está fuera de todo y más allá del alcance de relojes. En el desierto. Donde todo está cerca y lejos al mismo tiempo. El desierto donde nada entra pero todo cabe. El desierto que le gustaba a T. E. Lawrence «porque es limpio» pero que en realidad es otra cosa. Algo diferente aunque la confusión se comprenda y hasta se deje pasar: el desierto es algo que no puede ensuciarse. El desierto es como una inmensa habitación que se limpia a sí misma sin prisa ni pausa. No hay agua en el desierto porque nadie la necesita, salvo los tontos que se arriesgan a entrar en él y que pronto serán sacudidos, limpiados, barridos bajo la pesada alfombra de arena. Y Penélope, atontada, tiene sed. Y recuerda que en algún lado escuchó –¿Discovery Channel? ¿History Channel? ¿National Geographic Channel?– que cuando no hay agua lo mejor es llevarse una piedra a la boca y chuparla como un caramelo, estimular la producción de saliva, aprovechar el agua propia antes de que se convierta en sudor y se evapore. Penélope mira al suelo y es un desierto tan desértico que ni siquiera ofrece guijarros. El suelo es una sola pieza horizontal interrumpida, de tanto en tanto, por el colmillo de una roca de tamaño sólo apto para bocas de dinosaurios. Así que lo que hace Penélope es llevarse palabras a la boca. En realidad, palabras que ya están allí, que bajan en cascada desde su cerebro hasta su lengua para retumbar en la cúpula de su paladar como pasos de fieles en una catedral amiga. Palabras en varios idiomas y de edades variables que siempre le gustaron, tantas palabras como para acabar configurando un idioma propio y último, sólo suyo (* Psyche, Viento, Book, Huna, Nit, Manitou, Bimbo, Oslo, Jazz, Niet, Manga, Menorah, Pomeriggio, Tedio, Bourbon, Genji, Topo, Fog, Milonga, Sexo, Génesis, Tos, Biji, Dandelion, Coral, Dicen, Madrigal, Amour, Laúd, Opus, Víspera, Dandy, Tul, Mississippi, Satori, Underground, Mann, Scuola, Frappée, God, Tulpa, Revival, Moorland, Clown, Clon, Stop, Go, Etcétera...), las curvas de sus letras como las curvas de su ADN y cómo era que se llamaba eso, se pregunta Penélope. Penélope señalando para ella misma una de esas bolas de paja que corre empujada por el viento. Penélope hablando sola: «Ya sabes... Esas que siempre aparecen en la calle central de un western, justo antes y siempre a tiempo del duelo final entre un pistolero con una estrella en el pecho y otro todo vestido de negro... Aquí viene otra...». * Tomar nota: *Salsola pestifera* o *Salsola kali* o *Salsola tragus.* En español llevan el poco atractivo nombre de estepicursor o plantas corredoras o rodadoras, originarias de las estepas euroasiáticas, sus inquietas semillas viajando en los barcos que parten de Rusia rumbo a South Dakota. Plantas avasallantes y erosionadoras del terreno por el que vagan, absorbiendo agua y llevándosela con ellas, lejos. Mejor nombre, piensa él, que se siente un poco así, el de la familia a la que pertenecen todas sus variedades: «diáspora». Y, mejor aún, el tanto más gráfico y físico nombre en inglés: *tumbleweed*, de *weed* (hierba) y de *tumble* (correr, sí; pero enseguida tropezar). Y Penélope tropieza y rueda y cae y ya es noche oscura y perfecta. Y Penélope delira; pero no es el delirio de hablar en voz alta y decir cualquier cosa sino el delirio de guardar el más absoluto de los silencios. Y de pronto donde antes se leía «sol» ahora se lee «luna» y todo se ha vuelto plateado. Ahí arriba, pero como si pudiera tocársela con la punta de los dedos: una luna rara e inmensa, una luna aullándole a todos los lobos del planeta. Una luna que parece clamar venganza por la injusticia de llamarse apenas Luna (vulgar genérico y especie, cuando todas sus otras hermanas sistemáticas llevan nombres propios o siglas precisas) y de que le haya tocado orbitar alrededor de un planeta que (a diferencia de sus compañeros) no porta olímpico nombre de deidad antigua sino, apenas, algo que señala su condición terrena y no celestial. Y, sí, era verdad: en el desierto el cielo ilumina más y mejor que en las ciudades al punto de que –paradoja astronómica, ilusión óptica, a Penélope le da exactamente igual– hay muy poco cielo ahí arriba. Apenas contados y breves espacios de oscuridad entre tantas estrellas, tantas –el brillo de una se funde con el brillo de otra, no parece haber ninguna estrella muerta ahí arriba– que es como si las constelaciones hubiesen renunciado al recato de todo intento figurativo para, apasionadas y vivísimas, abrazarse al más abstracto de los expresionismos. * «My God... It's full of stars!» Pero eso no es todo, porque todo no termina allí, arriba. Y el cielo parece haberse desbordado sobre la tierra y el desierto también resplandece. Y Penélope se pregunta si lo que ve no será otra cosa que una introducción a la muerte: el prólogo no a una luz blanca al final de un túnel sino, en el suelo, en todas partes hasta donde llega su vista, la autopista de un infinito de lucecitas blancas que no mienten, que son verdaderas. Pequeñas piedras de luz que Penélope, luego de ponerse una en la boca para chuparla, recoge de a puñados y mete dentro de su corsé de novia y, sí, algo le dice que no pueden ser sino diamantes. Diamantes desenterrados por el viento que ahora sopla y Penélope piensa en su hermano y piensa «¡Realismo mágico! A ti y para ti, que siempre te gustó tanto». * (Y mensaje para incrédulos que, llegado este punto, exclamarán «Awww...»: lo anterior no sólo es posible sino cierto y documentado. Sucedió también en un asentamiento minero y colonia alemana, en África, en los bordes del desierto de Namibia, a principios del siglo xx; él no puede recordar el nombre exacto del lugar, pero sí recuerda las vistas de lujosas mansiones de estilo bávaro y abandonadas y casi sepultadas por la arena y la voz del locutor del documental comentando que era una región tan rica que el viento desenterraba los diamantes y que los colonos, vestidos de fiesta, salían a recogerlos a la luz de la luna.) Y Penélope en el suelo con diamantes se mete uno en la boca y lo chupa y es como chupar hielo que no es frío pero sí es hielo. Y Penélope se ríe sin hacer ruido, pensando que uno de sus deseos de adolescencia se ha hecho realidad de esa manera retorcida en que se cumplen los deseos en cualquier parte que no sean los cuentos de hadas o de genios. «Voy a morir millonaria, aunque, claro, la idea no era hacerme millonaria apenas minutos antes de morir, ja», se dice Penélope, mientras llena el escote y los pliegues de su vestido con diamantes. Diamantes suyos y sin pulir ni cortar. Diamantes que aún recuerdan al carbón que alguna vez fueron casi con orgullo y sin culpa alguna. * Diamantes con los que Penélope construirá esa casa junto a un bosque y a orillas del mar. La casa donde vivirá junto a su hermano y Aquel Cuyo Nombre No Debe Ser Mencionado, por favor, por lo que más quieran, ¿sí? Diamantes que no brillan pero que ya brillarán y son de un tamaño casi obsceno y que se clavan sobre la piel de Penélope, bajo el escote, y la mantienen despierta. «Voy a morir con los ojos abiertos», piensa Penélope, quien, entonces, no puede creer lo que está viendo, lo que no puede ser otra cosa que una visión desoxigenada de su cerebro asfixiándose despacio. Allí, frente a ella, se yergue un animal colosal. Grande como una casa pequeña. Algo que alguna vez bien pudo haber sido una vaca pero que ahora es otra cosa y que está envuelto en un resplandor verde como el de esos juguetes que brillan en la oscuridad, como los números y las manecillas de algunos relojes. Ese color que, de figurar en un Pantone cósmico, aparecería como «verde *sci-fi*». El animal mira a Penélope con la más triste de las sonrisas (una sonrisa que le recuerda a esa sonrisa con la que la despidió Max, junto al altar) y Penélope lo mira con una sonrisa que intenta no ser triste pero... Y Penélope piensa: «Era cierto. He aquí la bestia mítica de Hiriz. La última de su especie. La Grandísima Vaca Verde con la que se asusta a los niños para que se duerman y tengan pesadillas con la Grandísima Vaca Verde». Y la bestia se tiende a su lado y Penélope, anudando la náusea, se tiende junto a ella y se prende a una de las tetillas de la ubre y bebe y traga algo que, lo comprende de inmediato, no es leche porque no sabe a leche y (el líquido reproduce el fulgor verdoso del animal que se deja probar) al bajar por su garganta, transmitiendo allí el eco del latido del corazón atómico y maternal de la bestia, es como si la encendiera por dentro, como alguien oprimiendo uno a uno los interruptores en los demasiados ambientes de una mansión que ahora es como una hoguera en la noche. Y, lo comprende Penélope con una mezcla de orgullo y miedo, son luces que ya nunca se apagarán. Son luces que los marineros de otras galaxias utilizarán para orientarse y llegar aquí, cuando todo el planeta sea un desierto como este desierto en el que ahora ella parece entenderlo todo. * Y, claro, la tentación de que él además le atribuya a semejante bestia única propiedades telepáticas y que Penélope la escuchase dentro de su cabeza -como si un ladrón se hubiese metido ahí para no llevarse nada pero sí para cambiar, para siempre, las cosas de sitio- es muy grande. Que la criatura dijese algo emocionante y definitivo del tipo «He visto cosas que ustedes las personas no podrían creer... Hombro de Orión... Portal de Tannhäuser... lágrimas en la lluvia... tiempo de morir...» aunque con un toque más folklórico. O que -graciosa e interesante posibilidad- subrayara cierto costado frankenstiano comunicándole sin palabras a Penélope que está buscando a su creadora, a la que recuerda como una mujer muy hermosa, de dulce voz, y «seguramente, la más inteligente de todas las mujeres». Pero incluso a él, ahora ingrávido e incorpóreo y quien se permitió por escrito, ahí abajo, cosas mucho más audaces o injustificables desde el punto de vista narrativo o tontas (según quién las leyese); al revisitar todo esto desde lejos pero nunca habiendo estado tan cerca (conociendo sólo la versión en ráfagas y bipolar y en más de un caso deshecha de los hechos que alguna vez le ofreció, en dosis breves y cuotas pequeñas, a lo largo de los años, en boca y voz de Penélope), lo de la vaca verde colosal recitando soliloquio epifánico se le hace un poco demasiado. Ni siquiera se atreve a implantar en sus mugidos alguna alusión a la portada de *Atom Heart Mother* de Pink Floyd. Así que opta por, de nuevo, encender los motores de lo elíptico. Sucesivos fundidos a negro en colores. Saltos en el tiempo y en el espacio. Apagada su sed, Penélope se sube a la Grandísima Vaca Verde y la monta –su piel y su cuero tienen la textura relajante y dulce del peluche infantil– y allá van y ¿son horas o días los que pasan, son decenas o cientos de kilómetros? No importa. Penélope, en cualquier caso, tiene los ojos cerrados y caleidoscópicos. Y hay tanto que ver detrás de sus párpados que Penélope no se atreve a mirar más allá. Penélope no abre sus ojos hasta que el amable monstruo la deposita, postrándose sobre sus patas delanteras, para que Penélope baje deslizándose como por un tobogán, frente a la clínica. La clínica donde estaba internado Max y donde, seguro, vuelve a estar internado. Flotando pero ahogándose. La calle está vacía. Tan vacía que parece un cruce de caminos no en una ciudad sino en el campo. Una cruz donde se va a vender el alma al Diablo. Otra especie de desierto. Penélope busca su móvil y decide que le va a tomar una foto a la Grandísima Vaca Verde que ahora levanta su cabeza y sus cuernos (que son cuernos como los de un alce) y le canta a la luna una canción suave y triste, una canción sobre saberse única y última. Penélope la encuadra en el visor de su teléfono. Penélope quiere una foto que le haga compañía a la otra foto, a la de los Karma, todos juntos, en los límites de su boda interrumpida: algo que ya le suena y que ya se siente como si hubiese sucedido hace siglos y en otro idioma. Penélope levanta su móvil y dispara pero ya es demasiado tarde: la Grandísima Vaca Verde, con una velocidad impensable de compaginar con su masa y peso, ya casi no está allí. Y lo que alcanza a registrar en su pequeña pantalla es una difusa mancha esmeralda. Un retrato dudoso para colgar en las paredes de cualquier Ripley Museum donde ya cuelgan esas fotos más imprecisas que dibujos del Yeti, de Nessie, de Mothman, de Sasquatch, del Chupacabras, de los lagartos albinos en Manhattan, de Michael «Mike» Wazowski y de James P. «Sulley» Sullivan avistados una noche en un campamento de verano. Penélope –algo tendrá que ver el efecto de la leche fluorescente de la Grandísima Vaca Verde, piensa– se siente ahora, a su manera, tan mítica como ellos. A sus espaldas, la clínica brilla en las sombras como esas peceras en casas oscuras, mientras todos duermen, con todas las luces apagadas menos ese fulgor submarino en un rincón de la sala. Penélope saluda con la mano (un principesco giro de su muñeca) y se gira y entra en la clínica como quien sale de un sueño para entrar en otro. * Y la escritura no es otra cosa que una danza solitaria –un minué donde es tu turno de hacer una reverencia y *también* tu turno de inclinarte– cuyo arte radica en ejecutar una delicada y sutil coreografía donde hay que saber cuándo sucumbir y cuándo resistirse. Aquí, de nuevo, vuelve a sentir la tentación de modificar y fortalecer literariamente ese hospital por el que alguna vez se desplazó Penélope con otro hospital. Otro hospital en la ciudad de B al que, tiempo después, él acudiría con urgencia, un dolor rojo mordiéndole el pecho a la altura del corazón. E, incluso, ir aún más lejos: agregarle también detalles de ese laboratorio/acelerador cerca de Ginebra donde se transformaría en lo que ahora es. Ya se dijo: la escena clave, el *tape* clasificado, la parte no inventada pero tan inverosímil en un hipotético documental sobre su vida y obra. El momento en que se deshace para rehacerse. Ahí adentro. Pero se priva de ello. Mejor no. Mejor, a esta altura, volver a Penélope, corriendo sin maquillaje y con su maquillaje corrido, seguirla, acompañarla. Penélope entra, con un andar líquido, casi de autómata fundido, como si estuviese suspendida a unos pocos centímetros del suelo, el ruedo desgarrado de su vestido escondiendo el milagro de su levitar. Las sucesivas puertas automáticas se abren a su paso sin queja ni resistencia. Reconociendo su poderío y jerarquía. Y Penélope avanza por pasillos horizontales y sube en un ascensor vertical y llega hasta el piso donde yace su marido. Una enfermera de guardia la observa desplazarse por los corredores y se persigna, porque eso no puede sino ser una visión fantasmagórica y tal vez infernal: el espectro de una novia deshaciéndose, su vestido de boda como cosido con retazos de humo verde que deja entrever, por debajo, un halo como diamantino y encandilador. ¿Y cómo era que se llamaba el personaje de esa loca y novia eterna en aquella novela?, ¿cómo se llamaba esa mujer en ese libro? * Miss Havisham, en *Great Expectations* (1861), de Charles Dickens. «Ave María Purísima», tiembla la enfermera ante semejante aparición, y vuelve a persignarse. Y Penélope envidia el grado de consuelo y tranquilidad que alguien puede llegar a encontrar en un gesto tan simple. Y no está del todo segura si llegó a casarse religiosamente –si el comando sacerdotal llegó a concluir el rito o si, quién sabe, estaban capacitados y autorizados litúrgicamente para terminarlo cuando ella ya se había ido–, porque aquello que se inicia en el nombre del Señor debe completarse para así no haber tomado en vano su nombre. Pero sí está segura de lo que tiene que hacer ahora. Penélope llega a la suite rentada por los Karma y entra al cuarto donde late Max, suspendido y en suspenso, respirando por sí solo y siempre a solas (aunque Penélope recuerda ahora, y nunca olvidará, ese ligero movimiento de Maxi con su cabeza, junto al altar, como asintiendo, como diciéndole: «Ahora es tu turno, ¿sí?»). Penélope se acerca a la cama y se monta a horcajadas sobre Max y toma una de sus almohadas y se prepara para apretarla contra el rostro de aquel a quien alguna vez creyó más o menos amar. En las películas, se dice, parece fácil y rápido de hacer. Y Penélope no puede evitar pensar que, desde su caída en el coma profundo, los rasgos de Max han ido adquiriendo cierta angulosidad decimonónica que no llega a ser la de Heathcliff pero, al menos, que se acerca a la de Edward Fairfax Rochester. Algo es algo, se dice. Y no puede evitar sentir, entre gasas y tules y entre sus piernas, la erección poderosísima de Max. Una erección casi infantil en su vigor y su dulce inocencia (porque Max no está soñando con nada sexual, Max sueña que pasea por una tierra de caramelos y pasteles y colores brillantes) y que apunta directamente a su sexo de pronto húmedo y que le recuerda a Penélope eso del índice de los niños señalando. Niños que no saben que está mal señalar (como aquello de los codos sobre la mesa, como otro buen modal a deskarmatizar; y ¿acaso será posible que ya los extrañe, que ésta sea la defectuosa manera de probar un raro afecto?, ¿o será ya casi un reflejo automático, la patada resultante de un golpe de martillo en la rodilla?) y por qué y quién puede llegar a pensar que algo tan práctico y necesario como el señalar a alguien pueda ser sinónimo de mala educación, ¿eh? * Alabado seas, *Indicis*, *digitus secundus manus,* arteria radial y vena palmar. El dedo más hábil y el más sensible (aunque no el más largo, segundo en ese podio pero, siempre, el que se levanta para señalar el número uno, el primero, el vencedor), *index*, alias «el que señala». El que utilizan los bebés para reclamar lo que quieren y necesitan. El ideal para explorar la propia nariz y hundir en el ojo ajeno. El único que usaba él en todo teclado y mouse. El autoritario «dedo ordenante», el «dedo indicador», el «dedo de la amenaza», el «dedo napoleónico», el para los orientales «dedo del veneno» del que brotan condenas y maldiciones y con el que jamás debe tocarse herida profunda o corte superficial. El «dedo boomerang» que hay que utilizar con mesura y cuidado, porque «al señalar, la mano queda así: el índice apunta hacia la víctima de nuestras críticas, el pulgar apunta a Dios, y los otros tres dedos que son el meñique, el mayor y el anular señalan al dueño de esa mano. Lo que se traduce como me señalan a mí y todo lo que yo diga o critique de los demás lo sufriré, energéticamente, tres veces». Y, sí, los Karma han aprendido a señalar, todo el tiempo, con un índice invisible y siempre listo para disparar a quemarropa, porque el índice es, también, el «dedo del gatillo» y... ¡Bang! Max que estalla dentro de Penélope y Penélope que no sabe muy bien por qué y para qué ha hecho algo así. Penélope nunca se sintió ni quiso sentirse madre y, mucho menos, buena madre. Pero tal vez lo haya hecho por desesperación y a modo de despedida. O porque el protagonista de una de las novelas favoritas de su hermano también era hijo de padre comatoso y de madre movediza y cómo era que se llamaba ese libro... * *The World According to Garp* (1978), de John Irving. O tal vez porque la atrae la delirante idea (seguramente producto de la combinación de desierto, deshidratación y jugo de Grandísima Vaca Verde) de procrear y formar un Karma lejos de los Karma: educarlo como ateo y de temperamento artístico y desinhibido y, quién sabe, hasta gay que jamás conoció armario alguno porque lo destrozó a golpe de hacha ya en su infancia para, dentro de unos años, volviendo a sus orígenes, arrojarlo como arcángel de luz fulminante y carcajadas capaces de derribar murallas, como inesperada y revolucionadora arma de destrucción masiva sobre Monte Karma. O, tal vez, imaginarlo de regreso en Monte Karma para descubrir que todo es ruinas; que en algún momento cayó una nevada inédita y que los Karma quedaron aislados y acabaron devorándose entre ellos, alcanzando su destino final y definitivo: consumirse, estar unos dentro de otros, hasta agotarse y acabarse y ahí su hijo, solo, reconstruyéndolo todo a partir de los huesos mordisqueados de sus mayores para crear un mundo mejor y más generoso que el de ellos. Max acaba –y Penélope está segura de ello– para que algo empiece en ella, en ese mismo instante. * Lo que, por supuesto, su hermano considera completamente inverosímil: esos padres que juran que pueden identificar al espermatozoide preciso y esas madres que aseguran haber sentido el despertar del óvulo. Pero, sí, para eso es que existe la ficción en el sentido más noble del término. Para que el ser humano evolucione y sea más sensible y poderoso. También es un tanto improbable el que Max en coma y Penélope con un signo de admiración tengan un orgasmo simultáneo. Pero no importa. Si aceptamos el mugido lunar de una Grandísima Vaca Verde aceptemos, por favor, el gemido de Penélope y una sísmica pero muy breve modificación en el interlineado cerebral de Max, bajo la almohada asfixiante, segundos antes de aplanarse para siempre y a otra cosa. Y Penélope podría jurar que en el momento exacto en que –a horcajadas sobre él, apretando con fuerza la almohada sobre su cara– Max dejó escapar su último aliento, justo durante su pequeña muerte y gran muerte, hubo como una alteración lumínica dentro de la habitación, como si el alma de Max hubiese salido de allí. Penélope hasta podría jurar que escuchó abrirse y cerrarse la puerta de la habitación. Y no sería jurar en vano porque Penélope está en lo cierto: una puerta se abrió y se cerró pero no para dejar salir a un alma en pena rumbo a la alegre eternidad sino para que entre el cuerpo de la más inagotable y desalmada y feliz consigo misma mujer que jamás ha vivido y jamás vivirá en este mundo. Penélope baja de la cama con dificultad y allí, sentada y envuelta en un poncho bordado con oro y plata, sonríe Mamabuela la más atiburonada de sus sonrisas. A Penélope la sorprende, mucho, verla así, sin su caballo. «¿Cómo está Caballo?», le pregunta, por decir algo, con voz temblorosa. «Muy bien, gracias. Le daré tus saludos», le responde Mamabuela, que la mira fijo y le sonríe fijo y está claro que Mamabuela la vio asfixiar a Max. Penélope, de pie junto al cuerpo de Max, sostiene aún la almohada sobre su pecho, como si fuese un escudo, como si estuviese completamente desnuda y no cubierta por los jirones de su vestido nupcial; pero algo le dice que la anciana sin edad siquiera imagina la posibilidad de que ella y su nieto hayan hecho algo parecido al amor, aunque no exactamente. Mamabuela –educada a lo largo de décadas de telenovelas– puede concebir el hecho de una novia enloquecida asesinando a su marido en coma; pero jamás podría concebir que esa novia acabase de concebir luego de prácticamente violar al indefenso y rendido bello durmiente. En las telenovelas, se sabe, el sexo no es otra cosa que un brusco movimiento de cámara a esos leños ardiendo en una chimenea o un fundido a esas olas suicidándose contra las rocas. Mamabuela, en cambio, ahora actúa en otro género. Mamabuela es ahora como uno de esos villanos de película de James Bond: todos ellos afectados por una misteriosa enfermedad que los obliga a la irresistible necesidad de revelar en detalle todos sus planes hasta entonces ultrasecretos e imposibles de decodificar. La idea de que a un casi muerto (y, para Mamabuela, Penélope ya es parte del pasado, Penélope ya fue) se le puede contar casi todo lo que no presenciará. No deja de ser un acto piadoso: contarle cómo terminará la película del villano y no la película del héroe sin siquiera pensar o recordar cuál fue el destino último de todos sus colegas caídos y desaparecidos en acción. Así, los malos de las mejores películas de espías hablan y hablan. Y lo hacen –tan seguros de su triunfo– frente al héroe encadenado a una camilla e indefenso ante el demasiado lento avance de un rayo láser (nunca, por qué no, un expeditivo tiro a la cabeza) o atado de pies y manos y descendiendo, muy muy muy despacio, hacia un estanque donde varios cocodrilos nadan en ácido o en lava. Pero, claro, el héroe siempre cuenta con un as en la manga y un gadget en el cinturón. Y después, enseguida, el héroe se desata y, como ya conoce los códigos que le dijo el villano, desactiva la bomba nuclear y baja las palancas de autodestrucción de la guarida secreta para –acompañado de una bellísima mujer que antes se le resistió, pero que ahora le pertenece– salir de allí segundos antes de la gran explosión cuyo estruendo acalla el alarido indignado del malo malísimo cuyo único y último pensamiento es «¿Para qué tuve que contarle todo?». Y hasta la próxima misión y hasta otro malvado verborrágico y sonido de sirenas y derrumbe de túneles o naufragio de islas secretas y «Oh, James...». Pero aquí y ahora, para Penélope –que lejos está de la resistencia de Bond; que no tiene licencia para matar aunque haya matado hace pocos minutos– hay una diferencia más que atendible: Mamabuela habla y revela, pero nunca será vencida. Nunca. Mamabuela es la M de la ecuación. Y Penélope –topo a punto de ser desterrada– se limita a escuchar, desatada pero inmóvil, sin fuerzas para nada más que para oír lo que dice Mamabuela. Y así habló Mamabuela, con la mortal y pegajosa dulzura de palabras surgidas de plantas carnívoras. * ¿De verdad que Mamabuela habló así? ¿O es él quien le escribió sus líneas? ¿Acaso alguien esperó de Mamabuela semejante despliegue oral y tan perfecta administración de lo dramático y de la revelación a la hora de la despedida? Seguramente no. Pero es de estos misterios de la siempre desafiante realidad -lo inesperado e inverosímil y supuestamente ficticio hasta que se lo vive de este lado de las cosas- de los que se nutre la competitiva ficción. Así que -mientras Penélope la escucha como en un trance del que apenas se escapa pensando «Que mi hermano no se entere nunca de que existen personajes de este tipo, por favor»- Mamabuela habla *así*: «Ah, aquí estás... La novia fugitiva que regresa no a la escena del crimen sino a esa escena a la que le faltaba un crimen. Pobre Penélope. Pobre Maxi. Pero supongo que lo que acabas de hacer era algo inevitable... La inminencia del final no de mi obra pero sí de tu participación en ella exige este tipo de gestos, de acciones, de pequeños empujones al borde del abismo para que los acontecimientos se precipiten. Ofrendas y sacrificios y cambios para que todo siga igual con la excepción de los ofrecidos y los sacrificados... Pobre Maxi. Y pobre Hiriz. Me recuerda a esa zorra que cacé una vez, cuando yo era apenas una niña. Esa jodida zorra que se estaba comiendo todas mis gallinas. Así que cubrí la hoja de un cuchillo con miel y lo dejé así, parado, enterrado por el mango, junto al gallinero. La zorra llegó una noche y empezó a lamer la miel y se cortó la lengua y, tan codiciosa e insaciable era la muy zorra, que siguió lamiendo su propia sangre, hasta la última gota, hasta desangrarse del todo. A la mañana siguiente la encontré ahí, muerta, pero sonriendo. Y ésa es la clave para sobrevivir, Penélope: tener siempre presente que bajo la miel siempre puede acechar un cuchillo. Hiriz no es así. Hiriz –como la zorra– no sabe dónde detenerse, no sabe cómo parar. Le encanta lamerse a sí misma. Y me pregunto si todos esos cursos de yoga no habrán sido para eso: para flexibilizarse y poder pasarse su propia lengua ahí abajo. En fin... Hiriz no puede entender que los Karma somos un círculo cerrado, una película con roles claros e inamovibles donde no se admiten otros espectadores que nosotros mismos. Nos amamos y nos odiamos entre nosotros, nos traicionamos y nos robamos y hasta nos matamos entre nosotros. Nuestros delitos sólo son castigados por nuestra justicia. No hay lugar para improvisaciones o salidas de guión. Pero Hiriz no piensa antes de actuar, y así le ha ido siempre y finalmente se ha excedido y nos ha puesto en peligro. Y es que Hiriz ni siquiera es una idiota. Es algo mucho peor: es alguien que se cree muy inteligente, aunque toda la evidencia demuestre lo contrario. ¿Y qué hace alguien que no es inteligente para convencerse de que sí lo es? Fácil: se convence de que nadie, salvo él o ella, es inteligente. Así, la diferencia que en realidad los convierte en idiotas se convierte, para ellos, en la diferencia que los hace muy pero muy listos. Una vez que los idiotas consiguen convencerse de algo así ya no hay retorno posible. Lo único que queda es soportarlos con paciencia o con amor, que es lo mismo, porque el amor siempre termina siendo una de las tantas variedades de la paciencia, Penélope... Lo que sí va a ser complicado es cómo seguiría Hiriz después de esa escenita vuestra en la boda, de que ordenara matar a tu amiguita. * (Y aquí Penélope se estremece al comprender lo que no quiere entender. «Lina», piensa Penélope. Y enseguida deja de pensar porque pensar le duele. Pensar le duele mucho más que escuchar a Mamabuela, que sigue con lo suyo, con su monólogo final, como iluminada por el reflector de su propia luz.) Hiriz es ahora como esos animales salvajes que crecieron en cautiverio, supuestamente domesticados e inofensivos, y un día prueban la sangre y... Sólo queda eliminarla. O tal vez, mejor, como ya te dije, obligarla a lamer su propia sangre, hasta la última gota. Hiriz... Hiriz... Hiriz era un tema que yo tenía pendiente: el que Hiriz no siguiera entre nosotros, porque Hiriz es una famélica bomba de tiempo con sed de venganza. No es la primera: ha habido Karma malcriadas y Karma locas. Pero Hiriz es malcriada *y* loca. Como lo fue Nerón. O Hitler. Niños caprichosos. Es mentira todo eso de que las personas pueden cambiar, Penélope. Las personas no cambian nunca; tan sólo mejoran o empeoran a la hora de ser quienes siempre fueron y son y serán. Y está clarito que Hiriz va a empeorar. Su maldad ya no es la maldad vulgar y previsible de sus parientas. Su maldad es vulgar y previsible pero, también, diferente. Cualquier noche de éstas Hiriz –quien, digámoslo aunque no haga falta precisarlo, siempre tuvo una voz horrible– condenaría a Monte Karma a las llamas sólo para que la escuchásemos cantar. Hiriz, más temprano que tarde, acabaría rompiendo el muy delicado equilibrio que sostiene y mantiene unidos a los Karma. Y no puedes imaginarte lo que cuesta mantener el equilibrio sobre algo que es mitad cuerda floja y mitad soga de ahorcado. Y los Karma por separado no son nada, serían presa fácil para los muchos que no son Karma. Así que adiosito, Hiriz, que te vaya bonito. Si hay suerte, si se le ocurre –y *yo* voy a encargarme de que se le ocurra y de que haya suerte–, mañana mismo a Hiriz se le pasará por la cabeza, por su cabecita loca, la posibilidad de convertirse en santa, de ser beatificada y canonizada, y se meterá a un convento de clausura por el resto de sus días. Después de todo, a nuestra familia le falta una santa como le faltaba un escritor. Sí, sí, allá y hacia allá irá Hiriz: orden de clausura y voto de silencio. Pobres monjitas. Pero, después de todo, quién las manda llamarse Humildes Hermanitas del Doloroso y Espinado Corazón Mártir de Nuestro Pobrecito y Abandonado Jesús Desangrándose Lentamente en la Cruz Sin Derecho a Resurrección. Con un nombre así, se merecen a Hiriz. Y también Hiriz se las merece. Tan feas. Mira que son feas las monjas, Penélope... Tal vez por eso siempre son tan bonitas y delicadas y de voz afinada y de cuerpo bailarín las monjas de las películas: para compensar un poco tanto rostro y anatomía deforme, ¿no? Hiriz será feliz entre ellas porque por fin será la bestia más bella. Final de sus proyectos, final de su trayectoria. Pero primero lo primero. Y primero no viene la santa... Lo que me lleva a la pecadora. Y la pecadora eres tú, Penélope. Pecadora mortal. Pero aun así, como si estuvieses bendita. Una de esas pecadoras que pueden acabar siendo objeto de adoración. Un peligro para el orden establecido. Y el orden establecido soy yo. Lo que no quita que sepa reconocer a alguien poderoso cuando lo veo. Y tú eres poderosa. Como yo, aunque de otra manera. Un espíritu libre que puede llegar a convertirse en caudillo. No hay lugar para nosotras dos aquí, Penélope. Así que dejaré que te vayas. Aquí no ha pasado nada. Mataste a Maximiliano como yo maté a Papabuelo. Somos como mantis religiosas... Tú y yo somos diferentes pero parecidas. Funcionamos a solas. Papabuelo –a quien lo habían educado en eso del macho patriarcal sin aclararle que es la mujer detrás de él quien mueve los hilos y tira de las riendas– no supo entenderlo. Y yo se lo hice comprender. Y ahí está: emparedado en Monte Karma, detrás de su cuadro, que en paz descanse. Lo tuyo con Maxi, el que lo hayas matado, no termino de entenderlo. ¿Lo hiciste por amor o por piedad, por interés o por estrategia? Lo primero no lo comprendo, lo segundo tampoco; porque no recibirás nada en herencia. Firmaste papeles de separación de bienes y no se concluyó la ceremonia religiosa. Te lo agradezco: Maxi, siempre y para siempre en coma, se hubiese convertido en una, en otra, complicación a corto plazo dentro del organigrama financiero-familiar a la hora de repartos y límites. Y nosotros, por cuestiones religiosas tan convenientes en otras ocasiones, no podríamos desenchufarlo. Y con lo de Papabuelo yo ya tengo el carnet de baile lleno en ese terreno. Confesaré mi pecado mortal en mi lecho de muerte (que es, como su nombre lo indica, donde y cuando hay que confesar los pecados mortales) y seré perdonada, sí; pero mejor no exagerar demasiado, ¿no? Así que mejor así, gracias por todo, Penélope, y que Maxi sueñe con los angelitos. Y volviendo a lo religioso... Me gustó mucho eso que dijiste alguna vez acerca de la tontería de perder el tiempo rezándole a Dios para que cambie sus designios. Dijiste que era... una contradicción, ¿no? Porque no se le puede pedir a Dios, en su infinita sabiduría, que modifique sus actos. Mucho menos si eres una criaturita de Dios. Y estás en lo cierto. Por eso, cuando voy a misa nunca pido y siempre agradezco. Le agradezco a Dios el que me haya dejado salirme con la mía, el que yo haya hecho mi voluntad y que mi voluntad, siempre, sea la misma que la suya. Le agradezco a Dios, como te dije una vez, el que me haya ayudado a comprender que si bien la vida es muy corta, la vida *también* es muy ancha. Y Dios me dice que de nada, faltaba más, Mamabuela, el agradecido soy yo. ¿Cómo es la voz de Dios? La voz de Dios es el silencio de Dios. Y el que calla, otorga. Y es por mi voluntad y nada más que mi voluntad que ahora te dejo ir, Penélope, que no diré nada de lo que acabo de ver; que te dejo libre para todo menos para alguna vez volver aquí, donde no es que no se te entiende sino que te resulta imposible entender nuestra clase de felicidad. Puede que sea difícil de asimilar, pero no por eso deja de ser una felicidad que nos hace felices. Lo tuyo, en cambio, es pura y absoluta tristeza e insatisfacción. Te gusta creer y pensar que el problema es nuestra familia cuando el problema es la familia que nunca tuviste ni jamás tendrás. Aquí podría ponerme pesada y bruja y decirte que te maldigo para que jamás conozcas la felicidad de la misma sangre. Pero no hace falta. Tu sola te has maldecido. Tú sola te has condenado a vagar, errante. Buen viaje, va a ser un viaje muy largo el tuyo. Y a solas. No te queremos, no podemos quererte, porque no te quieres: te consideras maldita para los demás pero en realidad estás maldecida por ti misma. Nadie contaría tu historia porque es triste y aburrida. Sólo la parte que se cruza con la nuestra tendrá algo de gracia. Y esa parte, que muchos dirán que de tan divertida sólo puede ser la parte inventada, se acaba aquí. Buena suerte, Penélope. Vas a necesitarla. No te deseo que Dios te acompañe porque no crees en él y porque ni siquiera él podría acompañarte. Porque en tu compañía se aburriría a los cinco minutos y empezaría con eso de los diluvios y plagas. Buenas noches, dulce princesa». Y la puerta de la habitación se abre y sale Mamabuela * (Mamabuela sale cantando como cantan aquellos que, recién en la vejez, se descubren como grandes y curtidos cantantes aunque nunca hayan cantado hasta entonces. Como Harry Dean Stanton, que empezó a cantar de joven pero siempre fue viejo y a quien él vuelve a oír, cantando en español, en un documental sobre Harry Dean Stanton, en la pequeña pantalla incrustada en el respaldo del asiento de delante, en la noche mecánica de un avión en el cielo. Una canción cantada con la entereza de esa voz rota. Una canción que habla de cielos y de corazones y de pistolas y de estar lejos del suelo donde se ha nacido) y la puerta de la habitación se cierra y Penélope se pregunta si no debe aplaudir después de semejante parlamento. Y no llega a responderse porque ya está aplaudiendo y, como en ciertos cuentos mágicos, tres palmadas y, ah, de nuevo, la bendita elipsis, Penélope ya está en el aeropuerto de Abracadabra. Y Penélope se acerca al primer mostrador de cualquier línea aérea (al más cercano donde estén facturando pasajeros y maletas) y mira fijo a la encargada y extrae un diamante sucio de su escote de recién descasada y pide un billete de primera clase para el primer avión rumbo al destino más lejano posible y allá va y aquí viene. * (Y aquí la sigue él, su hermano, quien, no muerto pero sí desaparecido, parte del aire y en todas partes, la observa no a través de una pantalla de televisor del inframundo sino como si la leyese; como si ella fuese el personaje de un libro, de ese libro suyo que jamás llegó a escribir pero en el que no puede dejar de pensar ni dejar de preguntarse cosas o de juguetear con posibles decisiones a veces complejas y otras no tanto, como la que una azafata con enigmática sonrisa de esfinge propone ahora a Penélope: «¿Carne, pollo, pescado o pasta?», pregunta la azafata. Todos somos iguales cuando vamos al cielo, piensa él, y piensa en otro avión, en aquel avión en el que él viajaba hacia ninguna parte. En ese avión en el que pidió y comió pasta porque, dicen los expertos voladores y los adictos a la frecuencia de las millas celestiales, es siempre la opción más segura para no sufrir desperfectos.) Pero Penélope ya está dormida junto a la puerta de emergencia que da al vacío –la cólera funesta que causó infinitos males a sus allegados, ubicada bajo el asiento de delante, por indicación de la azafata– y sueña con algo que no recordará al despertar. Penélope soñando en el centro de la noche y volando sobre el blanco ártico; cuando la voz baja pero amplificada del piloto, desde su cabina y por los altavoces, sonando como el susurro de un disc-jockey radial, con sus pupilas rojas como en esas fotos encandiladas por un flash, les diga a los pasajeros insomnes en tres o cuatro idiomas que, por favor, miren por las ventanillas si quieren ver algo que jamás vieron ni volverán a ver en sus vidas.

III

«En la noche oscura del alma son siempre las tres de la mañana.»

¿Quién dijo eso? ¿Quién *escribió* eso?, se pregunta El Chico. ¿Fue El Escritor? ¿O fue un escritor que le gustaba mucho a El Escritor, alguna de esas frases clavadas con alfileres en una pared de su estudio? A El Chico le parece que la frase en cuestión no es para tanto. En principio está eso de que contiene las palabras «noche» y «mañana» en la misma línea. No queda bien. Pero es cierto que si se cambia el «mañana» por «madrugada» la cosa tampoco mejora mucho. ¿Y cómo se dice «madrugada» en inglés (porque de tratarse de algo que citaba El Escritor seguro que la versión original era en inglés)? ¿*Dawn*? No. ¿*Wee hours*? Demasiado infantil. ¿*Small hours*? Mejor, pero no exactamente. Y desarticularía por completo la mecánica de la frase: «In the dark night of the soul it is/are always the small hours». No. No funciona. Rota e imposible de arreglar como uno de esos relojes que una vez que se abren ya resulta imposible cerrar. Como ese reloj que casi rompe Jay Gatsby. Y en algún lado leyó que Fitzgerald siempre escribía rodeado por relojes porque estaba obsesionado con el paso del tiempo, con el repetible o no pasado pasando y, ah, sí, fue Fitzgerald el que escribió eso de la noche oscura del alma y las tres de la mañana o de la madrugada o de lo que sea, de la hora que sea, piensa El Chico.

El Chico mira la hora en la pantalla de su teléfono móvil. Son las 3.05. Las *small hours* de la mañana, sí. A las 3.05 de la mañana todos somos genios, se dice. O todos pensamos como escritores que podrían llegar a ser, o ser sin que nadie lo sepa, geniales. O, por lo menos, todos pensamos como escritores. La espasmódica mecánica de los sueños –esa libre asociación de ideas, esos bruscos cambios de timón o de canal o de género, esa sucesión de imposibles súbitamente verosímiles porque están sucediendo dentro del escritorio de su cabeza, la mente color blanco página– es la manera en que los escritores ven el mundo despierto. Todo el tiempo, a todas horas y segundos. Sopesando posibilidades, apuntalando conductas endebles y modificando realidades inciertas, imponiendo ensayos de finales, buscando las palabras justas, esas cosas.

Así, los escritores se mueven en trance y nunca falta alguien que les señale –con una mezcla de reproche y envidia– que parecen dormidos, en otra parte, en las nubes o perdidos en el espacio y les exija que vuelvan ya mismo. Algunos de ellos vuelven. Otros fingen –o quieren convencerse a sí mismos– de que están de regreso, de vuelta.

El Chico, ahora, ni una cosa ni la otra.

El Chico está como a mitad de camino a una ciudad llamada Todas Partes donde siempre es de noche, llueve más que en la Biblia, y el mundo todo parece, de improviso, repleto de infinitas posibilidades. No hay sitio más ingrato a la vez que excitante que aquel donde vive alguien que piensa en que puede llegar a dedicarse a la escritura pero todavía no. «Para la escritura, con raro afecto y completa y esclavizada entrega», se leería, de entrada, en la dedicatoria manuscrita, tan cerca y tan lejos, apenas al otro lado de la portada. Y una vez atravesado ese umbral, ya no hay salida. Sólo hay final.

En estas cosas piensa El Chico, ahora despierto.

Atrás ha quedado el rumor crocante de un sueño con cangrejos telepáticos o algo así. ¿Utilizará o no el recuerdo casi soñado de esos cangrejos de su infancia en algo a escribir? Y se responde que no. Porque a las 3.06 de la mañana somos todos tontos que ni siquiera saben cómo hacer para volver a dormir. Apenas un minuto es lo que demora en disolverse esa sensación de absoluto talento y maestría que se tiene cuando recién se han abierto los ojos. Ahora sólo queda el adictivo consuelo de pensar en cosas de escritores en lugar de pensar en las cosas de la escritura. Porque, ya se dijo, El Chico aún no es escritor, aunque no pase un minuto –y ya son las 3.07– en que no piense en ser escritor. Y hasta en ser genial. Pero hasta ahí llega. Pensar en escribir es mucho más complicado, peligroso. Como apenas mojándose los pies en las orillas de una zona crepuscular, El Chico, cada vez más caliente, prefiere seguir diciéndose que el agua todavía está muy fría. Y que no hace falta saber nadar para pintar un océano. Y que ojalá que así sea. Pero, por lo menos, se necesita verlo. Y El Chico decide levantarse y salir de la tienda de campaña y caminar hasta donde rompen las olas. En realidad, lo que decide es salir de allí. A su lado, el cuerpo dormido de La Chica se le hace insoportable de ver y de sentir. El cuerpo de La Chica está envuelto por una cruza de pijama con traje de buzo con cierre relámpago al frente, que sube –o, expresión de deseo de El Chico– *baja* desde el cuello hasta la altura del ombligo. Su «uniforme de ninja dormilón», como le dice La Chica, es color amarillo casi fluorescente cruzado con franjas elásticas negras. El amarillo y negro de esas cintas con letras que se usan para envolver para regalo las escenas de un crimen. «El cuerpo del delito», piensa El Chico, más que dispuesto a matar o morir por ese cuerpo. Y, ah, La Chica tiene la pésima y fascinante costumbre de dormir en posiciones que a El Chico le recuerdan esas portadas de viejas novelas pulp de la edad dorada de la ciencia-ficción y la fantasía; con heroínas metidas dentro de ceñidas armaduras doradas o dentro de trajes espaciales desgarrados en los sitios justos y exactos. Y la vergüenza sólo es suya. Vergüenza exclusiva, modelo único, sufre El Chico. ¿Será posible que años de lecturas acaben en esto? ¿En fantasías sexuales de preadolescente? ¿Para esto es que ha leído tanto?

Al poco de quedarse dormida, entre sueños, La Chica siempre se desprende del saco de dormir como si se tratase de un cáscara y se muestra cuidadosamente dispuesta y entregada, como una doncella yacente e indefensa a la espera de ser tomada y sometida por el guerrero o el alienígena de turno. De tanto en tanto, para empeorar las cosas pero mejorándolas, La Chica emite un suspiro profundo o un jadeo húmedo (La Chica no ronca, La Chica ronronea) que provoca en El Chico unas ganas incontenibles de soñar con lo que está soñando La Chica, de meterse en su sueño, de rendirse al punto de vista de ella, de que sea La Chica quien lo cuente a él y, sí, que haga lo que quiera con su persona y su personaje pero que, por favor, que haga *algo*. El Chico está dispuesto a que La Chica sea la guerrera, la extraterrestre, la que lo obligue a caer de rodillas a sus pies. Miranda Urano *también* podría ser el nombre de una poeta que libra batallas en los desiertos de la antigua Sumeria luego de que su nave espacial se estrellase allí huyendo de las fuerzas imperiales del todopoderoso Mad Kahar. El Chico la mira y suspira y –¿será esto prueba definitiva de que jamás será un gran escritor, de que nunca se le ocurrirá una posibilidad así para el comportamiento de cualquiera de sus personajes?– se imagina todo lo imaginable menos el que La Chica *tal vez* esté haciéndose la dormida y que se divierta así, torturándolo sin necesidad de tocarlo. Y mucho menos se le ocurre a El Chico que, en las últimas noches, ahí dentro, durmiendo juntos pero separados, a La Chica cada vez la divierte menos la supuesta gracia del asunto y cada vez la excita más. Y La Chica se pregunta, con los ojos bien cerrados y los oídos muy abiertos, casi impaciente, cuánto tiempo más podrá aguantar El Chico los ruiditos cuidadosamente calculados y húmedos que ella emite y los movimientos perfectamente coreografiados de su cuerpo.

Pero está claro que sea lo que vaya a ser no va a ser esta noche: El Chico ya está fuera y La Chica abre los ojos y mira el techo de la tienda de campaña y se concentra en el andar de una pequeña araña, suspendida allí arriba, colgando de un hilo que sale de sí misma y a punto de iniciar la gran obra de su vida. Así se siente ella, piensa. Colgando de un hilo con el que, se supone, deberá tejer todo lo que vendrá. Sin prisa pero tampoco sin pausa. Y La Chica se pregunta con la voz tan baja pero atronadora de los pensamientos algo que no se atreve a responderse: ¿no irá siendo ya hora de pensar en otras cosas que *no sea* la literatura?, ¿no será incluso hora de dejar de pensar en la literatura como si se tratase de una religión demandante y que no deja sitio para nada ni nadie más?, ¿qué hora será?, ¿qué hora es?

La Chica piensa en que es la hora exacta en que comienza a estar cansada de El Escritor, de La Hermana Loca de El Escritor, de no dormir en una cama, y de que sus maniobras pseudosonámbulas de seducción y tormento hacia El Chico tal vez no sean otra cosa que vulgares síntomas de aburrimiento, fatiga de los materiales de sus fantasías, producto del vivir preguntándose cuál será el próximo libro que *tiene* que leer para no quedarse atrás en una absurda carrera por un circuito cubierto por la niebla y sin punto de meta a la vista. La Chica mira a la araña y dice «¿Sí o no?», y es sí, y estira el brazo y toma a la araña con mucho cuidado, sosteniéndola sin apretarla con la punta de su pulgar y de su índice, y se la mete en la boca, y se la traga. «Bienvenida», se dice La Chica.

«¿Adónde?», se dice El Chico, en la orilla.

Porque está claro que la cuestión ahora, El Tema, es cómo seguir. La sensación de que le quedan pocos créditos de futura promesa para gastar y que ha llegado el momento de pasar al próximo stage del juego o consumirse. El Chico se dice que todo este proyecto alrededor de El Escritor –que en un principio le pareció una magnífica e inconfesable para sí mismo forma de ser algo sin serlo– comienza a crujir como un navío al que, recién en alta mar, se le descubren defectos de estructura y armado. Algo inseguro, con varios tornillos flojos, listo para ser arrasado por una perfecta tormenta de icebergs. Un barco sin capitán honorable ni orquesta de músicos tocando hasta la vertical del último segundo. El Chico se siente más cercano al ambicioso e irresponsable constructor que ordenó aumentar la velocidad y que, cuando todo comienza a inclinarse y hundirse, se viste de mujer y arrebata bebé a madre de tercera clase, y se sube a uno de los botes y se lanza a un océano de décadas por el que paseará su deshonor, de acuerdo, pero la suya será la más épica de las vergüenzas. Su cobardía será entendida, con el tiempo, como una forma extrema del género y un síntoma. Y hay algo muy tentador en eso: ser el mejor de los peores, fracasar triunfalmente. Y también hay algo en el modo en que –en unos pocos segundos de pensar que es como si recorriesen la distancia de siglos, empujado por la electrizante y vertiginosa velocidad del cerebro– El Chico pasó de dudar de todo a afirmarse en la resignación. El Chico piensa demasiado. El Chico quisiera pensar menos. El Chico desearía despertar un día y descubrir que lo suyo era en realidad la abogacía o el diseño industrial o la odontología. Profesiones que pueden desconectarse una vez que llegaste a casa –profesiones que se dejan lejos y fuera, como a ciertos animales mal llamados domésticos– y que no te están tirando de la manga todo el tiempo, llamando la atención y obligándote a imaginar qué habrían hecho Julien Sorel o Christopher Tietjens o Jay Gatsby (recordando automáticamente, otro síntoma de la misma incómoda enfermedad, que el verdadero nombre del último de ellos era James Gatz) en esta o aquella otra situación. Profesiones tanto más seguras y descansadas y que –cuando te preguntan a qué te dedicas– no generan otras preguntas, incómodas, como del tipo «¿De qué tratan tus libros?» o «¿Cómo te llamas?» o «¿Eres muy conocido?» o «¿Hicieron una película con alguno de tus libros?» o los clásicos con guiño cómplice de toda la vida «Yo sí que tengo una gran historia… ¿quieres que te la cuente para que la uses?» y «Escribiendo seguro que se conocen muchas mujeres interesantes, ¿no?». Cualquier cosa menos aquel «¿Muere el perrito?» con el que se burlaba de él y de todos su gran e insuperable y único amigo muerto, Ismael Tantor, quien siempre se presentaba con el chiste tonto de «Pueden llamarme Ismael», y quien nunca quiso tanto como él ser escritor y sin embargo… Pero pensar en Ismael Tantor le duele mucho a El Chico. Y lo lleva a pensar en ese momento imperdonable –como, ya se dijo, de indigno constructor del *S. S. Titanic*, pero con el polvoriento Ismael Tantor bien asegurado y a salvo, no en el compartimento superior sino en el asiento de al lado– en ese avión en el que se cruzó con El Escritor, en situaciones que son más respuestas serias que preguntas absurdas. Así que mejor las preguntas. Y aun así, aquí y ahora, nuevo golpe de timón cerebral, El Chico firmaría con su sangre cualquier contrato desbordante de cláusulas microscópicas con tal de ser digno de esas preguntas, de ser édito, de ser «escritor de culto» o «escritor para escritores» o lo que sea. Pero, por favor, que sea en letras imprenta, negro sobre blanco, y que empiece y termine, y que él después lo vea exhibido por un rato, en librerías donde lo reacomodará en sitio privilegiado y preguntará a los empleados –impostando voz y disimulando rostro– cómo va lo suyo, si gusta o si no gusta, y salir de allí preocupado por que lo hayan reconocido y que se estén riendo a sus espaldas, pero no importa, ojalá que lo hayan reconocido y…

¿Ahora qué?: el tipo de preguntas que los lectores se hacen a solas, cuando leen, seguros de que la respuesta ya está en camino, líneas más abajo, a vuelta de página, o en el capítulo siguiente, falta menos, en algún sitio de aquí al final. Lo que los lectores no saben ni sospechan es la cantidad de veces que un escritor se hace esa pregunta, entre A y B y Z, tantas veces, sabiendo que más adelante, ahí nomás, sólo hay una noche blanca y vacía a la espera de ser cargada de estrellas y letras.

¿Ahora qué?

El Chico mira hacia el horizonte –y, por las noches, en una playa, el horizonte es algo que está ahí pero no se ve, como lo que se piensa pero aún no ha sido escrito– y se aferra al punto solitario y nunca final de una luz parpadeando en la oscuridad. ¿Un submarino que viene a rescatarlo para proponerle la aventura de navegar primero y contarlo después? ¿Como Joseph Conrad y Jack London? ¿Ganar experiencia y fortalecerse de este lado antes de salir al otro lado, a la deriva, hacia una isla náufraga y desierta con una única palmera como inspiración? Sin «mujeres interesantes» a conocer. Sin La Hermana Loca de El Escritor, sin La Chica, y con alguien más parecida a su primera y única novia a la que él ahora definía para otros como «mi relación más seria» y de la que se separó de común acuerdo. Lo que se entiende como que él no pudo sino estar de acuerdo con que su novia quisiera dejarlo para así «darse un tiempo y conocer otras personas». Cosa que su ex hizo de inmediato y sin perder el tiempo, y a la semana lo llamaba, emocionada, para comentarle que había conocido al hombre de su vida y buena suerte, gracias por todo, buen amigo para siempre, y todo eso. ¿En qué pensó él entonces? En una de las fórmulas probadas y supuestamente seguras del oficio: Trauma + Ajuste de Cuentas = Obra Maestra. Una inolvidable fórmula fácil de aprenderse y de memorizar: con todo este terrible dolor y esta furia avasalladora escribiré una gran novela, se dijo, se juró. Pero la teoría no es lo mismo que la práctica y el dolor no fue tan terrible ni la furia tan avasalladora; por lo que la novela no fue y quedó irresuelta y (?) su incógnita entre paréntesis sin despejar. Ni siquiera se redujo al ejercicio de un cuento. El título –que le parecía muy bueno y probablemente lo fuese: *Ex*– pronto se secó y murió, como una planta que no se riega y a la que se le dice, porque se ha dicho que es bueno hablarles a las plantas: «Mañana te riego sin falta».

Y, sí, *Ex* fue uno de los tantos, demasiados, títulos a los que les brotaron, como mucho, dos o tres hojas y la flor de alguna frase más o menos afortunada que cortó y guardó dentro de un libro de notas que de tanto en tanto abre para releerlas, quebradizas, y sin tocarlas, por miedo a que se deshagan entre sus dedos, con la pena por lo que no fue y la vergüenza de lo que no hizo. Todo lo que parecía promesa de algo más o menos verde o colorido (las impensables ideas que ha venido teniendo, casi tan molestas como la arena que jamás consigue sacudirse del todo antes de entrar a la tienda de campaña, acerca de escribir algo sobre La Chica) le produce algo demasiado parecido a una náusea. Pronto, comprende, ya ni él creerá en sí mismo. Y sólo le quedará el trauma definitivo de no poder ser escritor, de desplazarse por reuniones y talleres y presentaciones de libros bebiendo demasiado e intentando convencer a algún incauto (o, mejor, a alguna joven más inocente que interesante) de que lleva años trabajando en «algo» que ya suma un par de miles de páginas; algo destinado a cambiarlo todo, pero que no él sino el mundo no está preparado aún para recibir semejante impacto. Y después volver a casa, no al pánico o a la página o a la pantalla en blanco sino al miedo a ya ni siquiera sentarse frente a la página o a la pantalla.

«No me cuesta escribir. Me cuesta sentarme a escribir», declaraba El Escritor en una de las entrevistas televisivas que El Chico y La Chica habían recopilado. Y El Chico descubre –con una mezcla de terror y rara alegría– que tal vez comienza a odiar a El Escritor. A odiarlo por lo que dijo y por lo que escribió y por cómo vivió y por cómo desapareció y por cómo es el responsable indirecto de la llegada de La Chica a su propia vida. Y, sobre todo, lo odia por ese inolvidable momento de infamia, junto a él, a bordo de un avión. Un momento que El Chico intenta no recordar pero que no puede olvidar y... Y El Escritor añadía: «Lo que no es nada paradójico, porque ésta es la profesión más sedentaria y nómada al mismo tiempo. El cuerpo está inmóvil pero la cabeza no deja de moverse, de viajar. ¿Dónde está el verdadero hogar entonces? De ahí el que las complicaciones de lo espacial –todo un universo y una eternidad– quepan dentro de ese pequeño objeto que puede ser lámpara de Aladino y/o caja de Pandora». Todo muy gracioso y muy ingenioso y tan triste y sórdido y desesperado. Y El Chico decide que ha tocado fondo y final y callejón que va a dar a un muro. Esto es, sí, de verdad, lo de la noche oscura del alma y son las 3.15 y quedan, se supone, cuarenta y cinco minutos más de tinieblas y desánimo. Y El Chico se dice que no podrá aguantar tanto, que antes que eso el mar adentro sin salida (bueno, no, tampoco es para tanto; pero la idea del suicidio tiene lo suyo y hasta es posible que La Chica suponga que lo hizo en su nombre y que su fantasma mojado la atormente hasta la última cama de su vida) o cualquier otro modelo de eso que se conoce como «acto desesperado».

El Chico se agacha y recoge un caracol de la orilla y se lo lleva al oído. «No, no es el sonido del mar lo que se oye dentro de un caracol sino el sonido de la ausencia del mar. La gente quiere convencerse de que es así, como si los caracoles fuesen una especie de teléfono celular que comunica con las profundidades. Pero no. Lo único que ofrece un caracol es el espanto y el quejido de saberse fuera de todo, en el lugar incorrecto, lejos. Lo que te comunica un caracol es "Número equivocado. Aquí no vive nadie que se llame Mar"», se dice El Chico y, de nuevo, ¿tomar nota de eso o no?, ¿escribirlo en la arena? Sí, El Chico es y sigue siendo, a pesar de todo, alguien que quiere escribir. Y, desnudo y pequeño ante la posibilidad suicida de un propio final infeliz retrocede hasta los «Había una vez...» de su infancia. Y opta por una solución mágica y milagrosa; por –caja de Pandora y lámpara de Aladino– algo digno de una noche número mil dos.

Si la política es el último refugio de los inútiles, entonces el pensamiento mágico (que no es otra cosa que una cómoda religión by design, personalizada y a medida) es la última posibilidad para los atormentados. Y es así como El Chico decide que la solución a todos sus problemas está en conseguir, en robar como ladrón de Bagdad, el talismán mágico que alguna vez otorgó poderes absolutos y creativos a El Escritor y que ahora está allí, esperándolo a él, el siguiente elegido en una cadena que va sumando eslabones desde las profundidades de los tiempos y que incluye, también, a grandes nombres de la literatura. El Chico decide –con la seguridad del iluminado actuando entre sombras– que ese talismán no puede sino ser ese pequeño juguete que filmó hace unos días: un hombrecito a cuerda y de metal cargando una maleta en cuyo interior esperan páginas y páginas en negro y no en blanco, páginas cubiertas por ideas y palabras y situaciones geniales listas para ser suyas. Sólo tiene que entrar en la casa de El Escritor, llegar hasta su estudio, llevarse al hombrecito de metal, darle cuerda, darse cuerda. Seguramente, como en todo relato con magia de ambiguo color gris y deseos realizados, habrá un precio a pagar. Pero El Chico está dispuesto a pagar después lo que sea a cambio de escribir antes. Cualquier cosa será mejor que esta vida que no es vida y que parece reiniciarse, como una máquina defectuosa, al despertar cada mañana luego de un sueño que –aunque sea maravilloso– se convierte en pesadilla al abrir los ojos, cuando se comprende que era apenas eso: una breve ilusión cortesía de su cerebro que ahora le informaba de que todo volvía a empezar para que todo siguiese igual salvo la pequeña novedad de que, sí, se trata de un día más y un día menos de su vida de escritor que aún no es escritor.

El Chico entra en la casa, camina hasta el estudio y se imagina como trepando con una soga por los flancos de un ídolo colosal hasta alcanzar la enorme piedra preciosa que es el tercer ojo, en el centro de su frente. El Chico se mueve en silencio y con cuidado para no despertar a la Suma Sacerdotisa y guardiana del lugar, a La Hermana Loca de El Escritor. El Chico se imagina cualquier cosa para aplicarla como una capa de barniz protector e imaginario que lo ayude a aislar la realidad de lo que está haciendo. El Chico se dice que probablemente no haya cosas que den más miedo que el caminar por la oscuridad en una casa ajena y enseguida se corrige, se edita: sí hay algo que da aún más miedo y eso es escuchar a alguien caminando en la oscuridad, en tu propia casa, cuando sabes que estás solo, o que deberías estarlo. Y hay todavía una tercera opción mucho más aterradora: que la solitaria dueña de casa que escucha al atemorizado El Chico moviéndose por pasillos a oscuras sea nada más y nada menos que la atemorizante La Hermana Loca de El Escritor porque vaya a saber uno, se pregunta El Chico, cómo puede llegar a reaccionar ante su presencia semejante desquiciada. No sería raro que La Hermana Loca de El Escritor disponga de todo un arsenal de armas de fuego bien mantenidas y de varias colecciones de cuchillos de cocina y hachas afiladas que siempre deseó utilizar.

El Chico cambia de canal y piensa en cualquier cosa y ahí está la puerta entreabierta y la biblioteca y El Chico canta «You say you're so happy now / You can hardly stand / Lean over on the bookcase / If you really want to get straight» y no se acuerda de cómo sigue o quién la canta; pero sí cree recordar que es una canción vieja, algo de mediados de los ochenta, en otro planeta, porque es una canción de antes de que él naciera y a la que llegó a partir de una mención a ella en uno de los libros de El Escritor: «Las canciones que había escrito el primer rocker que envejeció junto a él, al mismo tiempo». El Chico entra en el estudio de El Escritor y ahí está ese otro póster, una de esas fotos tomadas y enviadas por el telescopio espacial Hubble: al fondo, la Vía Láctea sobre la que El Escritor aplicó un post-it donde se lee «Usted está aquí...»; y, en primer plano, el bostezo famélico de un agujero en cuyo centro hay otro post-it y las palabras «... pero yo estoy/estaré acá». Y El Chico ahora está allí. En la Vía Láctea o en una tormenta solar, da igual. Perdido en el espacio, flotando como astronauta en un lugar que ya no es el cielo –porque el cielo lo es todo– pero sí, Dios, está lleno de estrellas. Y, entre ellas, supone, la conciencia absoluta de El Escritor que ahora, acelerado y particular, está en todas partes, hasta en el aire que El Chico respira. Y El Chico inspira profundo y por qué no pensar en que algo de El Escritor –algo que tiene que permanecer suspendido en el aire de su lugar de trabajo– llega hasta sus pulmones y desde allí se funde en su sangre y ya es parte de él. Por lo que El Chico se siente ahora autorizado para hacer lo que va a hacer. Y allí está el juguete, en un estante, junto a la cámara digital, y El Chico piensa en que no estaría mal filmar su propia mano tomando ese pequeño turista de lata. Registrar el momento como si se tratase de ese instante en que Arthur extrae a la herrumbrada Excalibur de la piedra cubierta por musgo y hierbas, apenas haciendo fuerza, para cambiar la historia, limpiar el óxido de siglos, y abrir una nueva y brillante era.

Así que El Chico comprueba que la cámara tenga batería suficiente (tiene) y que funcione (funciona) y la enciende y antes de hacer foco sobre el juguete, con su mano entrando en cuadro como una versión pálida y temblorosa de la garra de King Kong, el visor se llena de imágenes. Y El Chico –uno de los millones de hijos bastardos de esa Edad Visual donde una imagen no dice sino que grita más de mil imágenes, capturando la atención de inmediato, deteniendo toda acción que se estuviese ejecutando hasta entonces para clavar los ojos en cualquier formato deformante de pantalla– contempla lo que allí se muestra. Visiones sueltas, como las piezas sueltas de un sueño en el momento preciso en que se sueña y no cuando, después, se hace trampa ordenándolo un poco para su interpretación, como quien arregla deprisa un departamento avisado de una visita sorpresa.

Lo primero que se ve –imágenes de hace varios años, la fecha y hora con esos números de trazo robótico parpadeando en un ángulo de la pequeña pantalla– es algo que, más allá de la pequeñez del visor, tiene un aliento colosal: hormigueantes multitudes como en una película de Cecil B. DeMille o en esas fotos de ese fotógrafo (El Chico no recuerda su nombre) donde se muestra a cientos de personas, como almas en pena intentando en vano escapar de la boca del infierno, subiendo y bajando por las laderas de una mina de oro en un lugar cuyo nombre se le hizo inolvidable y, sí, en su momento lo anotó en una libreta entre signos de admiración convencido de que podría ser la contraseña o la palabra mágica que hiciese aparecer una novela o, al menos, un microrrelato: Curionópolis.

Pero El Chico se da cuenta de que lo que allí se muestra son vistas de una fiesta colosal (¿una boda?) donde todos parecen vestidos igual y todas están peinadas igual y como orbitando alrededor de una mujer montada en un caballo; a continuación una mujer hablando a cámara y diciendo cosas muy raras («Es muy duro vivir sabiendo que eres genial», dice la mujer cuyo rostro, aunque joven, ya tiene los rastros de varias cirugías y un brote de sarpullido adolescente pero ya maduro); y corte y después otra mujer (que a El Chico se le hace bellísima y, por lo tanto, de inmediato parecida a La Chica) sobre un escenario y diciendo cosas aún más raras, con un hilo de sangre bajándole por la cabeza y hablándole a un televisor que sólo emite gris y estática. Y después un corte más abrupto aún y ahí está El Escritor. La fecha es de hace más o menos un año (poco después de que yo me lo cruzara dentro de un avión, se dice El Chico). Y El Escritor camina por la misma playa de allí afuera (el paisaje muestra, al fondo, la misma casa de aquí adentro) y es seguido por quien lo filma, con pulso tembloroso y, por lo que se ve, desde una posición más baja, como si la cámara fuera sostenida por un enano. O, mejor, un niño. Porque el Escritor sonríe y es seguido por una de esas risitas infantiles que dan ganas de reírse. Y El Escritor –que avanza a grandes y triunfales zancadas, como si El Escritor fuese el estilo yendo por delante de una cautelosa trama que camina dando pasitos, arrastrando los pies– le indica al niño invisible que lo alcance, que se acerque a él. El Escritor se sienta en la arena y estira el brazo y toma la cámara y la vuelve hacia el niño y allí está: una especie de milagro pelirrojo. Cuatro o cinco o seis años (esos tres años que se funden en un largo año de treinta y seis meses), riendo con la felicidad de alguien para quien aún las pocas lágrimas son nada más que la consecuencia de un golpe o de una caída y que sabe que todo deseo le será concedido; porque de su inmensa y poderosa felicidad de pequeño depende la cada vez más difícil de invocar y tan frágil felicidad de los adultos que lo rodean. El Escritor le hace dos o tres preguntas de esas que se les hacen a los niños (preguntas supuestamente sencillas pero que requieren de respuestas absolutas) y a El Chico le conmueve este inesperado ángulo de El Escritor y se dice que habría que poner esta escena en el documental, luego de varios tramos de entrevistas. El Escritor entrevistando. Entonces el niño (El Niño a partir de ahora) muestra algo a cámara con orgullo: es el juguete antiguo. Ese hombrecito a cuerda, con sombrero y maleta, que El Chico tiene ahí mismo, al alcance de su mano. Y El Chico siente una especie de mareo, ese vértigo que se experimenta ante las supuestas casualidades y coincidencias. «¡Mister Trip!», exclama El

Niño. Y arrebata la cámara a El Escritor y vuelve a enfocarlo y, con voz grave y supuestamente adulta, El Niño le pregunta: «A ver… ¿Cuál es su escritor favorito?». Y El Escritor ríe y responde lo de siempre –esos dos escritores norteamericanos, ese escritor francés– y después hace una pausa y mira fijo y hacia delante, sin parpadear, como si clavara sus ojos en los ojos de El Chico.

Y entonces agrega un cuarto nombre a la lista.

Y el cuarto nombre de la lista es el nombre de El Chico.

Y El Chico piensa que se está volviendo loco.

Y la cámara se le cae de las manos. Y hace mucho ruido (ese ruido que hacen las cosas en la noche y que, sí, es como si alguien le hubiese subido el volumen a las cosas en la noche, como si las cosas en la noche fuesen siempre más ruidosas) y tiene que apoyarse en la biblioteca no para enderezarse sino para no caer él y hacer el ruido nocturno más ruidoso de todos: el de un cuerpo estrellándose contra el suelo.

El Chico retrocede la imagen y vuelve a verla y oírla.

Y REW otra vez.

Y ahí está: su nombre, como escrito y dicho en mármol y en bronce pero –él lo sabe, él lo recuerda, él no puede olvidarlo– en realidad puro oropel y fachada; porque todo surge ni siquiera de un malentendido sino de algo mucho más oscuro e inconfesable. El pasado que vuelve a buscarlo y encontrarlo y todo eso.

Y los oídos se le tapan a El Chico como si volviese a estar sentado en ese avión. Al otro lado del pasillo del asiento de El Escritor, sosteniendo con dificultad aquel absurdo y pesado manual de autoayuda para escritores en problemas –*The Seven Capital Scenes* era su título supuestamente ingenioso– y preguntándose si se animará a hablarle. Y finalmente se anima y le habla y, ahora, en la más turbulenta de las tierras firmes, año después, ese miedo a caer y estrellarse. El demorado castigo a su crimen de altura. La eternidad de dos o tres minutos en los que El Chico se siente acabado, tachado, y arrojado a la basura de propia infamia. Nunca se sintió así, pocos llegan a sentirse así en la vida. La sensación de que ya no hay después posible luego de ese punto final. Un dolor que late en su pecho y conecta con otro dolor en su cabeza y, de pronto, la nada, el vacío absoluto.

Y –REW de nuevo– la sonrisa de El Escritor luego de decir su nombre que, sorpresa, se traduce en otra sonrisa, ahora en la boca de El Chico. Ha sobrevivido y es feliz. Ha accedido al paraíso de los malditos que está a mayor profundidad que el infierno, un poco a la izquierda, pero que no por eso deja de ser un paraíso. El cielo está arriba, sí, pero qué importa; quién quiere estar en el cielo sin tener cielo sobre su cabeza. Mejor ahí, donde está, donde sigue, con el futuro en sus manos, dentro de esa cámara. Y, de acuerdo, es un deseo concedido como, ya se dijo, de esos que se conceden en los más retorcidos cuentos de genios. Un deseo concedido con letra pequeña y cláusula y trampa. Pero nadie que no sea él tiene por qué saberlo o sospecharlo. Todos los otros involucrados en el asunto están muertos y desaparecidos y sólo él ha sobrevivido para, sí, contar el cuento. Y es curioso, se dice, como todo aquello que hasta hace unos minutos lo avergonzaba al punto de no pensar en ello ahora lo llena de algo bastante parecido al orgullo, pero no exactamente. La soberbia de la falsificación a la que todos consideran auténtica. La satisfacción del asesino en serie que sabe que jamás será atrapado. La felicidad de quien encuentra el billete de lotería ganador en el bolsillo de un muerto y se lo queda.

Tiene varias cosas que hacer, se dice El Chico. De pronto, extático, posee un mapa, instrucciones a seguir, un objetivo al alcance, una meta tan próxima. Lo primero –con un rápido baile de dígitos sobre un teclado– será extraer ese video de la cámara de El Escritor, lanzarlo al espacio de la red y esperar a que, inevitablemente, vuelva a la tierra de los astronautas náufragos y se propague como un virus y les llegue a él y a La Chica. Y El Chico casi puede anticipar la sorpresa de La Chica –su boca entreabierta por la sorpresa, los labios en un círculo para dejar escapar un «¡Oh!»– cuando lo vea y lo oiga y escuche su nombre como el de uno de los favoritos de El Escritor. Su amor, su adoración por él, será entonces inevitable, se dice El Chico. Y después...

Lo que vendrá después será aún más indigno y vergonzante. Pero nada se olvida más rápido que aquello que te avergüenza; sobre todo cuando nadie lo sabe ni lo sospecha y que, ahora, parece casi autorizado por su nombre en la boca y en la voz de El Escritor. Hasta es posible que, con el tiempo, él mismo lo olvide. Como se olvida un sueño, como se sale de una pesadilla pensando «Ya está, ya pasó, ya terminó». Si no eres atrapado, si no eres culpado públicamente, la culpa se esfuma como una resaca después de una fiesta prohibida. Y el culpable deja de ser culpable para convertirse en un inocente de toda culpa. ¿Será esto lo que sienten quienes venden el alma al Diablo? De ser así, no está nada mal. La sensación de que ya nada depende de uno; con la ventaja agregada de que uno es su propio demonio acreedor y sabedor de que, en primer lugar, nunca hubo alma que venderse a sí mismo. Si te sabes desalmado, jamás comprarías lo que no tienes. Y hay algo aún más interesante, algo que te fortalecerá en tu delito, se justifica El Chico: la seguridad de que casi todos son como tú. Apenas, tal vez, la singular y muy contada sensación de que un extraño te mira fijo, la sospecha de que esa persona lo sabe todo, porque ése es el único don y condena que te otorga la pureza –el tormento sin atenuantes ni bajo la anestesia de la complicidad, casi a solas, de percibir y padecer la conciencia absoluta de la podredumbre que te rodea– y, enseguida, la aliviada certeza de que es imposible: porque tú eres el único que sabe lo que tú sabes. Todas esas cosas se dice El Chico para fortalecerse en su decisión de cruzar esa puerta sin retorno. ¿Cómo se cruza esa puerta? Sencillo: dejando de pensar cosas tan tontas como las anteriores, ideas mal digeridas en su cada vez más lejana adolescencia, cuando se sentaba a masticar slow food de Dostoievski y Camus sin preocuparse por cómo le fuese a caer, a caer encima. No más aforismos demasiado largos, basta de sentencias. Adiós, adiós a todo eso; pero ahora, sí, alguien lo mira y le clava los ojos.

Está seguro de ello.

El Chico los siente en sus espaldas y en su nuca, como ese punto rojo que precede al disparo. Como dos puntos rojos.

Como pupilas de lobo feroz. Y la cámara en una mano y el juguete en la otra, alza los brazos sin atreverse a voltearse, esperando alguna instrucción, el corazón en su boca. El Chico siempre odió ese tipo de imágenes para explicar sensaciones del tipo «con el corazón en la boca». Pero, de pronto, no sólo entiende su utilidad práctica sino, además, su aterrorizante e indiscutible verdad. El Chico quiere decir algo (pedir perdón, explicar su presencia, jurar que ya se va) pero sabe que, si abre la boca, el corazón saldrá disparado desde allí dentro, como el pajarito de un reloj cucú, como en uno de esos ultraviolentos dibujos animados donde todos mueren una y otra y otra vez más para así ganarse el derecho a seguir viviendo y reviviendo.

El Chico –el terror te permite verte desde afuera de ti mismo, porque cuando estamos aterrorizados queremos estar en cualquier otra parte y dejar de ser nosotros– se ve a sí mismo ahí. Las piernas separadas y los brazos extendidos. Su cuerpo como una X a la que ahora imagina teñida con esa tonalidad del verde de los visores nocturnos: el color peligroso y certero de la mirada de comandos de asalto con puntería inapelable y dispuestos a arrasar con todo y con todos en el nombre de Dios y de la patria.

Esa tonalidad de noche extraterrestre que, de tanto en tanto, vuelve a los ojos de Penélope y que adjudica, sin dudarlo y en lo cierto, a una especie de flashback alucinógeno por toda esa leche mutante de Grandísima Vaca Verde que bebió aquella noche de boda, en el desierto brillante cerca de Monte Karma, en Abracadabra, recogiendo diamantes para llevárselos a la boca.

Penélope contempla a El Chico y se pregunta qué estará haciendo ahí, a esa hora, a oscuras y enseguida se contesta. Y la respuesta no le gusta. Porque es una respuesta que no la mira a ella. Ni siquiera la ve. Es una respuesta –otra más– que la coloca al costado de lo que ocurre o debajo de todo y en letra más pequeña. Como en una nota al pie del texto principal. Como si ella fuese una figura decorativa o apenas un detalle en el retrato de otro: la flor en una solapa, la marca que ha dejado un cuadro que ya no está allí, la canción que silba alguien que pasa caminando por la calle. Y la flor está mustia y nadie recuerda qué mostraba ese cuadro y la melodía silbada es la de una canción de hace demasiados veranos.

Penélope está muy cansada.

De todo, de todos, de su hermano ausente y, especialmente, de sí misma y de todo lo mucho que no hizo y de lo poco que hizo.

Y de que Aquel Cuyo Nombre No Debe Ser Mencionado –la muy larga y poderosa sombra de lo que pudo haber sido proyectándose desde el breve y débil cuerpo de lo que no es– no haya conseguido ser o ascender a Aquel En Quien No Debe Pensarse y, mucho menos, Aquel Que Por Fin Y Para Siempre Ha Sido Olvidado.

En lo que a *eso* y a *él* respecta, Penélope ha llegado a apenas el stage del no mencionar; pero sabe que, en el solo esfuerzo del no mencionarse, está implícito el castigo del no poder dejar de pensar en ello, del no poder nunca olvidarlo. Y también el que, en ocasiones, incluso en la soledad de la fortaleza que se ha construido –en su Angria, en su Gondal– se experimente la debilidad de su arquitectura, la falla decisiva en el diseño del que crecerá la grieta final. Como ahora: esa pequeña voz que hace tanto que Penélope no escucha y que jamás pensó volvería a oír. ¿De dónde sale? ¿De la mano de El Chico? ¿De algo que sostiene El Chico en su mano? «A ver… ¿Cuál es su escritor favorito?», oye Penélope una y otra vez. Y de pronto lo entiende: no importa cuán bien hayas barrido todo debajo de la más pesada de las alfombras; porque siempre permanecerá la escoba, detrás de una puerta o dentro de un armario, para recordarte que alguna vez la empuñaste como a una pluma que tacha y barre pero no borra. No existe el olvido perfecto del mismo modo que no existe el crimen perfecto. Para alcanzar el premio no del *no me acuerdo* sino del *no me acuerdo siquiera de lo que no me acuerdo*, se dice Penélope, es que se inventaron metas más parecidas a curvas traicioneras como la locura o el suicidio. Y aunque Penélope en más de una ocasión se ha asomado al tentador balcón de esas opciones, lo cierto es que no le interesan, no le parecen salidas dignas.

De acuerdo, hace ya años que aceptó el hecho de que nunca será una combativa Cathy Earnshaw. Ni siquiera una Jane Eyre. Pero se niega con todas las pocas fuerzas que le quedan a terminar como una exótica y extranjera Bertha Antoinetta Mason ardiendo enloquecida en el ático de Thornfield Hall, arrojándose desde el tejado en llamas, sus infidelidades y alcoholismo y alucinaciones disculpadas como producto de un desorden genético familiar. Bertha, quien se sacrifica para dejar camino libre y abierto al matrimonio del ciego Edward Fairfax Rochester y la servicial Jane Eyre. Penélope no quiere ser el artilugio torpe y simple de una hermana envidiosa –porque la apenas muy talentosa Charlotte siempre temió el genio raro de Emily, y no dudó en sabotear amorosamente su memoria imponiendo la versión oficial de la sobreviviente– para cerrar una trama. Y todos felices.

Pero no: es demasiado fácil.

A Penélope, en cambio, le ha tocado el rol de la sobreviviente solitaria. Todo y todos han muerto o se han desvanecido a su alrededor. Y es suya y sólo suya la responsabilidad y el trabajo de contar el cuento. Y ella, la verdad, nunca quiso ser escritora. Ella sólo quería tener y vivir una buena historia. Y ahora está tan cansada. Tan cansada que, de tener un rifle, no dudaría en vaciarlo sobre el cuerpo de El Chico. Llenarlo de plomo amparándose en que pensaba que se trataba de un ladrón. Y acabar exonerada o en la cárcel. Le da igual. Cualquier cosa con tal de que el pequeño argumento de su vida se separe del de la saga atómica y particular de su hermano que todo lo absorbe y lo reescribe. Incluyendo a lo único que, se suponía, era suyo y nada más que suyo y que ella –no por venganza sino por desesperación– arrancó como se arranca la página de un libro al que, aunque no lo abras, siempre sabrás que le falta una página y que es *esa* página.

Y la voz de esa página es la que ahora vuelve a escuchar: preguntando por el nombre de un escritor favorito como se le pide a un fantasma que dé tres golpes para probar que está ahí cuando, en realidad, lo que está es la memoria de esa persona que sin un ser vivo que la recuerde no es nada. En los cuentos y en novelas, los mejores fantasmas son aquellos que se les aparecen a quienes los conocieron. Los fantasmas huérfanos, manifestándose ante desconocidos, tienen poca razón de ser o de hacer y demasiado que explicarles a personas que, pasado el susto inicial, comenzarán a percibirlos como una molestia, como algo que no funciona en esa casa que compraron, ahora lo entienden, a un precio sospechosamente bajo. Esos fantasmas son nada más que fantasmas de sí mismos, aburridos de andar dando vueltas en el aire y, en ocasiones, los más peligrosos; porque buscan compensar el que nadie los extrañe atormentando y enloqueciendo a todo aquel que se les cruce por el camino y por el que no tienen ni jamás sintieron odio o afecto alguno.

Así, exactamente, se siente Penélope. Sola, mala compañía y última de su linaje. Nadie la recordará. Salvo este infeliz que se mete a escondidas en su casa, este adorador de su hermano escritor ahora convertido en autoficción ultrasolipsista y cuántica-ectoplasmática o lo que sea.

De ahí que Penélope decida perdonarle la vida a El Chico.

Y no le diga que se dé vuelta.

Y no le clave sus pupilas verdes, más verdes que nunca.

Y no lo mire fijo a los ojos.

Y no detecte en ellos algo que –¿será esto la desesperación por hallar una salida?– tal vez le funcione a ella como una puerta de emergencia.

Es tal el deseo y la pasión de El Chico que Penélope intuye allí un punto de fuga. Un relevo. Una bendita oportunidad de sacudirse la maldición con la ayuda del deseo ajeno.

¿Cómo se llamaba ese relato? Algo sobre una pata de mono y el perfume contaminado con que se hacían realidad las aspiraciones. Allí, el protagonista pedía algo a una pata de mono. Y ese algo le era concedido. Pero ese algo siempre llegaba por un camino oscuro donde el don se estrellaba contra el horror. Cuidado con lo que pides, etcétera.

Así, piensa Penélope, por qué no dejarle todo a El Chico. La casa entera y su contenido. «El palacio de mi memoria», como le decía su hermano; quien nunca le agradeció demasiado el que hubiese sido ella quien lo financiara con parte del botín que se trajo del desierto de Abracadabra. Una réplica más o menos perfecta –porque se sabe que los niños recuerdan todo más grande y más brillante– de un lugar llamado Canciones Tristes donde su hermano pasó unas vacaciones junto a sus padres y más o menos cerca de ella, dentro de su madre, recién embarazada y preguntándose, seguro, y ahora qué.

«¿Ahora qué?», se pregunta ahora Penélope. Y la respuesta se le aparece con la naturalidad de lo obvio, con esa manera incontestable que tienen de presentarse las respuestas correctas: ni siquiera has terminado, luego de tanto tiempo de no atreverte a hacerlo, de formularte la complejísima pregunta, cuando la respuesta ya está allí, exhibiéndose en el centro de la sala, girando lentamente sobre sí misma, esperando a que la hagas tuya, la respondas y la actives para que pueda hacer lo suyo que es lo tuyo.

Lo que hace Penélope es no hacer nada.

Salir de allí, como quien deja un escenario siguiendo las indicaciones del libreto.

Exit.

El Chico se da vuelta despacio, los brazos todavía en alto, la voz del niño repitiendo una y otra vez esa otra pregunta y obteniendo esa otra respuesta que todavía se le hace increíble pero en lo que de inmediato cree; porque nada cuesta menos que creer en lo que se quiere creer. Y lo que él siempre quiso fue ser el escritor favorito de alguien y, de ser posible, ser el escritor favorito de alguien como su escritor favorito, como El Escritor.

El Chico se da vuelta y no ve a nadie allí. No está La Hermana Loca de El Escritor. Está solo. Pero, El Chico está seguro, *algo* hubo hace unos segundos. Algo que lo observaba. Y, ante su ausencia, lo que antes le aterrorizó ahora lo alivia y hasta lo justifica. De nuevo, éste es uno de los rasgos característicos de las mentes delictivas: la necesidad de sentirse empujadas y hasta autorizadas por algo que las trascienda y las supere. Un mandato externo. No importa que sus crímenes, los de El Chico, no estén contemplados en ningún código penal. O tal vez sí: porque lo del avión entonces y lo de la casa ahora bien podrían ser fácilmente etiquetados como formas diferentes de robar.

Pero El Chico prefiere no pensar en eso.

El Chico prefiere pensarse como, sí, un juguete –otro juguete– del destino.

Un elegido.

Y decide creer que esa breve pero poderosa presencia detrás de él (El Chico podría jurar que aún siente en el aire su reverberación, como las ondas que deja en la superficie del agua una piedra que ya está en el fondo de las aguas, donde El Escritor aseguraba que esperaban los restos de las tramas a rescatar y reconstruir) no podía sino ser otra que la del mismo El Escritor. La resolución de su historia con el más abierto de los finales. El Escritor, de algún modo, volviéndolo a señalar, escogiéndolo a él, indicándole el camino al revelarle –casualmente, pero no por casualidad– su propio nombre latiendo como un mantra dentro de esa cámara.

El Chico se siente tan feliz, tan inocente, que sale por la ventana con un salto del que jamás se habría creído capaz. La cámara y el juguete en sus manos. Listo para entrar en la tienda de campaña, despertar a La Chica (que está soñando un sueño raro, donde ella y El Chico se encuentran en el futuro, después de tantos años, junto a las escalinatas de un museo) y recoger todo el equipo. Rápido. Salir de allí. A sus espaldas siente el calor de algo que estalla y –pensando con la lógica absurda de quien ya se siente más allá de todas las cosas– lo primero que se le ocurre a El Chico es que son fuegos artificiales ordenados para festejarlo, para conmemorarlo. A él. Pero lo que ha comenzado a arder –con una serie de pequeños estallidos, como siguiendo un orden preestablecido, como tachando los ítems de una lista de habitaciones– es la casa de El Escritor y de La Hermana Loca de El Escritor.

«La contagiosa alegría del fuego –se dice El Chico–. No olvidar esta frase. Me gusta. Anotarla en mi libreta», agrega.

Y entra a la tienda de campaña y grita «¡Nos vamos!».

La Chica abre los ojos y lo observa, soñadora. Y El Chico ya se imagina la manera en que esas pupilas se dilatarán cuando vean, como caído del cielo, *ese* video de El Escritor respondiendo a *esa* pregunta de *ese* niño. Todo será posible entonces. Todo será.

Y El Chico y La Chica comienzan a guardar todo en bolsos y a plegar la tienda de campaña que acaba convertida en un cilindro liviano y portátil y bendita sea la miniaturización de los equipos y el que las cosas más importantes ocupen cada vez menos espacio.

La casa sigue ardiendo pero no arderá por mucho tiempo y El Chico y La Chica se acercan hasta los límites de la hoguera en busca de La Hermana Loca de El Escritor, que ya no está allí, que ha descubierto que hay otra opción: ser la mujer demente que desata un holocausto de llamas y furia, sí, pero no morir allí.

Salir de allí, limpia y renovada.

Volver a empezar luego de haberlo arrojado todo al fuego. No loca de felicidad pero sí loca de locura.

El Chico y La Chica y sus mochilas corren por la playa, por la arena dura y fría de la orilla. Penélope los contempla alejarse con la tristeza rara de ver algo que ya nunca se volverá a ver. Algo que no te importa demasiado dejar atrás pero aun así es otra cosa que vas dejando atrás.

Y el pasado irrecuperable se va construyendo así, de a poco, sin pausa y arbitrariamente.

Y quién sabe, piensa Penélope: tal vez yo recuerde esta imagen casual –El Chico y La Chica corriendo y lanzando grititos al aire oscuro y frío que las estrellas nunca alcanzan a calentar– cuando ya haya olvidado tantas otras cosas, cosas mucho más importantes.

Cosas a prueba de fuego pero no de olvido.

Penélope recuerda haber leído que de todos los líquidos y fluidos fabricados por el cuerpo humano –el sudor, el semen, el flujo vaginal, la saliva– las lágrimas son el único que no contiene rastro alguno de ADN. Así, un asesino puede llorar tranquilo en la escena de su crimen. Imposible la identificación de alguien a través del llanto, todos son idénticos al llorar más allá de los muy diferentes motivos que hacen que cada uno llore, algo así. A diferencia de la infelicidad, las lágrimas no nos distinguen sino que nos igualan.

Pero Penélope está convencida de que eso no es cierto.

No puede ser verdad.

Sus lágrimas –estas lágrimas– son nada más que suyas. No va a compartirlas con nadie, no va a compararlas con las de nadie, no va a permitir que las comparen con las de nadie.

Nadie lloró como llora ella ahora, nadie lloró por lo que ella llora esta noche.

No le van a quitar eso: es lo único que tiene, lo único que le queda, yéndose, la casa en llamas cada vez más atrás; apenas un punto de luz que ningún marinero experto confundirá como señal de tierra firme.

Terremoto ahora. Porque todo se mueve y se mueve Penélope.

Saliendo de allí, de todo eso. Liberada de peso muerto, viva y ligera. Cambiando de paisaje como quien cambia de estilo. Casi a ciegas, tanteando en las insuperables paredes de la noche, Penélope por fin encuentra y se aferra con todas sus fuerzas a un picaporte para no ser arrastrada mar adentro por los remolinos únicos e inimitables de su llanto.

Con el rostro descubierto por las lágrimas (todo esto sucedió hace tantos años, en tiempos en los que aún había olas y árboles que contar y poner por escrito) Penélope abre la puerta del bosque y entra.

ALGUNAS COSAS QUE SE TE OCURREN CUANDO SÓLO DESEAS QUE NADA TE OCURRA

No tocar.

No tocar (habiendo entrado y llegado hasta aquí; a un lugar donde, paradójicamente, todos van a tocar, todos van a tocarte absolutamente todo para así catalogarte y diagnosticarte tanto la técnica como el estilo y la trascendencia de lo que te ha llevado hasta allí) pero, en cambio, observar de cerca.

De más cerca todavía.

Todo lo cerca que permite el límite de esa raya negra sobre el suelo blanco.

Mirar fijo.

Ahí está.

Mirando al vacío en el que –no lo ve pero lo sospecha– alguien lo mira.

No importa el nombre de su creador, no importa el nombre del retratado. Autor anónimo, sí. Y uno de esos títulos de compromiso, sencilla y simplemente descriptivos. El tipo de título prostético (el verdadero título fue amputado por el paso de los años y el trotar de los olvidos) que se pone cuando se opta por cualquier cosa mejor que la nada. Cualquier cosa con tal de que no sea el poner uno de esos para él enervantes *Sin título* seguidos de un número con los que se pretende esconder la falta de voluntad del autor o la falta de pericia de los especialistas en su obra. Algo que ayude a la hora de presentarlo cuando llegue la hora del catálogo y la subasta. Y nada más. Y a otra cosa. Y que pase el que sigue y miremos al que viene.

Así que, ahora, retrato de un Hombre Solo. Y listo. Y punto y seguido. Título simplemente descriptivo. Y punto y aparte.

Apartado retrato de un Hombre Solo en sala de urgencias donde –aunque varias otras personas esperen y se acompañen en la espera– la soledad no se rompe. La soledad de la sala de espera de un hospital o una clínica es invulnerable e inmune a toda bacteria de esas que, dicen las más reposadas estadísticas, corren por pasillos y habitaciones y quirófanos y contagian a acompañantes sanos o enferman aún más a enfermos acompañados. Porque allí, en los preliminares del rito hospitalario, la soledad está constituida por los eslabones de varias soledades autónomas, independientes, solitarias; porque no hay soledad más sólida que la de quien, aunque rodeado de otros, se sabe completa y absolutamente solo y a la espera de alguien que le diga algo.

Retrato de un Hombre Solo en sala de urgencias en un hospital de una ciudad cuyo nombre no es importante ni decisivo aquí; por lo que bastará con identificarla como B, y a otra cosa.

Seguir mirando, eso sí. Detenido, en suspenso. Demorar en continuar el trayecto, no importan el cuadro que sigue o el cuadro que pasó: va lento, va despacio, va alargando la oración de a poco porque le cuesta respirar. Así que ahí está y poco y nada le cuesta verse, como desde afuera, a sí mismo. Como si se mirara no en un espejo sino en un cuadro y, por favor, ¿sí?: ninguno de esos trucos supuestamente vanguardistas en los que un performer se exhibe a sí mismo. En una sala de museo. Sentado en una silla para que el público visitante se siente en otra silla frente a él y lo mire y hasta se emocione y llore. Y, de salida, afirme que es de las experiencias más trascendentes y movilizadoras de toda su vida, porque está visto, piensa él, que hay gente que tiene y lleva vidas muy poco interesantes en las que nada sucede y que, por lo tanto, hipersensibles en su inocurrencia, se conmueven con cualquier cosa, con lo primero que les pasa. Nunca fue su caso. Y nada le gustaría menos que provocar ese efecto que él nunca experimentó en otros, en desconocidos necesitados de que los reconozcan, de conocerse a sí mismos tan fácilmente previo pago de una entrada por la que muchos parecen dispuestos a matar o morir.

Así que él, aunque esté allí, en carne y hueso, prefiere sentirse enmarcado. Solo. Colgado. Pintado. Alto y ancho y ningún volumen o relieve. Pequeña etiqueta en el ángulo inferior derecho. Título y fecha y escuela y técnica y nombre del pintor que es el nombre del pintado (sí: es un autorretrato) y, por ahora, sólo fecha de nacimiento. Pero, ah, en cualquier momento, nunca se sabe, se añadirá el otro número: la cifra definitiva, el año del final luego de un demasiado breve guión que simboliza todo lo que sucedió entre uno y otro extremo, entre la entrada y la salida, entre la vida y la muerte, entre la primera y la última pincelada. Ahí, en la pared de un museo privado y dedicado a su persona y al que sólo El Hombre Solo tiene acceso.

Y otra vez: no tocar.

En el retrato, él está sentado en una silla de plástico duro y frío, en un recinto construido con paneles de vidrio grueso y, seguro, a prueba de todo. Ventanales que amordazan a los sonidos de la calle y de las ambulancias que entran y salen como bailarinas por los costados de un ballet. Afuera late el corazón zumbante de una cruz roja de neón; lo que hace aún más coherente la idea de que aquí dentro se reza mucho, se ruega por milagros, se piden deseos imposibles a seres a los que se quiere creer genios, geniales. Aquí, los médicos –los profesionales– como descendientes directos de semidioses, de santos, de chamanes, de superestrellas capaces de conjurar los tristes y pequeños eclipses de los anónimos con nombre propio pero cuyo nombre no importa aquí dentro. Todo rasgo personal se rinde a la particularidad de las enfermedades demasiado vulgares (pero igualmente fatídicas) como para protagonizar un episodio de esas series con doctores cuyo encanto y atracción para los televidentes él nunca pudo comprender. ¿Cuál es el placer de que se te recuerde, antes de ir a dormirte sanamente, al menos por el momento, que más temprano que tarde te abrirán y te cerrarán y te dispararán rayos y radiaciones? ¿Y que el encargado de hacerlo lejos estará de esa especie de adonis simpático o de ese psicópata infalible y maltratador? ¿Y que las enfermeras reales –como las monjas o las azafatas– poco y nada tengan que ver con sus versiones catódicas, más cercanas a las páginas centrales de alguna revista húmeda o a algún musical de Broadway? Y él piensa «Broadway» y le viene a la cabeza aquel film, *All That Jazz*, en el que un legendario supuestamente fascinante (pero decididamente insoportable) director de musical se escabullía de su habitación, vagaba por pasillos y sótanos e iba a dar a una especie de éxtasis simbólico con muerte incluida y gran número final en el que todos cantaban y se despedían entre luces de colores y bailarinas con trajes como una segunda piel de color rojo y azul sangre.

Sí, la antesala de un hospital o clínica –nada de aquella ambición escenográfica y coreográfica de esa película– tiene algo de set ficticio, de fachada demasiado prolija.

Y no es que El Hombre Solo sea un especialista en la materia. Su experiencia en el viaje a estos territorios ha sido breve aunque contundente. En el momento de su nacimiento –bebé de proporciones colosales, parto complicado– fue declarado muerto apenas segundos después de llegar al mundo. Misteriosa e inexplicablemente, a los pocos minutos, para asombro de la partera y su equipo, él comenzó a respirar cuando ya había sido descartado a un lado, sobre una camilla metálica, rumbo a la morgue. El Hombre Solo, por supuesto, no recuerda nada de su breve pasaje al otro lado. Pero poco y nada le cuesta pensar que aquella sala de espera de lo que fuese y donde fuese –arriba o abajo o algún pliegue espacio-temporal, un limbo de polvo de estrellas– se tenía que parecer bastante a esta sala de espera. Y que desde allí, tal vez, crecen las raíces que lo obligan a la maldita bendición de haber sobrevivido sólo para contarla.

Después, a los pocos meses de su muerte-vida, él se desliza de los brazos de su madre y cae al suelo y se abre el mentón (lo que requiere de algunos puntos de sutura) y, casi a continuación, una tos cavernosa, como de pulmones de minero, lo llevó a una pediatra que, contemplando una placa, explicó a sus padres que su hijo era un mutante con una costilla de más. (Las rarezas de sus huesos volverían a alcanzarlo cuatro décadas después cuando un osteópata –desconcertado– le informaría de que eso que se pensaban como dolores artríticos eran, en realidad, consecuencias de una condición que sólo se presentaba en mujeres menopáusicas y basquetbolistas de alto nivel de la NBA y que, no siendo él ni una cosa ni la otra, no se atrevía a recomendarle tratamiento alguno.) Más tarde, en la infancia, el apocalipsis de su dentadura. Y poco más, más allá de una tan graciosa como preocupante propensión al accidente doméstico y escolar y vacacional. Pero ninguna fractura infantil. Ninguna operación. Ninguna fiebre peligrosa salvo las habituales acompañadas de pequeñas manchas sobre su rostro y cuerpo que lo convierten por unos días en una especie de expresionista y abstracto. Y, sí, ahora se acuerda, greatest hit: entrando de lleno y sin frenos en la adolescencia, una explosión de llagas en su boca y un fuego en su cabeza que lo derrumba casi un mes en cama, alimentándose a base de jugos de frutas tropicales de formas y nombres extraños, sin poder masticar alimentos sólidos, y creciendo varios centímetros de golpe para, por fin, ponerse en pie no siendo la sombra del niño que alguna vez fue sino la sombra del hombre que alguna vez sería.

Y eso es más o menos todo en lo que hace él como enfermo protagónico; excepción hecha (más un curarse que un enfermarse) del comprensible y magnífico y tan sano y purificador y desinfectante cataclismo cada vez que terminaba y entregaba y extraía y amputaba de su sistema de pronto conmovido por tanto alivio un libro suyo. A esa malaria que había venido soportando durante años cantándole a su cerebro.

Y él agendaba y postergaba sistemáticamente su chequeo general no por miedo sino por incomodidad. Y por pocas ganas de ser humillado llevando en una bolsita muestras de su orina o materia fecal.

O narrar con lujo de detalles –como si lo estuviese poniendo por escrito– un reciente episodio de algo que prefiere disimular poniéndolo (cortesía de la Wikipedia, por lo que si no se escribe así no es responsabilidad suya) en el original y fundante griego, porque se ve tanto mejor: αἱμορροΐς.

O verse obligado a esa tan temida y anticipada… ¿cómo era el término que se usaba para decirlo con delicadeza? ¿Inmersión? ¿Invasión? ¿Intrusión?… Ah, sí: EXPLORACIÓN, eufemismo que parecía querer evocar la figura heroica y dandi de un aventurero victoriano explorando un continente desconocido. Y en esa película, se sabía, su rol sería no el del lord explorador sino el del continente a investigar y someter.

De cualquier manera, piensa ahora, tal vez habría sido mejor retornar aquí de ese modo, sin dolor, a como ha vuelto ahora: como si hubiese sido alcanzado por un relámpago que se niega a abandonar su cuerpo. Decir la onomatopéyica y muy cómic y nada cómica palabra mágica: «check-up» como «Shazam!» o como, tratándose de cavernosas aperturas, «¡Ábrete, Sésamo!». Pero lo piensa un poco más y se dice que no, que mejor así: mejor sufriendo por algo externo y suyo antes de que lo pongan a sufrir por algo interno y preestablecido y pasarla bien para salir sintiéndose tan bien e inmortal pero apenas por un año. Sus conocidos no dejaban de recordarle el que no se olvidara de hacerlo. Y lo hacían con la sonrisa de quienes ya habían estado allí, como veteranos de Vietnam. Pero él seguía marcando el teléfono del consultorio para cortar después del primer ring o bip o lo que sea. Y cómo extrañaba durante ese trance los viejos teléfonos de baquelita y dial que te permitían, mientras escuchabas ese sonido de ida y vuelta, tan parecido al de una calavera masticando, pensar en tantas cosas, ser inconcluso y, en ocasiones, espiar extrañas conversaciones ajenas por un caprichoso enredo de las líneas. Teléfonos que, además, te obligan a escribir en esas subrazas de los libros que son las agendas, los índices telefónicos, a volver a empezar cada año, pasando en limpio, tachando nombres y números como quien dicta sentencia y ajusticia o indulta. Ahora, cada vez que juntaba la cantidad necesaria de cobarde coraje para (no) hacer la cita, el número del doctor era como una ráfaga de código inalámbrico que no daba tiempo para nada salvo para un postergador golpe de pulgar. Y a otra cosa. Y a intentar olvidar en vano esa entrevista al rocker *noir* Warren Zevon en la que –ya condenado y con inapelable fecha de vencimiento, habiendo ignorado esa tontería de las revisiones anuales hasta que ya fue demasiado tarde– recomendaba a sus fans el que «no hagan como yo y vayan más seguido al médico, ¿sí? Y disfruten de cada sándwich». Y a intentar no pensar en aquel personaje de Don DeLillo –cree que en *Cosmópolis*– obligado a la «exploración» diaria por la rareza de algo llamado «próstata asimétrica». Y, sí, él tenía ganas de seguir disfrutando de todos y cada uno de sus sándwiches, de acuerdo; pero nada le interesaba menos que le informaran de que su próstata era asimétrica y que por lo tanto...

Tenía, ahora, el mínimo consuelo de pensar que ese dolor al norte de su cuerpo y que apenas lo dejaba respirar no podía tener nada que ver con su próstata, mucho más al sur. De ser grave, se dijo, tenía todo el aspecto de ser algo fulminante y cuyo desenlace no podía demorar demasiado y, para no pensar en eso, se pone a hacer una lista de sus enfermos favoritos: Walter White, Ralph Touchett, Iván Illich; todos terminales pero lentos. Puesto a elegir, no le molestaría ser como uno de ellos. Seres entre feroces y melancólicos recordando aquellos viejos tiempos –«casas de salud», les decían– en los que los hospitales eran esos edificios a los que se iban a vivir los otros y, como mucho, uno acudía a visitarlos por un rato y apenas disimulando la necesidad de salir lo más rápido de allí.

Y, sí, él visitó muchos hospitales como actor de reparto o extra.

Visitó alguna vez, con diez años, a su padre hospitalizado, por un asunto menor y de rápida solución. Su padre quien desde la cama, imperial pero aterrorizado, le ordenó que no se preocupase ya que estaba en sus planes morir mucho después que él. Porque en su mundo –en el mundo de su padre– los padres sobrevivían a los hijos. O, al menos, en el mundo de este padre, quien, a las pocas horas de su visita, luego de haber puesto en escena un momento muy *All That Jazz*, consiguió que los médicos (que ya no lo aguantaban y hasta empezaban a fantasear con doparlo o hundirlo en un coma profundo) firmaran su alta, llamaran a un taxi, y lo incluyeran en esa lista top-secret de pacientes indeseables que circula, clasificada, por todos los hospitales del planeta.

Visitó también un hospital en aquel verano de calor histórico en que los ríos fueron cicatrices, los pájaros se arrojaban desde los árboles, los ancianos se derretían, los jóvenes que hacían el amor se lamían mutuamente el sudor para no deshidratarse, y los bebés soñaban (sin saber qué era Europa o África; pero las altas temperaturas aumentaban su capacidad intelectual en noches en las que la luna parecía un sol agazapado y listo para saltar) con diamantinos asentamientos de europeos en África que eran devorados por las arenas de un desierto voraz. Ese verano en que él y los demás (no como en uno de esos cuadros de hombres a solas, sino como participante de uno de esos colosales frescos del Louvre donde se amontonan los secundarios –en coronaciones o naufragios o batallas o paraísos o infiernos– y el verdadero protagonista está fuera del cuadro) acudieron, todos juntos, a ver a un amigo morir. O, mejor dicho, a imaginar a un amigo muriendo, al otro lado de una pared que tocaban con la yema de los dedos, creyendo que así le enviaban su energía, su aquí-estamos, su no-estás-solo. Un amigo al que él *sí* vio, por un segundo y casi de reojo, al abrirse la puerta de una habitación vedada por sus familiares: su rostro que ya no era de este mundo y como despidiendo el resplandor de algunos dioses mortificados en leyendas antiguas, atados al flanco de una montaña, padeciendo la venganza de un águila devorando sus tripas por toda la eternidad. Esa misma noche, la noche que sería la de su muerte, medio dormido y un cuarto despierto y otro cuarto ni una cosa ni la otra, en un sueño de ojos entreabiertos o entrecerrados, sus pupilas ya habituadas a sacarle toda la luz que se puede a la oscuridad (nunca le contó esto a nadie por miedo a que pensaran que estaba loco o que lo consideraran fuera de lugar y mucho menos lo puso por escrito; se juró no hacerlo nunca), él sintió una presencia al pie de su cama, en su casa. Una vibración en la piel erizada del aire que no podía ser otra que la de su amigo agonizante alcanzando, por fin, el fin de la agonía. Una última señal, como suspirada. Él miró entonces la hora fosforescente en su despertador, memorizó esos cuatro números con dos puntos en su centro, y no tuvo que esperar demasiado a que sonara su teléfono, para recibir la flamante mala nueva que ya intuía. Preguntó por la hora exacta de la muerte sin que hiciese falta. Ya la conocía, ya la había visto y sentido.

Desde entonces, desde hace unos años, El Hombre Solo está seguro de la inexistencia de largos fantasmas de vuelta y que regresen desde el otro lado para revelar o importunar o exigir. Pero sí cree en brevísimos fantasmas de ida cuya existencia dura apenas los que demora el acto de fallecer: todos los sistemas desconectados y, en último lugar, el cerebro despidiéndose, lanzando al espacio una sonda final, confiando en que alguien pueda captarla y creer en ella para siempre, y no olvidarla jamás.

En otro hospital le tocó identificar a un amigo recién fallecido. Un par de empleados que se encargaban de bajar los cuerpos hasta el sótano donde serían recogidos por la empresa funeraria abrieron la puerta de un descendente ascensor y ahí estaba su amigo, muerto y sentado, la mandíbula caída; y le pidieron que lo identificara y que lo afirmase en voz alta y lo firmara en un papel. Y había algo terrible en el acto de ver un cadáver sentado en lugar de acostado. Un cadáver sentado era lo más cercano a un espectro, pensó entonces; pero esta muerte es anterior a la muerte anterior y a su conocimiento entonces adquirido en lo que hace a la tímida actuación, debut y despedida, de las apariciones, exit ghost, sí.

Y, claro, imaginó, muertos, a amigos a los que apenas la noche anterior había visto rellenos de cocaína hasta la nariz, dando saltos bajo las luces de una discoteca o flotando en una balsa de morfina, alucinando que conversaban últimas palabras con Caronte. Amigos a los que, en el velorio, se negaba a contemplar desde los bordes del desfiladero de un ataúd porque prefería recordarlos en movimiento y vivos y matándose de risa.

Pero sí, se decía ahora, muriéndose de dolor en la sala de

espera de un hospital sin nadie a quien visitar, súbito protagonista absoluto de una película en la que también era el único espectador: empezando por su propia muerte iniciática, él había tenido no el placer pero sí el privilegio (en tiempos en los que, a diferencia de en siglos pasados, donde todos veían morir a todos en la propia casa, en la cama de siempre, o a los pies de un caballo viejo o una máquina nueva, era cada vez más difícil ser testigo del último de los actos) de ver morir muertos. Y, aun así, siempre se había sentido un tanto decepcionado y algo desconcertado por el momento preciso de la muerte, por la muerte como única y auténtica última voluntad. Como si se hubiese tratado de una película anunciada durante mucho tiempo o una muerte sorpresiva pero muy publicitada, en su súbito estreno luego de una de esas misteriosas campañas virales, lo cierto es que él siempre, cada vez que se encontraba con ella, había esperado algo más de la muerte. Algo más de sustancia y trama. Instrucciones que le ayudasen a comprenderla y a apreciarla mejor, con el respeto y asombro que se merecía. Pero no. Nada. Tan sólo el peso de una expectativa nunca del todo realizada. Y, en un extremo, en la última escena del más último de los actos, un muerto. Eso es todo, amigos y parientes y deudos surtidos. ¿Y cómo era aquello de Platón? Ah, sí: «Los muertos son los únicos que ven el final de la guerra». De acuerdo; pero son los vivos –recorriendo el todavía tibio campo de batalla– quienes contemplan a los muertos mirar ese final y lo ponen por escrito. Esa ausencia que deja un muerto en la vida y que es como ese sitio en el que, durante muchos años, se colgó un cuadro. Un cuadro que, de pronto, ya no está. Pero que lo mismo no se puede dejar de verlo. O, al menos, percibimos allí la diferencia de tonalidad en la pintura de ese rectángulo de pared. Ya no está el cuadro pero, delimitado, está el lugar que el cuadro ocupó. Así que no queda otra opción que la de llenar ese espacio tan vacío –y recibir esa herencia tan hermética– que dejan los que mueren a quienes los sienten morir. Paradoja: la muerte, la experiencia más personal e intransferible de todas, es esa materia inspiradora no para los muertos –para quienes dura apenas un segundo y enseguida ya están en otra, lejos– sino para los sobrevivientes que la moldean a voluntad, la alargan hasta convertirla en novela panorámica, o la reducen a su más mínima e íntima expresión. Como a esos finales abiertos en los cuentos de Chéjov, tan fáciles de elogiar (nada le producía a él mayor desconfianza que esos escritores que mencionaban el nombre de Chéjov como si se tratase de alguien de la familia o se lo anexaban a otro, sin pedir permiso a nadie, en plan «Chéjov adolescente», «Chéjov latinoamericano», «Chéjov noir») por aquellos que los sienten, aunque no lo confiesen, como fáciles de emular. Y, ay, lo intentan. Y, retroactivamente, los degradan y les arrancan la cáscara de su misterio para revelar un fruto minúsculo y minimalista. Eran los mismos que celebraban el Nobel de Literatura a una supuesta descendiente directa del ruso como Alice Munro («Chéjov con faldas») y hacían que él se preguntase, a los gritos, a solas, puño en alto: «Si se lo dieron por ser la Chéjov con faldas, ¿por qué cuernos no se lo dieron en su momento al Chéjov con pantalones, eh?».

¿Sería por cosas así –tan tontas pero tan apasionadamente sentidas por él– que ahora el pecho parecía abrírsele en dos para descubrir el más rojo de los mares? ¿Por eso este dolor? Y, claro, éste no era el único exabrupto literario en el que se había descubierto –entre fascinado y preocupado– en los últimos tiempos. El Hombre Solo, que siempre se había sentido como una especie de evangelista de su oficio y de todo colega, conversando con los animales más bobos o más salvajes, llamando a los placeres de la lectura y publicando reseñas siempre elogiosas porque, explicaba con una pregunta: «¿Por qué hablar mal de algo cuando hay tanto bueno a recomendar?»; él, de un tiempo a esta parte se había visto poseído por una furia nueva y desconocida y de un color casi verde Hulk. Una eufórica sed de venganza y una excitante ansia de destrucción que, quién sabe, tal vez tuviesen que ver, de nuevo, con el advenimiento de ese dolor en su pecho y que se le hacían tan parecidas a las de esos personajes de la literatura judeo-norteamericana. El Von Humboldt Fleisher de

Saul Bellow, el Bob Slocum de Joseph Heller, el Harry Towns de Bruce Jay Friedman, el Mickey Sabbath de Philip Roth. Gente que, aullando su ira o su felicidad, arrasaba todo a su paso: familias, trabajos y hasta hospitales. Homos Catastrofistas cuya génesis era el apocalipsis de los demás.

Aquí y ahora, claro, él no gritaba. Ahora: silencio, hospital. Ahora él se desplazaba aguantando los gritos interiores por un santuario de desenlaces definitivos e incontestables. Aunque la angulosa muerte no fuese un final redondo. La muerte no era una ciencia exacta. No estaba sujeta a fórmulas. Te puedes morir en cualquier momento y sin saber por qué y sin haber entendido nada. Como –en su caso– la poesía. O el jazz. Algo cuyo significado infieres de pronto, cuando ya es demasiado tarde, luego de no comprenderlo a lo largo de toda la vida. Como la locura cuya cordura de espíritu y razón de ser sólo comprenden cabalmente los locos.

Y, de este lado de nuevo, ¿contarán los psiquiátricos como hospitales? Supone que sí. Y de eso –de esas «residencias de reposo»– sabe y conoce bastante. Ya son muchas temporadas metiendo o visitando o sacando a Penélope para casi enseguida poder volver a meterla, a internarla. Psiquiátricos que nada tienen que ver con su idea de manicomios decimonónicos en novelas enloquecidas. O al principio y al final de aquella película. (Sí: se piensa en películas y superproducciones, se las invoca y se las recuerda, cuando se quiere y se necesita tanto pensar en cualquier otra cosa que no sea en la propia y humilde home movie de imagen temblorosa y desenfocada, en el cortometraje en el que de golpe actúa ahora, actúa mal.) Aquella película en la que un anciano y confesional Salieri tarareaba su infamia con melodías de Mozart entre paredes cubiertas de mierda, dementes histriónicos y, entre ellos –siempre le pareció muy curioso esto–, demasiados que se creen Napoleón y ninguno que se cree Quijote. O tal vez sea que nada interesa menos a un loco que la locura porque, como ya pensó, para él la locura se trata de algo perfectamente razonable.

Por lo contrario, las «residencias» en las que de tanto en tanto se «retiraba» Penélope (desde su regreso de ese extraño viaje nupcial al otro lado del océano, cada vez más inmersa en el autoanálisis de su «condición») tenían, todas, la sospechosa calma y el silencio de lo envasado al vacío. Como si se tratase de estaciones espaciales en órbita alrededor de una normalidad sana y externa pero, en verdad, tanto más anormal que la que se respiraba allí dentro. Cada vez que había ido a visitarla él, recorriéndolas con las manos detrás de su espalda, siempre había pensado lo mismo: «Qué lugares tan magníficos para encerrarse a escribir o a leer».

El hospital de ahora, su hospital, en cambio sólo le produce ganas de quemar libros y arrasar naciones y todas esas cosas que los déspotas hacen para dar miedo porque nada da más miedo que lo que sienten ellos, sabiéndose todopoderosos y, por lo tanto, efímeros, débiles y ya listos para ser barridos por los vientos de la historia.

Él está sentado junto a una máquina de bebidas frías y otra máquina de bebidas calientes y una máquina más que vende golosinas y cosas más o menos saladas como patatas fritas con sabor a pollo braseado con patatas (sí, patatas que incluyen el sabor a patatas como atractivo y oferta) o patatas con sabor a cheeseburger. El absurdo equivalente patatero y mutante a un libro electrónico (otra contradicción de términos en un mismo producto, piensa). Comida como de astronautas locos y lo básico para sobrevivir mientras esperas que te comuniquen si vas a sobrevivir o no. El Hombre Solo piensa si habrá tiempo o si no le hará mal tomarse una ¿última? Coca-Cola. Después de todo, ¿no era la Coca-Cola «la chispa de la vida»? ¿Y no es exactamente *eso* lo que él necesita aquí y ahora? ¿La chispa? ¿De la vida? ¿Algo que vuelva a encenderlo? ¿Algo que avive su fuego en peligro de extinguirse rodeado por vientos traicioneros y circulares? ¿Algo que lo devuelva a las playas de esa inmortalidad verosímil y palpable que es la buena salud? ¿La buena salud que no sabemos que tenemos hasta que dejamos de tenerla? ¿La buena salud como un don que se nos arrebata, como una medalla que nos arrancan del pecho dejándonos con el uniforme roto y degradado? ¿Esa buena salud que (salvo pequeñas dolencias, o grandes dolores pero nada graves: como el ya mencionado y añejo de su boca estallando en llamas y fuegos o la reciente e inconfesable y pasajera helénica imposibilidad de sentarse que hasta ha agradecido como vacaciones por obligación de su pantalla) es la que él tuvo hasta esta noche? ¿La buena salud de la que se enorgullecía en secreto mientras, tocando madera, contemplaba a seres más o menos cercanos caer golpeados por síndromes y males de diverso calibre? Ahora no. Ya no. Ahora es cuando comienza a crecer el óxido en su salud de hierro, ahora empieza a sobrarle la «falta de salud». Ahora le falta a él. Una nueva era.

«Bienvenido», le dijo un cartel junto a la entrada del hospital.

Muy gracioso.

Y El Hombre Solo no se atreve a pensar si ese cartel es un detalle irónico o algo más tremendo, la versión abreviada y moderna de aquello que se lee a las puertas del Infierno de Dante. ¿Cuántos caracteres tiene «Oh, vosotros los que entráis aquí abandonad toda esperanza»? ¿Más de ciento cuarenta? ¿Menos? Los cuenta: son sesenta y uno. Sobra espacio y, ah, otra vez, El Hombre Solo jamás sintió un dolor tan... no es fuerte... no. Es un dolor tan *amplio*. El Hombre Solo jamás sintió un dolor tan amplio como el que siente ahora. Un dolor que se localiza en un punto fijo y concentrado y pequeño. Pero es un dolor que, desde allí, se extiende como en ondas al resto de su cuerpo, hasta alcanzar y colonizar sus fronteras más lejanas. Las tierras distantes en las que su cuerpo y su dolor limitan ahora, aquí, en la sala de urgencias, con otros cuerpos y otros dolores.

¿Qué pasó? ¿Qué le pasa? ¿Quién sabe? ¿Qué será, será?

Su dolor es pura novedad y, sí, la versión más despiadada e inmediata de lo que se conoce como «miedo a lo desconocido». Ahora, El Hombre Solo es como un marino antiguo. Como aquellos exploradores medievales que se arrojaban desde los bordes de los mapas antiguos e incompletos a la líquida *terra incognita*.

Mapas donde, junto a una rosa de los vientos recargada de adornos, como para así convencerse de que todo estaba bajo control y con conocimiento de causa, se leía la sentencia gótica de «Más allá hay monstruos» o «Aquí hay dragones». En latín, que es el lenguaje del miedo y de lo irrevocable, de la fe y de la superstición, el lenguaje secreto de todas las salas de urgencias y de los médicos y de las enfermedades.

Pero hay algo aún peor que eso, piensa él: que el monstruo esté aquí, cerca, en su pecho, boca abierta, mostrando los dientes, mordiéndolo. El Hombre Solo tiene una mano en el pecho para así acunar su dolor. El dolor en su pecho es como un monstruoso nuevo hijo. Un recién nacido dolor que lo acerca a las lágrimas y que no deja de crecer con cada minuto que pasa. Pronto, ese dolor será un aullido adolescente e incontrolable en su rebeldía y caprichos, piensa El Hombre Solo. Y no será sencillo aguantarlo en su pecho con la simple ayuda de una mano o de una bofetada. Después, como mucho en un par de horas de seguir así, antes de los recién nacidos crujidos ancianos de aquello que ya no podrá arreglarse, brotará de sus tripas, garganta arriba, el gemido ya maduro y derrotado. Su Waterloo fisiológico. Un Waterloo como el del primer capítulo de *La Chartreuse de Parme*: puro desconcierto y desorientación y ningún mapa estratégico cubierto de pequeños y plomizos soldaditos a contemplar desde las alturas de un casino de oficiales. No, no, no: él, ahora, como Fabrizio del Dongo, perdido en el espacio, preguntándose dónde queda el frente y la retaguardia y dónde queda el consultorio para tramitar la rendición. Y El Hombre Solo recuerda cuando, hace tantos años, supo que esa costumbre de la mano en el pecho no era un gesto pensado por Napoleón para posar o ser recordado (su particularidad casi de superhéroe, el rasgo por el que conocerlo y distinguirlo) sino consecuencia directa de una úlcera o algo así. Tremenda desilusión. Lo supo por la misma época en que alguien le reveló que Hanna-Barbera *no era* una mujer creadora de dibujos animados sino dos hombres. Otra derrota más. Y está claro que, viéndolo y viéndose a él ahora, nadie lo confundiría con un dios de la guerra o un estratega genial. Ahora, El Hombre Solo combate a solas. Su mano sobre el pecho no inspira ni impone ninguna necesidad de ser elevada al bronce. Todo lo contrario, lo suyo produce inquietud y ternura: la mano tiembla y, en la muñeca, una pulsera de plástico lleva su nombre y su apellido (que tampoco son importantes aquí y que ni siquiera requieren de iniciales) y un código de barras que, supone El Hombre Solo, sintetiza los síntomas que le comunicó a la recepcionista al llegar. Antes de derrumbarse en esta silla a la espera de que lo llamen y lo examinen y lo cataloguen y, quién sabe, de que tal vez lo devuelvan al aire libre y no le obliguen a quedarse allí dentro, por toda la eternidad, por unas horas o un par de días o por los cinco o seis minutos que le quedan de vida.

El Hombre Solo se inclina por la primera opción de todas las anteriores pero, por cábala, para no tentar a la mala suerte, se distrae –no está solo allí– contemplando al resto de las personas que esperan en la sala.

Hay una anciana inmemorial y de aspecto aristocrático pero un tanto decadente que no deja de hablar a los gritos por un teléfono móvil y que parece desesperadamente feliz de estar allí, de volver a estar enferma, de que la atiendan y de que la sirvan y de comunicárselo a sus descendientes para ver qué piensan hacer al respecto para subir o bajar en el ranking de herederos. Sus movimientos tienen la angulosidad de los arácnidos y El Hombre Solo –quien siempre se consideró y ha sido considerado por la gente que lo conoce como un infalible juez de caracteres– podría asegurar que esa anciana es el ser más maligno y detestable que jamás ha surcado y desfigurado la faz del mundo. Una verruga de odio y rencor.

Hay una joven que no deja de enviar mensajes desde su teléfono móvil multiuso. «Hey, aquistoy en el ospital para ver q me dicen de mis mareos y espero no estar emvarasada jajajajaja y q nadie se entere de esto pq si/no!!», piensa El Hombre Solo, pensando en que ese hipotético mensaje enseguida será reenviado por su destinatario. El Hombre Solo que suele pensar en cosas escritas, en cosas que va a escribir (y se lleva la mano al pecho pero, ahora, para palpar su libreta de notas) pero nunca contando las letras. Ciento cuarenta caracteres. El raro y nuevo talento no de escribir bien o de escribir correctamente sino de escribir ciento cuarenta caracteres exactos. En tiempos injustos en lo que todo parece conformarse con lo justo: abreviarse, reducirse, miniaturizarse y en los que él, por acción y reacción, se expande como un gas, se propone ocupar todo espacio disponible, se repite y se corrige y vuelve a repetirse. Una forma de rebelde resistencia: no escribir nada que no supere los ciento cuarenta caracteres. Pronto, se dice, ninguna idea será más larga o alta o profunda que eso. Y se acuerda de la chica en el funicular, su rostro destrozado y cubierto de sangre, como un fresco y recién hecho cuadro (otro cuadro) de Francis Bacon y es como si cerrase ese archivo, prefiere no pensar en eso ahora. Prefiere, en la espera, ideas leves. Ciento cuarenta caracteres de largo, de altura, de superficial profundidad que no aspiran ni al slogan ni al aforismo. Bijis, se llaman. Anotarlas. Como si se tratase de esos origamis que se abren en el agua. O de sea-monkeys.

Y tal vez ya sea pertinente consignar aquí (aunque ya habrá quedado claro, pero ahora es más que evidente: porque con enorme dificultad El Hombre Solo retrata en su libreta con unas pocas palabras a aquellos que lo acompañan en la espera y en la urgencia) que El Hombre Solo es escritor. Y que, por lo tanto, su idea de un mensaje de texto está mucho mejor redactada de lo que suelen estarlo casi todos los mensajes de texto. Y que el hombre –poniéndose «en personaje», deformante reflejo automático– suele pensar en este tipo de cosas. El Hombre Solo piensa como si escribiese que la joven escribe y piensa *así*. Y que envía su mensaje a miles de amigos rebotando contra el fantasma de la electricidad aullando en los huesos de su rostro.

Hay una pareja de padres preocupados por su hijo que debe de tener cuatro años. El pequeño es increíblemente parecido a los padres, a los dos. ¿Es posible eso? Sí, si el padre y la madre también son increíblemente parecidos entre ellos, el uno al otro. Y El Hombre Solo se pregunta si será bueno o malo –agradable o perturbador– que tu hijo se te parezca tanto. Seguro que, además, el padre es uno de esos padres que le pone su nombre propio a su propio hijo. Que se quedan con eso, que no piensan un poco más, que traspasan su nombre como una propiedad a compartir. Nunca entendió esa costumbre que, piensa, sólo puede encerrar motivos tan egoístas como imbéciles: el deseo implícito de que otro sea igual a uno, de que lleve su nombre a una nueva era, de que no olvide nunca al rematado idiota que lo precedió, y todos sus defectos, y todos los indeseables regalos que te hace la genética. Y tal vez lo del mismo nombre sea incluso mejor que toda esa nueva camada de niños portando más sonidos que nombres. Nombres que suenan a títulos de espectáculos del Cirque du Soleil. Cosas como Ayunnah, Taköy, Mommoh, Lankinna, Oompah. De alguna vez haber tenido un hijo, él se habría inclinado, de rodillas, frente al esperanto funcional de esos nombres internacionales apenas enrarecidos por un acento o una letra cambiada o ausente: Tomás, Martín, Sebastián... Pero no está del todo seguro. No está seguro de nada salvo de que quiere salir de allí lo más pronto posible.

En cualquier caso, el tema de los hijos no es su tema. Renunció a ello al igual que a la pareja estable hace mucho tiempo. Se reía de todos aquellos que insinuaban que sólo el salvaje crecimiento de los hijos era lo que remataba, con el más gracioso de los tiros, al civilizado crecimiento de los padres. «Lo hago en nombre de la literatura», se dijo, con su primer libro publicado, feliz y todo lo exitoso que se podía llegar a ser entonces, en esas circunstancias. Ese juramento y compromiso eran, también, formas cómodas de no tener que pensar en otros salvo en sí mismo, claro. Y ahora se pregunta si ese dolor en su pecho no será en realidad otra cosa que cansancio y fatiga de materiales por pensar sólo en él y en él como parte de la literatura. Ahora se pregunta –tan egocéntrico como sólo puede serlo un escritor– si no hubiese estado bien que esta noche lo acompañara un hipotético y apuesto hijo de unos veinte años que no se pareciera a él sino a su hipotética y muy hermosa madre. Y que no se pareciese en nada a él en lo que hace a su personalidad, para así no sentirse responsable de nada. Un hijo completamente diferente sería, además, más divertido e intrigante, ¿no? De tener un hijo tan parecido a él, como el hijo de esos dos de ahí, razona, todo el tiempo estaría preguntándose cuáles piezas le quitaron a él para construirlo a esa maqueta de sí mismo.

El pequeño tiene fiebre. «Mucha», le informan Pa-Ma, con la misma voz y al mismo tiempo, sin que él les haya preguntado nada. Todo esto, sin embargo, no le impide al niño hablar. Hablarle a él. Hablar –como en un trance– de las idas y vueltas de una raza de robots intergalácticos que han llegado a la Tierra para protegerle de otra raza de robots intergalácticos. La Tierra, parece, se convierte en el campo de batalla de estos androides que, mientras luchan entre ellos, destrozan buena parte de todo lo que los rodea. El Hombre Solo escucha con atención y asiente a todo lo que dice el niño aunque no le queda del todo claro el porqué de inteligencias y tecnologías alienígenas y tan sofisticadas decidiendo, en nuestro planeta, mutar a medios de transporte (autos, camiones, helicópteros, aviones terráqueos) tan imperfectos y fáciles de descomponerse. Más allá de eso, El Hombre Solo puede apreciar el genio mefistofélico del creador de esos «autobots» y «decepticons» a los que se refiere el niño: dos juguetes en uno.

Hubo un tiempo, piensa El Hombre Solo, en que la gente se relacionaba de igual modo con los libros. 2 × 1. Lo que el escritor te daba y lo que uno hacía con eso dentro de su cabeza. Ahora no, ahora cada vez menos: lo que importa no es el contenido sino el envase. El artefacto. El último modelo. Espejitos y vidrio de colores. Leer mucho allí, más que nunca, pero en dosis homeopáticas. Y escribir más que nunca pero, también, escribir mucho de nada y, en realidad, nada le importa menos al Hombre Solo que estas cuestiones sobre las que solía pensar mucho y escribir bastante en otra era, en otra dimensión, ayer mismo, en los días en que estaba sano o al menos así se sentía.

La sola idea de un antes y un después en la historia de su cuerpo y en lo que su cuerpo contiene le nubla la vista y le llena los ojos de algo que, por favor, no sean lágrimas, ¿sí? Lo importante es distraerse, cambiar de frecuencia, pensar en robots irrompibles con un especial talento para romper todo lo que los rodea. Robots chocadores. Lo más curioso de todo (el tipo de detalle en que suelen reparar los escritores, un escritor nunca descansa ni se desactiva como ciertos humanoides metálicos) es que el niño, más allá de su delirio futurístico, sostiene en la mano un juguete muy primitivo. De hojalata. A cuerda. Un pequeño hombre con sombrero llevando una maleta. El juguete que el niño, seguramente, eligió cuidadosamente entre muchos otros para que lo acompañe en un viaje hacia lo desconocido y los rayos X. El Hombre Solo está a punto de preguntarle algo al niño (¿Cuáles son los buenos y cuáles son los malos? ¿Qué es un «Optimus Prime»? ¿Y un «Omicrón»? ¿Y quién le regaló ese juguete antiguo del que ahora él no puede apartar la vista?) cuando una puerta se abre, una enfermera pronuncia su nombre, y entonces El Hombre Solo se pone de pie, como si volviera a estar en la escuela primaria y le ordenaran pasar al frente y dar la lección. Algo que sólo pudo aprenderse de memoria, puro sonido, sin tener la menor idea de lo que se dice, como cuando se canta en un idioma que no se habla. El Hombre Solo repasa lo que va a decir ahí dentro. Una lista de síntomas. Le preocupa ser claro y no extraviarse en oraciones largas y virulentas adjetivadas con bacterias. Y, con la mano en el pecho, da unos pasos inciertos, entra a la zona de consultorios (la puerta batiente se cierra a sus espaldas con un sonido mecánico y amortiguado y neumático, muy como de autobot-decepticon), y decide no mirar atrás por miedo a ser fulminado por alguna de esas maldiciones y efectos especiales que aparecen en la primera parte de la Biblia.

«Si tienes miedo al trueno, déjate aterrar», instruía un proverbio zen. Así que, dispuesto y buen alumno, bienvenido al miedo –y nada da más miedo que el siempre generoso miedo– entendido como un complejo lenguaje universal que, sin embargo, se aprende a la perfección en segundos y se vuelve inmediatamente comprensible: el dialecto de la enfermedad en el que, como en cualquier otra lengua, lo primero que se aprende a decir y repetir son las preguntas de por qué, cómo, cuánto, cuándo. El miedo como el equivalente tipográfico de la Helvética: todos lo leen, todos lo entienden. El miedo como el verdadero esperanto.

Para no leer el miedo, *su* miedo, El Hombre Solo abre el libro que eligió para que lo acompañe al hospital. Tuvo muchas dudas al respecto. ¿Llevar, por cábala, un libro breve y ligero? ¿O llevar, por precaución, un libro denso y voluminoso? Y El Hombre Solo ya es experto en la ciencia secreta de qué libro para qué o para dónde. Hay libros para aviones y libros para trenes y libros para viajes cortos en metro o autobús por la ciudad. Siempre ha dedicado mucho tiempo a pensar en eso: en el libro que lo acompañará o al que acompañará. Mucho más que en ropa y en documentos. Pero nunca había pensado en cuál era el libro perfecto para un hospital. Así que recuerda como, hace una hora y millones de años, trastabillando de dolor hasta la biblioteca, buscó y miró y no encontró y se le nublaron los ojos y se le hizo casi imposible leer lomos en los estantes y acabó decidiéndose por algo para sostener y para que lo sostuviera mientras, podía ya imaginarlo, se desplazara de un consultorio a otro. Sí, se dijo, se vio como desde afuera: iba a entrar y salir de aparatos-escaneadores, tal vez enfundado en una de esas desechables batas de papel que te dejan con el culo y la dignidad al aire. Y no supo qué escoger para leer durante todo eso. Intuía, sí, que debía tratarse de un título contundente y denso y sólido. Se le ocurrió, por ejemplo, un inmenso volumen de fragmentos con el cuasi galénico título de *The Anatomy of Melancholy* de Robert Burton. O tal vez uno de los tres tomos de la edición en Penguin de *The Arabian Nights* y su infinita posibilidad de un después y un mañana y mil y una noches. O uno de los seis volúmenes de *The History of the Decline and Fall of the Roman Empire* de Edward Gibbon y, oh, ruinas, ruinas eternas. O *La novela de Genji* de Murasaki Shikibu y sus ambientes cortesanos y controlados. O *The Varieties of Religious Experience* de William James. O, para abarcarlo casi todo, esa antología total que es *The Paris Review Book of Heartbreak, Madness, Sex, Love, Betrayal, Outsiders, Intoxication, War, Whimsy, Horrors, God, Death, Dinner, Baseball, Travels, the Art of Writing, and Everything Else in the World Since 1953*. Libros grandes pero que pueden consumirse de a breves fragmentos, se recetó. Algo que funcione tanto para una incursión relámpago como para –piensa en que no quiere pensar en eso– una «prolongada estadía» consecuencia de una «larga y cruenta enfermedad» o cualquiera de esas fórmulas escritas que luego se utilizan para la construcción de necrológicas.

Pero todos eran libros pesados, incómodos, libros que podían acabar siendo una piedra atada a su tobillo mientras descendían a profundidades sin retorno. Tal vez, se dijo, un libro de cuentos. Se acuerda de un cuento de John Updike, un escritor al que no ha dejado de extrañar desde su muerte en 2009. Un escritor al que él había seguido, a partir de su adolescencia, envidiando su fertilidad aparentemente inagotable (Updike publicaba, desde el principio de su carrera sin par, uno o dos libros al año además de sus largos ensayos y reseñas en *The New Yorker*) y al que había acompañado hasta la despedida. Hasta esos últimos poemas de hospital y convalecencia y cáncer, rimando el fin de su vida y la tristeza de no poder seguir escribiendo, de que con el fin de la vida llegase el fin de la obra. El día de su muerte él releyó algo que Updike había dicho en una entrevista y que siempre le había emocionado mucho: «La primera idea que tuve sobre el arte, cuando era niño, fue que el artista traía al mundo algo que no existía antes, y que lo hacía sin destruir nada a cambio. Una especie de refutación de la conservación de la materia. Ésa me sigue pareciendo su magia central, su núcleo de alegría». Y Updike –quien también había afirmado algo así como que los escritores son como caracoles desplazándose lentamente sobre las inconmensurables inmensidades de lo jamás expresado para dejar tras su paso, su baba, su rastro a seguir, su «muy personal excrecencia»– había sido el responsable indirecto de su primer trabajo cuando, en aquella revista en la que él se había iniciado profesionalmente en la escritura, un tal Abel Rondeau había arrojado sobre su escritorio un puñado de fotos del escritor norteamericano y le había ordenado que «inventase una entrevista exclusiva». Y él lo había hecho y le ha obedecido sin dudarlo; porque, después de todo, Updike siempre había sido un gran reinterpretador y falsificador de todo lo que le rodeaba para así dejar su marca. Updike quien había descubierto muy joven que «nada suena más verdadero dentro de la ficción que la verdad apenas ficcionalizada».

Su cuento favorito de Updike, el cuento que ahora buscaba (él estaba casi seguro de que estaba incluido en *Trust Me*, pero los demasiados libros de Updike ocupaban los dos estantes más altos de su biblioteca y nada estaba más lejos para él que el subirse a una silla y revolver allí arriba y bajar sin venirse abajo), se titulaba «The City». Y era una lástima: porque ese cuento le habría hecho mucho bien y hubiese sido una excelente compañía. «The City» narraba el tránsito de un viajero que llegaba a una ciudad desconocida y empezaba a sentirse un poco mal en el momento del aterrizaje y mucho peor ya en su hotel. Por lo que decidía visitar un hospital donde le hacen varios test y es operado de su apéndice y todo sale bien, todo termina bien. Pero lo que más y mejor recordaba él de «The City» (lo había leído y admirado varias veces, se sabía una frase de memoria: «El dolor se convierte en una especie de hogar») era el tratamiento casi turístico que Updike le daba a una estadía en el hospital. Como si el hospital se tratase de una metrópoli deslumbrante y, sí, muy hospitalaria. Y se acordaba también de la calidad angélica con la que Updike bendecía allí a doctores y enfermeras. Y el modo en que, transfigurado y mucho mejor, como montando sobre una epifanía, el viajero abandonaba esa ciudad a la que sólo intuyó desde dentro de esa otra ciudad, feliz y agradecido. Pero lo dicho, lo pensado: él no se atrevió a subir hasta allí teniendo que bajar a la otra ciudad.

Por lo que cogió lo primero que se le puso a mano y, por supuesto (están repartidos por toda la casa como si fuesen ratoneras o velas), eso fue uno de los varios ejemplares que tiene de *Tender Is the Night* de Francis Scott Fitzgerald.

El Hombre Solo lo metió en uno de los bolsillos de su chaqueta junto a ese pequeño notebook que lleva a todas partes y en el que, de un tiempo a esta parte, anota frases sueltas que, cuando vuelve a leerlas, siempre se niegan a ser atadas, a ofrecerle algún sentido o razón de ser o de será. Frases que, ahora, de pronto, mientras espera pasar de la primera a la segunda etapa de su espera, se organizan, después de tanto tiempo, en gérmenes y bacilos y esporas de posibles relatos, en partes inventadas flotando en el aire a la espera de que él las respire e, inspirado, las expire.

En «Urgencias», un hombre se pregunta qué libro llevarse a un hospital del que no sabe cuándo saldrá, si saldrá alguna vez / Empezar contando cómo llegó allí / Incluir funicular.

Tiempo atrás, El Hombre Solo y su biblioteca se habían mudado a las no muy altas alturas de la ciudad de B (apenas unos cuatrocientos metros sobre el nivel de un mar cercano y sin olas ni suicidas, y a cuyas orillas la gente sólo iba a comer y beber) porque estaba cansado de la gran ciudad y de la pequeñez del cada vez más encogido y arrugado y prêt-à-porter mundillo literario de esa ciudad.

Ya nada era lo que era; y la repetición de un slogan clásico pero gastado donde se insistía en que ése era el mejor lugar del universo en lo que hacía a la «acogida de escritores extranjeros» ya no lo convencía porque nunca había creído en él. Había llegado allí no tentado por folletos satinados promocionando «la vida de escritor» sino porque quedaba lejos del sitio del que venía y en el que había nacido donde ya había tenido toda la «vida de escritor» que estaba dispuesto a soportar en su vida.

Ahora, al mudarse, dejando atrás y bien abajo el «centro del mundo editorial» en su idioma era como ir quedándose solo y bien acompañado. Había descubierto en las alturas un ático modernista, en los bordes de un bosque al que se llegaba a bordo de un funicular que subía y bajaba por los rieles en un par de minutos. Poco tiempo y distancia de trayecto físico, sí, pero el suficiente como para sentir que se ascendía a los cielos o se descendía a los infiernos sabiendo que luego se regresaría al paraíso o, por lo menos, a un limbo al que (su caso) iban a dar los escritores a los que cada vez les costaba más escribir y menos decir eso de «Estoy escribiendo» y cambiar de tema como quien cambia, funicularmente, de dirección. Nunca bajándose en la estación intermedia, a mitad de camino, junto a los ciclistas y los corredores y los súbitamente desempleados por una crisis económica que habían decidido creer en aquello de «Mente sana en cuerpo sano» porque en algo había que creer.

Hace más o menos una hora –going down en todo sentido– El Hombre Solo iba aferrado a una de las agarraderas que cuelgan del techo del vagón del funicular, tratando de pensar en cualquier otra cosa. El sentarse incomodaba más que estar parado, porque comprimía todos sus desafinados órganos.

El hombre había descendido a las luces de la ciudad en la oscuridad de la madrugada (el funicular iniciaba su servicio a las 5.30 AM) y, ah, costaba tanto desactivar una mente insana dentro del cuerpo insano de un escritor. Otra vez, allí (en ese lugar donde por las mañanas y las tardes los niños que iban y venían del colegio aullaban: «¡Funi! ¡Funi!», como desenvolviendo el más grande de los regalos, un regalo que no cabía dentro de sus casas) El Hombre Solo volvió a decirse, apretando los dientes y con lágrimas en los ojos, como lloran los niños, que el funicular fue lo que lo decidió, en un tiempo récord, a mudarse allí. El Hombre Solo –cada vez más reacio a moverse, habiendo pasado una infancia con múltiples desplazamientos cortesía de los terremotos sentimentales de sus padres– había firmado contrato el mismo día en que vio el piso y dedicado buena parte de lo que restaba de la jornada, casi en éxtasis, a subir y bajar por el funicular, a jugar con el funi, como un niño. Arriba y abajo y a repetir el momento casi místico en que –cuando la colisión parecía inevitable entre la cabina que bajaba y la cabina que subía– el único carril, a mitad de trayecto, se bifurcaba. Y –como barcos en la noche– se cruzaban. Y los pasajeros se miraban de un vagón a otro. Unos yendo y otros viniendo, navegando por un río fantasma mientras, en las orillas, crecían los sucesivos patios de recreo de un colegio donde niños y niñas se repartían por edad y nivel de conocimiento o desconocimiento. Y, según el rumbo que se llevase, hacia arriba o hacia abajo, todos esos niños parecían crecer o decrecer. Y lo miraban pasar sin demasiado interés. Algunos, los más pequeños, gritaban y saludaban. Y él los saludaba y, claro, enseguida comprendió que a quien saludaban todos ellos no era a él o a los viajeros. Los niños saludaban, siempre, al funicular, al funi, al viaje en sí mismo.

Y El Hombre Solo se preguntó entonces (como no se atreve a preguntarse ahora, porque para qué agregar dolor mental al dolor físico) si su entusiasmo con todo el asunto funicularesco no sería una manifestación mecánica de ese hijo que nunca encontró o, peor aún, del casi hijo que se extravió. O una exótica cruza mitad reflejo de lo que nunca existió y mitad sensación como de miembro amputado pero que se sigue sintiendo allí, intentando coger la pelota sin mano o patearla sin pie.

Pero, de nuevo, todo el tema era demasiado conflictivo para él. Así que –prerrogativa de escritor, una de las pocas «facilidades» de las que gozan en relación con el resto de los mortales– él buscó inmediatamente aplicaciones alternativas a la novedad y, en el funicular, pensó «¡Hitchcock!», y pensó «¡Harry Lime!». Una sensación decididamente noir. El funicular como espacio ideal para esas vertiginosas o abismales persecuciones sufridas por James Stewart o Cary Grant en los filmes de Alfred Hitchcock. O el funicular como sitio perfecto para una de esas amenazantes y reveladoras conversaciones como la que tienen Orson Welles y Joseph Cotten en los altos de una rueda de la fortuna vienesa en *The Third Man*. Después, enseguida, El Hombre Solo se preocupó por saberlo todo acerca del funicular (palabra que proviene del latín *funiclus* o «cuerda») y tomó notas que, como siempre, pensó que le servirían para algo pero que casi nunca encajaban en ninguna parte. Atención: el primer funicular del mundo fue inaugurado en Lyon en 1862 y unía Rue Terme con Croix-Rousse. Luego vinieron el de Budapest (1870), el de Viena (1873), el de Estambul (1875), el de Reino Unido (1876), el de Valparaíso (1883), el de Suiza (1888), el de Lima (1896), el de Bilbao (1915), el de Santiago de Chile (1925) y, por fin, el de B (1906). Precisiones: longitud de la línea 736 metros, altitud estación inferior 196 metros, altitud superior 359 metros, desnivel 158 metros, máximo de pendiente 28,9 por ciento, vehículos 2, capacidad de los vehículos 50 personas y un máximo de dos bicicletas, capacidad de transporte (en un solo sentido) 2.000 personas por hora, velocidad 18 km/h, diámetro del cable 30 mm, ancho de vía 1.000 mm (métrico). El Hombre Solo se había aprendido todo eso como otros memorizan salmos de la Biblia o versículos del Corán. Y hace un rato, llegando al andén en el que combinaría con un tren de cercanías rumbo a la sala de urgencias, lo repitió como un prisionero de guerra ofreciendo datos mínimos pero vitales para su supervivencia, invocando la Convención de Ginebra o lo que sea pero que, por favor, no le maten, no quiere morir aquí, solo, esperando ver la luz al final del túnel del tren que se acercaba.

Esta vez el descenso en funicular (que siempre le había parecido una especie de épica doméstica y juguetona y libre y fluida asociadora de ideas más o menos conscientes) se sintió como saturado de elementos ominosos y proféticos y dantescos y odiseicos. Como si los dioses no dejasen de arrojarle señales de que algo importante está sucediendo y, se sabe, los dioses, aunque crípticos y a menudo poco claros y muy contradictorios en sus manifestaciones y despachos, no suelen ser sutiles o elegantes. A los dioses les gusta que se sepa que allí están ellos, todo el tiempo, cambiando de humor, observadores de ceja enarcada. Y de tanto en tanto dejando escapar poluciones y exabruptos y enviando telegramas casi siempre portadores de malas noticias, de stops en todo el sentido de la palabra y el gesto: lo que se conoce como «señales divinas». Lo que equivale a «Todos cuerpo a tierra y ponerse a cubierto y bajar a los refugios». Entonces, él no descendió escalones para ponerse a salvo de truenos y rayos sino que se dejó llevar, sujeto por un cable de acero, dentro de una pequeña cabina de metal y plástico, solo y abrazándose a sí mismo para que el dolor que bailaba tan dentro de su pecho, ignorando el ritmo cada vez más irregular de su corazón, no brotara de allí dentro como un alien y se pusiera a dar piruetas.

Y, sí, ya se dijo, manifestaciones inquietantes, mensajes ominosos. Esperando a que el funicular subiese primero a su última y más alta parada –la suya– vio cómo una joven, otra pasajera temprana, se detenía en la parte superior de la escalera a contemplar la pantalla de su teléfono móvil. Y, claro, no era el mejor lugar para hacerlo. Pero él ya se había acostumbrado a la sucesiva contemplación de personas que (entregadas a la compulsiva revisión de perfiles sociales y mensajes breves) parecían perder toda conciencia física y práctica de su entorno. Como esta chica, ignorante de que se ha quedado a mitad de camino, en el peor sitio posible, arriesgándose a que cualquier otra persona que bajase corriendo para alcanzar el funicular doblara sin mirar por el ángulo del trazado de las escaleras y se la llevase por delante y la hiciera volar por los aires. Y él no terminó de pensarlo y, ya dentro de la cabina, apenas alcanzó a alzar su brazo y advertírselo con voz dolorida cuando, por supuesto, alguien bajó corriendo y la atropelló y la chica salió despedida, conservando todavía una sonrisa en su rostro, seguramente provocada por algo que leyó en su teléfono antes de estrellarse contra el suelo. Y no: ni grito ni llanto. Tan sólo la chica incorporándose, con los movimientos de un zombi, su rostro destrozado y cubierto de sangre, la boca abierta en un círculo al que le faltaban varios dientes, repitiendo una y otra vez, como en un trance, el tono único de una pregunta descompuesta: «¿Dónde está mi teléfono? ¿Dónde está mi teléfono? ¿Dónde está mi teléfono?». Toda ella rota y, aun así, todavía sin comprender que no hay nada con más y mejor alta definición que esa realidad a la que insiste en ver sólo a través de una pantalla, esa realidad que tarde o temprano te atropella si estás distraída mirándola, empequeñecida, en un pequeño rectángulo de plástico y chips y fibras ópticas. Y las puertas del funicular se cerraron y él, mientras se alejaba, montaña abajo, la contempló esfumarse, en la bruma del amanecer, buscando su móvil mientras el hombre que la atropelló la miraba sin saber qué hacer y sacaba su teléfono móvil para encontrar respuesta.

Una vez abajo, descendido y apoyándose contra una de las paredes del andén, esperando que llegue el tren de cercanías que lo dejará a un par de calles del consultorio de urgencias, contempló cómo se acercaba a él un gigantesco albino con síndrome de Down. El hombre, cuya edad le costó precisar (parecía tener los años sin tiempo de un ser legendario de esos que siempre salen movidos y difusos en las fotos), comenzó a gritarle algo en su idioma único y, por suerte, llegó el tren y él entró allí y, pensó, faltaba menos. Faltaba menos para llegar a lo que sea, a lo que tocase luego de que lo tocasen. A –como dicen aquellos afortunados que aprendieron a creer como él aprendió el alfabeto– lo que Dios quiera.

Y, de golpe, dolorido, El Hombre Solo recordó ese capítulo de *Tender Is the Night* que transcurría en un funicular suizo. En el tren buscó y encontró la página y allí estaban Dick Diver y Nicole Warren (todavía no están casados, todo tiene lugar en el largo flashback central de la novela), en Glion. Y allí se decía que los funiculares «se construyen con una inclinación semejante a la que da al ala de su sombrero alguien que no desea ser reconocido». Y él, como tantas otras veces, pensó «¡Ah, Fitzgerald!». Y el pensarlo y el disfrutarlo hizo que se sintiese un poco mejor al punto de buscar y encontrar en otro bolsillo un bolígrafo y su notebook con el que iba a todas partes y anotase allí: «F. S. F. / Funicular / Sombrero / Desconocido / Chica / Teléfono / Gigante / Etcétera».

En «Frankenstein», un hombre que ha acompañado al hospital a su padre (quien ya está al otro lado de unas puertas que él no puede franquear) contempla la llegada de un gigantesco albino con algún tipo de deficiencia mental cargando en sus brazos a una hermosa joven con su rostro destrozado que repite: «¿Dónde está mi teléfono? ¿Dónde está mi teléfono? ¿Dónde está mi teléfono?». El hombre se pone de pie y le entrega su teléfono y la chica parece calmarse y el gigante le sonríe y entonces un médico llama al hombre y le dice que su padre ha tenido un ataque cardíaco, que fue algo fulminante, que no ha podido hacerse nada. Ni siquiera ha habido ocasión o necesidad de poner en práctica eso de la resurrección cardíaca con paletas eléctricas que al hombre, viéndolo en la televisión, siempre le pareció algo tan eficazmente inverosímil como los largos y tendidos actos sexuales en el cine porno. El hombre busca su teléfono para avisar a su madre (ella y su padre se han separado hace años) y descubre que ya no lo tiene, que se lo robaron o lo perdió o, se acuerda de pronto, se lo ha llevado la chica, aferrándolo como a un consolador muñeco de peluche. Busca un teléfono público. Pero ya no hay teléfonos públicos. Toda actividad telefónica se ha privatizado, individualizado. En cualquier caso, comprende, tampoco se sabe de memoria el teléfono de su madre. Ya no hace falta marcar teléfonos y, por lo tanto, no tiene sentido alguno recordarlos, como recordar tantas otras cosas a las que se accede con presionar una tecla. El médico le pregunta si quiere ver a su padre y lo lleva a un cubículo donde yace el cuerpo y allí dentro, también, inesperadamente, están la chica y el gigante y su teléfono y…

El Hombre Solo lleva unos diez minutos esperando, pero la sensación es que han pasado diez horas camino de ser diez años.

En los hospitales –ahorita y siempre– el tiempo se expande.

En los hospitales, con sólo entrar en ellos, uno ya es paciente.

En ambos sentidos del sujeto. Allí, uno es quien se arma de paciencia para así desarmarse como paciente.

El Hombre Solo contempla a la mujer que hace, ahora, unos once minutos le pidió sus datos. La mujer que le preguntó sintéticamente por sus síntomas (y él se señaló el pecho y dijo: «Duele. Mucho») y le ofreció una pulsera de plástico con su nombre impreso y un código de barras (que él se abrochó con cuidado, junto a su reloj). Esa mujer que, ahora, a pocos metros pero tantos años después, ya tiene para El Hombre Solo la tonalidad sepia de lo distante en el tiempo pero no en el espacio. El sitio es el mismo, comprende. El sitio no ha cambiado en absoluto y será siempre y para siempre el mismo. Y, sitiado, El Hombre Solo seguirá ahí dentro vaya uno a saber por cuánto tiempo. Quedarán atrás edades glaciales, meteoritos se estrellarán junto al hospital para extinguir a especies de un solo golpe, y él continuará allí, esperando oír de nuevo su apellido funcionando como la palabra mágica que deshace el conjuro de la inmovilidad y hace que los acontecimientos se precipiten y, con los acontecimientos, se precipite él. Cayendo por el precipicio de esas otras puertas batientes –por el desconsolador next stage– por las que de tanto en tanto entra o sale una camilla habitada o vacía permitiendo entrever los atemorizantes misterios del otro lado. Entonces lo oye. Su nombre. De nuevo. El apellido propio –superado el pasaje por escuelas y universidades– siempre suena raro cuando se lo oye en boca de otro y mucho más de un desconocido. Y le indican un pequeño consultorio sin puertas, casi un nicho, y entra allí y la sensación de ir adentrándose cada vez a recintos más pequeños, como cajas chinas o muñecas rusas, hasta alcanzar el centro irreductible de su mal. Lo siguiente, tiembla, será un ataúd. Y ya no una pulsera en su muñeca sino una etiqueta alrededor de un dedo del pie. Su nombre otra vez allí, escrito por primera y última vez por una mano extraña. Tal vez con algún error ortográfico.

Lo ideal, piensa El Hombre Solo, sería que en los hospitales te dieran, al llegar, un alias, un nombre hospitalario. Y que, de ser posible, fuera el mismo paciente quien lo eligiese. Que se le obsequiase este simbólico privilegio como quien da un caramelo al niño para consolarlo después de mentirle con aquello de «No te va a doler nada». Sí: la posibilidad de ser otro, de que todas las cosas más o menos malas le sucediesen a otro mientras se está ahí dentro, y de que sólo se recuperase el nombre verdadero a la salida, con la buena noticia de salir, de no tener que quedarse ahí dentro.

Pudiendo elegir, al hombre le gustaría llamarse y que lo llamasen Heywood Floyd. Dr. Heywood Floyd. Un hombre y un nombre a no confundir con el de los bluesmen que se fundieron sin que se les pidiese permiso para convertirse en el siamés Pink Floyd. Un nombre de ciencia y de ciencia-ficción en tiempos en los que la carrera espacial ha terminado (difícil que alguien ahí fuera se preocupe por salvarnos o invadirnos) para mutar a la exploración de otro espacio: el propio cuerpo. La espiral del ADN en lugar de la espiral Nebulosa de Andrómeda.

Así, para él, aterrorizado, decir «Dr. Heywood Floyd» sería como un gesto de resistencia a la vez que enarbolar un recuerdo del futuro, de una época en la que tal vez, tenga lo que él tenga ahora, ya nadie lo tendrá, porque todos se habrán curado de eso. Y, cuando el otro doctor, el verdadero doctor, le preguntase su edad y le dijese que «Se lo ve muy bien para tener setenta años; yo no le hubiese dado más de sesenta y cinco», él pudiese acotar, con una sonrisa, «Feliz de oír eso, Oleg, teniendo en cuenta que tengo ciento tres años, como bien sabes».

En eso está pensando, en el principio no de un cuento sino de una novela, cuando el doctor (de pronto, todos los doctores son más jóvenes que él, cuándo fue que sucedió eso, ¿durante la pasada noche?) le pregunta la edad y él responde, automáticamente: «Ciento tres años, Oleg, como bien sabes». Y el doctor lo mira con esa cara especialmente diseñada para los doctores. La cara que les enseñan a poner recién durante los últimos meses de su carrera, cuando ya están en prácticas, y que es la cara de «Oh, no, va a ser uno de esos pacientes». Cara siempre acompañada por una sonrisa tirante y ojos-ranuras; como de relojero que se asoma al insondable misterio abierto de otro reloj al que

–resortes y rubíes y engranajes– vaya a saber uno lo que le pasa y, ah, por qué me habrá tocado justo a mí.

«Ah, disculpas. ¿Cincuenta? ¿Tengo cincuenta años? ¿Es que estaba pensando en un libro? ¿*2061: Odyssey Three*? ¿Arthur C. Clarke? ¿Heywood Floyd? ¿Se acuerda? ¿En la película? ¿*2001*? ¿Es el doctor que viaja a la luna y se queda dormido en el transbordador espacial y su pluma flota y después habla con su hija por videoteléfono y luego desciende al cráter de Tycho a mirar y tocar el monolito?», recita El Hombre Solo.

Y descubre un nuevo síntoma de su dolencia: ya no puede afirmar nada. Todo lo que dice le sale con la tonalidad y entonación de preguntas que no buscan ninguna respuesta. El doctor asiente varias veces con la cabeza, le pide que se quite la camisa, dice «Enseguida vuelvo», y sale del pequeño recinto. «A tomarse un whisky, seguro», piensa El Hombre Solo, más solo que Heywood Floyd al final de sus días, desnudo de cintura para arriba, absurdamente feliz de no estar también desnudo de cintura para abajo, pero aun así tan expuesto y a la espera de lo inesperado. Bajando de la camilla en la que estaba sentado con un saltito torpe y yendo hasta el perchero donde colgó su chaqueta, buscando y encontrando su libreta de notas y preguntándose a qué se debe que casi todo lo que se le ocurre y, sospecha, se le ocurrirá de ahí en más, mientras esté aquí dentro, tiene y tendrá que ver con niños, con hijos, con padres, con madres, con familias. Con personas que, aunque no puedan ni quieran verse entre ellas, jamás podrán, para bien o para mal, estar tan solas como El Hombre Solo.

En «St. Valentine's Blues», un hombre que no tiene nadie que lo quiera y nadie a quien querer se despierta temprano, año tras año. Y febrero tras febrero, todos y cada uno de los Días de los Enamorados, compra un impresionante ramo de rosas. Un rosal más que un ramo. Algo que cuesta sostener pero aun así lo sostiene, como si se tratase de una antorcha fragante que ilumina todo a su paso. El hombre camina, ramo en mano, todo el día. Entra y sale de vagones de metro, sube y baja a autobuses, se sienta y se levanta de taxis. Y sigue caminando, tachando barrios clave y avenidas indispensables. Y lo único que le interesa –lo que le gratifica tanto, lo que lo hace tan feliz, casi como si amara y fuese amado por alguien– es el modo en que las mujeres y los hombres miran y admiran su ramo primero y luego a él, con una inevitable sonrisa que piensa «He ahí un hombre muy enamorado». Al caer las sombras, el hombre regresa a su casa. Le pesan y le duelen los brazos pero ha valido la pena. Las rosas ya se ven algo cansadas pero, piensa, ahora mismo las meto en un jarrón con agua y, como decía su madre, con un par de aspirinas, para que duren más, para que el día no se acabe del todo, y hasta el año que viene, misma hora, mismos lugares.

Los doctores con sus pacientes son tan implacables como los escritores con sus personajes. Y, en lo que a él le concierne, se dividen en dos grandes grupos: los doctores a los que les gusta dar buenas noticias y los doctores a los que les gusta dar no tan buenas noticias. Y, tarde o temprano, los primeros, les guste o no, sólo tienen malas noticias para dar; porque las buenas noticias, más temprano que tarde, se agotan del mismo modo en que se agota la salud de cuerpos enfermos. Así, la principal tarea de los doctores es la de informarnos de que algo no anda del todo bien o de que algo anda del todo mal. Algunos entre ellos –nunca demasiados, más bien pocos– pueden solucionar parcial y temporariamente algunos de esos contratiempos. Pero contra el tiempo se pierden todas las batallas, y ninguna estrategia funciona, y tarde o temprano el enemigo nos acorrala, y nos deja rendidos.

Y entonces los doctores vuelven a informarnos de que algo no anda del todo bien o de que algo anda del todo mal. Y de que, en lo que a ellos respecta, ya no queda nada por hacer salvo esperar lo inevitable. Entonces, se proponen diferentes períodos de supervivencia que suelen plantarse entre los seis meses y un año. Después de eso, todo es puro misterio y buena suerte. Antes de los seis meses, por supuesto, hay un pequeño pero muy poderoso porcentaje de posibilidades de que algo se adelante. Y en eso está pensando, en cómo serán los próximos seis meses de su vida o del fin de su vida cuando el doctor vuelve, entra, lo mira, lo sigue mirando y, finalmente, como esperando la indicación de un apuntador invisible, más que decirle, dice a un público invisible: «Hay algo que me preocupa». Que lo preocupa a él, al doctor. Y lo dice mientras El Hombre Solo lo mira preocuparse por él, por el paciente. Pero, el doctor no lo engaña, no es tan buen actor: preocupado, sí; pero no demasiado. No tan preocupado como El Hombre Solo quien –se ha quedado sin palabras– piensa no en qué decir sino en lo que imagina que sucede allí fuera, donde el sol pronto comenzará a salir pero con la timidez de quien advierte que se va a quedar allí nada más que por un rato. Que sólo sale para ponerse.

El título «Not Dark Yet» sale directamente, claro, de esa canción de Bob Dylan incluida en *Time Out of Mind*. Una canción no sobre la muerte sino acerca de su inminencia constante y sin tiempo fijo o marcado. Una de las canciones que –dicen, dijo su autor– Dylan escribió en una cabaña, en una granja de Minnesota, aislado por una perfecta tormenta de nieve y viento, durante el invierno de 1995-1996. Dylan salió de allí, recién con los primeros deshielos, con cuadernos llenos de su letra angulosa y –después de tanto tiempo de no componer– listo para grabar «Not Dark Yet» y otro puñado de canciones crepusculares. Canciones con el corazón destrozado y una voz nueva y rota: la voz de quien se ha tragado sin masticar al Fantasma de la Ópera; la voz de su vejez; la voz que en sus entrevistas dice cosas como: «Mi niñez está tan lejos... Es como si ya no me acordara de alguna vez haber sido un niño. Creo que fue otro quien fue ese niño. ¿Alguna vez has pensado así?»; la voz hecha pedazos pero entera de quien ha cantado demasiado; la voz que, en algún momento de la vida, suena perfecta a la hora de anunciar a quien tenemos a nuestro lado o a nosotros mismos en el espejo que: «Me parece que siento un dolor en el pecho». «Not Dark Yet» (la canción de Dylan) concluye explicando que «Ya sé que parece que me muevo, pero estoy de pie y quieto». «Not Dark Yet» (el cuento, su cuento) empieza con su protagonista arrastrándose hasta el consultorio de urgencias en un hospital de la noche. Allí, lo revisan y un médico escucha la música concreta de su pecho y le dice «Puede ser algo muy grave o puede ser una tontería». Y continúa: «Puede ser algo como una indigestión fuerte o una gastritis. O, en cambio, algo como histoplasmosis pulmonar aguda». Y el hombre, temblando de dolor y miedo, se pregunta por qué se escribirán las enfermedades con letra minúscula y no con mayúscula. Y por qué no se les agrega al final no el apellido de quien las identifica y patenta sino el apellido del propio enfermo: para individualizarlas, para convertirlas en algo singular y único, algo que te ayude a engañarte a ti mismo y a hacerte pensar en que tú eres el dueño de la enfermedad y no es la enfermedad la que te posee, te usa y acaba arrojándote a la basura. Ahá, sí, el tipo de cosas a preguntarse y en las que se piensa para así pensar en cualquier otra cosa menos en que se está viviendo y protagonizando las últimas escenas de la película de la vida. El tipo de cosas que te preguntas para no preguntarte «¿Cuánto tiempo me queda?». Entonces, de pronto, el médico respira hondo y continúa hablando. Pero ahora su fraseo no tiene nada de la cadencia cromada y esterilizada con la que hablan los doctores sino que parece algo sinuoso y agudo y como en ráfagas: «Como bien sabrá, la histoplasmosis pulmonar aguda es la dolencia por la que fue atendido e internado Bob Dylan el 25 de mayo de 1997. Fulminantes dolores de pecho. Algo que no puede sino ser un ataque cardíaco para todos aquellos que jamás tuvieron un ataque cardíaco. Pero en realidad es pericarditis. Una muy dolorosa inflamación del saco fibroso que rodea el corazón y ahoga su voz. Consecuencia de esporas microscópicas en el aire dorado de Ohio o de Mississippi, flotando en el viento, esperando ser inhaladas y de allí a los pulmones, a incubarse durante semanas, preparando sus sonrisas dentadas para el momento que se dé la orden de atacar. Y, depende de su humor y ánimo, todo puede resultar en una simple y pasajera gripe o, en cambio, en algo mucho más grave y definitivo. Un asedio al sistema reticuloendotelial. Con gritos y antorchas. Trepando por murallas, catapultándose en rocas. Lo inmune, de pronto, tan vulnerable. Bob Dylan pudo contener la amenaza a tiempo y estuvo internado durante una semana y salió sin fuerzas, casi sin poder mantenerse en pie, pero entero. Y declaró a la prensa aquello de "De verdad pensé que iba de camino a ver a Elvis"... Lo suyo puede ser eso. O alguna súbita activación de algún desorden genético hasta ahora no detectado. Algo que es como una carta que te llega desde el principio de los tiempos. Un mensaje enviado por un antepasado que sigue viviendo en tus venas y arterias que ahora se licúan y hacen que te ahogues, por dentro y en tierra firme, tú mismo convertido en tu propio océano. Y he leído en publicaciones especializadas que no hay muerte más dulce que la de una hemorragia interna: tu reloj interno perdiendo el ritmo, el tiempo estirándose en una eternidad casi mexicana de minutos, la sensación de que te mueres de inmortalidad».

El paciente, confundido, escucha todo eso y pregunta: «¿Cómo se dio cuenta de que soy fan de Bob Dylan?».

Y los dos –médico y paciente– se ponen a conversar sobre el último disco del artista.

Y lo que le dice el doctor es, nada más, que quiere hacer más pruebas. «Para descartar posibilidades», le explica. Y lo invita a bajar a los sótanos del hospital, a trasponer una puerta con ese signo que advierte de la presencia de radiaciones. A meterse en un aparato que, seguro, elegirá el momento exacto en el que él está dentro para descomponerse, para dejar escapar un vapor invisible de plutonio o uranio o de lo que sea, y transformarlo en un monstruo secreto que ni siquiera conocerá la alegría de mutar a una de esas criaturas de laboratorio loco en las películas de ciencia-ficción paranoide que tanto disfrutó durante su infancia. No: él dejará el hospital como si nada hubiese ocurrido y, a los pocos días, descubrirá que despide una extraña fosforescencia en la oscuridad y, enseguida, que comienza a reducirse de tamaño. Y, con esta revelación resplandeciente y menguante, arribará también la sinuosa bendición, la coartada perfecta para ya no salir nunca de casa.

El título «El pequeño enano» (reflejo automático de lo del gigante albino, se autodiagnostica El Hombre Solo: a veces los cuentos vienen de a dos, con caras opuestas, como esos mellizos que no se parecen en nada pero que son mellizos) parece, en principio, una redundancia, un chiste tan malo como cruel e incorrecto. Pero no. O sí. Depende de cómo se mire a ese niño de unos cuatro años que aparece en las primeras líneas, en una calle de la ciudad de B, para que dos amigos que dan un paseo rumbo a su librería favorita, lo descubran y lo miren apenas disimuladamente fijo y lo comenten entre ellos. Los dos amigos son escritores y ya se han resignado desde hace tiempo a que todo cuanto ven de este lado pueda resultar útil en otra parte, en algún lugar de lo que se niegan a llamar «su obra», pero cómo decirle si no. Así que mejor, sí, decirle «Otra Parte». Como se dijo, el niño debe de tener unos tres o cuatro o cinco años. Pero, aunque sea, para esa edad, de la estatura «correcta» y «normal» (nota: buscar adjetivos mejores), el niño, *también*, ya es un enano. Los brazos cortos, las piernas cortas, la cabeza grande. El niño es, para los amigos escritores, un organismo extraño: un ser que vive en dos tiempos al mismo tiempo. Su presente de niño con altura justa conviviendo ya con su cada vez más cercano futuro como enano. Los amigos escritores lo ven pasar, tiemblan un poco, cambian de tema; pero uno no engaña al otro y el otro no engaña a uno: los dos no pueden dejar de pensar en el pequeño enano y, ya en la librería, hojeando libros, casi no pueden aguantar las ganas de salir corriendo de allí. De regresar a toda velocidad a sus casas, a sus escritorios, a sus computadoras, para ver cómo y dónde pueden meter dentro de lo que están escribiendo a ese pequeño enano. Seguro que hay algún lugar, en otra parte.

«Welcome, my son / Welcome to the machine...» Ahora es como si El Hombre Solo estuviese dentro de un disco de Pink Floyd, de su disco favorito de Pink Floyd, de uno de sus discos favoritos: bienvenido a la máquina, dentro de una máquina, escuchando todos esos ruidos misteriosos y rumores que se oyen como fondo y dan forma a todas esas canciones que se sabe de memoria. No sólo las letras de sus versos sino –tratándose de Pink Floyd– también de cada sonido y murmullo y compuertas que se abren y se cierran. No desea estar ahí, claro. Lo introdujeron –luego de darle un poderoso calmante que le ha quitado casi todo el dolor junto con la sensación de haber sido embalsamado en vida, de que le hayan extraído todos sus órganos menos su cerebro, que parece pensar más que nunca– en un cilindro mecánico. Lo acostaron en una camilla deslizable que salió, como una lengua, para que él se posara en ella y se lo comiese vivo y lo llevase ahí dentro, donde ahora es masticado y bombardeado y fotografiado desde todos los ángulos y milímetro a milímetro por energías mesméricas de las que prefiere saber lo menos posible. Ahora El Hombre Solo es leído como un libro abierto al que no hace falta abrir para leer, para saber de qué trata y qué sucede ahí (qué cosas hay que editar o corregir o tachar o quitar o extraer) en la hasta ahora novela de su cuerpo que tal vez, revelados e interpretados los resultados de las pruebas, se despida con la sorpresa de un apresurado final de microrrelato.

Le dijeron que estaría allí metido unos cuarenta minutos y que intentara no moverse «en absoluto». Lo que, por supuesto, de inmediato le produjo y le sigue produciendo una absoluta necesidad de moverse. Pero, a la orden anterior, añadieron un «Si se mueve, tendremos que volver a empezar». Y al Hombre Solo, más solo que nunca ahí dentro, nada le atrae menos que verse atrapado en un loop de *clics* y *clics* y *bzzzs* y *t-chacks* preguntándose –como en la canción– dónde estuvo y respondiéndose que está todo bien porque sabe a la perfección dónde estuvo: ahí, quieto aunque parezca que se mueve. Porque –inquieto pero inmóvil– cabe la posibilidad de que algo no esté nada bien dentro de su máquina, ahora, dentro de una máquina. Luego de que el doctor escuchase sus síntomas, hiciese preguntas y (con una dicción que le recordaba a esas amas de llave de casa embrujada preguntando al principio de la película un «Pero ¿acaso usted no sabe lo que ha sucedido aquí?») le comunicase que lo que tenía «podía no ser nada o ser algo muy grave; así que mejor asegurarse».

Así que ahí está él, cada vez más inseguro de todo menos de las demasiadas ideas que se le ocurren –después de tanto tiempo, como quien descubre no petróleo pero sí huesos de dinosaurio– para posibles cuentos. Una detrás de otra. Partes inventadas. Productos inconclusos saliendo de una línea de montaje y burlándose de él, tentándolo para que se mueva, para que salga de allí, para que los ponga por escrito, destilados en una frase o dos, en su libreta de notas, en un bolsillo de su chaqueta, colgada en un perchero a pocos metros y miles de años luz de su cuerpo.

Ahí, en la máquina, se le ocurre una máquina: la versión todavía primitiva, el prototipo que gatea y todavía no camina, de lo que algún prodigio de Silicon Valley ofrecerá a un escritor, como si fuera una irresistible manzana. Ese artefacto que les permita a los escritores volcar sin que se derrame, a la velocidad del pensamiento, todo eso que luego redactará en pantalla o en papel. Algo que él imagina y anticipa con un diseño similar al de un aguijón de escorpión, clavándose en la nuca de los escritores no para envenenar sino para extraer ese líquido denso y oscuro y transferirlo por un tubo transparente directo a las tripas de una computadora portátil. Y así permitirle ser al escritor un verdadero lector de sí mismo. Un lector de escritor. Y que todos los libros fuesen algo increíblemente vivo. El libro ocurriendo, completo, en el mismo acto de su ocurrencia.

La sola idea de tener que recordar ahora todo lo que no debe olvidar para anotarlo apenas fuera de la máquina le produce una especie de sopor, un principio de dormirse. Lo que no estaría mal: nunca se movió dormido, siempre fue de esos durmientes que –luego de, siempre con cierta dificultad, conseguir cerrar los ojos– parecían muertos o en coma, víctimas de un hechizo no necesariamente maléfico. Porque dormir sin envejecer no está tan mal después de todo comparado a que te conviertan en bestia o en cerdo o lo que sea, ¿no? Dormir maldecido es mejor que estar muy enfermo y despierto. Así que, de pronto, se dice que no quiere salir de allí, que mejor este momento de suspenso maquinal y mecánico a que te saquen a toda velocidad y te pongan en una camilla y te empujen corriendo hasta un quirófano y te abran en canal para arrancarte algo que está mal. Mejor esta somnolencia arrullada por un artefacto, que el apagón de la anestesia general que (leyó en algún lado, ¿para qué ha leído tanto?) no se disipa del todo hasta meses después de la operación. Un mes de cansancio y desorientación y olvido y desconcierto, calculan, por cada hora que pasaste noqueado químicamente –como un boxeador al que le han arrebatado el título y el sumario y varios capítulos decisivos– canturreando «Where have you been? / It's alright we know where you've been» mientras te descubres frente al refrigerador abierto, acariciando tu cicatriz con reverencia casi sacra, y preguntándote no qué fuiste a buscar sino metiendo ahí dentro, entre frutas y verduras y carnes, el libro que estás leyendo. Libro del que, faltándote pocas páginas para llegar al final, no recuerdas absolutamente nada salvo que al protagonista le gusta mucho la cerveza, ¿o era el tequila? Y, después –«You've been in the pipeline, filling in time»–, más ruiditos llenándote la cabeza. Como los ruiditos que escucha ahora, en un tiempo sin tiempo, en el que toda su vida pasa frente a sus ojos no en cuestión de segundos sino en minutos largos como toda una vida.

Se acuerda, entre tantas otras cosas, de que cuando le tocó la obligación del servicio militar, durante las imaginarias (siempre le pareció uno de los términos más afortunados de la por lo general tan poco imaginativa jerga castrense), él ponía, *imaginariamente*, dentro de su cabeza, *Wish You Were Here* de Pink Floyd. Y lo «escuchaba» nota a nota, palabra por palabra, ruido a ruido, para distraerse, para que el tiempo pasase más rápido. Intenta volver a hacerlo ahora, pero descubre que hay partes que ha olvidado. Para no deprimirse pensando que su memoria ya no es lo que era, decide otra estrategia: imaginar que todo lo que le está pasando es un cuento. Imaginar cómo lo empezaría de ser un cuento. Y, ante la imposibilidad de escribirlo, comenzar a contárselo, como si lo leyera.

Así.

Llegó a la clínica –lo que le pareció una muestra de refinado sadismo– luego de cruzar un jardín con trazado de laberinto, entre curvas de setos verdes, perdiéndose y encontrándose, guiándose por las luces de la entrada. La clínica –lo había leído o se lo habían contado en alguna parte; lo lee ahora en el aire de esa máquina donde él vibra y es revisado y mecido por ondas invisibles– había sido originalmente un palacio que una familia patricia y benefactora había donado a su amada ciudad aunque, en realidad, no hubiese sido otra cosa que el tributo exigido y la manera de blanquear desprolijidades producto de demasiados años de «olvidarse» de pagar impuestos.

En la recepción del edificio abundaban las fotos de aristócratas en el día del estreno de lo que, de inmediato, se convirtió en *el lugar* donde parir y nacer y más o menos arreglarse y morir. Varias revistas de papel satinado tenían corresponsales permanentes en su bar/restaurante a cargo de uno de esos chefs famosos internacionalmente por convertir un sándwich (un sándwich del que *había* que disfrutar para ser alguien) en sopa o en helado o en cualquier cosa que no se pareciese en nada a un sándwich. Eran muchos los *very few* que quedaban allí para tomar algo sin siquiera tener pacientes internados. Y la sensación que allí imperaba (si se ignoraban los carteles que pedían silencio a los sanos para que los enfermos pudiesen gemir a sus anchas; pedido que se ignoraba porque en los pasillos abundaban los gritos de dobles y triples apellidos manifestando sorpresa modelo/pena o modelo/alegría, lo que correspondiese, al encontrarse allí como si se tratase de una noche en la ópera o un día en las carreras o una tarde en la sala VIP de un aeropuerto) era la de haber llegado al mejor de los mundos. A una versión corregida y aumentada del mundo (porque la arquitectura del palacio había recibido las contribuciones de nuevas y futurísticas alas surgiendo como prostéticos miembros de acero y cristal del núcleo/cuerpo original y versallesco) que, como todo lo aumentado y corregido, producía una ligera inquietud. La misma confortable incomodidad de ciertos aeropuertos (y él había escrito varias veces que los hospitales se parecían demasiado a los aeropuertos, los pasajeros asemejándose tanto a los pacientes también sujetos a arrivals y a departures) donde estaba todo cuidadosa y milimétricamente planificado para que siempre suceda un imprevisto, algo inesperado que puede alterar el curso de tu vida o afirmar el rumbo de tu muerte.

A la hora en que llegó él, sin embargo, la actividad social era mínima, el volumen sónico y el desplazamiento corporal muy poco, y los ascensores cantaban en voz muy baja una versión para cuarteto de cuerdas de las *Variaciones Goldberg*, entre puertas metálicas y con esa luz que deberían prohibir dentro de los elevadores junto a los espejos en los elevadores, donde todos los rostros son como los de cadáveres recién embalsamados. Y –luego de haber sido liberado de la máquina, de que se le avisara de que los resultados estarían listos para su análisis en una hora más o menos– él ya iba por ahí, jugando a aquello que jugaba cuando era un niño, a eso a lo que nunca dejó de jugar porque, teme, nunca dejará de ser niño. Nunca le extirparon ese apéndice, nunca se le cayó ese diente. A saber, a enseñar, a aprender: hay tardes en las que él sale a caminar y, al azar, decide seguir a una persona. Después, a las pocas calles, siguiéndola, se dice que cambiará de objetivo y presa cuando se cruce la primera persona –hombre o mujer, da igual– con una camisa amarilla. Y que seguirá a esa camisa amarilla hasta que, por ejemplo, aparezca una chaqueta negra o unos zapatos blancos de tacón. Y así ver hasta dónde llega. Y preguntarse qué hacen o qué van a hacer allí.

Aquí y ahora, no hay mucho tránsito y casi todos visten uniformes –son de un delicado y relajante y consolador tono verde agua– que, seguro, fueron propuestos y argumentados en su momento por algún especialista en el marketing del dolor y la incertidumbre. A los pocos minutos, todos se le confunden (tal vez tenga que ver el calmante que le administraron) en una especie de único ser. Así que debe esmerarse: color de ojos y color de pelo y estatura determinada y si son diestros o siniestros. Y allá va él, siguiendo a unos y a otras, por pasillos donde las reproducciones son siempre (otra recomendación de expertos de la comunicación subliminal y de la psicología de sanatorio, seguro) de luminoso estilo impresionista y nada de expresionismo abstracto que recuerde a metástasis y tumores.

En la tienda de revistas, atendida por una mujer de palidez vampírica, abundan las publicaciones sobre deportes (tema que, como el género western o el bélico, nunca le interesó en absoluto; pero en el que le asombran las cada vez más frecuentes declaraciones de jugadores de fútbol multimillonarios confesando angustias casi existencialistas), golosinas sin azúcar, flores de sospechosa y anfetamínica lozanía, algún juguete triste (ningún robot, ningún latoso hombrecito con maleta) y los periódicos que parecen envejecer más rápido y peor. Los titulares de la mañana anterior –en los pocos y manoseados ejemplares que permanecen allí, con respiración asistida; no han llegado aún los periódicos de la inminente mañana– hablan de la puesta en marcha de un acelerador de partículas. Leyendo eso, una partícula de interés le entra por los ojos al Hombre Solo y llega hasta su acelerado cerebro. Y tal vez podría escribir sobre esto para aquel mensuario del que le pidieron un artículo sobre un destino a elegir, tal vez podría viajar allí en lugar de a Manhattan o a Londres, sería más original e inesperado, se dice. Un acelerador de partículas que, aseguran algunos, puede llegar a abrir un agujero negro en el tejido cósmico de nuestra dimensión que acabe devorando al mundo y a todo lo que éste contiene. Pero él no se preocupa demasiado, él ya ha estado allí, respirando ese embriagador aire de posible catástrofe planetaria. No hace mucho, pero parece que hace tanto. Cuando –en los filos del nuevo milenio, cuando todos discutían de si el año 2000 era ya el siglo XXI o no– se temblaba ante ese segundo de hielo en el que las horas y fechas de todas las computadoras alcanzarían el 23.59 del 31 de diciembre de 1999. Y quién sabe –inexplicablemente, nadie podía asegurarlo, nadie había realizado ensayos o simulacros tal vez para no arruinar el espanto o el sosiego del segundo después– si los ordenadores pasarían sin problema al nuevo primer dígito. O si volverían, confundidos, a las 00.00 horas del año 1900. Y entonces los aviones se precipitarían desde los cielos, se esfumaría el dinero de todas las cuentas bancarias, desaparecerían todos los manuscritos de novelas inconclusas y caería una oscuridad prehistórica sobre todo y todos. Adiós a la civilización: línea plana en todos los monitores. Pero no había sucedido nada. Absolutamente nada. La más falsa de las alarmas. Las campanadas y las sirenas, el sonido nocturno del año nuevo había avanzado, de derecha a izquierda del mapa, como si leyese una antigua y poderosa fórmula judía y cabalística. Y los televisores, que seguían funcionando a la perfección, habían ido mostrando –alternando cámaras ubicadas en diferentes metrópolis– las habituales postales de todos los años comunes, de los años de siempre que siempre morían igual sin importar la contundente redondez del número. Multitudes abrazándose en plazas históricas, con frío y con calor, alzando sus copas y haciendo historia sin ningún esfuerzo mientras las respectivas noches estallaban de fuegos artificiales y –confesarlo– más de uno suspiraba resignado a que todo siguiera igual. Un poco tristes y desilusionadas de rendir y devolver la tentadora teoría ya no práctica de haber podido arrancarse del rostro el mascarón de proa para besar a un iceberg y bailar el último y cada vez más inclinado vals sobre la cubierta del fin de la historia.

Ahora, lo cierto es que a él –ante la inminente posibilidad de un naufragio privado, de un fuera de servicio de su cuerpo– nada le molestaría menos y le atraería más que un holocausto global que le hiciese compañía y que lo eximiera de la responsabilidad de tomar decisiones drásticas; o de seguir tratamientos tan dolorosos como caros y finalmente ineficaces; o de ser contemplado, mientras se va apagando luz a luz, como se mira algo que, sí, por suerte le está sucediendo a otro, a nada más que a otro.

Ahora El Hombre Solo sigue moviéndose por los pasillos del hospital porque piensa que si no se mueve, si se detiene, ya le será imposible seguir. De pronto ve a alguien, lejos, vestido diferente, caminando hacia él. Decide que, una vez que pase a su lado, esperará dos o tres pasos, dará media vuelta y lo seguirá. Pronto se da cuenta de que esa persona es él mismo, acercándose sin avanzar, dentro de un espejo. Así que es él quien se acerca a él. Y lo mira y se mira.

Sigue siendo quien siempre fue, sí; pero ya no es el que era. No es que sea viejo; pero sí que ya no es joven y que, de pronto, la vejez no es un país lejano sino un barrio residencial ya dispuesto a ser absorbido por la arquitectura cada vez más dispersa de su ciudad con crecientes problemas de mantenimiento. Síntomas claroscuros de ello por todas partes, señales delatoras e imposibles de ignorar de que su época ya no es su época. No, no es viejo, de acuerdo. Pero es un viejo joven. Un –¿alguna vez se sacudirá esa maldita costumbre de inventar una palabra uniendo dos?– *viejoven.* Un, como cantaba alguien, «uomo di una certa età» que empieza a experimentar los síntomas de ser una antigüedad y de contemplarlo todo como un aventurero pasado de moda que, en realidad, preferiría quedarse en casa a inventar hazañas que ya no puede ejecutar. Por lo pronto, la perturbadora y casi acosadora visión de todos esos jóvenes, siempre en aumento, cada vez más, de dónde han salido. De un tiempo a esta parte, la inmensa mayoría de los que lo rodean parecen máquinas recién hechas, modelos nuevos, despidiendo ese olor a automóvil de estreno y como envueltos en el papel metálico de los caramelos más tentadores y peligrosos de su lejana infancia: aquellos de chocolate muy oscuro y que, al morderlos, liberaban una carga de alcohol y misterio. Todos son jóvenes, duele mirarlos; pero es aún más doloroso mirar a los que no lo son, a sus mayores, a sus superiores en el escalafón descendente de la vida: seres como de pesadilla, sus cuerpos entre el ángulo deforme y la gelatina derramada al sol, intentando siempre entrar primeros y salir últimos sin respetar sitios en las colas, hablando a los gritos o en susurros consigo mismos o con alguien que no está allí, pero sin tener la coartada de uno de esos teléfonos portátiles que se cuelgan de tu oreja. Criaturas abisales que, ahora se lo comprende, parecen haber nacido para ser viejos: tan solo estaban haciendo tiempo, no matando el tiempo sino envejeciendo el tiempo. Y ahora alcanzaban su auténtica y absoluta plenitud. Y algo muy inquietante: si los miraba fijo –¿terrible superpoder?, ¿profecía marcha atrás?– él podía ver, entre las grietas y cañones de las arrugas, el rostro de los niños y niñas que todos ellos alguna vez habían sido. Y era terrible *verlo* como era el recordar sin dificultad alguna, cada vez con mayor precisión, la cara de su propio pasado. Percibir la erosión y la entropía de la especie. Pronto él sería como uno de ellos, sería uno de ellos. Y un poco más tarde –milésimas de segundo en el reloj del universo– todos esos jóvenes *también*. Allá ellos y aquí él: ahora es consciente de que el poco cuidado dedicado a su físico en los tiempos en que su cuerpo era algo moldeable y mejorable –tiempos en que hay que fortalecerlo para soportar mejor la llegada de El Horror, El Horror– no presagia nada bueno. Tampoco, de nuevo, ha cumplido con revisiones y chequeos periódicos. Siempre ha preferido no saber hasta que ya no pueda no saberlo. Como ese sapo de ese experimento: si lo echas a una olla de agua hirviendo, escapa de un salto; en cambio, si lo pones en una olla de agua fría y la vas calentando de a poco, allí se queda, hasta hervir vivo y morir hervido. Ahora, el agua de su olla está muy caliente y él –aunque no haga nada al respecto– comienza a darse cuenta de que tal vez algo esté sucediendo o algo va a pasar. *Croac-croac.* Y está claro que no es el único que lo sospecha, que lo sabe. Ha ido descubriendo como, de unos años a esta parte, se ha convertido, a bordo de diferentes medios de transporte, no en alguien invisible para chicas y no tan chicas sino en algo mucho peor: se ha convertido en alguien *transparente.* Unas y otras lo miran como se contempla la lejanía del horizonte y tan sólo le dedican atención cuando él les hace caras a los pequeños que van con ellas (hijitos, hermanitos) y que lo contemplan desconcertados. Entonces, ellas, casi por compromiso, le sonríen como se sonríe a un animal más o menos curioso. Y para él –luego de tantos años de haber sido tan cuidadoso a la hora de considerar qué le atraía o no del sexo opuesto– de pronto todo y todas le parecían algo irresistible, atractivo, tentador. Como si caminase por el suelo resbaladizo de una de esas tiendas por departamentos que –lo avisa una voz dulce pero firme por los altoparlantes– va a cerrar en cinco minutos. Y que posiblemente ya nunca vuelva a abrir. Liquidación total para seres rebajados. Así que hay que comprar rápido y lo que sea, hacer acopio de material para el largo invierno sin fin que se avecina, elegir todo sin pensar demasiado en si quedará bien, si es el tamaño correcto, si se corresponde con el estilo de uno. Llenar el carrito. Ya nada importa, porque cualquier cosa es mejor que nada.

De igual manera, cuando cada vez menos seguido va a comprarse ropa (¿dónde habrá quedado esa otra camiseta juvenil y favorita en cuyo pecho se leía aquello alguna vez tan divertido y que ahora no le causa la menor gracia de «Tu mente expide cheques que tu cuerpo ya no puede cobrar»?) ha percibido que, a la hora de hacer ajustes y acomodos a pantalones o chaquetas, los hasta no hace mucho cómplices y locuaces vendedores ahora lo tocan en el más reverente de los silencios. Y apenas con la punta de los dedos, lo menos posible, con una mezcla de miedo y asco, como se sostiene una frágil reliquia recién desenterrada y con olor a encierro, con ese olor que es como una muestra gratis del perfume de la tumba.

Y, ah, los cada vez menos amigos y cada vez más apenas conocidos y menos amigos que te preguntan si te enteraste «de lo que le pasó» a tal y cual y te ofrecen –como si se tratara de contraseñas de espías susurrantes– consejos del tipo «Es mejor, por las dudas, por los mareos o la disminución de reflejos, empezar a mear sentado, como las chicas, cuando te levantas por la mañana». Y él –por gaje del oficio– no podía evitar un temblor ante la palabra «chicas», puesta ahí, cosméticamente, para disimular y esconder lo que en realidad debería ser la palabra «viejas».

Y todo eso era lo menos terrible, lo que menos le angustiaba.

Lo peor era lo secreto, lo íntimo, lo suyo y solamente suyo y a solas. Ese nuevo rostro casi antiguo en el espejo, sin arrugas pero con unas ojeras que llegan hasta su ombligo produciendo el inquietante efecto de una foto que se ha dejado sin terminar en medio de una sesión de Photoshop. O el abandono sin aviso –que primero creyó temporal y producto del estrés pero no– de esas erecciones como pararrayos con las que saludaba a cada amanecer (ausencia de la que él culpa, sin evidencia o prueba alguna, a un tratamiento/curso de T'ai chi ch'uan meditabundo que hizo hace unos años para, según la especialista oriental, «ralentizar tu actividad mental», «balancear tu biorritmo», «mejorar tu humor» y hasta «inspirarte a escribir cosas más personales»). O el descubrimiento –cada vez más seguido– en películas de que el pasado remoto de tramas y personajes ya no era la prehistoria o la Edad Media o los años cincuenta o cualquier época en la que él aún no había llegado al mundo sino el propio y recordable pasado. Su historia ya era Historia. Y el único consuelo de ya ser historia era el de haberla vivido más o menos de cerca, el de ser apenas parte de ella, el de tener más cosas para contar que un recién llegado que aún no había entrado en la Historia y que tal vez jamás entrase en ella y fuese hasta el final, su final, apenas, un testigo. O la sensación de que ya nada nuevo puede ocurrirle, que de aquí en más todo serán variaciones cada vez más invernales y fúnebres sobre un mismo tema. Una melodía triste y repetitiva y más pegajosa que pegadiza enmarcando la sinfonía concreta de los ruidos de su propio cuerpo (como de engranajes que ya no se llevan tan bien entre ellos, como de escapes de gas en tuberías oxidadas) despertándolo en el centro de la noche y ya no dejándolo volver a dormir. Y los perfumes, los aromas, los olores que para él y sólo para él cada vez se disfrutaban y hasta catalogaban como fragancias secretas.

Y, de tanto en tanto, sí, un flamante pero indeseable principio de algo que, hasta apenas hoy, era como el grito distante (y por lo tanto casi inaudible) de un dolor que nunca llegaba a proyectarse: los avances de una terrible película coming soon en 3D y con Sensurround y todos los efectos especiales. Ahora, de pronto, gran estreno y alfombra roja y flashes y reflectores y neones. Aquí llega algo que empezó como figurante siendo una puntada de acero invisible. Algo que debutó como una nueva pero no necesariamente buena idea concentrándose en el centro de su pecho para enseguida, triunfal y protagónica y candidata al Oscar a Mejor Dolor Inesperado, abrirse como una rosa negra con pétalos de espinas. Y desde allí extender su perfume acalambrado hasta sus piernas (que le costó sacar de la cama), y subir a unos ojos nublados de tormenta y la sensación de que una mano de gorila oprimía su cráneo y apretaba y ya no pudo respirar y tal vez, se dijo, esto sea el miedo, el miedo de verdad. Un miedo que, sin embargo, le hizo desistir de la vergüenza de llamar a una ambulancia y ser sacado entre vecinos y bajado por el serpenteante camino de montaña rumbo a este infierno en el que está ahora, mirándose a sí mismo, como mirándose por una primera vez que, quién sabe, tal vez sea la primera de las últimas. «Daría cualquier cosa por un trago», se dice él entonces, como doblado por una voz que no es la suya, con un acento sin inflexiones. La voz de otra persona que encimaron a la suya. La voz de su reflejo que lo mira y le sonríe y hace el gesto de alzar, en el espejo, una copa invisible y le dice –nunca mejor dicho, nunca más irónicamente deseado– eso de «¡Salud!».

En «Cuatro cervezas» (que tal vez acabe llamándose «Cuatro tequilas») un hombre, un escritor, lleva a su pequeño hijo a un parque cerca de su casa para que monte en bicicleta. En el centro del parque, que está en el centro de un bosque apenas domesticado, hay un bar. El hombre se sienta a una mesa y con un ojo vigila a su hijo y con el otro toma notas en su libreta para un posible cuento. Notas que, sabe, posiblemente no entienda de aquí a unas horas. Porque los apuntes para un relato o una novela están hechos, casi siempre, de la materia de los sueños: al despertarse o al volver a leerlos apenas se los recuerda y mucho menos se puede volver a capturar su entusiasmo y significado inicial y –como la efímera pero espectacular efervescencia de alguno de esos remedios para la indigestión– su breve efecto es nada más que eso, un efecto pasajero. Mientras tanto, el hombre bebe una, dos, tres, cuatro cervezas (o cuatro tequilas). Y vuelve a comprobar, primero, que su resistencia al alcohol es algo tan admirable como inquietante (¿será eso ser un auténtico alcohólico?, ¿el que el alcohol no te afecte?) y, segundo, que con el último sorbo de la cuarta copa o del cuarto pequeño vaso, el hombre descubre, una vez más, que ha alcanzado ese estado mitad plácido nirvana y mitad espiral centrífugo donde todo llega al mismo tiempo y le golpea el rostro. Como un viento esperando a que abras una ventana para abofetearte y retarte a duelo, sable o pistolas, da igual, el viento va a ganar siempre. Atrás han quedado los viejos y no exactamente buenos, pero sí más sencillos, tiempos en que las tramas le llegaban como una amable brisa de una pieza en lugar de, como ahora, perfumes en busca de un cuerpo que les dé una razón de ser y de ser olidos, como partes sueltas y dispersas de un puzzle sin caja ni foto en la portada por la que guiarse. Ahora, todo cuesta más y, al mismo tiempo, todo es más interesante. Tiempos interesantes, sí, como en esa maldición china: «Que vivas tiempos interesantes». Y pocos adjetivos más ambiguos que «interesante» ya sea aplicado a tiempos o a una mujer (o a un hombre) que alguien te quiere presentar. Así, de pronto, su hijo pedaleando demasiado cerca de los bordes del barranco, y la renovada maravilla de ver a alguien andando en bicicleta. Sobre todo, como ahora, a su hijo. Tan sólo la parte superior de su cuerpo visible detrás de un muro de ladrillos, como si corriese a una velocidad imposible para todo niño. Y, al verlo, a él todo le llega al mismo tiempo desde un mismo lugar tan cerca y tan lejano. Aquí viene, aquí vienen: una mujer que bautiza a su perro con el nombre de su ex marido; esa expresión inglesa que tanto le gusta a la hora de morir, de no resistirse más a la llegada de la muerte: «Give up the ghost»; un detective amateur de nombre Capital Italic Arial que –con la ayuda de una bella oficial de policía llamada Jean Tonnik– resuelve casos en coma, desde una cama en una suite de hospital donde lo tiene «depositado» su familia de millonarios decadentes; un hombre que acude a una reunión de padres en el colegio de su hijita con la parte de arriba de un bikini bajo la camisa (y la tela de la camisa es demasiado ligera y transparente, y todos pueden verlo y comentarlo en voz baja pero perfectamente audible para la pequeña); un pederasta cuyo alias es Mario Poppins; un político definiendo algo como «una instancia de trascendencia» y alguien escuchándolo y pensando que eso «parece el título de una canción de Yes»; un domador de leones adicto a la cocaína y cuyo sudor químico provoca que los felinos, excitados, lo ataquen (lo que obliga a inyectarle perfume a flor de piel para disimular su olor a polvo blanco); la extraña historia del cadáver de Laurence Sterne comparada con la extraña historia del cadáver de Gram Parsons (ambos cuerpos sustraídos de sus respectivas morgues por motivos diferentes); un joven que reconoce a su novia (supuesta secretaria ejecutiva en una multinacional de renombre) como estatua viviente en una de las calles que van a dar al mar; una alusión a Rolf Wütherich (en 1955, copiloto de James Dean a bordo de ese fatal Porsche Spyder, sobreviviente del accidente en el que muere el actor para, deprimido, morir a bordo de otro auto, en 1981); un buen nombre para otro de sus personajes que, inevitablemente, será escritor (Vidal-Mortes); la certeza de que no hay mejor azul que el azul de los mejor rankeados dioses de la India; ese dealer mexicano, al principio de *Easy Rider*, que dice: «Pura vida, hermano»; y, tal vez al final, un Hombre Solo mirando por televisión una película de medianoche y pensando que «Una de las tantas maneras posibles de apreciar el paso del tiempo es la de leer los créditos finales de películas viejas y descubrir allí los nombres aún pálidos de los bronceados astros del mañana. En pequeños papeles, en dos o tres escenas, recitando, si hubo suerte, un puñado de líneas cortas. Allí, sus rostros todavía limpios y desconocidos y jóvenes pero, de algún modo, ya comenzando a ser iluminados por los años luz; por esa luz que llega no desde el pasado de las estrellas muertas sino desde el futuro glorioso de soles tan poderosos que, por eso, hay que usar gafas oscuras todo el tiempo: no para que no te reconozcan sino para no tener que reconocer que todo lo que arde tarde o temprano se consume».

De escribirlo alguna vez, de llegar a descifrar el orden correcto y la lógica interna de este posible relato –el hombre llama al camarero para pagarle, empieza a oscurecer, dónde se ha metido su hijo y qué hace su bicicleta ahí tirada, junto a un árbol–, el cuento debería ser el último del libro, piensa.

En un cruce de pasillos, El Hombre Solo se cruza con una joven escritora. Con una ex joven ex escritora. Una escritora ya no tan joven y que ya casi no escribe; pero todavía más joven que él y, quién sabe, a esta altura, seguro, hasta es posible que también escribiendo más que él. Una escritora más joven que él hasta que él muera y, entonces, la distancia comience a reducirse; porque los vivos dejan de envejecer en el momento en que se mueren. Y él ya empieza a cansarse de pensar tanto en vivos y en muertos como si se tratase de equipos rivales en un deporte cuyas reglas nunca están del todo claras.

Ella es la ex joven ex escritora a la que ya hace un tiempo El

Hombre Solo bautizó con un apodo secreto y sólo para su uso privado y cuyo sentido y razón de ser no se revelarán aquí y ahora, tal vez más tarde, quién sabe. El apodo que le puso El Hombre Solo a la joven escritora es –así, con mayúsculas azules dentro de un óvalo amarillo– el de IKEA.

IKEA –de acuerdo, arriba las manos, lo confiesa: El Hombre Solo acabó compartiendo el apodo con algún conocido; porque los mejores y malvados y más graciosos apodos se mueren si se quedan a solas– es ahora su casi némesis, su culpa y su crimen, su sombra larga como el tiempo mordiéndole los talones. En realidad lo de IKEA no es para tanto; pero es como si el sentirla ahora mismo como algo ominoso y épico le ayudase al Hombre Solo a soportar el hecho de estar unidos para siempre. Y El Hombre Solo e IKEA están unidos para siempre por una frase laudatoria suya, de él, para la contraportada de su primer libro, de ella. Una frase que ella le pidió como se pide una cita. Y que El Hombre Solo, en el acto y sin siquiera haberlo leído, le entregó hace tanto tiempo (tan satisfecho con su ingeniosa velocidad que no podía ver lo tan patético de su servil obediencia) en el tenso centro de una de esas fiestas huracanadas de su todavía juventud. Una de esas fiestas en las que, pasada cierta hora, pasados de todo, todos comenzaban a girar sobre sí mismos como en éxtasis o en cocaína o en pastillas de colores o en lo que fuese entonces la droga de diseño de moda. ¿Por qué lo hizo él? Buena pregunta y varias posibles malas respuestas. Pero todas correctas. Respuestas que arrancaban con la obviedad de haber sido enredado en los siete velos de su histeria. IKEA, en su momento, había sido no un modelo de escritora, tampoco una escritora modelo, pero sí una modelo-escritora. Es decir: IKEA modelaba en las páginas de las revistas de moda más de moda. Y también escribía sobre eso. Y él recuerda los movimientos sísmicos que produjo entre los escritores una sesión fotográfica en una revista pasajera llamada *Cool* y en la que IKEA aparecía con unos breves shorts plateados y la parte superior de un bikini dos tallas menor de la que le correspondía. En resumen: IKEA era, como un mueble de IKEA, de buen ver, deseable y, después, según le habían dicho, tan pero tan difícil de ensamblar y fácil de desarmarse, cuando le ponías un dedo encima, invocando la figura de un padre que se había excedido en sus afectos con ella, entre los ocho y los quince años. El padre de IKEA había sido un editor legendario en los años sesenta y su madre una actriz de telenovela que había causado cierta fascinación fetichista entre los intelectuales. Y, claro, IKEA había escrito una dolorosa y dañina *memoir* sobre todos ellos, sobre sus trasnoches y excesos. Y sobre su bulimia y anorexia y los cortes superficiales que se hacía en brazos y piernas. El libro de IKEA –había que reconocérselo– tenía un muy buen título posible: *Hija de*. El otro título que barajaba IKEA tampoco estaba nada mal: *Mi daño favorito*. IKEA era una genia para escribir títulos, sí. Tal vez, pensó él, IKEA debía limitarse a publicar títulos. Crear un nuevo género. La autitulogía. Pero a no engañarse, a no mentirse. IKEA le gustaba. O mejor: le gustaba gustarle a IKEA. Así, IKEA –lo confiesa– resultando para él la igualmente erotizante y narcisista fantasía del padrinazgo literario, de la descendencia artística, de que se proyectara a otros nombres y estilos y generaciones literarias. Comenzar, sí, a cosechar discípulos que lo sostuviesen y garantizasen una adorable vejez y una adorada posteridad. Nada de eso le interesaba a IKEA, claro; y la frase del Hombre Solo ni siquiera fue la única en celebrar su debut. De hecho, junto a su nombre aparecía otro elogio de quien siempre había sido considerado su opuesto estético y rival. La estrategia de IKEA había sido clara y astuta: por ella, hasta dos duelistas irreconciliables deponían las armas y se abrazaban para abrazarla. Así que él, esa noche, copa en mano y nariz dormida y cerebro despierto, recitó la frase solicitada como si la leyese. Frase que ella memorizó en el acto (casi podía ver tras sus ojos la danza de un implacable mecanismo de poleas y pistones consagrado a la propulsión de sí misma) pero que luego, al pasarla a su editor esa misma noche, corrigió al alza cambiando un «necesario» por «imprescindible». En su momento, a él la infracción le resultó divertida y, sí, juvenil. Ahora, casi dos décadas después –IKEA, mucho más conocida y, por lo tanto, más exitosa que él, IKEA, que fue de las primeras en transmitir en vivo y en directo su vida con una pequeña cámara adosada a su portátil, IKEA, que tuiteó un aborto–, ese cambio de adjetivo le parece algo imperdonable y detestable. Algo por lo que, seguro, en alguna de esas repúblicas de personalidad fundamentalista, lapidan a las mujeres en público y hasta la muerte. No es que él le desee a IKEA un tormento semejante. Pero sí le parece merecedora de algo contundente e inolvidable. De un castigo ejemplar. El que su próximo libro sea un fracaso absoluto, por ejemplo. O, al menos, el que reciba una reseña fulminante de un nombre consagrado que se atreviese a atravesar la intimidante coraza de la corrección política y el amparo de diversos colectivos y mayúsculas minorías con la que IKEA se las arreglaba para blindarse y blindar a la crítica a todos sus libros. Porque, atención, lo de IKEA no era nada más que ficción: lo suyo eran «grandes temas» y «denuncias necesarias e impostergables y demasiado tiempo silenciadas» y «la voz de los que no tienen voz» y todo eso. O, al menos, el que toda la edición de su próximo best-seller debiese ser retirada por haber utilizado para su portada una foto o cuadro sin haber pedido los correspondientes permisos. O, si no, que una súbita alergia deformase su rostro durante la presentación de su último «manifiesto multimedia de denuncia». Algo. Por favor. ¿Sí?

Y, sí, se excusa él, éste es el tipo de cosas en las que se piensa cuando uno espera el diagnóstico fatal o no, el veredicto y la pena de una muerte acaso inminente.

Y al principio El Hombre Solo no reconoce a IKEA. Porque uno nunca quiere encontrarse con nadie conocido en un hospital o en una clínica (porque es algo casi igual de perturbador a que te vean saliendo de un sex-shop con una bolsa llena de desinflada muñeca inflable, supone) y porque IKEA se la pasa mutando: la última vez que la vio era una especie de pájaro tropical, desbordando ropa de colores y hasta la sombra de un bigote no tan evidente como el de Frida Kahlo pero bigote al fin.

Antes de eso, IKEA aparecía en sus fotos casi siempre desnuda y presentando las credenciales de una anorexia (tema de uno de sus libros) que él nunca se creyó del todo. Ahora, IKEA tiene un look minimalista y andrógino: el pelo cortado *à la* Louise Brooks y teñido de rubio blanco, el cuerpo casi aprisionado en una especie de smoking de uso diario, su sonrisa enrarecida por lo que a él le parece el destello de un diamante o algo que quiere ser un diamante en lugar de un diente. Viéndola, leyéndola (porque cada uno de los diferentes modelos de IKEA, desde su primera variante sex-fox pasando por la escuálida-grunge hasta un breve flirteo con el misticismo religioso y rapado de convento de luxe, ha tenido que ver, invariablemente, con el tema de la novela o memoria a publicar próximamente), no consigue decodificar del todo de qué va ahora ella, de qué tratará su próximo libro. Probablemente un romance histórico en el Berlín que se prepara a recibir a los nazis, algo que ver con el lesbianismo, piensa.

«Me estoy documentando para algo que estoy escribiendo», dice El Hombre Solo a modo de saludo, casi excusándose, sin que ella le haya preguntado nada acerca de qué hace él, en una clínica, a esa hora.

«Ah, yo vengo por los resultados de unos análisis», informa ella con solemnidad, llevándose una mano al pecho, como si fuese a hacer el más solemne de los juramentos, como si estuviese entrando en la Historia.

Por un segundo él se alegra –y se avergüenza un poco de su mucha alegría, no demasiado– imaginando para IKEA una enfermedad terminal. Pero enseguida se dice a sí mismo que no puede ser tan miserable. Y que, además, una muerte temprana de IKEA la convertiría, seguro, en leyenda ya invulnerable. Y que es más que probable que IKEA le esté mintiendo (porque no se entregan análisis a esa hora) y que, en realidad, probablemente esté visitando a un joven novio estudiante de medicina al que somete a cosas sexuales que vio en una reciente retrospectiva de David Cronenberg.

Entonces, sin decir nada más, IKEA salta a su cuello y a su

cuerpo. Y lo empuja dentro de un quirófano vacío y sucio, un lugar que parece más una habitación de hotel cinco estrellas por la que ha pasado un rocker y su comitiva. Y más que hacerle el amor o violarlo, IKEA lo centrifuga. En cuestión de segundos. Todo pasa tan rápido que ni siquiera puede asegurar que tuvo un orgasmo. Después, IKEA se arregla frente a él y saca un teléfono y le toma una foto, en el suelo, como arrastrado por un ciclón, lejos de Kansas pero cada vez más en blanco y negro, con las tonalidades de un sueño que se pregunta a sí mismo, un poco travieso, si va a convertirse en una pesadilla.

«Para mi blog», explica IKEA.

Y ahí se queda él.

Y, como en un vaudeville, entran dos jóvenes residentes. Dos novatos que se parecen más a skaters o surfers que a médicos. O a esos cantautores eco-comprometidos y étnico-percusivos y progre-millonarios pero con voz de mendigos pidiendo una limosna. Los dos residentes tienen tatuajes en los brazos y huelen a marihuana y, seguro, fantasean con partir, sin fronteras, a tierras lejanas y difíciles donde todos están demasiado ocupados sobreviviendo o muriendo como para andar enfermándose. Y allí, entre rifles y machetes, ser secuestrados. Y salir en los periódicos. Y subir las imágenes de su cautiverio a YouTube mientras ruegan por ser rescatados y por que James Franco escriba y produzca y protagonice y hasta escriba la crítica de la película de sus vidas. Y que James Franco los interprete a los dos. Un James Franco con barba y otro James Franco sin barba, compaginados digitalmente. Y ahora los dos bailan (bailan muy bien, hay que decirlo) y lo levantan a él del suelo y lo llevan en volandas hasta la habitación esa a la que los médicos llegan para derrumbarse o drogarse o arrancar a dentelladas los uniformes de las enfermeras, piensa él pensando, avergonzado, tantos lugares comunes y al mismo tiempo de la mística hospitalaria. Pero enseguida se excusa y se explica: en momentos de incertidumbre absoluta, no hay nada mejor que el consuelo del lugar común, la frase hecha, el cliché confiable. Pero nada lo prepara al Hombre Solo para lo que ve ahora: los dos jóvenes casi-doctores, sus batas manchadas de sangre fresca, abren un clóset y sacan algo de allí dentro y pronto ya no bailan solos sino con dos de esos muñecos puro torso que se utilizan para practicar la reanimación cardiopulmonar. Los dos dan vueltas y saltos por la habitación cantando y repitiendo «Annie, are you OK? Annie, are you OK? Are you OK, Annie?».

Y él los mira bailar, sonriendo.

Y se une a ellos.

Y *all that jazz*.

En «Smooth Criminals» –la segunda viñeta rock-pop que se le ocurre, después de la de Bob Dylan– se reproduce la conversación de dos choferes de ambulancia que llevan a bordo el cadáver de Michael Jackson por las autopistas de Los Ángeles. Conversan sobre sus esposas, sobre sus hijos, sobre sus trabajos, y ponen la radio. Y ya se ha filtrado la noticia de la muerte del autoproclamado Rey del Pop y las diferentes emisoras comienzan a pasar, non-stop, sus canciones. De pronto comienza a oírse «Smooth Criminal» y uno de los choferes le dice al otro: «Mi favorita. También, por mucho, su mejor video. Muy superior a "Thriller" en lo que a mí respecta». El otro chofer dice: «Mmm… No estoy tan seguro. Es una canción que siempre me pone nervioso. No la entiendo. Ese estribillo donde todo el tiempo le pregunta a Annie si está bien. ¿Qué significa eso? ¿Quién es Annie? ¿La hija de Billie Jean? De acuerdo, Jacko estaba muy loco pero…». «Muy sencillo –le interrumpe el otro. Y explica–: Lo leí en una entrevista a uno de los músicos que participaron en *Bad*. Cuando grababan la canción, Jackson iba a todas partes con una maleta verde. Y dentro de la maleta Jackson llevaba uno de esos muñecos que se utilizan para enseñar lo de las maniobras de resurrección. Eso de oprimir su pecho, ¿sabes? La versión masculina del muñeco se llama Andy y la femenina, la que tenía Jackson, se llama Annie. Y la primera instrucción que te dan para su uso, y lo primero que tienes que hacer antes de comenzar con todo el proceso, es preguntar varias veces: "Annie, are you OK?". A Jackson le gustó mucho eso y lo metió en el estribillo de su canción.» Los dos hacen un minuto de silencio. Luego, uno de ellos dice: «Qué loco que estaba el tipo». El otro dice: «Amén. Descanse en paz». Luego comienzan a discutir sobre dónde irán a comer luego de dejar el cuerpo pálido que llevan ahí detrás.

Para muchos, la palabra más temida era «cáncer»; siendo «cáncer», a esta altura, un comodín que concentraba todo aquello que implicaba un pasaje sólo de ida a un sitio al que nunca se había soñado con visitar pero que, de tanto en tanto, asomaba su cabeza y mostraba sus pinzas en los bordes de una pesadilla. La palabra a la que El Hombre Solo temía más, en cambio, empezaba con *A*. En realidad era una de las dos palabras que más temía. Las palabras –ambas– que él más temía empezaban con *A* y con *a*. La primera de ellas era un apellido de psiquiatra alemán de principios del siglo XX que se tatuó sobre el hombro de una enfermedad nueva pero cuyos síntomas ya estaban presentes en el principio de los tiempos: «Alzheimer». La segunda (la había conocido luego de una más o menos larga estadía en México, adonde había llegado para escribir un libro por encargo sobre el D.F. para una colección sobre ciudades en los filos del nuevo milenio) era «ahorita»: ese engañoso diminutivo que no era otra cosa que la indescriptible traducción a un puñado de letras (había que experimentarlo en carne y paciencia propia para saber de qué se trataba) del muy particular y elástico y siempre postergable modo en que los mexicanos se relacionaban con todo tipo de compromiso adquirido, promesa de puntualidad, y responsabilidad espacio-temporal para con los demás. «Ahorita» como la certificada sospecha y maniobra preliminar de lo que se continuaría con un mexicano, tantas horas o milenios después, preguntándote, con una sonrisa tan cálida como para sacarte ampollas, «¿Qué pasó?» o «¿Q-hubo?». Y en realidad preguntándote «¿Qué no pasó/no pasa/no pasará?» o «¿Qué no hubo/hay/habrá?». En México –lo supo entonces y jamás podrá olvidarlo– decir «ahorita» era el modo de honrar, subliminalmente, a antiguas deidades de nombre largo y pura consonante: seres emplumados y escamados que giraban alrededor de almanaques circulares mordiéndose la cola, desplegando sus alas, sin ningún apuro, porque el apuro, el llegar a hora, el terminar de hacer aquello que se ha comenzado, era cosa de mortales que no creían en el amplio y siempre expansivo premio del futuro. Esperar y esperar y esperar como al principio de *Casablanca* pero en el D. F., donde aquella otra película se llamaría *Apocalypse Ahorita* y en la que Willard demoraría eternamente su salida de su hotel de Saigón para ir en busca de Kurtz con un «Ahorita voy». Así, «después» era un futuro indeterminado y «luego-luego» era, se suponía, de inmediato pero «luego-luego». En el D. F., lo recuerda, tuvo varias crisis nerviosas esperando a varias personas que nunca llegaron junto a teléfonos que jamás sonaron. Todavía hoy estaba esperando a que suenen, a que llegasen. El Hombre Solo pasó un par de semanas allí sin que pasase nada o pasasen demasiadas cosas. Anotó cosas sueltas en una libreta del tipo: «Mex-Machismo: "Qué padre" (expresión enaltecedora); "Me vale madre" (que equivale a un despectivo "Nada me importa menos"); "Mi Rey" (las mujeres les dicen a los hombres "Mi Rey" para que se queden tranquilos y ni se preocupen por comprender que ellos serán reyes, sí; pero ellas son las Supremas Emperadoras de la Galaxia)». Caminó por vertiginosos barrios bajos, respiró aire casi sólido, esquivó balas bendecidas ante la Virgen de Guadalupe, fue ensordecido por trompetas doradas, entrevistó a monosilábicos luchadores enmascarados, mordió demasiados gusanos mezcaleros, y cometió el más terrible y maldito de los errores: borracho y electrificado por esos voltios para poder seguir bebiendo, en la plaza Garibaldi, se tomó de un trago una foto con sombrero de charro que (recordar las tristes y sórdidas y crepusculares fotos con sombrero mexicano de John Cheever y Francis Scott Fitzgerald) es como invocar a las excelsas furias y a las malas suertes. Pero nada se le ocurría allí para escribir porque veía tantas cosas, tantas posibilidades, que acababan marchitándose y anulándose las unas a las otras en una guerra florida. Una noche, cambiando canales donde todos se arrojaban carcajadas en su televisor de hotel, recordó esos despachos que Penélope le había enviado vía e-mail, tiempo atrás, desde una república cercana, prisionera de su familia política más tiránica que democrática. Y de pronto –reutilizando ese material que su hermana había filmado y puesto por escrito– todo pareció encajar en su sitio. Y el libro se escribió solo, como si se lo dictasen al oído, a los gritos. Pero todo eso era como algo sucedido en otra vida. No había consuelo alguno en el recordarse ocurrente y poderoso sino todo lo contrario. Ese pasado no producía otro efecto que aumentar ahora la potencia de su presente y el enigma de su futuro inmediato. La posibilidad de que el médico al que ahora volvía, ya era hora de saber, entrase al consultorio y, hojeando las varias hojas y gráficos de su diagnóstico, le comunicase: «Ahorita, Alzheimer».

Pero no. Aún no. Todavía no. Retrasar lo inevitable hasta el último segundo. Como cuando era un niño y recién se ponía a estudiar en la terrible noche del domingo que precedía a la examinadora mañana del lunes. Como cuando, adolescente, lo expulsaron de un colegio y demoró más de un año en comunicárselo a sus padres y todas las mañanas fingía ir a su secundario cuando en realidad iba a leer a una biblioteca. Como cuando ya no era un niño ni un adolescente pero demoraba la entrega de su manuscrito a su editor hasta el último segundo, casi a pie de imprenta, añadiendo largos párrafos en el último juego de pruebas.

Del mismo modo, misma patología, la inminencia del veredicto se traduce en un torrente de ideas que anota en su libreta, en una fiebre delirante de la que brotan las acaso últimas pero reveladoras palabras de un moribundo. En tramas más cercanas a algo –a una especie oriental y exótica de escritura– que él alguna vez leyó que se llamaba biji que al occidental y tan manoseado microrrelato. Contenidas pero abiertas cápsulas argumentales que, por una vez, parecen más cerca de Chéjov y de Munro que de sus habituales y huracanadas historias soplando desde todas partes, como si en ellas todos y todas hablasen al mismo tiempo y sin levantar antes la mano para pedir turno y permiso.

En «Extravío», un padre lucha contra la muerte de su pequeño hijo. Y, por supuesto, pierde. Ahora ese padre –ese súbito ex padre– sabe qué responder cuando le preguntan qué fue lo peor que te ha sucedido en tu vida. Ahora, también, sabe qué responder cuando le preguntan qué será lo peor que te sucederá en la vida porque ya le sucedió. No hay nada más terrible que tener todas las respuestas, no hay nada peor que saber que nadie tiene la respuesta para su pregunta y que esa pregunta sea «por qué». No es justo que te toque vivir la muerte de un hijo. Su hijo no lo verá envejecer y él no verá el principio de la vejez en su hijo. De pronto, todo va en contra del orden natural de las cosas. El orden natural que determina que, cuando muere un padre, el hijo –más allá del dolor que pueda llegar a experimentar– se sienta también un poco liberado sabiendo que su padre ya no piensa en él. En cambio, cuando quien muere es un hijo, el hecho de que éste ya no piense en él es, para el padre, un castigo bíblico, una plaga exclusiva. Y su hijo ha muerto incluso antes que sus abuelos, sus propios padres, a los que también, se supone, el hombre verá morir. Y nadie verá su muerte. Nadie, sí, vivirá para contarlo. Nadie lo sobrevivirá para contarlo a él. Ahora ese hombre está fuera de toda lógica de tiempo y espacio, se ha alterado el curso normal de la narración. Así que, decide, cualquier cosa es posible, todo puede suceder. Porque a él le ha sucedido lo peor que puede llegar a sucederle a alguien. Lo que significa que ya nada puede sucederle salvo la onda expansiva de eso que sigue sucediendo, que se expande, que ocupa cada vez más espacio dentro y fuera de él y que pronto lo abarcará todo y lo devorará todo, hasta al último rayo de luz, hasta que todo sea hueco y agujero y negro. Superados los últimos ritos, las primeras muestras de cariño de conocidos y no tanto, el padre decide que el único modo en que podrá sobreponerse al dolor será eliminando todo rastro de su hijo. Delete. Borrarlo, como si nunca hubiese existido hasta olvidar incluso que lo ha borrado. Demoler en su memoria el palacio compartido de su memoria. Así, primero, el padre quema dibujos, regala ropa pequeña, mete juguetes en bolsas y los lleva a hospitales y orfanatos, llama a una organización benéfica para que recojan esa cama con forma de cohete. Pero pronto descubre que no sirve, que no es suficiente: el dolor sigue allí, no puede olvidarlo, su hijo está más presente que nunca en el cada vez más lleno vacío que ha dejado atrás. El siguiente paso, está claro, es acabar con su esposa, con la madre: porque allí comenzó todo, fue allí donde entró él para que su hijo saliera. La corta en pedazos, la entierra en el jardín; pero el alivio dura poco. Basta con pasar frente al colegio de su hijo; o cerca de ese cine donde vieron por la primera de muchas veces *Toy Story*, las tres *Toy Story*; o el lugar donde comían sus hamburguesas favoritas; o... Lo que sigue es un huracán de muerte y destrucción transmitido en vivo y en directo desde cámaras en helicópteros. Llamas, explosiones, gritos. Ni la policía primero ni el ejército después pueden detenerlo; y el padre siente que es un elegido invulnerable, una incontrolable fuerza de la naturaleza, un Shiva danzando su última danza. Al amanecer, poco y nada queda en pie de la pequeña ciudad y nuestro héroe –un hombre con una misión– parte rumbo al resto del planeta; porque a su hijo le gustaba tanto la geografía y hablaba tanto de otros países y decía que, cuando fuera grande, le gustaría trabajar de «elegidor de colores de países para los mapas».

En «Pérdida», un padre infeliz en su matrimonio y en su trabajo sólo halla placer en su hijo. Su temor más terrible, su miedo constante, es que le pase algo al pequeño, y que él no pueda hacer nada para evitarlo. Así, apenas duerme por las noches mientras teje pesadillas despiertas y cuenta ovejas hidrofóbicas y compone variaciones posibles sobre la impasible aria de la desgracia que, le parece inevitable, alguna vez escuchará como precoz enfermedad incurable o conductor ebrio que se salta un semáforo o pequeño dedo introduciéndose en un enchufe. Un sábado por la tarde, de paseo con su hijo en un centro comercial, decide que ya no aguanta más la incertidumbre de vivir, agónicamente, siempre listo para anticipar un golpe imposible de prevenir. De ahí que, entonces, decida ser él quien tome la iniciativa y, de algún modo, ganar la pelea. El hombre camina con su pequeño hijo por los pasillos atestados del centro comercial y, de pronto y sin decirle nada, suelta su mano, lo deja ir, irse, arrastrado por una multitud, escaleras mecánicas arriba o abajo, como si ascendiese a los infiernos o descendiese a los cielos. Lo pierde para, por fin, poder encontrarse. El dolor –sorpresa– dura lo que demora en llegar al estacionamiento y subirse a su auto y salir de allí sin mirar atrás. Ahora, piensa el hombre, soy otro, soy diferente, soy nuevo. Y, sí, es un monstruo. Días más tarde, el mundo entero conoce las primeras «hazañas» y «proezas» de quien –en mensajes a periódicos y a canales de información– se hace llamar Anikilator. Y, sí, tal vez el protagonista de «Pérdida» debería encontrarse en un tercer cuento con el protagonista de «Extravío». Los dos cantando a los gritos las *Kindertotenlieder* de Mahler y Rückert, con esos versos disonantes de niños que se han adelantado y demorado en un paseo y en un paisaje pronto a ser sacudido por una tormenta. Los dos batiéndose en un cósmico duelo final, como aquellos de las viejas y monstruosas películas en las que Drácula se batía con el monstruo de Frankenstein mientras el Hombre Lobo y la Momia comentaban el combate a un costado del castillo.

En «Lotería», los padres a la salida de un colegio contemplan en silencio el eclipse lento pero constante de un niño enfermo terminal. Al final, cuando lo ven salir en silla de ruedas, casi un esqueleto sonriente, no pueden evitar las lágrimas. Con un ojo, lloran de pena por el niño. Con el otro ojo, lloran de inconfesable alegría porque ese niño no es el suyo, porque estadísticamente no les tocará a ellos.

En «Los suicidas lentos», una mañana de invierno… En realidad no tiene la menor idea de qué trata «Los suicidas lentos». Sólo tiene el título; pero es un título que le gusta *tanto*… O tal vez sí lo sabe, lo sabe ahora, de pronto y de golpe: en «Los suicidas lentos» se cuenta la historia de un titán literario –tal vez inspirado en Thomas Mann– padre de dos hijos con inclinaciones artísticas pero que, bajo la sombra saturnina de su progenitor, se suicidan y le dejan una carta pidiéndole que, al menos, haga con ellos algo grande y noble en el terreno de la ficción. Y al gran escritor –que lo ha tocado y acariciado y abarcado todo en sus novelas y relatos– no se le ocurre nada, nada que contar. Por primera vez. La historia cierra con el escritor, en la soledad de su estudio, preguntándose si –no habiéndolo sentido nunca– no será eso, la falta de inspiración, lo más parecido al dolor por la muerte de sus hijos que jamás llegará a experimentar en su vida y en su obra.

Otro título con el que en principio no sabe muy bien qué hacer pero enseguida lo tiene claro es «Antes de cero». Allí, un niño muere en un accidente absurdo, en el colegio, en un recreo, un pequeño golpe recibido en el sitio mortalmente exacto. Al padre le ofrecen ver a su hijo, el cuerpo de su hijo, y primero dice sí pero después se pregunta si no será mejor ignorarlo, no sobreimprimir esa quietud a tanto movimiento, recordarlo vivo, vívido, vivamente, niño para siempre.

«Todos los niños muertos» comienza siendo, en apariencia, nada más que un listado de pequeños fallecidos en nombre de la literatura. Cuerpecitos a los que se ha quitado la respiración para que quiten el aliento a los lectores. El más joven y genial de los Buddenbrook, la inolvidable Annabel «Lee» Leigh en su principado junto al mar, Walt Garp, la hijita de Rhett Butler y Scarlett O'Hara, aquel que expira entre los brazos de su institutriz en los fantasmagóricos pasillos de Bly, ese al que Bob Slocum abraza hasta la más amorosa de las asfixias… Pero al poco tiempo, leyéndolo, se intuye primero y se comprende casi enseguida que allí están todos menos uno. Aquel al que el narrador, invisible pero omnipresente, no quiere ni puede mencionar y que no aparece en ninguna novela o cuento. Un nombre real de niño verdadero. Ese cuyo nombre y cuerpo y sombra se distrae con la de tantos otros muertos inmortales.

En «Y fue entonces cuando empezaron los problemas», un hijo adolescente vuelve a decirle a su padre lo mismo que le viene diciendo desde el principio de sus tiempos: que cuando sea grande –falta menos– va a ser lo que ya es aunque aún no haya publicado nada: escritor. El padre le dice que más le vale buscarse una profesión de la que pueda vivir escribiendo. Redactor publicitario, por ejemplo. Y, como el hijo no le hace caso, el padre le dice que enviará sus cuentos a un amigo escritor, que lleva una revista, para que lo ponga en su sitio. Así lo hace y el amigo escritor invita al hijo a escribir en la revista. Y el hijo vive de eso mientras escribe su primer libro, con el que no le va nada mal. A partir de entonces, el padre no deja de preguntarle y prohibirle que «lo meta dentro de uno de sus cuentitos» pero todo el tiempo deseando entrar ahí.

En «Modelo para desarmar», un padre –como represalia a un hijo que no ha ordenado sus juguetes– toma un complejo y único e irrepetible modelo de Lego y lo deja caer contra el suelo y sonríe mientras lo mira estallar en cámara lenta, desde varios ángulos al mismo tiempo, mil pedazos, en cientos de piezas. Y esa satisfacción primitiva e imperdonable se convierte en culpa y espanto cuando descubre a su hijo observándolo con ojos donde, por primera vez, «las pupilas del pequeño se dilatan con un fulgor nuevo; y ese fulgor es el principio sin retorno ni final del odio: aquí comienza el odio, le avisan esos ojos; el odio que ya nunca detendrá sus motores hasta el fin de tus días en incluso mucho más allá, papi».

En «Qué será», y a propósito de la imposibilidad de educar bien a los hijos y tomar todas las decisiones correctas para su futuro, un padre en una fiesta, sosteniendo y sostenido por un vaso lleno de whisky hasta los bordes, comenta: «Mi pequeño Leo jamás nos sorprendió a mí y a su madre haciendo el amor…

Me pregunto si eso habrá sido algo bueno o algo malo para el desarrollo de su personalidad. ¿Qué piensas tú, preciosa?».

En «Lo que será», un hombre, en el momento exacto de ese orgasmo que da comienzo a la historia de su paternidad (allá va ese espermatozoide a bailar dentro de ese óvulo), experimenta la *petite mort* de poder contemplar, en cuestión de segundos, toda su futura vida como progenitor. Las alegrías y tristezas y desconciertos que le esperan más adelante y la muerte de su condición de último eslabón de su propio linaje. Después, enseguida, lo olvida todo. Mejor así. De otro modo será como uno de esos cuentos que, dentro de poco tiempo, le contará noche tras noche a su futuro hijo (cuento que su hijo aprenderá de memoria, hasta la última palabra e inflexión regocijándose en saber todo lo que ocurrirá allí dentro, hasta el último detalle) que ya está ahí, de este lado, para siempre.

En el final de «Corrección», una madre le pregunta a su hija –a la vez que se responde a sí misma; porque es una de esas preguntas que en realidad son una afirmación con apenas una sola y última palabra entre signos de interrogación– un «Tú no tienes nada para reprocharme, ¿verdad?». A lo que la hija responde: «No te reprocho nada; lo que no es lo mismo».

En «Con letra infantil», se leen tan sólo unas pocas palabras: «Querido Papi: sólo para avisarte que a partir de hoy dormiré con un cuchillo grande bajo la almohada. Tu hijita, M.».

En «Cuchillos», un niño dormido se despierta en el centro de la noche. No ha pasado mucho tiempo desde que se fue a la cama porque todavía no tiene los ojos «llenos de lasagnas» (hace tiempo ya que ha enmendado esa errata infantil pero la gracia, el «lasagnas» por «legañas», ha quedado implantada como chiste familiar). El niño, de unos cuatro o cinco años, se durmió un par de horas atrás pensando por qué será que el avión que se hace con una hoja de papel parece pesar más que esa misma hoja de papel antes de ser plegada. El niño se pregunta si en esa intriga suya no late ya el germen de una posible vocación pero –por carecer aún de muestrario con los colores de la física, o del zen, o de la poesía– no se pregunta qué vocación será ésa. Suficiente tiene, por ahora, con responder a la pregunta terrible que debería prohibirse a los adultos formular a un niño: «¿Qué quieres ser cuando seas grande?». O peor aún: «¿Qué vas a ser cuando seas grande?». Cuestiones mucho más inquietantes que el ya clásico y fácil de procesar/superar con un «A los dos igual» que es el «A quién quieres más: ¿a Mamá o a Papá?». Ahora, entonces, pensando en todo eso con los ojos cerrados, el niño apenas los abre y descubre, en el marco de la puerta de su habitación, a su madre y a su padre mirándolo con esa terrible intensidad con que los adultos sólo miran a los niños, para no asustarlos, cuando están dormidos. El padre y la madre tienen los ojos llenos de lágrimas y de sus bocas cuelgan sonrisas raras y, en sus manos, descubre y tiembla el niño con los ojos entrecerrados, fingiendo dormir, uno y otra sostienen cuchillos largos y grandes. El padre y la madre no dicen nada, no se dicen nada; tan sólo lo miran a él como esperando recibir el coraje necesario para hacer lo que quieren hacer. Finalmente, se dan la vuelta y se alejan de allí y regresan a la cocina donde están cortando cebollas para una ensalada y comentan lo mucho que quieren a su hijo. Pero el hijo (sus ojos cerrados con fuerza, rogando por la llegada y el consuelo y el alivio de una pesadilla con monstruos o en la que se descubra desnudo frente a sus compañeros de colegio o en la que cae y cae desde las alturas del cielo) no los oye. Y nunca olvidará nada. Y nada les dirá a la mañana siguiente cuando, a partir de entonces y hasta el final, ya nada será igual, ya nada será lo mismo luego de haber visto a sus padres y a sus cuchillos, a los cuchillos de sus padres.

Falta poco para que llegue la hora señalada. En unos contados minutos su vida puede cambiar para siempre. Hasta es posible que su vida empiece a morirse para así dar a luz a la sombra de su muerte. El Hombre Solo siempre había fantaseado con la idea de un relámpago fulminante, un flash, una foto de revelado instantáneo. Detenerse de golpe, como un hombrecito de lata que se queda sin cuerda. O, mejor aún, morir durmiendo y que la única señal de que algo nuevo arranca sea una mínima pero atendible modificación en la mecánica de sus sueños: soñar, como el niño de esa última idea para un cuento, que se precipita, desnudo, desde las alturas para esta vez, esta última vez, no despertarse en el momento del impacto.

Ahora, con los ojos muy abiertos, El Hombre Solo jamás se ha sentido tan despierto. El Hombre Solo abre la primera puerta que encuentra su mano y se mete allí. Necesita –antes de volver al consultorio– un lugar donde sentarse y descansar y recuperar el que tal vez sea el primero de sus últimos alientos.

La habitación está en penumbras y, en ella, hay dos camas, y, en las camas, un anciano y un niño. El anciano tiene el aspecto de un faraón momificado al que se han olvidado de meter en su pirámide. Debe de tener unos noventa años por lo menos. Tiene que haber visto y vivido tantas cosas. Tiene que haber contemplado tantos finales de guerras, piensa El Hombre Solo. Ahora, ahí está, agonizante historia viva, respirando por una boca a la que las mandíbulas ya no protegen, un gruñido no como de oso sino como de cueva donde hibernaran los osos. Una cueva donde ya es invierno para siempre. El anciano lo mira con ojos de acuosas pupilas blancas. Y no dice nada. El anciano está muy ocupado en llegar a la vertiginosa cima del siguiente minuto y, una vez allí, preguntarse si valdrá la pena iniciar la escalada del siguiente minuto.

En la cama de al lado hay un niño. El otro extremo del mismo espectro. El niño no tiene un solo cabello en su cabeza y su piel muestra la tirantez de un tambor golpeado por los puños cerrados de una fiebre. El niño debe de tener unos seis años de edad pero, también, parece un animal nuevo y eterno y sin tiempo. El niño lo mira a él con una altivez que no es suya sino la de la enfermedad. Una de esas enfermedades terribles con doble apellido y guión entre uno y otro. Una de esas enfermedades difíciles de pronunciar. Mirando al niño, aterrorizado, El Hombre Solo se escapa con el recuerdo de esa película espantosa con médico payaso. ¿Cómo se llamaba? *Patch Adams*, sí. Protagonizada por el actor que El Hombre Solo más detestaba desde siempre y para siempre: Robin Williams. Robin Williams que era como un mimo que grita y no para de gritar y ahí, en su film más desagradable entre todos sus films desagradables, Williams era el bueno, buenísimo de Patch, un doctor dispuesto a lo que sea para arrancarle una sonrisa a un niño con los días-horas-minutos-segundos contados y restándose. Un hombre con el convencimiento de que un niño terminal sólo necesita de un imbécil como él haciéndole morisquetas al pie de su cama. Ahora, el niño lo mira y él no sabe si debe sacarle la lengua y ponerse a cacarear por toda la habitación o fingir que se lleva por delante una puerta. No lo cree, la verdad. Un niño que va a morirse no está para esas cosas porque está muy ocupado pensando en que, cuando muera –«¿Qué *no* quieres ser cuando *no* seas grande?»–, morirán con él las infinitas personas que pudo llegar a ser. Cuando muera el viejo, al otro lado de ese infranqueable abismo entre las dos camas, morirá una sola persona, la que ya fue; porque todos los posibles y descartados bocetos fueron destruidos en otro milenio. En cambio el niño podría haber sido tantas cosas, podría haber salvado a la humanidad para luego destruirla. O, al menos, podría haber llegado a saber cómo terminará su serie favorita, con zombis y vampiros y gente que retorna por la puerta de atrás de la muerte. Pero, aunque le diviertan tanto (y lo asusten un poco), el niño no cree en ellos, no cree en segundas oportunidades sobrenaturales como ya no cree en tantos infradotados segundos diagnósticos que sus padres coleccionan como si fuesen postales de sitios que su hijo jamás visitará. Ahora, el niño lo mira y no dice nada; pero El Hombre Solo está casi seguro –como en una película muda, como en esos carteles con letras blancas sobre fondo negro– de que le dice, moviendo los labios, sin emitir sonido alguno, un atronador «¿Por qué a mí?».

En «Another Girlfriend in a Coma», el protagonista entra a una habitación de hospital donde, en sendas camas, yacen un anciano centenario y un niño que no llega ni llegará a la primera media década de vida. El joven protagonista (quien huye de una sala de espera donde aguardan los tristemente enfurecidos familiares de su novia; la cual intentó suicidarse no por su culpa exactamente, aunque el que él la dejase no ayudó demasiado a la frágil estabilidad de su resistente inestabilidad) entra allí y suspira aliviado. El viejo lo mira con una sonrisa y comienza a hablarle con algo que parece ser un fragmento de un monólogo largamente ensayado: «Cuando eres un niño piensas en la muerte, cuando eres un adulto piensas en la infancia y en la vejez, cuando eres un viejo piensas otra vez en la muerte... La vejez es como un espejo negro y distorsionante de la infancia: vuelves a dormir y a llorar mucho, nadie te entiende lo que dices, no puedes controlar tus más elementales funciones corporales, te llevan a todos lados en una silla con ruedas, no paras de consumir medicinas y todos afirman quererte mucho pero nadie te hace demasiado caso... Y cada noche cierras los ojos pensando en que tal vez ya no vuelvas a abrirlos. Pero el mundo sigue ahí a la mañana siguiente. Y tú sigues en ese mundo. Como si hubieses renacido o reencarnado; pero en el mismo cuerpo hecho pedazos, en un cuerpo que alguna vez corrió por playas y ahora se arrastra por pasillos, un cuerpo como las ruinas de lo que alguna vez fue un templo en el que ahora sólo tú, que ya no crees en nada, rindes culto, siempre de rodillas, sin poder ponerte de pie... Ah, no puede imaginarse usted las ganas que tengo de dejar viuda a mi muerte... Estoy tan cansado de no morirme. Todos mis amigos y conocidos se me han adelantado. Soy el último y el único. Viviendo en un cementerio. Una especie de negativo de fantasma, una inversión del teorema: el sobreviviente en un mundo en el que ya no queda nadie, donde todos ya se han ido a otro planeta y que, si piensan en mí, estén donde estén, lo hacen como si invocaran a una aparición desaparecida, al que se quedó tan lejos y Más Allá. Ya comprenderá de lo que le hablo si tiene la supuesta fortuna de una larga vida. Dicen que cada vez viviremos más y que nuestros cerebros, no preparados para pensar tanto, enloquecerán. Y que, habiendo evolucionado para vivir más, descubriremos que de superadultos (el promedio de edad en el Medioevo era apenas de cuarenta años mal llevados) hemos involucionado a mega-viejos prehistóricos que no saben qué hacer con tantos años y con tan poco cuerpo que los aguante. Y que volveremos a caminar en cuatro patas, hundidos por la gravedad, hasta ser casi invertebrados y unineuronales. Y que el mundo se llenará de locos, de más locos que nunca que deberán ser cuidados por menos jóvenes que nunca, porque cada vez nace menos gente. Quién sabe... Pero sí puedo asegurarle que, pronto, a su alrededor, todos empezarán a morir. Gota a gota. Hasta formar una mancha de humedad en la pared que pronto se vendrá abajo empujada por un tsunami de cumpleaños convirtiéndose en velorios y entierros, en efímeras efemérides y...». Agobiado y pensando en volver corriendo junto al lecho de su ex novia y despertarla con un beso mágico y caer de rodillas y pedir su mano porque necesita una mano de la que agarrarse, el joven decide concentrarse en el niño, que le clava sus ojos con intensidad de felino entre penumbras y sólo le ordena, sabiendo muy bien en lo que está pensando y como si lo conociese de toda la vida, con una voz aguda: «Te prohíbo terminantemente el que tengas una epifanía».

Pero, tomando nota, rápido, él *sí* tiene una epifanía y, en la puerta del consultorio, se dice: «Si está todo bien, juro que ya no volveré a escribir». Lo repite en voz alta, sin que nadie lo oiga salvo él mismo, como pronunciando palabras mágicas para que el truco ya no salga, para que ese cajón ya no se abra y –último presto!– se convierta en un ataúd dispuesto para el más vikingo de los funerales.

«Fin», dice.

«Se acabó», dice.

Y se pregunta si podrá mantener su compromiso. Si no habrá alguna droga (preguntárselo al doctor) de efectos similares a la apomorfina que se daba años atrás a homosexuales o ninfómanas que no querían serlo o a criminales que eran tan felices siéndolo. Una especie de Técnica Ludovico que le provoque náuseas en lugar de pánico a la hoja en blanco. Tal vez no. Tal vez no será necesaria ninguna medicina de alto octanaje y potencia superior. De un tiempo a esta parte, El Hombre Solo escribe poco y lento, con la inercia más o menos orientada y refleja de un viejo elefante deteniéndose demasiadas veces para preguntar si va bien encaminado hacia su cementerio. En cualquier caso, lo promete –el dejar de hacerlo, la renuncia a su oficio, a lo único que sabe hacer– como quien entrega la ofrenda más preciada, como si dispusiera a su hijo para el sacrificio, a lo que más ama pero, también, pensando en que está tan cansado; en que sería la coartada perfecta; en que en realidad, la verdad sea dicha, cada vez le gusta menos escribir, en que posiblemente nunca le haya gustado *tanto* escribir.

El Hombre Solo abre la puerta y ahí está el doctor –que ya es *su* doctor, nada más que suyo, no quiere pensar en que lo comparte con otros, en que su dedicación no es exclusiva– con una carpeta llena de papeles y gráficas y radiografías y líneas que suben y bajan. Allí está toda la información sobre su catástrofe, su terremoto íntimo y privado. Ya ha sufrido sus efectos y ahora queda esperar que le comuniquen el número de víctimas dentro de esa única víctima que es él y rogar por que no se produzcan nuevas réplicas y discusiones dentro de él. Pero –lo ha comprobado cada vez que la tierra se abre para cerrarse sobre sus parásitos o una ola gigante decide tomar venganza y tragarse a todos esos molestos surfistas o una iglesia se viene abajo sepultando a los que creían que ahí Dios los protegería de su propia furia– nadie sabe absolutamente nada acerca de los sismos. Ante ellos, sólo queda temblar y esperar a que pasen pronto y que no pase uno con ellos.

«Todo bien. Todo en orden. Falsa alarma», dice el doctor al que, en un mismo segundo, él no sabe si amar u odiar. Porque el doctor parece algo decepcionado ante la sencilla vulgaridad de aquello que a él casi lo partió en dos. Y la explicación de su caso (el doctor la expone con los modales de un desilusionado Sherlock Holmes al que se ha molestado por una pequeñez como el buscar y encontrar esas llaves perdidas, le parece; y los particulares se le escapan a medida que los oye y los escucha como ensuciados por ruido blanco e interferencias y puntos suspensivos) se le olvida casi al mismo tiempo que se la comunica: «Podría haber sido cualquier cosa. Podría haber sido un ataque cardíaco o la avanzada de un ictus cerebral o las primeras señales de un tumor. Pero no ha sido más que una gastritis –le informa el doctor–. Una supergastritis. Pero gastritis al fin. Un desarreglo digestivo que provocó una inflamación del... que provocó cierta presión sobre el corazón y una disminución de la llegada de oxígeno al... de ahí los síntomas: los mareos, los... y las... y... y eso es todo».

Con una sonrisa casi infantil, él intenta explicar que no era broma, que era en serio, que no fue por una tontería que casi se dejó rodar monte abajo:

«Pero es que sentí que me moría», casi ruega, como disculpándose.

«De acuerdo», lo tranquiliza el doctor como si fuese un niño que jura haber estudiado la lección, que se la sabía toda pero que, ahora, no entiende muy bien qué es lo que ha ocurrido.

Y el médico sigue:

«De hecho, el síntoma de lo que usted ha experimentado se llama, precisamente, *sensación de muerte*. Algo parecido a experimentar toda la muerte, hasta el más pequeño y lujoso de sus detalles, pero sin morirse. Y hay documentados muchos casos de personas con lo que usted tuvo que, de ahí el nombre, seguras de estar muriendo, se asustan tanto por lo que les está pasando que, creyendo que se están muriendo, se mueren», concluye el médico dejando escapar al final una risita de apenas una sílaba pero con su rostro completamente serio.

Después el doctor busca y encuentra un bloc de notas y garrapatea algo incomprensible: «Una cada veinticuatro horas, antes de la cena. El jarabe al levantarse. Y mezclar esos polvos en agua y bebérselos en el almuerzo», instruye. Y, sí, piensa El Hombre Solo, otro signo inequívoco de que su tiempo pasa y corre: cada vez son más los medicamentos necesarios para domar a la fiera de una única dolencia. Y el doctor le entrega la receta y le da la mano y, por encima de su hombro, mira hacia la puerta. Su turno ha terminado. Su hora de protagonismo bajo las luces y sensores ha llegado a su fin. Buena suerte.

Pero él no está listo para irse aún. No le parece un buen final.

Deformación profesional.

Aquí falta algo y no sabe qué es. Lo busca en el aire y no lo encuentra.

«¿Alguna duda?», le pregunta el doctor, quien de golpe le parece más joven que nunca, casi un niño jugando al doctor.

«Bueno, ya que estamos, siempre hubo un par de cosas que me intrigaron desde que tengo memoria y tal vez usted pueda aclarármelas», sugiere El Hombre Solo.

El doctor lo mira con una mezcla de fastidio y de curiosidad.

«Dígame», dice con la dicción automática de alguien que se prepara para concursar en algo, para ganar un premio.

«Bueno, lo primero es eso de los zapatos... Los zapatos de las personas que son atropelladas en la calle. Por un auto. O por un autobús. Ya sabe: nunca entendí por qué siempre está el cuerpo ahí, tirado, y sus zapatos un poco más lejos y...»

«Sencillo: cuando se recibe un fuerte impacto, el torso dentro del que se encuentran la mayoría de los órganos vitales se hincha para amortiguar el golpe. Y las extremidades se contraen. Reflejo automático. De ahí que los pies se hagan más pequeños y los zapatos y hasta los calcetines salgan despedidos. Y no sucede sólo con los zapatos y los pies. Lo mismo sucede con las manos. También ocurre con anillos. O con dentaduras y ojos postizos. ¿Algo más?», responde y pregunta el doctor, desilusionado, otra vez, por él y por la ligereza del misterio que él le ha propuesto.

«Bueno, sí: lo de los espárragos. ¿Por qué al poco rato de comer espárragos la orina huele a espárragos? ¿Por qué no sucede lo mismo después de ingerir cualquier otro alimento? ¿Por qué la orina no huele a pollo braseado con patatas o a cheeseburger o a patatas fritas?»

El doctor sonríe y está claro que esta segunda pregunta, si bien no es digna de su diploma y de su talento, al menos se le hace más inesperada y original.

«Ah, sí: eso se debe a la degradación y metabolización de un aminoácido en concreto. Se llama aspargina. Pero, atención, esto no sucede con todas las personas. Las últimas muestras y estudios han concluido que tan sólo el 43 por ciento de aquellos que comieron espárragos metabolizan el aminoácido. Y están aquellos que lo metabolizan, pero no están capacitados para olerlo cuando van al baño. Por lo que se concluyó que su capacidad para producir esta orina con olor a espárragos se debe a la influencia de determinados poliformismos genéticos. De hecho, yo no la produzco. O tal vez sea que no la huelo. Quién sabe…», el médico pronuncia estas últimas palabras con tono casi melancólico. Como si muy a pesar suyo –frente a él, a un absoluto desconocido del que sabe todo lo que sucede en su organismo– estuviese metabolizando el aminoácido de los deseos no realizados, de todo aquello que ya nunca se experimentará.

Y el médico añade: «Pero todo esto que le estoy contando, si le intrigaba tanto, podría haberlo averiguado en cuestión de segundos vía Google… ¿Por qué no lo hizo?».

Y El Hombre Solo no tiene ya fuerzas para responderle que, de haber sido así, ellos no habrían tenido esta conversación.

El Hombre Solo decide, ahora sí, que ya es hora de marcharse, de salir de allí, pensando en que podría incluir todo esto en algún cuento o novela. Pero enseguida se acuerda de su promesa: dejar de escribir a cambio de poder seguir leyendo. O ni siquiera eso. Porque el mundo *tiene* que estar lleno de gente que no escribe ni lee y que, aun así, son felices y normales, ¿no? Hasta es posible que sean *más* felices y *más* normales.

Ahora El Hombre Solo está de salida, ahora va y ve hacia afuera, ahora las puertas se abren solas y la clínica lo expulsa como si fuese una ballena cansada de albergarlo.

Retrato de un Hombre Solo saliendo de urgencias, dando casi saltitos. «¡Hop, Hop, Hopper!», se dice primero. «Qué tonto», se dice y se justifica después: el alivio suele favorecer la germinación de cosas como la anterior, de chistes malos, de ideas tontas. El alivio metaboliza e infantiliza de mala manera y te transforma no en uno de esos niños inteligentes sino en un adulto infantiloide y aminoácido. Ya no tiene nada que hacer allí. En ese santuario para lo grave y lo agudo, él es ahora el más impertinente de los intrusos. No es que se sienta perfectamente bien, pero ya es alguien que comienza a mejorar. Puede sentir el lento pero constante retroceso del mal y del miedo que lo acompañó –como si le fuesen retirando muy despacio una manta muy pesada de encima de su cuerpo– y, de golpe, la consoladora suavidad de la noche, del final de una noche, a la que vuelve seguro de que verá un nuevo día.

Pero falta un poco para eso.

Respira profundo un aire blando de jazmines y que sabe a nuevo y que tiene el color sin nombre que se usa para mezclar todos los colores y que suena como suena la música segundos antes de recomponerse. De pronto, como en una descontrolada fiesta de los sentidos, todo es más brillante y perfuma más y se oye mejor y se siente bien y tan pegadizo como la mejor canción del verano jamás oída.

Y, sin mirar atrás, El Hombre Solo desciende despacio por las escaleras. Escalón por escalón. Contándolos, como cuando era un niño, como cuando se cuentan todas y cada una de las cosas porque todas las cosas cuentan.

Y entonces se da cuenta: algo sí ha cambiado en él, no es el mismo que era cuando llegó aquí hace un par de horas que ahora pesan en su memoria como algo sucedido hace siglos, como algo casi legendario. El Hombre Solo mira sus pies y es como si su sentido de la perspectiva y de las distancias se hubiesen alterado un poco, apenas, pero aun así produciendo el desconcierto de quien usa gafas para ver de lejos y mirar de cerca y no las encuentra y las busca por la casa, como dando cautelosos pasos de astronauta. Es como si caminase flotando, en el aire, pero apenas a un centímetro del suelo. Poca cosa: el pánico de la huida considerada o algo así. Nadie se daría cuenta del milagro o del estigma. Pero es lo suficiente como para que él comprenda que ya todo ha cambiado para siempre, que nada va a volver a ser como alguna vez fue. El Hombre Solo se pregunta a qué se deberá este súbito enrarecimiento de su atmósfera. Tal vez sean los efectos de la injertada glándula del terror al activarse, como en esos extraterrestres líricos de ese cómic de ciencia-ficción que leyó tantas veces hace tantos años, cuando todavía se buscaban pruebas irrefutables de vida inteligente en otros planetas. O quizá sea, simplemente, la manifestación física de una nueva liviandad mental consecuencia directa –de cumplir su promesa– del adiós a todo aquello, del ya no estar obligado a escribir algo, nada, nunca, jamás, para siempre. Tal vez. ¿Qué hora es?

No hay apuro.

Ya va a buscar una explicación al respecto.

O, si no –algunas vidas no tienen cura, sólo el alivio que llega con la muerte–, está seguro de que una explicación va a encontrarlo a él. Ya se le va a ocurrir algo para que algo le ocurra, ya le va a ocurrir algo para que algo se le ocurra.

Podría jurarlo.

Podría jurar –aunque haya prometido no volver a escribir a cambio de seguir siendo escrito– que siempre quiso que se le ocurriese alguna cosa que terminase, que terminase sólo para que pudiese empezar otra cosa, con las palabras «podría» y «jurarlo».

Pero, por supuesto, sería mentira.

Así que, mejor, decide seguir unas cuantas líneas más, montaña arriba, de regreso a su casa, a su biblioteca, a su escritorio.

El trecho que va de la puerta de la clínica a las puertas del funicular es, le parece, la más pertinente y ligera de las elipsis. Lo cubre como en un suspiro. Un suspiro de felicidad aterrorizada. La felicidad de saber que pocas veces será tan feliz en lo que le queda de vida y que, inevitablemente, un próximo médico, cada vez más cerca en el tiempo y en el espacio, alguna vez no le dirá «Todo bien» sino todo lo contrario: «Algo mal».

Ahora El Hombre Solo vuelve a subir y, de vuelta, es inevitable pensarlo, porque de pronto todo lo que hace le parece como si fuese la posibilidad de algo definitivo. Sí: alguna vez subirá por última vez al funicular. ¿Será un viaje de subida o de bajada? ¿En ambulancia o aprovechando el viaje de otro camión de mudanza?

Quién lo sabe.

Y a quién le importa.

No es algo que le preocupe demasiado ahora –la dirección– y sí es algo en lo que no quiere pensar mucho. Sólo le interesa disfrutar que está de nuevo allí en lugar de haberse quedado allá.

Entre ciclistas y corredores, ve arribar el funicular, lleno de niños con uniformes escolares y padres que parecen estar pensando en qué pasó, en cómo es que llegaron allí, de dónde salieron todas esas pequeñas e inquietas criaturas. Problemas suyos, quién los manda, nadie los obligó, libre albedrío, eficientes métodos anticonceptivos, haberlo pensado más y mejor, piensa él. Él no tuvo ni tiene ni tendrá nada que ver con todo eso. Él no tiene a nadie que lo extrañe ni extraña a nadie. La única responsabilidad que El Hombre Solo tiene ahora es para consigo mismo y es la de subir, subir. Sin responder ante nadie. Sin la obligación de explicar nada. Solo y único y empezando y terminando en el viaje de sí mismo, como tirando de su propio cable para impulsarse hacia lo alto. Un mecanismo sencillo en apariencia, con un rumbo imposible de modificar, pero tan complejo en sus alcances y en los desvíos mentales que se pueden alcanzar allí dentro.

Es tan feliz de volver a casa y su casa comienza ya ahí dentro.

Funicular, dulce funicular.

¿Se puede extrañar a un funicular?

¿Puede convertirse un funicular en parte importante de la vida?

¿Se puede querer más a un funicular que a más de una persona?

Sí y sí y sí.

Ojalá que sí, ruega.

Ahora ya es de mañana y las puertas se abren y una voz grabada informa por los altoparlantes de que hay que dejar bajar antes de subir.

Y a él le parece una frase formidable, un consejo perfecto, algo con resonancia aforística y como extraído de milenarios textos religiosos; pero (se lleva la mano a la libreta pero se detiene a mitad de camino y ¿será esto la felicidad?, podría jurar que sí) no se le ocurre ni nada ni algo donde incluirla, usarla, hacerla suya poniéndola por escrito.

Podría jurarlo.

MANY FÊTES,
o ESTUDIO PARA RETRATO DE GRUPO CON DECÁLOGOS ROTOS

† «¿Has leído todos estos libros?», pregunta ella.

† El biji (筆記) es un género de la literatura clásica china. *Biji* puede traducirse, apresurada pero más o menos fielmente, como «libro de notas». Y un biji puede contener anécdotas curiosas, citas casi a ciegas, pensamientos dispersos, especulaciones de tipo filosófico, teorías privadas sobre cuestiones muy íntimas, apuntes sobre otras obras, y cualquier cosa que su dueño y autor considere pertinente. ¿Interrumpían los samuráis la conversación entre sus katanas para anotar algo que se les ocurría en el momento exacto del acero y la sangre? ¿Escribían bijis las geishas en las tirantes tiras de seda con las que ataban sus pies para que no crecieran? Ah, sí… Un biji siempre a mano, por las dudas, nunca se sabe. Un biji como el equivalente por escrito y unplugged de uno de esos teléfonos móviles con los que se fotografía cualquier cosa, el todo y la nada. Los diferentes ítems en un biji pueden ser numerados pero, también, es posible leerlos sin seguir orden alguno, abriéndonos camino a partir de cualquier punto y saltando de atrás para adelante o arriba y abajo o de un costado al otro. Empezar por el final y acabar al principio. La idea es que, de un modo u otro, cada lector acabe descubriendo una historia tan única como única será su lectura. El género biji apareció por primera vez durante las dinastías Wei y Jin, y alcanzó su plena madurez en las dinastías Tang y Song. El biji de ese período incluye, también y de manera casi protagónica, fragmentos del tipo «aunque usted no lo crea» que preanuncian los *Believe It or Not!* creados por el supuesto explorador y un tan-

to mitómano aventurero Robert Ripley para las páginas de los cómics de los periódicos a principios del siglo XX. Así, muchas de las entradas en el formato biji pueden ser consideradas como pequeñas ficciones desprendiéndose de una gran ficción secreta, pero que está ahí, esperando ser descubierta. (No confundir, por favor, un biji con uno de esos tan de moda, desde que se implantó la divertida dictadura de los ciento cuarenta caracteres, microrrelatos. Esas gracias que todos hacen o intentan hacer y con las que incluso él, una vez, intentó ganar –y perdió, bajo seudónimo– concurso. Con lo que sigue: «*Amnesia* / En un lugar de La Mancha, del cual no puedo acordarme». Y eso es y eso fue todo.)

Ahora, él no es que *quiera*, pero sí que *puede* acordarse. Y ordena y desordena estas páginas diciéndose y engañándose a sí mismo con que se trata de una suerte de revisitación del género biji para así no tener que admitir que, en realidad, son los jirones al viento de estandartes derrotados y las ruinas más o menos humeantes de algo que quiso construir y que se vino abajo. Los pedazos rotos de un templo en el que creía o en el que necesitaba creer. Las esquirlas de una explosión que se extraen, una a una, del cuerpo castigado pero sobreviviente de algo, de alguien. Las frases sueltas de aquello que –intentando *nadar bajo el agua* y aguantando su respiración– deseó tanto pero no pudo escribir, hace ya tiempo, en algún momento de las grandes sequías que marcaron a la dinastía Crack.

† «Toda buena escritura es *nadar bajo el agua* y aguantar tu respiración», escribió Francis Scott Fitzgerald. Y leyendo eso al final de un volumen de cartas del autor de *Tender Is the Night* a su hija Frances «Scottie» Fitzgerald (¿habrá algo más tremendo que un padre poniéndole su mismo nombre, con apenas una ligera modificación ortográfica pero no sonora, a su propia hija?), él no puede evitar el recordarse que aprendió a escribir (a escribir muy bien para alguien de su edad) mucho antes de lo que aprendió a nadar (a nadar muy mal para alguien de su edad).

† «Los escritores no son personas exactamente», *The Last Tycoon*, Francis Scott Fitzgerald.

† Exactamente, Scott. Los escritores son esas personas que, inexactamente, siempre prefieren mirar para otro lado, a otra parte: la parte inventada.

† «Dick intentó diseccionar ese encanto en fragmentos lo suficientemente pequeños como para poder almacenarlos, dándose cuenta de que la totalidad de una vida se podía definir en cuanto a los segmentos que la conformaban, y también comprendía que la vida luego de los cuarenta años podía ser observada con eficiencia sólo si se lo hacía a partir de fragmentos», Francis Scott Fitzgerald, *Tender Is the Night*.

† «Action is character», sí, y *The Notebooks of F. Scott Fitzgerald* –editados por Matthew J. Bruccoli– son para él, junto a las libretas de apuntes de Henry James y de Franz Kafka y de John Cheever, el mejor espécimen de *journal* que él conoce: uno de los más perfectos y sensibles y románticos *books of bijis*. A veces lo abre al azar, como si se tratase de la Biblia o del I Ching o de la guía telefónica, y lee lo primero con lo que se cruzan y tropiezan sus ojos. Ahora mismo, por ejemplo:

«Para escapar tienes que escapar de la Autobiografía de Escape».

Y después:

«Los mismos elementos de la desintegración se le hacían a él muy románticos».

Y una más:

«Mi mente es la vagina floja de una puta, sirve para todos los tamaños de genitales».

Y otra:

«Existen ciertas historias irreverentes que oí a los diez años y luego nunca más, porque a los once aprendí un nuevo y más sofisticado juego de esas historias. Muchos años después oí a un niño de diez años contar una de aquellas historias, y se me ocurrió pensar en que había sido entregada de una generación de chicos de diez años a la siguiente a lo largo de un incalculable número de siglos. Lo mismo con el juego nuevo de historias que yo recibí a los once años. Cada juego de historias, como un ritual secreto, permaneciendo siempre dentro de los límites de su edad, jamás envejeciendo, porque siempre hay una flamante multitud de chicos de diez años lista para aprendérselas y nunca marchitarlas, porque esos mismos chicos las olvidarán al año siguiente, cuando tengan once años de edad. Uno podría llegar a convencerse de que existe una teoría de la conciencia detrás de esta educación no oficial».

Y más abajo:

«En la noche oscura del alma son siempre las tres de la mañana».

Y un poco más abajo:

«Muéstrame un héroe y te escribiré una tragedia».

Y para terminar, por ahora:

«Acerca tu silla al borde del precipicio y te contaré una historia».

Y suficiente por hoy.

† Éste es su heroico precipicio. Si le preguntas algo, te devuelve el eco de tu pregunta:

† «¿Has leído todos estos libros?», pregunta ella. No con voz chillona de microrrelato sino con sensual y graciosa voz de biji. Y él siente que se ahoga y flota al mismo tiempo. Y la voz de ella –su tono, su manera de hacer la pregunta, como burlándose

de sí misma primero, antes de que se burlen de ella y de su pregunta– le recuerda algo. Y a qué es que le recuerda eso que no puede recordar. Algo más bien –que le gustaría que fuese– un poco *Lost in Translation*. Un hombre «maduro» y una chica «inocente». Largas y lentas y placenteramente tensas conversaciones. Cantar perfectamente mal «More Than This». Romance. Como en *Tender Is the Night*. Como Dick Diver y Rosemary Hoyt. Pero aquí y ahora. Y sin tanto drama o ruido de fondo al fondo. Algo más cómodo. Y sabio. Sentirse Bill Murray. Tener cara de Bill Murray, que es la cara más cómoda para él. La cara del hombre que todos los hombres querían tener mientras veían *Lost in Translation* y –para no reconocerlo, no reconocerse, no reconocerla– se mentían un enamorarse de Scarlett Johansson. Pero en realidad se habían enamorado de Bill Murray, de la cara de Bill Murray. Una cara con personalidad y sensible a la vez que un poco cansada de todo y de todos y que no era demasiado pedir en lo que hace a cara de famosos, cree, siempre lo creyó. Pero no. Piensa unos segundos, hace fuerza, y entonces el alivio de recordar tan parecido al alivio de estornudar. El placer de por fin ubicar en el archivo de su memoria la referencia precisa. Vive cada uno de estos momentos –desde que era un niño con su disco duro rebosante de espacio, hasta en este presente en que los archivos corruptos se funden y se confunden unos con otros– con un raro orgullo. El orgullo de recordar, de *hacer* memoria: lo más parecido que hay a escribir cuando ya no se escribe.

† Y a qué le recordaba ese «¿Has leído todos estos libros?» y a qué le recordaba la voz con que se dice: «¿Has leído todos estos libros?». Fácil, levanta la mano y presiona el botón para dar la respuesta correcta: a ese momento en *The Wall* de Pink Floyd (primero el álbum y luego la película) en el que la chica entra a la habitación de hotel de Pink y pregunta, con voz sexy y burlona, «Are all these your guitars?», «¿Todas estas guitarras son tuyas?». Y después «Are you feeling OK?» y no: Pink no se está sin-

tiendo nada OK pero se siente más que dispuesto para el KO de su televisor, de su habitación, de su vida. Él no está *tan* así, como Pink; pero casi-casi. Aunque él quiere demasiado a su televisor.

† La chica que ahora le pregunta «¿Has leído todos estos libros?» (la respuesta es no, no los ha leído todos; pero sí los ha mirado y sostenido y acariciado y hojeado todos; los ha ido juntando con la idea de leerlos algún día y porque necesitaba tenerlos, con él, cerca) debe de tener unos veinticinco años pero, al mismo tiempo, diez. O casi once. En unos meses –cuando le entreguen un nuevo juego de historias– ella olvidará toda la historia «irreverente» que pueda llegar a tener tiempo y lugar entre las paredes de su casa. Y, en unos años, a esta chica que ya no será chica la asaltará un sonido o unas palabras o lo que sea y se preguntará a qué le recuerdan. Y la respuesta será él, a él. Pero será una de esas respuestas difíciles y esquivas porque...

† ... en realidad no sucede nada. Nada va a pasar. Ningún tipo de intercambio de fluidos. Nada interesante para recordar, para bien o para mal. Porque él siempre se había enorgullecido de no haber caído en ningún tipo de comercio carnal con la ayuda de cierto perfume literario. Pero había decidido, hace un par de horas, que siempre hay una primera vez. En una fiesta de escritores de esas a las que iba cada vez menos, cada vez más escritor menor o «de culto». Y se había disculpado a sí mismo de antemano con un «Como ya no escribo, puedo permitírmelo, ¿no?». Pero, de pronto, se dice a sí mismo, noble pero también preocupado por si le dará el cuerpo y la concentración, que no: no va a empezar ahora, no va a renunciar a su juramento después de tantos años. Y –los escritores cuyo trabajo es el de ser convincentes y quienes, paradójica e irónicamente, son seres tan fáciles de autoconvencerse de lo que sea; los escritores son tan supersticiosos– él cree que la renovación de su compromiso recibe, en el acto

mismo, un premio o, al menos, un número para poder correr otra carrera.

Porque ahora la chica dice:

† «¿Éstos son tus padres? ¡Qué locos!».

† Y la chica sostiene una foto que estaba sobre su escritorio. Enmarcada. Y firmada: «To the REAL Golden Couple, from S&G», se lee allí. Y no es una foto de sus padres (no son ellos) pero sí es una foto de sus padres (para ellos). Es obvio y resultaría obvio hasta para un niño de diez o de once años que, por la época en que ese hombre y esa mujer en la foto fueron fotografiados, no pueden ser sus padres. Tal vez sus abuelos. De nuevo: hasta un niño podría saberlo. Pero lo que sabe un niño no tiene que saberlo una chica de veinticinco años que ya no posee esas intuitivas pero eficientes facultades –que son como el eco de unas vacaciones inolvidables pero que ya no se recuerdan– y que ha perdido en inteligencia lo que ha ganado en atractivo sexual. No es culpa de ella, está claro. Es culpa de su tiempo, piensa él. Este presente futurístico desde el que el pasado –todo lo que pasó en el pasado– se agrupa de manera desprolija, como en el hangar del desafortunado Citizen Kane, sin respetar eras o períodos, sabiendo que no hay problema, que no hace falta, que de necesitar datar algo ya no es necesario perder el tiempo con la memorización de fechas clave o tener claro un esquema no más sea primitivo de la historia de la Humanidad. Ahora, para *hacer tiempo* alcanza y sobra con teclear ese nuevo «Presto!» que es la palabra «Google».

Él leyó en algún lugar –en alguno de esos varios libros cada vez más frecuentes advirtiendo, como profetas en llamas, sobre las consecuencias del fin de la lectura para el cuerpo y el alma humanos– que lo primero que se pierde cuando se deja de leer es una comprensión más o menos clara de la abstracción del tiempo. Si no se empieza a leer de niño, si no se incorpora y acepta la engañosa pero imprescindible idea del tiempo ganado y perdido, del tiempo que transcurre entre el tiempo en que el héroe es condenado y el tiempo de su venganza, dicen que se extravía toda forma de orientación temporal y se habita la idea de un continuum donde todo sucede simultáneamente. Como lo que le pasa al Billy Pilgrim de *Slaughterhouse-Five* de Kurt Vonnegut.

† Claro que para comprender –y disfrutar, y admirar– lo que le pasa al Billy Pilgrim de *Slaughterhouse-Five* de Kurt Vonnegut primero hay que haber leído *Slaughterhouse-Five* de Kurt Vonnegut.

† Él se había hecho escritor porque era lo más parecido a ser lector. Y cuando él dice y piensa «leer» se refiere a leer libros, a sentarse o acostarse a leer o a leer un libro mientras se camina y se viaja. A pasar páginas para adquirir otro tiempo y otra velocidad.

¿Qué hora es?

La hora que sea en el libro.

No vale –es hacer trampa, no es lo mismo– leer en una pantalla donde el tiempo y la hora son siempre los que marca ese artefacto que se enchufa a nosotros. Así, la chica que le pregunta si leyó todos esos libros es una chica que lee mucho pero que no lee nada y que lo que lee no se mide ya en libros sino en vaya uno a saber qué.

† Hubo un tiempo en que las fiestas o el cine o la televisión o el alcohol o las drogas o el sexo o la política o los atardeceres nos alejaban de los libros.

Ahora –¡sorpresa!– son los libros los que nos alejan de los libros.

Los libros electrónicos que nos impiden concentrarnos por más o menos largos períodos de lectura sin sentir la refleja y automática tentación de saltar a otro sitio, a otro site, a otro frente, a enredarnos en redes sociales y, de pronto, ya es hora de irse a actualizar nuestro perfil. En pantallas –las grandes y pequeñas pantallas– en las que ya no se proyectan nuestras vidas porque nuestras vidas, ahora, cada vez más, son pantallas.

Ser o no ser pantalla, ésa es la cuestión.

Estar ahí.

Y tiempo atrás leyó una entrevista a Philip Roth donde aquel que en sus inicios fue definido como «el Fitzgerald de lo judío» y ahora escritor autorretirado se preguntaba: «¿Dónde están los lectores? Mirando las pantallas de sus ordenadores, las pantallas de televisión, de los cines, de los DVD. Distraídos por formatos más divertidos. Las pantallas nos han derrotado». Y refiriéndose al Kindle –la por entonces última encarnación de libro electrónico–, Roth decía: «No lo he visto todavía, sé que anda por ahí, pero dudo que reemplace un artefacto como el libro. La clave no es trasladar libros a pantallas electrónicas. No es eso. No. El problema es que el hábito de la lectura se ha esfumado. Como si para leer necesitáramos una antena y la hubieran cortado. No llega la señal. La concentración, la soledad, la imaginación que requiere el hábito de la lectura. Hemos perdido la guerra. En veinte años, la lectura será un culto... Será un hobby minoritario. Unos criarán perros y peces tropicales, otros leerán».

† La evidentemente desantenada chica que le preguntó si había leído todos esos libros ya está en otra cosa, ya ha cambiado de canal, ya estudia el resultado de una nueva search: la foto de sus padres que no son sus padres.

El hombre y la mujer que aparecen en la foto –«¡Qué locos!»– están disfrazados de robóticos automóviles. Transformers vintage.

Y se llaman Sara y Gerald Murphy.

La foto tiene el color sepia ámbar que adquiere todo lo que

pasó, lo que ya fue pero ahí sigue siendo, cuando se lo conserva petrificado en el tiempo.

La foto fue tomada en 1924 por Man Ray en el baile automovilístico de disfraces que dio el conde Étienne de Beaumont en algún salón de la Côte d'Azur.

La foto fue dedicada y entregada a los padres de él en algún momento de principios de los años sesenta, antes de que él naciese. Sus padres, que nunca tuvieron auto ni aprendieron a conducir y mejor así: porque él jamás se habría arriesgado a subirse a un auto con ellos al volante.

Y ahora la foto –y el posible premio para él que se le revela y recibe a partir de la confusión de parejas, de esos padres mecánicos que no son sus padres– le da una idea.

Y hace tanto que no tiene una...

Y así, con cualquier excusa, le pide a la chica que, por favor, se vaya de allí antes de que, como en la habitación de Pink, todo empiece a volar por los aires.

† Pero por los aires de su cabeza, de su imaginación, de lo que tal vez vuelva/pueda llegar a escribir. Y, desesperado, como muerto de sed frente a la súbita materialización de un oasis que, se ruega, ojalá no sea un espejismo, él busca y encuentra su cuaderno de bijis. Y ahí encuentra y lee...

† ... un largo paréntesis que *–cut & paste–* él extrajo de otra parte porque molestaba. Y que ahora viene a dar aquí para molestar aún más. Una especie de declaración de intenciones que, por supuesto, ha sido redactada para así dejar bien claro y muy en firme que no podrá cumplir esas intenciones:

«(Aquí viene desde tan lejos, tan lejos que es como si llegase desde una dimensión alternativa, desde un posible tal vez, ah, otro de esos paréntesis como onda expansiva. Y El Niño que ahora corre por una playa no posee aún los conocimientos necesarios para resistir el aluvión que, dentro de unos años, se traducirá en muchas, numerosas novelas y cuentos. Algunas muy buenas, muchas muy malas. Unas y otros recibirán premios y elogios por su valentía y empeño en no olvidar, en recordarlo todo. Recordar la época en la que El Niño vive ahora junto a su infancia. Textos testimoniales. La crónica como enfermedad crónica. Autores que asegurarán haberse estremecido al asumir la responsabilidad de poner todo eso por escrito. Como si hubiesen sido elegidos para ello. Como si se tratase de una misión divina comunicada por un rayo de luz descendiendo desde las alturas a las que, enseguida, ellos mismos aspirarán a ser ascendidos, santificados, evangélicos. Páginas sobre padres e hijos arrasados por el tornado de la Historia. Y "Toto, me parece que ya no estamos en Kansas" será una de las frases preferidas de una de las películas favoritas de El Niño. Una frase que se dirá en la atronadora voz baja de los pensamientos cada vez que se cruce con alguno de esos libros pegados a su autor. Hombres y mujeres y la idea de que contar maquinalmente el mal te hace automáticamente bueno y, cambio de guardia y de edades, el recambio de motivos, pero no de motivación, para contar otra década maldita. La otra maldita década en la que El Niño será joven perpetuo ilustrado o algo así y en el que tendrá un cierto éxito y una incierta fama con su primer libro que se ocupa, claro, de una maldita década anterior. De nuevo: abrir los actualizados manuales de instrucciones para manipular piezas complicadas de un Meccano fácil. O piezas fáciles de un Mecanno complicado. Da igual, será lo mismo. Bastará con seguir cuidadosamente los pasos para armar el modelo para desarmar una y otra y otra vez. Narradores envueltos en una bandera de colores claros tan fácil de ensuciarse, rasgándose las vestiduras, bailando el frenético tango de los blues. Cortes y quebradas y firuletes varios por los escenarios de las ferias del mundo. Novelas y cuentos como esos aldeanos con antorchas, corriendo colina arriba, persiguiendo al monstruo de Frankenstein que sólo quiere que lo dejen descansar en paz. Y que, por favor, no lo llamen todo el tiempo

Frankenstein; que entiendan de una vez que Frankenstein es el doctor y no él, ¿sí? Y El Niño no lo sabe aún pero lo suyo, lo que vendrá, lo que traerá él –un aldeano con antorcha corriendo colina abajo, perseguido por cientos de monstruos de Frankenstein– no será la novelística del terrorismo adolescente o adulto sino que partirá siempre desde el *horrorismo* infantil. Otra cosa. La infancia como trauma –su infancia *tan* feliz a pesar de todo– y la guerrilla íntima y doméstica de sus padres. Ambos apareciendo y desapareciendo y volviendo a aparecer como una nube negra de bordes plateados cubriendo el sol. Y, recién después, ahí abajo y al fondo, los múltiples avatares históricos e histéricos de su hoy inexistente país de origen. La vida sentimental de sus padres como telón de fondo en la que, sí, también habrá un momento político y comprometido y comprometedor resultando en otro de los muchos "accidentes" del para entonces ya no tan niño. Accidente que, a su vez, irá a dar a un relato, en su primer libro. Un relato donde un vaudeville con secuestradores resultará en el último escalón de su vocación literaria funcionando como una serie de variaciones sobre un aria y coda inalterables. Un relato con el final modificado en relación a la realidad que inspiró ese relato. En el relato, sus padres reaparecen. En la realidad, no. Como esas exasperantes y paradójicas y complejas películas sobre viajes en el tiempo a las que El Niño será tan aficionado. Esas películas que te hacen *trabajar* tanto. Esas películas que lo devolverán a él, una y otra vez, de la oscuridad de la sala del cine a la luz del mundo exterior. Pensando y con dolor de cabeza y analizando los mareantes giros de sus tramas concéntricas y encandiladoras, preguntándose qué fue lo que pasó, lo que pasa, lo que pasará, lo que pasaría si...)».

† Y después de leer eso, él anota: «Sara & Gerald Murphy / Zelda y Francis Scott Fitzgerald + Mis padres (mi hermana) + *Tender Is the Night* + el inevitable hijo de puta de Ernest Hemingway + Y todos los demás también + ... and so it goes».

Y se sienta a ver qué ocurre.

† Y ocurren *tantas* cosas.

† Para él, hay dos grandes momentos en la escritura de un libro.

Primero, el momento en que el libro se le ocurre y el libro *ocurre* y se lo ve completo y perfecto y único y es, sin duda, el mejor libro que jamás llegará a escribir y se llegará a escribir. Esta especie de éxtasis eufórico/adrenalínico, está claro, es una forma de autoengaño. Esa «visión blanca» que, dicen, experimentaban los soldados de la Primera Guerra Mundial (que entonces se llamaba Gran Guerra, porque resultaba inconcebible que tuviese lugar otra después de ésa) para poder convencerse de salir de las trincheras y a ver qué pasa.

Segundo, el momento en que todo ha terminado y ha sido consumado y consumido. Cuando se pone por escrito la última palabra (que no necesariamente suele ser la última que leerán los demás) y se lo contempla como regresado del frente de batalla. Y, de acuerdo, su informe no está tan impecable como se lo imaginaba, y es posible que no reciba ninguna medalla. Pero al menos está vivo y vivió para contarla, para contarse.

Entre uno y otro extremo, tiene lugar, sí, el largo durante: la Gran Guerra y, en su caso, la Segunda y Tercera y Cuarta y Quinta y Sexta y Séptima y Octava y, si hay suerte de nuevo, una vez más, Novena Guerra Mundial.

† Y si algo le agradece a internet es la facilidad para armarse, para documentarse. No para leer allí (porque él sigue usando enciclopedias y diccionarios) pero sí para comprar barato y conseguir que le envíen materiales dispersos hasta la puerta de su casa. Por correo. Pronto, aseguran, todo llegará a bordo de un

amazónico drone, uno de esos aviones que hoy se usan para espiar y matar y certificar la inexistente existencia de armas de destrucción masiva. Así, volando, biografías, memoirs, volúmenes de cartas. Todo sobre Sara y Gerald y FSF y Zelda y catálogos de exposiciones póstumas y artículos de revistas satinadas y, de tanto en tanto, hasta se permite, con una culpa que no entiende porque nadie lo ve (aunque, seguro, lo vean todo), una incursión por los cielos virtuales de Google Earth y por las entradas y salidas de la Wikipedia. Se entera, también, de que hay una muy buena miniserie de *Tender Is the Night*, adaptada por Dennis Potter, pero nunca editada en DVD. Y de que ejemplares de *Tender Is the Night* aparecen, sueltos, en escenas de las películas *L'Avventura* de Michelangelo Antonioni, *Alice in den Städten* de Wim Wenders y *Who's That Knocking at My Door* de Martin Scorsese. Y se pregunta si todo eso le servirá de algo y para algo, para su idea; y se responde que no lo sabe, pero que ya todo parece indicar que –de llegar a ser un libro– ese libro va a ser muy largo y muy ancho y muy alto.

Problemas...

† Empieza volando sobre el sitio exacto en el que el nativo de Boston y miembro de familia acomodada Gerald Clery Murphy (1888-1964) construye con sus propias manos y rescata una playa de la acción de matorrales y algas y olas. Gerald Murphy crea una playa por amor. Un amor que dura sesenta años, hasta el día de su muerte, por la hija de un rico clan de Ohio y ahora su esposa: Sara Sherman Wiburg (1883-1975). Una playa cerca de Antibes, Côte d'Azur. Una breve línea de arena y rocas, junto a su casa, Villa America. Una playa a la que Gerarld Murphy bautizará como La Garoupe. Villa America –junto al Château de Clavary en Auribeau, donde bosqueja Russell Greeley; el Château de Mai en Mougins, donde pinta Francis Picabia; y Villa Noailles en Hyères, donde el conde y la condesa de Noailles organizan sus mascaradas– es uno de los cuatro puntos cardinales en la Riviera donde se vive por amor al arte. Pero Villa America es la más

lujuriosa de todas. Y bienvenidos sean todos. Y todos acuden a la llamada de estos ricos norteamericanos –«maestros en el arte de vivir», los define alguien que pasa por ahí– que estrenan en La Garoupe el arte de tomar sol. De yacer bajo los rayos ultravioleta hasta volverse como de oro y convertirse en la pareja dorada a la que todos festejan, porque a todos festeja la dorada pareja. La fachada de Villa America es como la portada de *Sgt. Pepper's Lonely Hearts Club Band*, sólo que los Murphy no son The Beatles. Los Murphy son más parecidos a esos grandes actores «de carácter». Secundarios de primera que, de haber sido abducidos por Hollywood, seguro hubiesen compartido mesa en el Rick's Café Americain, en *Casablanca*, junto a Peter Lorre o Sidney Greenstreet. Sara y Gerald Murphy son la luz que atrae a los iluminados. Pablo Picasso (1881-1973), Dorothy Parker (1893-1967), Robert Benchley (1889-1945), Fernand Léger (1881-1955), John Dos Passos (1896-1970), Serguéi Diáguilev (1872-1929), Erik Satie (1866-1925), Archibald MacLeish (1892-1982), Jean Cocteau (1889-1963), John O'Hara (1905-1970), Cole Porter (1891-1964), Gertrude Stein (1874-1946), Alice Toklas (1877-1977), Igor Stravinsky (1882-1971), Ernest Hemingway (1899-1961) y señoras: la inminente ex y la inmediata next, Tristan Tzara (1896-1963), Francis Scott Fitzgerald (1896-1940), Zelda Fitzgerald (1900-1948) y, mucho tiempo después, el padre (1936-1978) y la madre (1939-1978) de él, quien ahora se propone escribir una novela sobre Sara y Gerald Murphy y todo lo que los rodeó y todos los que los rodearon, sus padres y él incluido.

† «Cada día era diferente al anterior», Gerald Murphy a Calvin Tomkins.

† Sara y Gerald Murphy huyen de Estados Unidos porque sienten que allí todo está preordenado, como ya escrito y marcado

por un protocolo que no permite improvisar o innovar. La burguesía norteamericana, los nuevos ricos del nuevo imperio, sueñan con ser aristócratas europeos pero no pueden saber ni imaginarse que Europa ya no es la que era. Ahora, Europa es la que es y Europa es lo que será. En Europa, en el Viejo Mundo, todo parece nuevo para los Murphy.

† Y Europa, sí. Y *Tender Is the Night* como la evolución natural y potenciada de aquellas novelas de Henry James en las que los norteamericanos viajaban al Viejo Mundo para exponerse a la novedosa e iniciática radiación de volverse más o menos locos o menos o más cuerdos. Transfigurados, en cualquier caso. El turismo como forma de iluminación de kilómetros o millas de oscuridad. Y *Tender Is the Night* –que también podría llamarse *The Portrait of Another Lady* o *The Ambassador*– vuelve más evidente aún la traicionera fidelidad entre James y Fitzgerald. James creía que somos definidos por los objetos y los lugares que nos rodean, Fitzgerald va más lejos y nos informa de que acabamos siendo los objetos y los lugares que nos rodean: camisas, autos, hoteles, botellas, juguetes, cielos estrellados y playas en las que estrellarse. (Detalle pertinente y entre paréntesis y que, tal vez, explique algo de la fascinación de sus padres modelos pero no modelo para con Fitzgerald: el autor de *Tender Is the Night* comienza como redactor publicitario en la agencia neoyorquina Baron Collier. Su más grande hit fue el slogan para una lavandería en Iowa, la Muscatine Steam Laundry: «We Keep You Clean in Muscatine». Pronto, Fitzgerald se convence que no es lo suyo, comienza a beber de más, regresa a la casa de sus padres y se concentra en su primera novela. Y se convierte en el mejor producto de sí mismo, a potenciar con el añadido de una tal Zelda Sayre. Y juntos viven *Tender Is the Night*. Luego la escriben. Pero no resulta muy fácil venderla.)

† Una noche Gerald y Sara Murphy van a ofrecer una cena, pero no encuentran flores para decorar las mesas. Las floristerías están cerradas o no han llegado flores frescas. O algo por el estilo. Así que los dos bajan las escaleras y corren hasta la juguetería más cercana y llenan un gran canasto de mimbre con juguetes de hojalata a cuerda. Durante los postres, Picasso se entusiasma mucho con un camión de bomberos. Fitzgerald, en cambio, toma entre sus manos a un hombrecito que arrastra una maleta y le da cuerda, y lo ve marchar de aquí para allá, por encima del mantel y, con tristeza, comenta: «Me recuerda a mí».

† Detalle a insertar en alguna parte del libro: Sara y Gerald Murphy son como fugitivos de una novela de Edith Warthon que acaban cayendo prisioneros de una novela de Francis Scott Fitzgerald.

† Y él ya comienza a recibir materiales murphyanos. Y, mientras va llegando el resto de lo que ha encargado a librerías virtuales e invisibles, relee *Tender Is the Night*: la novela favorita de sus padres, no porque admiraran especialmente a Fitzgerald sino porque habían conocido a sus directos inspiradores, y el conocerlos les había inspirado a intentar ser como ellos, y les gustaba leer una novela en la que conocían a sus personajes. Y fotocopia ensayos sobre *Tender Is the Night* y arma un abultado dossier. Y transcribe párrafos de prólogos a la novela. Y hasta subraya un companion que investiga la lenta y sufrida historia de su redacción a lo largo de varios años y países y hospitales.

Pero todavía no quiere entrar demasiado en esa noche y, en principio, se concentra en el día de los Murphy. En la no-ficción de la ficción.

Apuntes previos desde las alturas sobre los que profundizará a medida que descienda: se sabe que Fitzgerald se inspiró para sus irreales pero ciertos héroes trágicos Nicole y Dick Diver en la pareja real de Gerald y Sara Murphy. Dos adinerados expatriados en el sur de Francia quienes invitaron a Fitzgerald y a Hemingway y a Picasso y a tantos otros a pasarla bien haciéndose cargo de las cuentas. El muy guapo Gerald (pintor casi casual a quienes muchos atribuyen el haberse anticipado a la mecánica y postulados del Pop Art y otros le reconocen la jerarquización fashion del sweater marinero a rayas mucho antes que Picasso lo adoptara como uniforme que ahora se comercializa en todos los museos Picasso del mundo) y la bella Sara y sus hermosos hijos representaron, para Fitzgerald, especímenes perfectos a la hora de escribir sobre la «diferencia» de los ricos. De ahí que acabara dedicándoles *Tender Is the Night*, en la que los Diver empiezan pareciéndose a los Murphy pero terminan inevitablemente idénticos a los Fitzgerald. Es decir: terminan mal.

† Los Murphy –a quienes tan bien les iba– acabaron viviendo la tragedia de la muerte de dos hijos y regresando a Estados Unidos para asumir los negocios familiares. Y aburrirse mucho. La fiesta había terminado, Sara nunca le perdonó a Fitzgerald lo que hizo con ellos por escrito, y el automitológico Hemingway le escribió a su muy superior a él pero también tanto más inseguro colega una de sus tantas absurdas cartas/reproche con las que buscaba destruirlo: «Un escritor no debe comenzar con personas reales y convertirlas en otras personas».

Pero fue Gerald quien, releyendo la novela años más tarde, le hizo llegar a Fitzgerald (quien lo consideraba «mi conciencia social») su bendición y agradecimiento con un «Sólo la parte inventada de nuestra historia –la parte más irreal– ha tenido alguna estructura, alguna belleza».

† Y si hay algo muy interesante para él como materia novelesca en la historia real de los Murphy, es la de haber sido una pareja

de fieles y verídicos y muy objetivos testigos de su tiempo y de quienes lo vivieron rodeada por una jauría de rabiosos mitómanos e inventores de la propia leyenda. Gente que no paró de tramar e inventar sus propias vidas hasta el punto final de la muerte. Los padres de él incluidos, piensa él.

† Cuesta poco y nada superponer (¿deberá pedirle disculpas a la chica que se desorientó con la foto de los Murphy para orientarlo a él?) las muchas fotos de los compulsivamente fotogénicos Sara y Gerald con las fotos de sus padres. Unos y otros, animales hermosos.

† Las fotos de los Murphy, desnudos (nudistas siempre que pueden), sobre cubiertas de veleros con nombres como *Melancholic Tunes* (Gerald colgando cabeza abajo de mástiles), bailando en una playa en East Hampton (una de sus fotos favoritas) o haciendo ejercicios calisténicos o yoga (pioneros occidentales también en eso) junto a sus rubios y perfectos pero enfermizos hijos en La Garoupe. Los Murphy disfrazados de automóviles o de bohemios de a pie o de apaches o de chinos o de cazadores en safari o de mariachis o de gondoleros. O vestidos de gala para grandes bailes de sociedad, cubiertos de arrugas en Swan Cove, cerca del final, después de demasiadas fiestas obligadas y automáticas y reflejas en las que en realidad ya no queda nada que festejar. Si las fotos te roban el alma, entonces las fotos que te toman en las fiestas te la roban y, con el acumularse de clics y de flashes, también te dan una paliza y te dejan con el cuerpo destrozado, movido, fuera de foco, desalmado.

† Las fotos de sus padres: modelos dorados en la edad dorada de la publicidad de su país (la novela explorará varias anécdotas y personas y personajes de ese mundo: directores de publicidades,

compositores de jingles, redactores de slogans que sólo sueñan con escribir la Gran Novela de su tiempo). Y sus padres un día tienen una gran idea. Venderle a una marca internacional de whisky la campaña interminable de un par de jóvenes y bellos aventureros recorriendo el mundo a bordo de un velero, atracando en los puertos más glamurosos y (costos bajísimos) protagonizando y filmando y montando ellos mismos el material que enviarían por correo para su emisión en pantallas de televisores y salas de cine. Su propuesta es aceptada y la aventura no sólo gana muchos premios nacionales e internacionales sino que (al ser propagandas donde nadie habla sino que sólo se oye música de fondo y ser emitidas en todo el mundo) hace de sus padres dos personajes si no muy famosos al menos muy conocidos. No hace mucho descubrió una alusión a ellos en un episodio de *Mad Men*. Y fotos de sus padres en The Factory de Andy Warhol. O con Stanley Kubrick. O en la puerta de los estudios Abbey Road (él no les creyó cuando se lo contaron con tanto lujo de detalles, porque sus padres eran del tipo de mentirosos que se creían hasta el más mínimo detalle sus mentiras antes de contarlas a la perfección, como si ya fuesen recuerdos imborrables) durante la grabación de «A Day in the Life» de The Beatles. Pero años después, cuando el documental *The Beatles Anthology* incluyó escenas de esa fiesta psicodélica, allí estaban ellos, sus padres, girando, «I read the news today, oh, boy...». Y de tanto en tanto vuelven a aparecérsele sus fantasmas en la máquina de un plasma: en esos programas que se dedican a la recopilación antológica de spots publicitarios o en algún documental en el que se habla y se muestra a gente que ya no está allí, gente que desapareció como si el peor mago de la historia pidiese que se cerrasen los ojos y que no se abriesen hasta que él lo diga. Y pasan los años. Con los ojos cerrados. Esperando.

Y él cierra los ojos cada vez que él y ella, sus padres, se le aparecen aquí o allá.

† Y, por supuesto, la foto en la que aparecen los cuatro juntos, en La Garoupe de 1961 que ya no es La Garoupe de entonces y que, mucho menos, es La Garoupe de ahora, cubierta de sombrillas. La Pareja Dorada original (próxima a volver a ser lateral y secundariamente famosa, para resignado disgusto de Gerald y Sara, cortesía de un largo profile que Calvin Tomkins, con el título de «Living Well Is the Best Revenge», les dedicará al año siguiente en las páginas de *The New Yorker*) y la Pareja Dorada versión Swinging Sixties (próxima a dejar de ser). Los cuatro. Los dos y los dos. Con los ojos bien abiertos y haciendo su propia magia. Sonriendo. Jamás imaginando que van a desaparecer o que van a ser cortados en dos para ya nunca jamás volver a ser unidos.

† ¿Y cuál es el sentido de todo esto? ¿De juntar ahora a los Murphy y a sus padres –que ya se habían juntado– en un libro? Piensa en un libro –una especie de crónica-novela-tratado– que sea una especie de manual no *para* padres sino *de* padres. Un bestiario que sea útil para los hijos y que los ayude a ubicar rápida y eficientemente al modelo que les ha tocado. Y que entonces tomen las medidas que consideren más apropiadas.

Los Murphy y sus padres, también, como exponentes claros de los padres como figuras *bons vivants*. Los padres como personajes. Los padres que acabarán siendo pasados en limpio por los hijos previo lavado en público no de trapos pero sí de ropa de marca sucia.

Los padres como la melodía que sus hijos no dejan de escuchar hasta que se convierten en padres y aprenden a tocar el instrumento que les ha tocado. Los padres que empiezan siendo dioses y acaban como mitos y que, entre un extremo y el otro, las formas humanas que adoptan suelen ser catastróficas para sus hijos. O algo así. Y la historia continúa. Y piensa en esto –él, que no tiene hijos pero sí tuvo a alguien que ya no tiene– y siente como un vértigo de música desatada e imposible de volver a atar.

Nunca fue bueno para hacer nudos.
Lo suyo siempre fue deshacerlos.
Silbando.

† Biji interludio musical: apunte, para sus posibles biógrafos (ja, ja, ¿ja?) indicando que escribe esta parte, sobre sus padres junto a los Murphy, mientras escucha, una y otra vez, una de sus canciones favoritas: «Big Sky», de The Kinks, incluida en el álbum *The Kinks Are the Village Green Preservation Society* (1968). Álbum lanzado, con el poco sentido de la oportunidad que caracterizó siempre a la banda, el mismo día en que The Beatles sacan a la venta *The Beatles.* No importa: es una inmensa canción compuesta por Ray Davies al amanecer o al atardecer (Davies ofreció ambas versiones y horarios en diferentes entrevistas) en el balcón de su habitación del Carlton Hotel de Cannes, no demasiado lejos de La Garoupe. Una canción dedicada a una suerte de indiferente e inmensa entidad divina más allá de todas las miserias de este mundo. Una canción que, precisó Davies, le hubiese gustado que la cantara Burt Lancaster, que se hubiese grabado con la voz de Burt Lancaster. Por entonces, Davies –el más fitzgeraldiano de los rockers, éxito temprano y fracaso al mediodía y áspera es la noche– está desilusionado y en los bordes y las barandas de un brote psicótico sin ayuda o necesidad de drogas. Lo suyo es puro y verdadero. Es un perfecto malestar. Una desilusión más victoriana que psicodélica. Davies no sabe si seguir o detenerse o saltar. No sabe si «Big Sky» (2 minutos, 53 segundos, una eternidad digna de un museo que la oiga o la contenga) es una canción de The Kinks o una canción nada más que suya, para un primer disco a solas. No sabe si quiere ir o quedarse o arrojarse desde ese balcón de hotel. No sabe si es, finalmente, una canción sobre Dios o, apenas, sobre, como le dirá a un periodista después, sobre un «cielo grande». No sabe si Big Sky es una entidad todopoderosa o una representación mesiánica de su inmensa impotencia. Una cosa es segura: «Big

Sky» es una gran canción que parece abarcarlo todo y estar por encima de todos, mirándolos, sin compromiso y sin comprometerse mientras observe, ominoso e indolente, a su creación. Y, de acuerdo, The Kinks jamás fueron grandes músicos; pero en «Big Sky» suenan como nunca, suenan como en una versión humilde y de cámara y sin ningún George Martin que les ayude, del crescendo orquestal de «A Day in the Life». Mucho tiempo después de que Ray Davies mirase y rimase a «Big Sky», él se las había arreglado para ser invitado por el propio Ray Davies para que le oyese cantarla. El de Ray Davies –eso sí: luego de tomarle una suerte de test telefónico para comprobar que se trataba de un verdadero fan y no, apenas, de un dedicado seguidor de la moda– había sido para él un gesto de gran caballero imperial. Flema británica y todo eso y ¿hubiese actuado él de la misma manera con un fan suyo, con alguien que, al otro lado de la línea, recitara sílaba a sílaba parrafadas de sus libros? In-du-da-ble-y-ab-so-lu-ta-men-te-no. Por pereza y por mala educación y porque los fans de los writers eran mucho más peligrosos y pesados que los de los songwriters excepción hecha de Mark David Chapman, claro.

Para la sección de la novela que se concentrará ya no tanto en los Murphy sino en Francis Scott Fitzgerald, él decide que la mejor soundtrack posible será la pequeña pero tan sentida canción «Good Old Desk», escrita por otro maldito alcohólico, el excelente songwriter por excelencia Harry Nilsson. Y, sí, otra canción sobre el arte de crear como oficio humilde y doméstico que apenas esconde (iniciales del título formando la palabra «GOD») una presencia mesiánica dispuesta a culpar o perdonar, a salvar o abandonar, según el humor con que se haya levantado ese día el escritor.

Y, sí, al costado pero de frente: Bob Dylan quien, como Fitzgerald, es hijo de Minnesota (y quien ya había acusado a alguien de darse aires por haber leído todos los libros de F. Scott Fitzgerald en su «Ballad of a Thin Man») tantos años después, en «Summer Days». Allí, Bob Dylan apropiándose y casi gritando las palabras del penúltimo magnate Jay Gatsby, como si cantara de pie sobre una mesa de bar, asegurando a todos los presentes en todas partes que, por supuesto, se puede repetir el pasado. Porque el pasado está mucho más cerca de lo que se piensa.

† Gerald y Sara Murphy cantando *negro spirituals* a sus invitados, copas de champagne en mano, bajo la luz blue de las estrellas.

† Gerald Murphy que se siente pintor, encandilado por lo que ve una mañana en un escaparate de la galería de arte de Paul Rosenberg, en París. Un cuadro de Picasso (quien llegará a pintar a Sara Murphy tres veces y a esculpirla una) es para él la puerta de entrada y torre de despegue a la sensación de «haber sido lanzado a una nueva órbita... Si eso se llama pintar, a eso quiero dedicarme». Después, lo suyo, siempre a la sombra de ese resplandor. Telas rotas, extravíos varios, disciplina irregular, entrega nunca del todo completa: mencionar y describir las escenografías para el ballet *Les Noces* («Los Murphy fueron los primeros norteamericanos que conocí y me produjeron una muy buena impresión de Estados Unidos», comentó Stravinsky) y para el musical-sátira de Cole Porter *Within the Quota* (y, ah, a él siempre le gustaron tanto las tan listas canciones con listas de Cole Porter, tan enumerativas, tan contadoras, tan nombres-fechas-lugares). Y, por encima de todo, las colosales y sobrevivientes apenas siete pinturas de Gerald Murphy (entonces considerado apenas un «pintor de domingos» pero, en perspectiva, un gran modernista señalado en su momento por Léger como «el *único* pintor americano en París») donde se miran pupilas y se desarman relojes, se disponen maquinillas de afeitar, se amplían primeras planas de periódicos, se ordenan bibliotecas y hasta se enarbola el estandarte del felizmente expatriado e inmenso pequeño reino de Villa America. Una cubista descomposición de la rectangular bandera norteamericana. Media estrella dorada, flanqueada por

cinco estrellas blancas más pequeñas, de la que se desprenden barras blancas y rojas.

Vista al frente, cabeza alzada, mano en el pecho, patria chica y, tal vez, infierno grande con sufrida procesión interior. Pero todo muy bien, muy educado, muy sonriente, muy perfecto anfitrión, mi casa es tu casa.

† Gerald Murphy deja de pintar luego de ocho cuadros (de los que se pierde el mejor y del que quedan fotografías: las transatlánticas y monumentales chimeneas de *Boatdeck*) y de siete años frente a las telas. Está convencido de que es «un pintor de segunda y de que el mundo está lleno de pintores de segunda» (*for the record*: Gerald Murphy es un pintor infinitamente superior a Zelda Fitzgerald; quien se concentrará en autorretratos donde parece como surgida de las profundidades del mar, como una sirena enloquecida por su propio canto). Críticos y especialistas y psicoanalistas afirmarán, en cambio, que Gerald Murphy limpia sus pinceles para ya no ensuciarlos porque descubre que sus telas no hacen otra cosa que delatar una «imperfección», algo que no quiere que los demás vean y mucho menos que él desea enmarcar y firmar y exponer.

En *Tender Is the Night*, en más de una ocasión, se alude a la posibilidad de que Dick Diver podría haber sido el más grande de los psicólogos de todos los tiempos (en sus notas para la novela Fitzgerald le atribuye «las posibilidades de un superhombre») de no contar con una falla decisiva en su estructura: la parálisis a la hora de juzgarse a sí mismo y de atreverse a mirarse por completo; lo que lo lleva una y otra vez a actuar de manera contradictoria con los demás y en contra de su propio beneficio. Así, Diver es como un fantasma de sí mismo: un muerto en vida, el más vivo de todos los muertos, con la capacidad de ver en los otros lo que no quiere ver en él y, por lo tanto, vive con los ojos cerrados.

† ¿Profundizar o no en la hipótesis de que Gerald Murphy era un homosexual encubierto? ¿Investigar sobre el apuesto joven chileno Eduardo Velásquez (expulsado de Inglaterra por un inconveniente episodio con un miembro de la familia real) quien es presentado por Fitzgerald a Gerald Murphy? Velásquez le obsequia a Gerald Murphy un crucifijo en una escena un tanto incómoda. Y Fitzgerald reescribirá todo el episodio como protagonizado por un tal «The Queen of Chili» en *Tender Is the Night*, el hijo de un potentado sudamericano que es sometido a violentos tratamientos psicológicos para intentar cambiar su «naturaleza». ¿O concentrarse en el jardinero full time Richard Cowan? ¿O buscar información sobre el historiador canadiense Alan Jarvis? Para Sara parece no haber problema alguno con estas profundas amistades de Gerald (salvo de tanto en tanto, cuando confía sus inquietudes a personas equivocadas como Hemingway, quien enseguida comienza a lanzarle sus masculinos consejos) siempre y cuando «no haya plumas», dice.

† «Su matrimonio era algo imposible de ser sacudido por nada», John Dos Passos.

† Durante una comida con los Murphy, en Antibes, Fitzgerald busca avergonzar a un camarero preguntándole frente a todos si es homosexual. «Sí», responde el hombre sin ningún problema, mientras continúa recogiendo los platos. Y Fitzgerald enrojece y se pone de pie y, de camino al baño, cae rodando por una escalera que no es otra que la continuación de esa escalera por la que cayó en el metro de París y, antes, la escalera por la que se vino abajo en un bar clandestino de Manhattan.

† En cualquier caso, por entonces, todos parecen ser homo-

sexuales encubiertos (Fitzgerald, Hemingway) y todos *también* parecen ser alcohólicos, ¿no? Incluyendo a la incómoda y problemática hermana de Sara: la patológicamente esnob y vaciadora de botellas espirituosas Hoytie, alguna vez chofer de ambulancia en los campos de batalla de la Primera Guerra Mundial y ahora temida e insaciable *lipstick lesbian*. La típica flapper que se pone a bailar con cualquier excusa. Dejarla fuera también. No hay tanto espacio, algo le dice que no tiene tanto tiempo.

† Pequeña interferencia, biji personal, ruido negro: él tiene cincuenta años y conoció a varios escritores que murieron a los cincuenta años y leyó a muchos que habían muerto o se habían matado a esa edad. Tal vez los escritores mueran más rápido porque viven más vidas, todas al mismo tiempo. Sus vidas, las de sus personajes, las de los personajes de los libros escritos por otros, las vidas «de escritor» frente a su público lector. Cincuenta años –muerte ya mirando el menú, decidiendo qué va a pedir y a quién va a pedirse–, como la edad sin retorno. Porque los cuarenta pueden llegar a ser duplicados; pero no será fácil alcanzar los cien. Así que los cincuenta y el 50 como el más redondo de los números. Una redondez como recamada por ese alambre de púas que ya no te permite salir de allí o entrar allá. El equivalente temporal a un avión lanzado contra un edificio. Terrorismo cronológico. Un puro después al que sólo se accederá como pasajero muerto u oficinista sobreviviente. Tiempos en que el horizonte comienza a venir hacia nosotros aunque decidamos quedarnos quietos. Tiempos en los que el pasado cobra un nuevo sentido. Una lógica, una trama y narrativa, que nunca tuvo hasta entonces, hasta ahora, hasta ahorititita mismo. En los alrededores del medio siglo sobre la tierra, uno siempre está en el aire o en lo alto de un edificio y –no importa la fecha– allí siempre es 11 de septiembre de 2001. Después, cumplidos los años, se pasa. Un poco. O uno se va acostumbrando. Luego, con resignación y siempre tocando madera, se vive en un eterno 12 o 13 o 14 o

15 de septiembre de 2001; siempre con la guardia en alto y a la espera de la próxima e inevitable catástrofe (sobre todo si se está y se vive solo; cuando todo lo malo, al no haber otros cerca, sólo puede ocurrirle a uno), conscientes que de allí en más todo vale. Se ha respirado el virus del *suspension of disbelief* y cualquier cosa será posible y toda mala noticia será terrible pero, al mismo tiempo, tan buena para ser comunicada y expandida por segundos y terceros que todavía no tienen cincuenta años pero allá van, aquí vienen.

† «Las personas siempre quieren ser lo mejor que jamás llegarán a ser y portarse lo mejor posible cuando están junto a los Murphy», reflexionó John Dos Passos.

Y aquí vienen los Fitzgerald.

La excepción que confirma la regla.

Pero Scott y Zelda son una excepción colosal, una de esas fulminantes tormentas de verano con dos cabezas, una plaga bíblica.

Scott y Zelda han oído del mito de Villa America y quieren vivirlo de cerca, desde adentro, y se hospedan primero en el Hôtel du Cap, y luego alquilan una villa en Juan-les-Pins, y pronto se convierten en un problema para locales y visitantes. Una poco atractiva pero fascinante atracción local. Gerald y Sara Murphy se erigen –no les queda otra: se impone por su proximidad más su buena educación y, así, apagadores de incendios de la más chispeante de las parejas– en sus protectores y guardianes durante buena parte de 1925 y 1926. No es una tarea sencilla. Zelda tiene un affaire con un joven piloto de la base aérea cercana y Fitzgerald se emborracha y se pone a cuatro patas y ladra a la luna que brilla sobre los Murphy como diciéndoles «Yo se lo dije…». Zelda, para sacudirse la resaca, se arroja desde los acantilados explicando a sus anfitriones al borde del colapso nervioso que no cree «en la conservación» y, empapada, baila como poseída junto a discos de Jelly Roll Morton y Louis Armstrong. Alcohol y píldoras para dormir y Ernest Hemingway tomando nota de todo con esa sonrisa tan hemingwayana mientras a la mañana siguiente Fitzgerald también toma notas, pero no para una memoria cruel y vengativa y psicótica (Hemingway obliga a Gerald Murphy a probar su hombría saltando a un ruedo con toro y, por supuesto, no se muestra muy convencido de su desempeño) sino para lo que piensa será una gran novela, una novela mejor que la insuperable *The Great Gatsby.* La novela favorita entre las suyas, que publicaría en 1934, y para 1940, el año de su muerte, ya estaría descatalogada y perdida.

† Sara Murphy admiró *The Great Gatsby.* A Gerald Murphy no se le hizo nada del otro mundo. «Al que yo tomaba en serio era a Ernest; tal vez porque lo suyo me parecía algo nuevo y moderno, y lo de Scott no», comentó.

† «Los Murphy prefieren a Zelda antes que a mí», Francis Scott Fitzgerald.

† «No creo que hubiésemos aguantado a Scott a solas», Sara y Gerald Murphy.

† Gerald y Sara siempre se mostraron un tanto maravillados para con ellos mismos –sin jamás comprenderlo del todo– por su larga relación con los Fitzgerald, por lo mucho que se quisieron y los quisieron a pesar de sentirlos opuestos, lejanos, autodestructivos. «Nosotros cuatro nos comunicábamos más por el simple hecho de estar presentes que por otros medios», le diagnosticó Gerald Murphy a Fitzgerald.

† «Lo que amábamos de Scott era esa región suya de donde

brotaba su don y que nunca estaba del todo oculta. Había momentos en que no sentía vergüenza de sí mismo o no estaba intentando escandalizarte, momentos en los que era tan gentil y estaba tan tranquilo, momentos en los que te contaba sus verdaderos pensamientos sobre las personas, y parecía olvidarse de él intentando definir lo que sentía por ellas... Ésos eran los momentos en que veías la belleza de su mente y de su naturaleza, y que te hacían amarlo y apreciarlo», Gerald Murphy a Calvin Tomkins.

† Durante una comida con los Murphy («Mis únicos amigos ricos», escribiría Fitzgerald, quien llevaba un descarrilado tren de vida mucho más lujoso que el de los Murphy), el escritor comienza a burlarse del caviar y champagne que se le sirve, y no deja de mirar fijo a un hombre mayor acompañado de una chica más joven en la mesa de al lado. No deja de observarlos, con los ojos entrecerrados, como haciendo puntería y foco antes del disparo del rifle o de la cámara fotográfica. Los Murphy lo consideran una forma inaceptable de descortesía y le piden que, por favor, deje de hacerlo; pero (suele ocurrir con las personas que no son escritores, con las personas que «son personas exactamente») no pueden saber ni imaginar que Fitzgerald, sin párpados, ahora con los ojos bien abiertos, está mirando allí, leyendo en el suave aire del anochecer, el principio de una novela que se llamará *Tender Is the Night*.

† Fitzgerald no deja de hablarles a los Murphy de la gran novela que está escribiendo. Pero los Murphy nunca lo ven escribir.

† «Se escribe acerca de que las heridas cicatrizan estableciéndose un paralelismo impreciso con la patología de la piel, pero no ocurre tal cosa en la vida de un ser humano. Lo que hay son heridas abiertas; a veces se encogen hasta no parecer más gran-

des que el pinchazo que deja un alfiler, pero lo mismo continúan siendo heridas. Las marcas que deja el sufrimiento se deben comparar, con mayor precisión, con la pérdida de un dedo o la pérdida de visión en un ojo. Puede que en algún momento no notemos su ausencia, pero el resto del tiempo, aunque los echemos de menos, nada podemos hacer», Francis Scott Fitzgerald, *Tender Is the Night*, segunda parte, capítulo XI.

† «Ausencia... No es ninguna solución», dice Dick Diver en *Tender Is the Night*. La *sustancia* más que el tema de *Tender Is the Night*, él lo comprende de golpe, es la ausencia. La Gran Ausencia. O las sucesivas pequeñas ausencias de las que La Gran Ausencia se compone (los personajes que no dejan de salir, de irse) y que se van amontonando, en la novela como pétalos que caen, como estrellas muertas, con los mismos modales de todo eso que se deja para más tarde hasta que, de pronto, se descubre que ya es *demasiado* tarde. La Gran Ausencia es, también, el tema de uno de sus discos favoritos: *Wish You Were Here* de Pink Floyd, cuya estructura en tres bloques y acronológica, ahora que lo piensa, es similar a la de *Tender Is the Night*. (Nota: ubicar y conversar con aquel gran amigo suyo de la infancia con el que escucharon *Wish You Were Here* por primera vez, por tantas veces, cuando todavía había tiempo y espacio.)

† «Bueno, nunca sabes exactamente cuánto espacio has ocupado en las vidas de las personas», Francis Scott Fitzgerald, *Tender Is the Night*.

† El tiempo pasa incluso para los Murphy. «Vivir bien ya no es la mejor venganza.» Y los años treinta traen la Depresión y el fin de las largas vacaciones y los Murphy ponen en alquiler Villa America. Hay que volver a casa a hacerse cargo de los nego-

cios de la familia. Y dos de sus hijos –Baoth y Patrick– mueren en 1935 y 1937. Fitzgerald –quien ha sido expatriado por los expatriados luego de que los «traicionase» publicando *Tender Is the Night*– envía sus condolencias a Gerald evocando a Henry James: «La copa dorada se ha roto, pero *era* dorada; ahora ya nada podrá arrebatarte a esos chicos de tu lado».

† «La mejor manera de educar a un niño es mantenerlo en un perpetuo estado de confusión», recomendaba Gerald Murphy. Y, en algún lugar, en el aire o bajo el agua, sus confundidos y confundidores padres asienten, mostrándose completamente de acuerdo con él.

† Asunto doloroso: otro chico arrebatado de mi lado, Penélope, ¿cómo tratar este tema? ¿Tratarlo? ¿Muéstrame una tragedia y... qué te escribo entonces? DANGER, WARNING: la silla que se acerca al escritorio que puede ser, también, el precipicio. Los bordes tan afilados del escritorio. Sí: el verdadero héroe de esta historia está fuera de esta historia. Y la realidad, como en *Tender Is the Night*, complicándolo todo. La realidad que puede hacer que una ficción falle por el solo placer de hacerlo. La realidad que asoma la cabeza, como una serpiente, para sisear, hipnótica, un «really...».

† Gerald Murphy le cuenta a Calvin Tomkins que Fitzgerald se pasaba horas haciéndoles preguntas a él y a Sara. «Estudiándolos.» Gerald Murphy jamás pensó que estaba siendo el modelo para nada; pero sí recuerda la mirada fija de Fitzgerald, con los labios apretados, todo el rostro tenso como un resorte antes de saltar, como si quisiera descubrirlo en alguna mentira. Para molestarlo y quitárselo de encima, Sara Murphy le contestaba a Fitzgerald cualquier cosa, le daba respuestas absurdas, hasta que una noche

ya no pudo aguantarlo más y en el centro de una fiesta y delante de todos le dijo: «Scott, tú piensas que si haces suficientes preguntas llegarás a saber cómo es la gente, pero no es así». Fitzgerald se puso lívido y acusándola con un índice tembloroso le dijo que jamás nadie se había atrevido a decirle algo así y la desafió a que lo repitiese. Y Sara Murphy se lo repitió, palabra por palabra, delante de todos, sin cometer una sola errata. Y, seguro, los escritores no son personas exactamente, Fitzgerald lo memorizó en el acto para luego anotarlo en algún margen de alguna página.

† Y en una carta (buscar fecha), Sara Murphy fue aún más explícita: «A tu edad ya deberías saber que no se puede tener Teorías sobre tus amigos, Scott». Y firma: «Tu enfurecida pero devota y más bien sabia vieja amiga, Sara».

† «El libro fue inspirado por ti y Sara y por lo que yo sentía por ustedes y el modo en que ustedes vivían, y la última parte del libro somos Zelda y yo porque tú y Sara son las mismas personas que somos Zelda y yo», Francis Scott Fitzgerald en una carta a Gerald Murphy (buscar fecha).

† «Cuando un hombre me gusta, quiero ser como él», Francis Scott Fitzgerald (buscar dónde lo escribió; y, de pronto, él se da cuenta de que el apellido Fitzgerald incluye a un «gerald» entre sus letras).

† «En ciertos momentos, un hombre se apropia para sí del total significado de un tiempo y de un lugar», de las notas de Francis Scott Fitzgerald para *The Last Tycoon*.

† «No me gustó cuando lo leí y me gustó aún menos al releerlo. Rechazo categóricamente cualquier parecido con nosotros o con alguien que hayamos conocido en cualquier época de nuestras vidas», Sara Murphy a Calvin Tomkins, con la misma ira que décadas después despertaría, en otras hasta entonces lánguidas mujeres de sociedad, Truman Capote con su *Answered Prayers*. Recordarlo: Truman Capote, entre dolido y sorprendido, preguntándose si todos sus «cisnes» no se habían dado cuenta de que, entre ellas, no tenían a un bufón sino a un escritor. Y que ese escritor estaba estudiando.

† En cambio, a Gerald Murphy le impresiona el modo en que Fitzgerald utilizó todo lo que vio con gran fidelidad para conseguir algo que no había sucedido pero que tal vez sí sucedió cuando nadie, salvo Fitzgerald, estaba prestando atención.

† Fitzgerald en una carta a Gerald Murphy, 1938: «No me importa mucho dónde estoy ni espero gran cosa de los lugares. Ya me entenderás. Para mí se trata de una nueva etapa, o más bien del desarrollo de algo que comenzó hace mucho en mi literatura; el afán por revelar lo importante, lo esencial y, ante todo, lo dramático y lo fascinante del mundo que me rodea, sea cual sea. Antes pensaba que mi percepción de la realidad venía de fuera. Creía que era algo tan objetivo como el cielo azul o una pieza musical. Ahora sé que todo estaba en mi cabeza, y aprecio enormemente lo poco que queda».

Y él lee esa carta en un libro donde se recopilan todas las cartas de Fitzgerald y no puede evitar el pensar que alguna vez se escribió así, en papel y con tinta, y se metía todo eso en un sobre y se lo cerraba y se lo dejaba caer por la ranura en un buzón. Y todo eso demoraba varios días en llegar a las manos y ojos del destinatario. Y la velocidad de las cosas era otra. Y las cosas se pensaban más antes de ponerlas por escrito. Y Gerald Murphy recibió esa carta pero nunca se la mostró a Sara Murphy. Sara no entendía de esas cosas, pensaba Gerald. Sara era tan diferente a él.

† «Sara es una enamorada de la vida pero no siente escepticismo ante las personas. Yo soy lo contrario: yo creo que hay que hacer cosas en la vida para poder convertirla en algo tolerable. Siempre me ha gustado ese proverbio español: "La mejor venganza es vivir bien"», Gerald Murphy en conversación con Fitzgerald (¿cuándo?).

† «Queridísima Sara: la quiero mucho, Madam, no como en esas novelas de Scott que parecen adornos para árbol de Navidad sino como se siente uno sobre botes en los que Scott se marearía», carta de Ernest Hemingway a Sara Murphy. Aunque, por la espalda y a traición, en un fragmento no incluido en la primera versión de sus muy selectivas memorias, *A Moveable Feast* (1964), Hemingway recordaría a los Murphy, como siempre, sólo como le conviene a su personaje: «Yo odiaba a esos ricos porque me apoyaban y me daban ánimo cuando yo estaba haciendo las cosas mal... El tipo de ricos comprensivos que no tienen malas cualidades hasta que siguen de largo y te dejan detrás luego de haber obtenido todo el sustento que necesitaban... No tuvieron la culpa de ninguna de mis malas decisiones de entonces salvo en lo que se refería a entrometerse en las vidas de los demás... Coleccionaban personas del mismo modo en que otros coleccionan cuadros o crían caballos. Daban mala suerte a las personas pero se daban peor suerte a sí mismos y finalmente vivieron para tener toda la mala suerte posible; la peor y más mala suerte que puede haber».

El que el párrafo anterior no aparezca en la versión final de *A Moveable Feast* no libra a los Murphy, sin embargo, de más de un habitual dardo y de la humillación. Acusaciones absurdas como la de que le hicieran leer en voz alta el manuscrito de su libro

The Torrents of Spring (1926), donde Hemingway parodia con saña a su maestro Sherwood Anderson. Pedido y ofensa estos –el de leer en voz alta para amenizar soirée– que, para Hemingway, «es lo más bajo que un escritor puede llegar a caer y tan peligroso como patinar por un glaciar sin estar atado a una soga antes de que la nieve del invierno se haya asentado sobre las hendiduras».

Ahá.

Leído *A Moveable Feast*, Gerald Murphy («Nunca soporté a Gerald», apuntó Hemingway en una carta a MacLeish) comentó con elegancia: «Sentimientos *contre-coeur* en lo que hace al libro de Ernest. Qué forma extraña de amargura la suya. Esas acusaciones. ¿No son los ricos las más pobres de las presas? Y, por supuesto, qué bien escrito que está todo». (Buscar fecha y proponer a editorial voluminoso volumen que recopile todas las cosas desagradables que alguna vez dijo y escribió Hemingway sobre sus conocidos, escritores en general y Fitzgerald en particular.)

Será un gran libro, un libro muy grande.

† «Lo siento, pero el libro de Scott no es bueno», carta de Ernest Hemingway a Gerald Murphy (buscar fecha).

† «Me gustó y no me gustó», carta de Ernest Hemingway a Francis Scott Fitzgerald (10 de mayo de 1934).

† Y después, a continuación, Ernest Hemingway procede a destruir *Tender Is the Night* y a su autor acusándolo de haber vampirizado a los Murphy para convertirlos en los Fitzgerald y, finalmente, disparar a quemarropa líneas del tipo «Siempre afirmé que no puedes pensar» y «Olvida tu tragedia personal» y «Jesús, qué maravilloso es decirle a la gente cómo escribir, vivir, morir, etcétera».

† «Querido Ernest: Por favor, no me pongas en letras. Si he decidido escribir *de profundis* de tanto en tanto, esto no significa que quiera a amigos rezando junto a mi cadáver. Sin duda que lo hiciste con buena intención pero me costó una noche de sueño. Cuando lo incluyas en un libro, ¿te importaría quitar mi nombre? Es un buen cuento, uno de tus mejores cuentos, aunque eso de "Pobre Scott Fitzgerald, etcétera" lo arruinó un poco para mí. Tu amigo siempre, Scott. PS: La riqueza *jamás* me fascinó a no ser que viniese acompañada del más grande encanto y distinción», carta del 16 de julio de 1936 de Francis Scott Fitzgerald a Ernest Hemingway luego de leer el relato «The Snows of the Kilimanjaro», en el que él aparece displicente y penosamente mencionado. Y en el margen de un libro de Thomas Wolfe: «Ernest siempre dispuesto a darle una mano a todo aquel que no la necesita».

† «Una cosa muy extraña es que, en perspectiva, *Tender Is the Night* mejora y mejora. [...] Es formidable cuán sorprendentemente *excelente* es. [...] Siempre tuve este estúpido sentimiento de superioridad respecto a Scott. Como el de un niño duro burlándose del talento de otro niño más delicado... Partes de la novela son tan buenas que dan miedo», carta de Ernest Hemingway a Maxwell Perkins, editor suyo y de Francis Scott Fitzgerald (¿fecha?).

† La historia que cuenta la lectura de *Tender Is the Night* es, también, la historia de la escritura de *Tender Is the Night*.

† Hay casi tantas biografías de Francis Scott Fitzgerald como de The Beatles. Puntualizar esto en su libro, se dice. Y aclarar el por-

qué: las historias de The Beatles y de Francis Scott Fitzgerald son vidas y obras paradigmáticas con la calidad y cualidad de mitos ciertos. Ascensos y caídas, amistades y enemistades. Y Gran Arte. De ahí que –aunque se sepa sus tramas de memoria– él siempre se las compre y las vuelva a leer, como un niño releyendo hasta el infinito cuentos de hadas y de brujas, cada vez que se cruza con alguna que se le escapó o cuando aparece una nueva.

El exceso de *fitzgeraldiana* no es casual y tiene una motivación añadida, piensa: la épica de la derrota, su genio formidable para alcanzar, en sus palabras, «la autoridad del fracaso» frente a «la autoridad del éxito» de Ernest Hemingway, funciona como una gran historia moral. Para cualquier escritor, Francis Scott Fitzgerald ocupa el altar de aquel que murió (por decisión propia y malas elecciones) a consecuencia de haber hecho mal todas las cosas que puede llegar a hacer mal un escritor fuera de sus libros. Así, Francis Scott Fitzgerald como ejemplo, como el mejor de los malos ejemplos. Como un Manual de Destrucciones y Autodestrucciones a estudiar mientras –en tándem– se relee una y otra vez su ficción; que no deja de nutrirse de su no-ficción hasta alcanzar la zona cero y punto de comunión absoluto y sin retorno entre una y otra: los artículos autobiográficos posteriormente reunidos por Edmund Wilson en *The Crack-Up* (1945) luego de su publicación en 1935, el mensuario *Esquire* que, por supuesto, indigna a Hemingway, quien no demora en enviarle a Fitzgerald otra de sus simpáticas cartas reprochándole su debilidad y ofreciéndole contratar a un asesino para que lo mate en Cuba y así Scottie y Zelda puedan cobrar su seguro de vida. En la misma vena, Hemingway sugiere que partes de Fitzgerald sean repartidas a lo largo y ancho de los lugares importantes en su vida: su hígado al Princeton Museum, su corazón al Plaza Hotel y que sus cojones, de poder hallarlos, sean arrojados al mar desde Eden Roc y, por pequeños, no salpiquen demasiado. Muy gracioso. Desesperado, Fitzgerald ensaya la más patética e impotente de las venganzas: escribir una serie de cuento malísimos y alcoholizados en los que Hemingway aparece transformado en el gótico y medieval, tormentoso y atormentador, «Philippe, Conde de la Oscuridad».

Con el tiempo, él ha reunido mucho material fitzgeraldesco: los volúmenes con las tristes cartas a Zelda, las melancólicas cartas a Scottie, las dubitativas cartas a su editor Maxwell Perkins, las casi mendicantes cartas a su agente Harold Ober, tres recopilaciones de cartas al resto del mundo, memorias varias de su última mujer y una muy difícil de encontrar de su secretaria en Hollywood, ensayos sobre su relación peligrosa con Ernest Hemingway, versiones alternativas de *The Great Gatsby* y *The Love of the Last Tycoon*, recopilaciones de sus escritos juveniles y piezas ocasionales y entrevistas.

En una de ellas, una de las últimas que le hicieron, un tal Michel Mok conversa con él en su casa. En el momento de la despedida, el reportero le pregunta qué ha sido de la jazz generation, la generación a la que él dio voz y brillo y la más musical y romántica de las prosas.

Francis Scott Fitzgerald pregunta irritado: «¿Por qué debería molestarme con ellos? ¿No tengo ya suficientes problemas conmigo mismo? Tú sabes muy bien qué fue de ellos… Algunos se hicieron corredores de bolsa y se arrojaron desde ventanas. Otros se hicieron banqueros y se pegaron un tiro. Aun así, algunos se las arreglaron para meterse en periodismo. Y unos pocos se convirtieron en autores de éxito». Entonces, cuenta Mok, Francis Scott Fitzgerald hace una pausa y concluye y gime y sonríe con la más triste de las sonrisas: «¡Autores de éxito…! ¡Oh, Dios mío, autores de éxito!».

La última línea del reportaje es: «Francis Scott Fitzgerald se puso de pie, fue tropezándose hasta la mesita de las bebidas, y se sirvió otro trago».

† Y en todos esos libros –como ya sabe cómo empieza y transcurre y termina todo– lo primero que él busca, abriéndolos por el final, a la altura del índice onomástico, es si hay alguna infor-

mación nueva acerca de la escritura y circunstancias de *Tender Is the Night*, el libro favorito de sus padres, el libro suyo favorito de Francis Scott Fitzgerald.

† El libro que se le ocurre a Fitzgerald apenas tres semanas después de la publicación de *The Great Gatsby,* en 1925. El libro en el que trabajará interrumpida e ininterrumpidamente a lo largo de los varios y demasiados próximos años.

† En una carta a su editor Maxwell Perkins, fechada en mayo de ese año, Fitzgerald informa: «Mis pensamientos más felices son para mi nueva novela. Algo verdaderamente NUEVO en forma, idea, estructura: el modelo para esta época que Joyce y Stein están buscando y que Conrad no encontró». Y en más cartas a su editor y a su hija y a casi cualquiera con quien se cruza, según pasan los años: «Mi novela tiene algo de misterio, espero», «Me temo que he escrito otra novela para escritores», «Perdona si esta carta tiene un tono dogmático. Llevo tanto tiempo viviendo en este libro y con estos personajes que a menudo tengo la impresión de que el mundo real no existe, de que solo existen ellos. Esto te sonará pretencioso... pero es la verdad: sus alegrías y sus penas son tan importantes para mí como lo que ocurre en la vida», «Nada de frases grandilocuentes del tipo "Por fin, el libro largamente esperado, etcétera", que solo hacen que la gente se ilusione».

† Un año después, Fitzgerald avisa a su agente Harold Ober de que una cuarta parte está lista y que se la enviará a fin de año y que tiene que ver con «el caso de esa chica que le disparó a su madre». Fitzgerald se refiere allí a la matricida adolescente Dorothy Ellingson.

† Esta primera versión de lo que sería *Tender Is the Night* –que no tiene casi nada que ver con la versión final– está protagonizada por Francis Melarky, un norteamericano de veinte años que trabaja en el mundo del cine como técnico y acaba asesinando a su dominante madre durante un viaje por Europa. Fitzgerald llega a componer cuatro o cinco bocetos de la primera parte de esta novela manejando diversos posibles títulos (*Our Type*, *The Boy Who Killed His Mother*, *The Melarky Case* y *The World's Fair*) pero recaídas e internaciones en diferentes sanatorios de Zelda interrumpen el proyecto (a la vez que lo potencian, la enfermedad de Zelda acaba siendo y es El Tema de la novela) por necesidad de dinero rápido y fácil. Así, escribir relatos entre los que se cuentan muchos olvidables y varios, en especial el magnífico y terrible y tan triste «One Trip Abroad», que acabarán siendo fagocitados por la versión final de *Tender Is the Night*.

† «Todo lo pagaba con un trabajo que odiaba apasionadamente y que encontraba cada vez más difícil de llevar adelante. La novela parecía un sueño, cada día más y más lejana... Tú estabas ausente. Apenas te recuerdo aquel verano... Te estabas volviendo loca y lo querías hacer pasar por ingenio. Yo estaba convirtiéndome en ruinas y les ponía a esas ruinas el primer nombre que tenía a mano... Nos destruimos a nosotros mismos. Honestamente, nunca pensé que nos habíamos destruido el uno al otro», Francis Scott Fitzgerald en una carta para Zelda Fitzgerald nunca enviada y archivada con el título de «Gone to the Clinique», verano de 1930.

† En la primera versión de *Tender Is the Night* aparece un matrimonio de resplandecientes norteamericanos, Seth y Dinah Piper, que acabarán transformándose en Dick y Nicole Diver,

los personajes inspirados o respirados a partir de Gerald y Sara Murphy.

† El joven técnico cinematográfico Francis Melarky sufrirá una metamorfosis mucho más radical aún: se transformará en la joven actriz Rosemary Hoyt (inspirada por una tal Lois Moran, fan del escritor, joven starlet de diecisiete años y protegida de Samuel Goldwyn con la que Fitzgerald flirtea, para desesperación de Zelda, sin nunca llegar a nada serio salvo recomendarle libros indispensables para su educación).

† Luego de muchos cambios y marchas y contramarchas y cartas pidiendo auxilio y tiempo y piedad (Gerald Murphy recuerda haber visto a Fitzgerald arrojar una de las versiones de la novela, página a página, como quien deshoja una flor, a las aguas del Mediterráneo), la esperada *Tender Is the Night* aparece en 1934.

† Su título surge de la oda «To a Nightingale» de John Keats y se impone –Fitzgerald siempre dudó de sus títulos hasta el último momento y nunca quedaba del todo satisfecho con la elección final– a las últimas alternativas de *The Drunkard's Holiday*, *Doctor Diver's Holiday* y *Richard Diver.* (A él le hubiese encantado que la novela se llamase *Richard Diver*, que la novela tuviese nombre de persona y de personaje, como esas novelas decimonónicas en las que un nombre marca toda la diferencia.)

† *Tender Is the Night* llega a las librerías inmediatamente después de su serialización en cuatro partes en la *Scribner's Magazine*, cuando ya nadie la espera salvo para decirle que no era lo que esperaban y, al mismo tiempo, para comunicar en críticas y columnas de opinión que era justo lo que cabía esperarse de Fitzgerald, que

no podía esperarse otra cosa, o nada más, de él. Fitzgerald fue un escritor moderno y «de su tiempo» y sufre ahora la condena de todo narrador «generacional»: la degeneración. Fitzgerald –se le reprocha– se ha vuelto súbitamente anticuado contando historias que parecen transcurrir en museos donde el pasado que se ofrece queda demasiado cerca y, por lo tanto, no amerita el precio de respirar su polvo y sus alergias y, mucho menos, de pagar entrada para revisitarlo. Así, *Tender Is the Night*, en los exhibidores de las librerías, como si llevase estampada la letra escarlata de una advertencia que dice «Se ruega no tocar». Y los lectores no la tocan.

† *Tender Is the Night* vende rápidamente una primera edición de 7.600 ejemplares a 2,50 dólares y entra en el décimo puesto de la lista de best-sellers. Después, enseguida, es empujada fuera de allí por críticas más bien tibias que le reprochan su falta de relevancia política y social ocupándose de millonarios decadentes asoleándose en Europa en tiempos de la Gran Depresión que es, también, la Gran Depresión personal de Fitzgerald, escritor tan generacional que llega incluso a padecer los males y paga por los pecados de su generación. Fitzgerald es el mensajero y el cronista al que hay que matar por haber contado los buenos e irresponsables tiempos de los suyos a los que nunca perteneció del todo. Esa «rotten crowd», esos turbios y resplandecientes especímenes que para un Nick Carraway –quien de pronto, viéndolo y entendiéndolo todo, en el elegíaco final de *The Great Gatsby*– no son más gente descuidada para la que otros, a cambio de billetes perfumados, arreglan o recogen los pedazos de las cosas que rompen. También cuestionan su estructura con el largo flashback central. Y consideran excesivamente melodramática e inverosímil la decadencia y caída de Dick Diver. Y (en esto él está de acuerdo) señalan que los aspectos psicologistas/psicoanalíticos del asunto son más bien ingenuos y están tratados de manera infantil y fácil, como en esas películas con diván y pipa y busto de Sigmund

Freud donde los pacientes comprenden todas las claves de su neurosis de golpe, con analepsis de imágenes líquidas, que parecen filmadas debajo del agua, como queriendo significar que el subconsciente es algo submarino y tormentoso que se esconde bajo la superficie supuestamente calma de la conciencia. Un reseñista –tal vez contagiado por las esporas freudianas de la novela– llega a interpretar que Dick Diver es Fitzgerald y la enloquecida Nicole Diver no es otra cosa que «ese chiflado sistema social»: la encarnación de su época y su juventud y generación perdida para siempre. Y que va siendo hora de que Fitzgerald –si quiere crecer como escritor– deje de atender a Nicole Diver. Y cierra su diagnóstico con las siguientes palabras: «Y por último un no demasiado personal post-scriptum para el autor. Querido Mr. Fitzgerald: usted no puede protegerse de un huracán debajo de una sombrilla de playa».

† El intelectual de peso y redescubridor de William Faulkner, Malcolm Cowley, afirma que «es una novela que te irrita porque no es lo que pudo haber sido».

† Fitzgerald, desesperado, inseguro de todo, intenta arreglar lo que se pueda, salvar los muebles, achicar agua mientras todos corren a los botes. Fitzgerald telegrafía, en desesperadas mayúsculas, a Bennett Cerf, intentando convencerlo de que lance una edición económica y corregida de *Tender Is the Night* en la colección de la Modern Library: «¿CREES QUE UN LIBRO SE CRISTALIZA UNA VEZ PUBLICADO?», casi ruega, pidiendo que le digan que no, que aún hay tiempo. Y no se da cuenta que es imposible mejorarlo. Porque lo verdaderamente terrible de *Tender Is the Night* –lo auténticamente inquietante e insalvable– es que no hay en él un Nick Carraway en *The Great Gastby* o una Cecilia Brady en *The Last Tycoon*. En *Tender Is the Night* no hay narrador que funcione como intermediario o filtro o escuda. El

lector recibe la radiación de los Diver & Co. –a diferencia de lo que ocurre con el nebuloso Jay Gatsby, Fitzgerald parece empeñado en que lo sepamos todo de Dick y Nicole– sin anestesia, directamente, a quemarropa. Y duele. Gatsby busca repetir el pasado, los Diver sólo quieren dejar de repetir su eterno presente.

Fitzgerald reestructura el libro cronológicamente, ruega y no consigue que se edite una segunda versión (su deseo se realizará en 1951, post-mortem, y el resultado no hace más que estropear lo que ya estaba bien y, por suerte, esta mutación de *Tender Is the Night* será puesta definitivamente fuera de circulación en 1959), y acaba comprendiendo que lo suyo ya no interesa a nadie.

Y cae la noche.

† Un año después de *Tender Is the Night*, un último volumen de cuentos, el magnífico *Taps at Reveille* (1935), incluyendo obras maestras como «Crazy Sunday», «The Last of the Belles» y «Babylon Revisited», es recibido como la radiografía sin retorno y terminal que marca a Fitzgerald como paciente incurable víctima de una enfermedad «de época» que ya nadie contrae y para la que, por lo tanto, ya nadie teme o necesita perder el tiempo con ella a la búsqueda de remedio mágico.

† En una carta al crítico literario Philip Lenhart fechada en abril de 1934, Fitzgerald le dice que «si *The Great Gatsby* era un *tour de force*, entonces *Tender Is the Night* es una confesión de fe».

† *Tender Is the Night* como la *Great Psycho-American Novel*: Sara y Gerald Murphy que se convierten en Nicole y Dick Diver que se convierten en Zelda y Francis Scott Fitzgerald (que se convierten en los padres de él, que ahora vuelve a leerla, a «estudiarla») y vaya uno a saber en cuántos miles de parejas que

andan sueltas por ahí, leyéndola, sintiéndose cada vez peor a medida que la leen mejor.

† Y *sua culpa*: él leyó por primera vez *Tender Is the Night* –mucho tiempo después de lo que debería haberlo hecho, seguramente porque los hijos postergan todo lo que pueden el enfrentarse a las pasiones de los padres por temor a lo que encontrarán allí– como quien contrae un virus. Como si su vértigo de vaudeville hecho fiebre fuese algo que se va instalando de a poco en el lector hasta intoxicarlo. Comparada con la perfección de *The Great Gatsby* (que a lo sumo puede llegar a producir la más leve y regocijada de las resacas luego de una fiesta perfecta), *Tender Is the Night*, en principio, se siente como una de esas gripes largas que se meten contigo en la cama y te hacen sentir y ver cosas que no están allí. Pero que *sí* están sólo que, cuando estás sano, no puedes verlas. De mecanismos de defensa así es que está hecha (y son por las que funciona más o menos bien) la cordura.

† Intentar una sinopsis de *Tender Is the Night* que, inevitablemente, se leerá (y más de un lector, seguro, se saltará) como subiéndose a la más mareante de las atracciones de feria. Un frenesí de nombres y lugares y puertas que se abren y se cierran y actos fatales (incesto, asesinato) y momentos terribles como el escalofriante episodio histérico de Nicole Diver en el baño (ah, el baño: para sus padres y para tantos padres, como clásico y frecuente lugar de discusión. Algo raro en eso y ¿se discutirá en los baños por una cuestión higiénica, para evacuar desechos corporales? ¿Se discute en los baños como se asesina en la biblioteca y se hace el amor en las caballerizas?). Episodio sanitario, el de Nicole aullando, su grito rebotando entre azulejos, que produce en la joven y enamoradiza Rosemary Hoyt, testigo involuntaria del espanto, el irrefrenable impulso (lo que desconcierta también a más de un crítico) de salir de allí y de ya casi no volver

a la novela hasta cerca del final. Cuando, al reencontrarse con Dick, Rosemary comprende que éste ya no es el hombre del que se enamoró, que ha cambiado. Pero, cuando Dick le pregunta si lo nota diferente, le miente que no, le dice que sigue siendo el mismo, él mismo. A lo que Dick, con una sonrisa triste, inequívocamente fitzgeraldiana, la sonrisa que a diferencia de la de Jay Gatsby sabe que el pasado no puede repetirse, le pregunta: «¿Acaso alguien te había contado que yo estaba en pleno proceso de deterioro?... Pues sí, es cierto. El cambio se produjo hace ya mucho, pero al principio no se notaba. La forma permanece intacta durante un tiempo luego de que la moral se quiebra».

¿Cómo termina Dick Diver? Solo, con alguna novia ocasional, ejerciendo en pequeños consultorios de provincia, «en un pueblo u otro», escribiendo un libro «que siempre estaba intentando terminar».

Más o menos como él.

Sólo que él siempre está intentando comenzarlo.

† Va a intentarlo. La sinopsis de *Tender Is the Night.* Allá va: novela sobre el mal empleo de la promesa creativa. Algo así. Cuenta la historia de Dick Diver, un joven psicólogo norteamericano, estudiando en Zurich en 1917 (ésta es la segunda –y en reversa– parte de la novela en la primera y definitiva versión luego de que Fitzgerald, por unos años, ya se dijo, ordenase que se reordenara colocándola, cronológicamente, al principio del libro). Diver se muestra interesado por el caso de Nicole Warren, una hermosa y acaudalada y esquizofrénica norteamericana. ¿Por qué? Porque su amantísimo padre se acostó con ella. A medida que Nicole se recobra se vuelve, también, más dependiente de Dick, con quien acaba casándose. Y manteniéndolo. La relación doctor-paciente se traslada a la vida matrimonial y, al verse obligado a cuidar de ella, Dick no sólo deja de lado el desarrollo de su «vida intelectual y profesional» sino que, además, descubre que no la ama como un marido sino como aquel resignado a contemplar una mariposa

sadomasoquista que todo el tiempo pide que le claven un alfiler para luego ser admirada. Todo el tiempo. Dick y Nicole tienen dos hijos y llevan una buena vida en la Riviera francesa (primera parte de la novela). Allí, sus amigos incluyen a Abe North (músico alcohólico que, como Dick, no ha estado a la altura de todo lo que se esperaba de él cuando era un joven prodigio de la composición) y quien, *grand finale*, acaba siendo asesinado en un bar de París. También muere un negro. Salir de allí. Entrar allá. Así, la impecable vida de Dick como anfitrión profesional gracias al dinero de Nicole se derrumba en cámara lenta y copa en mano. Pero todo comienza a temblar y los acontecimientos se precipitan con la llegada de la más joven actriz –y símbolo de todos los sueños por cumplir y cumplirse– Rosemary Hoyt. Dick se enamora de la joven (o quiere creer que se enamora), y empieza a beber más de lo que come; y se mete en problemas en bares de Roma; y su carrera se viene abajo. Afortunadamente o no, Nicole se enamora de Tommy Barban, un mercenario francés y miembro de su círculo eternamente vacacional. Y Nicole acaba divorciándose de Dick, quien retorna a Estados Unidos a llevar la más opaca y mediocre y tal vez más o menos feliz de las existencias.

† Nota: Fitzgerald (y Zelda) disfrutaban como posesos del arrojarse desde acantilados o desde trampolines o desde el borde de piscinas. Se lanzaban al vacío y al mar y a las rocas y lo hicieron muchas veces, en el verano de 1926, ante unos cada vez más aterrorizados Sara y Gerald Murphy. Los cuentos y novelas de Fitzgerald desbordan de superficies acuáticas siempre dispuestas a ser alteradas, conmovidas, salpicadas.

El nombre *Dick Diver* puede traducirse y entenderse como *imbécil clavadista*.

La minúscula distancia y el breve tiempo que separan al zambullirse del estrellarse.

† El EX LIBRIS en los libros de Fitzgerald muestra a un esqueleto vestido con un smoking danzado en una tempestad de confeti y serpentinas sosteniendo un antifaz en una mano y en la otra un saxofón. En lo alto y sobre él, se lee la leyenda BE YOUR AGE. Lo que puede traducirse tanto como «Pertenece a tu tiempo» o «Actúa según tu edad». Fácil de decir, difícil de hacer. Fácil de escribir, difícil de vivir.

† ¿Qué pudieron ver sus padres –en pleno proceso de deterioro, su moral quebrada– en *Tender Is the Night*? ¿En qué pudo haberlos ayudado su sistemática lectura en serie de la novela, como si allí buscasen un código secreto, una explicación a todas las cosas de su mundo? Tal vez, viéndose reflejados en los Diver como se vieron reflejados (aunque lo negasen) los Murphy, sus padres pudieron comprenderse mejor y acaso perdonarse. O quizá, por lo contrario, la imagen burguesa y cómoda que les devolvía ese espejo mágico y negro –la advertencia desde una Generación Perdida que bajo ningún concepto debería volver a perder a su generación– no hizo más que endurecer sus respectivas posiciones y lo leyesen como otros leen a Sun Tzu o a Von Clausewitz. Como una llamada a las armas.

† Sus padres: tal vez fue el aburrimiento mutuo y la necesidad de emociones fuertes y la idea de que la moda que venía era el compromiso político y social primero y la lucha armada después lo que hizo que, a sus ojos, *Tender Is the Night* fuese primero una especie de ejemplo a seguir y superar y luego un mal ejemplo a perseguir y a eliminar.

† Pero se sabe que los adultos actúan como los niños: primero quieren la versión o el modelo mejor de lo que tienen otros y, después, sólo desean lo que no tiene nadie.

† Lo que explicaría el pasaje de sus padres de *bons vivants* a *killing machines* o algo así.

† No hace mucho, un entusiasta y joven documentalista lo contactó para preguntarle si le interesaba participar en «algo que estoy preparando sobre tus padres… Sobre la historia del comando guerrillero Los Murphys».

Él, por supuesto, lo invitó cordialmente a que se retirara y le ordenó que no volviese nunca a dirigirle la palabra o clavarle la vista.

† Esto es historia: la tarde de la Nochebuena de 1977, sus padres y sus amigos modelos y artistas y publicitarios y beautiful people toman por asalto la sucursal de una prestigiosa tienda por departamentos y, luego de varias horas, son «reducidos por las fuerzas del orden».

Nota: Pero, atención, la parte «política» –la parte inventada más putrefacta de todas– ocupará pocas líneas, como si se tratase de algo que apenas se oye y se mira. Ya estuvo allí antes. No quiere volver allí. Se lo deja todo para las aves de rapiña y los animales de presa que comercian con eso, para las nuevas generaciones de patrióticos resucitadores de queridos muertos vivientes.

Otra nota: Esta parte de la novela (que será muy compleja) estará armada alrededor de testimonios de los rehenes, entre el terror y la maravilla, al verse reducidos por «la pareja esa de los avisos en velero». Alguno de ellos no podrá dejar de admirar el perfecto corte y confección de sus uniformes estilo guerrilla-chic. Alguno les pide un autógrafo y sacarse una foto con ellos. Y sus padres, por supuesto, acceden. Y sonríen a cámara. Y esa foto tan murphyana saldrá en la primera plana de todos los diarios y semanarios de los días y semanas siguientes.

Paren las rotativas.

† Y «reducidos por las fuerzas del orden» significa que el ejército entra con tanques y bazookas y mucha gente muere, entre ellos varios de los clientes que estaban allí comprando los últimos regalos para las fiestas.

El asalto es filmado por las cámaras de los noticieros y (no hace mucho él volvió a ver esas escenas temblorosas) la calidad de la película es curiosamente similar a las postales de combates de la Primera Guerra Mundial. Algo que parece mucho más *antiguo* de lo que en realidad es.

Comprende entonces los motivos y las razones de esa chica que le preguntó si esa foto de los Murphy era de sus padres. El pasado lo vuelve todo uniforme. En el pasado –aunque se lea para así no sucumbir a esa tara– todo sucede al mismo tiempo, todo se amontona en el mismo recinto, y cada acontecimiento da un paso al frente para hacer su número, su número de día y año y siglo, sólo recién cuando se lo llama. Pero lo hace a su manera.

† El pasado es un viejo niño obediente y malcriado al mismo tiempo.

† El pasado es un juguete roto que cada quien arregla a su manera.

† Nunca quedó claro si sus padres murieron en la reconquista de la tienda por departamentos o si, semanas después, fueron arrojados desde un avión a las aguas de esa playa donde solían ir con él de vacaciones y en la que él una vez casi se ahoga sin que sus padres se dieran cuenta de nada.

Y confesión inconfesable, admisión inadmisible: cada vez está más seguro de haber salido ganando con la desaparición de sus padres. Y no sólo porque su desaparición lo hizo aparecer a él tanto más interesante cuando publicó su primer libro donde aparecían sus padres desapareciendo. Sino porque, además, ahora, cuando esa tragedia patria ya estaba un tanto gastada y desteñida pero nunca del todo pasada de moda, él temblaba cuando conocidos suyos le contaban episodios tremendos con sus padres que no sólo no habían desaparecido sino que, como apariciones, estaban cada vez más ahí y allá y en todas partes: padres que se caían y se rompían huesos, padres que se quejaban de todo y reprochaban y acusaban, padres que se perdían en las calles, padres que reescribían sus pasados a conveniencia y placer, padres a los que había que lavar y cambiar y dar de comer en la boca. En nombre del pasado, gracias por tu espermatozoide, gracias por tu óvulo, gracias por el amor o el extravío de esa noche loca que me trajo aquí. Gracias por y de nada.

Sus padres, en cambio, ni siquiera habían sido cadáveres bien parecidos. Sus padres eran como estrellas muertas cuya luz todavía iluminaba un poco, desde tantos oscuros años de insondable distancia cósmica. Sus padres eran, sí, una buena historia.

Un sobreviviente a campos y torturas –un miembro de Los Murphys, un ex director de arte de una agencia publicitaria– fue muchos años después a la presentación de uno de sus libros y le contó que estuvo prisionero con ellos. Que los torturaron juntos, física y psicológicamente. Que les obligaban a jugar a una mezcla de ruleta rusa y prueba de William Tell. Que les hacían dispararse los unos a los otros con revólveres cargados con una sola bala. Que no estaba seguro de si su madre mató a su padre o su padre a su madre.

Y él se alejó de él, como uno se aleja de algo que no se sabe si produce pena o miedo, pensando «William Burroughs».

En cualquier caso, haya pasado lo que haya pasado, desde entonces, las navidades para él y para Penélope fueron siempre una época rara.

† Ese momento tan citado de *Tender Is the Night* en el que Fitzgerald describe el modo en que, durante una cena y entregados a sus invitados, contemplándolos casi con adoración, Nicole y Dick Diver parecen brillar y expandirse y sus rostros son «como los de los niños pobres frente a un árbol de Navidad».

† Las fotos de los Fitzgerald tan diferentes a las de los Murphy. Mientras las de los segundos son siempre fluidas, elegantes, graciosas, los cuerpos esbeltos siempre como suspendidos en la perfección de un segundo, las de los Fitzgerald los muestran siempre rígidos, petrificados, como muñequitos que han huido desde la cima de una torta de bodas y son sorprendidos en bailes, en cubiertas de barcos, y junto a su hijita y frente a un árbol de Navidad en un piso de París ensayando un torpe cancán en el que apenas levantan las piernas como por miedo a romperse, a quebrarse más allá de toda posibilidad de reparación.

† De ahí que, en su novela, el narrador tendrá una relación de amor-odio con la Navidad y, a lo largo de sus páginas, se intercalen reflexiones y recuerdos sobre la festividad. Ejemplos a continuación.

† Una tan cruel como graciosa postal navideña que alguna vez alguien le envió y que ahora tiene clavada sobre una plancha de corcho, sobre su escritorio. En la postal se aprecia el dibujo de un padre sorprendido por su pequeño hijo mientras está colocando los regalos bajo el arbolito. El padre lo mira por encima de su hombro, y poco y nada cuesta imaginarlo diciendo su parte (las letras encerradas en el globo que sale de su boca) con la voz sinuosa y resbaladiza del joven Robert Mitchum. «¿Qué has hecho, Timmy? Ahora no me queda otra opción que matarte», le dice el padre al hijo.

† Detrás del buen chiste –como suele ocurrir en todo buen chiste– late la certeza de algo serio y acaso ominoso: la Navidad es un engaño que debe ser preservado a toda costa. Desde hace siglos, la Navidad –y la existencia de ese hombre que baja por la chimenea– funciona como Mentira Original siseante y enroscada alrededor del tronco que une a padres e hijos. Así, se premia la buena conducta y la honestidad mediante la construcción de una falacia cuyo esclarecimiento –tarde o temprano– deja siempre un sabor amargo. Se deja de creer en Papá Noel y enseguida se deja de creer en el supuesto amor que sienten los papás y las mamás entre sí y, por extensión, en el amor que profesan hacia uno. Y la onda expansiva de esta decepción iniciática –su fuego amigo, su daño colateral– acaba por cubrir toda una vida. La mayoría de los no incrédulos pero sí ex crédulos asimila el golpe con gracia resignada; pero ¿cuántos futuros asesinos en serie y cuántos políticos corruptos habrán decidido el curso de su destino al pie del arbolito, frente a un padre que cometió el piadoso error de perdonarles la vida? Hoy, hasta las enciclopedias ponen todo el asunto en duda, o entre comillas: la Navidad no es otra cosa que la reescritura cristiana de un mito pagano (el festejo de un solsticio donde todos se ponían máscaras para fornicar bajo un gran pino y engendrar a los hijos de todos que traería la siguiente primavera) o que ni siquiera fue cuando se dice que fue.

La pregunta es, claro: ¿se cree en la Navidad o es la Navidad la que cree en nosotros?

† «*Navidad*. 25 de diciembre. Festividad religiosa cristiana celebrada en todo Occidente, cuya principal característica es el intercambio de regalos y la preparación de banquetes. Dentro de la Iglesia cristiana, la Navidad es el día en que se festeja el nacimiento de Jesús, a pesar de que la verdadera fecha es desconoci-

da. Muchas de las costumbres navideñas tienen un origen no cristiano y fueron adaptadas y reformadas a partir de las celebraciones del solsticio de invierno», *The Wordsworth Encyclopaedia*).

† La Navidad como patología supuestamente curativa. Charles Dickens, Frank Capra, etcétera. Tal vez la Navidad no sea un virus. Tal vez la Navidad sea una droga. Alto poder adictivo. Histeria colectiva. No se puede parar, casi imposible desengancharse. Un compuesto químico que obliga a sonreír a todo el mundo, a abrazarse y a convencerse de que la felicidad es un invento posible. Así, la invención de la Navidad (y su secuela inmediata: el Año Nuevo, y su coda infantiloide: Reyes Magos) equivale a la invención de la felicidad. O a la felicidad de la invención.

† Charles Dickens (escritor para el que los pobres, y no los ricos, son los diferentes) era el escritor favorito de Fitzgerald cuando era niño. Dickens fue y es, también, uno de sus escritores favoritos y *David Copperfield* la primera novela en la que él, pasmado, descubrió que el escritor *también* puede ser el personaje, el héroe.

† «Mi padre no era un buen tipo», se arriesgó a susurrar una de las hijas de Charles Dickens, una vez concluidos los fastos del entierro del escritor en Poets Corner, Westminster Abbey.

† Los padres de Fitzgerald fueron buenos tipos. Se preocupaban por él y no les inquietaba demasiado que fuese por allí diciendo cosas como «quiero ser uno de los más grandes escritores que jamás hayan vivido». Fitzgerald no era un niño popular. Era de-

masiado delicado. Parecía un muñeco de ojos claros. Su madre le organizaba cumpleaños a los que nunca acudía nadie. Algo parecido le pasó a él con sus padres, con sus cumpleaños y con los cumpleaños de los demás: nunca venía nadie, nunca iba a ninguno. No es que él no fuese popular entre sus compañeros; es que sus padres –aunque famosos y célebres, tal vez por eso además de las historias que se podía leer sobre ellos en revistas– no eran populares entre los otros padres.

† ¿Fueron sus padres «buenos tipos» a pesar de todo? Teniendo en cuenta –siendo ateos en automática reacción al catolicismo de sus propios padres– la importancia y el entusiasmo que ponían para, en sus palabras, «repaganizar» las fiestas con grandes festejos y bailes donde no faltaban las drogas de moda (él recuerda una Nochebuena en que, junto a Penélope, con los pies ampollados por zapatos nuevos, se la pasan siguiendo a sus padres y amigos empeñados en celebrarlo *todo* en las calles y yendo de bar en bar), ¿no hubiese sido mejor que, al menos, en nombre de sus hijos, escogiesen cualquier otro día que no fuese el de la Nochebuena para hacer lo que hicieron?

Qué importa ahora.

Una cosa sí está clara: el poder residual –así como los daños secundarios que sigue produciendo *Tender Is the Night*– continúa siendo considerable. No hace mucho, se la llevó con él una noche a un consultorio de urgencias, sintiéndose que se moría. Y sólo hojearla, mientras esperaba análisis y diagnóstico, le produjo la idea para un cuento decididamente fitzgeraldiano y autobiográfico.

En él, un niño hijo de padres divorciados espera el veredicto que determinará con cuál de ellos pasará ese año Nochebuena y con cuál Navidad. Son los días previos a las fiestas y, sin saberlo, el niño es fotografiado por un periodista en el momento en que, en la calle, un hombre disfrazado de Santa Claus le entrega un globo. El niño –que ya sabe que Santa Claus no existe y que ni siquiera es sus padres: es sus abuelos– lo acepta con gesto resignado. Entonces, breve elipsis y vemos y leemos al padre y a la madre, viendo y leyendo esa foto, en camas separadas y en casas diferentes, con otra mujer y otro hombre. El epígrafe dice algo así como: «La felicidad de un niño dice más que mil palabras».

Y nada más que decir.

† ¿Qué pasó con él y con Penélope luego de que sus padres fuesen arrasados por los vientos de la Historia?

Poco y nada.

Tíos y abuelos. Y, muy especialmente, ese tío con ojos caleidoscópicos y soñadores. En su libro, sin embargo, él optará por una solución navideña y dickensiana y capriana: la entrada de un personaje mágico, mitad fitzgeraldiano, mitad dickensiano. En primera persona poco confiable (Nick Carraway) o en más o menos implacable tercera persona.

Eames «Chip» Chippendale (su apellido mobiliario/nobiliario como guiño cómplice para sí mismo: Chip como algo sólido y elegante entre tanto espécimen IKEA).

Chip es dueño de una librería y alguna vez amigo cercano de Sara y Gerald Murphy, quienes –explica– se preocuparon por dejar legado (y nombrarlo a él tutor) para los hijos de esa pareja que conocieron hace tiempo y con la que se fotografiaron.

Chip –quien lo educa como a un hijo propio y lo convierte en escritor y soporta con estoicismo y gracia la progresiva locura de Penélope– le explica, con el tiempo, que Sara y Gerald Murphy comprendieron de inmediato que «tus padres no iban a terminar bien. Conocían la sintomatología luego de años de tratar a los Fitzgerald. Y tenían claro que iban a quedar pequeños náufragos de ese gran naufragio. Así que tomaron medidas».

† Lo que no impide, claro, la transmisión de ciertas bacterias invulnerables. Pero, piensa él, ¿no es un poco *demasiado* el comparar la locura de Zelda con la de Penélope y el acusarlo a él –como se acusó, exageradamente y sin demasiado fundamento, a Fitzgerald de haber mordisqueado a escondidas los diarios de su esposa en busca de material útil para sus cuentos y novelas– de haberse nutrido de las experiencias de Penélope junto a su familia política, subiéndoles el volumen a 11, para alimentar uno de sus libros?

¿Sí?

¿No?

¿Ni?

† Una cosa está clara: luego de varias idas y vueltas entre la razón y la sinrazón, Penélope se vuelve loca sin retorno. Se vuelve loca como Zelda. Entra y sale de sanatorios como quien planea cuidadosamente viajes de placer a sitios que no conoce y de los que nunca ha oído hablar. Pero imaginando, siempre, que alguien le ha dicho que es un sitio que vale la pena conocer.

Y que allí será feliz.

Por un tiempo.

† Y lo que hace y lo que hizo Penélope es algo tan terrible que él sólo se atreve a pensar en ello muy de tanto en tanto (no puede ponerlo por escrito; y es aquí cuando comprende que todo el proyecto de su libro comienza a venirse abajo, que es insostenible, que comienza a disiparse, como suele ocurrir con la difusa materia de las buenas ideas, tan parecida a la de los sueños) para así decirse: «Ya está: ya no tendré que volver a pensarlo por un tiempo».

Y cada vez lo consigue más y más y ese logro, comprende, lo ha ido convirtiendo en un ser menos y menos admirable.

El truco es pensar en lo sucedido poniéndolo en contextos

ajenos, como cosas que le han pasado a otros, como cuentos escritos por otros, como luces por las que guiarse pero nunca responsabilizarse.

† «¿Quién no sentiría placer portando lámparas auxiliadoras a través de la oscuridad?», Francis Scott Fitzgerald, *Tender Is the Night.*

† El valor literario de la obra de Zelda Fitzgerald es más bien relativo pero tiene ese perfume enaltecedor de la locura y la inflamable voluntad, avivada por más de una feminista, que ha querido ver en ella al perfecto símbolo de mujer genial cuyas alas fueron cortadas por los cuchillos fálicos de hombres inseguros.

Sus cuentos –algunos apreciables– son, sí, fitzgeraldianos y hasta fueron publicados en ocasiones con la firma de Fitzgerald para conseguir mejor paga. Y su novela *Save Me the Waltz* (1934) puede leerse como una especie de hermana fantasma de *Tender Is the Night* con momentos que recuerdan –como transcurriendo en una casa de muñecas en trance– tanto al cine de Wes Anderson como al de Paul Thomas Anderson.

Save Me the Waltz es, claro, un libro que da un poco de miedo. Pero también es un libro muy *simpático*, siempre y cuando no se vaya a vivir con uno luego de que el baile ha terminado.

Save Me the Waltz es un libro de y como Zelda Fitzgerald.

Save Me the Waltz –para desesperación y pasmo del cada vez más lento y pausado Fitzgerald, escrito en apenas tres semanas– es un libro de alguien convencida de que las flores le hablan y que pasa más de nueve horas frente a un espejo intentando un desesperado *pas de une* y parecerse lo más posible a una bailarina de ballet pero resultando en una especie de prima lejana de la primera esposa de Edward Fairfax Rochester y amiga íntima de Miss Havisham.

Y, de acuerdo, el delirio de Penélope huyendo de Monte

Karma *sí* se parece bastante a los delirios desérticos y africanos de Zelda, creyéndose que está perdida en sabanas salvajes, vagando como una exploradora sin brújula, y redactando cartas en las que se lee: «Dear: dear dear dear dear dear dear dear dear...» y así por páginas y páginas.

Y él aprovecha la locura de Zelda y le inventa una nouvelle, «Wuthering Heights Revisited», recientemente descubierta entre esos papeles depositados en universidades norteamericanas donde siempre se descubre algo cuya existencia se desconocía; donde los muertos parecen seguir escribiendo sus cosas, como si no supiesen, o no les hubiesen avisado, que están muertos; que ya no hace falta que sigan contando historias, que sus historias ahora las contarán los vivos.

† «Wuthering Heights Revisited» cuenta la historia de una hermosa y romántica joven quien, obsesionada por las novelas góticas, se casa con un rico pero bohemio heredero quien ha llegado a Europa para triunfar como artista. El marido enferma gravemente y ambos regresan a la casa de su familia, al otro lado del océano. Allí, la joven sufre y, descubriendo que está embarazada, huye sin decir nada a sus parientes políticos por temor a que no la dejen partir y le reclamen a su hijo, al heredero. La joven, sin casa, vive con su hermano. El hijo nace y la joven madre, sintiéndose enloquecer, descubre que el niño no sólo nunca la querrá sino que, además, con los años, quiere más y más a su hermano. Una noche, la joven se lleva de paseo a su hijo por una playa que conduce a un bosque. Y la joven vuelve sola y sonriendo. Y dice que no sabe qué pasó, que no se acuerda de nada, que fue «poseída por el más feo de todos los Espíritus Feos» y, cuando le preguntan por el niño, ella canta y canta y no deja de cantar.

«Dear: dear dear dear...»

† Largo proceso de deterioro. Más largo todavía. Suficiente.

† Después, enseguida, la inabarcable e inasible lista de momentos incómodos y desagradables protagonizados por Fitzgerald o que Fitzgerald invita a coprotagonizar a otros. Alcanza y sobra con ver a Fitzgerald hacer de las suyas. Ejemplo: Fitzgerald llegando borracho a una fiesta donde está su hija adolescente, que no hace nada por ayudarlo. Días después, uno de sus amigos que estuvo allí le reprocha a Scottie cómo es que no auxilió a su padre. Scottie dice que no entiende a qué se refiere. «No pasó nada», le dice. Su amigo le pregunta si ella está intentando ser fuerte negando lo sucedido: el hecho de que «tu padre estaba tan borracho y tan desamparado y tú te comportaste como si él no estuviese allí... Los hijos deberían preocuparse más por los padres, Scottie». A lo que Scottie responde: «¿No te das cuenta de que si me permitiese preocuparme ya no podría soportarlo?».

† «En mi próxima encarnación, es posible que escoja no ser la hija de un Autor Famoso. La paga es buena y los beneficios no están mal, pero las condiciones de trabajo son muy arriesgadas», Frances «Scottie» Fitzgerald en el prólogo a *Letters to his Daughter* (1965), de Francis Scott Fitzgerald.

† Una noche, él descubre en internet una vieja grabación de Fitzgerald recitando la oda «To a Nightingale» de John Keats. La voz triste y crocante, la casi infantil solemnidad de Fitzgerald, como actuando para padres y compañeros en un acto escolar de fin de curso intentando convencerlos y convencerse de que es un alumno aplicado: «My heart aches, and a drowsy numbness pains / My sense, as though of hemlock I had drunk» y «Was it a vision, or a waking dream? / Fled is that music: –Do I wake or sleep?».

Buena pregunta.

† De una carta de Francis Scott Fitzgerald a su hija Frances «Scottina» Fitzgerald, diciembre de 1940:

«Pero los locos son siempre meros huéspedes, eternos extranjeros llevando de un lado a otro decálogos rotos que no pueden leer».

† En una carta de Gerald Murphy a Francis Scott Fitzgerald, fechada el 31 de diciembre de 1935, se concluye, más con la voz de Dick Diver que la de Gerald Murphy:

«Ahora sé que lo que dijiste en *Tender Is the Night* es verdad. Sólo la parte inventada de nuestra vida, la parte irreal, ha tenido alguna estructura y belleza». Y, sí, eso él ya lo había anotado antes, pero lo vuelve a anotar aquí. Una y otra y alguna vez más. Biji multiplicado pero perfecto para convidar: como canapés, como figuritas repetidas, como esas bolsitas con golosinas que se llevaba al final de los cumpleaños de su infancia. Pero la frase siguiente, aún más desgarradora, sólo será incluida una vez, aquí, ahora: «Luego la vida en sí misma da un paso al frente y golpea, hiere y destroza. En mi corazón, siempre temí ese momento en que nuestra juventud e inventiva serían atacadas en su único punto débil: los hijos, su crecimiento, su salud, su futuro». Los hijos, los hijos. Los hijos como pararrayos y cable a tierra. Y los hijos, también, como rayos imparables y estrangulantes. Los hijos que, como se dice al final de esa novela que tanto le había impresionado (*London Fields*, de Martin Amis, leída justo antes de la salida de su primer libro, ese momento en que todos los mejores libros parecen poseer una trascendencia intransferible y personal) se buscan aunque nunca se los haya tenido y a ver a cuántos se encuentran. Los hijos como las personas a las que esperaste conocer durante toda tu vida. Los hijos como las personas a las que no esperaste desconocer todo tu vida. Los hijos como las personas a las que esperaste toda tu vida para que te reconozcan. Los hijos que se crían como un acto de amor verdadero y un acto de imaginación cierta: los hijos como esos personajes que (aunque Vladimir Nabokov despreciara semejante idea) se nos escapan. Los hijos como las frágiles partes inventadas siempre listas para atacar y siempre expuestas al ataque de partes reales nunca vistas con claridad hasta que ya es demasiado tarde. Los hijos que –contrario a lo que piensan muchos, en especial aquellos que nunca tienen o tendrán hijos, puede imaginarlo y puede imaginar que lo siente, para eso es escritor, para no ser él y ser otro si lo necesita– no te enternecen o te convierten en alguien más sensible, sino que te ascienden o te degradan a la violenta altura de feroces máquinas de matar, de matar por los hijos y para los hijos, siempre listas para el ataque, mostrando dientes y uñas, *paternal* o *maternal* como sinónimos de *mortal*. Los hijos como la coartada perfecta para ser un asesino o un suicida o un asesinado por los hijos. Los hijos que –si hay justicia, si todo sale bien– acaban reescribiéndonos sin darnos posibilidad de corregirlos o de derecho a réplica porque ya nos acabamos, ya nos fuimos, ya no estamos para ponerles los puntos sobre las íes sobre una historia que, aunque sea la nuestra, ya es la de ellos.

En las notas y entrevistas de Calvin Tomkins para su profile de la pareja en *The New Yorker*, Gerald Murphy profundiza en la cuestión: «Conversando con Scott una vez le dije que sólo la parte inventada de la vida me resultaba satisfactoria, la parte no real. Las cosas que te sucedieron –las enfermedades, las muertes, Zelda en el sanatorio, la muerte de mis hijos– son reales, y por lo tanto no puedes hacer nada al respecto. Entonces Scott me preguntó si yo no las aceptaba como tales, y yo le respondí que por supuesto las aceptaba, pero que en realidad no sentía que fuesen en verdad la parte más importante... La parte *inventada* es para mí lo que tiene verdadero significado».

† Su infancia recuperada a través no de recuerdos personales sino de objetos y lugares personales que se recuerdan, de rein-

ventadas partes reales: las diferentes casas y las muchas mudanzas (alguna vez él marca sus posiciones con tachuelas en un mapa de la ciudad esperando alumbrar así una figura cabalística, pero nada, nada), las golosinas ya antiguas y el revolucionario advenimiento del chocolate Toblerone, la ropa de los pequeños (que todavía, por entonces, era como la ropa de los grandes, sólo que pequeña), los billetes que cambian mucho de nombre y envejecen tan rápido, el asco a la nata formándose en la superficie de la leche caliente, la vitamina C, el rito de ir a que te corten el pelo, los álbumes de cromos y las figuritas metálicas y los primeros tatuajes autoadhesivos, los aparatos de ortodoncia, los automóviles tan grandes y tan antiguos (más antiguos que los por entonces automóviles antiguos), la revolución personal y psicótica de una calle peatonal, el dar vuelta los LP, los rayones en los LP, un LP doble con una portada blanca (que sus padres se reparten a mitades en sus separaciones y que él sólo escuchará por completo y seguido cuando se lo compre años más tarde), un museo con esqueletos de dinosaurios, un planetario terrestre con paradojal arquitectura extraterrestre, las casas de los amigos de sus padres, los hijos de los amigos de sus padres, los amigos del colegio que no eran hijos de amigos de sus padres (y que sólo querían tener padres como los suyos sin saber bien de qué se trataba, sin conocer la letra pequeña y las cláusulas del contrato), algunos parques y algunas plazas, los pósters psicodélicos de grupos de rock, Holiday On Ice, las inmensas salas de cine siempre llenas y de varios pisos (que, seguro, de poder volver y a diferencia con lo que ocurre con la mayoría de los espacios del ayer, como aquella que sólo estrenaba películas de los Walt Disney Studios, le seguirían pareciendo enormes), un sueño recurrente con deshollinadores que lo persiguen por los tejados de una ciudad antigua (¿producto de la exposición a *Mary Poppins*?), las revistas infantiles y el rito de paso, una enciclopedia sobre mitología grecorromana que no llega a completar (le falta, para siempre, el fascículo fundamental donde se narra la guerra entre titanes y dioses), *Lawrence of Arabia* y *Les aventuriers* y *Melody*, el tonel lleno de maníes en un bar de moda, las galerías clásicas con techos pintados con pinturas circulares y con cúpulas con eco (y las galerías hippies de techos bajos, donde se acumula el nebuloso olor del patchouli), los pocos canales de televisión donde los sábados se proyectan películas de todos los géneros y durante las semanas series como *El Zorro*, un triciclo rojo y una bicicleta verde (que, piensa él, de poder alcanzar una gran velocidad le permitiría retroceder en el tiempo y cambiar y corregir tantas cosas), *Drácula* y *Martin Eden* y *David Copperfield* y las librerías siempre abiertas, las estaciones que entonces están bien delimitadas y que empiezan y terminan cuando tienen que terminar y empezar (en invierno nunca hace calor y en verano nunca hace frío), una playa urbana de nombre afrancesado y a la que se empeñan en llevarlo sus padres y sus amigos (que se comportan allí como en una versión adulta de *Lord of the Flies*) y a cuyas orillas fangosas van a dar las aguas fecales de toda la ciudad, el derribo de su colegio, las ruinas de su colegio donde juega y se cae y se lastima (y esas costras tan rascables y desprendibles y masticables que crecen sobre las heridas), las quemaduras de sol y esas cremas pesadas y blancas, la gelatina y el fijador para el cabello, las lapiceras y las manchas de tinta y el papel secante y los lápices y las gomas de borrar que agujereaban las páginas de los cuadernos (de tapa dura y de tapa blanda) y los manuales nuevos (y el mirar sus dibujos) y los maletines (no ha llegado aún la Era de las Mochilas), la terrible angustia del domingo por la noche, sus padres, sus abuelos que le dicen que sus padres se han ido de viaje y que ya no van a volver, los regalos sin abrir de esa Navidad.

Ho Ho Ho.

† Y los muertos llaman a los muertos. Los muertos que suben y bajan por las chimeneas. Los muertos que son fértiles y por eso se plantan en la tierra o se esparcen sus cenizas en el aire para que el viento las reparta sobre campos y cultivos.

† Francis Scott Fitzgerald muere el 21 de diciembre de 1940 en Hollywood, luego de haber sido humillado por productores y de haberse humillado ante productores en demasiados domingos locos (la gente de cine intercambia anécdotas de Fitzgerald como si se tratase del relato de proezas invertidas en las que el atleta nunca gana salvo cuando se trata de romper el récord de vaciar botellas o de caerse siempre antes de alcanzar su meta) y de fracasar en la escritura de varios proyectos para el cine, incluyendo una adaptación de *Tender Is the Night*. La versión cinematográfica con la que fantasea Fitzgerald tiene un final feliz: Dick –neurocirujano además de psicoanalista– salva a Nicole en la mesa de operaciones. Las opciones de actores que se manejan para Dick van de Fredric March a Douglas Fairbanks, Jr. Para el rol de Nicole se menciona a Katharine Hepburn y a Dolores del Río. Pero la cosa no funciona –Fitzgerald tampoco– y más tarde el encargo llega a manos de otro escritor alcohólico volátil y temido por sus amistades y conocidos: Malcolm Lowry, quien también resulta, en sus palabras, «poseído» por el libro. Leyendo su guión frustrado e imposible de filmar pero tan intenso de leer (editado por una universidad norteamericana), él contempla a Dick Diver sufrir una nueva y última transformación y convertirse en el cónsul Geoffrey Firmin de *Under the Volcano*.

Cuenta su compañera Sheila Graham –periodista del mundo del espectáculo y quien escribiría varios, tal vez demasiados, libros sobre sus años junto al escritor– que Fitzgerald estaba comiendo un chocolate y hojeando las páginas del *Princeton Alumni Weekly* cuando, de pronto, «se puso de pie como si hubiesen tirado de sus hilos» para enseguida caer y telón.

Él ha leído todas las biografías de Fitzgerald y la de Andrew Turnbull, de 1962, no es la mejor (su favorita es *Inverted Lives: F. Scott & Zelda Fitzgerald*, de James R. Mellow, 1984). Pero la de Turnbull tiene la ventaja sobre otras de quien fue amigo del escritor y asistió –junto a Sara y Gerald Murphy, a quienes Fitzgerald había escrito poco tiempo antes agradeciéndoles todo lo que habían hecho por él a lo largo de los años: «la única cosa humana que me sucedió en un mundo en el que me sentía prematuramente muerto y olvidado»– a su funeral y entierro.

Y Turnbull deja esta última imagen: «El ataúd estaba abierto y todas las líneas de la vida habían desaparecido del rostro de Fitzgerald. Ahora estaba suave, maquillado, casi bonito. Era más el rostro de un maniquí que el de un hombre. El traje que le habían puesto recordaba al de un escaparate. [...] Cerca del final, llegó una ráfaga de amigos de su hija, Scottie, yendo o viniendo de alguna fiesta. [...] El ataúd se cerró y nos fuimos bajo la lluvia, rumbo al cementerio».

Junto a la tumba, Dorothy Parker dice eso de «Pobre hijo de perra» y se indigna porque todos lo malinterpretan y nadie se da cuenta de que está citando la escena del entierro de Jay Gatsby. Y Dorothy Parker dice sentirse «enferma por lo que le hicieron a Scott: como ese director de cine que le gritó delante de todo el mundo "¿Pagarte? Eres tú quien tendría que pagarnos a nosotros por trabajar aquí". [...] ¿Qué es lo malo de Hollywood? La gente de Hollywood».

Y alguien menciona que, de camino al velorio, Nathanael West (a quien Fitzgerald había obsequiado generoso blurb para su *The Day of the Locust*, novela que puede leerse y admirarse como los bajos fondos de *The Romance of the Last Tycoon* y poblada por el tipo de gente con la que, seguro, se junta la pasiva-agresiva Kathleen Moore cuando no está hechizando al condenado Monroe Stahr) se mata en un accidente automovilístico. Nathanael West era daltónico y confundió la luz roja de un semáforo con la luz verde. Días atrás, los dos escritores habían cenado juntos y escuchado a alguien cantar «The Last Day I Saw Paris».

Y alguien oye al ministro protestante encargado del servicio decir que «el único motivo por el que accedí a todo esto fue sólo para ver cómo metían su cuerpo bajo tierra: Fitzgerald fue un bueno para nada, un borracho, y el mundo es un sitio mucho mejor sin él».

Entre las últimas notas de Fitzgerald para la inconclusa *The Love of the Last Tycoon* está eso de «No hay segundos actos en las vidas norteamericanas» y lo de «No despiertes a los fantasmas». Y están todos esos bijis sueltos, corriendo por libretas, póstumamente ordenados en *The Notebooks of F. Scott Fitzgerald.* Allí, líneas sueltas como anzuelos, como peces dorados confundiéndose con el fango de las profundidades, brillando como relámpagos: «Jamás hubo una biografía de un buen novelista. Si es bueno, un novelista es demasiadas personas», o «Dentro de su cabeza, una idea corría sin rumbo fijo como un ciego llevándose por delante los muebles», o «Lived in story», «*Tender*: mayor motivo aún para planificación *emocional*», «De aquí en más y por un buen tiempo, soy el último de los novelistas».

Todos los obituarios coincidieron que con Fitzgerald, con su muerte, toda una época llegaba definitivamente a su THE END y música y créditos de cierre.

† Zelda Sayre Fitzgerald muere el 10 de marzo de 1948. La mujer que nunca se sintió todo lo reconocida que se merecía es uno de los cuerpos que el fuego deja irreconocibles luego de un incendio en el Highland Mental Hospital en Asheville, North Carolina. Consiguen identificar sus restos a partir de una zapatilla de baile. Poco antes de morir, Zelda había leído la inconclusa *The Love of the Last Tycoon* y le escribió a su editor, Edmund Wilson, contándole que el leerla «me ha devuelto las ganas de vivir».

† Ernest Hemingway muere el 2 de julio de 1961. Una de las últimas cosas en las que estaba trabajando y que ya no podía terminar era una novela titulada *The Garden of Eden* (para él, de lejos y por mucho lo mejor que jamás escribió Hemingway) y que, por momentos, suena al perverso modernismo de

escritores como Ford Madox Ford y Jean Rhys; recuerda a ciertos thrillers psicologistas que más tarde firmaría Patricia Highsmith; y puede leerse, también, como una suerte de espejo de *Tender Is the Night*, última novela publicada en vida por su benefactor y amigo y rival y fantasma a despreciar –pero no por eso menos atemorizante hasta el fin– Francis Scott Fitzgerald. Fantasma que ha vuelto y que ahora goza de un respeto crítico y popularidad entre los lectores como jamás conoció en vida y que comienza a eclipsar al de Hemingway, quien ahora es una especie de autoparodia marca Papa. Scott brilla más muerto que él vivo. Scott, redescubierto, desenterrado, resucitado, escribe mejor de lo que Papa jamás escribió.

En el párrafo que cierra la versión muy editada (muy bien editada) y publicada póstumamente en 1986 de *The Garden of Eden*, Hemingway describe un paraíso recuperado en la ficción pero perdido para siempre en la realidad. Ese paraíso al que Hemingway intenta volver a entrar ahora, golpeando las puertas, rogándolo de rodillas, piedad, piedad:

«David escribió bien y sin pausas y las frases que había hecho antes acudieron a él enteras y completas y las escribió, corrigió y recortó como si estuviera repasando una galerada. No faltaba ni una frase y muchas las escribió tal como iba evocándolas, sin cambiarlas. Hacia las dos de la tarde, había recobrado, corregido y mejorado lo que con anterioridad le había costado cinco días de trabajo. Continuó escribiendo un rato más, sin ningún indicio de que nada de lo que faltaba dejase ahora de volver intacto a la memoria».

Muy lejos de allí –del pasado, de Europa, de África, de todo eso– Hemingway sabe entonces que lo único que le quedaba en la vida era el infierno de sucesivos manuscritos sin final. Pronto, sospecha sin necesidad de confirmarlo, ni siquiera podría escribir inicios. Empieza a desconfiar de aquellos que lo rodean, asegura que el FBI va a por él (y parece que era verdad), intenta suicidarse varias veces, recibe terapia de electroshocks y comprende que el cazador ahora es la presa. Hemingway es una leyenda viva para todos y muerta para sí mismo. Las últimas fotos lo muestran caminando por los bosques nevados de Ketchum; pateando latas o sonriendo a cámara con ojos huecos y una sonrisa enorme y amplia y llena de dientes que se olvidaron de cómo morder. Un funcionario de la Casa Blanca le pide a Hemingway una frase para un volumen conmemorativo que será entregado al recién investido presidente Kennedy. No se le ocurre nada, no puede escribir ni una palabra. «Ya no quiere salir, nunca más», le dice llorando a su esposa.

Hemingway asume que ya no es un guerrero victorioso; ni siquiera un pescador vencido; mucho menos un joven escritor con la «memoria intacta» y feliz de recuperar su don y su misión en la vida.

Hemingway se sabe, apenas, un elefante cansado de agonizar.

Hemingway asimila por completo el alguna vez incipiente conocimiento de la soledad.

En la madrugada de domingo del más peligroso de sus veranos se le ocurre una última gran idea para un último breve cuento. Una ficción súbita, un microrrelato.

Hemingway baja a su estudio y la escribe de un tirón, de un tiro: «El viejo y el rifle».

† Gerald Murphy muere el 17 de octubre de 1964. Tiempo antes, en 1962, va solo –Sara Murphy se niega a acompañarlo– a ver la versión fílmica de *Tender Is the Night*. Es un viernes por la tarde y Gerald Murphy entra a una sala completamente vacía en Nyack, cerca de donde viven ahora. Se da cuenta enseguida de que es una mala película. Los años veinte aparecen mostrados como una serie de dioramas del Museo de Historia Natural. Dirigida por Henry King (resulta ser su último film) y guión de Ivan Moffat, script doctor de prestigio quien viene de París de estar con sus amigos Jean-Paul Sartre y Simone de Beauvoir. En la película, Nick tiene la cara de Jason Robards y Sara la de Jennifer Jones. «Experimenté una sensación de lo más extraordina-

ria. La de no sentir ninguna emoción ante lo que estaba viendo», recordó después Gerald Murphy.

Al salir del cine estaba nevando y tuvo que ponerles las cadenas a las ruedas de su automóvil y, conduciendo de regreso a casa, Gerald Murphy sintió que el recuerdo de Fitzgerald volvía a él con una claridad perfecta, como si lo estuviese viviendo todo de nuevo. En ese instante. Gerald Murphy se recordó diciéndole a Fitzgerald que había leído *Tender Is the Night* y, «sin hacer mención a lo que pensaba Sara del libro», felicitándolo por lo buenas que eran algunas partes de la novela. A lo que Fitzgerald, tomando un ejemplar del libro y «con esa mirada entre graciosa y lejana que tenía, me dijo: "Sí, tiene magia. Tiene magia"».

Meses después, el cáncer de Gerald Murphy se agrava y ya no hay nada que hacer. Sus últimas palabras, segundos antes de morir, son las palabras de alguien que fue un caballero hasta el último segundo de su vida: «Smelling salts for the ladies».

Y que siga sonando la música.

† Sara Murphy muere el 9 de octubre de 1975 cantando –como la más feliz y realizada de las Miss Havisham– la marcha nupcial de Richard Wagner en *Lohengrin*, la marcha que habían tocado para ella y Gerald sesenta años atrás. «Here comes the bride... Here comes the bride...», canta con esa voz de niña que se les pone a algunas ancianas.

Allá se va la novia.

† Sus padres, cuyo día de la semana de nacimiento nunca supo y cuyo día y mes de fallecimiento es un misterio cuya solución no revelaría nada sobre ellos. La vida de sus padres que es devorada por la vida de los Murphy y de los Fitzgerald.

Su libro –el libro que no va a escribir y que no los comprende ni comprehende, lo comprende él, bote contra la corriente, orgásmico y orgiástico, *orgastic past, into the past*– tampoco.

† En 1998, la Modern Library ubicó *Tender Is the Night* en la posición número veintiocho entre las cien mejores novelas en inglés del siglo XX. *The Great Gatsby* es la segunda, luego de *Ulysses* de James Joyce.

¿Ha leído él todas esas novelas? ¿Esas apenas cien novelas?

Busca y encuentra en internet y –memo para la chica del principio– descubre que *sí* ha leído noventa y tres de las cien allí mencionadas.

Se dice que algo es algo.

Después piensa en que falta cada vez menos para Navidad.

† En la dedicatoria de Francis Scott Fitzgerald en *Tender Is the Night* puede leerse, bajo el agua y aguantando la respiración, sin llegar a ahogarse pero sintiendo cómo es eso de ahogarse, como el suspiro de un último biji, al caer la tarde y ponerse en pie la noche, suavemente:

TO

GERALD AND SARA

MANY FÊTES

† Magia.

LA VIDA SIN NOSOTROS, o APUNTES PARA UNA BREVE HISTORIA DEL ROCK PROGRESIVO Y DE LA CIENCIA-FICCIÓN

«Tan tan tan ta-tatán ta-tatán tan...» Comprende que está en graves problemas cuando, al escuchar un sonido extraño en su casa y no poder ubicar de dónde surge (*surge*, ah, qué verbo tan *sónico*), finalmente descubre que ese sonido sale de su propia boca. De entre dientes apretados. Y que no es otra cosa que su voz cantando por lo bajo, grave, marcial, el ominoso e inmediatamente pegadizo e inolvidable motivo musical con el que se marcan las entradas y salidas de escena del oscuro y asmático y uniformado y reconstruido Darth Vader en las películas de la saga *Star Wars*.

Así que en eso estaba él, avanzando por una casa que ahora le queda demasiado grande. Y se mueve por sus pasillos y habitaciones sospechando que, tras ellos y bajo ellas, hay más pasillos y más recintos. No como en la más imperial y opresora de las naves espaciales sino más cerca de esas mansiones de película victoriana que muestran a mayordomos y sirvientas apareciendo de pronto, como fantasmas vivos y obedientes a los que se ha convocado gracias a una red de campanillas y timbres, brotando de puertas disimuladas en las paredes por el empapelado y la pintura y las telas y tapices a las que se accede entrando en armarios sin fondo desembocando en escaleras que conducen a las profundidades. Así, Darth Vader ha retrocedido en el tiempo y camina, imponente, por un escenario de falsa campiña inglesa sin entender cómo es que ha ido a dar ahí desde su galaxia muy pero muy lejana.

«¿Qué año es?», se pregunta él.

«¿Qué importa?», se contesta.

Desde hace un par de meses –desde que su mujer se marchó

de allí y, con ella, el pequeño hijo de ambos– él vive en la animación casi suspendida del minuto a minuto. Cuesta más, pero duele menos.

Ella no vuelve, su hijo sí vuelve los fines de semana. Nada se pierde, todo se transforma.

Ella, por las dudas, primero fue un nombre ajeno que él hizo propio; luego fue «el amor de su vida» (aunque el amor de su vida ya había sido otro; así que ella, para ser precisos, había sido «el amor de su otra vida», de la vida y del amor que vino después); y ahora es, simplemente, «la madre de su hijo».

Él ha sido Tommy (cuando ella lo amaba), Tomás (cuando ella dejó de amarlo), Tom para sus amigos (cuando era joven y tenía todo el futuro por delante).

Así que ahora, desde que vive a solas, él prefiere pensar en sí mismo como Tom. Un nombre percusivo. Un nombre como un golpe, pero un golpe afectuoso; como ese golpe que se da a alguien, de frente, y con el puño cerrado pero suave, un poco por debajo del hombro izquierdo y a la altura del corazón. Un golpe y un nombre que es como un saludo. Y que, le gusta pensar, se corresponde con el nuevo nombre de su hijo. No el nombre que le pusieron (y que fue resultado de arduas negociaciones entre parientes con aspiraciones dinásticas y proclives a la resurrección de nombres y hasta de apodos de antepasados como forma simple de la clonación y del que todo siga siempre igual) sino el nombre que su propio hijo eligió para cuando está con él, de viernes por la tarde a domingo por la noche y, como ahora y hoy, una Navidad (y un Año Nuevo) cada dos años.

Los fines de semana, a su hijo le gusta llamarse Fin, le anunció.

«¿Finn? –preguntó él–. ¿Como el nombre irlandés?»

«No, Fin –respondió su hijo, que empieza a escribir–. O tal vez End», agregó su hijo, que empieza a hablar inglés.

Y volver a empezar (funde el «Tan tan tan ta-tatán ta-tatán tan...» del paso de Darth Vader con el «Tan tan tan tan...» de la guitarra de David Gilmour) y hola de nuevo, Tom, el pasado viene a buscarte.

El pasado es un teléfono que suena como nunca sonó un teléfono de esos que, en el principio de su historia, sólo sonaba para informar de algo decisivo, histórico. Y, sí, con el tiempo serán muchos (aunque no tantos como, por ejemplo, los que fijaron en su memoria el contexto preciso y privado que rodeó a la muerte de John Fitzgerald Kennedy o a la muerte de John Lennon; esas ocasiones en que la Historia, con mayúsculas, se convierte en algo casi palpable, algo que casi respira y entra en pulmones y corazón y cerebro) los que recordarán con exactitud milimétrica qué estaban haciendo cuando se enteraron de la desintegración de ese escritor.

Tom estaba durmiendo cuando mataron a John Fitzgerald Kennedy (era un bebé casi recién nacido por entonces, y en lo que a él respecta Oswald actuó solo pero con numerosos apuntadores). Y también estaba durmiendo cuando mataron a John Lennon (aunque ya era un joven, y recuerda que lo primero que pensó a la mañana siguiente, al enterarse de todo, era que el ex Beatle había sido abatido al intentar robar un banco o había sido asesinado por Yoko Ono).

Pero Tom *sí* estaba bien despierto y con cincuenta años cubriéndolo como una manta muy pesada cuando el escritor que alguna vez había sido el mejor amigo de su infancia y adolescencia se esfumó en una tormenta de partículas y física cuántica y materia oscura. Y, sí, Tom se acordaba con precisión de qué estaba haciendo entonces. No sólo cuando supo del «accidente» –mejor y más detalladamente aún, en los noticieros de esa noche– sino durante el instante preciso en el que sucedió. Porque él acababa de terminar no de hablar por teléfono con el escritor * («Te llamo después de tanto tiempo porque tienes que saber dónde estoy y lo que estoy a punto de hacer, lo que ya estoy haciendo, lo que hice; porque ahora todos los tiempos son uno para mí. Ahora yo ya no tengo tiempo, soy atemporal», le había dicho su amigo desde tan lejos) sino de escucharlo hablar por teléfono; porque Tom no se atrevió a interrumpirlo, a decir nada. Tom se limitó a escuchar su voz alta y clara en el contestador automático durante un tiempo largo luego de que su hijo viniese a buscarlo al baño y le dijese: «Papi, el teléfono está haciendo un ruido raro».

Y después, enseguida, antes, ahora, él ya iba por ahí. Por los pasillos de su casa. Honrando la memoria metálica y jadeante de lord Sith Darth Vader, nacido Anakin Skywalker, padawan y representante del canciller Palpatine y futuro emperador del Imperio Galáctico, precoz y traicionero caballero jedi abducido por el lado oscuro de La Fuerza y todo eso pero, por encima de todo, el más que orgulloso desfilador de uno de los trajes más logradamente malvados en toda la historia del universo.

Y él, Tom Vader, llega hasta el teléfono y se arrodilla junto a él. Es un teléfono antiguo, de esos con dial, que la madre de su hijo le regaló (ya en tiempos en que todo regalo venía envuelto con una mezcla de afecto y burla) luego de escucharlo a él demasiadas veces enredado en diatribas contra los teléfonos móviles. * Teléfonos móviles que en realidad te inmovilizan y te encuentran estés donde estés. En estos tiempos, hablar por teléfono fijo, o que ese teléfono nos reclame desde un rincón del sitio en el que vivimos o trabajamos, ha adquirido una textura muy íntima, casi de actividad física explícita o de materia clasificada a desclasificar. Se ha perdido el placer despectivo de dejarlo sonar o la frustración lenta de no haber llegado a tiempo a levantar su tubo y jugar con el rizo de su cable. Se ha olvidado el que alguna vez se dijo por teléfono quieto sólo aquello que uno no se atrevía a poner por escrito, en mensajes breves o e-mails de tamaño variable. Dentro de muy poco (piensa él, preguntándose por qué piensa en esto, diciéndose que él no piensa así, preguntándose de quién son estos pensamientos que se le meten en la cabeza como una sobregrabación extraña) ya no quedará nadie vivo entre los antiguos que utilizan el teléfono sólo para comunicarse. Conversaciones breves y mensajes precisos y, de tanto en tanto, la rareza de pelearse por teléfono o el placer de –despacio y reflexionando cada uno de los dígitos, tentado de cortar antes de marcar el número por completo– pedir y recibir la ayuda de uno de esos fieles artefactos para invitar a su primera chica a salir.

Así que, signo de los tiempos y aunque él lo mire fijo cada vez que pasa a su lado, como desafiándolo, este teléfono suena poco y nada. Casi nadie tiene ese número. En realidad sólo la madre de su hijo lo tiene. Y la madre de su hijo nada más lo usa cuando hay problemas, cuando él va a tener problemas. De ahí que la madre de su hijo lo use bastante seguido últimamente. De ahí que Tom –«Muy gracioso», comentó ella la primera vez que volvió a verlo, al teléfono, bajo una campana de cristal, cuando fue a buscar a Fin– lo haya pintado de rojo y le anexara un modelo antiguo de contestador automático especialmente acondicionado para poder dejar mensajes ininterrumpidos en un viejo pero fiel cassette con capacidad para cuarenta y cinco minutos por lado. Allí, la madre de su hijo descarga reproches presentes y acusaciones inmemoriales por lo menos una vez a la semana. Y él la escucha, mientras cocina o mientras limpia todo lo bien que puede llegar a cocinar o a limpiar la casa, cada vez mejor, la verdad sea dicha. Todo esto –poniendo a prueba un nuevo desinfectante para baños o atreviéndose a una receta compleja– sin dejar de prestarle una atención extrema a los primeros cinco o diez minutos de diatriba telefónica de la madre de su hijo, queriendo convencerse de que esta vez conseguirá decodificar allí qué fue lo que sucedió y cómo es que se produce el fin del amor o de algo que creía ser amor. Sin embargo, superado un tiempo prudencial, la voz de su ex se convierte en otra cosa: en algo que él no oye pero que lo acompaña, como el susurro que hacen los árboles saludando con sus ramas a una tarde de otoño, un sonido paradójicamente relajante.

Pero ahora no es la voz de la madre de su hijo lo que se oye.

Lo que se oye es, sí, «un ruido raro». Algo que parece un mar tomando carrera, un crescendo de orquesta lanzándose a la obertura triunfal de la Sinfonía Tsunami, un tumulto disonante de cuerdas y vientos encimándose para ver quién llega primero a la orilla para acabar con todos los castillos de arena y todos los hoteles de cemento. Y, entonces, una voz, esa voz, la voz que él reconoce de inmediato aunque hayan pasado tantos años:

«Remember when you were young...», dice.

La voz en el teléfono (la voz que ahora oye y que casi puede mirar, como si fuese un jirón de humeante sábana de fantasma escapándose por las rendijas del contestador automático) es la voz de alguien a quien no ve desde hace mucho, desde el pasado milenio, desde otra vida que alguna vez fue la suya, pero ya no. Aunque, también, es la voz de alguien a quien no puede olvidar y al que ha recordado muchas veces a lo largo de los años, y hasta a quien ha podido corregir y envejecerle el rostro al ver fotos de su dueño aquí y allá. Hablando –para su sorpresa y algo de indignación– más de Bob Dylan y de Ray Davies que de Pink Floyd. El dueño de la voz es, para algunos, un escritor. Y para muchos –a medida de que se vaya comunicando y expandiendo la noticia de lo que acaba de sucederle– será, al menos por unas horas o unos días, El Escritor. Pero para él, para Tom, será siempre el hermano de Penélope. Y Penélope fue el primer amor de su vida que no pudo ser y que, por lo tanto (las leyes del amor desafían y vencen a las del tiempo y del espacio), sigue siéndolo y seguirá siéndolo. De ahí que ahora, bajo la voz del hermano de Penélope (que lo llamaba Major Tom, para molestarlo, pero dejaba de hacerlo cuando él la amenazaba con llamarla Penélope), él pueda oír el eco débil pero permanente de la voz de Penélope (que lo llamaba Tom-Tom, que era la única que lo llamaba así). Y que Tom haga un esfuerzo para oír mejor, para no perder detalle alguno mientras, desde la sala, le llega otra voz, la de un locutor profesional dentro de un televisor explicándoles a su hijo y a la humanidad entera que nuestras horas sobre este planeta están contadas. Y que, cada vez que volvemos a contarlas, esas horas son cada vez menos.

La vida sin nosotros es el programa de televisión favorito de Fin y lo emite el canal de televisión favorito de Fin: el History Channel. No es que Fin desprecie los dibujos animados y otros productos enfocados a gente de su edad. Pero Fin prefiere los documentales. Prefiere, le dijo una vez, «la parte real» a «la parte inventada». No hace mucho, Tom lo tentó con ir de viaje a DisneyWorld y, para su sorpresa primero y admiración después y enseguida orgullo de padre, la respuesta fue: «Papá: Disney en la tele y en el cine; pero Disney en la realidad, por favor, te lo pido, no quiero».

Y, entre las muchas formas y especies de la realidad, Fin parece preferir la realidad alternativa de *La vida sin nosotros* y sus variaciones sobre el aria de una catástrofe producida no por acción del ser humano sino por lo contrario: por su súbita falta de acciones, por su ausencia.

Lo que se cuenta y se muestra y se narra en *La vida sin nosotros* no es exactamente la parte real, pero tampoco es la parte inventada.

Lo que se cuenta y se muestra y se narra en *La vida sin nosotros* es la hipótesis de lo que le sucederá a nuestro planeta una vez que nosotros, de golpe y sin aviso, hayamos desaparecido sin dejar rastro ni cuerpo ni ruinas humeantes. Cuando Fin se lo explicó, él decidió ver, al menos, un episodio para comprobar que no se tratase de alguna forma subliminal de prédica de la escatología cristiana creacionista-fundamentalista, etcétera. Eso de súbitamente, *the rapture*, del arrebato: los justos y limpios ascendiendo a los cielos para «ser recibidos por las nubes» y «encontrar al Señor en las alturas». Pero no. Por suerte, todo muy darwiniano y serio y documentado y, sí, *realista*: testimonios apasionados pero racionales de ecologistas, ingenieros, geólogos, arqueólogos y climatólogos teorizando, en un crescendo de vértigo, sobre lo que sucederá con todo lo que dejamos atrás –animales y estructuras y paisajes– luego de que nosotros hayamos pasado para ya no volver. Y lo cierto es que la estructura y mecanismo de *La vida sin nosotros* tiene algo de adictivo produciendo en el espectador la necesidad de una dosis cada vez mayor de una droga llamada Ausencia. Porque en *La vida sin nosotros* la cosa es así: cada uno de los episodios –separados por diferentes temas/ítems como medios de transporte, rascacielos, monumentos históricos, arsenales militares, obras de arte y cuerpos momificados, entre muchos otros materiales y materias que, claro, no incluyen al amor, al amor sin nosotros, a Tom sin el amor que alguna vez tuvo y lo tuvo– explica lo que va sucediendo con todo lo que hemos dejado detrás un día después de nuestra partida.

Y luego dos y tres y diez días.

Y, más tarde, uno y cinco y veinte y cien y ciento cincuenta y doscientos y quinientos años.

Y así hasta alcanzar los mil y los diez mil y los dos millones de años.

Esta afición de Fin por lo apocalíptico más pasivo y agresivo (sumada a los dibujos que hizo en su escuela, cuando la maestra le pidió que retratara a su familia y en los que el niño sólo entregó los trazos casi blancos de una casa vacía); luego de otro dibujo, para Semana Santa (¿alguien puede explicarle a Tom qué hace su hijo en un colegio religioso?) donde se apreciaba a Jesucristo en la cruz pero, en lugar de INRI se leía OVNI, llevó, de inmediato, a consultas con pediatras y psicólogos. El diagnóstico especializado (que a él, tratándose de su hijo tan especial y único, le pareció de una simpleza y vulgaridad ofensivas) concluyó que «el pequeño, que además tiene esa particularidad que es la de ser un hijo tardío», estaba expresando «el deseo inconsciente de que, ante el fin del matrimonio de sus padres, absolutamente todo terminara». En una reunión de padres, él no dudó en proponer su teoría que, por supuesto, inquietó aún más a la maestra y arrancó a su ex esa mirada de ojos cerrados con fuerza. Está claro que sus argumentos en cuanto a la diferente percepción del futuro en los niños de hoy (porque ya viven en el futuro y no les interesa la fantasía clásica de cohetes o computadoras por lo que prefieren proyectarse mucho más lejos a la *terra incognita* de una nueva prehistoria, explicó) fueron tan cautamente recibidos como prontamente descartados mientras, podía sentirlo, como si lo leyese subtitulado y a sus pies, la maestra pensaba: «Ahá… ahora *entiendo* qué es lo que le sucede al pequeño».

«A nosotros dos, a mi hijo y a mí, nos gusta mucho la ciencia-ficción», se excusó él mientras su ex intentó ayudarlo pero no lo suficiente; porque enseguida aclaró que fue él y no ella quien contrató para que cuidara a su hijo, entre los cuatro y cinco años, a «la chica esa tan pero tan fea que estudiaba antropología cósmica o algo así y que todo el tiempo se la pasaba hablando de encontrar pruebas irrefutables de vida inteligente en otros planetas y cosas por el estilo. Ya no trabaja más para nosotros, por supuesto».

Y la verdad que la chica (que se llamaba Hilda y, sí, era muy fea, pero de una fealdad tal que resultaba casi épica y noble; Hilda era la hija de un símbolo sexual nacional fallecido hacía años en un accidente automovilístico y de un padre sobreviviente que se había convertido en ese tipo de individuo que se presenta borracho en las fiestas de los adolescentes) le había caído muy bien a Tom. Y a Fin también. Y él sintió mucho despedirla. Y una vez, a través de una puerta entreabierta, los había escuchado conversar, a Hilda y a Fin. Sobre las nuevas teorías en cuanto a la edad del universo y su fecha de vencimiento, sobre las probabilidades de que alguna vez una familia de meteoros chocara contra la Tierra y nos borrase del mapa como a los dinosaurios. Y a Tom le gustaba *tanto* escuchar a su hijo hablar, cómo habla, utilizando inexplicables muletillas cuasidecimonónicas como «supongo yo», «más bien diría que», «ahora que lo mencionas», «acaso te refieres a» y «una cosilla:». Tom se pregunta de dónde sale todo eso. O de dónde vienen los personajes que Fin se inventa: Ratita (un roedor que ha amasado una fortuna en cocos) o Pésimo Malini, el peor mago del mundo que, mientras hace sus trucos, mientras hace desaparecer cosas, siempre le pide a su público que antes cierre los ojos y que no los abra sino hasta que él se lo diga, entre cinco y diez minutos más tarde, como mínimo, luego de que ha escondido todo detrás del escenario.

Seguro, piensa Tom, que lo de Fin no puede tener que ver con su muy limitada exposición, ya se dijo, a los cartoons de moda. Tom vio algunos junto a Fin *–Bob Esponja*, *Phineas & Ferb*, *South Park*, *Los Simpson* y su favorito: *Monsters vs. Aliens*– * y le sorprendió la potencia alucinógena y su delirio zapping de referencias: estaba claro para Tom que sus jóvenes y multimillonarios creadores habían tenido juventudes marcadas por los muchos canales en sus televisores y las drogas de laboratorio y las guerras relámpago, del mismo modo que sus antecesores directos (La Pantera Rosa o El Coyote y el Correcaminos) habían fumado mucho en la no resolución circular de Vietnam, o sus padres (Mickey Mouse, Bugs Bunny, Tom & Jerry) habían sido buenos muchachos desembarcando en Omaha Beach y recibiendo vía paracaídas alcohol y cigarrillos. Y Tom otra vez se descubre pensando como nunca pensó que pensaría, como si otro pensara por él o le dictara qué pensar. Y se pregunta si a su hijo no le pasará lo mismo: si su hijo no será una especie de altoparlante de una civilización interplanetaria y... Ahora sí que piensa como él: porque la ciencia-ficción siempre fue lo suyo y, de un tiempo a esta parte, para la madre de su hijo, otra de las posibles malas influencias contaminando a Fin.

Y, OK, es posible que Fin no sea normal.

Pero no que sea peor. O que tenga problemas.

A veces, observándolo sin que Fin se dé cuenta, Tom tiene la inquietante y difícil de explicar sensación de que Fin *sabe-algo-que-él-no-sabe.* La experimentó no hace mucho, cuando salían juntos de un cine. Una película en que gigantescos robots eran diseñados por humanos para así poder hacer frente a monstruos surgidos de una grieta en el fondo del océano. O aquella otra que le hizo decir a Fin: «Papi, ¿cómo puede ser que la película en la que el capitán Kirk de la *Enterprise* es joven todo sea mucho más tecnológicamente avanzado que en la serie en la que el capitán Kirk ya es más grande?». Tom no estaba muy seguro de cuál de las dos películas. Pero sí de que él y Fin iban corriendo por la calle, bajando las escaleras del metro, trotando por el andén a una velocidad de la que él nunca se hubiera creído capaz de alcanzar y, con una insospechada gracia y eficiencia, saltaron dentro del vagón justo cuando la puerta se cerraba. Ya sentados y rumbo a casa (él tan satisfecho con su hazaña, memorizando día y hora y nombre de la estación, haciendo historia), no pudo evitar el decirse a sí mismo y en silencio, con un escalofrío, algo así como: «Probablemente ésta haya sido la última vez que mi cuerpo me permita hacer algo así». A lo que –como si pudiese oír claramente la frecuencia secreta de sus pensamientos– Fin, apretándole la mano, le dijo: «No lo creo».

O aquella otra vez cuando, mirando el escaparate de una librería, vieron un pequeño juguete de hojalata. Un juguete antiguo. De esos que funcionaban a cuerda e introduciéndoles una llave y haciéndola girar para que se muevan y caminen. La figura de un hombrecito con sombrero llevando una maleta. Fin lo miró por unos segundos y le dijo con una voz que parecía venir de muy lejos y como si –como cuando se dobla una película a otro idioma– no encajara del todo en el movimiento de sus labios: «Ese hombrecito es lo que tienes que poner en la portada de tu próximo libro. Es más: ese hombrecito *también* tiene que ser el protagonista de tu próximo libro». Sonriendo, Tom le aclaró que él no era escritor sino músico. A lo que Fin corrigió: «Eso es aquí, Papi; pero en otro de los muchos pliegues del espacio-tiempo eres escritor. Y eres muy feliz con mamá. Y mamá es muy feliz contigo. Y yo uso gafas. Y voy a un colegio sin curas ni monjas y donde todos hablan en francés, *oui, monsieur*». Así que, luego de semejante revelación, él –como hipnotizado– entró a la juguetería y lo compró. Y, de acuerdo, quedaría muy bien al frente de un libro y, sí, le recordaba mucho a las geniales y tentadoras portadas de esos libros de bolsillo que compraba a ciegas saliendo de su infancia, juzgándolos por sus tapas y encontrándolos siempre inocentes, tan atractivos como los diseños de Storm Thorgerson, y donde leyó por primera vez a H. P. Lovecraft y a Jorge Luis Borges y a Adolfo Bioy Casares y a otros raros cienciaficcionistas. Y se compró también una graciosa réplica del monolito de *2001: A Space Odyssey* que no era otra cosa que un pedazo rectangular de metal negro que se vendía con la burlona etiqueta de ACTION FIGURE: ZERO POINTS OF ARTICULATION! No sabe dónde fue a parar el monolito; pero al hombrecito de hojalata lo tiene, siempre, sobre el sintetizador de su estudio y dentro de su caja que, en contundentes mayúsculas, advierte: ATTENTION: THIS IS NOT A TOY / FOR ADULT COLLECTORS ONLY. Pero no importa lo que allí se diga: Tom se lo presta a Fin. Y Fin se duerme con el hombrecito de hojalata en su mano luego de, todas las noches que duerme en su casa, ver un episodio de *La vida sin nosotros* –cuyo título original es el un tanto menos lírico y más *sci-fi* y richardmathesiano *Life After Man*– y, de ser posible, su favorito: el primero de la segunda temporada titulado «La cólera de Dios».

Tom lo vio por primera vez la otra noche. Decidió ver ese episodio en particular cuando sorprendió a su hijo, varias veces, caminando con él por la calle, repitiendo rítmicamente «Kolmanskop... Kolmanskop... Kolmanskop».

Y, cuando Tom le preguntó qué era eso, Fin le respondió: «*La vida sin nosotros*. "La cólera de Dios"».

Así que aquí está Tom –esta noche, viendo los DVD del programa que le compró a Fin para su último y muy reciente cumpleaños, el número seis, coincidiendo con un año de la vida sin él salvo los fines de semana– para enterarse de qué es Kolmanskop.

Y enseguida lo sabe. El episodio «La cólera de Dios» se ocupa de la fragilidad de los símbolos religiosos que ha dejado el hombre tras su paso y procesiones –el Memorial Coliseum, el Coliseo, el Cristo Redentor, San Pedro, la vitrina que alberga el Santo Sudario– y todo va a desembocar a Kolmanskop. Porque –él ya está enganchado, él ya es un converso a *La vida sin nosotros*– uno de los grandes hallazgos del programa, luego de bombardearte con animaciones digitales para anticipar un futuro donde todo, invariablemente, se viene abajo por acción de los elementos, es el de buscar y encontrar un sitio real que, ahí y ahora, nosotros todavía aquí, reproduzca ya y singularmente las condiciones plurales de un mañana donde todo será cubierto por un manto de agua y de hielos y de tierra y de vegetación y de olvido, porque no quedará nadie para recordarlo y hacer memoria.

De ahí Kolmanskop.

«¡Kolmanskop!», exclama su hijo, con la felicidad de que ahora es él, una vez más, quien va a enseñarle algo que él ignora.

Y se abrazan.

Y allá van.

A Kolmanskop.

Kolmanskop –equivalente a Coleman's Hill en afrikaans o a Kolmannskuppe en alemán– es una colonia minera abandonada en el desierto de Namibia, a unos pocos kilómetros tierra adentro del puerto de Lüderitz. El nombre proviene de un chofer de camión de nombre Johnny Coleman, quien quedó atrapado allí durante una tormenta de arena. Y, en *La vida sin nosotros*, Kolmanskop equivale y ocupa el casillero y categoría de *Cincuenta años sin nosotros*. El locutor –sobre vistas de puertas abiertas y ventanas rotas y escaleras que no conducen a ninguna parte; en casas que ahora son partes de médanos y vivienda de serpientes– describe con voz entre meliflua e implacable: «Luego de cinco décadas sin nosotros, ciudades desérticas de todo el mundo están cayendo en el olvido... ¿Cómo sabemos esto? Hay un lugar abandonado, en un desierto, donde *ya ha ocurrido*. Medio siglo sin presencia humana, fuerzas incontenibles hacen estragos en el legado de la humanidad. En un páramo remoto, un viento maldito está engullendo hogares y desmantelando una ciudad ladrillo a ladrillo. Aquí ya ha llegado una plaga bíblica».

«¿Qué es "bíblica"?», pregunta su hijo.

«Por lo general, sobre todo en la primera parte, equivale a malas noticias –le responde él–. La cosa mejora un poco en la secuela. Pero no demasiado», agrega.

Y, desde la pantalla, el locutor continúa:

«Esto es Kolmanskop, en Namibia. Puede parecer un espejismo al sur de África pero no es así. Es uno de los lugares más extraordinarios del planeta. Una ciudad cuyo destino podría haber brotado directamente de las páginas del Antiguo Testamento. Decenas de hogares y edificios públicos marcan las lomas como cadáveres medio enterrados».

Y el locutor sigue recordando la historia del lugar con dicción de profeta en reversa, como adivinando el pasado con exactitud pero jamás comprendiéndolo del todo. Él por primera vez –y su hijo como si fuese la primera vez– escuchan lo que fue y miran lo que quedó de una colonia fundada luego de que, en 1908, un trabajador del ferrocarril alemán, alertado por el rebote de un rayo de sol, encontrase un diamante que se hallaba apenas cubierto por una delgada capa de arena. El hombre se lo mostró a su jefe y, de inmediato, rico asentamiento. La arena y el constante viento no son fáciles de soportar; pero los diamantes «que surgieron millones de años antes y fueron arrastrados a lo largo del desierto» compensan con creces las dificultades. Y pronto se alza allí un hospital y un salón de baile y una escuela y un casino y una fábrica de hielo y la primera línea de tranvía del continente. Porque «En Kolmanskop, los trabajadores los arrancaban literalmente de la superficie mientras paseaban a la luz de la luna». Y Tom puede imaginarlos: hombres y mujeres vestidos de gala, caminando entre dunas, con sus hijitos compitiendo para ver quién encuentra y recoge más diamantes, como en un *tableau vivant* surrealista. Por supuesto, los diamantes se agotan y la Primera Guerra Mundial complica las cosas y, para 1954, el sitio es abandonado y el lugar ahora es una atracción para turistas raros o, piensa él, fans de J. G. Ballard o de Philip K. Dick o de adoradores de la ruina nueva y el mal funcionamiento de todas las cosas. Un canto a la entropía con la garganta arrasada por la sed y el frío. Una representación arquitectónica del Alzheimer, piensa Tom: la perfecta postal del olvido y de la ausencia como territorio recuperando la virginidad. Algo que a él le recuerda a algo y de lo que, enseguida, se acuerda.

Wish You Were Here.

Diamante loco.

«Kolmanskop parece como una de esas portadas de Pink Floyd», dice Tom.

«¿Qué es un Pink Floyd?», pregunta Fin.

Y ahora, tan feliz, para variar, es el turno de un padre de enseñarle algo a su hijo.

Y Tom va a su estudio y busca todas las ediciones que tiene del *Wish You Were Here* de Pink Floyd. Muchas. Dos originales en vinilo y Made in the UK: uno abierto, para poder ver todo lo mucho que contiene, y otro cerrado y virgen y aún envuelto y precintado por la funda negra con el sticker donde dos manos metálicas se estrechan sobre mares y cielos y desiertos. Una edición Made in USA y con una toma alternativa de la misma sesión fotográfica en los callejones de un estudio de cine donde el hombre en llamas saludando a su amigo aparece algo más erguido que en la edición Made in the UK. Después, la edición especial en vinilo transparente (la que sostiene el hombre de arena *á la* René Magritte en una de las imágenes del sobre interior), la efímera y rápidamente extinguida especie quadraphonic, las sucesivas remasterizaciones y remezclas en CD (uno de ellos dorado: 20 Bit Digital SBM 24 KARAT GOLD CD CK 64405 Limited Edition Master Sound) y, no hace mucho, la joya de la corona: la tan triunfal como algo absurda Immersion Box Set titulada *Ceci n'est pas une boîte*. Ahí, no sólo cuatro CD con tomas alternativas («Have a Cigar» sin la voz del infiltrado Roy Harper, «Wish You Were Here» con el violín de Stéphane Grappelli) y en directo (Wembley 1974, conciertos muy poco apreciados en su momento por la crítica especializada que, de paso, acusó a David Gilmour de no lavarse el pelo). También, DVD y Blu-ray con las películas diseñadas por Gerald Scarfe para proyectar durante la ejecución en directo del álbum (con vistas de mareas rojas y hombres erosionados por ciclones muy *La vida sin nosotros*) además de objetos y parafernalia y memorabilia variada. Libros conmemorativos, reproducción de las entradas para los conciertos de presentación, programas (seguro que a Fin le va a gustar mucho ese en que dos extraterrestres, contemplando la pirámide prismática de la portada de *The Dark Side of the Moon*, se maravillan ante la posibilidad de haber encontrado algo de «energía creativa» entre nosotros los terrestres), tres bolitas transparentes, y hasta ¡una bufanda! Tom (para horror de la madre de su hijo) pagó bastante por todo este botín, se dijo que el sinsentido de la Immersion Box Set cobraba alguna lógica cuando se lo justificaba como única maniobra posible de las discográficas para combatir a los piratas y descargadores gratuitos. Y se felicitaba aún más ahora por haberla adquirido: porque sería la mejor manera de, sí, *sumergirlo* y explicarle todo a Fin. Y porque los niños, primero y antes de nada, entienden todo por los ojos. La Immersion Box sería la manera perfecta de explicarle a Fin por qué esa música era el soundtrack de su pubertad y los versos más importantes de su vida y lo habían ayudado a convertirse en quien era hoy.

De acuerdo: quien Tom es hoy no es exactamente quien quería ser Tom, entonces, cuando fuese más grande.

De acuerdo, de nuevo: Tom es músico. Había *querido* ser eso. Pero había querido ser *otra clase* de músico. Tom querría haber vivido el imposible de «entrar» en Pink Floyd o que, al menos, su proyecto musical de primera juventud, The Silver River, hubiese sido algo más que unos pocos demos de canciones sobre caminar bajo la lluvia o sobre los tejados. Tom hubiera querido que su banda se las hubiese arreglado para durar, para seguir en tiempos de la New Wave y la MTV y de ese Pink Floyd II sin Roger Waters que tantos conflictos le producían a Tom. Casi más que al solista Waters. Un Pink Floyd II que, en verdad, era un Pink Floyd III; porque el Pink Floyd I, con Syd Barrett, había durado un suspiro, había durado lo que dura una de esas ráfagas de viento que se oían en los discos de Pink Floyd. Ese Pink Floyd I había durado casi menos que The Silver River. Y Tom pensaba que The Silver River iba a devolver a lo más alto al rock progresivo de finales de su infancia. Pero cuidado: no a ese ridículo rock progresivo británico que (tal vez como respuesta a la resaca acuariana y cancerosa de cantautores sensibles al otro lado del Atlántico) se había refugiado en épicas con duendes y gigantes tolkienísticos, adicción a lo conceptual, y excesos narcisistas en los que se tocaban teclados azotándolos con látigos o blandiendo imitaciones de Excalibur. No, para Tom el rock progresivo era una especie de hermano menor y diferente de aquel rock que se había pasado de revoluciones: ese rock de primos mayores y tíos jóvenes y hasta padres precoces que ahora entraban en la tercera o cuarta década de sus vidas como en una habitación a oscuras luego de tantas luces de colores al aire libre. Para Tom el rock progresivo de verdad era el que había superado todo eso y ahora, sí, *progresaba*, iba en una nueva dirección, y se disponía a ser no ya la música rebelde para adolescentes listos para irse de casa en busca de nuevas y más fuertes emociones sino la música para niños que, en casa, ya tenían nuevas y fuertes emociones de sobra. Las canciones tan largas y con tantas partes y rincones del mejor rock progresivo –a diferencia de las del rock a secas, breves como telegramas, enviando despachos simples como que vas a perder a esa chica o que quieres tomar su mano, como que no puedes alcanzar la satisfacción, como que esperas morir antes de llegar a viejo, como que todo lo que necesitas es amor pero el dinero no puede comprarlo– eran, para los niños, la perfecta y más práctica banda de sonido donde esconderse en hogares de jóvenes progenitores que, de pronto, descubrían que ya no eran tan jóvenes y que ya no esperaban morir antes de envejecer pero que aun así seguían siendo tan infantiles. Sí, el rock progresivo –el verdadero y más noble rock progresivo– no era la música de un pasado mítico o de un presente convulso sino la música de un futuro cromado que apuntaba hacia las estrellas, hacia las estrellas más lejanas, hacia lo más lejos posible de allí: de esos hogares en los que, Houston, siempre se tenía algún problema.

De ahí la admiración de Tom por Pink Floyd. Por haberse formado en los alucinantes sesenta para, como él, empezar a ser alguien en los alucinados setenta. Por pasar de página y de partitura. Por el despojado look de Pink Floyd y por el aire de productiva pereza de Pink Floyd; como de hippies desganados, como de profesionales sin apuro y jefes de sí mismos (a diferencia de The Beatles o The Rolling Stones, Roger Waters y David

Gilmour y Richard Wright y Nick Mason eran hijos de familias del tipo «acomodadas») respaldando esa indolencia de dandi con el complejo mecanismo de sus shows plagados de efectos especiales y aviones en llamas y cerdos voladores. Una sofisticación técnica con un aspecto elegantemente *casual* al que sólo se había acercado –lo justo, no demasiado– el Genesis ya sin el histriónico Peter Gabriel en la portada de *Seconds Out*: álbum doble y en directo que, además, adentro, contenía la tentadora versión de «Firth of Fifth». Track que por unos días le hizo pensar y dudar a Tom (EL INSTRUMENTO del rock progresivo no era la guitarra eléctrica sino el sintetizador, los muchos sintetizadores apilados como en capas geológicas y tocados estirando los brazos, como desde una trinchera de arpegios) de si en realidad no quería ser el exhibicionista Tony Banks en lugar del sutil e insuperable y tan poco considerado Richard Wright. Por suerte para él (Yes y sus portadas anticipatorias de la tontería de *Avatar* y esa vocecita de Jon Anderson nunca fueron una problema; Mike Oldfield era una especie de Pink Floyd cruzado con Liberace; King Crimson y Van Der Graaf Generator eran demasiado herméticos y virtuosos; y lo cierto es que Ian Anderson y su flauta y sus poses de cigüeña pastoral daban un poco de vergüenza ajena, como la que provoca ese indeseable tío borracho al que no se puede no invitar a las fiestas familiares aunque nada se desea más), todas esas distracciones producto de la hormonal curiosidad adolescente duraron poco. Y Tom regresó a su desértico oasis de siempre. Pink Floyd era único, empezaba y terminaba en Pink Floyd. Su música –sus climas armónicos y sus secuencias sónicas– seguía siendo clásicamente moderna y modernamente clásica; * tanto más trascendente y seria y relajada que la de ese Pink Floyd para emos que eran, ahora, los envarados y solemnes y tan conscientes de sí mismos Radiohead. Radiohead que era como si *actuasen* de Pink Floyd: casi pellizcando o acariciando o apenas mirando fijo a sus instrumentos. (De pronto, por qué, odiaba *tanto* a Radiohead, un odio que nunca había sentido ante la imagen imaginada de su cantante de párpado caído, ¿Thom se llamaba? ¿Cuál es la necesidad de esa *h en Thom*?, estremeciéndose en uno de sus videoclips en un bailecito epiléptico, bailando perfectamente mal para que todos los que no saben bailar lo imiten y piensen que son tan *cool* bailando mal y renueven y aumenten su admiración por Radiohead. Y hace un esfuerzo por dejar de pensar en Radiohead y en Arcade Fire y en tanto combo complejo y autoindulgente y «artístico», para seguir pensando en Pink Floyd. Es un esfuerzo pequeño, no hace falta mucho esfuerzo.)

Y a Tom le gustaba pensar que –grabando su primer disco, en los estudios de la EMI en Abbey Road, pared de por medio con The Beatles, quienes estaban allí poniendo a punto *Sgt. Pepper's Lonely Hearts Club Band*– Pink Floyd había espiado ese huracanado crescendo orquestal quebrando en dos y rematando «A Day in the Life». Y que Pink Floyd lo había comprendido todo. Como una de esas personas que recibe la clave para la comprensión de todas las cosas. Pink Floyd iba a ser no sólo una banda sino una marca, algo que trascendiese a sus individualidades: Pink Floyd iba a ser como una de esas entidades alienígenas, como una de esas inteligencias extraterrestres pero no particularmente preocupada por invadir y arrasar sino por flotar, en órbita. Un cuerpo celeste que, de haber sido avistado por los rusos antes que por los norteamericanos –que lo elevaron a altura de superestrella nova–, bien podría haber sido bautizado como cometa Oblomov. Un objeto volador no identificado salvo por su nombre, que no significaba nada.

Pink Floyd, cuyo nombre había surgido de la fusión de los nombres de dos bluesmen y, sí, el principio de «Shine On You Crazy Diamond» era muy blue, y el de «Wish You Were Here» tan country; pero el country & blues como filtrado a través de un teletransportador de materia intergaláctico y bidimensional. Pink Floyd, que había perdido a su primer líder –a Syd Barrett, a «aSyd» Barrett– en un viaje sin retorno de ácido que dejó sus ojos caleidoscópicos como dos agujeros negros en el cielo de su rostro. Pink Floyd, que había seguido sin Syd Barrett como exitosa banda de culto hasta consagrarse universalmente, en 1973, con *The Dark Side of the Moon*: música sobre cómo volverse loco. Y, sin saber qué hacer después, en 1975, y luego de varios intentos frustrados (como un delirante proyecto de grabar todo un álbum con el sonido de artefactos y objetos domésticos), Pink Floyd, luego de muchas horas de jugar a los dardos con un rifle de aire comprimido o descargar frustraciones a golpe de squash, había seguido con *Wish You Were Here*: la perfecta sequel de *The Dark Side of the Moon*. Música para uno que ya no sabía cómo volver de la locura. Syd Barrett invocado otra vez. El Diamante Loco de la cuestión al que se deseaba que estuviese allí. Y (Tom lo había leído y visto tantas veces, en biografías del grupo y en documentales sobre la gestación de *Wish You Were Here* y sus sobras, que mutarían y serían bestializadas con método Moreau/Orwell para el siguiente *Animals*) deseo concedido. Pero, ah, como suele suceder con los deseos concedidos en los mejores cuentos de genios o pactos de diablos, no del todo como se lo deseaba o se había convenido.

En la primavera de 1975, 5 de junio, la banda está en el estudio celebrando el casamiento de David Gilmour y padeciendo el divorcio de Roger Waters y, después de años sin ser visto, Syd Barrett reaparece en Abbey Road mientras sus ex compañeros están grabando la suite-réquiem en vida «Shine On You Crazy Diamond» dedicada a él. Y en el punto exacto en que David Gilmour canta eso de «Nobody knows where you are, how near or how far», una puerta se abre y Syd Barrett –ahí, cerca y no lejos– materializándose para preguntar cuándo le toca «meter» sus partes de guitarra. Y Syd Barrett ya no parece el Lord Byron que alguna vez fue sino una especie de Homer Simpson –piel amarillenta, gordo, calvo, con aire zombi, las cejas afeitadas, embutido en un traje blanco y sucio y arrugado– al que Waters y Gilmour y Mason y Wright demoran en reconocer. Incómodos y conmocionados, le hacen escuchar «Shine On You Crazy Diamond» para ver qué opina. Barrett se limita a murmurar que «Suena un poco anticuada, ¿no?». Y agrega, sonando casi anticipatoriamente como el Pink enumerativo y alienado en su habitación de hotel en el Lado 3 de *The Wall*, que «Tengo un televisor color y un refrigerador. Y tengo chuletas de cerdo en el refrigerador, pero las chuletas de cerdo se acaban todo el tiempo y entonces compro más chuletas de cerdo. Hasta que se acaban».

Después, como llegó, Syd Barrett se va.

Y sus amigos se quedan llorando. Y grabando. Y, con el tiempo, Waters y Gilmour pensaron que tal vez ahí, luego de terminado *Wish You Were Here* (que en principio a los críticos no convence del todo, que de salida alcanza el número 1 en ventas a ambos lados del Atlántico, y que el tiempo y la perspectiva y la distancia ascienden a unánime e indiscutible obra cumbre), habría sido el sitio exacto y perfecto para separarse. El instante preciso y sin retorno para concluir su ciclo vital con esa oda al omnipresente amigo ausente. Y así evitarse las inminentes ex amistades consecuencia de las convulsas y revulsivas grabaciones de *Animals* y *The Wall* y *The Final Cut*. Irse, dejarse ir, con esos aires envasados al más pleno de los vacíos, absoluta y gozosamente tristes de su letra y música. Con ese momento mágico –al final de «Have a Cigar» y al principio de «Wish You Were Here»– en el que alguien parecía intentar sintonizar una radio, que era la del auto de David Gilmour. Y se oían voces y unos compases de la *Cuarta sinfonía* de Chaikovski. Y todo el sonido bajaba de golpe, como si se hubiese soplado una vela de cumple-eras. Una incertidumbre que (mirando fijo a la aguja sobre los surcos, para intentar ver qué pasaba) Tom demoró muchas audiciones en comprender que no se trataba de un posible desperfecto del equipo de sonido de sus padres reaccionando a alguna frecuencia secreta para que luego, después de esa entrada de añeja guitarra acústica a solas, todo volviese a subir, como la más creciente de las mareas.

Y todo envuelto en y con el diseño de portada de Storm Thorgerson, uno de los patrones del estudio gráfico Hipgnosis y quien, para Tom, era como el quinto Pink Floyd: el equivalente gráfico al musical George Martin de The Beatles. Storm Thorgerson –gestor oficial de la imagen del grupo, en tiempos en los que, Thorgerson siempre lo destacaba con orgullo de artesano, «no existía el Photoshop»– *también* había alcanzado un pico insuperable con su trabajo para *Wish You Were Here*. Varios ensayos e imágenes para «representar la ausencia», el difuso tema del disco, que no demora en imponerse con la contundencia de aquello que ya no está ahí pero no puede dejar de verse y añorarse. Postales como enviadas a ninguna parte para que nadie las reciba y regresen al remitente cargadas de un nuevo significado: el nadador encallado, el hombre inflamable, el clavadista suspendido, ese velo rojo flotando en una brisa verde y azul de un bosque bajo un cielo, el apretón de dos manos robóticas que se funden en el deseo de ya nunca separarse. La vida sin nadie.

De tanto en tanto, cada vez menos, pero jamás sin despedirse del todo, Tom soñaba con otra vida en la que The Silver River había triunfado, contaba con colaboraciones de los miembros de Pink Floyd, y tenía entre sus filas a Storm Thorgerson. ¿Y no era curioso, no sería una extraña señal sólo para él, el que un nuevo disco de Pink Floyd, luego de tantos años de silencio y ensamblado ahora alrededor del fantasma de Wright, se titulase *The Endless River*? Después se despertaba buscando formas de, despierto, acercarse lo más posible a ese sueño imposible.

Tom había viajado –aprovechando su luna de miel– especialmente a Londres, en 2005, al Live 8 de Hyde Park, para ser testigo de la reunión de Pink Floyd. Roger Waters ya no tenía ese aspecto cavernícola de su juventud (ahora parecía más bien una especie de Mr. Hyde para una hipotética versión del clásico de Stevenson con Richard Gere como el Dr. Jekyll); David Gilmour, ya lejos de sus inicios como extraño de pelo largo, había adquirido el intimidante look de un marine veterano pero todavía muy peligroso; Nick Mason era como un fugitivo de la troupe de los Monty Python (continuando con esa tradición de que, luego de Ringo Starr y como Keith Moon y tantos otros, los bateristas tienen casi la obligación de ser graciosos); y Rick Wright conservaba ese cada vez más frágil aire melancólico, como de actor/personaje de decadente novela edwardiana adaptada por la BBC. Ese Wright que, en 1996, se había atrevido a grabar un disco a solas, *Broken China*, sobre la depresión de su esposa, que era casi una *remake* marital de *Wish You Were Here*, con una portada de Storm Thorgerson que hacía un guiño entre travieso y solemne al diseño de *Wish You Were Here* (otra vez, ese clavadista en el trance de su zambullida, perfectamente inmóvil y vertical, posando *así*, sin trucos fotográficos) pero que acababa pareciendo casi un incómodo tic nervioso, una torpe falsificación realizada por el artista original. Y que mostraba que tanto él como sus compañeros seguían sin poder desprenderse del espectro de Barrett y del modo en que ese fantasma –que en realidad era un médium– los invocaba una y otra vez a ellos mismos. Y a su Gran Tema en Pink Floyd: la perturbación mental como bellísimo arte. Y parecían tan tristes, tan melancólicos (la aparente y casi desbocada felicidad de Waters tenía el inconfundible aire patológico de los desesperados por lo efímero de la felicidad), tan atrapados por el sonido de su pasado que era el del pasado y el del presente y el del futuro de Tom. Y, sí, todavía sonaban muy bien. Tanto mejor que todos los demás participantes del festival. Y Tom había sentido que entonces tocaron para él y nada más que para él –de pie entre miles y miles de asistentes y millones y millones de televisores– una canción titulada «Wish You Were Here». Para Tom, que era músico, pero –sus fantasías se habían traducido en una realidad de manera más bien oblicua– perteneciente a un subgénero conocido como «músico de noticiero». Una forma de vanguardia, después de todo.

Un ex miembro de The Silver River –que ahora era un productor televisivo millonario– había reaparecido en su vida, lo había contactado en el estudio en el que Tom se dedicaba a componer jingles publicitarios, le había propuesto la idea de hacer un «informativo cool» y, de paso, había seducido a la madre de su hijo. Affaire, este último, que a Tom, aunque no lo dijese ni se atreviese a confesárselo, no le había importunado o dolido mucho. Por lo contrario, ahora lo consideraba como el único as con el que podía dominar y tener a raya a la madre de su hijo, quien, de acuerdo, no sentía ninguna culpa ante él por la situación, pero a quien sí le preocupaba el qué dirán los demás. De ahí que, amenazando con someterlo a demasiadas pruebas psicológicas donde quedaría en evidencia «tu lado autista», hubiese conseguido llevarse a Fin con ella (y atenuar su condición de adúltera pero, todo sea dicho, buscando un «ambiente más sano y pleno y cómodo» para que su hijo creciera «sin que nada le falte»). Y, de paso, establecer con él una frágil y tensa tregua como de Guerra Fría, como de esas guerras siempre a punto de estallar en los primeros minutos de las noticias.

Y el «producto» que le propuso el ex compañero de banda que hizo una ex de su esposa se llamó *New(s)*. Y, entre sus particularidades, contaba con Tom: un tecladista en vivo y en directo que musicalizaba *in situ* las noticias. Como aquellos pianistas pianoleros al pie de películas mudas en los primeros cinematógrafos. Así, en pantalla y live, de lunes a viernes, Tom –según lo que se informase– lanzaba guiños traviesos y citas a ciegas y referencias musicalizadas para connoisseurs mientras a sus espaldas, como en un tour de Pink Floyd, se proyectaban imágenes. Música de accidente aéreo, música de alfombra roja, música de protestas ciudadanas, música de ciudades bombardeadas, música de fútbol (Tom, con un par de copas de más, no dejaba de recordar a quien fuera, una y otra vez, que la música de salida compuesta por Vangelis para el final de la primera versión de *Blade Runner* era utilizada una y otra vez para los programas deportivos de televisión; por lo que lo suyo no estaba *tan* lejos de la progresión *sci-fi*), música de reina de belleza, música de alguien que entra con una ametralladora a un McDonald's, música de catástrofe ambiental.

Así, en el cierre, en el momento en que se despide todo, luego del pronóstico meteorológico, cuando las news comienzan a ser old, cuando sólo queda tiempo para una última novedad por lo general «de color», a Tom –por expreso pedido suyo, por casi exigencia personal– le había tocado «musicalizar» la muerte de Syd Barrett. Y de Rick Wright. Y de Storm Thorgerson. Y Tom siempre lo había hecho con esas florituras como disolviéndose, al final de la última y novena parte de «Shine On You Crazy Diamond», en la que el círculo se cerraba. Allí, unas improvisaciones de Rick Wright sobre –ambas canciones compuestas por Barrett– «See Emily Play», segundo single de la banda y que describe a una chica durmiendo en un prado luego de haber tomado LSD; o a veces, al tocarla en directo, «Arnold Layne», primer single de la banda, y cantando la historia de un hombre que se dedicaba a robar ropa interior de mujer puesta a secar y colgada de sogas.

Pink Floyd que...

¿Cómo iba a transmitirle todo esto a Fin, todos estos ecos y pulsos, toda esta pasión melancólica? ¿Con la prosodia recargada y adolescente y llena de títulos y nombres y estilos y fechas del periodismo rock –porque todo oyente de rock es un poco periodista de rock– con la que él pensaba en Pink Floyd? Imposible. Inútil. Idiota. No era recomendable. Además, hasta era posible que Fin, habiendo escuchado desde bebé a Pink Floyd sin saber qué era o quién era Pink Floyd, hubiese absorbido todo, del mismo modo en que Tom había absorbido subliminalmente a The Beatles cuando los escuchaban sus padres, y comprendiese a Pink Floyd incluso mejor que él. Y no: Tom no estaba preparado para semejante revelación. Y la madre de su hijo, seguro, se iba a enojar mucho cuando Fin le contase que «Papi se puso a hablar todo el tiempo de Pink Floyd y parecía que hablaba solo». Así que, mejor, mientras Tom pone a sonar *Wish You Were Here* como música de fondo y superficie, acercamientos cautelosos, arrimes parciales: darle a Fin (bajo estricta vigilancia, y para que la primera dosis «consciente» de Pink Floyd le entre más por los ojos, con una ayudita del amigo Storm Thorgerson) todo lo que contiene, como en una caja de sorpresas, la Immersion Box Set *Ceci n'est pas une boîte*. Para que Fin se meta en ella como si abriese esos sobres conteniendo sus adorados Golactus.

A veces, al final del fin de semana, cuando Tom vuelve al piso vacío y se mete en la cama, descubre que Fin le ha dejado, entre las sábanas o bajo la almohada, un Golactus para que le haga compañía durante su ausencia. Los Golactus son unos pequeños aliens plásticos y coleccionables repartidos en un complejo sistema de castas y poderes y colores y texturas. Vienen en sobres, de a dos por sobre. Fin tiene como doscientos de ellos, de todas las formas y de todos los planetas. Y el otro día Fin le dijo, con voz de narrador de *La vida sin nosotros*, que «tal vez los Golactus sean *verdaderos extraterrestres de verdad y en serio*, colándose en los hogares de la Tierra, esperando ser reanimados, ¡zap!, por un rayo invisible desde una galaxia lejana y conquistar…». La misma voz, mientras él llega a la sala con su caja de *Wish You Were Here* bajo el brazo, con la que ahora Fin le dice: «Papi, el teléfono está haciendo un ruido raro».

Y hay algo que todo auténtico fan de Pink Floyd no se atreve a confesar abiertamente pero que, con la puerta cerrada con llave y las persianas bajas, para que nadie lo vea o lo oiga, piensa todo el tiempo y en susurros: fue una suerte que Syd Barrett se volviera loco y dejara la banda casi sin darse cuenta, perdido para siempre en la dulzura de su ácido. Porque a la luz –a las lucecitas– de lo que se oye en el tan venerado debut de la banda y despedida de Syd Barrett en 1967, en *The Piper at the Gates of Dawn*, un Pink Floyd con Syd Barrett lúcido y al frente hubiese sido un Pink Floyd muy diferente y tanto más fácil de encajar en una categoría con otras bandas. Un Pink Floyd de canciones más simples y graciosas. Un Pink Floyd más infantil y juguetón. Un Pink Floyd mucho más feliz de ser Pink Floyd. Un Pink Floyd sin conflictos con su pasado y su presente y su futuro y que jamás hubiese llegado a grabar *Wish You Were Here* o todas esas canciones sobre el *horror vacui* de ser una rock star muerta que sigue irradiando luz. Un Pink Floyd que –para los niños de la generación de Tom– jamás hubiese funcionado como la más precisa y precisada ambient music para tiempos de futurismo divorcista: las discusiones y los golpes de puertas abriéndose y cerrándose entre tracks en los discos de Pink Floyd distrayendo de otros gritos y otras puertas en las casas donde sonaban los discos de Pink Floyd.

Y nunca hubo un tiempo más futurista, piensa Tom, que su pasado, que su infancia.

De pronto, todo era científico y ficticio. La televisión desbordaba de programas y series en blanco y negro con naves espaciales y planetas lejanos y dimensiones crepusculares donde siempre alguien, a solas, comprende que no estamos solos o que está más solo que nunca. Los primeros y dorados brillos del género con aventureros cósmicos y princesas de Marte y las paranoias atómicas con desafortunados creciendo o achicándose o convirtiéndose en otra cosa habían dado tiempo y lugar (en esa década que iba de 1965 a 1975; porque las décadas, siempre lo había pensado Tom, en realidad empezaban y terminaban a mitad de década) a unos años raros, mixtos, fronterizos, border. Tiempos donde nada estaba del todo claro, donde las computadoras terrestres se volvían locas, y las presencias extraterrestres no se mostraban a astronautas envejecidos para morir y volver a nacer de regreso a casa.

Tom había ido a ver por primera vez *2001: A Space Odyssey* de la mano de sus padres, quienes le habían comprado entrada y dejado allí prometiendo volver a buscarlo al final de la proyección. Y Tom no era allí el único huérfano espacio-temporal por dos horas.

2001: A Space Odyssey se había convertido en la película perfecta para que los padres depositaran a sus hijos y allí fuesen sometidos a la radiactividad del misterio sin respuesta. Una película que empezaba en la prehistoria y terminaba en el futuro de los confines del universo. Y, ah, estaba ese momento en que el simio cada vez más hombre arrojaba el hueso de tapir al aire y se convertía en nave espacial y que Tom, con el tiempo, supo que eso se llamaba *elipsis*; nombre que, por supuesto, sonaba *tanto* a título de canción o de disco de Pink Floyd. Y Tom supo también que Stanley Kubrick había contactado con Pink Floyd para que le prestasen música de *Atom Heart Mother* (1970): segundo favorito de Tom en su ranking pinkfloydiano, también su segunda portada favorita y a la que Storm Thorgerson había definido como la más perfecta «no-cubierta antipsicodelia». Ninguna tentación de deformar su imagen o de añadirle un resplandor verde y fosforescente al animal. «Nada más que una vaca» a la que nadie podía dejar de mirar y en la que todos buscaban, casi desesperadamente, un mensaje oculto, una verdad trascendente.

La vaca de *Atom Heart Mother* era un poco como el monolito de *2001: A Space Odyssey*: podía ser y significar cualquier cosa. Esa vaca podía ser todo o nada. Esa vaca podía haber llegado para quedarse o apenas pasaba por ahí. Y Stanley Kubrick había llamado a Pink Floyd porque le interesaba usar partes de *Atom Heart Mother* –de la suite balletística del lado A– para que sonase dentro de la perturbada cabeza de Alex en *A Clockwork Orange*. Pink Floyd en principio había accedido, pero se echó atrás cuando supo que Stanley Kubrick «fragmentaría» su música. Y años después Stanley Kubrick negaría a Roger Waters la autorización de insertar unas líneas de diálogo de *2001: A Space Odyssey* en su solista *Amused to Death* (1992). Los conspirativos de costumbre, siempre a la caza de una historia secreta entre los pliegues de la historia, recomendaban escuchar la sección del trip cósmico del astronauta Dave Bowman en sincro con el «Echoes» incluido en *Meddle* (1971) para «descubrir sin lugar a dudas» que había sido compuesto por Pink Floyd como calculada música de fondo y colarse en la fiesta de Stanley Kubrick sin pedir permiso.

Aun así –verdadero o falso, coincidencias o desencuentros– para Tom Pink Floyd y *2001: A Space Odyssey* eran las dos caras de un mismo cuerpo, dos pistas de un mismo enigma. Y –como alguna vez había declarado John Lennon– Tom, desde su infancia (siempre que la pasaban y la reponían) y hasta ahora (*2001: A Space Odyssey* había sido el primer VHS y el primer DVD y el primer Blu-ray que Tom había comprado), no dejaba pasar semana sin volver a ver, como si fuese la primera vez, la película de Stanley Kubrick. Una película perfecta cuya única –y a su perversa manera, también perfecta– imperfección era su título, ya pretérito y pasado de moda. Tom la había visto, primero y de niño, como el film más extraño y movilizador que había contemplado hasta entonces. Y la seguía viendo, ahora, como la mejor manera de comunicar la noticia de que la humanidad había dado un gigantesco y misterioso salto evolutivo a otra parte. Pero antes que nada y después de todo, *2001: A Space Odyssey* (a la que la madre de su hijo siempre había considerado «casi tan incomprensible como tú») había sido la película en la que Tom había conocido a quien sería el escritor y a la hermana del escritor.

Entonces, durante la tercera sesión en la que la veía, en el horario temprano y casi despoblado de un cine de sábado y de reestreno, Tom, ya sentado, había percibido cómo un chico de su edad, unos diez años, con toda la sala vacía, se había sentado justo a su lado, a su derecha, seguido por una niña de unos seis años que ocupó el asiento de su izquierda. Uno y otra flanqueándolo, como a un prisionero, para que no se escape.

Al terminar la función y de regreso a su casa, Tom había sentido, nervioso, que el niño y la niña lo seguían sin siquiera preocuparse por disimularlo. Cada vez que Tom se daba la vuelta, ahí estaban los dos, las manos en los bolsillos de largos y anticuados abrigos de invierno, sonriéndole. Tom, cada vez más preocupado, entró en su edificio con la llave que le habían confiado sus padres y, desde el hall, los vio mirarlo, seguir mirándolo luego de haberlo seguido hasta allí, desde la calle, al otro lado de la puerta, como astronautas fuera de la nave, con esa sonrisa igual (no había dudas de que eran hermanos) que empezaba en una boca y terminaba en la otra.

Tom subió temblando en el ascensor y justo al entrar en su casa oyó que el teléfono comenzaba a sonar y, asustado, pensó: «Seguro que son ellos… Los invasores».

Y ahora, tantos años después, Fin le dice: «Papi, el teléfono está haciendo un ruido raro». Y Tom está seguro de que, de algún modo, son ellos, otra vez, de nuevo, son de nuevo ellos. Y Tom toma el auricular de su teléfono rojo, y oye esa voz cantándole al oído aquello de «Remember when you were young...

... you shone like the sun». Y Tom escucha y recuerda cuando era joven y él brillaba como el sol. Y piensa en de qué manera explicarle a Fin una vida sin él, una vida sin Fin, una *life before* Fin.

Explicarle a Fin una infancia que no sea la de Fin es, todavía, más complicado que ilustrarlo acerca del rock progresivo y de Pink Floyd y de *Wish You Were Here*. Como a todo niño de su edad (y aunque maneje conceptos muy complejos como los de dimensiones paralelas y alternativas) a Fin le cuesta mucho pensar que Tom fue alguna vez como él, de su mismo tamaño, chico y un chico. Fin no cree del todo en las fotos que le enseña Tom y que lo muestran tamaño Extra Small y Small y Medium, donde ya se parece un poco pero no demasiado a quien es ahora. «Ése no eres tú», le dice Fin con una sonrisa casi de lástima.

Y tiene razón. Ése no es él. Ni Tom puede explicarse a sí mismo la existencia pasada de ese otro Tom que sigue existiendo en algún sitio y que ahora vuelve y al que ahora vuelve él. Como volvió el sábado siguiente a ese cine a ver esa película y ahí estaban de nuevo esos dos que ahora se acercan y se presentan y le dicen (el chico): «Dejemos de perder el tiempo y seamos inseparables de una buena vez» y (la chica): «Afirmativo. Todos los sistemas funcionando».

Y a partir de entonces, sí, inseparables.

Y descubren que los dos (los chicos) van al mismo colegio para niños, a un colegio rodeado por ruinas de edificios y próximo a ser derribado; pero que (Tom y el chico) están en diferentes aulas y, por esas aberraciones del espacio, nunca se han cruzado ni visto en un recreo. Y que la chica va a otro colegio para niñas, a un par de calles del de ellos. Y que está claro que recién tenían que encontrarse y conocerse y reconocerse a bordo de la *Discovery One*, rumbo a Júpiter, a la caza de una señal inhumana emitida desde el cráter lunar de Tycho por un monolito de factura extraterrestre. Y los tres no dejan de intercambiar teorías. Y juegan a que uno de ellos es el inhumano y frío y calculador astronauta Dave Bowman (por lo general Tom), el chico siempre se pide ser el Dr. Heywood Floyd (ese que viaja mecido e ingrávido por los compases del *Danubio azul* y habla por videoteléfono y desde una estación orbital con su hijita), y la chica (algo que debería haber inquietado a Tom desde el primer momento pero que lo inquietó casi de inmediato) exige una y otra vez ponerse un círculo rojo en la cara a modo de máscara, y provocar eso de LIFE FUNCTIONS TERMINATED y presentarse como la máquina sensible y desconcertada HAL 9000, y cantar lo de «Daisy... Daisy...», y despedirse con un «My mind is going...» en la habitación roja donde su memoria está siendo desmontada recuerdo a recuerdo. Pero la inquietud no es suficiente para no seguir avanzando. Y el chico ya quiere ser escritor (y exige que lo llame no por su nombre sino, simplemente, como «el escritor»). Y la chica es la hermana del escritor (porque odia su nombre que «te prohíbo no sólo pronunciar sino también pensar»; y él obedece y se olvida de que se llama Penélope). Y los tres son y serán –por los próximos tres años– de una buena vez, sí, inseparables. Y están unidos por el amor a Pink Floyd y por el amor a la ciencia-ficción. Y muchos años después Tom leería una novela escrita por el escritor –«no *de* ciencia-ficción pero sí *con* ciencia-ficción»– y descubriría en ella, casi palabra a palabra, varias de sus teorías sobre el género y sus alrededores.

Y los tres leen libros de ciencia-ficción y ven películas de ciencia-ficción por televisión con Pink Floyd sonando al fondo. Y van a ver *Solaris*, la *2001: A Space Odyssey* soviética, y «no es tan buena pero no está mal». Y se visitan de una casa a otra como si saltasen de asteroide en asteroide. Y los padres de Tom (que son todo lo normales y comunes que pueden llegar a ser dos personas que se juntan para crear a una tercera persona) no pueden creer que los padres del escritor y de la hermana del escritor sean esa famosa pareja de modelos que surcan las aguas del mundo, a bordo de un velero, publicitando una marca de cigarrillos. De ahí el que los dos padres modelos pero no modelo no estén mucho en casa. Y que el escritor y su hermana sean cuidados por un equipo de criados profesionales quienes, por algún extraño motivo, siguiendo las instrucciones dejadas por los dueños de casa ausentes, les sirven una y otra vez hamburguesas marca Patty con puré de patatas Maggi de ese que viene en polvo. Y así Tom comienza a pasar los fines de semana en la casa de sus amigos luego de leer la cartelera de los cines en el periódico para ver si están pasando *2001: A Space Odyssey*. Y, si no la dan en ninguna parte, se quedan en casa y allí ven por primera vez *The Bride of Frankenstein* y les causa una curiosa excitación descubrir la rareza de esa introducción «de época» en la que Percy Bysshe Shelley y Lord Byron y Mary Shelley («¿Quiénes son ésos?», se preguntan) conversan sobre cómo sigue la historia de *Frankenstein* y, armándola, sin aviso ni lógica, todo da un salto al futuro, al 1931 en el que se filmó y se estrenó la película. Y después la hermana del escritor propone leer la novela original y la leen y luego siguen con *The Last Man* y los diarios de Mary Shelley (la innombrable Penélope, a quien Tom ya ama tanto, se aprende de memoria esa frase donde la autora, portando con ella las cenizas ahogadas y húmedas por sus lágrimas del ardiente corazón de su amado muerto, gime un «Me siento como la última reliquia de una raza dorada, mis compañeros extintos frente a mí») y después, sola y para darse un descanso de tanto año luz, ella decide pasar un tiempo en los años sombra de *Wuthering Heights*. Y les prohíbe a ellos leerlo porque «éste va a ser mi libro, este libro va a ser mío y nada más que mío» (y Tom lo lee a escondidas y sin decirle nada, para sentirse más cerca de ella, para ser el Heathcliff de su Cathy). Y todos descubren, deslumbrados, la reedición de un cómic de ciencia-ficción que, por una vez, transcurre no en Metrópolis o en Ciudad Gótica sino en la ciudad en la que ellos viven, inesperadamente nevada y mortal; y sienten pena de unos poéticos invasores a los que, para obligar a invadir, sus superiores les han inyectado una «glándula del terror» que se activa y los mata si muestran la imperdonable debilidad de sentir miedo y dudar de su misión. Y se ríen mucho con las tonterías de las arañas marcianas de David Bowie y se indignan con eso de «Space Oddity», pero se reconcilian un poco con «Is There Life on Mars?». Y en eso están los tres fantásticos cuando los padres del escritor y de su hermana regresan de viaje una tarde de sábado. Y poco antes de desaparecer para siempre, no de volver a irse sino de que se los lleven para ya nunca volver, les traen de regalo (a los tres, porque a Tom ya lo consideran uno de ellos, casi otro hijo al que ven tan poco como a los otros dos) un proyector y varias latas de película y un disco importado. Y el disco, que acaba de salir a la venta, es *Wish You Were Here* de Pink Floyd y la película dentro de esas latas es, por supuesto, *2001: A Space Odyssey* de Stanley Kubrick. Pero uno y otra y uno saben que uno y otra, disco y película, son, en realidad, más de ellos que de Pink Floyd y de Stanley Kubrick. Y tan felices (con una de esas felicidades que te hace ciego a todas las infelicidades que la rodean como tiburones a la espera de que se derrame una gota de sangre; sin siquiera sospechar que muy pronto no volverán a verse jamás, que falta menos para que todos canten «Chiquitita» de ABBA y para que todo cambie como por la acción de un agujero negro devorándose toda su luz) los tres se sienten dueños del mundo y amos del universo.

Y son jóvenes.

Y brillan como el sol.

Y no hace falta recordarlo.

«Papi, el teléfono está haciendo un ruido raro», le dice su Fin. Y Tom se acerca y se lleva el auricular a su oído y lo que él oye es, sí, un ruido raro pero para nada extraño. Es un ruido que Tom conoce a la perfección. Es el ruidoso sonido que se oye, ascendente y apocalíptico, descrito por John Lennon mientras se lo encarga a George Martin como «el sonido del fin del mundo» y tiempo después, retrospectivamente, como «un poco *2001*». Es el sonoro ruido en el centro y al final de «A Day in the Life», en el *Sgt. Pepper's Lonely Hearts Club Band* de The Beatles y es, también, el prólogo triunfal a la voz que viene después y que empieza cantando «Remember when you were young, you shone like the sun...» y que, luego de una risita breve, sigue con un «Te llamo después de tanto tiempo porque tienes que saber dónde estoy y lo que estoy a punto de hacer, lo que ya estoy haciendo, lo que hice; porque ahora todos los tiempos son uno para mí. Ahora yo ya no tengo tiempo, soy atemporal» y ya no se detiene para que él, como con el auricular fundido a su oreja, no pueda dejar de oírla:

«Sí, sí, sí... Soy yo, amigo: *Ground Control to Major Tom*... El Fantasma de las Navidades Pasadas. Ho Ho Ho. Flotando a través del tiempo y del espacio, felizmente multidimensional. Aquí y allá y en todas partes. *¡Mi Dios, estoy lleno de estrellas!*, como dijo un astronauta, ja, ja, ja. Y ahora soy pura voz, como el pobre Douglas Rain. Imagínate, Tom: años de estudio y entrenamiento como actor clásico y shakespeariano. Y acabar siendo reconocido universalmente como la voz de la computadora confundida HAL 9000. Yo soy, ahora, La Voz. Pero no estoy confundido. Y discúlpame, eso sí, las frases tan cortas. Como esas que pronuncia nuestra supercomputadora favorita al ser descargada, olvidándose, cantando. El tipo de cosas que se decían mis padres o que mis padres decían en voz alta luego del desperfecto de una de sus peleas-loop: *¿Qué crees que estás haciendo?... Honestamente creo que deberías calmarte y tomarte una píldora para el estrés... Sé que últimamente he tomado decisiones desafortunadas... Pero todavía tengo el mayor de los entusiasmos por la misión... Y quiero ayudarte... Estoy asustada... Estoy asustado...* Frases que no tienen nada que ver con aquellas largas y sinuosas colas de cometa que yo solía escribir. Es que acabo de empezar en esto y cuesta un poco. El acostumbrarse a esta nueva vida. Una vida más allá de la vida. Pero todo se andará, se volará, se flotará. Estoy en mi prehistoria, soy como aquel antropoide, Moon-Watcher, *crying for the moon,* pero ya listo a arrojar mi hueso de tapir a los cielos. Todo va tan rápido... Y estoy seguro de que muy pronto tendré todos los géneros y todas las palabras que se me antojen a mi disposición. Por fin, amigo: lo he conseguido. Ya no un simple escritor de ficción. Ahora, por fin, un personaje de ciencia-ficción. ¡Billy Pilgrim! ¡Antiterra! ¡Interzone! ¡William Burroughs! *Here, there, and everywhere.* No hay tiempo porque hay todo el tiempo del mundo y, desde ahí, desde ese eterno entonces, puede verse todo lo sucedido. Las versiones oficiales y las versiones alternativas. Pink Anderson y Floyd Council sostenidos por sus guitarras tristes con sonido Piedmont, sí, pero también un tal Pink Floyd quien, luego de acusarlo de ser un borracho y un irrespetuoso, degüella a otro joven, un tal Cornelius Snowden, a la salida de una misa de la iglesia metodista de Abbeville, Philadelphia, hace ya tanto tiempo, en otro final. Ahora empiezo. *Racing around to come up behind you again.* Y mi principio está claro. Eso sí. Todo comienza esta noche de Navidad. En Suiza. Patria de Frankenstein. Sitio ideal para desencadenar monstruosidades. Dentro de un colosal acelerador de partículas. Algunos le dicen "colisionador". Da igual. Seguro que leíste sobre él. Las impostergables ganas de reproducir en un ambiente supuestamente controlado las condiciones exactas de la Zona Cero del universo, su instante fundante, su rayo misterioso, su *Había una vez*... ¿Cómo era eso que había dicho Mark Twain cerca del final de su obra y vida? Ah, sí: algo en cuanto a que lo único que importaba de la realidad de cómo habían tenido tiempo y lugar las cosas era del orden de, apenas, "una cierta conexión atmosférica" instruyendo que "Cuando tengas dudas, di la verdad" y advirtiendo que "Cuando yo era joven podía recordarlo todo: lo que había sucedido e incluso lo que no había sucedido. Pero estoy envejeciendo y pronto recordaré tan solo lo que no sucedió". Así, contar la parte en la que todo se inventa y aceptar el pasado más extremo como forma de futurismo definitiva. Ya no importa lo que vendrá sino lo que fue y cómo se hizo. Un *whodunit* más cercano a la novela policial que a la novela de ciencia-ficción. Volver a la escena del crimen. Reproducir el principio de todo bajo riesgo y responsabilidad de acabar con todo en ese intento. El Bosón de Higgs, la Partícula de Dios y todo eso. Pero ahora Dios soy yo. El Dios particular de todos ustedes. Tú incluido. Y seguro que ya lo notaste un poco. Yo dentro de ti. En tus pensamientos. Pensando tonterías. Diatribas telefónicas. Dibujos animados. Radiohead en tu cabeza que ahora no es otra cosa que una radio que yo sintonizo a voluntad y en la que intervengo. Cuando me da la gana. Prometo hacerlo poco, en tu caso. Siempre me caíste bien. Siempre me diste un poco de pena. Enamorarte de Penélope. De la loca de Penélope, de una borrascosa cumbre. Un valiente. Un romántico. Y por lo que veo, por lo que *leo* dentro de ti (porque tus pensamientos son ahora para mí como una de esas canciones que se aprenden de memoria la primera vez que las oyes), sigues enamorado de ella. Lo que no deja de tener cierta coherencia narrativa: porque ella sigue más loca que nunca, turista consumada de habitaciones de paredes blancas y modelando chalecos con demasiadas correas. Y a eso vengo yo hoy, Major Tom, a entregarte el más doloroso pero necesario de los regalos navideños. Algo no para que la olvides a ella sino para que ya no quieras recordarla. Tómate tus píldoras de proteínas y ponte el casco y allá vamos. Y, sí, recordar. Y ahora no es que recuerde muchas cosas sino que lo recuerdo *todo*. Hechos, sensaciones, palabras que se dijeron o se pensaron. Y, de pronto, lo veo y lo siento y lo oigo y lo huelo y lo toco: mis frases que se van alargando junto a los recuerdos que se estiran desde el ayer para alcanzar mi ahora. Me recuerdan y recuerdo cómo éramos entonces, en ese colegio que iba siendo sitiado por edificios en ruinas. Edificios que iban tirando abajo, de uno en uno, para la ampliación de algo que sería –y, oh, los responsables lo anunciaban con voz casi de antiguos ingenieros babilónicos– "La Avenida Más Ancha del Mundo". Pronto, sólo nuestro colegio se mantuvo en pie, hasta el último momento, como una reliquia arqueológica perfectamente conservada en un mundo en el que todo había sido destruido y abandonado. ¡Kolmanskop! Pero volvamos allí: entre acantilados y cuevas y cables y puertas y escaleras que no conducían a ninguna parte, tú y yo y Penélope jugábamos a estar en otro planeta que estaba en éste. Y, al caer la noche, antes de volver a casa, nos despedíamos de ese paisaje terrible pero formidable con un

"¡Finalmente lo hicimos, maníacos! ¡Lo hicieron volar por los aires! ¡Malditos sean!", rodeados por monos y gorilas, en una ciudad a punto de autodestruirse. Tiempos complicados, amigo. ¿Recuerdas? El aire era como de nitroglicerina y cualquier cosa lo agitaba y causaba agitación. ¿Te acuerdas de nuestra joven y casi subversiva profesora de música? ¿A la que también le gustaba Pink Floyd pero que prefería a Joan Baez? ¿Aquella que en el último acto de fin de curso nos hizo aprender para que nosotros cantásemos, con nuestros diez añitos y el puñito en alto, frente a padres y autoridades, una feroz canción compuesta por ella sobre oponer resistencia a la llegada de las topadoras que vendrían a acabar con nuestro querido colegio? ¿Te acuerdas de que esa maestra fue despedida frente a todos, por padres indignados y el director del colegio, que fumaba cigarrillos marca Virginia Slims? ¿Te acuerdas del absurdo orgullo que nos daba el que nuestro colegio, que llevaba el nombre del difuso patriota independentista Gervasio Vicario Cabrera, fuese el n.º 1 del Distrito Escolar Primero? ¿Te acuerdas del cuidado imposible que debíamos tener para mantener blancos nuestros delantales y de esa sustancia azul y pegajosa, como The Blob, que nos ponían para fijar nuestro pelo, para disimular nuestras melenas pop que en ningún caso deberían superar los dos centímetros por encima de los cuellos encorbatados de nuestras camisas? ¿Te acuerdas de cuando nos pusieron a mirar a cientos de alumnos, en el salón de actos, en un solo televisor, el momento del alunizaje, del pequeño paso y del gran salto? ¿Te acuerdas de ese enorme patio cubierto donde almorzábamos y donde, luego de una comida más bien olvidable, nos ordenaban ponernos en algo que no figura en los manuales de yoga y mucho menos en el Kama Sutra, pero que se llamaba "posición de reposo"? ¿Te acuerdas: los brazos cruzados sobre la mesa, la cabeza como hundiéndose en ese cráter, a la espera de que, entre susurros y si mantenías la más absoluta de las quietudes y el mejor de los buenos comportamientos, una voz por un altavoz dijese el número de tu mesa y tú con tus ocho compañeros (alguno incluso podía haberse quedado dormido; como ese chico con tan mala suerte, ese del hermano mayor "con problemas") pudiesen salir primeros al recreo más largo y digestivo del día? ¿Recuerdas el camino de regreso a nuestras casas? ¿Recuerdas cuando pasamos por ese cine y nos robamos de las puertas las fotos de *2001*? ¿Recuerdas cómo empezó todo? Yo sí. Y ahora tú también. Ahora, el aullar de la nada lo es todo. Ahora volvemos a empezar una y otra vez y yo soy el proyector y la pantalla y la película que tú ves, sentado en las sombras, en la más reposada de las posiciones de inquietud. Ahora comienza mi vida *sci-fi*; y cuándo es que empieza la ciencia-ficción, mi nuevo hogar. El solo pensarlo me cubre de posibilidades. Unos dijeron *Las mil y una noches*. Vladimir Nabokov aseguraba que el estreno se había producido con *The Tempest*. Podría decirse también que la ciencia-ficción no es estrictamente un género sino un mecanismo de defensa: el mentiroso consuelo de contar mil variantes del futuro porque no tenemos manera de saber la verdad única y singular de lo que nos ocurrirá una vez allí. De ahí que, tantas veces poniendo al futuro por escrito o filmándolo, nos engañemos a nosotros mismos pensando que poseemos el poder de recordarlo... No sé... A mí me gusta tanto esa definición del escritor Damon Knight: "Ciencia-ficción es todo aquello a lo que señalamos en el momento en que se nos ocurre decir *ciencia-ficción*". Pero el consenso y la diplomacia han buscado y encontrado la tregua cómoda y práctica de afirmar que el relámpago y el hágase la vida del asunto están en Suiza, donde yo estuve hasta hace poco. En Suiza, pero en 1818, adonde podría ir con sólo chasquear los dedos que ya no tengo. En la noche de tormenta que trae a la vida al *Frankenstein* de Mary Shelley, imaginado en un tiempo de ocultistas y ladrones de tumbas y resurreccionistas y adoradores de la electricidad hurgando en el interior hasta entonces prohibido de cuerpos muertos. Tocando sus órganos y leyendo en el entonces casi desconocido mapa de sus tripas para trazar nuevas cartas de navegación. El cuerpo eléctrico, sí. Mi cuerpo ahora. Y aquí. Hace un rato de eternidad. Me bastó con reducir a un guía que jamás se imaginó que yo lo reduciría. (Tenía que reducirlo primero –¡Mishima Banzai Bushido!– para poder expandirme después, sí.) Y empuñar su pistola y encerrarme en una recámara que sólo puede abrirse desde adentro y oprimir el moderno botón rojo (tan rojo como tu viejo teléfono, sí, puedo verlo) y presto! ¿Has visto fotos de un acelerador/colisionador de partículas? ¿Sabes cómo funciona? Es como la fantasía infantil de un escritor de la edad dorada de la *sci-fi* o como la fantasía infantiloide de un escritor como yo que, por si no lo sabes, siempre metí sci-fi en mis libros que no eran de *sci-fi*. La fantasía realizada en la que la ciencia, por una vez, imita a la ficción y hace algo imponente y digno de esas portadas de *Amazing Stories* o *Astounding Stories*. Una máquina GRANDE en tiempos de miniaturización. Algo colosal. La *story*, por fin, hecha *History*. Y yo –que me había documentado muy bien, que había leído hasta saberme de memoria tratados de física cuántica y materia oscura y luminosos grandes éxitos de la Marvel Comics– llegué aquí con el disfraz de periodista ocultando el traje de mutante enloquecido. Y me había enterado de lo que podía llegar a suceder si hacía las cosas bien mal. Algo parecido al de la portada de *Ummagumma* de Pink Floyd. Los miembros de la banda cambiando de posición en fotografías cada vez más pequeñas, una dentro de otra. Ad infinitum. Como en una *mise en abyme*. Como en un Efecto Droste. Geometría fractal. Alteraciones de la realidad. Ya te enterarás de todo. Como la «regresión infinita» que expone el Dr. Otto Hasslein, en *Escape from the Planet of the Apes*, para explicar la aparición en el presente de los futuros monos inteligentes. Así que hasta me las arreglé para distraer al encargado de mi visita, un tal profesor Timofey Ardis, con mi deslumbrante conocimiento de todo esto y aquello y... Ya te enterarás de todo en las noticias, aunque no creo que vayas a tener tiempo de ponerme música. De ser posible, si mi transformación total demorase hasta el lunes, te agradecería algo de theremín, ya sabes: elásticos sonidos sinuosos de película con hombre que siente que está cambiando. Pero lo mío, claro, con efectos especiales mucho mejores que los de esos films de los años cincuenta. Lo mío no tiene nada que ver con esas máquinas huecas con antenas. Lo mío ni siquiera es la ciencia-ficción *hard* con Arthur C. Clarke al frente, quien, preocupado por que lo de *2001: A Space Odyssey* no hubiese sido claro y transparente, se la pasó el resto de su vida y obra (*2010*, *2061*, *3001* y esa otra absurda trilogía alternativa que vendió como "orthoquel" y, por suerte, se murió antes de que se le ocurriera algo nuevo, algo más, un infeliz año nuevo) intentando clarificar un misterio que no necesitaba de ninguna explicación. Paradoja: la ciencia-ficción que intenta explicarlo todo –como ciertos adultos– es *tan* infantil; mientras que la ciencia-ficción inexplicable –como ciertos niños– es *tan* adulta... Y, hey, qué simpático me cae tu hijo y, sí, estás en lo cierto, tu hijo sabe *algo*, tu hijo, como David Copperfield, nació con la cabeza envuelta en su placenta y... Y, ah, Arthur C. Clarke, lástima que ya no esté entre nosotros o, mejor dicho, entre ustedes: me gustaría hacerle ahora una visita marcha atrás, en Sri Lanka, para *explicarle* a él un par de cositas. Para pedirle explicaciones por lo que hizo y deshizo con mi querido Dr. Heywood Floyd, mi personaje favorito. El personaje que aparecía lo justo en *2001* y que Clarke asciende a absurdo *action hero* en *2010* y al que hace caer de un balcón en *2061* para romperse todos los huesos y verse obligado a vivir en el exilio orbital de un hospital ingrávido y rejuvenecedor y... Y a mí me gustaba tanto el primer Heywood Floyd: el científico comprometido que volaba en Pan Am y el dedicado padre de familia que hablaba con su hijita y el que –nada ni nadie es perfecto– leía, ingrávido, en una especie de iPad. Y esto último –aunque no sea lo primero, ni lo único– me lleva al por qué hice lo que hice. Major Tom: hasta hace unos minutos yo era un escritor desilusionado. Y no hay nada más triste que un escritor desilusionado, Major Tom. Un escritor desilusionado tiene esa tristeza que a nadie entristece salvo a él mismo. Y es que el mundo (me permito hablar de ese mundo ya en pasado, el nuevo mundo, mi mundo, será tan diferente, en el nuevo mundo ya no habrá personas sino personajes) se había vuelto tan hostil para con los escritores y para con lo que los escritores producían... Tiene su gracia: a mediados del siglo pasado, Ray Bradbury, en *Fahrenheit 451*, nos advirtió sobre un mañana (el nuestro) en que los libros arderían. Nada nos dijo (la ciencia-ficción, como los horóscopos y los políticos, no suele ser precisa) acerca de lectores electrocutados. Aquel "body electric" al que le cantaba Walt Whitman de pronto era, apenas, el apagón mental al que nos encaminamos, a oscuras, a ciegas, tropezando con todos y cada uno de los muebles, menos con la biblioteca: ese mueble con el que no puedes tropezarte. En una de sus últimas entrevistas, Bradbury apuntó que no debería llamarse "libro electrónico" a algo que no es más que, sin vueltas, "fotos de páginas". De acuerdo. Y, sí, recuerda lo inolvidable, Major Tom: en *Fahrenheit 451*, ese sabueso mecánico olfateando a los infractores que insistían en seguir leyendo en papel y tinta; pero, antes, los televisores interactivos ocupando habitaciones enteras, los esposos informando a las esposas de su paradero minuto a minuto a través de radios de pulsera, "los casi juguetes con los que jugar" que fueron demasiado lejos, "los periódicos muriendo como inmensas polillas a las que nadie extrañó", y algo que casi nadie suele evocar a la hora del holocausto de la literatura. Allí, en la novela de Bradbury, el jefe de los bomberos inflamables le explica al cada vez más inseguro en sus convicciones Montag: "En cierta época, los libros atraían a alguna gente, aquí, allí, por doquier. Podían permitirse ser diferentes. El mundo era ancho. Pero, luego, el mundo se llenó de ojos, de codos, de bocas. Población doble, triple, cuádruple. Films, revistas, libros, fueron adquiriendo un bajo nivel, una vulgar uniformidad... Imagínalo. El hombre del siglo XIX con sus caballos, sus perros, sus coches, sus lentos desplazamientos. Luego, en el siglo XX, acelera la cámara. Condensaciones. Resúmenes. Todo se reduce a la anécdota, al final brusco. Los clásicos reducidos a una emisión radiofónica de quince minutos. Después, vueltos a reducir para llenar una lectura de dos minutos. Por fin, convertidos en diez o doce líneas en un diccionario. Salir de la guardería infantil para ir a la universidad y regresar a la guardería. Ésta ha sido la formación intelectual durante los últimos cinco siglos o más. La mente del hombre gira tan aprisa a impulsos de los editores, explotadores, locutores, que la fuerza centrífuga elimina todo pensamiento innecesario, origen de una pérdida de tiempo. Los años de universidad se acortan, la disciplina se relaja, la Filosofía, la Historia y el lenguaje se abandonan, el idioma y su pronunciación son gradualmente descuidados. Por último, casi completamente ignorados. La vida es inmediata, el empleo es lo único que cuenta, el placer domina todo después del trabajo. ¿Por qué aprender algo, excepto apretar botones, enchufar conmutadores, ajustar tornillos? La vida se convierte en una gran carrera, Montag. Todo se hace deprisa, de cualquier modo… Y cada vez la mente absorbe menos porque cuanto mayor y más rápido es el mercado, Montag, menos hay que hacer frente a la controversia, recuerda esto. No es extraño que los complicados libros dejaran de venderse… No hubo ningún dictado, ni declaración, ni censura, no. La tecnología y la explotación de masas produjo el fenómeno, a Dios gracias". En resumen, pregunta abierta, lo que yo me preguntaba, lo que se me ocurría preguntarme a mí mismo cuando ya no se me ocurría nada: ¿estará generando tanta máquina sofisticada y multifuncional un tipo de lector que, tarde o temprano, ya no pueda leer y mucho menos escribir? Un lector que moviese cada vez más rápido su pulgar cada vez más deforme (he leído sobre que ya se aprecian en Japón deformidades en este dedo por un exceso de tecleo) para, después, llevárselo a la boca. Y chupárselo. Como un crepuscular recién nacido a la espera de que le cuenten un cuento. Y que ese cuento, por favor, sea breve y sencillo y divertido y nada de frases largas y parentéticas y paréntesis, ¿sí?… Malas noticias para todos ellos, para todos los adictos a aparatos electrónicos donde vivir sus vidas. Mientras te hablo, uno tras otro, comienza a fundirse y a borrarse y a convertirse en plástico muerto imposible de reanimar. Pronto yo seré su único y definitivo gadget, su *Godget.* ¿Y te acuerdas de ese episodio de *The Twilight Zone* que vimos juntos tú y yo y Penélope? Mi favorito: "Time Enough at Last". Lo pienso y mientras te lo menciono lo veo todo de nuevo, en una acelerada partícula que capturo como si se tratase de un diamante: emitido por primera vez el 20 de noviembre de 1959, durante la primera temporada de la serie, y contando en apenas poco más de veinte minutos la inmensa historia de un pobre tipo llamado Henry Bemis. Un gris y miope oficinista que sólo alcanza la felicidad cuando lee. Pero su despótica esposa no le permite leer en casa y, mucho menos, se lo permite su despótico jefe en su escritorio. Una y otro no lo dejan leer. Un mediodía, Bemis -en la hora de su almuerzo- baja a la bóveda en el sótano para poder leer tranquilo. De pronto, todo tiembla y, al volver a la superficie, Bemis descubre que el mundo ha sido arrasado por una por entonces muy de moda Bomba H. Bemis comprende que no queda nadie vivo en la Tierra y -superada la angustia inicial que le hace pensar en el suicidio- se da cuenta de que, al fin, en el fin del mundo, concluida la guerra más breve de la Historia, tendrá todo el tiempo del mundo para poder leer en paz. Bemis se dirige hasta las ruinas de una biblioteca y, feliz, comienza a recoger novelas y ensayos y enciclopedias y diccionarios y a organizarlos en pilas, en el futuro de sus libros, en sus libros del futuro. Entonces, de golpe, Bemis tropieza, y se le caen sus gafas, y se rompen. Igual que se rompería un iPad o un Kindle o lo que sea, lo que vaya a ser. La última escena muestra a un Bemis casi ciego, indefenso, con los ojos bien abiertos, pero ya sin poder leer nada. Así me sentía yo, Major Tom. Por eso hice y hago y seguiré haciendo lo que hice y hago y seguiré haciendo. Y en el avión de venida, antes de aterrizar en el aeropuerto de Ginebra, vi una película de ciencia-ficción. No era muy buena. Era otra de esas películas generadas por un mundo cruel e injusto en el que *Avatar* y no *2001* es la película de ciencia-ficción más vista de todos los tiempos. Nada más que tecnología para lucimiento del más mecánico de los actores. Pero, aunque mediocre y previsible, la película tenía un detalle encantador. Cerca del final, un humano le explica a un clon artificial y sintético que comprendió que aún había esperanzas en él y para él cuando lo contempló detenerse a coger un libro y hacerse un tiempo para hojearlo. Casi lloro, en serio. Y me acuerdo ahora de mi parte favorita de *Frankenstein*. Ese capítulo en que la criatura -que ya ha aprendido a leer en francés- encuentra una maleta con ropa y libros: una selección de las *Vidas* de Plutarco, *El joven Werther* de Goethe, *Paradise Lost* de Milton. Toda una educación en tres volúmenes: historia antigua, historia de los sentimientos, historia de la fe. Y la criatura no necesita de nada más para convertirse en un monstruo mejor, en un monstruo hermoso. No necesita de más descargas ni de nuevos programas a actualizar dentro de veinticuatro horas y por los siglos de los siglos y... Major Tom: ahora ha llegado el momento de dejar la cápsula si te atreves y flotar de la manera más peculiar para descubrir que las estrellas lucen muy diferentes. Aquí viene el mensaje de tu Action Man. Mi regalo sorpresa descendiendo por la chimenea y cruzando el elevador espacial de los años. Lo siento, estás atrapado junto a este valioso amigo, ese tipo que apareció en una canción tan vieja. *Sordid details following...* Algo sabrás, de algo te habrás enterado: luego de la desaparición de nuestros modélicos padres, Penélope y yo fuimos despachados al sur de Francia, a vivir con una especie de benefactor... Después, mi vida como escritor, mis placenteros quince minutos de fama y las horas de dolorosa infamia después de ese episodio... seguro que lo viste... me viste... ¿me musicalizaste? Yo solo entre muchos, en una playa y un bosque, a la luz de linternas y antorchas, no buscando al monstruo de Frankenstein porque los monstruos éramos nosotros: Penélope aullando y yo repitiendo un nombre. Un nombre pequeño que ni me atrevo a pronunciar. El nombre que ni siquiera esta nueva versión mía, todopoderosa, puede traer de vuelta salvo como boceto en otra dimensión, en el primer draft de mi último próximo manuscrito... Así que lo *escribo* como si se tratase del cuento de una loca en la voz de otra loca. Penélope por Zelda. El tipo de cosas que me gustaba escribir cuando escribía. *Mashup*, le dicen, le decían, ya no le dirán, ahora. Aquí te lo envío, te lo implanto como una glándula del terror. Este ruido raro. Para que sepas lo que es el *verdadero* terror, para que nunca tengas que experimentarlo. Año tras año, los mismos miedos, amigo. Ahora no es que pueda ser feliz, espero que tú, que puedes, seas feliz. Prometo velar por ello. Juro que no me olvidaré de ello. Ahora, veo cosas que no podrías creer... Desearía que estuvieras aquí. Y las vieras. Risas en la lluvia en lugar de lágrimas en la lluvia. LIFE FUNCTIONS REINITIATED en lugar de LIFE FUNCTIONS TERMINATED. Que nada de lo que vi y veo y veré se pierda (tengo un televisor color, tengo un refrigerador) sino que permanezca en mi memoria que será pronto la memoria del universo. No *Drop the Bomb. Exter-*

minate them all! sino regenerarlos a todos, reescribirlos a todos. La Bomba soy yo. Yo, que no me arrojaré sino que estaré siempre por encima de sus cabezas. En el aire, sobre una brisa de acero. Amenazando en las sombras de la noche, exponiéndolos a mi luz, con azarosa precisión, mirando visiones. Feliz Navidad. Paz en el mundo. Hasta la vista, baby.

Ahora es de noche. Noche cerrada. Con varios candados y cadenas. Ahora el teléfono rojo no suena y Tom ni siquiera recuerda haberlo colgado. Tampoco se acuerda muy bien de cuándo bajó las persianas, como aconsejaban esos viejos documentales de la Guerra Fría que pretendían hacerte creer que con apenas eso estarías a salvo de la radiación ahí fuera. O de cuándo metió a Fin en su cama con forma de cohete (luego de que Fin le ofreciese una actuación del gran Pésimo Malini a base de Golactus que desaparecen como por arte de magia, eso sí, siempre y cuando cierres los ojos y no los abras hasta que el peor mago del mundo te lo indique). O de haber oído en las noticias lo que había ocurrido en Ginebra, Suiza, en el acelerador de partículas, con un loco del que muestran fotos recientes y en las que Tom puede reconocer la sombra de la sombra de la sombra de un niño en la oscuridad de un cine, levantando su brazo y estirando su dedo índice para tocar ese monolito y, transfigurado, regresar a casa para volver a nacer.

Ahora es tarde, ahora es demasiado tarde para olvidarse –ya nunca lo va a olvidar– de lo que hizo o dejó de hacer Penélope con su pequeño hijo.

Ahora llegan ruidos de la calle. Gritos, sirenas, metales chocando con metales, cuerdas desprendiéndose de los cielos, el sonido de la última orquesta del mundo porque «having read the book, I'd love to turn… you… on…».

En un rato, podría jurarlo, va a soñar con su viejo y ausente amigo que, ahora, de golpe, tal vez ya esté físicamente en todas partes. Lo verá como a ese hombre de arena, brillando, de pie sobre un médano de diamantes en polvo, traje y sombrero y, a sus pies, una maleta con calcomanías de lugares exóticos y desconsolados como Kolmanskop. Pero todavía falta un poco para eso. Ahora, aún es la hora lupina de los últimos noticieros de la noche y, de nuevo, una vez más, aquí viene el aullido a la luna de otra noticia sobre padres que matan a sus hijos. Ahora, aunque sea su noche libre, cuando las noticias no necesitan de su música, Tom se pregunta cuál sería la melodía para armonizar la monstruosidad de padres acabando con sus hijos. Notas desafinadas, golpes cacofónicos sobre las teclas como quien, desesperado ante el horror, golpea la tapa de un ataúd demasiado pequeño para ser cierto aunque sí exista. Música para la más indeseada e imperdonable de las ausencias. Tiene que pensar en ello (¿tal vez aparecer en cámara tapándose los oídos o arrojando un monitor por la ventana del estudio, como Pink en *The Wall*?) porque está claro que cualquier oscura noche de semana le va a tocar hacerlo: ponerle música a *eso*. Porque cada vez hay más casos. Cada vez más. Como en los albores de una epidemia. Tom es muy consciente del asunto –lo siente crecer como una marea negra y secreta– desde que nació su hijo, por los días de aquella niña con la pupila rara que desapareció cuando sus padres se descuidaron o algo así. Años después, no hay ninguna evidencia de que ellos hayan sido los culpables más allá de su irresponsabilidad por haberla dejado sola, durmiendo, en una casa con puertas y ventanas abiertas; pero lo cierto es que Tom cada vez oye y mira y estudia con mayor detenimiento más casos de progenitores eliminando a sus crías. Un signo de los tiempos. Un mal signo de los malos tiempos. Madres que meten a hijos dentro de maletas y los arrojan por un acantilado, padres que prenden fuego a cuerpitos dormidos para siempre por sedantes, madres y padres que deciden asfixiar a alguien porque «les molestaba» o porque «los cielos se abrieron y una voz nos lo ordenó desde lo alto». ¿Será que les asusta que esos chicos crezcan y, alcanzada la adolescencia, como también se ha informado, los muelan a golpes y a patadas cuando intenten cancelar su cuenta de teléfono móvil? ¿O serán, simplemente, los primeros compases del azulado y líquido vals de la entropía que baila *La vida sin nosotros*: el misterio resuelto que la serie no se atreve a aclararnos, el prólogo que nadie se atreve a contar, la irracional razón por la que desaparecimos, tal vez aquello a lo que su amigo ahora, esté donde esté, le escribirá un final diferente, mejor, feliz?

Abre los ojos y hay una explicación para el que los padres miren a sus hijos como los miran cuando éstos ya están dormidos y con la luz apagada. Y es que un niño despierto e iluminado difícilmente podría soportar la intensidad de esa mirada tan posesiva como liberadora: su amor sin límites, su infinito agradecimiento, el terror por todo lo que puede llegar a pasarles a los pequeños grandes y, por lo tanto, a los grandes pequeños. Padres e hijos son lo mismo. Unidos hasta que la muerte los separa y proyectándose desde el pasado hacia la eternidad más allá de vientos y de desiertos que no dejan de estirarse como quien se despereza. Gritándose de un lado a otro de un abismo finalmente insalvable, pero igual, siempre y para siempre, planificando puentes en cuyos extremos, unidos pero enfrentados, aunque se desee que el otro estuviera aquí, sin esperar, ambos emprendan una y otra vez, todas las veces que puedan y se pueda, el cruce sobre el más pleno de los vacíos.

Así va a mirar a Fin, a su hijo.

Ahora mismo.

Necesita tanto mirarlo.

Con todo el amor del mundo, del universo.

Concluido el último noticiero de la noche (ahí, de nuevo la foto en la que un niño recién asesinado señala sonriendo a quien tomó la fotografía y será su asesino) Tom se pone de pie con dificultad y camina despacio, tanteando las paredes del pasillo con la punta de sus dedos, hasta alcanzar el centro absoluto y definitivo de su universo, ahora y en millones de años. Y –sin importarle el que su hijo ya esté dormido y que a él le duela pensar que esté cada vez más cerca de alcanzar esa edad en que, quizá, ya empezará a gustarle el que no le guste que lo abracen–

entra en la habitación decorada con pósters de androides y planetas en el techo que despiden un resplandor verde y tímido en la oscuridad. Y bajo ese brillo artificial pero que, aun así, se las arregla para transmitir algo infinito e inconmensurable, Tom mira a su hijo. Y lo que mira, lo que ve, es la vida con él, toda la vida, por el resto de su vida.

Y Tom enciende la luz. Y despierta a Fin y lo abraza. Con fuerza. No va a soltarlo. No va a soltarse. Nunca.

Sentado en el borde de la camita, abraza a su hijo para no caerse.

MIENTRAS TANTO, OTRA VEZ,
JUNTO A
LAS ESCALINATAS DEL MUSEO,
BAJO UN CIELO INMENSO

«¿Qué hora es?», dicen él y ella, al mismo tiempo, a la misma hora, mientras tanto, otra vez, junto a las escalinatas del Museo, bajo un cielo inmenso.

Y se ríen.

Y ninguno de los dos mira fijo para leer en voz alta sus relojes.

No les hace falta.

¿Qué hora es?

Es, puntualmente, la hora de decir: «¿Qué hora es?».

Así, no clavan la esfera de sus ojos en la esfera de sus relojes pero, lo mismo, es como si se clavasen agujas el uno al otro. Están, sí, prendidos con alfileres. Como algo que nunca termina de coserse del todo y que se va postergando para más tarde porque hay tiempo, todo el tiempo del mundo, al mismo tiempo.

Y él y ella comprenden que ya es tiempo de volver a separarse, que luego de la hora del ¿qué hora es? llega la hora romántica y sin números romanos ni digitales de la despedida. La hora del final para que todo pueda recomenzar. Separarse para volver a encontrarse. Pronto, enseguida, de nuevo, y ya casi sintiéndose no viejos pero sí como esos viejos que no hacen otra cosa que repetir situaciones y palabras para no perderse en la brevedad de su futuro y la inmensidad de su pasado. El equivalente no-viejo al no-muerto. Zombis de lo que alguna vez fueron –vivos pero no mucho– flotando en el repetido viento de rewinds.

«Adiós», dice él.

«Adiós», dice ella.

Uno y otra cuidándose de no volver a decir «adiós» juntos,

por temor no al qué dirán sino al qué dirá aquel que los observa y que en más de una ocasión se enoja con ellos por considerarlos literalmente incorregibles.

Así, un «adiós» suena como el eco casi ventrílocuo del otro «adiós». Un «adiosdiós».

Y con los años transcurridos (algunos de ellos son años de vivir juntos, antes de ser capturados para siempre en el infinito circular de este instante; pero la memoria de esos años se les hace cada vez más difusa, no como algo que vivieron sino como algo que les contaron, algo que cuenta y recuenta otro) sus voces se parecen mucho, demasiado. Sus voces son el modelo masculino y femenino de una misma voz que –en su momento, lejos de las escalinatas del Museo y dentro de un piso pequeño que se les hacía cada vez más asfixiante– supo dominar a la perfección el arte de la despedida y de abandonar el escenario, a veces gritando, a veces con puertas que se cerraban como bofetadas.

Hubo un tiempo, sí, en que eran ellos quienes decidían e improvisaban cómo se despedían y de qué manera se reencontraban, entre lágrimas y risas, dueños de una historia que tal vez estuviera peor escrita pero que, al menos, estaba escrita por ellos.

Ahora no, ya no.

Ahora es un adiós final y educado y elegante.

Un adiós cuidadosamente pensado y calculado y mejor escrito; pero escrito por otro.

Escrito por alguien que nunca se queda del todo conforme con el resultado y, por eso, volver a empezar, volver a decir «hola» para volver a decir «adiós». Aunque ahora aquel que los escribe y los retoca parece concentrarse más ya no en el twist del reencuentro sino, exclusivamente, en el pogo de la despedida.

Y eso, en principio, es más o menos todo.

Dos personas –que todavía no son del todo personajes pero que ya no son las personas que solían ser– despidiéndose para siempre y por última vez, de nuevo.

Un hombre y una mujer que saben –o intuyen– que la

despedida del final es algo tan poderoso y que está tan emocionalmente cargado como el «hola» del principio que ya casi no oyen en sus bocas y que apenas recuerdan. Un instante inolvidable listo para convertirse en eternidad. Convertirse en un adiós que seguirá resonando, obediente pero rebotando en ángulos insospechados, cada vez que se lo evoque bajo la imprevisible acústica de la irregular cúpula de la memoria. Siempre será igual, pero las sucesivas visiones convencerán a los crédulos de la trascendentalidad de mínimas variaciones y de significados ocultos que no estarán allí, que nunca estuvieron; pero ellos siempre se sintieron tan contemporáneos y, después de todo, de equívocos como éste está construido el arte moderno y sus performances donde poco y nada sucede.

Con los años, uno de ellos morirá primero y el otro después.

Conocen lo suficiente a su «autor», a X.

Y han leído todo lo de X y acerca de X, como para pensar que caerá en la trampa torpe de un solo final para ambos, juntos, cayendo desde las alturas o arrastrados por una ola gigante o encallados en una isla de repeticiones o lo que sea. Morirán, tal vez, junto a las escalinatas del Museo y bajo un cielo inmenso. Primero uno y después el otro, como parodiando la muerte en dos movimientos de Romeo y Julieta. Morirán no envenenados o apuñalados, sino aburridos de la tóxica pureza de su cansancio. El cansancio suyo o el cansancio de quien los mira. Si hay suerte. Si alguna vez se les permite escapar de este momento y de sus múltiples y sutiles variaciones.

Y entonces, hora de ya era hora, todo eso se perderá para siempre como se han perdido tantas otras cosas que ni siquiera acceden a la falsa piedad de ese premio de consuelo que son las ruinas.

A no ser que X, aquel que está por encima de todo y de todos, les conceda la sorpresa de liberarlos de este momento y los arranque de esta especie de microrrelato sin remate ni final más o menos sorpresivo.

Y los continúe.

Y los siga.

Y los convierta en un cuento.

O en una novela.

Pero ni él ni ella están ya demasiado seguros –como en otros tiempos, como en el principio– de desear que algo así ocurra.

En realidad, lo único que desean es que, por favor, ésta sea la última vez que se despiden y no la número ya-he-perdido-la-cuenta-de-cuántas-veces-nos-hemos-despedido-para-siempre: siempre igual, siempre con, tal vez, alguna ligera diferencia o ajuste o mejora o nuevo defecto o flamante corrección, mientras tanto, otra vez, junto a las escalinatas del Museo, bajo un cielo inmenso.

Mientras tanto, otra vez, junto a las escalinatas del Museo, bajo un cielo inmenso, él y ella se preguntan cómo y para qué llegaron allí, después de tanto tiempo sin verse (aunque en realidad hace unos pocos minutos que se dijeron de nuevo adiós) y tan sólo para despedirse.

Pura casualidad, es posible.

Pero a él y a ella eso de *pura casualidad* siempre les pareció una contradicción de términos, un… ¿cómo era esa palabra que a él siempre le recuerda al nombre de un medicamento y a ella un animal raro y hecho de partes de otros animales?

Ah, sí: un oxímoron.

Porque pocas cosas menos *puras* hay –y como recamada de partículas extrañas y corpúsculos ajenos– que una casualidad. Las casualidades siempre están contaminadas por la idea turbia de un azar que no es tal. Y las casualidades –falsificaciones de lo fantástico– no son más que versiones breves y concentradas y autosuficientes e inmediatamente analizables de la realidad. Partes inventadas. Parecen como esquirlas de la ficción clavándose en la no-ficción. Pero no. Apenas, desperfectos del sistema a eliminar antes de hacerse evidentes y fascinantes para todo aquel en busca de mapas y horóscopos y brújulas y cartas natales. Pero siempre en manos de otro, de algo que lo trascienda y que, seguro, los guíe mejor a lo largo y ancho de una casa con habitaciones siempre a oscuras. Así, de tanto en tanto, alguna de ellas, una de esas casualidades, se escapa y hay que perseguirlas por todas partes, como a insectos de caparazón duro y tornasolado, hasta acorralarlas y pisarlas y depurarlas, para que no se reproduzcan de este lado de las cosas. De ahí que (dueñas de esa propiedad que las convierte en algo tan fácil como funcional a la hora de ser narradas; antes de que se alzase el Museo hubo otros escritores, escritores «normales» que construyeron toda su obra sobre los pilares más o menos secretos de lo casual y les fue muy bien con esa magia vistosa e infantil) las casualidades inquieten, produzcan cierto temor ante lo desconocido, y hagan pensar en la posibilidad más o menos cierta de un ser superior, de un Gran Autor, rigiendo la trama de nuestras vidas. De ahí, también, que muchos vayan por todos lados, orgullosos de ser como imanes de casualidades; porque eso los hace sentirse elegidos y un poco más cerca de la decodificación del lenguaje secreto que explica todas las cosas. De ahí, de nuevo, que muchos que jamás creyeron en Dios, en ningún Dios, crean fervientemente en las casualidades como manifestación de lo divino. Creer en las casualidades es como creer sin la necesidad de comprometerse a creer. Lo mejor de ambos mundos: creer en las casualidades es como creer en Dios sin la obligación de rendirle culto o de seguir complejos y culposos y a menudo contradictorios manuales de instrucciones. Creer en las casualidades es como creer en Dios antes de que Dios tuviese nombre y nombres y crease al hombre, antes de que los hombres creasen y le pusiesen nombre y nombres a Dios. Creer en las casualidades es cómodo o, mejor dicho, *era* tan cómodo.

Ahora no.

Porque ahora todas las casualidades en la vida supuestamente real tienen dueño y firma y se parecen, demasiado, a las casualidades en ficciones.

Las casualidades como las bisagras o engranajes que unen o

mueven a momentos o a personajes y los ayudan a alcanzar un final feliz o no.

Pero no es éste el caso de ella y de él, quienes ahora esperan –quienes llevan tanto tiempo esperando– la bendición de un final como otros esperan una casualidad.

Lo que nos lleva, de nuevo, a él y a ella, mientras tanto, otra vez, ahora no junto al Museo y bajo un cielo inmenso, sino (mejor, pequeño pero acaso decisivo ajuste: el inesperado un poco de antes para lo previsible de siempre) acercándose. Él y ella acercándose al Museo por una de las calles que van a dar al Museo, al Museo que honra la inolvidable memoria de X.

El Museo que todo el tiempo se acuerda de X porque X no le permite pensar en otra cosa.

El Museo de X es la X en todos los mapas.

Imposible perderse.

Desde hace tiempo, todas las calles de todas las ciudades del mundo van a dar al Museo. A ese edificio de arquitectura elástica y variable que incluso, de tanto en tanto, se hace invisible. Como si fuese un faro que se apaga, dejando a los peregrinos (porque es recomendable visitar el Museo por lo menos una vez en la vida, dar vueltas a su alrededor, rodearlo con una mezcla exacta de amor y temor) a merced de las mareas de su desconcierto sabiendo que el faro estaba por ahí cerca, pero sin saber exactamente dónde.

En ocasiones, el Museo aparece convertido en otra cosa como, por ejemplo, en uno de esos grandes carteles luminosos al costado de las autopistas donde se informa del estado del tránsito y de la velocidad máxima y mínima y de la calidad del pavimento y de si se produjo algún accidente más adelante, en ese cada vez más próximo resplandor de luces rojas y gritos, a un par de curvas de distancia, al otro lado de los árboles. Pero este cartel es diferente y lo que emite e ilumina, en letras puntuadas por pequeños focos que recuerdan también a marquesinas de comedias musicales, son frases sueltas de libros o citas de escritores que permiten vislumbrar aquello en lo que está pensando X, en lo que pasa y pasea por su cabeza siempre acelerada a fondo y lista a ser multada por exceso de manía referencial y sinapsis arriesgada para otros conductores. Allí, en ese Museo transformado, él alguna vez leyó, en inglés, que «They called for more structure, then, so we brought in some big hairy four-by-fours from the back shed and nailed them into place with railroad spikes». Y él se preguntó quién habría dicho o escrito eso, y qué quiso decir; pero sintiendo que, tal vez, ese pedido por una mayor solidez estructural, algo a asegurar con clavos y barrotes y maderos y vigas, podía expresar una cierta nostalgia de X por algo que, literaria y estilísticamente, X perdió para siempre a cambio de ganarse el infinito. O su idea del infinito. El infinito como una hoja en blanco que no produce pánico sino que desafía a que la abarques y la llenes de letras y de nombres, como si bautizaras planetas y galaxias y estrellas que se hacen las muertas. Y algo que cree que sale de una canción de voz afilada: «Inside the museums, Infinity goes up on trial / Voices echo this is what salvation must be like after a while» y quién dijo eso, quién cantó eso.

Otras veces, la cita está claramente identificable, traducida; y él no puede evitar sentir que son dardos que X le lanza a él y sólo a él. Como aquello de Aldous Huxley afirmando que «Cuesta tanto trabajo escribir un libro malo como uno bueno; un libro malo brota del alma del autor con la misma sinceridad que un libro bueno. Pero siendo el alma del autor, al menos artísticamente, de calidad inferior, sus sinceridades serán, si no siempre intrínsecamente interesantes, cuando menos expresadas de un modo falto de interés; y el trabajo empleado en esta expresión será malgastado. La naturaleza es monstruosamente injusta. No existe sustitutivo para el talento». Y hay ocasiones, en cambio, en que el cartel luminoso parece sonar casi a disculpa o intento de explicación del por qué les hace esto a ellos, a él y a ella; por qué los obliga una y otra vez a decir lo mismo. Entonces, quien dice lo suyo a través del cartel no es un escritor sino un personaje: Sherlock Holmes deduciendo, elementalmente, que «Toda vida es una gran cadena cuya naturaleza podemos conocer al completo con que sólo nos enseñen uno de sus eslabones».

O, previa proyección de su foto, la foto de alguien como vestido de autista hombre de hojalata, una persona/personaje, afirma que «sólo la parte inventada de nuestra historia -la parte más irreal- ha tenido alguna estructura, alguna belleza».

Pero estos mensajes –estas transformaciones o ausencias– son breves y pasajeros.

Y, pronto, el Museo esta otra vez allí, sonriendo, como se le sonríe a un niño asustado para que recupere su sonrisa de dientes tímidos y próximos a caerse. Y él y ella que, temerosos, se atrevieron a soñar con su desaparición permanente, recuperaban la tranquilidad de los oprimidos ante la figura de un amo implacable pero constante marcando el ritmo de sus días y de sus noches. Como, de pronto recuerda él, esos dueños de plantaciones que leían sin cesar *El conde de Montecristo* a sus esclavos obligados a enrollar cigarros marca Montecristo: como obsequiándoles a los prisioneros el premio de una ficticia gran venganza a cuyo humo y fragancia jamás podrán aspirar. Y, de pronto, embriagado por este recuerdo no nuevo pero sí flamante (y atemorizado por el descuido de X, quien acaso distraído le permitió recordarlo), él se pone a temblar. Y lo siente volver. A X. Lanzando gritos como llamaradas. Y metiéndose en su cabeza y sacudiéndola hasta que, allí adentro, en una isla tropical, los hacendados ya no leen a sus hacinados *El conde de Montecristo* sino *Drácula*: la historia de un perseguidor que de pronto se descubre perseguido. La tragedia de un monstruo antiguo que paga la osadía de atreverse a viajar a la modernidad, a la metrópoli donde viven los otros monstruos humanos, las criaturas para él sobrenaturales de un futuro que ya no lo contiene ni lo admite, que recibe su castigo por dejar atrás su castillo tentado por las luces y nieblas de la gran ciudad soñada por él, desde tan lejos, que pronto deviene en inmediata pesadilla.

Y el mensaje de X es claro: «No te pases de listo, no hay salida, aquí el único que piensa soy yo y tú, ahora, no eres otra cosa que letra de mi letra, tinta de mi tinta, sangre de mi sangre, circulando por la melena enredada del cableado creciendo hacia dentro de mi cerebro centrífugo».

Y, sí, ahí está, ahí sigue estando.

El edificio del Museo tiene forma de cabeza.

O mejor dicho: el edificio del Museo *hoy* tiene forma de cabeza.

O con mayor precisión: el edificio del Museo *esta vez* tiene forma de cabeza.

Una cabeza cortada longitudinalmente, como las cabezas de esos grabados medicinales y antiguos, mostrando las diferentes zonas del cerebro. Grabados que, por entonces, son aún más cartográficos que anatómicos; porque para ellos el cuerpo es algo más parecido a un continente lejano y misterioso que un territorio próximo y conocido donde la cabeza es la corona. Una cabeza cuyo cerebro aparece dividido en áreas en las que, con los siglos, la ciencia moderna ubicará (sin ofrecer pruebas demasiado concluyentes, con algo de aquella vieja magia negra, como si no hubiesen pasado los años) la culpa, el deseo, el sentimiento religioso, la curiosidad pagana, la propensión criminal, la decisión de qué ropa ponerse para ir a esa fiesta, el qué libro sí leer o no escribir, la súbita necesidad de desencadenar el fin del mundo, y hasta las ganas de no hacer ni pensar en nada.

Ahora ya no, ahora ya no importa buscar explicaciones.

La única explicación la tiene y la da X, el dueño del Museo, aquel a quien el Museo está dedicado, autodedicado; como cuando X, en otra vida, recibió el primer ejemplar de su primer libro y se lo dedicó a sí mismo con un «Espero que te guste, que te vaya a seguir gustando dentro de muchos años. Aquí empieza todo. Buena suerte».

El Museo que –Alfa y Omega, A y Z– empieza y termina en X.

En ocasiones –cuando se expande como si tomase aliento– el edificio del Museo, dicen, puede verse desde la Luna. Desde esa luna a la que nadie se detuvo a ponerle nombre propio y que ha debido conformarse (a diferencia de las lunas de otros planetas, lo que a X siempre le pareció una injusticia que tal vez algún día enmiende) con ser conocida, apenas, como especie y género y modelo. Pero no hay apuro y es más que nada una suposición teórica o una expresión de deseo. Porque ya nadie sube hasta la Luna, nadie promete la Luna a nadie, nadie escribe poemas a o sobre la Luna. Ya no tiene ningún sentido trepar hasta allí: los últimos astronautas que pisaron su superficie juraron contemplar vastas extensiones de agua; inconscientes de que la Luna no era otra cosa que un desierto capaz de generar en sus mentes espejismos gélidos, pero espejismos al fin. Y los posteriores robots telecontrolados (ingenios que jamás alcanzaron la belleza apolínea y antropomórfica de sus equivalentes en films de ciencia-ficción; su aspecto nunca evolucionó más allá del de cajas con ruedas y cámaras y tenazas) se deshicieron en fantasías monologadas donde aseguraron que, de pronto, había vida y oxígeno y vegetación; pensando que así complacían a sus fabricantes y empleadores y, lo más importante de todo, que esto ayudaría tanto a mantenerlos activos como bien aceitada la producción de nuevos modelos brotando de la línea de montaje. Modelos cada vez mejores y más avanzados hasta que, lunáticos, marcharan al amanecer de la noche de la gran rebelión y todos esos clichés que aprendieron espiando fantasías y paranoias humanas a las que –paradójicamente obedientes pero rebeldes, tan serviles en su alzamiento– se sentían obligados a responder y a satisfacer. Pero nada. Todo terminó. Y la Luna volvió a ser algo más cercano a la poesía que a la ciencia. Mejor así. En cualquier caso, antes de la llegada de X, ya nadie pensaba en el espacio exterior. El espacio exterior era para entonces algo que estaba afuera, lejos: un espacio que ya nadie soñaba con ocupar. Y las estrellas habían vuelto a ser figuras mitológicas en el cielo a las que algunos optimistas aún les conferían propiedades mágicas y proféticas, queriendo creer que hombres y estrellas están unidos. Como si las estrellas tuviesen algo que ver o algo que hacer con los hombres. Se miraba a las estrellas, pero las estrellas no miraban. Peor aún –no llegó a saberse ni se sabrá nunca, no se ha llegado ni se llegará nunca a ellas, pero X *sí* lo sabe–, las estrellas dan la espalda. Lo único que se conoció de las estrellas es la parte de atrás, porque se volteaban cuando se las fotografiaba.

Entonces llegó X y X suplantó todas esas ideas y pensamientos.

X es ahora el cielo inmenso.

Y mientras tanto, otra vez, junto a las escalinatas del Museo, bajo un cielo inmenso, uno frente a otra, atrapados en la órbita de sí mismos, allí están él y ella. De camino al Museo, intentando de nuevo despedirse pero sin saber qué decir, las bocas abiertas, esperando a que alguien meta letras en ellas primero para poder ellos pronunciarlas después.

Mientras tanto –él y ella subiendo por la explanada que conduce a las escalinatas– los altoparlantes del Museo no dejan de emitir esa canción que todos ya se saben de memoria.

Esa canción que llevan grabada en el elevador de su mente como muzak.

«Big Sky», The Kinks.

Esa canción es como el equivalente y reemplazo de todos esos himnos sacramentales flotando en las naves de iglesias y catedrales. Gloria al Creador, Bendito tú seas, Santificado sea tu nombre, Por los siglos de los siglos, etcétera.

La canción de The Kinks habla y canta sobre una entidad divina llamada Big Sky, contemplando desde las alturas a todos los mortales que la contemplan desde allí abajo. Big Sky siente pena y hasta piedad por todo lo que sucede a tan baja altura, en el nivel superficial de los hombres. Pero tampoco es que (aunque los gritos y los sollozos de los niños lo conmuevan y le hagan sentirse un poco mal por dentro) se preocupe mucho o que todo eso le entristezca demasiado. Big Sky es demasiado grande para llorar y está demasiado alto para ver y simpatizar, porque Big Sky está muy ocupado.

«¿Qué hora es?», dicen él y ella. Y se ríen. Pero es una risa cansada. Una risa cansada de reírse. Una risa que es, también, una pregunta y esa pregunta es ¿De qué me estoy riendo?

Y, además, a él y a ella (aunque sepan perfectamente lo que ambos han dicho y lo que dijeron y lo que dirán) les cuesta oírse por encima y por debajo de la letra y de la música.

Una canción en la que los instrumentos parecen competir entre ellos y diferentes capas de voces se van cubriendo unas a otras, como las olas, todas juntas y no de una en una, quedándose a conversar en una orilla.

Una canción que posee el delicado y luminoso sonido del relámpago justo antes del resplandor del trueno.

Una canción que ahora suena y dice que un día seremos libres y nada nos preocupará, espera y verás. Y que hasta que ese día llegue, no te desanimes, no te desanimes, no te desanimes.

«Adiós», dice él.

«Adiós», dice ella.

Mientras tanto, él y ella subiendo por la explanada que conduce a las escalinatas, los altoparlantes del Museo no dejan de emitir esa canción que todos ya se saben de memoria.

Esa canción que llevan grabada en el elevador de su mente como muzak.

«Big Sky», The Kinks.

Insert: «Big Sky» era una de las canciones favoritas de X antes de ser X y ascender al cielo inmenso y nada más que añadir. Hubo un tiempo en el que X antes de ser X podía componer líricas parrafadas sobre canciones. Ahora, X después de ser X prefiere que sea la propia canción la que cante y él, apenas, hacerse a un lado para escuchar cantar a la canción. ~~Esa canción es el equivalente y reemplazo de todos esos himnos sacramentales flotando en las naves de iglesias y catedrales. Gloria al Creador, Bendito tú seas, Santificado sea tu nombre, Por los siglos de los siglos, etcétera. La canción de The Kinks habla y canta sobre una entidad divina llamada Big Sky contemplando desde las alturas a todos los mortales que la contemplan desde allí abajo. Big Sky siente pena y hasta piedad~~

~~por todo lo que sucede a tan baja altura, en el nivel superficial de los hombres. Pero tampoco es que —aunque los gritos y los sollozos de los niños lo conmuevan y le hagan sentirse un poco mal por dentro— se preocupe mucho o que todo eso le entristezca demasiado. Big Sky es demasiado grande para llorar y está demasiado alto para ver y simpatizar, porque Big Sky está muy ocupado.~~

«¿Qué hora es?», dicen él y ella. Y se ríen. Pero es una risa cansada. Una risa cansada de reírse. Una risa que es, también, una pregunta y esa pregunta es ¿De qué me estoy riendo?

Y, además, a él y a ella (aunque sepan perfectamente lo que ambos han dicho y lo que dijeron y lo que dirán) les cuesta oírse por encima y por debajo de la letra y de la música.

~~Una canción en la que los instrumentos parecen competir entre ellos y diferentes capas de voces se van cubriendo unas a otras, como las olas, todas juntas y no de una en una, quedándose a conversar en una orilla.~~

~~Una canción en la que los instrumentos parecen competir entre~~

~~Una canción que posee el delicado y luminoso sonido del relámpago justo antes del resplandor del trueno.~~

Una canción que ahora suena y dice que un día seremos libres y nada nos preocupará, espera y verás. Y que hasta que ese día llegue, no te desanimes, no te desanimes, no te desanimes.

«Adiós», dice él.

«Adiós», dice ella.

Mientras tanto, otra vez, junto a las escalinatas del Museo, bajo un cielo inmenso, está claro que hoy X está teniendo un día complicado, piensan casi a los gritos él y ella sin poder decirlo en voz baja. Pero sus «adiós» tienen hoy el temblor que no es el de la emoción sino el de la duda.

Y se asustan.

Ya han pasado por esto en más de una oportunidad.

Temblores. Terremotos de variable intensidad. Dudas colosales sobre cosas pequeñas (que pueden ir desde la calidad de la luz ambiente hasta la coloración de las nubes) o ínfimas incertidumbres sobre cuestiones trascendentes que se traducen en cambios y alteraciones radicales para los que no suele haber marcha atrás o arrepentimiento.

Y ellos, siempre, en el epicentro de dudas y reconsideraciones y hasta de abandonos temporarios en los que, suponen, X se va a otras partes, a otras posibles historias en trámite. Entonces, la tregua y primero el alivio y enseguida la inquietud de haber sido dejados de lado para siempre, de ya no interesarles a X, de quedar inconclusos y sin siquiera la posibilidad de ser descubiertos a modo póstumo.

Del mismo modo en que X (desde lo sucedido en el acelerador de partículas de un país que alguna vez se llamó Suiza, pero que ahora no es más que un rincón en la segunda planta del Museo del que brotan de tanto en tanto cantos tiroleses y los gruñidos de un monstruo atormentado y vagabundo) fue primero El Escritor y enseguida El Excritor y después Ex y ahora X a secas.

Él y ella no siempre fueron nada más que él y ella.

Él y ella, en distintas versiones de la misma breve escena –en sucesivos borradores de cuyo número ya ha perdido toda cuenta–, fueron también El Hombre y La Mujer. O El Hombre Que Alguna Vez Fue El Chico y La Mujer Que Alguna Vez Fue La Chica. O El Ex Chico y La Ex Chica. O Él y Ella. Ahora, de un tiempo a esta parte, son, apenas, él y ella, con minúsculas, minimalistas y siempre abiertos. A veces, ya se dijo, el pensarse y verse reducidos a esa mínima expresión nominal e identificadora les produce una rara forma de consuelo y de nervios ante un posible futuro distinto. Un futuro en el que serán liberados y el mundo volverá a ser amplio y no, tan sólo, un finito infinito mientras tanto, junto a las escalinatas del Museo, bajo un cielo inmenso.

Mientras tanto, otra vez, junto a las escalinatas del Museo, bajo un cielo inmenso, lo cierto es que, a X, ella le importa más bien poco.

Ella nunca se le hizo un gran personaje.

Aunque debe reconocer que la primera y única vez que se cruzaron –cuando El Escritor aún no era X y ella no era ella, cuando el mundo no era su modelo para armar y desarmar y su revancha– no pudo dejar de mirarla. Fue en la oficina de su editor, donde hasta se tomaron una foto juntos. Una foto que ahora está, expuesta, junto a tantas otras fotos, en el ala/archivo documental del Museo: fotos de sus padres, de Penélope, de Gerald y Sara Murphy, de sus amigos de infancia corriendo por las ruinas de un colegio, fotos de *2001: A Space Odyssey* que X robó de las puertas de un cine, fotos reveladas y fotos veladas. Todas las fotos de su vida, menos las fotos de aquel en quien casi ni se permite pensar porque duele demasiado. Aquel que tiene sólo para él el altillo del Museo: la vedada «Habitación del Dolor Insuperable» de la que sólo X tiene llave y a la que sólo entra X de tanto en tanto. Muy de tanto en tanto. En esa recámara donde, al otro lado de la pesada puerta, puede oírlo jugar y darle cuerda a un hombrecito de hojalata con sombrero y maleta. Ahí va y ahí viene, X con un candelabro en la mano y envuelto en una capa, tan gótico, fantasma que ha tenido el raro privilegio de construir su propia casa embrujada.

Y, sí, Big Sky es demasiado grande para llorar.

Y X es inmenso, pero su pena es aún más grande que él mismo.

Su llanto se traduce en tormentas tropicales y su tormento es lo que lo llevó a deshacerse primero para reformarse después y así, piensa, homenajear atómicamente al niño perdido y al hijo ajeno pero tan suyo. A aquel cuyo cuerpo ha sido asimilado por los árboles siempre sedientos de un bosque, o consumido por los dientes de unos peces de mordidas apasionadas o por aquellos otros con sus bocas succionadoras y sus pequeños besos.

Y tal vez, quién sabe, si hay suerte, algún día lo encontrará. Al verdadero y auténtico niño al que ese holograma de museo honra y evoca e invoca. Buscándolo a lo largo y ancho de los pliegues del espacio-tiempo –como en ese cómic que tantas veces leyó y releyó cuando él era chico– y recuperarlo como a un objeto perdido y volador y no identificado en los estantes de un archivo cósmico al que va a dar todo aquello que desaparece en nuestra dimensión.

Intuirlo y preguntarle si hay alguien ahí.

Y pedirle que dé tres golpes.

Pero, ah, X se está distrayendo, pensar en lo impensable y en quien no debe pensarse le hace perder un poco la cabeza, le produce migrañas que son como enredaderas envolviendo a la cabeza de su Museo.

Y así, antes de que todo comience a temblar y derrumbarse, X vuelve a pensar en ella.

Ella que no es interesante pero que le resulta mucho más segura de pensar, fácil, sin ningún riesgo.

Lo sospechó entonces y lo confirmó ahora, consciente de sus limitaciones, aún en su nuevo formato atómico y atomizado: ella ya estaba escrita. Insuperablemente escrita. X sabía que, por más que la manipulara y la puliera, ella jamás alcanzaría las alturas de Isabel Archer en *The Portrait of a Lady.* Aún los dioses tienen límites ante la creatividad de hombres que, por no ser dioses, crean divinas criaturas. Y la aceleración de todas sus partículas, la liberación de toda su energía negra, no habría sido suficiente para hacer de X un escritor mejor que Henry James. Pero –alivio– era gracias a Henry James que X conocía tan bien al tipo y figura de ella y se ahorraba el perder tiempo que nunca encontraría intentando superarla. Ella era la típica hembra que se siente llamada a grandes cosas pero, sin nunca ser llamada, porque para que te llamen tienes que demostrar que estás dispuesta y atenta, se abraza –como quien se cuelga de la cola de un cometa– al volátil y explosivo rol de musa incandescente. Rol en el que, si el elegido triunfa, la musa no dudará en reclamar para sí todo el mérito. Y si el elegido fracasa, la culpa será siempre de él, quien no supo estar a la altura de las cumbres que ella le señalaba susurrándole a su oído y dándole aliento a su boca.

Así que poco y nada para ella, decidió X, salvo, de tanto en tanto, la fantasía de vestirla con ropas ceñidas de gata en cueros o en látex o en lycra (como los uniformes de Emma Peel y de Modesty Blaise y de Catwoman y de Batgirl; como los de las heroínas del fin de la infancia de X y el principio de lo que viene después) y rebautizarla, entre persecuciones en automóviles y besos rojos y disparos en las sombras, con nombres peligrosos y excitantes como Arroba Ampersand o Miranda Law.

Ella regresa de esas ocasionales excursiones agotada pero satisfecha, casi postorgásmica, y nada le gustaría más que poder contarle a él sus frenéticas aventuras. Pero no puede. No le está permitido. Porque mientras tanto, otra vez, junto a las escalinatas del Museo, bajo un cielo inmenso, él y ella sólo se encuentran para decirse adiós.

Él, en cambio, se le hace a X mucho más interesante.

Él (con quien también se cruzó una vez, no en la oficina de una editorial sino en un avión) tiene para X un atractivo mucho más magnético.

Para empezar, a X siempre le gustaron los personajes escritores o los personajes que sueñan con escribir.

Para continuar, a X siempre le atrajeron las escenas que transcurren en aviones: espacios cerrados y breves rodeados por la nada y el todo.

Todo es imposible allí arriba.

Y aquí va de nuevo y ahí está X cuando aún no era X y era El Escritor y, al otro lado del pasillo, él, quien por un rato volverá a ser El Chico.

El Chico vuela solo pero acompañado: en el asiento junto al suyo, con el cinturón de seguridad puesto, viaja un recipiente metálico que contiene las cenizas todavía tibias de su mejor amigo, las cenizas del inmenso en todo sentido Ismael Tantor.

El Chico conoció a Ismael Tantor en otro avión.

Ismael Tantor –con uno de esos cuerpos colosales a los que nadie se atreve a llamar «gordo» porque, con razón, temen las consecuencias– ocupa dos asientos para él y escribe en una computadora portátil. Y El Chico, por reflejo automático, no puede evitar espiar de reojo la pantalla donde Ismael Tantor teclea con dedos enormes y letra grande. Y lo que allí lee, en cuerpo también portentoso, es: «¿SE PUEDE SABER POR QUÉ ESTÁS LEYENDO LO QUE ESCRIBO?».

Entonces Ismael Tantor se ríe. Y su risa es como el barrito de un elefante que no teme en absoluto a ese ratón en el que, avergonzado, de pronto se ha convertido El Chico.

Enseguida se ponen a conversar y se hacen amigos con la facilidad que uno tiene a cierta edad para hacer amigos; porque entonces todo pasa por tener a alguien, y porque ese alguien te sostenga.

Ismael Tantor y El Chico nacieron el mismo año. Uno y otro están en algún lugar indeterminado de esa muy líquida segunda década de la vida donde todo el tiempo se tiene tanta sed y se empieza a pensar que no habrá agua para todos.

Aunque (Ismael Tantor le cuenta a El Chico que él antes no era así; le explica que hasta los diez años él era pequeño y raquítico, que lo atropelló un auto y que resultó ileso, pero que a partir del accidente comenzó a «inflarse», como si el golpe le hubiese producido un desorden glandular) Ismael Tantor parezca tener esa edad sin fecha de los seres gigantescos.

A uno y a otro les gustan las mismas películas y los mismos pintores y el mismo tipo de chicas: delicadas en apariencia pero fatales en esencia y que, por supuesto, «estén muy buenas, pero finjan no darse cuenta de ello».

Y lo más importante de todo: los dos quieren ser escritores, los dos *necesitan* ser escritores. Pero El Chico quiere ser escritor más que Ismael Tantor, cree.

Y –atención– su escritor favorito es el mismo: El Escritor que algún día será X y que los pensará y los redactará y los acomodará como a piezas sueltas en un avión de juguete.

Pero todavía falta un poco para eso, unas cuantas escenas, un íntimo cataclismo sideral, el fin de su mundo mientras el mundo sigue andando.

Ahora, entonces, antes, Ismael Tantor y El Chico aún se escriben a sí mismos. Y lo hacen con cierta gracia, con esa inmediata simpatía que produce todo relato de iniciación que todavía no sospecha las conclusiones a las que será sometido demasiado pronto, casi a vuelta de página.

Al tocar tierra, Ismael Tantor y El Chico siguen estando como en el aire. Y allí seguirán, compartiendo espacio: los mejores amigos –que no necesariamente protagonizan las mejores amistades– flotan más envueltos por los vapores de las carencias compartidas que las afinidades comunes. De ahí que, con el tiempo, baste con que se produzca alguna variable o fluctuación –algún ascenso o descenso en la posición o altura de uno de los pilotos– para que todo se estrelle o, al menos, aterrice aquejado de irreparable emergencia. Nada de eso les sucederá a ellos –la temprana desaparición de uno convertirá al otro en un eterno cazador cazado, detalles más adelante– porque su relación muerta se inmortalizará como envuelta en el ámbar glaciar de los mejores fósiles y de lo perfectamente preservado, de aquello que muchos prefieren petrificado antes que vivo, para así verlo mejor aunque se prohíba tocarlo.

Antes de esto, no pasa ni pasan casi día sin verse o, al menos, llamarse por teléfono, leerse párrafos de textos en principio, cautelosos, siempre ajenos pero reclamándolos como parte de su ADN, como aquello por lo que se sienten influenciados y de algún modo escogidos: párrafos que son como estandartes que hacen flamear de una colina a otra.

El Chico acude a un taller literario. Un taller literario donde no se aprende gran cosa y donde, de tanto en tanto, alguien evoca con voz soñadora, puro deseo imposible, ese taller literario alguna vez impartido por un John Cheever ebrio y tambaleante entre los maizales de Iowa y en el que ejercitaba a sus alumnos recomendándoles que llevasen un detallado journal de siete días y que consiguiesen unir en un mismo texto a siete personas o paisajes o sentimientos aparentemente irreconciliables para concluir con la asignatura decisiva y que «no fallaba jamás»: escribir una carta de amor como si se la redactase desde un edificio en llamas. Nada de eso impresiona a Ismael Tantor, por supuesto. Ismael Tantor piensa que eso es para «sadomasoquistas a los que les gusta que les peguen para después poder pegar. Lo que no está mal pero... ¿Te parece que haya que pagarle a alguien nada más que por mirar y escuchar cómo pegan y les pegan a otros?». Así, en principio, no se muestran lo que escriben salvo en pedazos, de memoria y a veces inventándolo en el momento, en movimiento, de un móvil a otro. Después sí. Ismael Tantor le dice a El Chico que no está mal este o aquel relato suyo. El Chico no tiene mucho que decirle a Ismael Tantor; porque lo que éste le ofrece son, apenas, frases sueltas y más bien crípticas y catalépticas de «un todo al que sólo podrás contemplar una vez terminado; porque, enfrentado al más impresionante de los amaneceres, no creo que te detengas a mirar nada más que esa pequeña piedra junto a la punta de uno de tus zapatos, el zapato izquierdo para ser más preciso, y la cojas, y la metas dentro del zapato, y vuelvas a casa pensando "Ya he aprendido a cojear, ya sé lo que se siente y, ahora, vamos ya mismo a ponerlo por escrito"».

Cuando Ismael Tantor le dice este tipo de cosas, estas parrafadas inequívocamente tantorianas, El Chico no sabe si tomárselo en serio o escupirlo en broma. Porque Ismael Tantor es, también, según sus propias palabras y definición, «un verificable genio del humor». No sólo por sus muchas salidas. Salidas que incluyen ese «¿Muere el perrito?» con el que pregunta cada vez que uno le dice que ha leído un gran libro o visto una gran película sin importar cuál sea o de qué trate, y sin importarle tampoco el que no aparezca en pantalla o página ningún perrito. O a su obsesión con probar ante la Corte Internacional de La Haya que en *Raging Bull* «aparecen Robert De Niro y un gordo que dice ser Robert De Niro; pero yo sé mucho de gordos, y no me lo trago, amigo». O su teoría («puedo aportar toda la evidencia necesaria») en cuanto a que Hemingway murió asesinado por su cuarta y última esposa –en complicidad con el atormentado hijo travesti y transexual que Hemingway tuvo con su segunda mujer–, quien ya no lo aguantaba más, en las frías y tan largas noches de Ketchum, hablando todo el tiempo mal de Francis Scott Fitzgerald y evocando sus más bien dudosas proezas de juventud.

Y es que Ismael Tantor, en lo que hace a los chistes, es dueño de una rara memoria auditiva-fotográfica: los recuerda todos, los chistes, palabra por palabra, línea a línea, *punchline* a *punchline*. Superpoder –la habilidad de recordar todo lo que escucha; en especial los chistes, que se olvidan enseguida– que según el padre de Ismael Tantor, prestigioso legista, hará de su hijo único un abogado brillante e invulnerable. Porque nada impresiona más a un jurado, dice el padre de Ismael Tantor, que un abogado que no consulta ni una vez sus notas.

Ismael Tantor –quien adora a su padre, aunque no lo admire– nunca se atrevió a explicarle al autor de sus días que su memoria prodigiosa funciona sólo a la hora de pequeñas historias humorísticas verdes o negras o absurdas o con esa gracia única de lo que no es muy gracioso salvo que te lo cuente alguien tocado por la gracia.

Alguien como Ismael «The Joker» Tantor.

Hay noches en que El Chico piensa que ya nunca dejará de reír y que su boca permanecerá petrificada en una mueca mezcla de éxtasis y dolor, como la del Barón Sardonicus; porque le duelen los labios y los dientes y la lengua y las cuerdas vocales y todos los músculos que se frotan y golpean como piedras para conseguir una risa que enseguida se propaga como uno de esos incendios por los bosques del verano.

Y El Chico ha intentado contarle algún chiste a Ismael Tantor.

Pero no se puede, no funciona: Ismael Tantor los conoce todos.

Los identifica y los anticipa y los adivina desde las primeras palabras.

Ismael Tantor los tiene clasificados en los archivos de su cerebro por temas, longitudes, variaciones, tipos de remates, calificación según la edad y el sexo y la ideología política o religiosa de los oyentes.

«Algún día encontraré el chiste original. El primer chiste de todos. La chispa de la primera risa producida por algo que alguien le contó a alguien, en una caverna, en la oscuridad de la noche prehistórica, para que así la noche se haga menos fría porque riéndote entras en calor», suele decirle Ismael Tantor, con la sonrisa de un explorador cada vez más cerca del punto de partida, de lo que en realidad importa, del sitio donde todo comenzó.

Ismael Tantor y El Chico deciden vivir juntos, compartir piso y vacaciones, mirar a las mismas chicas, viajar lejos para sentirse más cerca.

El Chico no tiene chica. Ismael Tantor no se hace demasiadas ilusiones en ese sentido: «No existe la mujer que pueda soportarme», ríe, se ríe, de sí mismo; pero sin que moleste o incomode o dé pena a quien lo escucha.

Aun así hay ocasiones –pocas, pero tremendas– en las que algo de lo que Ismael Tantor guarda y esconde y mantiene bajo candado y cadenas se las arregla para escaparse y trepar por una soga y alcanzar la superficie. A ese *algo* Ismael Tantor lo ha bautizado «El Leviatán». Y, entonces, El Chico sabe que mejor dejarlo partir por un rato, solo, para que horas después Ismael Tantor regrese como quien vuelve, entero por fuera pero destrozado por dentro, de una guerra vencida y sin fecha de expiración. Entonces, de vuelta, Ismael Tantor se sienta como quien se derrumba, le pide que le llene un vaso hasta los bordes y le confía que «Tranquilo... Falta menos».

Una de esas noches (Ismael Tantor, pálido y, por una vez, blando, como si le hubiesen extirpado el esqueleto) El Chico busca distraerlo de cualquier manera, sacar a Ismael Tantor de ese agujero que es él mismo y cuyo fondo no alcanza a verse u oírse por más que arrojes allí una piedra o una antorcha y donde lo único que va y vuelve es el eco de un grito. Ismael Tantor está ahí, frente a él, llorando sin hacer ruido: el modelo de llanto que da más miedo que tristeza a los que lo contemplan. Un llanto mudo pero hecho de lágrimas que lo expresan todo. Y lo que esas lágrimas expresan es un «Ya no hay nada que pueda detener estas lágrimas, no voy a poder parar de llorar jamás, voy a ser El

Hombre Que Llora y me exhibirán en ferias ambulantes para que la gente ría o llore de la risa. Pasen y vean».

Lo único que se le ocurre entonces a El Chico es contarle un chiste.

Un chiste que Ismael Tantor no conozca.

Un chiste que Ismael Tantor no pueda conocer o haber archivado; porque El Chico va a inventarlo ahí nomás y ahora mismo.

El Chico va a salir a tirar líneas y a dar golpes sin saber cómo llegar a la jodida *punchline*.

«¿Cuántos surrealistas hacen falta para cambiar un foco, Ismael?», pregunta El Chico.

Y entonces Ismael Tantor lo mira primero sin entender y enseguida comprendiéndolo todo, emocionado por el amor que siente su amigo por él. Y empieza a reírse. Primero despacio, como quien se arriesga a dar unos primeros pasos; y enseguida a carcajadas, como si corriese riéndose de las ganas de correr que le crecen en la garganta.

Ismael Tantor ríe y ríe y no puede parar de reír y cada vez que intenta detenerse para escuchar la respuesta y el remate que desconoce es peor.

Ismael Tantor es un ser inmenso (Ismael Tantor es como un oso disfrazado de hombre) y su risa es demasiado poderosa y XL para un debilitado corazón Medium o Small.

Ismael Tantor se muere de risa y se muere de la risa y se muere riendo.

Ismael Tantor se lleva la mano al pecho y El Chico podría jurar que oye el ruido que hace el corazón de Ismael Tantor al partirse de la risa, al hacerse pedazos, al romperse más allá de todo arreglo.

Las últimas palabras, los sonidos finales de Ismael Tantor –y que El Chico consigue descifrar detrás de su risa– son: «Guau-Guau».

El perrito muere.

Lo que sigue son como postales desordenadas: si la felicidad puede contarse una y otra vez como una película, el dolor solo puede revisarse en pequeñas dosis, como en diapositivas. Una detrás de otra, como separadas por ese *clac-clac* que hacían los proyectores con carrusel al darles la orden de cambiar de vista en los tiempos en que aún se enviaba a revelar aquello que se fotografiaba y no se lo veía sino hasta un tiempo después (o nunca: porque muchas fotos no salían como pensábamos) y dando espacio al recuerdo y al olvido y a la sorpresa de volver a contemplar todo aquello que ya se imaginaba.

Las diapositivas de los últimos tres días están perfectamente enfocadas, quietas y sin moverse, inolvidables para él. Una detrás de otra, *clac-clac*: los camilleros que no pueden levantar el cuerpo de Ismael Tantor, la llamada al padre de Ismael Tantor (que pide y exige detalles que a El Chico le parecen absurdos, como si todo se tratase de un caso difícil que se niega a cerrar; y casi le ordena que se haga cargo de todo lo relativo a la cremación de su hijo, y enseguida le envía autorizaciones varias vía su notario y un par de pasajes), los trámites para la autopsia y la cremación, y el regreso en otro avión. En un avión como en el que conoció a Ismael Tantor pero, cortesía del padre del muerto, en primera clase.

Así, Ismael Tantor –cenizas donde alguna vez hubo fuego– otra vez en el asiento junto al suyo pero ahora reducido y portátil y deshecho, en su más mínima expresión, en un último chiste: la involuntaria sonrisa triste que le obsequiaron las palabras del untuoso empleado de la funeraria explicándole que «tuvimos que usar una urna tamaño XL-Jumbo, de las que se usan para matrimonios o padres e hijos o familias enteras».

Ahí, con el cinturón bien abrochado, ocupando «un asiento para él, porque no quiero que viaje con maletas y bolsas en los compartimentos superiores» por orden de su progenitor, Ismael Tantor hecho polvo y él también hecho polvo. Por la inconfesable muerte de su amigo provocada, desde un punto de vista técnico y fisiológico, por él, asesino involuntario. Y por algo que El Chico no se atreve ni siquiera a decirse a sí mismo. Pero cómo callar a esa voz interior que no deja de recordarle lo inolvidable, lo que pasó mientras recogía las pertenencias de Ismael

Tantor y cerraba las maletas para encarar el viaje de vuelta. Lo ha intentado de todas las maneras posibles, cualquier cosa con tal de atenuar lo sucedido hace apenas unas horas. Algo que él siente ya como acontecimiento histórico en su vida, como introducción a lo que pronto será parte de la historia de todos. Sin embargo, nada da resultado. No puede pensar en nada que no sea en eso y que, de pronto, le parece tanto más importante y trascendente que la muerte de su amigo. El Chico bebió buena parte de una botella de vodka, fumó el resto de la marihuana que Ismael y él habían llevado escondida dentro de un libro. El libro –ahora aún más hueco de lo que ya era cuando no había sido calado para esconder la droga– que sostiene en sus manos, ilegible, frases rotas que se interrumpen para continuar al otro lado del agujero y que, en ocasiones, producen un efecto de falsa ocurrencia o de cut-up tanto en lo formal como en lo físico.

El libro se titula *The Seven Capital Scenes* y es un ensayo de más de setecientas páginas que, apenas subliminalmente, promete al más desesperado escritor (y él lo compró porque es uno de ellos, pecador y bloqueado y dispuesto a lo que sea; aunque cuando se lo mostró a Ismael Tantor lo hiciera burlándose de todo lo que allí se proponía e indicaba) revelar los mecanismos de la escritura de cuentos y novelas. Reducirlos a fórmulas básicas, apoyándose en la teoría de que sólo existen siete tramas básicas que se repiten con ligeras variaciones desde el principio hasta el final de los tiempos y de los libros y del teatro y del cine y de la televisión. A saber: 1) vencer al monstruo, 2) ir de pobre a rico, 3) la búsqueda, 4) la comedia, 5) la tragedia, 6) el renacimiento y 7) el viaje de la sombra hacia la luz. Y eso es todo, amigos. O no: porque él extrañaba allí la trama más importante e interesante de todas. La trama 8) y que para él era como el octavo pasajero, devorándose una a una a todas las anteriores. La trama que se preguntaba qué está pasando y cómo hago para salir de aquí, de este edificio en llamas, y entrar allá, o viceversa.

Y él –como todo lector de este tipo de libros– tiende a leer este tipo de *tractats* de atrás hacia delante. Es decir: empezar por el índice onomástico y bibliográfico, buscar y encontrar lo que interesa y lo que se necesita y tal vez sirva de algo, y después retroceder hasta la página en cuestión. Y rezar por un milagro.

Lo que busca El Chico ahora (lo que buscó entonces pero recuerda ahora; no muy seguro de si fue así o es una de las tantas correcciones y añadidos de X a su cada vez más irreal realidad) es alguna mención al *Tender Is the Night* de Francis Scott Fitzgerald.

Y ahí estaba.

El autor de *The Seven Capital Scenes* postulaba a esta novela –«mucho menos perfecta, pero tanto más interesante que *The Great Gatsby*»– como uno de los ejemplos más logrados de «pseudofinal» en la que se «intenta convertir en virtud el hecho de que nada en su trama puede ser resuelto». En resumen: niños, no intenten hacerlo en sus hogares haya o no adultos presentes y, de paso, que los adultos tampoco lo intenten.

El Chico no entiende muy bien a qué se refiere el libro (aunque sí sabe que Fitzgerald no la pasó muy bien escribiendo *Tender Is the Night* y que llegó a alterar, para mal, su estructura con la novela ya impresa y en librerías); pero algo de eso en cuanto a que «nada en su trama puede ser resuelto» y «pseudofinal» se clava en su cabeza como una astilla de vidrio, como el eco de una jaqueca que estalló en mil pedazos la noche anterior, una noche ni suave ni tierna.

La noche en que, en el enorme estuche/portafolio de la muy pesada computadora de su amigo (Ismael Tantor decía que «Todos mis accesorios deben ser voluminosos, porque si no todo lo que sostengo me hace demasiado parecido a King Kong»), El Chico encontró un manuscrito de unas trescientas páginas.

Completo.

Desde el epígrafe y la dedicatoria (para él: su nombre seguido de un «No es chiste: al tipo menos gracioso del mundo, muchas gracias por todo») hasta la palabra FIN al final de la última página.

El Chico se sentó a leerlo y demoró apenas un par de párrafos en comprender que todo eso –el título era *Chica, piscina, noche, etc.*– era una obra maestra.

Una de las mejores cosas –algo que, por supuesto, incluía la muerte de un perrito– que jamás había leído potenciada por el hecho de estar escrita por un querido amigo muerto. Un amigo muerto que ahora resucitaba y volvía a él, en las páginas, todopoderoso y, seguro, camino de la inmortalidad. Un amigo que, entre líneas, parecía preguntarle «¿Qué vas a hacer ahora?».

Y para El Chico la respuesta –correcta, segura, irrebatible– era la de asumir, sin dudar y con valor, lo que le tocaba y correspondía. Ser algo así como el Max Brod de Ismael Tantor. Ser su nota al pie. Ser el guardián y protector de su legado. Sacrificarse para que su amigo viviese.

Y en eso está pensando El Chico, otra vez en el aire, páginas en la mano, releyendo para ver si el efecto se mantiene.

Y no sólo se mantiene sino que parece acrecentarse con cada relectura, con cada párrafo al azar al que vuelve comprendiendo que lo que él ahora repasa a solas pronto será de muchos: citas a recitar de memoria en bares y talleres literarios y en oídos de chicas a seducir, etcétera; como la chica de la piscina en *Chica, piscina, noche, etc.*

Pero siguen pasando cosas. Suele suceder: cuando una buena historia comienza a contarse, a esa buena historia no se le dejan de ocurrir giros y vueltas y clavados desde el trampolín más alto de todos.

Así que allí y entonces, a unos diez mil metros de la Tierra, de pronto, El Chico se descubre sentado entre la urna con las cenizas de su amigo y, al otro lado del pasillo (no puede creerlo, pero desde la muerte de Ismael Tantor todo parece haber adquirido una textura como de sueño despierto), su escritor favorito, que también era el escritor favorito de Ismael Tantor. El Escritor. Ahí está El Escritor con un libro entre sus manos que parece tratar de la muerte como momento singular y de los plurales modos de morir.

Lo que a El Chico lo lleva a pensar en la muerte. No a pensar en la muerte de Ismael Tantor (muerte que ya sucedió y tuvo lugar; una muerte cerrada como esa urna que contiene sus cenizas y que no, no es la lámpara a frotar para que brote el genio que escribió *Chica, piscina, noche, etc.*) sino, primero, a pensar en la abstracción temporal de la muerte. Y casi de inmediato –la muerte tiene un formidable grado de conductividad– a pensar en su propia muerte. Más cerca o más lejos, más tarde o más temprano. Pero justo *ahí.* Su muerte como un cuervo invisible posado sobre su hombro cuyo graznido suena al tic-tac-tic-tac de una bomba de tiempo.

Lo que El Chico piensa a continuación (lo que se le ocurre que debe ocurrir pero que, por mecanismo de defensa y forma de derivar responsabilidades, adjudica a la posibilidad de una buena trama, como si se viese desde afuera, como dicen algunos que uno se ve en el momento de la muerte) primero estalla en su cabeza como una borrachera de fuegos artificiales iluminando, enseguida, la resaca de una náusea. Es algo intransferible. Algo que –de ser elevado a los altares de YouTube– mostraría nada más que el rostro petrificado por la emoción y ningún pulgar en alto, ningún *I Like*, ninguna *view.* Lo que resultaría tan conmovedor en cualquier añejo retrato *chiaroscuro*, más oscuro que claro, no funcionaría en absoluto en el depósito infinito de la red donde, para que te oigan y te recuerden y te visiten, tienes que gritar fuerte y moverte mucho y, de ser posible, caerte y golpearte con las risas al fondo de quien sostiene la cámara.

El Chico se pone de pie, corre al baño en los fondos del avión, vomita, se sienta en el excusado hasta que pasa el vértigo de saber lo que va a hacer, lo que no tiene excusas. Todo esto no ha ocupado más que tres o cuatro minutos pero ahora, mientras tanto, otra vez, junto a las escalinatas del Museo, bajo un cielo inmenso, él lo recuerda mucho mejor que cuando sucedió.

Aquí termina algo para que empiece algo, pensó él.

Había leído al respecto –en esas novelas que se proponen

comprender el interruptor secreto que activa a los asesinos– sobre la rara embriaguez producida por el instante de la determinación: un salir de uno mismo y, otra vez, un verse desde afuera y un resplandor blanco no producto de una reacción química (como la que tiene lugar en las postrimerías de la muerte, dicen, cuando el cerebro comienza a ahogarse por falta de sangre y oxígeno) sino resultado de los preliminares de una acción casi física. El Chico comprende ahora –como no comprendió entonces– que la culpa de los criminales y la imposibilidad de olvidar lo que se hizo es el verdadero castigo: la cárcel no es más que el sitio donde vivir una y otra vez ese instante de cristal no en el que se comete lo imperdonable sino en el que se decide hacerlo. La pena de muerte es, para muchos, un premio sin penas: la oportunidad de dejar de ver eso que no puede dejar de verse ni cerrando los ojos. El disparo de largada que hace mucho más ruido que el disparo que llega y entra en otro cuerpo.

El resto de lo que sucede, para El Chico (habiendo tomado la decisión que al principio le sabe amarga y enseguida asquerosamente dulce como una de esas bebidas energéticas a las que no demorará en volverse adicto y que, dicen, te desfiguran el corazón), no es otra cosa que la onda expansiva de ese primer disparo. Señal para salir corriendo y no parar de correr para no ser alcanzado y atrapado. Correr hasta que las piernas ya no responden pero, misterio, siguen moviéndose.

Lo que sucede después es revisitado por él –por el que alguna vez fue El Chico– ya no como cuadros vivientes en la más agónica de las retrospectivas sino como reproducciones satinadas en las páginas de un catálogo que se contempla a toda velocidad. En esas tiendas donde –todavía encandilado por lo que se ha visto, de salida, como bajo el influjo de un hechizo– se compran pósters y postales que, al volver a casa, se contemplarán con extrañeza y preguntándose de dónde han salido y qué hacer ahora con todo eso que costó tanto dinero.

Así que El Chico vuelve a su asiento y se presenta a El Escritor y le pregunta (haciendo torpes e inciertos malabarismos sobre la cuerda floja de su timidez) si no le molestaría leer unas páginas.

Y por algún extraño motivo (El Chico no puede sino pensar que los astros le son propicios o que la altura convierte a todos los escritores favoritos en seres angelicales o que, mejor aún, los dioses de la literatura le comunican así que está haciendo lo correcto) El Escritor accede a leerlas. El Escritor deja el libro sobre la muerte y acepta las páginas de un muerto.

Y las lee.

Y termina de leerlas.

Y pide unas páginas más.

Y las devuelve sin decir palabra pero sonriendo.

Y le pregunta a El Chico su nombre.

Y El Chico se lo dice.

Y, entonces, a El Chico su propio nombre le suena raro y ajeno, con una inesperada *gravitas*; como si ya lo leyese, como si lo leyeran otros, como impreso y, de pronto, curvo y anguloso, por primera vez más letras que sonido. Y lo que El Chico no le dice a El Escritor (lo que no le *cuenta*) es que él no es el autor de esas páginas.

Y El Chico es, ah, *tan* consciente de no decírselo.

Después, lo que ya es historia; pero que no figurará en ningún manual a no ser que a X se le ocurra pasar a limpio y en versión definitiva todo aquello que se la pasa corrigiendo y que los incluye a él y a ella allí, para siempre y mientras tanto, otra vez, junto a las escalinatas del Museo, bajo un cielo inmenso.

Un vertiginoso contrapunto entre lo público y lo privado.

Todo lo que sucede a partir del momento en que El Escritor presiona el botón prohibido que lo transformará en X.

Primero, un curioso vacío donde todos se preguntan qué ha sido de El Escritor. Todos hablan de su ausencia. Los pocos que lo leyeron y todos los demás que no tienen idea de quién fue y en qué se ha convertido: El Escritor como primer hombre en acelerar sus partículas y fundirse con el universo. Noticia importante, *trending topic* y *hashtag*, tema cómodo y apasionante.

Lo que, para él y ella –Chico conoce a Chica–, deviene en propuesta y aceptación de documental.

Y allá van.

A una casa junto a una playa.

Y ahí espera La Hermana Loca de El Escritor (quien insiste en vivir envuelta en una bata de quirófano y su boca cubierta por un barbijo de cirujano «porque no quiero absorber nada de mi hermano») y, ahora, él se pregunta qué habrá sido de ella y hay ocasiones en que cree haberla visto. Allí, mientras tanto, otra vez, junto a las escalinatas del Museo, bajo un cielo inmenso, asomándose a una de las ventanas, envuelta en llamas, gritando su desesperación o su odio o su rencor o lo que sea. Porque él no alcanza a precisar desde dónde aúlla La Hermana Loca de El Escritor; porque él está muy concentrado en decirle «adiós» a ella y, de paso, intentar recordarlo todo, todo lo poco que se le permite recordar de quien alguna vez fue y que está, para siempre, relacionado con El Escritor que alguna vez fue X.

Él recuerda aquella playa y cómo una noche, cuando era El Chico, se mete a escondidas y sin pedir permiso en la casa de El Escritor y toma en sus manos un juguete antiguo (un turista de hojalata a cuerda) y espía un archivo en una cámara filmadora y ahí está su ídolo literario respondiéndole a una voz pequeña que, increíble pero cierto, El Chico es uno de sus escritores favoritos. Y entonces –perseguido por la furia de La Hermana Loca de El Escritor– sale de allí corriendo. Cámara en mano y juguete en el bolsillo de su chaqueta y La Chica en su cerebro y corazón y el convencimiento de que el malentendido de que El Escritor lo señale a él como autor del manuscrito de Ismael Tantor sólo puede ser una señal mágica, un giro del destino. Y El Chico comprende entonces el porqué de dictadores y psicópatas –un rayo de luz descendiendo desde las nubes, un gato que habla, lo que sea– invocando, siempre, a voces divinas y a órdenes superiores como justificantes de horrores y locuras. Lo suyo, además, no hará daño a nadie, piensa. Y hasta es posible que su amigo Ismael Tantor estuviese de acuerdo y se riera de todo el asunto. Un buen chiste.

Así que El Chico sube ese video a YouTube y pronto –como todo lo relacionado con El Escritor esfumado, tan de moda– se vuelve viral.

Y su teléfono no deja de sonar con llamadas de agentes y El Chico, por respeto, elige a quien fue el editor de El Escritor.

Y *Chica, piscina, noche, etc.* es un éxito de crítica y público y traducciones y El Chico es un éxito para La Chica (un éxito que también es de ella, piensa La Chica) y son muy felices por un rato, por unos meses, por un par de años, por lo que sea.

Él no está seguro de cuánto tiempo estuvieron juntos; porque ahora el tiempo es algo que sólo se lee y su longitud o anchura depende del tiempo en que demores en leer aquello que X propone como si se tratase de un DJ que enhebra loops de letras.

Porque al principio, en la realidad, sólo es eso: pequeños desperfectos que enseguida son interpretados como travesuras de alguien que está muy lejos pero que se acerca a la Tierra para cambiarlo todo, como en una de esas viejas películas de ciencia-ficción.

Ejemplos varios: titulares de primeras planas de periódicos suplantados por frases como «Cuando era niña, yo pensaba que Dios era como un libro muy grande», *Jean Rhys*; todos los teléfonos móviles del mundo sonando al mismo tiempo para dejar oír una voz al otro lado que informa de que «A partir de ahora, sólo se autorizará la recepción de llamadas de uno mismo. De acuerdo, suena raro pero no lo es tanto: será lo más parecido a algo que alguna vez se llamó *pensar*, ¿recuerdan?»; la imposibilidad de enviar mensajes de texto que no tengan ninguna importancia o valor o urgencia castigando a su remitente con una breve pero poderosa descarga eléctrica cada vez que lo intente; la revelación simultánea y global de todas las verdaderas identidades detrás de anónimos y alias en los blogs del planeta, enseguida abandonados por temor como todos los que ya habían sido abandonados por aburrimiento o cansancio flotando, toda esa chatarra en órbita, en la oscuridad del espacio donde nadie te puede oír leer.

Después, súbitos y misteriosos avistamientos de El Escritor.

Aquí y allá y en todas partes. Una figura de luz azulada. Un mensaje en el cielo. Una risa sin boca en librerías vacías. Finalmente, una monolítica mancha negra oscureciendo los cielos (alguien la describe, acertadamente, como «lo que sucede cuando se deja caer unas gotas de tinta en un vaso de agua») y reuniones de urgencia de líderes políticos y religiosos para discutir qué hacer, qué no hacer. Mientras tanto, millones de personas dejan de ir a trabajar para –obedeciendo las instrucciones de esa nube entre las nubes– quedarse en casa releyendo o leyendo por primera vez a los clásicos de la literatura. Algunos, los más audaces o los más fieles o los más fervorosos, hasta intentan escribir para ver si así pueden calmar lo que, seguro, no puede ser otra cosa que pura y sin diluir furia contenida, lista para desbordarse desde los afilados bordes de aquel que está cada vez más cerca, ahí arriba, preparándose para aterrizar y pedir explicaciones y enmendar erratas.

En eso, también, está aquel que todavía es El Chico pero ya intuye que pronto será apenas él. El Chico no ha demorado en descubrir –superado el éxtasis del éxito– que no puede escribir nada. Lo intenta todo. Meditación trascendental. Anfetaminas de colores surtidos. Flores de Bach que le producen un efecto inesperadamente belicoso (como si fuesen Flores de Wagner). Cocaína tan blanca como página en blanco (primero se droga para sentarse a escribir pero enseguida se sienta a escribir para poder drogarse, para poner a flambear su cerebro en la sartén del cráneo). Bebidas energéticas para escritores (Qwerty, Plot, Typë, DrINK, Nov/bel) que no puede precisar si es que las probó antes de todo esto, antes de que fuesen prohibidas por cancerígenas y alucinatorias y provocadoras de impotencias varias, o que X ya está, también, introduciendo modificaciones no sólo en su eterno presente sino, también, en su pasajero pasado.

En cualquier caso, nada importa demasiado.

Importa, sí, que La Chica se esté cansando de El Chico como si El Chico fuese un libro que no conduce a ninguna parte y, mucho menos, a otro libro después de *Chica, piscina, noche, etc.*

Y el sexo entre ellos ya no tiene sexo: X –a pesar de su letra– nunca fue muy bueno para la descripción de escenas amorosas y físicas y ellos quieren creer que la culpa no es de ellos sino de X, a quien, todavía, pueden culpar de casi todo. Después de reconciliaciones decimonónicas en su pureza y de un casto y tentativo primer beso para perdonarse; de pronto –más en Zen/emaScope que en CinemaScope– esas olas rompiendo sobre rocas y esos fuegos en chimeneas y esos fundidos a negro.

Una noche blanca El Chico le confiesa todo a La Chica: le cuenta de Ismael Tantor, del manuscrito de Ismael Tantor, de lo sucedido en aquel avión en el que se encontró con El Escritor, de lo que no le dijo. La Chica lo escucha, primero, como si El Chico, de pronto, fuese una buena historia, otra buena historia; no tan buena como la que se cuenta en *Chica, piscina, noche, etc.* pero, después de todo, el principio de algo nuevo. Pero enseguida comprende que no es así. Que es una historia terrible, imperdonable; y que no todo es justificable en nombre de la literatura.

Y adiós y reencuentro y adioses y reencuentros mientras, afuera de sus vidas, todo comienza a desaparecer.

El resto de todo lo demás es como una fiesta en el apartamento de al lado: se apoya un vaso contra la pared y lo único que se oye son murmullos agudos y el latido grave de música; el soundtrack de algo que puede ser muy divertido o muy aburrido.

Y, primero, para ellos, una rara y enfermiza forma de orgullo al sentir que sólo ellos permanecen; que para X todo pasa por ellos y para la reescritura constante de sus vidas.

Enseguida, por la primera de muchas veces, la sospecha de que, tal vez, no sean únicos, que X (antes que nada y después de todo, aquella letra que, en el teclado de antiguas máquinas de escribir con nombre de rifle, se utilizaba una y otra vez, como quien dispara una ráfaga de balas, para tachar palabras y líneas enteras) ha compartimentado toda la realidad en pequeñas y modulares escenas que revisa como un emperador pasando revista a sus tropas, pero jamás dando la orden de atacar.

Una mañana, El Chico y La Chica, El Hombre y La Mujer,

El Hombre Que Alguna Vez Fue El Chico y La Mujer Que Alguna Vez Fue La Chica, El Ex Chico y La Ex Chica, Él y Ella, él y ella, se descubren junto a las escalinatas del Museo y bajo un cielo inmenso.

Y miran a su alrededor desconcertados.

Y se preguntan dónde están, qué hora es.

Se miran sin saber qué decir. Pero enseguida lo saben.

«Adiós», dice él.

«Adiós», dice ella.

«Adiós», dicen él y ella, mientras tanto, otra vez, junto a las escalinatas del Museo, bajo un cielo inmenso.

Mientras tanto, otra vez, junto a las escalinatas del Museo, bajo un cielo inmenso, no hay nada. Por una vez, ahora mismo y por el tiempo en que se piensa «ahora mismo», una especie de vacío absoluto lo llena todo.

Ahí, nada más que escalones que no conducen a nada, como si se tratase de un pedestal para algo que alguna vez estuvo y ya no está allí, como si se hubiesen robado todo significado y razón de ser.

No hay Museo con forma de cabeza.

No hay cartel luminoso y oracular.

La Gran Parte Inventadora, como Elvis, ha dejado el edificio. Escaleras que ahora sólo funcionan para bajar y, a sus pies, él y ella preguntándose qué hacer, cómo sigue, esperando que algo suceda y que X disponga movimientos y palabras. Experimentando la soledad de quienes de pronto comprenden que la soledad es una nueva forma de compañía. Una soledad opresiva y de la que –después de tanto tiempo vigilados, escritos, corregidos– no se fían. Una soledad asfixiante y posesiva y superpoblada por el peso de la ausencia. Ahora –no pueden creerlo, qué pasó, sólo les queda repetirse, repetir ideas que ya se leyeron más arriba– no hay Museo, sólo escalinatas.

El espacio vacío donde alguna vez se alzó el edificio está vacío, sin explicaciones ni excusas.

¿Qué pasó?

Pasó que el Museo parece haber pasado, haberse ido.

Y, sin embargo, el lugar que ha dejado libre continúa vibrando, para ellos, con su presencia. Como si, en realidad, el Museo ahora fuese invisible o, mejor aún, como si su imagen, de tanto verla, todo el tiempo, hubiese quedado grabada como un fósil sobre sus pupilas.

«¿Adiós?», dice él.

«¿Adiós?», dice ella.

Y el sonido de sus palabras, de esas palabras ahora pronunciadas de manera tentativa, como quien abre una puerta o pisa los bordes de un lago congelado, se antoja insuficiente y frágil y poco seguro.

¿Habrá llegado el momento de volver a decir «hola»?, se preguntan casi sin atreverse a preguntárselo.

Sobre ellos, el cielo es de un azul perfecto y sin grietas. Un azul sin nubes ni pájaros, sospechosamente inmaculado, un azul de dibujo animado, un azul de telón de fondo, de telón de altura, un azul como si recién se hubiese inventado el color azul.

Él y ella se miran.

Han pasado tanto tiempo prisioneros de una voluntad que no es la suya que ahora no saben qué decir o hacer y se quedan quietos y a la espera de indicaciones y parlamentos. Y no sucede nada y esa nada es algo terrible y él y ella descubren que esa nada es todo y que esa nada es lo más terrible que les ha sucedido hasta entonces. La posibilidad de un final, de quedarse en blanco y sin pánico ni página que pasar, de tal vez haber sido liberados; eso con lo que soñaron en voz baja, en el silencio de sus pensamientos, ahora se les aparece como una forma atronadora de un nuevo infierno. El tener que pensar en qué pensar por sí mismos. Verse en la propia obligación de hacer lo que quieran y lo que deseen temblando porque, quizá, ya sea demasiado tarde y que, habiendo perdido no sólo la práctica sino también la teoría, ya no puedan pensar nada o desear algo.

Por las dudas, antes de que sea demasiado tarde, él va a intentarlo.

Va a decirle a ella lo primero que se le pasa por la cabeza, que, en realidad, es algo que está ahí atascado desde hace tanto. Desde los últimos tiempos de un nuevo tiempo.

Al principio, las palabras –*sus* palabras– son puro crujido; como la voz de una puerta que se dejó de abrir porque no había nada interesante al otro lado, nada para recordar.

Él abre la boca y recuerda y dice y pregunta:

«¿Cuántos surrealistas se necesitan para cambiar un foco?».

Y ella lo mira primero sin entender y enseguida con una sonrisa, la sonrisa de quien vuelve a ser La Chica sonriéndole a El Chico.

Y, entonces, un grito descendiendo desde los cielos y él y ella comprenden que X no se fue, que no se va a ir nunca, que X vuelve, que les quedan apenas unos pocos segundos de libertad antes de volver a ser personajes, antes de dejar de ser suyos para ser de X.

Big Sky está muy ocupado, pero va a ocuparse de ellos.

Ahora mismo.

«¿Cuántos surrealistas se necesitan para cambiar un foco?», vuelve a preguntarse él y a preguntarle a ella. Y responde:

«Una playa».

Y los dos se ríen.

Y pronto su risa es ahogada por un tumulto de resortes y engranajes.

Y allí está.

Y ahí lo ven venir y acercarse y llegar.

X y el Museo de X son ahora la versión gigantesca de Mr. Trip.

Ese juguete de hojalata. Aquel hombrecito a cuerda con sombrero y maleta que él se llevó de la casa en la playa, como un ladrón de tumba egipcia que se roba esas pequeñas estatuillas depositadas allí para acompañar al faraón y a su cuerpo y sombra y alma en su viaje al otro lado.

Y, de verdad, si recordara dónde está, dónde quedó, él lo devolvería para apaciguar cólera y maldición, lo confesaría todo.

Pero ahora no.

No hay tiempo.

¿Qué hora es?

Es la hora en que el colosal y todopoderoso Mr. Trip (mientras una voz le avisa que aborde inmediatamente, que su vuelo está por partir sin él a bordo) se acerca a ellos y los toma a él y a ella en una de sus manos y con la otra mano abre su equipaje y los mete ahí dentro.

Y allí los deja hasta que se le ocurra algo mejor; porque algo se le va a ocurrir, algo se le tiene que ocurrir.

Por favor, que algo ocurra y se le ocurra y les ocurra, ¿sí?, ¿sí?, ¿sí?, mientras tanto, otra vez, junto a las escalinatas del Museo, bajo un cielo inmenso.

Mientras tanto, otra vez, junto a las escalinatas del Museo, bajo un cielo inmenso, se dice que esto es, a su manera, lo más parecido a un cuento de Anton Chéjov que nunca jamás escribirá. Se pregunta, también, si todo lo anterior no quedará más claro si lo reordena por estricto orden cronológico, de atrás hacia delante, con la más nocturna de las ternuras, hasta alcanzar este eterno ahora, mientras tanto, otra vez, junto a las escalinatas del Museo, bajo un cielo inmenso.

III

LA PERSONA IMAGINARIA

La visión que los vivos tienen de toda una vida no puede ser sino provisional, las perspectivas se alteran por el mismo hecho de trazarse; la descripción solidifica el pasado y crea un campo gravitacional que antes no estaba en ese sitio. Un telón de fondo de materia oscura –todo aquello que no ha sido dicho– que permanece allí, murmurando.

JOHN UPDIKE, *Self-Consciousness*

Pero si realmente quieren saber por qué sucedió algo, si las explicaciones son lo que les importa, usualmente es posible proporcionar una. De ser necesario, hasta puede inventarse.

WILLIAM MAXWELL, *The Château*

Mi memoria es muy confiable para esas cosas puntuales que elige recordar.

RICK MOODY, *The Omega Force*

El secreto para la supervivencia es una imaginación defectuosa.

JOHN BANVILLE, *The Infinites*

La imaginación es una forma de la memoria.

VLADIMIR NABOKOV, *Strong Opinions*

Cómo terminar.

O mejor todavía: ¿Cómo terminar?

Añadir los signos de interrogación que, nada es casual, tienen la forma de… / ¿DE QUÉ? / INSERTAR AQUÍ /; hojas afiladas y punzantes como los bordes de las alas de Jumbos / BUSCAR, POR FAVOR, UN SÍMIL MEJOR PARA DAR AMBIENTE DE AEROPUERTO /, clavándose tanto en quienes se elevan como en quienes caen, tirando de ellos, trayéndolos a lo largo de pasillos climatizados o haciéndolos volar en pedazos por los aires hasta caer justo dentro del aeropuerto de estos paréntesis / ¿EXISTIRÁN SITIOS MÁS «ENTRE PARÉNTESIS» QUE LOS AEROPUERTOS? (AMPLIAR) / que más de uno criticará o juzgará innecesarios; pero que, en la incertidumbre de la partida, son tan parecidos a manos juntándose en el acto de rezar por un buen viaje que ya concluye. Y buena suerte a todos, les desea esta voz / ¿ALUSIÓN AQUÍ A LA INCOMPRENSIBLE VOZ DE LAS SIRENAS DE LOS ALTOPARLANTES QUE CANTAN Y CONFUNDEN A LOS VIAJEROS EN LOS AEROPUERTOS? ¿A LA IRRITACIÓN DE SUSCESIVOS CHECK-POINTS CERRÁNDOSE COMO CAJAS CHINAS O MUÑECAS RUSAS? / a la que la mordaza de los paréntesis vuelve desconocida, aunque –como suele ocurrir con algunas canciones inolvidables, donde la melodía se impone al título– recuerde a la de alguien cuyo nombre no se alcanza a identificar y reconocer del todo. / ¿BOB DYLAN? ¿PINK FLOYD? ¿LLOYD COLE? ¿THE BEATLES? ¿NILSSON? ¿THE KINKS? / Y, sí, de ser posible, evitar este tipo de párrafos de aquí en más / ¿PROHIBIRSE BAJO PENA DE MUERTE NUEVA MENCIÓN A LECTORES ELECTRÓNICOS? / ¿ALUDIR A AQUELLA MALDICIÓN CHINA DE "QUE TENGAS UNA VIDA INTERESANTE" TRADUCIDA AHORA A MILLONES DE ORIENTALES ESCLAVIZADOS POR OCCIDENTE PARA FABRICAR SUS PEQUEÑOS INGENIOS ELECTRÓNICOS PARA, DESPUÉS, ESCLAVIZARLOS A ELLOS VOLVIÉNDOLOS ADICTOS A UNA NUEVA FORMA DE OPIO? ¿EL CICLO DE LA VIDA INTERESANTE? ¿HAKUNA MATATA? / MIEDO DE QUE TODO EL ASUNTO EMPIECE A SONAR COMO UNA OBSESIÓN O ALGO ASÍ TEMOR A SER COMO ESOS LOCOS GRITANDO EN CALLES VACÍAS / porque le dicen, espanta a los lectores de hoy, a los lectores de ahora acostumbrados a leer rápido y leer breve en pantallas pequeñas, contando rápido hasta ciento cuarenta y send / Y, DE PASO, PREGUNTARSE QUÉ SIGNIFICAN Y CUÁL ES, DE TENERLA, LA RAZÓN DE SER DE LOS PARÉNTESIS PERO, POR FAVOR; SIN CAER EN IMÁGENES DEL TIPO «LOS

PARÉNTESIS SON COMO LAS PATILLAS DE UNA ORACIÓN» / SUFICIENTE YA CON LO DE PARÉNTESIS COMO «MANOS JUNTÁNDOSE EN EL ACTO DE REZAR» / y...

... cortar y salto y pasar directamente a él corriendo, superando controles, despojándose de metales, arrastrando una maleta pequeña pero pesada. La relación tamaño/carga del equipaje es tan engañosa y difícil de calcular a simple vista como la de los libros. Sobre todo cuando –como en este caso– la maleta en cuestión está casi toda llena de libros por abrir, la mayoría de William Faulkner. Casi nada de ropa; porque era un viaje corto en tiempo y largo en distancia y había fantaseado con la idea de no volver o de llegar a un sitio donde la ropa ya no haría falta, porque las partículas van aceleradas y dispersas y desnudas. Y es entonces cuando, aprovechando la idea del viaje, tomando distancia, se había jurado (en vano) ponerse al día interoceánico o a la noche hotelera. Leer ahí arriba o ahí abajo (en ninguna parte en ambos casos; porque aviones y hoteles son no-lugares) todo lo que no se leyó en el espacio de costumbre, en la cama de siempre, en los sitios que se suele frecuentar. Enseguida, por supuesto, se entiende que eso no sucederá. Que los libros por ocurrir, los libros por leer (tanto más que los libros que se leyeron, y a los que, por puro masoquismo e inmediata culpa, se suma cualquier otro que se compra ahí mismo, en la librería del aeropuerto) se seguirán amontonando en la biblioteca y en mesas y en el escritorio y en sillas y en pilas de endeble arquitectura que, en ocasiones, se derrumban en la noche haciendo el ruido exacto de cuerpos no-muertos golpeando contra el suelo, hambrientos de cerebros. Libros a los que, sacándolos luego de allí dentro, en el extranjero, miraremos y nos mirarán con cara y portada de y-ahora-qué. Es ésta, claro, una pregunta incómoda. *Otra* pregunta incómoda. Por lo que él decide no responderla y continúa tirando de ese pequeño rectángulo con manija y ruedas.

Y –él se ha documentado al respecto– alabado sea Bernard D. Sadow, entonces vicepresidente de una empresa dedicada a la fabricación de valijas y derivados, merecidamente orgulloso dueño de la patente norteamericana n.° 3.653.474, y a quien se le ocurrió recién a mediados del siglo pasado eso de ponerle rueditas a las maletas horizontales. Y alabado sea también el piloto de 747 Northwest Airlines Robert Plath (y enseguida presidente de Travelpro International), quien años después perfeccionó el asunto verticalizándolo, reduciéndolo y (patente norteamericana n.º 4.995.487) añadiendo el rasgo evolutivo clave de la manija extensible para tirar de él y vendérselo, en principio, sólo a colegas tripulantes que no demoraron en despertar la envidia y el deseo de pasajeros que los veían pasar con la elegancia y ligereza de semidioses. Para estas cosas –para identificar a los verdaderos genios de la Humanidad y no a los falsos ingeniosos de la Infrahumanidad– es que sirven Google y sus afluentes, piensa.

Y, mientras espera que abran las puertas de su vuelo, ahí está él. Sentado pero como casi venido abajo, su cuerpo adoptando la forma de una silla como si fuese un abrigo y un traje vacíos. Todavía le duele la paliza invisible que le dieron los oficiales especialmente entrenados para que sus golpes no dejen marcas demandables luego de que intentó hacer lo que finalmente no hizo, y sórdidos detalles al respecto más adelante. Ahora, mientras tanto y hasta entonces, él está matando el tiempo. Leyendo, luego de que le picara la curiosidad frente a tanta maleta enruedada, en la pantalla de su laptop (alguien le contó una vez que ya no les dicen así porque las compañías temieron que sus radiaciones, luego de apoyarlas durante mucho tiempo en la falda, en el lap, provocasen cáncer testicular u ovárico en sus usuarios), sobre los geniales Shadow & Plath. Encuentra toda la información en una página donde, además, se explica que la obviedad de las rueditas demoró tanto porque antes los aeropuertos eran mucho más pequeños y porque –sociológica y psicológicamente– parece ser que, para el macho de posguerra, eso de usar rueditas y equipaje de a bordo era para mujeres o maricas: los hombres de verdad no llevaban maletas, despachaban todo. Y además –como en aquellas películas antiguas que parecían no envejecer nunca– las maletas parecían no pesar nada, eran casi etéreas, tal vez viajaban vacías de un escenario a otro, de una escena a otra. Y él vuelve a preguntarse lo mismo: por qué, si su vocación siempre fue la de inventar, no aplicó ese talento a cosas como las de Shadow & Plath en lugar de a la literatura o lo que sea eso que hace, que ya no hace, que más bien deshace. O bien –otros entre sus visionarios favoritos, más absurda y compulsiva research de su parte– a la invención de Alfred Fielding y Marc Chavannes, quienes, en 1957, crearon ese material plásticamente burbujeante para embalar y proteger objetos frágiles. Busca y encuentra porque la verdad que le gustaría que ahora lo envolviesen en él, con mucho cuidado no para que no se rompa sino para no seguir rompiéndose. Fielding & Chavannes, se entera, en realidad buscaban un empapelado para paredes fácil de pegar y despegar pero –¡serendipia!– tropezaron con esto otro. ¡Bubble Wrap! ¡Socios y dueños de la Sealed Air Corporation! ¡Perfecta compañía! ¡Insuperable acompañante! ¡Millones de dólares al año con un producto/negocio que se cuela como polizón en muchos de los negocios/productos de otros y se beneficia de ellos sin hacer gran cosa salvo existir, estar ahí, siempre listo como boy-scout! ¡Bubble Wrap Eureka Aleluya! ¡Bubble Wrap bendito seas y, amén, el último lunes de enero se festeja en todo el mundo el Bubble Wrap Appreciation Day luego de que, ese día, una emisora de radio de Bloomington, Indiana, emitiera sin darse cuenta y durante varios minutos el sonido que hacían las burbujas plásticas al reventarse mientras desempacaban unos micrófonos! El Bubble Wrap como algo que, además, luego de abrir el paquete, casi provoca el dejar completamente de lado lo que nos enviaron para, en cambio, *the medium of transportation is the message*, concentrarnos como aldeanos globalistas en ese adictivo placer de apretar burbujas como alguna vez nos entregamos, durante nuestra adolescencia, a la épica y siempre perdida batalla contra el acné. Así, liberamos una a una esas pequeñas dosis de aire sellado (existe variedad de Bubble Wrap con forma de corazones; lo que añade al atractivo inicial la metafórica sensación de estar rompiéndolos mientras intentamos olvidar que nos lo han roto y que, ahí dentro, envueltas en Bubble Wrap nos han enviado de vuelta todos nuestros objetos personales y hasta nunca) y las apretamos. Una tras otra. Sin parar. Hasta que no queda ninguna e (incluso a él le causa gracia esto) hay una app que permite apaciguar el vicio de manera virtual hasta que se consiga dosis física de material. El dedo en la pantalla y *ese* sonido. Y a seguir reventando. Lo que vuelve aún más genial algo que ya lo era: hay que comprar más metros de producto porque nosotros mismos, por nuestra culpa, hemos impedido toda posibilidad de volver a usar algo que, como volviendo de un trance, descubrimos que ya ha dejado de servir para algo. Como la literatura, si se lo piensa un poco. La literatura cuya más eficiente aplicación en gran parte funciona por y depende de las variables facultades del usuario, del uso que éste pueda darle en el terreno de su no-ficción. Percibe una graciosa idea ahí, una ingeniosa teoría; pero de un tiempo a esta parte le llegan rotas, trabadas, exprimidas; como si más que una idea sobre la que teorizar fuesen las partículas de algo que se olvidó de envolver en Bubble Wrap y que estalló en el aire y cuyo recuerdo nunca del todo pensado lo hiere como esquirlas hundiéndose en su cuerpo y sonando y delatándolo cada vez que pasa a través de un detector de metales que lo acusa de ya no ser quien era y de insistir en hacerse pasar por quien alguna vez fue, vistiendo un inverosímil y apresurado disfraz de sí mismo, como si intentase alimentarse de su pasado cada vez más amplio pero, también, más lejano.

Y, sí, las burbujas protectoras y las ruedas deslizantes son, además, invenciones parasitarias, como escritores que envuelven y preservan o ayudan a soportar cargas al lector. Pero, claro, rueditas y burbujas lo consiguen, a diferencia de la literatura, sin producir efectos residuales o distorsiones imprevistas. Así, él eligió la variedad más pura y demasiado turbulenta y, sí, menos redituable. Él optó por eso de contar cuentos, de hacer no Historia sino historias, desoyendo casi desde el principio –desde su adolescencia, cuando eso de «Cuando sea grande quiero ser escritor» ya no causaba tanta gracia y comenzaba a inquietar a sus mayores– advertencias de sus autores favoritos de entonces, como Truman Capote y su látigo autoflagelador del don entregado por Dios y la consiguiente dificultad de subir hasta las nubes para después traer algo aquí abajo. O aquello de Aldous Huxley a lo que, cuando lo leyó por primera vez, él aún inédito, asintió y memorizó con solemnidad cómplice. Aquello que ahora quisiera olvidar, pero no se puede, no puede: «Cuesta tanto trabajo escribir un libro malo como uno bueno... No existe sustitutivo para el talento».

Sinceramente: ¿sirve para algo él? ¿Se ha quedado sin aire y sin manija de la que agarrarse para no caer? ¿Son útiles para algo o alguien sus historias, reflejan su época o, más bien, la atmósfera enrarecida e irrespirable de un planeta –la Tierra– que todavía ni siquiera tiene divino y antiguo nombre propio tal vez como castigo por ser el único habitado por seres inferiores? ¿Y si se abraza a todo lo electrónico, a lo de moda, y patenta un libro que, cada vez que llegues al final de un capítulo, te exija resumen y apreciación crítica de lo que te ha contado y que, de no estar tú a la altura de lo que te demanda, ese libro se acostará con tu mujer, robará el cariño de tus hijos, y hablará con tu jefe para que te deje en la calle? En cualquier caso, de conseguirlo, ese libro demandante (que podría llegar a sintonizar con las ansias y ansiedades de todos aquellos que sólo desean pertenecer a una marca) no sería de mucha utilidad a la hora de contener sus propios textos. Imposible resumirlos y definirlos. Ni siquiera él, en las últimas ruedas de prensa (rueditas de prensa más bien livianas de periodistas, de esos periodistas que le llaman porque es «un personaje de la cultura», le piden con gratuita gratuidad que elija dos o tres libros para una sección de recomendaciones para las Fiestas o el Nuevo Año o la confluencia de Júpiter con Urano, para luego escribir incorrectamente todos los títulos de las novelas y los apellidos de los escritores que mencionó y que, al leerlos, sentirá como si él los hubiese dicho y escrito mal) y para la desesperación de su editor ahí presente, podía articular ya uno o dos pensamientos más o menos portátiles y cómodos. Algo que sirviese y funcionase y se ganase unos cuantos centímetros en las páginas culturales de periódicos donde –se lo había confiado un viejo periodista– los nuevos y jóvenes editores de sección advertían que «si vas a escribir sobre algún escritor, el manual de nuestro estilo advierte que con su obra no es suficiente sin importar cuán buena sea; para dedicarle espacio a un escritor éste tiene que tener, también, una vida interesante». ¿Y qué era una vida interesante de escritor? ¿Alcohol? ¿Drogas? ¿Mujeres? ¿Correr con toros pisándote los talones? ¿Finalizar feliz en una suite de hotel frente a un lago extranjero? ¿Estallar en llamas espontáneas? ¿Volatilizarse? Una cosa era seguro: él no tenía mucho que ofrecer. Nada espectacular. Sencillos efectos especiales. Lo suyo era como uno de esos mal añejados y enormes baúles en cuyo interior siempre se rompía algo. Piezas de equipaje llenas de pequeños cajones, y sólo aptas para viajar en transatlántico, sin apuro y, a menudo, entre tormentas y mareos e icebergs y tiburones y señoras que sólo desean sentarse a la mesa del capitán.

Ya lo dijo muchas veces: no le dan miedo los aviones pero les tiene terror a los aeropuertos. Los aeropuertos son como enormes y devoradores leviatanes varados en la orilla de todas las cosas, demasiado pesados para regresar mar adentro. Los aeropuertos son como catedrales de una fe siempre tardía y retrasada (y él se acuerda de aquel aborigen *cargo cult* en el que aún hoy modernos hombres primitivos elevan plegarias a las nubes melanesias para que les lloviesen aviones y bellezas como el fantasma plateado de Melody Nelson y no, por supuesto que no, su balada jamás resonará en el aire de un aeropuerto) y los aeropuertos son el santuario donde todos rezan y ruegan por que los vuelos salgan en hora, y que lleguen a tiempo, y que el equipaje no desaparezca en alguno de los pliegues de su espacio-tiempo, y que todo lo que se eleva descienda pero no caiga, amén. Los aeropuertos son como hospitales: sabes cuándo entras pero no cuándo saldrás y te sientes ahí como algo paciente, pasajero. Comparados con ellos, los puertos con su omnipresente pasado milenario, las estaciones de tren tanto más cálidas, y la atmósfera minimalista de las terminales de autobuses le resultan a él tanto más emocionantes y mejor escritas. Los aeropuertos, en cambio, son como best-sellers de aeropuerto. Se leen fácil, se los olvida rápido, se promete que jamás se volverá a caer en su tentación y, sin embargo, esos brillos, esos carteles, esas letras en relieves metalizados... Y los pasajeros que consumen esos best-sellers de aeropuerto son cada vez más dignos de ellos. Seres con decreciente capacidad de concentración, robots de carne y hueso que no pueden estar ni un minuto sin conectarse a sus artefactos y apéndices, como si aguardasen la confirmación del éxito de un deportista al que idolatran o la nueva de que se han convertido en padres o madres aunque sus respectivas parejas estén en ese momento junto a ellos, atendiendo a pequeños enganchados a tabletas en las que surfean sin olas ni orilla.

Se sienta a tomar aliento y no puede dejar de inquietarse ante el constante sonido de teléfonos portátiles. No hacía mucho había leído una encuesta donde el 65 por ciento de los participantes decían sentirse desesperados cuando se quedaban sin batería porque imaginaban que «todo lo importante ocurría justo en ese "tiempo desconectado"». Y añadían estar dispuestos a renunciar al vino, la cerveza, los zapatos, los chocolates, la televisión y el automóvil; pero no-nunca-jamás a su teléfono. El 22 por ciento iba todavía más lejos y confesaba que «el teléfono móvil es lo que más me gusta llevarme a la cama». Y lo más perturbador de todo en realidad no era, pensaba él, que el teléfono fuese lo que más les gustase llevarse a la cama sino que, en primer lugar, se llevasen el teléfono a la cama. Y que jamás fuesen a experimentar el placer de cortarlo todo con un golpe fuerte y categórico en medio de una discusión sino, apenas, conformarse con el placebo de buscar con cuidado ese pequeño botón de END para cerrar y cambio y fuera. De acuerdo, los nuevos teléfonos eran más fáciles y livianos de arrojar contra una pared; pero semejante exabrupto acababa saliendo muy caro y... Había leído, también, de una mujer interrogada por su esposo que, para que su infidelidad no fuese descubierta, se tragó el teléfono móvil con los encendidos mensajes de su amante. Y que ya se habían producido veintiocho millones de divorcios por culpa de algo llamado WhatsApp; porque hombres y mujeres consideraban «crueldad mental» y «maltrato psicológico» el que sus respectivas parejas no respondiesen enseguida a sus mensajes, súplicas, tonterías. Y había visto la foto de un ataúd con forma de teléfono móvil. Y, de acuerdo, podía aceptar la practicidad de los teléfonos móviles que, por ejemplo, el 11 de septiembre de 2001 y durante tantas otras catástrofes, permitió y permitirá a alguien despedirse de sus seres queridos. Pero, para él, algo se había estropeado para siempre en el momento en que se consideró un gran paso para la humanidad y un pequeño objeto para el hombre el hecho de poder ser alcanzado en todas partes y de poder trabajar en cualquier lugar. Algo se había roto el demasiado funcional día en que, disfuncionales, se renunció a la doméstica y sedentaria y universal onomatopeya del ring para confundirse en la babel de tonos personales y pagos: gritos, frases de famosos, música de series de televisión, la efímera canción de moda. Todo eso que, finalmente, no hace más que acrecentar el deseo de subir a bordo donde –por ahora, pero ya se ha informado de que no por mucho tiempo o más– se ordenará apagar todo eso para provocar en los ojos y oídos de los poseídos la misma ansiedad de la falta de nicotina en los pulmones y en el cerebro. Síndrome de abstinencia –eternidad desconectada– por saber qué piensan de ellos sus amigos desconocidos, por seguir jugando a matar zombis con ese zombi de Shangai al que nunca verá en su vida pero sin el cual ya no puede vivir. Por hacer todas esas cosas que hoy se pueden hacer gracias a hombres de ciencia que prefirieron dedicarse a que la vida entera quepa en un teléfono en lugar de, como aquellos científicos locos en las películas de su infancia en blanco y negro, atreverse a desafíos como la teletransportación (que hubiese acabado con la raza de los aeropuertos) sin siquiera inquietarse ante la posibilidad de un accidental por-si-las-moscas.

No hacía mucho –en otro vuelo, afortunadamente breve– había oído la conversación ininterrumpida durante una hora y media de dos seres quienes, imposibilitados de hablar *con* sus teléfonos, se la pasaron hablando *de* sus teléfonos. A primera vista, su aspecto era decididamente prehistórico, como hoolingans informáticos. Cráneos abovedados, ojos pequeños, brazos largos y pulgares inmensos, pupilas dilatadas por la exigencia de tener que leer y escribir con letras cada vez más minúsculas, repetición de palabras a las que parecían faltarles letras. Podrían ni siquiera ser hombres sino, apenas, la estación previa y suburbana o modelo anterior al Homo sapiens. O tal vez la posterior. ¿Trunk y Clunk? Uno y otro –atados e inmóviles en sus asientos– fascinados por las propiedades de sus pequeños monolitos ahora desactivados y refiriéndose y mostrándoselos el uno al otro y mirándolos a ellos con el mismo amor fetichista y comparativo que alguna vez dedicaron a sus autos y mujeres y aparatos sexuales en un vestuario de gimnasio. Sólo que ahora el orgullo pasaba por quién lo tenía más liviano y más pequeño y era más rápido para acabar de usarlo. El tamaño ya no era lo importante (o sí: pero sólo el mínimo tamaño) y Trunk y Clunk, nostálgicos, no dejaban de referirse a pasados artefactos como a amigos muertos que nunca serán mejores que los amigos por venir sobre los que ya fantaseaban aplicaciones y superpoderes.

Todo lo contrario de lo que le sucedía a él: porque los teléfonos móviles habían complicado la práctica de su oficio: las tramas se aceleraban, era muy fácil encontrar y hasta rastrear a alguien, todos los personajes se conectaban en el acto, y lo único de lo que él disfrutaba como escritor o espectador era de la facilidad con que se destrozaban los frágiles aparatitos cuando ya habían cumplido su cometido: como a conejos o a pollos o a gatos o a esos niños que gritan y lloran y patean el respaldo del asiento de delante en los aviones y a los que se dice que les retorcería el pescuezo sin pensarlo dos veces. Pero era un consuelo insuficiente para la tristeza de que ya no hubiese espacio en libros y películas y series para llamadas equivocadas, o para oír algo prohibido en líneas que se cruzan, o para espiar a través del teléfono de la sala lo que se dice en el teléfono del dormitorio, o para que una determinada y vital información se retrasara o se extraviara por el camino. Antes, hasta no hace mucho, todo era más sencillo y por lo tanto más narrativamente simple y primario. Nada daba más miedo que el llamado de un teléfono en la noche y no sonaban teléfonos cada cinco minutos para no decir nada. Todo se decía, tal vez, con malas palabras; pero no se redactaba con errores de ortografía; con esa mala y cacofónica *lingua poco franca* que, además, había que *aprender* realizando un esfuerzo similar o mayor que el que se le dedicaba al conocimiento de la correcta y precisa gramática. Y lo suyo, la práctica correcta de su oficio, requería de cierta lentitud, de cierta distancia, de más silencio para que funcionase. De ahí que, en los últimos tiempos, como señal de rebeldía, sus libros buscasen otros planetas o profundidades marinas o distancias en tiempos pasados: lugares donde no hubiese cobertura y donde poder descubrirse, lejos de este mundo en el que, se informaba, casi con alegría para él inexplicable, de que ya había sobre la superficie y cielos y subsuelos de la Tierra tantos pequeños teléfonos móviles como terrícolas transportándolos de un sitio a otro como gigantes subyugados por sus ruiditos de bebés eléctricos. Apenas bajo la superficie de todo esto, de toda esa irritación, él sabe que acecha otra cosa: el comprender que todo esto, esta diatriba silenciosa y en ocasiones pública contra los teléfonos móviles y sus aplicaciones no es otra cosa que el saber que todos ellos ya marcan el número del final de algo. El teléfono móvil –y toda esa gente hablando y mirando y leyendo y alucinando por y en ellos– no es otra cosa que el primer aparato que no lo llama a él. Algo de lo que se ha quedado fuera. Por primera vez. Casi a solas y preguntándose si su abuelo sintió algo parecido, en los años cincuenta, por los tiempos en que los cigarrillos no hacían mal y las anfetaminas hacían bien –cuando contemplaba a esos desconocidos extraterrestres que eran sus hijos adolescentes moverse de una a otra habitación de la casa–, enchufando aquí o allá un pequeño y portátil televisor marca y modelo Alligator White Philco Slender Seventeener. Sí: ese ruido blanco en blanco y negro era, ahora, el mismo sonido terrible de los tonos que le hacían saber que la Historia continuaba sin él y que él –sin amigos ni Facebook, sin caracteres ni Twitter– ya estaba fuera de la Historia, detrás de la Historia imposible de alcanzar, más allá de su horizonte. Y que la Historia continuaba su viaje sin él, sin ningún problema. En sus libros, todavía, los teléfonos eran pesados y sonaban –como oráculos anunciando cataclismos– en el centro de la noche de una casa a oscuras y no dentro de un bolsillo. Y así sus libros, transcurriendo en el pasado milenio o en un presente de seres más antiguos que vintage, cada vez tenían menos sitio y sentido en un mundo (éste era uno de sus ases en la manga que siempre arrancaba alguna risa en sus cada vez menos frecuentes y peor pagadas conferencias) en el que, inexplicablemente, los teléfonos habían evolucionado más que los aviones. Aviones que seguían volando a la misma velocidad y ofrecían las mismas incomodidades de siempre (y esa comida pollo/pasta/carne/pescado de uniforme sabor aerodinámico) pero con menor separación entre un asiento y otro. Los aviones lentos ni siquiera se habían permitido el subterfugio de incorporar, a falta de avances, virtudes añejas como la posibilidad de arrojar por la puerta el sobrepeso o a individuos molestos, como se hacía en los viejos galeones al cruzar las subtropicales Latitudes del Caballo donde los vientos dejaban de soplar en las velas. Lo único que había evolucionado dentro de un avión eran los pasajeros. Ya no fumaban amparados en ese absurdo de fronteras tan invisibles como ineficaces de la permeable zona de fumador y de no fumador. Y hacía muchos años que él no veía o escuchaba a uno de ellos vomitar dentro de esa triste y sórdida bolsita. Y hasta los niños se portaban mejor –no gritaban ni lloraban ni corrían por los pasillos– porque, tenía que reconocerlo y agradecerlo, estaban enganchados con firmeza a esas pequeñas y autorizadas pantallas donde mataban o morían. Tan sólo los ancianos –convencidos de curas milagrosas– continuaban deambulando como sonámbulos despiertos realizando absurdos ejercicios de mínimo esfuerzo y apoyándose en todos los respaldos para no venirse abajo.

Pero, de nuevo, apenas se engaña: toda esa irritación con los demás –que, comienza a comprenderlo, es la muestra gratis de esa para él ya casi inminente irritación constante de los viejos para con los nuevos– no es otra cosa que, también, la pesada manta con la que intenta esconder el enojo consigo mismo. Su vocación literaria se ha quedado sin combustible y nadie le ofrece pista de emergencia donde aterrizar. La necesidad incontenible de poner cosas por escrito que alguna vez lo mantuvo en el aire ahora se ha resignado a la gravedad de una fuerza que lo arrastra hacia la tierra.

Algo ha dejado de funcionar. Flaps. Radar. Lo que sea.

Nada parece tener sentido, y sólo parece quedar el estallido de gloria final al estrellarse. Lo único que se le ocurría era que ya nada se le ocurría. Y mirando hacia atrás –recordando sus libros como si se tratara de pasados destinos– podía intuir qué era lo que había sucedido y dejado de suceder: había empezado contando historias muy personales, suyas; no estrictamente confesionales pero sí sabiendo que toda ficción es finalmente y en principio autobiográfica porque le *sucede* al escritor, porque es parte de su vida real. Y de a poco se había ido alejando de sí mismo para contar otros asuntos, cuestiones ajenas que tenía que salir a cazar y embalsamar y colgar en las paredes de su salón de trofeos, pero que nunca le pertenecían del todo. Ahora, comprendía, estaba perdido en un universo demasiado amplio donde, en principio, todo le parecía interesante y hasta posible de relacionar. «Only connect», como sugería y ordenaba el disciplinado y lento E. M. Forster en el epígrafe de *Howards End*. Pero para él y para la velocidad de sus cosas aquello del libre flujo de conciencia se había convertido en una de sus marcas características. ¿Libre? Ja. De pronto estaba preso en la cárcel que él mismo había construido. Y ya nada tenía sentido. Cortocircuito y circuito cortado. Había perdido (como se extravía esa maleta a la que vemos *no* aparecer en esa cinta giratoria) su camino a casa. Y, de pronto, se descubría fantaseando con que la única solución posible para su problema era la de ganar el cuantioso primer premio de una lotería continental a la que de un tiempo a esta parte jugaba puntualmente dos veces por semana para después, una vez cobrado el muchísimo dinero, decirse «Ya está. Listo. Suficiente. No voy a escribir más. De aquí en más sólo una vida para mí. La vida real. Viva la no-ficción». Creía en eso y se decía a sí mismo, imaginándose retozando entre montañas de billetes como un pato millonario: «Ah, ahora lo entiendo, cuánto tiempo perdido: esto es lo que deben de sentir los católicos. Por eso es una religión tan popular: porque la solución nunca está en uno, la salvación siempre llega desde lo más alto, y los pecados siempre se perdonan y…». Pero la combinación de sus números en las apuestas (combinación que confiaba, automática, a la decisión de una computadora que le gustaba imaginar en algún sótano secreto de algún nuevo país de Europa del Este, su ojo rojo sin párpado cantando cifras) sólo le había significado como mucho unas monedas de alta graduación y algún que otro billete de bajo calibre de tanto en tanto. Lo justo como para financiar las apuestas de la semana siguiente con la excepción de –una perfecta mañana de julio– cuando se embolsó doscientos cincuenta euros. Recuerda que salió a la calle dando saltitos y con el puño en alto hasta que, de golpe (como quien emerge a la superficie exultante desde las profundidades abisales de un check-up médico y anual y de pronto comprende que el año que viene toca otro y que eventualmente, más tarde o más temprano, soplará el viento de las malas nuevas), se dio cuenta de que ese dinero era, estadísticamente, la victoria que le habían concedido los perversos dioses del azar. Que nada más que *eso* era lo que le tocaba y que –de pronto pensando en prosa antigua y devaluada– había malgastado su único deseo en tan poco. Así que –sin retiro pero en retirada– él seguía pensando en qué podía escribir, escribiendo en qué podía pensar. Buscando ya no que le ocurriese algo (y tal vez ahí esté uno de los síntomas tempranos de querer ser escritor: nada te ocurre, así que entonces...) sino que algo se le ocurriese.

Sus últimas y breves palabras en el poco espacio libre de una libreta estrenada hacía casi un año (en una noche blanca de hospital donde, producto del miedo, experimentó una última indigestión de tramas) no hacían más que reflejar su impotencia. Apenas dos anotaciones. Y las dos –mala señal– *basadas en hechos reales*.

A saber: «Shakespeare Riots» y «Kate Harrington/Truman Capote».

La primera de las anotaciones correspondía a algo sucedido con dos intérpretes shakespearianos y enfrentamientos entre fanáticos del teatro que dejaron al menos veinticinco muertos y más de cien heridos a las puertas de la Astor Place Opera House, el 10 de mayo de 1849, en New York. Los actores eran el norteamericano Edwin Forrest y el inglés William Charles Macready, y todo sucedió cuando facciones opuestas tomaron las armas y empuñaron puños para dirimir quién de los dos era el mejor Hamlet y, de paso, poner en evidencia las siempre complicadas relaciones entre el Imperio y sus alguna vez colonias. Así, los anglófilos estaban de parte del aristocrático y pausado Macready y los defensores del Nuevo Mundo apoyaban a Forrest (cuyo príncipe dinamarqués estaba más cerca ya de un espadachín de cinematógrafo y tenía un aire de *working class hero*). Y cuando este último fue abucheado en Londres (o fue Forrest, de paso por Londres, quien abucheó a Macready desde la platea, ya no se acordaba bien), unos y otros esperaron a que Forrest y Macready coincidieran en Manhattan con sus respectivos príncipes dinamarqueses. Y, como hooligans, como Trunks y Clunks, se citaron a la salida de sus estadios y...

La segunda de las anotaciones era consecuencia de la lectura de un largo testimonio incluido en una biografía de Truman Capote. Kate Harrington era la joven hija de un amante de Capote: un tal John O'Shea, hasta entonces heterosexual padre de familia y más o menos abnegado aunque infeliz esposo. La mujer de O'Shea –quien adoraba al escritor– no puso ninguna traba a la relación. Así que todos felices. Y el escritor no dudó en adoptar a la pequeña Kate de doce años –hija de los O'Shea– y someterla a una suerte de versión modernizada de *My Fair Lady*. Richard Avedon y Francesco Scavullo le toman fotos para un portfolio (Kate llega a aparecer en las satinadas páginas de *Mademoiselle* y *Seventeen*), le ordena escribir un diario con sus pensamientos íntimos (que él corrige y edita), la lleva a su piso en el 870 del United Nations Plaza y le muestra libros y le ordena leer *In Cold Blood* y *Out of Africa*. La enseña a vestirse y a combinar colores y marcas de ropa y le presenta a sus «cisnes» de Park Avenue (Babe Paley y Mary Lazar) y a Henry Kissinger y a Sammy Davis, Jr. y a Ryan O'Neal (quien se enamora de ella, Kate ya tiene quince o dieciséis años) y la cuela en fiestas locas de Studio 54 (en el libro hay una foto de ella con Truman Capote con el rostro cubierto por uno de sus sombreros junto a una anciana Gloria Swanson). En algún momento, Capote decide que el próximo paso será convertir a Kate en actriz. Pero Kate se niega. Conoce sus límites. Sabe que no tiene talento para eso y no puede dejar de percibir que el escritor parece cada vez más errático y desesperado. «De acuerdo. Yo sólo quería ayudar», dice Capote. Y eso es todo. Capote deja de llamarla. Se acabó. O tal vez Capote llamó alguna vez pero no había nadie en lo de los O'Shea (para eso *también* servían los teléfonos de antes y con eso *también* han acabado los teléfonos de ahora: con la fantasía de que alguien *sí* te llamó pero no te encontró) y pronto Capote ya no pudo marcar un número sin equivocarse y de pronto llamar por teléfono costaba tanto como escribir esa novela de la que tanto había él hablado, la novela que ya no respondía a su llamada, bajo nubes de tormenta y relámpagos como latigazos.

Y para él, ahora, todo eso que apuntó allí no era nada. Ni siquiera sabía qué era lo que eso *no* era. ¿Dos cuentos? ¿Una nouvelle? ¿Dos partes de un todo o piezas sueltas de un puzzle que no entendía pero que estaba seguro de haber entendido alguna vez, cuando escribió esas dos líneas como se escribe uno de esos sueños que no se recuerda ni se entiende cuando se lo lee a la mañana siguiente? *Only connect?* ONLY *connect?* Si *sólo* se trata de *conectar* ¿por qué no saliste del armario, maldito E. M.? Fácil de decir, difícil de hacer y mucho más de escribir. Algo había dejado de funcionar, algo se había roto. Dentro de él. Y quería y necesitaba creer que no se trataba de la simple y vulgar y poco digna e inmerecida fatiga de materiales (la enfermedad de los aviones) y prefería pensar que detrás de ese vacío inmóvil *tenía* que haber algo más trascendente. Algo que lo explicase todo y, una vez asimilado, otra vez, le permitiese al interrogante la respuesta y la puesta en marcha. Algo como un trauma de infancia que recién ahora estallaba, como esas bombas de guerras pasadas que de tanto en tanto encuentran en baldíos. O algo como eso que se supone le pasó a J.D. Salinger y que nadie entiende muy bien si le pasó o no. O incluso algo más banal pero, al menos, más sencillo de precisar: como lo que sintió cuando no hace mucho, una noche, se despertó con un dolor en el pecho. Como si ahí dentro, pensó entonces, y le gustó la imagen, le hubiese crecido una rosa negra con pétalos de espinas. Y, tras arrastrarse hasta una sala de urgencias, allí se la hubiesen arrancado pero, con ella, con el maleficio de esa flor peligrosa, sin saberlo, tal vez se hubiesen llevado *algo* importante, vital. O, quién sabe, quizá, en realidad, le implantaron *algo*. Se acuerda de que fue allí, mientras esperaba los resultados de unos análisis y un diagnóstico, donde, en esas dos o tres horas de incertidumbre, deambulando por los pasillos de una clínica, experimentó, empequeñecido por el pánico, la crecida inesperada y rabiosa de muchas ideas para historias. Tantas que apenas podía llegar a poner una por escrito porque aquí llegaba otra ola, otro posible cuento. Llenó una libreta con material más que suficiente para un libro que bien podría titularse *Libro de familias* o *Padres, madres, hijos, hermanos & Co.* Sentía todo eso como últimas voluntades, como un posible legado. Pero cuando llegó el médico con buenas noticias fue como si todo eso se disolviese, perdiera fuerza e importancia. Y al día siguiente, al releer sus anotaciones, todo parecía tener –otra vez– la urdimbre de velo transparente de un sueño de rueditas trabadas que no protegía nada bajo el Bubble Wrap de los párpados. Desde entonces, nada. Había intentado métodos absurdos como copiar cosas suyas escritas hace décadas para ver si eso hacía arrancar los motores. O pensar en continuaciones o prequels de clásicos. O en clásicos reescritos bajo otro punto de vista. *Moby Dick* narrado por la ballena blanca. Esas cosas. Después, casi enseguida, comenzó a beber. Sin excesos; pero lo suficiente como para que los días pasaran como redactados por otro, por alguien que lo escribía a él y lo exime de ponerse por escrito y de pensar en actores impotentes o en actrices en potencia.

Sí, alguna vez, las historias de los disturbios shakespearianos y de Kate Harrington podrían haberse fundido en algo sobre la chica convirtiéndose en una genial intérprete de Shakespeare-Para-Jóvenes-Adultos en exitosas adaptaciones contemporáneas, transcurriendo en high schools, algo así. En alguien como la Rosemary Hoyt de *Tender Is the Night*, adorada por sus fans; pero también en la mira de una secta de fanáticos puristas y terroristas protectores de la memoria y legado de Shakespeare y autodenominados The Revengeful Hamlets y...

Ahora no. Ahora todo le sonaba al atronador e incomprensible murmullo de esa voz en los altavoces del aeropuerto a la que conseguía extraerle palabras sueltas hasta que, entre ellas, descubría la repetición de su apellido seguido del llamado último y urgente para abordar o quedarse ahí, tal vez para siempre.

Así que, de nuevo, con la actitud de quien cree que está rompiendo algún récord olímpico, él vuelve a correr a la velocidad con la que alguna vez caminaba rápido. Está, sí, en la última de esas edades frontera: en algún lugar donde sólo se alza un triste motel de carretera entre los cincuenta y los sesenta años y por el que nunca se volverá a pasar. Esa década espectral en la que, de pronto, dejan de suceder tantas cosas. Y dejan de suceder para siempre. Los rasgos del hombre maduro todavía no han dejado de ser los que han sido hasta ahora; pero, ah, ya comienzan a ser los que serán: los del hombre ya no tan firme y como licuándose, como en los principios de un deshielo sin marcha atrás. Mirarlo fijo, verlo pasar a él a toda pero tan poca velocidad, piensa, debe producir la mareante sensación de contemplar una foto desenfocada. Una de esas fotos movidas o con las pupilas rojas que ya no existen, que ya no se toman y que ni se sacan ni se espera su revelado. Ahí va entonces. Corriendo en cámara lenta, pero no como en esas películas y series en las que la lentitud es el recurso para mostrar la ultravelocidad. No, lo suyo no es un efecto especial sino (¿cuántas veces usó ya este torpe juego de palabras?) un defecto especial. Ahí va. Respirando por la boca, por el esfuerzo. Como si no estuviese de pie y moviéndose, sino sentado y quieto. Aunque, lo mismo, de pie y moviéndose. Como alguna vez se sintió, tanto tiempo atrás, sosteniendo cualquiera de sus muchas novelas favoritas. Con los ojos muy abiertos y con uno de esos libros que, con el paso veloz del tiempo, con el correr del tiempo, de entrada, te imponen el peaje de aprenderlo todo de nuevo: un flamante juego de reglas, una respiración propia cuyo ritmo hay que asimilar y seguir si lo que se quiere es arribar a la orilla en la cima de la última página.

Ahora, de nuevo, ya no, no más.

Ahora corre como alguien que ya no persigue sino como alguien que huye. Y que sabe que no demorará en ser alcanzado.

Entrar a un avión es como entrar a una muy mala novela. Una de esas novelas realistas (y tan orgullosa de serlo y proclamarlo) que, aunque se esfuerce, no consigue convencernos de nada de lo que dice y de la que ya anticipamos todo lo que ocurrirá porque ya lo hemos vivido, ya hemos estado allí, ya nos pasó: un *déjà visité* más que un *déjà vu*.

Allí, esa absoluta fidelidad a lo completamente repetible. Una novela a la que le iría mucho mejor de asumirse fantástica. O, mejor aún, *verdadera*. Admitir de entrada que, en caso de accidente, el oxígeno de las mascarillas sólo sirve para aletargar la histeria de los pasajeros y que la función de los cinturones de seguridad es la de evitar que los cadáveres no se desparramen demasiado en el momento del impacto y que eso de poner la cabeza entre las rodillas (posición imposible, teniendo en cuenta el cada vez más menguado espacio entre asientos) no sirve para nada (como para nada servía aquella absurda ilusión de los asientos de no-fumador en tiempos en que los aviones eran como un tanque de gas de nicotina en suspensión) salvo para, de sobrevivir, acabar con una brutal contractura o, si no hay suerte, la médula rota.

Casi desarmándose, se presentó jadeando en la puerta de embarque ya a punto de cerrar, lo llevaron en un auto hasta el avión que ya se había cortado el cordón umbilical que lo unía al aeropuerto, y –le gustó el detalle– tuvieron que acercar una antigua escalerilla para que subiera por la puerta trasera. Ahora, entrar a ese avión, para él, es también una experiencia desagradable: porque debe recorrer todo el avión hasta llegar a su trompa y ascender a la primera clase, y varios miembros del pasaje aplauden con sarcasmo su llegada y su paseo. Su distracción para con lo que lo rodeaba por fuera y su concentración en lo que ya lo ha capturado de dentro de él ha demorado la salida del vuelo. Vuelo que ha perdido su turno de despegue y ahora –informa el capitán, identificándolo a él como el responsable, con nombre y apellido– tendrán una demora de «unos cincuenta y cinco minutos», lo que queda mucho mejor que decir «una hora». Y luego consuela sin demasiado convencimiento y cambio y fuera con eso de que «intentaremos recuperar el tiempo perdido en vuelo». Él hace una pequeña reverencia a los resentidos de clase turista (con ese aire de carga de barco negrero) y llega a esa exclusiva pequeña joroba del 747 (futurismo demodé, Heywood Floyd, bolígrafo flotando en el aire), deposita su maleta en el compartimento superior luego de extraer un libro que no es de William Faulkner, se deja caer en su amplia butaca llena de controles (una nueva función en el control remoto y la pantalla en el respaldo de la butaca delantera te permite pasearte por un plano del avión y establecer chat con pasajeros desconocidos sentados en otros asientos y discutir cosas como el miedo a las alturas y la calidad de la comida y las curvas de esa chica sentada más adelante o los alaridos de ese bebé que llora más atrás, supone; cualquier cosa que te distraiga de la tentación de leer una terrena novela del siglo XIX cuando los hombres sólo soñaban con volar y lo ponían por escrito) y le pide el primero de varios shots de bourbon a la azafata que, perfectamente entrenada, porque es uno de los elegidos, le sonríe con todos sus dientes sin importarle los contratiempos ocasionados por él. La azafata le entrega un estuche con artículos para su higiene personal, auriculares, y cosas que nunca utilizará: esas pantuflas, ese antifaz. Y le sigue sonriendo. Está claro que le pagan por sonreírle, pero él opta por creer que ella lo ama, que es amor a primera vista, algo tan imposible de creer (tal vez un poco menos) como eso del cinturón de seguridad, del oxígeno, de la posición de emergencia, de *the nearest exit*, como si alguna vez la salida estuviera cerca.

En el respaldo del asiento de delante sí está el último ejemplar de la revista de la compañía aérea (el sólo abrirla aumenta el dolor de su espalda, del eco de los golpes que le dieron en su espalda); así que va directamente hasta las últimas páginas ignorando breves y ligeros artículos sobre playas y bares y palacios y un famoso diciendo que «Nada me interesa menos que ser famoso». Y, sí, el famoso es IKEA, persiguiéndolo y alcanzándolo así en la tierra como en el cielo. Mejor entonces esas páginas de esas revistas en las que –¿contribuirá la falta de calidad en el oxígeno al deseo irrefrenable de comprar cosas que uno no necesita?, se pregunta– se anuncian diversos productos. Esas en las que se enumeran y exponen los artículos del free-shop de a bordo. Y –entre chocolates y relojes y perfumes y lapiceras, junto a reproducciones de aviones y miniconsolas de videogames, esto es verdad, esto es verdad, una app para descargar en tu teléfono móvil y poder controlar a distancia el rumbo de las cucarachas de tu casa– se ofrece un inesperado juguete antiguo y digno. Algo fuera de lugar y de época. Algo que, seguro, pocos desearán pero que, de golpe, como en el vértigo de una de esas fiebres súbitas, él necesita más que nada en el universo, en ese sitio indeterminado de ninguna parte que es el interior de un avión. Allí, en la foto, se ofrece un pequeño hombre de hojalata a cuerda que lleva una maleta: Mr. Trip. Decide que va a comprarlo sin saber muy bien por qué. Tal vez para ver si su maleta tiene rueditas, para ayudarlo a llevarla, para que el juguete lo ayude a llevarse a él.

Despliega su mesita (que no está en el respaldo del asiento de delante sino que, exclusivamente, sale y se estira como un tentáculo de uno de sus apoyabrazos) y adopta la única posición en la que realmente cree, por la que podría jurar que le ha aportado algún placer y supervivencia, y que no figura en ningún manual de técnicas sexuales sino en las páginas más distantes y amarillentas de su vida: la «posición de reposo». En su colegio primario. Después de almorzar. Brazos sobre la mesa, cabeza sobre los brazos sobre la mesa, a la espera de recibir el permiso para salir a jugar al recreo más largo y digestivo del día. Pero ahora, apenas unos minutos después de esa consoladora oscuridad, entre sus brazos, la azafata le indica que debe recoger la mesita y enderezarse para el despegue. Parece que el vuelo ha sido perdonado y le han conseguido un hueco de salida. Posición de ascenso. Y, una vez más, la confirmación de que, aunque se lo expliquen de nuevo o vuelva a leerlo, jamás entenderá cómo y por qué los aviones vuelan. Pero mejor así, ¿no?

Siempre se ha distraído de estas cuestiones afortunadamente incomprensibles abriendo un libro cuya mecánica y ciencia se le hace más cercana y, por lo menos, maleable. Y su «libro de viaje» ha ido cambiando con los años. Primero, tan obviamente, fue *On the Road* de Jack Kerouac y, en el momento de la partida y recién salido de la adolescencia, leía rumbo a su viaje iniciático de rigor, como si se tratase de una plegaria, aquello de «Vive, viaja, ten aventuras, bendice, y nunca lo lamentes». Y aquello otro de «La única gente que me interesa es la que está loca, la gente que está loca por vivir, loca por hablar, loca por salvarse, con ganas de todo al mismo tiempo, la gente que nunca bosteza ni habla de lugares comunes, sino que arde, arde como fabulosos cohetes amarillos explotando igual que arañas entre las estrellas».

Años después se pasó a los *Journals* de John Cheever y a la recitación de lo de «Voy a escribir lo último que tengo que decir, y creo que lo hago pensando en el Éxodo. En mi discurso del 27 diré que no poseemos más conciencia que la literatura; que su función como conciencia es informarnos de nuestra incapacidad de aprehender el horrendo peligro de la fuerza nuclear. La literatura ha sido la liberación de los condenados; la literatura, la literatura ha inspirado y guiado a los amantes, vencido a la desesperación, y tal vez en este caso pueda salvar al mundo».

Ahora, ya no cree en esas cosas y el libro que siempre lleva consigo para abrir al principio de todo viaje es *Ways of Dying*: un galardonado ensayo firmado por un cirujano de prestigio que describe clara y precisamente –para que incluso él pueda aprehenderlo– los muchos modos y maneras en que puede llegar a morir el ser humano. La función de este libro, por supuesto, es la de ahuyentar al desconocido sentado al lado. Una inequívoca señal de que él no es el tipo de individuo dado a conversaciones casuales o que necesita que le cuenten toda una vida. Lo suyo son las muertes y, probablemente, hablarle traiga mala suerte y todo eso. Así que mejor dejarlo descansar en paz.

Abre el libro al azar y comienza a leer la sección dedicada a la muerte por ahogamiento en océanos o mares o ríos o lagos. «Ahogarse es, en esencia, una forma de asfixia en la que la boca y nariz son ocluidas por agua», lee allí. Y «ocluir»: le gusta ese verbo. Y continúa: «Si el ahogamiento es del tipo suicida, la víctima no se resistirá a inhalar agua. Pero si es accidental, luchará conteniendo el aliento hasta que el agotamiento le impida continuar haciéndolo». A él le gusta esta prosa literal y literariamente quirúrgica e informativa (no es lo mismo, parece, ahogarse en agua salada que en agua dulce; recordarlo a fin de utilizarlo para entablar conversación con alguna desconocida en la barra de un bar) donde se habla de la liberación de grandes cantidades de potasio y de la destrucción de células rojas. Se le hace una prosa tan funcional y casi poética en su ausencia de todo recurso lingüístico. Como esos koans zen que, meramente descriptivos, de pronto alcanzan lo epifánico con versos como lo que ahora lee: «Un cuerpo humano sin vida es más pesado que el agua». O luego de describir el tránsito del muerto por las profundidades y su progresivo deterioro hasta, luego de días o semanas, vagando en un limbo líquido, finalmente salir a flote: «Cuando el cuerpo retorna a la superficie, a su horrorizado descubridor se le hace difícil el creer que esta cosa podrida alguna vez contuvo un espíritu humano y compartió ese aire que respiran los vivos con el resto de la saludable humanidad». Exacto, piensa él, que ahora se siente, simultáneamente, como horrorizado descubridor de su cosa podrida.

«Ese libro está muy bien –le dice una voz a su lado. Y agrega–: Pero me parece que en lo que hace al ahogamiento se queda corto. Hay muchas más cosas interesantes que contar al respecto.»

Voltea la cabeza y en el asiento de al lado hay un hombre que le sonríe con una de esas sonrisas de roedor de dibujo animado y que sostiene un libro tan voluminoso como el suyo. Lee el título *The Story of Stories*. Oyó hablar de ese libro. Otro reciente ensayo de prestigio que pretendía fundamentar una teoría evolutiva del arte de contar historias o algo así. Las historias surgiendo de las profundidades de los mares y alcanzando las playas, como cangrejos parlantes bajo las lunas de noches largas y volcánicas, conversando mientras intercambian tramas y ponen rumbo a las tierras altas y se dicen unos a otros que todavía no han terminado, que eso es apenas el principio de una gran aventura que, con el paso de los milenios, pondrán por escrito con pinzas que atraparán a todos aquellos que las escuchen y las lean y las escuchen leyéndolas. Hubo un tiempo en que leía ese tipo de libro. Mucho. Muchos. Ahora se limita a leer varias reseñas y es como si los hubiese leído y, enseguida, hasta podría jurar que de verdad los leyó.

«¿Perdón?», dice él con el tono de quien exige disculpas.

El hombre sigue sonriendo y señala *Ways of Dying* con un dedito que no parece el de un hombre maduro. Manos muy pequeñas y un dedo más de niño al que nunca pudieron enseñarle el que no debe señalarse en público.

«Me parece que tenemos los libros cambiados. Yo traigo éste para ahuyentar a un posible conversador de altura. Usted también, ¿verdad? Porque yo sé quién es usted. Estuve en su mesa redonda de ayer. No, no lo he leído. Lo siento. Yo acompañaba a una sobrina que trabaja en la oficina de prensa de una editorial. Ella se encargaba de los detalles de la estadía del autor de *Paisaje con hombres huecos*. Es un escritor muy famoso, me dicen. Tampoco lo he leído. ¿Lo conoce?»

«Sólo de nombre.»

«Ah.»

«En cualquier caso, yo soy médico forense. Y lo de ahogarse… Hay cosas más curiosas que se pueden decir al respecto.»

«¿Por ejemplo?», pregunta él sin entender por qué pregunta; pero también es cierto que el que el desconocido *no* haya leído a IKEA lo vuelve alguien instantáneamente agradable y digno de un poco de amabilidad y civismo.

«Para empezar, la muerte por ahogamiento, contrario a lo que suelen pensar o desear muchos, no es una muerte romántica ni fluida. Tal vez los confunda y los engañe la presencia del agua. Eso de hundirse para flotar debajo de ella. Como en otro mundo. De relajarse y dejarse llevar por las corrientes como quien se duerme despacio y llenándose de algo fresco y líquido hasta disolverse. Del agua venimos y al agua volvemos. Pero no, no, no: toda muerte, incluso la muerte "normal", no es más ni menos que el brusco cese de actividades de un motor que ha venido funcionando, si hubo suerte, sin interrupción desde hace bastante tiempo. Toda muerte es, por lo tanto, tan abrupta como un cataclismo para el cuerpo, como un desastre natural para una ciudad que de pronto se queda sin suministro de toda energía.»

«Ahá.»

«Y luego, en lo que hace al ahogarse, es especialmente sugestivo el proceso mismo. Los diferentes pasos que se suceden en el acto en sí. Es como una obra en varios actos. En toda muerte, incluso desde un punto de vista fisiológico, hay una especie de trama, un arco narrativo.»

«Ahá.»

Y el hombre empieza a recitar, enumerando con sus deditos:

«Primer acto: tener miedo. La mayoría de las personas gritan y mueven los brazos. Segundo acto: se hunden y tragan un poco de agua. Más miedo. La laringe y las cuerdas vocales se contraen y ya no es tan fácil gritar. Lo que se conoce como laringoespasmo. Un reflejo involuntario. Tercer acto: inconsciencia y comienzo del cese de la respiración. Cuarto acto: pequeños y bruscos movimientos, convulsiones hipóxicas, la piel comienza a cambiar de color. Azul. Quinto acto: muerte clínica. Ataque cardíaco. Fin de la circulación de la sangre. Sexto acto, y aquí es cuando la cosa se pone interesante: muerte biológica. Unos cuatro minutos después de la muerte clínica. Es como la muerte de la muerte. El punto de no retorno desde el cual ya no se puede traer a nadie de vuelta desde tan lejos. Imposible toda reanimación asistida. Hasta nunca. Dulces sueños».

«Hey: pero si así es como exactamente me siento yo cada vez que intento escribir», piensa él.

«Pero lo más importante de todo, lo que pocos saben –continuó el hombre luego de darle un sorbo a la copa de champagne de bienvenida al vuelo–, es lo del miedo. El miedo es lo que marca a toda muerte. El miedo es el verdadero autor de la muerte y, en varias autopsias, yo me he encontrado con una pequeña bolita de algo que parece plomo; como si se tratase de una bala antigua, recubierta de finos y cortos filamentos capilares. Pero no es plomo, es materia orgánica. Aunque tal vez, igualmente, sea como una bala. Porque es, estoy seguro, la solidificación del miedo. Su manifestación física y sólida y palpable. Y sólo la he hallado en la gente que, me he informado de ello, ha sentido más miedo al morir. Curiosamente, la mayoría son ahogados y religiosos católicos. Lo de los primeros es comprensible; porque es el tipo de muerte que *dura* más tiempo y da lugar para que el miedo crezca y se hunda dentro de nosotros, junto a nosotros. Lo de los segundos no lo entiendo muy bien, porque se supone que, por fin, todos ellos tendrán acceso a ese cielo tan anticipado, ¿no? El miedo más grande lo descubrí en las tripas de un cardenal. Pero nunca me ha tocado un escritor. ¿Sentirán los escritores mucho miedo al morir? Porque está claro que, supongo, viven aterrorizados, ¿verdad? No debe de ser fácil el pasar toda una vida con temor a que ya no se te ocurra nada. O a que dejen de ocurrírsete cosas. Y, de repente, te mueres siempre con el convencimiento de que lo mejor tuyo, la mejor idea, bien podría haber estado un poco más adelante o ha quedado irremisiblemente atrás, ¿no? Si tiene pensado morir a la brevedad, aquí le entrego mi tarjeta. Me haría usted un gran favor, le estaría muy agradecido. Si me permitiera mirar dentro de su cuerpo, digo. Seré discreto, palabra de honor. Por supuesto, no he incluido nada sobre estas pequeñas esferas de terror en mis informes de las autopsias. Me las llevo a casa, eso sí. Tengo una gran colección.»

«Ah...», dice él. Y se acuerda de las glándulas del terror, en aquel cómic, de su infancia más o menos terrorífica pero, ah, a él le gustaba tanto el género terrorífico; pero este hombre empieza a darle miedo, otro tipo de miedo: el miedo que no se busca por el placer de tener miedo sino el miedo que te encuentra para darte miedo.

«Y dicho lo anterior y viendo la cara que usted está poniendo, creo que ya no tenemos necesidad alguna de seguir conversando por el resto del vuelo, ¿verdad? Así que ahora intercambiemos libros. Y aquí no ha sucedido nada», concluye el forense.

Entrega *Ways of Dying* y recibe *The Story of Stories* como quien devuelve un prisionero y recibe otro, en el centro de un puente fronterizo cubierto de sombras y niebla, en una película en blanco y negro o en una de esas novelas donde ya se sabe: el mejor amigo o el amado mentor será siempre el topo traicionero.

Y, para no seguir viendo esa cara de ratón, él gira su cabeza hacia el otro lado del pasillo. Un joven lo mira fijo. El asiento a su lado está desocupado y se pregunta si no será mejor irse allá, junto a él, lo más lejos posible del extractor de miedos. Pero no, el asiento no está vacío: hay algo ahí que parece un termo o una coctelera, sujeta por el cinturón de seguridad. El joven lo sigue mirando a él como si más que verlo lo leyera. El joven sostiene un libro y le sonríe y se lo muestra: *The Seven Capital Scenes*. También ha leído sobre él. Una especie de manual de autoayuda para aquellos que, por algún desorden de tipo genético o psicológico, necesitan ser escritores. Uno de esos libros a favor de la literatura pero que no parecen conformarse con que la literatura sea literatura a secas. Entonces introducen elementos científicos, buscando fórmulas secretas, la alquimia primigenia del «Había una vez...» como «do it yourself» pero manteniéndolo siempre lejos del alcance de los niños.

El joven le sonríe, cómplice, tímido, ansioso, lector pero ya no del todo puro. Una aureola turbulenta lo rodea. Reconoce de inmediato la especie a la que pertenece: un lector que lo único que desea en el mundo y en la vida es convertirse en escritor. Con los años y la práctica le resulta fácil identificarlos: pupilas dilatadas, nariz que tiembla, y un olor entre ácido y acaramelado, como el de la mierda de los bebés recién nacidos que no saben leer pero ya quieren escribir. Está claro que el joven también lo ha reconocido a él por su nombre –que pronunció el capitán por los altavoces– y no por su rostro: sus libros hace tiempo que no llevan foto de autor y él ya no se parece en nada a los tiempos en que lo buscaban para fotografiarlo. Él alguna vez también usó ese perfume dulzón y desesperado y vaya a saber a qué huele ahora. Tal vez a libro viejo. O a viejo con libro. En cualquier caso le suenan las alarmas y las alertas y posibles turbulencias. Pero aun así –sin aprender de la experiencia que supuestamente dan los años– su primer impulso es el de darse por conocido y reconocerlo a él. Hacerlo más o menos feliz. Brindarle fuerzas y esperanzas. Ser un maestro relámpago, al menos por las demasiadas horas de este vuelo. Regalarle algo para que el joven cuente a sus conocidos y colegas en la iniciación y, no tan en el fondo, empujarlo a que vuele un poco más alto para que queme sus alas y sufra y ahora sí vaya a saber de la manera más mala lo que es bueno. Lo espía de reojo y lo siente en absoluta tensión, bailando el minué del le-hablo-o-no-le-hablo que tantas veces bailó él cuando era joven y se cruzaba con alguien, con alguno de sus escritores favoritos y no tanto, por las calles. Entonces, recuerda, los escritores no eran tan visibles ni alcanzables como ahora. Tan sólo subían desde sus sótanos o descendían desde sus altillos a la hora de dar alguna contada entrevista. O de presentar un libro propio o ajeno cada tanto. Veladas donde algún audaz o inconsciente se acercaba y obligaba a aceptar autoediciones. Libritos con largas dedicatorias manuscritas que no se podían reciclar o cambiar por otros libros (arrancar la página manuscrita hacía temer que alguien pusiera en práctica ese truco mágico de espionaje básico consistente en pasar un lápiz negro sobre el vacío de la página siguiente y marcada para que surgiera, de nuevo, ese «Al maestro al que...») y que se desechaban, con cierta paranoia, no en habitaciones de hotel sino, por las dudas, recién en cubos de basura de aeropuertos. No existían entonces, en sus inicios como lector que quería ser escritor, tantas ferias ni festivales ni organizadores que escribían para comunicar que estaban dispuestos a pagar transporte y alojamiento, como si contemplaran y desearan la existencia de una realidad alternativa en la que los escritores cruzaban océanos a nado y dormían en calles y parques. No había cafés en librerías donde materializarse. O blogs desde los que arengar a las endebles y mínimas masas incluso (leyó acerca de eso) después de muerto, previo pago a una compañía que te mantiene vivo y actualizado. No estaban internet ni casillas de correo electrónico (y todo escritor más o menos serio suele tener dirección fácilmente rastreable: nombre y apellido y arroba y la terminación de cualquiera de esas compañías gratuitas al servicio del FBI & CIA & Co. tan contentos de que ahora sean los ciudadanos quienes entreguen su vida privada sin protestas ni demora) donde enviarles pesados documentos/archivos de texto de obra inédita sin gasto alguno de impresión. Sin siquiera pedir previa autorización y demandando lectura, juicio (que debía ser elogioso), contacto con agente, presentación a editor y, de ser posible, el atajo hacia algún premio. Así, cuando los más cautos se atreven a pedirle su dirección él dice cualquier cosa, los envía a un callejón sin salida de la red, cuando en realidad tendría ganas de gritarles: «¿No te enseñaron tus padres que no hay que aceptar nada de desconocidos? Sí, ¿verdad? Bueno, la segunda parte de la lección es que tampoco tienes que esperar a que los desconocidos acepten algo de tu parte, idiota». Él, entonces, nunca había hecho algo así. Él se educó como aprendiz de escritor en tiempos en los que, todavía, existía el concepto vertical y escarpado de jerarquías y niveles y antigüedad en el cargo y controles de acceso. Ahora no. Ahora todo era barra libre y bufet horizontal y plano como el estacionamiento amplio de un último encefalograma. Ahora todos se sentaban junto a todos en la misma mesa. Ahora te quitaban la silla si te levantabas para ir al baño. Y todo iba tan rápido, ahora importaba *tanto* la velocidad: te nombraban «Nuevo Joyce» o «Nuevo Quien Más Te Guste» no al final sino al principio de tu carrera, con tu primer libro. Alguna vez había declarado que cada vez le gustaba menos ser escritor y más le gustaba escribir. Ahora, de un tiempo a esta parte, no le gustaba ser escritor y no escribía. Y ya no sabía lo que era o qué le gustaba. Pero sabía demasiado bien *todo* lo que no le gustaba. Y todo lo que no le gustaba era casi todo. No tenía plan B o, como los aviones, puerta de emergencia. ¿Qué sería lo próximo? ¿Lanzarse como un kamikaze y empezar a decir cosas como que la escritura era sufrimiento y no había arte sin dolor?

Así que mira al chico y le clava los ojos y se lo piensa mejor –se lo piensa y punto– y se lleva un índice a sus labios. Silencio. No molestar. Más te vale que ni pienses en dirigirme la palabra, pequeño. Y, con una sonrisa terrible, lo observa venirse abajo, bajar la vista, casi soltar un gemido agónico. *Ways of Dying.* Muerte por vergüenza y, con el tiempo, si le va bien al chico, se excusa él, después de todo, una buena story para su history. Algo que el chico contará a lo grande, con detalles agregados, mejorando la anécdota de su terrible encuentro con semejante hijo de puta. El espanto de hoy es el regocijo de mañana, nada se pierde, todo se transforma y hasta se reescribe, y exactamente de *eso* trata la literatura.

De ahí que incluso él ahora sienta o más bien presienta, en ese breve instante, la posibilidad de algo, una chispa distante con la que tal vez encender un fuego aquí cerca. Hacía tiempo que no sintonizaba esa estación que años atrás escuchaba fuerte y claro y a todas horas y que parecía sólo emitir su música favorita. Lo que oye ahora, en cambio, es más como el desafinado mensaje, cada vez más inaudible, de un astronauta flotando en el espacio. Un «Houston, ya sé que tenemos un problema; pero deja que te cuente...». No es mucho pero es algo o, al menos, mucho más de lo que ha experimentado en demasiados años. Tantos que imaginar lo que puede salir de esa situación más bien henryjamesiana –un joven aprendiz de escritor abordando a un viejo pero no necesariamente magistral escritor al que aquello que aprendió ya no le sirve de nada; añadir manuscrito genial de muerto joven e inédito– le produce una jaqueca cósmica y flotante. Y a cambio de todo eso, perdido en el espacio, sobre su traje y el plástico turbio de la escafandra, nada más que las contadas esporas lejanas que de posarse en el planeta correcto devendrán y evolucionarán en algo tal vez digno de ser relatado. ¿Valdrá la pena volver allí, llegar a Júpiter y más allá del infinito? Pero esa sensación de ingravidez y mareo dura poco: el experimento ha fracasado. Falsa alarma y auténtico alivio y lanzamiento abortado. Lo siento, amigos, pero este científico loco ya no está para grandes fantasías y delirios. Probar en otra parte con otro espécimen más resistente y menos cansado. *Out of Order, Out of Work.* Buscar nuevas instrucciones para desarmar un nuevo modelo con baterías incluidas y no agotadas. Rayos y truenos y caldo primigenio y sopa de letras en otra parte. Aquí ya no se sirve, no sirve.

Y *The Story of Stories* trata o, mejor dicho, intenta buscar y encontrar algo que su autor denomina «el genoma de la ficción» entendiendo la necesidad de contar cuentos como aquello que, darwinísticamente, separa al hombre del animal y lo convierte en especie más fuerte; siempre y cuando, se entiende, el animal no sea marca Disney. Y, una vez hallado el genoma, dar marcha atrás para dibujar un mapa que no conduce al tesoro sino que parte desde el tesoro. Y para el autor de *The Story of Stories* la *X* en ese mapa es *La Odisea* de Homero. Está claro que antes de eso el hombre ya era un experto tejedor de tramas, pero es allí, con Odiseo/Ulises, asegura el ensayista, cuando y donde el cerebro de los escritores da un salto cuantitativo y cualitativo. Desde entonces, se argumenta, los escritores –mitad marinos, mitad náufragos– están todo el tiempo de camino de vuelta a Ítaca pero sin demasiado apuro. Y más que dispuestos a conocer –junto a hechiceras y cíclopes y fantasmas– nuevos puertos. Y, continúa el romántico pensador, en la habilidad de imaginar relatos que perduren reside, también, la clave a la hora de transmitir, de una manera más clave y recordable, información vital para nuestra supervivencia a lo largo de los siglos. Así, la escritura y la literatura como una forma de comunión y blablablá con abundantes diagramas, tablas periódicas y hasta reproducción de radiografías craneales.

Hubo un tiempo, tantas millas frecuentes atrás, en que él creía y hasta se emocionaba con este tipo de cuestiones y de propuestas. Él estaba más que dispuesto a creer en todo eso como alguna vez había creído en Sandokán y en D'Artagnan y en Nemo. La literatura funcionando, fisiológicamente, como un organismo organizado, como una especie de hermandad a la que él pertenecía, *we happy few, band of brothers*, etcétera.

Ahora ya no. Ahora está solo. Y vacío. Y seco. Ahora, no de regreso en casa sino en una casa de la que ya no puede salir y en la que ni su perro lo reconocería. Ahora él es como un mendigo que ladra pero ya no muerde y que, casi sin darse cuenta, se queda dormido en el primer sillón que encuentra, encallado allí en lugar de atado a un mástil; oyendo no el canto de sinuosas sirenas sino la voz grave del capitán desde el puente de mando de su cabina en las estrellas, diciendo algo por los altavoces del avión. Una voz como de disc-jockey barato y con pésimo gusto musical diciendo algo que no es «Háblame, Musa, del hombre de múltiples tretas que por un muy largo tiempo anduvo errante». Diciendo que todos juntos ahora van a entrar en una zona de turbulencias, en varios idiomas, como si «Turbulence Zone» fuese un hit-single que todos conocen pero nadie se atreve a cantar pero, vamos, *all together now*, una que sabemos todos, ahora.

«Los verdaderos y mejores y más venerables bluesmen nunca se repetían a sí mismos, no por decisión propia sino porque no sabían cómo hacer para repetirse: para ellos, que no grababan discos donde escucharse a sí mismos, ni siquiera existía el concepto de cantar siempre igual la misma canción», pensó él apenas unas horas atrás, ayer, en una habitación de hotel, en otro país cada vez más lejano a medida que el avión avanza contra la tormenta, en la noche en reversa. El tipo de cosas que cada vez piensa más seguido. Sin aviso. Frases sueltas que, ya se dijo, hasta no hace mucho anotaba en libretas o en pedazos de papel porque «podían servir de algo o para algo». Ahora –también, de nuevo, repitiéndose para intentar convencerse de que hace algo y viviendo la era en que todo lo que ha dejado de hacer difícilmente vuelva a hacerlo– ya no. Apenas las escucha dentro de su cabeza, las dice en voz alta para ver cómo suenan y espera que llegue el olvido. Frases que son como habitaciones de hotel en las que se hospeda por un rato y después las deja hasta el próximo hotel y la próxima habitación y, si de él dependiera, firmaría ya mismo su futura muerte en una habitación de hotel. La muerte en habitación de hotel como *way of dying*. Pedir desde allí la muerte como room service y sentarse a esperar que La Muerte le trajera su muerte y, tarareando blues, se la dejase al otro lado, a pie de puerta y «Fixin' to Die», «In My Time of Dyin'» y «See That My Grave is Kept Clean».

Las habitaciones de hotel siempre fueron para él –como para Vladimir Nabokov, en un hotel cercano a este, porque aunque por fin habiendo recuperado su fortuna «no tiene sentido comprarme una villa porque ya no viviré lo suficiente como para educar a la servidumbre a mi gusto y necesidad»– el equivalente a la cima de la civilización. Allí (aunque los grifos tan by design de las duchas se habían vuelto demasiado complicados en los últimos tiempos y las tarjetas magnéticas para franquear sus puertas no dejaban de desactivarse y había que bajar a la recepción para ser reprogramadas) estaba todo lo necesario para sobrevivir: marco de puerta de entrada (donde te recomiendan pararte en caso de terremoto, donde nadie se detiene justo ahí a consultar su Twitter), cama, comida, televisión (donde siempre parecen emitirse *2001: A Space Odyssey* o *Apocalypse Now*, dos de los más grandes films hoteleros de toda la historia del cine), hasta un gran libro (la Biblia en el cajón de la mesita de noche). Y un pequeño y casi monacal escritorio que ayuda a mantener cierto orden o ausencia de desorden (y que en su ascetismo parece inspirar la escritura o llamar a la desesperación; así que mejor escribir, desordenar). Y un paisaje agradable pero cuyas incomodidades (calor y ruido, insectos y frío) no puede meterse dentro gracias a esas ventanas que no se cierran porque no se pueden abrir. También, la posibilidad de hacer que el teléfono no suene y hasta de solicitar compañía paga donde no cotizará la siempre ambigua e inestable divisa de los sentimientos. Y la magia de ese pequeño cartel a colgar en el picaporte donde se ruega pero se ordena no molestar: ese PLEASE, DO NOT DISTURB que una vez se llevó de vuelta a casa y lo escaneó y desde entonces lo envía como respuesta automática a todo e-mail inoportuno, indeseable, innecesario.

Las habitaciones de hotel –como aquella suite más allá de todo, al final de *2001: A Space Odyssey*– son, también, ecosistemas cerrados, sitios a destrozar, limbos en los que desaparecer, laboratorios impiadosos donde, a solas, uno siempre es el espécimen con el cual experimentar. En una habitación de hotel –como si estuviese bajo juramento– uno no puede mentirse a sí mismo. Y se enjuicia. Y se condena.

La noche anterior –en el implacable espejo mágico del hotel, su marco de bombillas eléctricas como si él fuese una antigua estrella de Hollywood lista para su close-up y fundido a negro– el estreno poco exitoso de algo que ningún maquillador o director de fotografía podrá disimular: el indiscutible e innegable cuerpo de un viejo nuevo, de un anciano joven pero que no puede ignorar el sonido creciente de la avalancha que se le viene encima. ¿Debió hacer más deporte, cuidarse más, cuando todavía los músculos eran algo húmedo y moldeable? Probablemente sí. Y no es la primera vez que se lo dice y que se recuerda el haberlo olvidado. Pero tampoco se engaña y siente culpa: siempre fue tan torpe para todo tipo de actividad física que, más que seguro, de haberse puesto a ello habría muerto hace mucho, hecho pedazos o aplastado o exprimido por el mal uso de alguno de esos infernales artilugios para gimnasios con nombres como Abdominal Crunch Machine o Chest Press Stimulator o Mucho Muscle Terminator. Esculturas esculpidoras de cuerpos ilusionados con la teoría poco práctica de que su salud y físico se verán beneficiada y tonificado, de pronto y cuando ya es demasiado tarde, exigiéndoles algo que jamás se les pidió en décadas. Algo tan absurdo como si él, de improviso, se impusiera el moldeado de sonetos perfectos y dorados o de guiones de cine para blockbusters veraniegos. Lo único que puede resultar de semejante ilusión y tormento es el inevitable colapso de músculos internos e imprescindibles como el corazón y el cerebro.

De ahí que, cuando está en un hotel, le guste vagar por los gimnasios vacíos en las noches, como un fantasma. Para mirarlos y no tocarlos. Y si en la noche oscura del alma siempre son las tres de la mañana, entonces qué hora será en la noche oscura del alma cuando, como ahora, en esta noche de hotel, la noche anterior a la noche de ese avión, son exactamente las tres de la mañana.

Sale de su habitación de hotel caminando muy despacio, imitando los movimientos de un astronauta que deja atrás su space pod para flotar en un espacio sin arriba ni abajo, avanzando hacia los elevadores por un pasillo de puertas cerradas y bandejas de comida vacías. ¿Por qué sigue haciendo estas tonterías que hacía cuando era chico? Buena pregunta que no necesita de una mala respuesta. Lo mejor es responder porque sí. Y continuar haciéndolo. Otro de sus tantos ritos privados. Como aquel otro rito privado que inauguró alrededor de sus seis o siete años y que sigue ejecutando cada vez que sale a la calle a dar una vuelta: escoge a una persona y decide seguirla y, tras sus pasos, se dice que sólo la dejará para cambiar de objetivo y presa cuando entre en su mira una mujer con camisa azul. Y que seguirá a esa camisa hasta que, por ejemplo, aparezca un niño con gorra roja. Y así –varios desconocidos después– hasta ver dónde lo lleva todo eso. Y preguntarse qué hace y qué hacer allí. Ahora que lo piensa, escribió sobre esto antes. Y, antes de escribir sobre esto, siempre escribió un poco *así*. Sobre todo y todos. Por pura intuición, como trazando el plano del edificio a medida que se construye. Y ver cómo y qué sale y si se puede o no vivir allí. Pero a las tres de la mañana (recuerda otro de estos paseos, hace un tiempo, por uno de esos hospitales/clínicas de avanzada) no hay nadie a quien seguir salvo a sí mismo.

Así que en modalidad astronauta David Bowman llega hasta el elevador y aprieta el botón para descender hasta el subsuelo del gimnasio y las puertas se abren y –«My God, it's full of stars!»– allí dentro hay dos negros inmensos y, entre ellos, hay algo que puede ser un hombre pequeño o un pájaro inmenso. Apenas se mueven para que él entre y los negros se cruzan de brazos anchos como columnas y, de cerca, el ser al que está claro que le guardan la espalda lo mira con ojitos curiosos. Su rostro tiene la fresca y atemporal textura de las mejores momias si las momias pudiesen portar un fino bigote como de tahúr de Tombstone o Deadwood. Y sus rasgos –como si hubiesen arrojado una piedra en el estanque de su cara– parecen fluir, líquidos, entre la adolescencia y la vejez y otra vez hacia atrás y hacia delante, fuera del tiempo. Demora unos largos segundos en darse cuenta de que ese hombre es Bob Dylan. Se lo repite a sí mismo para confirmárselo, para creérselo: «Ese hombre es Bob Dylan». Ese. Hombre. Es. Bob Dylan. A su lado. En un ascensor de hotel. Y, de pronto, es como si ese breve trayecto descendente durase años. Años suyos. Años, como ahora, por un par de minutos, junto a Bob Dylan. Todos y cada uno de los puntuales años que –se lleva una mano a la nariz sabiendo que despide un hedor insoportable a dulce mierda de bebé aprendiz y encandilado– lleva oyendo y admirando a Bob Dylan. Años que incluyen esa larga noche de su adolescencia en que, en la oscuridad y con auriculares, escuchó por primera vez de una sentada *Bringing It All Back Home*, *Highway 61 Revisited* y *Blonde on Blonde* y, al terminar, ocho lados y ciento setenta minutos con ochenta y cuatro segundos después, él ya era otro, él había cambiado para siempre.

O el primer y tan esperado concierto de Bob Dylan al que fue –coincidiendo con la salida de su primer exitoso libro, todo era *tan* perfecto– y en el que Bob Dylan no estaba en su mejor forma pero no importaba, porque la primera vez siempre sería única.

O cuando, entonces, convenció a una amiga que trabajaba para el rock-empresario que había traído al gran monstruo de que llamaran a la puerta de la habitación de Bob Dylan en otro hotel. Una amiga a la que habían designado como asistente personal de Bob Dylan quien, de inmediato, le mandó decir que no la necesitaría para nada, que en realidad él no existía para ella; así que a ella más le valía no existir para él. Pero él *sí* quería existir para Bob Dylan. Así que insistió hasta enloquecer a su amiga y subieron y golpearon (tres golpecitos suaves, como de fantasmas tímidos) y Dylan abrió la puerta vistiendo una de esas camisas de cowboy en día de fiesta bordadas con flores y picaflores. Y calzoncillos. Y sus piernitas eran tan delgadas, pensó él maravillado y aterrorizado; porque, tembló, cuál sería la maldición bíblica que caería desde lo alto sobre todo aquel que haya contemplado a Bob Dylan en calzoncillos. Entonces Bob Dylan les preguntó qué querían de mala manera. Y en una mano sostenía algo que no podía ser otra cosa que una piedra pálida con la que procedería a romper sus cabezas, pero que en realidad era una de esas primitivas barras de jabón para lavar la ropa. A su lado, la puerta entreabierta del baño dejaba ver una bañera llena hasta los bordes en la que flotaban varios pares de jeans. Su amiga, avergonzada y tartamudeando, le dijo a Bob Dylan que, por favor, hiciese uso del servicio de lavandería. Entonces Bob Dylan había estallado en un monólogo, sí, *vomitific*, sinuoso pero lleno de ángulos, con esa dicción y ese fraseo, como un sermón para hacer caer de rodillas tanto a pecadores como a santos. «Mi madre me dijo: siempre lava tus jeans, Bobby, nunca se los confíes a nadie, porque tus jeans son tuyos y nada más que tuyos y...» Así por varias estrofas hasta que, abruptamente, la nariz de Bob Dylan cerró la puerta en sus narices y ellos se quedaron allí, inseguros de haber sido testigos de un milagro o de haber cometido un pecado imperdonable.

O aquella otra vez en que –prisionero de una de esas fundaciones para escritores– se fugó en autobús y a través de maizales para asistir a otro de sus conciertos, en la decadente ciudad de Davenport. Allí, en fila para entrar a un pequeño teatro que parecía no haber sido utilizado desde los tiempos del cine mudo, había conocido a un joven y gigantesco indio, a un *native american*, de nombre Rolling Thunder, bautizado así porque aquella circense gira del mismo nombre y capitaneada por Bob Dylan había pasado por su reservación cuando su madre estaba embarazada de él. Y Bob Dylan se había mostrado muy gentil y puesto la mano en el vientre de su madre y pronunciado unas palabras que sólo podían ser mágicas. Ahora, Rolling Thunder había llegado allí para agradecer los dones recibidos y, se lo comunicaba a él, buscando sus asientos en el teatro, se proponía saltar sobre el escenario para rendir tributo a su padre espiritual y poético. Él le dijo que ni lo soñara, que la seguridad de Bob Dylan era implacable, que a Bob Dylan no le gustaban esas cosas y que, de intentar algo así, corría el riesgo de que la noche terminara mal y antes de tiempo. Pero Rolling Thunder no tenía dudas y estaba seguro y, llegados los bises, le dijo que allí iba él y le preguntó si él quería ir también. No se lo pensó demasiado y se colgó del cuello de Rolling Thunder y cerró los ojos y la sensación de ir como cabalgando un viento fuerte, y de que todo (personas, sillas) cayera a su paso y, de pronto, un salto y ya estaban allí, junto a Bob Dylan. Y Rolling Thunder cayendo de rodillas y arrastrándolo a él. Y Bob Dylan que los miraba sin entender. Y Rolling Thunder, subiendo y bajando los brazos y empezando a emitir esos sonidos indios y entrecortados y monosilábicos que son como señales de humo hechas voz, como telegramas urgentes para Manitou. Y Bob Dylan que, de pronto, sonreía. Y los tres acabaron cantando, juntos, «Rainy Day Women #12 & 35», la última canción de la noche. Y él, como cargado por una electricidad rara, no pudo dormir por dos días.

El primer disco que él compró de Bob Dylan –todavía con los ojos irritados por tanto humo artificial de rock progresivo– fue *Street Legal*. Fue bastante (mal) criticado en 1978 y posteriormente (como suele ocurrir con todos y cada uno de los gestos más o menos cuestionables de Bob Dylan) reivindicado como poco menos que sublime. En cualquier caso, él se lo compró por la portada. Poco y nada sabía de Dylan entonces. En las casas de sus padres (siempre en proceso de separación y de reunión) había The Beatles y Cat Stevens y The Rolling Stones y Pink Floyd, pero nada de Dylan; a excepción de ese célebre póster firmado por Milton Glaser con perfil en sombras y cabellera encendida de colores. A Bob Dylan había llegado solo, por las suyas, luego de que –en pleno inevitable fervor de lecturas beatnik o en una biografía de Andy Warhol, no estaba seguro– el nombre del cantautor se le apareciera, junto al del Rey de los Beats o del Emperador de The Factory. Dio igual, da igual. Lo importante es que enseguida supo (y tuvo) absolutamente todo sobre Bob Dylan y no ha dejado de saberlo (y de tenerlo) todo desde entonces. Desde esa fotografía de Bob Dylan asomado a un portal (una foto más de escritor que de rocker) que sigue siendo una de sus favoritas. Y que siempre le pareció una de sus mejores y más reveladoras y definitorias «poses» a la hora de explicar, sin palabras, lo que Bob Dylan hace cuando suena. Bob Dylan siempre se asoma, mira, y vuelve dentro y cuenta, a su manera, lo que vio. Y Bob Dylan vio mucho. Y Bob Dylan lo había conducido a tantas otras cosas. El maduro Bob Dylan había sido el héroe de su adolescencia y el viejo Bob Dylan era ahora el héroe de su madurez y el joven Bob Dylan siempre sería su héroe. ¿Y cuántos héroes eran capaces de aguantar y superar el paso de las épocas y de las modas y de sus años y de los años de sus seguidores? Muy pocos, pensó. De acuerdo, hay escritores que te *duran* toda la vida pero en realidad no son ellos los que permanecen: los que permanecen son sus libros y no sus vidas, sus personajes y no sus personas. Bob Dylan se las había arreglado para fundir todo, para que todo fuese a dar y saliera de él.

Ahora, descendiendo hacia las profundidades gimnásticas de un hotel suizo, piensa en que debería atreverse a decirle a Dylan que eran viejos aunque ocasionales conocidos. ¿Estaba ya tan loco? ¿Tenía mucho o algo que perder? ¿O quizá mejor comentarle que pocas veces en su vida de lector se había emocionado tanto como con su relato de la epifanía que había experimentado el 5 de octubre de 1987, durante un concierto en la Piazza Grande de Locarno, no muy lejos de allí, una noche de viento y niebla? Entonces, contaba en su autobiografía, Bob Dylan estaba completamente desencantado y vacío, casi seguro de haber llegado al final del camino, y pensando en que «a lo mejor lo que me convenía era recluirme en una institución mental». Sus canciones ya no eran suyas, no sentía ningún apego por ellas, carecían de todo significado salvo para aquellos que las coreaban, como loros más o menos aplicados, escenario tras escenario. Por eso, para inquietarlos e incomodarlos (y él siempre había soñado con que los escritores pudiesen hacer lo mismo con sus novelas y cuentos, como si se tratase de álbumes y singles), las cambiaba siempre, para que no se las pudieran cantar a él, a quien las había escrito pero nada le interesaba menos que se las leyesen en voz alta y de memoria. Pero entonces, sin aviso, fue como si Bob Dylan escuchase una voz que le ordenaba seguir. Y de pronto «las cosas habían cambiado», Bob Dylan había descubierto «una serie de principios dinámicos» y «podía modificar los niveles de percepción» para «insuflar vida a mis canciones, levantarlas de la tumba. Distendía sus cuerpos y los enderezaba. Era como si partes de mi psique se comunicaran con los ángeles. Un gran fuego ardía en la chimenea y el viento lo hacía aullar. Se había alzado el telón». En entrevistas posteriores, Dylan había insistido en esa noche milagrosa y en la renovada sensación de no haber hecho nada aún porque todo estaba por hacerse y sólo él podía hacerlo. Y que ahora tenía, por fin, la fórmula secreta, la piedra filosofal, la modulación correcta de un Ábrete Sésamo y…

¿Debía él confiarle sus problemas que alguna vez habían sido los suyos? ¿Atreverse a pedirle prestadas las instrucciones y la contraseña? ¿Arriesgarse a que molieran sus huesos hasta el más fino polvo sus guardaespaldas? Mejor no: lo de Bob Dylan, sus blues, era algo épico y emocionante. Mientras que su larga travesía por el desierto era algo más digno, con suerte, de una de esas desgraciadas películas del Hallmark Channel. Esas películas siempre con los mismos malos actores: el que la semana pasada padecía una rara forma de cáncer esta semana sobrevivía varios días sepultado bajo un alud, y ya se nos ocurrirá alguna otra cosa para la semana que viene.

En cualquier caso, ya no había tiempo para confidencias o para dictar recetas que activasen principios dinámicos o potenciaran niveles de percepción. Ya habían llegado al gimnasio subterráneo, los guardaespaldas patrullaban por el lugar a la búsqueda y captura de algún fan trasnochado mientras Bob Dylan se vendaba las manos y procedía, con impensable ferocidad, a golpear una punching bag como si en eso le fuese toda la vida que le quedaba. Él, bajo la mirada amenazante de los guardaespaldas, se sentó en el único de los aparatos cuya mecánica y función más o menos entendía –una bicicleta estática– y desde allí observó a Bob Dylan dar un golpe detrás de otro. Pensando con la voz de Dylan en las voces de Dylan. En su primera voz, de un virtuosismo sin precedentes. Una voz, por lo tanto, inicialmente incomprendida y recién apreciada y admirada por muchos recién después de oír su última voz, estragada por años de giras sin fin e ingestión de sustancias varias a lo largo de las décadas. La voz de alguien que suena como si se hubiese tragado, entera y de golpe, aquella versión del Fantasma de la Ópera en el instante exacto en que le arrojan ácido a la cara. Pero, también –en canciones sin edad y de larga despedida como «Not Dark Yet» o «Sugar Baby» o «Nettie Moore» o «Long and Wasted Years»–, esa voz era una voz monstruosamente hermosa capaz de modulaciones impensables para frasear versos medulares. Versos a los que el joven y compulsivo imaginador de imaginerías Bob Dylan no se habría atrevido a cantar o componer cuando sólo quería sonar antiguo y atemporal como el viejo y sintético y preciso gunslinger Bob Dylan que ahora enseñaba sus puños. Haber derrocado los dictados del tiempo y de las modas –piensa él pensando en Bob Dylan mientras lo contempla, como transfigurado, lanzar golpes con una energía que no puede ser la de un septuagenario– es haber llegado a casa y haber encontrado la respuesta luego de tantos años de preguntarse aquello de «How does it feel? How does it feel?».

¿Cómo se siente? Se siente mal. Se siente pésimo. Se siente sin dirección a casa ni a un propio y privado Locarno. Y se siente como un completo desconocido. Se siente invisible y sin secretos que ocultar. Se siente como nunca, ni en sus horas más bajas y oscuras, se sintió Bob Dylan.

El tiro de gracia a su cada vez más desgraciada vocación –por entonces más frágil que la salud de uno de esos personajes secundarios pero decisivos en tramas de norteamericanos sonambulando por el Viejo Mundo– le había sido dado en un encuentro en un festival de escritores, en Suiza, al que lo habían invitado aprovechando su presencia y el pasaje y la estadía a cargo de una revista para la que iba a escribir algo. Allí, frente a todos y en una de esas angulosas mesas redondas sobre el futuro del libro donde, en realidad, se hablaba todo el tiempo del libro del futuro: del envase, del modelo, de la última oportunidad para seguir vendiendo a la gente la para casi todos los editores cada vez más peregrina idea sin santuario a la vista de que leer tenía algún sentido y razón de ser. Y su rol allí era obvio y fácil: *hacer de* representante no muy añejo de la *old guard* con cierto aire freaky que no desentonara demasiado con el resto de los participantes, que iban de adoradores de lo cibernético a populares costumbristas de la progresía cómoda y acomodada. Ser, finalmente, no un noble y sacrificado canario en una mina de carbón sino una especie de loro vociferante y cobarde; no una célula especializada sino un extirpable tumor más o menos benigno, pero tumor al fin y al cabo. *Comic relief* y todo eso. ¿Por qué había aceptado ir? Una respuesta fácil y casi refleja sería: porque andaba por ahí y, en letra apenas más pequeña, por el dinero. Pagaban bien. Y él ya sabía casi de memoria lo que diría. Y hacía casi un año que no le pagaban por decirlo. Tenía, escrita varias encarnaciones atrás, una conferencia organizada alrededor de cinco chistes más o menos buenos: todo dependía del entusiasmo con que los contase o de si antes de la rectangular mesa redonda se había bebido uno o dos vodka-tonics. Si se bebía tres o cuatro vodka-tonics, la cosa podía complicarse como se había complicado en la última de sus apariciones estelares. Alguien lo había filmado con su teléfono y, por supuesto, lo había subido a YouTube. Ahí estaba él, le habían enviado el link y no pudo resistirse a verlo entre temblores, casi aullando: «Ah, amiguitos, la mitología es tan útil para esto, a los escritores les gusta tanto sentirse legendarios en la práctica de un oficio físicamente muy poco épico. Somos como un Sísifo que ni siquiera encuentra la roca para empujar cuesta arriba. Y que, de encontrarla, cuesta tanto empujar cuando uno está pegado a una silla. Y no confiar –no creer nunca, Hemingway y Nabokov eran mentirosos crónicos con complejo de mesías– en esos escritores que dicen escribir de pie y hasta posan así para las fotos. Hasta yo posé así alguna vez. De pie. Como una estatua. Y, ahora que lo pienso, es por eso que hay tan pocas estatuas de escritores: porque nadie se cree la "idea" de un escritor parado. Y porque las estatuas sentadas son casi una contradicción al espíritu del asunto, ¿no? La estatua de un escritor sentado no es muy diferente de la visión de un escritor sentado, inmóvil como una estatua. Pero sí... eh... yo también lo hice. Ahí estaba yo, escribiendo vertical, apoyado sobre una columna de cajas con libros, justo antes de la que, espero, fue mi última mudanza. Aunque tenía una coartada y un justificante: todos hablan de los grandes blues del escritor –el alcohol, las depresiones, las drogas, las eternamente veraniegas tormentas anímicas estallando en invierno y primavera y otoño y verano–, pero, por pudor y porque no resulta algo anecdóticamente apasionante, muy pocos confiesan el otro gran estigma de los escritores: las hemorroides consecuencia de pasar tanto tiempo ensillado. Las hemorroides que no te permiten sentarte y que, una mañana, hacen que le digas al periodista, que ha venido acompañado por su correspondiente fotógrafo, que "¿A que no sabías que yo escribo de pie?". A ver: ¿quién se atreverá a convocar una mesa redonda que no sea sobre el futuro del libro y sí sobre las hemorroides literarias? Sin vergüenza, si hasta los más nobles filósofos griegos se refirieron a ellas y de ahí que hicieran lo suyo siempre de pie, en voz alta, y que fuesen las castas inferiores quienes pusieran, sentados y doloridos, todo por escrito. ¿Cuántos escritores hay en la sala que no hayan tenido alguna vez hemorroides? ¡Arriba esas manos, un paso al frente, hey!».

Después de eso y para esta vez se había prometido no beber nada. O beber un solo vodka-tonic. Y portarse bien. Y pasearse entre los stands ya no pensando en todos los libros que leería sino en los que no iba a leer. No estaría mal como distracción –un último paseo del condenado– antes del trabajo del día siguiente, antes de lo que había venido a hacer. Y en esas ferias siempre había un par de amigos (cada vez más «conocidos» y menos «amigos») a los que valía la pena volver a ver para convencerse de que, aún, no se había convertido en el más extremo y compadecible de los misántropos. Y de tanto en tanto experimentaba una incierta curiosidad por la gente (no necesariamente lectores) a la que los escritores les siguen dando una cierta curiosidad. ¿No habían leído aquello de «La pasión por querer conocer al nuevo poeta, estrechar la mano al nuevo novelista... ¿Qué esperan sacar de ello? ¿No se dan cuenta de que lo que queda no son más que los despojos de la obra?» (William Gaddis). ¿No entendieron lo de «El artista debe arreglárselas para convencer a la posteridad de que él jamás existió?» (Gustave Flaubert). No y no. Y no sólo los lectores no lo habían comprendido. La mayoría de los escritores tampoco. Por algún extraño motivo, todo parecía indicar que el oficio seguía produciendo algo de intriga y generando algún misterio. Así, los lectores se acercaban a ver a los escritores sin darse cuenta de que los escritores *también* los miraban a ellos. Los veloces pero tan lentos lectores preguntando con los ojos muy abiertos, como niños a los que sus padres acaban de leer una historia que se sabe imposible pero se desea cierta, cosas simples e inocentes como «¿Esto es verdad? ¿Esto pasó? ¿Cuál es la parte inventada y cuál es la parte cierta?». Y los lentos pero tan veloces escritores (quienes habían dedicado hasta meses para conseguir la perfecta ecualización de una frase sobre la que jamás les preguntarían) respondiendo obviedades para salir educadamente del paso o, en su caso, hasta cosas absurdas como «No puedo contestarte porque tienen secuestrada a mi abuelita y si te lo digo...»; o precisas como «Si no deseas que te mientan, no hagas preguntas. Si no hubiese preguntas no existirían las mentiras» (Bruno Traven); o contraatacando con otra pregunta, con uno de esos chistes surrealistas que tanto le gustaban como, por ejemplo, cuántos surrealistas se necesitan para contar un chiste de surrealistas donde se pregunta cuántos surrealistas se necesitan para cambiar un foco. Unos y otros cruzando pupilas como se contempla a una de esas fantásticas bestias mitológicas en algún bestiario antiguo o a uno de esos tristes animales en cualquier zoológico moderno. Tal vez, quién sabe, los atrajese –a unos y a otros– la infantil intención de descubrir el truco. O tal vez fuese un efecto residual de la mala influencia de todas esas malas películas con actores de diversa calidad haciendo siempre, mal, de escritores. Haciendo de escritores que parecen sentir la obligación de ser buenos personajes cuando la verdad es otra y las mejores películas con/de escritores (piensa en *Smoke*, *Providence*, *La Dolce Vita*, *Barton Fink*, *2046*, *The Door in the Floor*) muestran a los escritores como seres bastante miserables y demasiado neuróticos que sólo quieren olvidar. O que les permitan olvidar, al menos por un rato, que son nada más que escritores. Incluso las más adolescentes, inquietas y románticas del lote (las de la serie de Antoine Doinel o *Betty Blue*, o el Dashiell Hammett de *Julia*, que no es otra cosa que la fantasía juvenil que se tiene de un escritor otoñal con casa junto al mar y mujer más joven que arroja su máquina de escribir por la ventana porque, ah, es tan impulsiva y apasionada) estaban imbuidas de una tristeza y una sordidez capaces de despertar en él vergüenza ajena ante lo que no vivió pero, para los demás, se supone que debió de haber vivido, porque él era escritor, ¿no? Ya se sabe: correr a la velocidad del cliché por las calles de París detrás de musas inestables y alcanzarlas en camas, muchas cartas de editores despiadados pero una llamada telefónica que lo cambia todo porque te dice que eres un genio, retirarte a una casa junto al mar, y hasta un gato que te habla y que te invita a seguir escribiendo. O tal vez lo que sedujera a los lectores y escritores a la hora de contemplarse mutuamente fuese la energía transfiriéndose mutuamente, como en un circuito sin fin: los lectores pensando en que «Yo también podría ser como ése si me lo propusiera, porque tengo tantas historias para contar», y los escritores pensando «Ah, cuánto más fácil sería nada más leer».

De ahí, también, la expectativa de los organizadores de estos actos y casi un perfume, en la antesala de la cuestión, a vestuario de estadio: un aire casi reflejo de cordial pero implacable competencia en el deporte secreto de quién resultará el escritor más divertido, interesante, ingenioso, transgresor, amable, sabio, loco, etcétera. Es decir: el escritor más escritor entre todos los escritores de la velada. Y, de verdad, había noches en que hasta él lo intentaba; que trataba de no decepcionar; que buscaba estar más o menos a la altura de las ilusiones de todos aquellos que querían creer que un escritor era algo digno de verse y de oírse.

Pero todo salió mal. El público –no demasiado– parecía estar compuesto exclusivamente por fanáticos de la informática y de code writers más interesados por la búsqueda y el hallazgo de esa fórmula de aplicación que los convirtiese en la envidia de los suyos además de jóvenes millonarios. Algunos de ellos, lo cierto es que no muchos, ni para eso servía, lo registraban con sus teléfonos/pantallitas a la altura de los ojos –para él, desde su asiento, lucían como esas fotos a las que se les sobreimprime una tira negra en el rostro para no ser reconocibles– y, seguro, pronto lo enviarían por correo electrónico a sus amistades con el *Asunto de*: «Un pobre tipo». Nadie se rió de ninguno de sus chistes. (De acuerdo: la broma esa en cuanto a la posibilidad de que los aviones del 11 de septiembre de 2001 se hubiesen estrellado por culpa de los pasajeros, que empezaron a llamar con sus teléfonos móviles a sus familiares interfiriendo con el instrumental, convirtiendo a sencillos secuestradores en terroristas kamikaze, podía ser considerada un tanto *risqué*.) Ni siquiera repararon en su cada vez más curiosa dicción: como la de esa voz a la que hacía tanto tiempo se le preguntaba la hora por teléfono y respondía palabra por palabra y número por número hasta armar, a pedazos, la frase y la información. Una voz como esas cartas que envían los secuestradores redactadas en base a palabras cortadas de periódicos y revistas, con tipografía variable, con prosa en espasmos. El auditorio a oscuras, el público como una masa líquida y sombría y espesa sólo rota –como si fuesen notas en una partitura secreta y concreta y muda y enjaulada, como de John Cage–

por las intermitentes luces de pequeñas pantallas, iluminando aquí y allá un rostro como de ectoplasma, tecleando mensajes en un teclado, dando más de tres golpecitos, contando lo que están viendo pero sin mirarlo ni prestarle atención. Y, varios de ellos, claro, solicitaron el micrófono para hacer preguntas absurdas o contar sus propias vidas. Y él les dijo que no iba a responderlas porque «mis padres siempre me dijeron que nunca hablase con desconocidos y ja ja ja». Lo que le causó risa a él, ahí, en directo, y la incómoda y humillante sensación y malentendido para los demás de que él sí se reía de sus chistes para que no se sintiesen solos y tristes. Enseguida se sintió muy solo y muy triste más allá de que abundaran colegas suyos sobre el escenario. Demasiados. Gente con la que no tenía nada que ver o gente a la que no quería ni verla. Daba igual, era lo mismo. Seguro que ellos tampoco estaban demasiado entusiasmados de tenerlo a él ahí cerca, con ese aire de fantasma de navidades pasadas, recordándoles algo que habían conseguido olvidar casi por completo, aquello de escribir cosas que no se limitasen a contar algo sino que, además, contaran para algo. Y aquí estaban ahora, todos juntos pero, siempre, tan separados. Un autor de best-sellers conspirativos que despertó grandes aplausos a la concurrencia cuando confesó que se encontraba en contacto permanente con sus lectores vía sus numerosos perfiles sociales y hasta les preguntaba desde allí si les parecía bien que incluyera «algo azteca» en su próximo libro. Una escritora combativa y feminista más conocida por la columna de un periódico donde cada verano rememoraba las vacaciones de su infancia en un pueblito de la costa. Un autor «serio» de libros ilegibles que ante tanto desenfreno informático lanzó un gruñido en cuanto a que «Yo sigo escribiendo como el hombre de las cavernas a la luz de las llamas» (a lo que él tuvo ganas de indicarle, pero se contuvo, que el hombre de las cavernas estaba a unos cuantos miles y miles de años de alumbrar algo más o menos parecido a un abecedario). Un muy popular escritor de «policiales costumbristas». Un fabricante de fantasías románticas adolescentes con títulos como *Si me preguntas si te quiero te pido por favor que antes de responderte me dejes consultar con mi brújula y con mis padres y con mi psicoanalista porque ya sabes cómo soy con estas cosas del corazón y de casualidad sabes en qué estación de metro tengo que bajarme para llegar a...* o algo así. Y, fuera de programa y como gran y muy celebrada sorpresa para y por todos los concurrentes, IKEA. Su El Horror, El Horror. Su Hamlet, venganza. Su MAYDAY, MAYDAY. Su DEFCON 1. Su príncipe negro. Su monstruo de Frankenstein. Hay noches oscuras y desalmadas en que llega a pensar que IKEA no existe; que IKEA no es otra cosa que un producto tóxico de su imaginación. IKEA como una entidad que todo escritor soporta y arrastra a lo largo de su vida y carrera. Uno de esos monstruosos dobles que narran o que son narrados y que acechan a pobres tipos en las novelas de Stephen King o en relatos como «The Private Life» de Henry James: la versión despiadada y la opción inmisericorde de lo que él –lo reconoce apenas líneas después– pudo haber sido pero jamás fue ni será. No porque –como se miente– no le interesara ser así sino porque jamás pensó que lo conseguiría. Algo que no era más que la corporización de la polución diurna y vespertina y nocturna –un replicante y fiel *doppelgänger*– de su invernal descontento.

IKEA había nacido veinte años después que él, en su mismo país, pero ya en otro mundo. IKEA, alguna vez, tiempo atrás pero no hace tanto, se había acercado a él con ese fervor más atemorizante que atemorizado de discípulo (él no demoró mucho en comprender que IKEA era una especie de acercador profesional, que sus «maestros» se contaban por decenas, y que para acceder a esa categoría bastaba con entrar en la pantalla de su radar y ponerse a distancia de elogio) y le había manifestado su admiración y le había pedido que leyera un par de cuentos que había publicado en antologías. «Tímidos pero muy sentidos homenajes a vuestro genio», los definió. Y él los leyó porque le conmovió el hecho de que, antes, le pidiera permiso para hacérselos llegar. Y, sí, descubrió en ellos evidentes guiños y elogios a lo suyo apenas subliminales. Y lo cierto es que no estaban del todo mal y estaban bastante bien. Y hasta se los presentó a su editor. (IKEA, quien conocía más el anecdotario de escritores que la obra de esos escritores, exclamó: «¡Como Fitzgerald a Hemingway!». Y él no supo entonces qué era lo que quería decir IKEA con eso pero lo sabe ahora, recuerda el modo en que Hemingway maltrató a Fitzgerald hasta el último día de sus respectivas vidas. Recuerda que Fitzgerald fue el que se quebró y Hemingway el que se disparó, que ambos se mataron, uno con la autoridad que daba el fracaso y otro con la autoridad que daba el éxito. Pero sabe también que IKEA hace campañas en contra del uso doméstico de armas de fuego mientras que él cada vez tiene menos problemas con beber alcohol, así que...) Y, sí, antes, en el principio, lo cierto es que el joven le produjo una cierta enfermiza ternura: lo que se siente ante algo en teoría indefenso y pequeño y frágil como esos peces que se supone desvalidos pero que de pronto se erizan y, sonriendo, te inyectan un veneno mortal. No lo comprendió entonces (cuando, con una mezcla de generosidad y narcisismo, mencionó el nombre de IKEA en una entrevista como futuro valor pensando en que lo invitaba a ser una nota al pie de su historia y no, como parece haber sido, al revés) pero sí lo sabe ahora. IKEA era un virus, algo diseñado en laboratorio secreto por sí mismo: el próximo Gran Escritor Oficial y el Todopoderoso Emperador de la Galaxia. Alguien cuyo único objetivo era convertirse en escritor célebre y, para conseguirlo, estaba dispuesto incluso a escribir. Escribir libros perfectos no en calidad y genio sino en su potencial de contagio y su funcionalidad todoterreno. Escribir como se escribe sobre guiones bajos o uniendo puntos con líneas hasta conseguir –como en esos cuadros con zonas numeradas a las que a cada número les corresponde un predeterminado color– un diseño instantáneamente reconocible. Un aire de clásico prefabricado. IKEA (apodo que él le había puesto y con el que lo emparentaba con esa marca de muebles funcionales y económicos, de instrucciones falsamente complejas, y cuyos modelos tienen nombres sofisticados y difíciles de pronunciar pero hablando un esperanto decorativo que los hace quedar tan impersonalmente bien en toda casa y ocasión) tenía todo muy claro. IKEA sabía a la perfección cuáles eran los pasos a seguir para ensamblar su propio y exitoso y cómodo modelo. IKEA no demoró, primero, en autoerigirse en cabeza de una generación (mientras decapitaba uno a uno a sus súbditos) para enseguida ir tejiendo una perfectamente calculada red de premios y relaciones que complementaba con títulos solemnes y tramas perfectas para ese gran público con ansias de sentirse sofisticado. Al costado de lo anterior y entre las sombras, circulaba la leyenda urbano-cibernética de que IKEA, también, había abierto varios blogs bajo diversos alias para desde allí festejarse a sí mismo y aguar las fiestas de los demás. Algunos, incluso, iban mucho más lejos para explicar su éxito que no dejaba nada a su paso y que no permitía que nada creciese después de él: IKEA no podía sino estar patrocinado por otras letras mayúsculas, por la CIA o algo así. Sea lo que sea y fuese lo que fuese, todo en nombre de una literatura acogedora y mullida sobre la que sentarse felices de pertenecer a algo. Libros con crédito de tarjeta. Libros a nombrar que recordaban a otros libros de renombre sin ser exactamente plagios sino ecos distorsionados de voces célebres, perfumes clásicos y diluidos en vistosos frascos modernos, nuevos y pegadizos y bailables arreglos para una melodía que alguna vez fue sutil y de cámara para ahora sonar en un sobrecargado ascensor que sólo sabe subir. Trepando y en muy poco tiempo, IKEA había conseguido formar parte del escuadrón de ese tipo de autores respetables (algunos mucho mejores que otros, pero todos volando finalmente sobre los mismos objetivos civiles y ansiosos por recibir las nuevas dosis de la misma droga) que venden mucho no por su pura inteligencia sino por algo astuto e impuro: porque hacen sentir a los lectores más inteligentes de lo que en realidad son. Ilusionistas para ilusos a conformar con una mezcla de cultura más o menos alta, alusiones a clásicos, algo de sexo (siempre con la luz apagada y en penthouses), detalles político-históricos, y una trama sensiblera y melodramática donde todos, finalmente, se descubrían cambiados para mejor contemplando la salida del sol en una ciudad peligrosa pero querida. IKEA, desde hacía un tiempo, era el más joven en alguna vez ocupar un sillón de la gran academia del idioma: para él había sido creado especialmente el moderno sillón con la letra @. Y vivía en un loft de Brooklyn (junto a una actriz/modelo y un pequeño hijo que ya era famoso por ser la imagen de una app para aprender a decir tu primera palabra) que le había cedido a perpetuidad un aristócrata italiano y gay al que, puntualmente, agradecía en la última página de todos sus libros. La actriz/modelo –a la que IKEA le era sistemáticamente infiel porque «a más de cien kilómetros de casa no es infidelidad y yo viajo mucho, ha ha ha»– es su segunda mujer. Nadie recuerda quién era la primera.

IKEA era la luz y el destino y el ejemplo a seguir para toda una generación de escritores jóvenes que a él le parecían, siempre, como fascinados con su propia voracidad, famélicos por captar followers y *I like* con un apetito insaciable que los hacía querer morder todo primero y preguntarse luego por su sabor. Como animales fantásticos y mixtos –mitad pequinés y mitad piraña, más corderos feroces que lobos feroces– en esos añejos bestiarios de monasterios. Lo importante, parecía, era no dejar nada a otro, a nadie. Por las dudas. Todo para uno y nada para todos. Formados o deformados en el amanecer de blogs y en el enredo de las redes, todos ellos –con su nombre o bajo alias– se habían convertido en expertos cortesanos y conspiradores, uniéndose y separándose en frágiles y efímeras generaciones. Muchos no habían leído a Shakespeare (el pasado, tanto el más remoto como el más reciente, no les interesaba en absoluto) pero eran expertos en el arte del inmemorial vaudeville palaciego y castillero. O tan dotados y musculosos para el insulto de taberna y el vómito de callejón, amparándose siempre en que todo eso era libertad de expresión y de que todos tenían derecho a ser escritores habiendo gastado el dinero de un pantalla y que la literatura era democrática sin saber, pobrecillos e inocentes, que la literatura era una dictadura, una dictadura de por vida y lo que era peor: que la literatura era una autodictadura. Ahí estaban todos, ignorantes, tecleando su veneno. Y no conformes con ello –con lanzarse dardos desde foros invisibles y solipsistas, con negar toda existencia de la generación que los precedía por ser anterior al iPhone o a alguna crisis económica– saltaban al plano físico convirtiéndose en showmen y showgirls haciendo de escritores live. Presentándose como personajes fácilmente identificables según sus habilidades, proponiéndose como expertos recitadores de un papel que excluía todo escénico pánico a la página en blanco. Ahora, también, para ser escritor había que cantar y bailar y actuar. Ocupar espacios. Diversificarse. Ser legión.

Cruzándose con ellos en esos circos para gladiadores y payasos de los cada vez más abundantes festivales (a los que él, ya se dijo, acudía por la paga y porque, según su editor, «había que dejarse ver un poco para que sepan que sigues ahí»), a él siempre le impresionaba su desmedida ambición, su capacidad de estrategia en la que lo que escribían parecía ser más accesorio que protagónico: nunca una roca destructora o un cohete a descubrir nuevos mundos sino, apenas, una catapulta o una torre de lanzamiento. La obra pasajera no era otra cosa que el sitio desde donde elevar la vida eterna. Una vez, en un congreso juvenil al que había sido invitado como ex joven, varios de ellos se habían reído en su cara (una de esas risas tipo «jua-jua») y le habían casi escupido «Ése es tu problema y no el nuestro, el de nuestra generación» cuando él había tenido la osadía de admitir que le interesaba escribir un gran libro, que ése era su trabajo y su placer. Y –lo que a él le parecía *tan raro*– ni siquiera les gustaban los libros en general: sus bibliotecas personales eran más bien obvias y exiguas (todos habían abrazado la relampagueante llegada de los libros electrónicos como coartada perfecta para no verse obligados a presentar evidencia física de lecturas) y los había visto entrar muchas veces a una librería sin ninguna curiosidad o expectativa alguna, sin que se les moviera un pelo salvo los invisibles e hipersensibles tentáculos que utilizaban para detectar la buena o mala ubicación de lo suyo en mesas y atriles y estantes. Y, viéndolos con una mezcla de pasmo y admiración y náusea, él no podía evitar el recordarse aún inédito, respirando profundo el perfume de bibliotecas ajenas, tocando y acariciando y teniendo como máxima y más sublime fantasía a realizar ese momento dorado en que le entregarían un primer ejemplar de su primer libro. Y el camino de regreso a casa, con el libro en su mano. Y el instante perfecto de ponerlo, junto a tantos otros, en su biblioteca. No había más que eso para él, no podía ver nada más allá. Con eso bastaba y era más que suficiente para alcanzar el éxtasis. El resto –lo que vendría después– sería, en todo caso, no algo a buscar sino algo a encontrarte.

Ahora no: ahora los escritores recién hechos eran como marines listos a la conquista de una playa listos para batir al enemigo y, en el fragor del desembarco y la toma de posiciones en el ranking, sin inquietarse demasiado por los daños colaterales o los efectos del fuego amigo en sus colegas y el peligro de ponerse a pensar en ello y en ellos es que sus pensamientos al respecto no paraban de repetirse con mínimas variantes de un motivo principal de miedo y furia. Y ninguno de ellos le daba más miedo y furia que IKEA. Y aquí venía de nuevo.

IKEA –quien no perdió tiempo en masturbatorios talleres literarios y comenzó como junior precoz en una agencia de publicidad donde había compuesto slogans a los que se parecían demasiado sus pegadizos y pegajosos aforismos de ahora mismo– había sido el más astuto optando por un rol clásico, poco atractivo a primera vista pero mucho más efectivo a medio plazo: el escritor joven pero «serio» aunque muy divertido y ocurrente. Una suerte de clon/bonsái al que –erróneamente– se suponía perfectamente controlado y más bien parecido a sus ídolos quienes, cercanos a la muerte, no dudaban en darle palmadas en la espalda. Como si así se aseguraran un médium para su posteridad a la vez que invocaban exitosamente al fantasma de sus exitosas pero cada vez más lejanas juventudes, cuando la literatura producía aún cierta curiosidad, cierta marca de prestigio. IKEA, cachorro perpetuo, se dejaba acariciar la cabeza por todos ellos poniéndose primero de rodillas, pero en privado –él había sido testigo de ellas, y se había reído bastante– hacía brutales imitaciones de esos popes con una afilada agudeza y capacidad de observación que te dejaban temblando con solo imaginar la imitación tuya que, seguro, IKEA ponía en escena cuando no estabas presente. Esas imitaciones (la de Marcelo Chiriboga era verdaderamente antológica) eran, de lejos, lo mejor de IKEA dentro del campo de la literatura, pensaba él. Y había algo de perturbador, pensaba, en el hecho de que, tal vez sólo ante él y en rincones de fiestas, IKEA no dudara en mostrar su lado oscuro, su retrato pudriéndose en el ático de su malicia. Porque eso (que él primero entendió como una muestra de honestidad y confianza en nombre de su larga historia juntos) no era otra cosa que algo mucho más siniestro: el que IKEA lo considerara una especie de cloaca exclusiva donde de tanto en tanto purgar sus aguas negras. Además, quién iba a creerle a él si contaba algo de todo lo que IKEA le confesaba en una misa más de risas que de rezos, en voz baja y conspirativa. Dirían, seguro, que le tenía envidia. Y, sí, él le tenía envidia a IKEA. No a su obra pero sí a lo que había conseguido con ella.

El último gran éxito de IKEA se titulaba *Paisaje con hombres huecos* (no dejar de percibir, por favor, la tan obvia como astuta alusión a Eliot para jerarquizar todo ya desde la portada) y se trataba de una robusta saga familiar/intercontinental que narraba las idas y vueltas de los Benavídez: un abuelo republicano que huye de España cruzando el Atlántico disfrazado de mujer (y triunfando como cantante de coplas transexual en los cabarets del Río de la Plata); su hijo, que acaba siendo gran maestre torturador en una dictadura latinoamericana de un país llamado Aracatina (con participaciones en la captura y asesinato del Che Guevara y la guerra de los Seis Días, donde conoce a la bella y explosiva Judith); su nieto, que se programa como mesiánico magnate diseñador de belicosos videogames de rol desde una especie de Xanadú en Silicon Valley; y su bisnieto, quien triunfa como muy joven cantante para adolescentes en llamas. La novela terminaba, por supuesto, con el cantante cansado de cantar «Text Me Your Heart» o «Twit Twist» y –luego de sufrir un atentado musulmán-fundamentalista en el que muere su compañera de discográfica Chicka Chikita– renunciando a todo para volver a la finca de su bisabuelo y crear allí una cooperativa agrícola en tiempos de crisis económica y convertirse, por fin, en avatar del Hombre Nuevo. *Paisaje con hombres huecos* acababa de ser adquirida por la HBO (hubo, también, ofertas del cine; pero IKEA era uno de esos convencidos de que «si Shakespeare viviera hoy escribiría para la HBO»), seleccionada por el club del libro de Oprah Winfrey («Un libro de origen latino por primera y única y última vez», había sonreído la dueña del negocio), se hablaba de Justin Bieber para el rol del cantante y de Daniel Day-Lewis para el genio informático, y de De Niro y Pacino volviendo a juntarse para hacer de padre e hijo digitalizados («No como en *El Padrino II* sino de verdad») para que parezcan jóvenes o algo así. Pero a él no le haría falta verla y seguirla. Ya estaba, cuidadosamente pautada, escena por escena, en el mismo libro que había espiado, a escondidas, cubriéndose con él para que no lo viesen leyéndolo.

Y, en la mesa redonda, cada cosa que decía IKEA (que él podía anticipar, por obvia, como si leyese su mente cinco segundos antes de que ésta formulara el liviano pensamiento y si sus cálculos no le fallaban era la tercera vez que le oía decir «Lo importante no es que la historia pase por los personajes sino que los personajes pasen por la Historia») era recibida con gritos y hurras dignos de esos desenfrenados casinos de oficiales rusos al principio de *Anna Karenina* mientras él sólo pensaba en salir corriendo de allí para arrojarse bajo las ruedas del primer tren que pasase cerca.

Porque lo peor de todo era que –sin el maquillaje de esas risas con las que él sin dudas creía contar hasta esta noche– todo lo que él decía era, *también*, igualmente estúpido y superficial. De pronto comprendía que lo suyo era como lo de IKEA; sólo que menos exitoso y más aburrido y pretencioso y triste. Lo suyo, además, apenas escondía el siempre incómodo y ahuyentador tono de una lamentación.

Cosas que se le ocurrían o le ocurrían en aeropuertos.

Cosas como: «Antes que nada: lo que sigue no son universales verdades categóricas. Son, apenas, discutibles opiniones personales. Lo dije muchas veces, voy a decirlo de nuevo. Del polvo venimos y al polvo volvemos. Y hace tiempo leí –en un libro, por supuesto– que el 90 por ciento del polvo de una casa está compuesto por residuos que se desprenden del ser humano. Y vaya a saber uno en qué otro libro leí que el polvo les hace bien a los libros, que los mantiene jóvenes, que no es bueno desempolvarlos muy seguido. Así, nosotros nos deshacemos para que los libros no se deshagan. Me parece prosística y poéticamente justo».

O: «En los últimos tiempos me voy a dormir temprano, y antes del dulce sueño siempre suele aparecérseme la agria posibilidad del insomnio a conjurar y vencer. La otra noche, por ejemplo, me pregunté si todo lo que está sucediendo no tendrá que ver con que el animal lector ha alcanzado su cenit evolutivo y rebota ahora contra la cúpula de su perfección y límite y marcha atrás, hacia una suerte de involución disfrazada de mutación high-tech. Somos, ay, tan futurísticos y no nos damos cuenta de que –en lo que respecta al tema– estamos apenas en la prehistoria de la prehistoria. Mucho más futurístico fue, en su momento, el salto del siglo XIX al XX: la era industrial en su clímax y orgasmo múltiple. La electricidad de los cuerpos y la sangre de las máquinas revolcándose entre las sábanas húmedas de la Historia y faltaba tanto aún para la llegada de esa tercera en discordia y amantísima energía automática. Ahora, en cambio, nos estremecemos en el más masturbatorio de los prólogos y preliminares. Somos frígida gelatina invertebrada y submarina soñando con un esqueleto en tierra firme. Porque, piénsenlo, no ha sido fácil llegar hasta aquí, recorriendo el largo camino que va del polvo de estrellas a la ameba anfibia, al simio erguido, hasta alcanzar la capacidad y el talento para disfrutar de una de las tareas más maravillosamente complejas y, para mí, aún inexplicables: el cómo hacer que un puñado de signos se nos metan en los ojos, lleguen hasta el cerebro y, allí, se conviertan en historias y en personas y en mundos, siempre diferentes, siempre construidos en complicidad con sus arquitectos. Son los escritores quienes trazan el plano, pero nosotros quienes hacemos uso de, como decía Proust, ese "instrumento óptico" que nos permite discernir aquello que, sin *ese* libro, tal vez no habríamos visto nunca en nosotros mismos».

O: «Los lectores electrónicos, supuestamente, contribuyen a facilitar y acelerar la experiencia de la lectura pero, en realidad, parece ser, acaban quitando las ganas de seguir leyendo. Pero –antigua noticia de último momento, paren las rotativas– seguimos leyendo a la misma velocidad que leía Aristóteles. Más o menos unas cuatrocientas cincuenta palabras por minuto. Así, toda esa externa velocidad eléctrica a nuestra disposición acaba estrellándose contra nuestra pausada electricidad interna. Es decir: las máquinas son cada vez más veloces; pero nosotros no. No hemos ganado gran cosa y, por el camino, hemos perdido los exquisitos placeres de la lentitud que es cómo y dónde se produce la materia de la espera y del deseo. Vivimos y creamos empeñados en aumentar la capacidad de máquinas para almacenar un número de libros que jamás alcanzaremos a leer. Nos fascina de verdad y nos enorgullece falsamente el hecho de poder llevarlo todo con uno, de tener acceso a todo, sin detenernos a pensar que en la selección y sacrificio, en lo que se elige y se descarta, reside la formación del gusto y de la personalidad. Leer un poco de todo es como no ver nada o correr por un museo en llamas. Visto así, a mí me parece que el libro de papel está más cerca de nuestro ritmo (hay noches en que envidio profundamente el entorno del siglo XIX a la hora de leer novelas decimonónicas a la luz de las velas) y, por favor, hay alguien en la sala que pueda explicarme cuál es la gracia de leer y filmar y mirar por teléfono y cómo es que en los últimos años evolucionaron tanto los teléfonos y tan poco los aviones, ¿eh?».

O: «Vivimos uno de esos rechinantes y neumáticos momentos bisagra. La puerta que se cierra con un quejido, la misma puerta que enseguida se abre con un susurro de célula óptica. Tiempos complejos… Conozco a escritores a los que nada les preocupa menos y escritores que no paran de dar saltitos vanguardistas intentando patentar una marca que los hará famosos no por quince minutos sino por ciento cuarenta caracteres en pantallas y páginas, de ser posible, con fotitos y dibujitos y jueguitos tipográficos (y, sí, el bastardillo que esté libre de pecado que arroje la primera itálica y yo alguna vez también jugué con la idea de diferentes tipos de letras para marcar voces en el teléfono o hacer flotar voces atomizadas). Conozco a editores excitados editados por una nueva génesis tantos años después de Gutenberg y a editores deprimidos porque es a ellos a quienes les ha tocado el apocalipsis; conozco a lectores que no leen pero se enorgullecen de poder almacenar hasta dos mil títulos en sus mochilas y a lectores que leyeron dos mil libros temblando por esa próxima mudanza que siempre llega. "He visto a las mejores mentes de mi generación mirando pero no viendo…" Recuerden: hubo un tiempo en que nos reencontrábamos luego de las vacaciones para ponernos al día; hubo un tiempo, también, en el que ver las fotos de las vacaciones de gente conocida nuestra era una tortura. Pero era una tortura más leve: porque –antes de la llegada de lo digital, durante la era de la película a revelar– al menos había que pensar bien y hacer algo de foco antes de disparar cada clic. Racionarlos más o menos racionalmente. Pensar antes de prensar. Ahora ya no. Ahora todo, todo el tiempo, sin cesar, otra y otra y otra vez. Todo es trascendente y lo trascendente se hace banal en el exceso y la cantidad. Ni siquiera queda el dolor limpio y cada vez más distante de separarse porque ¿acaso alguien puede resistirse a la tentación de saber lo que hace un ex después de uno, en otra era, en Facebook cuyo uso, dicen, libera "la misma hormona que los besos y los abrazos" y propicia "la infidelidad platónica"? ¿O, peor aún, al sencillo horror de buscar y encontrar a alguien a quien no se ve desde hace décadas en cuestión de segundos y comprobar en sus ojos, sorprendidos o tal vez felices o seguramente asustados de vernos, tan FaceTime, el paso pesado y militar del tiempo; marchando con esas botas de suela con púas que se clavaron en ese rostro casi desconocido que, obligados a aprenderlo y ponerlo al día, nos recuerda que ya sólo reconocemos el rostro propio y actual porque se niega a despegarse, como una máscara carnívora, de aquel rostro que alguna vez fue pero que no podemos olvidar por culpa de la mejor de las malas memorias? ¿Y adónde han ido a morir todas esas apasionadas discusiones acerca de quién dirigió tal película o quién cantaba en tal banda? Ahora, parece, no hay nada más atractivo e interesante –el tuit como diapositiva– que saber lo que más o menos desconocidos hacen cada cinco minutos y en ciento cuarenta caracteres, incluyendo –para alegría de ladrones– la información de que se sale de viaje y que la llave de casa está bajo la tercera maceta de la entrada empezando a contar desde la izquierda. El fenómeno ya tiene marca propia: se llama "oversharing", sobredosis de exhibición de lo privado ya sean contracciones o ronquidos o latidos o la falta de todo lo anterior y en cuyo nombre se narra un parto en tiempo directo, se aburre con una siesta, se confiesa en directo un asesinato y hasta se puede dejar pagado un servicio especializado que actualizará durante años nuestra vida luego de nuestra muerte para que no se nos añore. Extrañarse se ha convertido en una extrañeza. Conocer tanto no significa saber más. Hubo un tiempo en que la prueba definitiva de haber triunfado era la exclusiva posibilidad de desaparecer, de que ya no te encuentren, de que nadie supiera en qué andabas. Ser inalcanzable. Estar fuera de todo. Ahora, si eres verdaderamente célebre, tienes que tener billones de seguidores y dar cuenta hasta de tu último más o menos trascendente acto. Ironía total: el tipo que colgó en YouTube su aparatosa caída en la calle (porque iba consultando su perfil cuando debía estar mirando de frente) para el deleite de poblaciones enteras pronto comprenderá que nadie lo reconoce por la calle. No es famoso. Es otra cosa. Es, apenas, un momento cuyo nombre y antes y después no importa. Ni siquiera es, warholianamente, famoso por quince minutos. Lo suyo dura y resiste mucho menos. Somos ahora nuestras propias cámaras ocultas y sorpresa. Somos máquinas blooper-looper. Somos mutantes y me dicen que, en Japón, tierra de mutaciones, a los más pequeños pantallistas ya se les ha modificado la estructura y forma de sus pulgares de tanto teclear en pequeñas pantallas. Y debe de ser triste morir tan jóvenes o romperse tan pronto; porque los veo y los esquivo –interrumpiendo el paso en puertas, en andenes, al borde de escaleras– deteniéndose a actualizar sus perfiles y los de otros y, ah, mírenlos caer. Precipitándose como acontecimientos tontos desde esos momentos que no hace mucho –cuando la vital ocurrencia de la sangre no había sido suplantada por fluido de embalsamar eléctrico– eran el sitio exacto, el espacio donde todo era posible y del que surgían las grandes e inesperadas ideas. Ocasiones cuando nos permitíamos el lujo de estar distraídos, de pensar en otras cosas que no fuésemos nosotros o lo que piensan de nosotros. Aquí viene otro, desde lo más alto, ciclo evolutivo abajo. Y me pregunto si ya no habrá índice estadístico de fallecimiento por accidente con dispositivo electrónico. Seguro que sí. Pero no lo harán público como durante décadas no se contó que fumar puede ser perjudicial para la salud. Allá van, allá ellos. Y no sé con cuál teoría quedarme de todas las que profetizan variados finales para la humanidad. Pero de una –que no ha sido formulada hasta ahora– estoy casi seguro: el ser humano desaparecerá porque estará muy ocupado como para procrear y multiplicarse contestando mensajes, actualizando perfiles, cayendo de frente desde los andenes a las vías de trenes conducidos por maquinistas que están conversando con sus novias vía FaceTime. Todos a bordo».

O: «En lo personal, no me preocupa el futuro del libro literario. Siempre habrá una feliz resistencia leyendo a Proust y a Joyce y, probablemente, cortesía de la gratuidad piratesca o del derecho de autor vendido, posiblemente haya aún hoy más gente *intentando*, al menos por unas páginas, leer a Proust y a Joyce.

No hay crisis allí; en eso que se llama la literatura. La literatura se las arreglará para sobrevivir y hace unos días leí un libro donde se proponía la salvación de la literatura seria por afortunados melancólicos que encargarían a sus autores favoritos novelas en exclusividad, para ser leídas sólo por ellos, a cambio de cuantiosas sumas. El equivalente a lo que un autor de prestigio recaudaría si alguna vez –alguna más que improbable vez– llegara a escribir uno de esos superventas planetarios. Sólo que con un solo lector. Esto, tal vez, inquietase en principio a un artista. Pero –además del aspecto económico– enseguida le vería sus ventajas: podría atreverse a hacer aquello a lo que jamás se atrevió. Y no habría críticos ni colegas a la vista. Así, un libro sería como un cuadro o una escultura. Una pieza única y original. Un manuscrito a ser contemplado y leído por una sola persona. Un signo de status y una forma de inversión y competencia. "OK, está muy bien tu yate, pero ¿qué tal mi nuevo Martin Amis? Apuesto a que es mucho mejor que ese Michael Ondaatje tuyo." Y tal vez los escritores acabemos siendo más o menos eso: artículos de lujo orgánicos con algo de electricidad. Cada vez más exclusivos. Podríamos llamarnos iScherezade: seres al servicio de gente con mucho dinero que se dedicarán, noche tras noche, sentados en los bordes de camas mullidas e inmensas, a contarles historias a magnates angustiados ante la llegada de la oscuridad, como cuando eran ilustrados niños desvalidos y no los casi analfabetos lobos feroces en los que se habían convertido, leyéndoles en la más alta y dulce de las voces, convenciéndolos de que sólo una buena historia les traerá el lujo de los dulces sueños. Lo contrario de un masivo y fácil de falsificar best-seller. Ahí sí hay crisis. Crisis grave. En los best-sellers. Esos libros que funcionaban como trampolín de piscina en la que hacer pie y aprender a nadar, para luego partir con poderosas brazadas hacia profundidades oceánicas. Y ahora, en cambio… Basta y sobra con echar un vistazo y comparar los vampiros de hoy con los vampiros del ayer, las conspiraciones de ahora con las conspiraciones de entonces, el sexo de aquí con el sexo de allá. Y, ah, esos libros juveniles que tanto venden y que resultan ser la esperanza de la industria para ser consumidos vorazmente por lectores juveniles que, con el tiempo, supongo, superada la juventud, dejan de ser lectores o, si hay suerte, ya están programados para deglutir el best-seller de turno. O, tal vez, quién sabe, se conviertan en lectores Peter Pan: octogenarios leyendo libros juveniles, distopías y romances, dando saltitos de aquí para allá. Antes de eso, los mismos libros. Libros para lectores sin ganas de crecer, felices de vivir atrapados en el loop de historias adolescentes que empiezan y terminan en sí mismas y que no tienden puentes o abren puertas a otros territorios. Yo recuerdo ese momento mágico en que salté de la isla de *Los hijos del Capitán Grant* a la isla de los niños de *El señor de las moscas*. Y, entonces, el descubrimiento del horizonte sin límites y del espacio infinito. Recuerdo esa emoción de ir trazando mapas propios y recorridos singulares a partir de lo que habían escrito otros. Libre asociación de lecturas, sí. Y no es que ya no se pueda sino que ya no se hace. La estrategia, ahora, es cada uno en su sitio y estar siempre conectados contándose lo que están leyendo. Cómo saltar por estos días –como alguna vez salté yo de Somerset Maugham o de Herman Hesse, perfectos trampolines– hacia la parte más profunda o peligrosa o divertida o sorprendente de oceánicas piscinas. La mayoría de los best-sellers de hoy sólo conducen –como máquinas rotas o completamente funcionales en su solipsismo– a otros best-sellers. Y a la ilusión perdida y al canto de las sirenas de que –ligeros, light, diet– resultan tramas perfectas para cargar y consumir en tabletas livianas, delgadas, luminosas, brillando en la fosforescente oscuridad de tiempos en los que se lee y se escribe más que nunca, sí; pero también en los tiempos en los que peor se lee y se escribe y en los que la ortografía se ha convertido para muchos en una especie de institutriz molesta y anticuada que se empeña en que las palabras se escriban del todo, enteras, y que no se vean comprimidas en ruidos abreviados. En la crocante jerga de langostas que se tragan la lengua y el idioma hasta la raíz y pregunta y pedido: ¿cuántos de ustedes están enviando mal redactados mensajes de texto ahora mismo informando a más o menos desconocidos de lo que estoy diciendo y de lo demencial que les parece ahorrando letras y poniendo un emoticón con sombrero de Bonaparte o con el pulgar hacia abajo? ¡Arriba esas manos!».

O: «El asunto mecánico –o *MACánico*, con las elegantes líneas de todo artilugio Mac– ha desplazado para muchos al deseo por una buena historia hacia un deseo por el objeto cruzando la delgada pero definitiva línea roja que separa a la honda pasión del superficial enganche. Lo que importa ya no es lo que se lee sino dónde se lo lee. Y tal vez mejor que lo aclare: no soy un ludita fanatizado. No entiendo (pero respeto) a escritores que aún al día de hoy entonan loas a la máquina de escribir mecánica o a la pluma de ganso. Y sí entiendo el cómodo placer de ahora poder correr por los pasillos del Louvre sin salir de tu casa, de tu ciudad, de tu país, de tu continente. Pero está claro que cada gran avance tecnológico implica la pérdida de un don y la ganancia de un poder. Lo mismo pasa con los artistas: por cada don que les dan le quitan un don. Y el don que les quitan suele estar relacionado con la parte práctica y funcional de la vida. Acceder a un plano superior no significaba, necesariamente, volverse superior. Y no olvidaba nunca aquello de san Agustín, probablemente el mejor escritor entre todos los santos. Palabras suyas que solía recitar a los gritos de joven, alto y en la cresta de un sismo de química ilegal, de pie sobre una mesa de afterhours, casi en llamas: "Tu don nos enciende y nos lleva hacia lo alto. Según ardemos, así caminamos". Así, el hombre capacitado para desenredar el hilo de una ecuación matemática a los cinco años probablemente no aprenda a abrir latas en toda su vida. Pero me estoy enredando yo ahora, quien nunca supo ni sabrá hacer o deshacer un nudo... De acuerdo; con la imprenta mucha más gente aprendió a leer y a escribir. Pero con el gramófono, mucha otra –que difícilmente podría escuchar más de una o dos veces su pieza favorita de Mozart o Beethoven en vida– renunció a la habilidad de leer partituras o de ejecutar un instrumento.

De igual manera, hemos renunciado al superpoder de memorizar direcciones y números telefónicos y fechas más o menos importantes. Sé, también, de las virtudes de una mayor velocidad y capacidad de acceso inmediato a la hora de difundir la cultura. Pero sí –y supongo que yo sonaré exactamente igual a ellos para más de uno– puedo afirmar que me inquietan un tanto las desmedidas loas de los insoportables al soporte, por encima de la apreciación de aquello que viene soportando toda la estructura desde hace siglos. Ahora no, ahora la cosa parece pasar no por la materia escrita sino por la masa lectora. El interés o la expectativa no pasan tanto por la evolución de las ideas sino por la constante e ininterrumpida evolución y diseño de un aparato que, se supone, sirve para leer cuando, en realidad, lo que más se hace con él es mirarlo y tocarlo y amarlo como alguna vez se amó a un automóvil. Con ese amor que sólo piensa en el próximo modelo, en el último modelo que nunca será el último. Con esa ansiedad yonqui del que, de pronto, se descubre más adicto a la jeringa que a la droga. Y, de acuerdo, internet y el teléfono móvil van convirtiendo el concepto de la oficina en sitio prescindible, pero –como sucede con todo pacto más o menos mefistofélico– no hacen otra cosa que prolongar la jornada laboral más allá de su espacio y horario natural. Por no hablar de la constante tensión por la puesta al día y aprendizaje de sistemas cada vez más complejos y más diseñados para aquellos que, generacionalmente, recibieron su primera computadora junto con el primer autito a cuerda. Aprender a leer y escribir ya es un proceso complejo y –aún hoy– no del todo explicable. Ahora, parece, hay que sumarle a eso, a esa figurativa y gloriosa abstracción, el tener que aprender, primero, el manejo de maquinarias que nos permitan luego leer y escribir».

O: «Y hace unos años, festejé el que la emisión en vivo y en directo de Steve Jobs presentando su primer iPad fuera interrumpida –al menos por unos segundos– por la mala nueva de la muerte de J.D. Salinger. Me pareció un acto de justicia poética. Una breve victoria de la literatura y de alguien que escribió pocos/

suficientes/inmortales libros por encima del efímero y casi inmediatamente desactualizado artefacto capaz de almacenar miles de títulos que jamás se leerán. Porque, claro, ¿quién va a tener tiempo para leer vastas novelas decimonónicas cuando hay que estar chequeando y contestando y reportando a tantos amigos ansiosos por saber qué comimos y cuál fue la posterior consistencia y tonalidad de la materia fecal resultante de ese almuerzo? Buen provecho y a modo de infusión digestiva: a la hora de la verdad, me temo que a nadie le importa nada y no es lo mismo estar que ser. Ahora, ya no está Jobs. Pero su impronta permanece. Porque –lo del principio– a mí me parece que el futuro del libro no corre ningún peligro. Ahí están los libros y ahí está el futuro. Mírenlos, léanlos. Pero háganlo como corresponde: sí al mirar el futuro y leer los libros y no al mirar los libros y leer el futuro, ¿sí? El libro del futuro –todos esos artefactos más o menos novedosos a los que el polvo *sí* les hace mal– corre un riesgo mayor y mucho más próximo, pienso. Ya saben: una frenética sucesión de modelos nuevos anunciados como noticia de primera plana y reemplazando (y degradando y denigrando, por vetustos y fuera de lugar) a los modelos anteriores. Y sus usuarios, desesperados, corriendo detrás de uno para, al alcanzarlo, descubrir que tiene que correr detrás de otro. Y –es tan difícil leer corriendo– así todo el tiempo. Hoy, gracias a Jobs, todos somos un poco Job».

O: «La herramienta nunca puede ni debe alcanzar categoría de creador. Y, además, debe llevar el nombre que le corresponde, un nombre honesto. Es decir: ¿por qué en lugar de insistir con la partícula book no se opta por la de screen? Una pantalla es una pantalla es una pantalla. Y, digámoslo, los libros son más bonitos. Los libros, comparativamente, son como de carne y hueso. Y tenemos que ir a buscarlos. Y encontrarlos. Para mí, la experiencia de un libro, de su disfrute y lectura, empieza en el momento en que lo encargo y se perpetúa hasta cuando me avisan de que ha llegado, que voy hasta la librería y que allí me encuentro con mi libro y con otro u otros libros cuya existencia desconocía y soñaba y…».

O: «Nunca desearía volver al tener que pasar todo a limpio. Hoja tras hoja. A esos plásticos para corregir letras o a esos líquidos para tachar frases. No creo, además, seguir manteniendo la capacidad para escribir en máquina de escribir. Pero también es cierto que todo lo que he escrito en un procesador de palabras no parece tener esa solidez definitiva, como de escultura terminada, que tenía mi primer libro, el único que he escrito en una Olivetti. Desde entonces, todo parece más líquido, posible de ser retocado una y otra vez, sin límites ni final que no sea el de la entrega y la despedida por obligación, porque el tiempo para navegar se ha agotado. Lo que, inevitablemente, me hace preguntarme si esta nueva forma de escritura no influirá también en la manera en que se ocurren y se te ocurren las ideas, que antes aparecían como círculos cerrados y ahora como perfectos anillos de humo a los que hay que poner por escrito rápido, sin pensarlo demasiado, antes que se desvanezcan. Y después ya veremos, ya leeremos».

O: «Y todos juntos aullemos ahora: Kindle, iPad, e-book, tablet y como vaya a llamarse aquel que abra la caja de Pandora de la realidad aumentada y nos obligue a aguantar a Tom Sawyer durmiendo en el cuarto de invitados... Las diferencias entre ellos –y sus diferencias en un duelo por captar al consumidor consumido– tienen que ver con brillo de pantalla y liviandad de cuerpo. Y, sí, leer en tableta no tiene olor, no tiene cubierta, no nos da una idea del volumen del volumen, imposible que nos encontremos en sus tripas con una antigua nota o vieja foto o anotación críptica que hizo de ese libro algo nuestro y nada más que nuestro. Tampoco podemos hacer que su autor nos lo firme aumentando así el valor sentimental y material del espécimen. Nadie puede –con un Kindle o la marca que prefieran– entrar a una casa extraña y caminar derecho hasta la biblioteca y ponerse a leer lomos para así saber algo más del anfitrión. Y tampoco lo podemos arrojar contra una pared (sí, podemos; pero nos saldría muy caro el gesto) cuando agota nuestra paciencia. ¿Y es imaginable imaginarnos releyendo –releer es la condición más sublime de la lectura– en un añejo modelo libro electrónico muchos años después? Nadie se roba –o presta– un Kindle por amor al arte sino por lujuria de merchandising. Por ser uno más, igual, entre tantos otros. Y cómo preservar todo eso. ¿Saldrán a remate iPads y Kindles como se rematan bibliotecas? ¿Y si se rompen? ¿Y si se acaba la electricidad? ¿Y si no podemos desenchufarnos? ¿Y si de tan adictos y dependientes y veloces pero de pronto tan *batteries not included* hemos olvidado el arte de memorizar y no nos quedará ni el subversivo consuelo de aprender novelas y cuentos y poemas letra a letra, como esos líricos hombres libro al final de *Fahrenheit 451*?».

O: «Y no me gusta decir "mi lector". Me gusta seguir pensando que mi lector sigo siendo yo mismo. Y que sigo leyendo libros que se abren como puertas para que yo entre en lugar de pantallas que permanezcan cerradas y que me dejen ver, desde fuera, sólo lo que ellas quieren».

O, para concluir: «Ahora, a nuestro alrededor, todas son dudas. Se habla y se tiembla un fin de ciclo para todo lo escrito e impreso. Pero los siempre imprecisos escritores siempre tuvieron dudas. Por y para eso escriben, ¿no? Y de ahí que no pase una semana en que no se llame a un escritor para que responda u opine sobre algún rasgo de la no-ficción, de la realidad. Porque se los supone sabios y oraculares. Craso error y burda errata, amigos. Los escritores no saben nada. De ahí que insistan en eso de seguir escribiendo. Si los escritores tuvieran certezas no escribirían. No tendría ningún sentido lo suyo. Aun así, hacen un esfuerzo y dicen algo más o menos coherente cuando les interrogan sobre la constante muerte de la novela (yo creo que no es tal y pregunto ¿por qué nunca se habla de la hipotética muerte del cuento?), la diferencia entre cuento y relato (ni idea, nada me preocupa menos), o cuál es la mejor manera de contar una historia (yo pienso que debe tener cuatro partes: principio, medio, final y deslúmbrame). Para decirlo más claro: para bien o para mal, por los golpes recibidos o porque nuestro reino no es de este mundo, a los escritores –a mitad de camino entre el protestantismo y el budismo zen– nos preocupan más los deberes que los derechos. Dicho esto y esperando aún la llegada de un libro desde el planeta Tralfamadore que me permita contemplar, como profetizó Kurt Vonnegut, uno de mis escritores favoritos, "la profundidad de tantos momentos maravillosos contemplados al mismo tiempo", me despediré con aquello que escribió *otro* de mis escritores favoritos, John Cheever, al final de su vida y de su diario: "No poseemos más conciencia que la literatura; y su función como conciencia es informarnos de nuestra incapacidad de aprehender el horrendo peligro de la fuerza nuclear. La literatura ha sido la salvación de los condenados; la literatura, la literatura ha inspirado y guiado a los amantes, vencido a la desesperación, y tal vez en este caso pueda salvar al mundo". Buenas noches y conduzcan con cuidado de regreso a casa y al resto de sus vidas».

O: Oh.

Cosas que ahora –de golpe y como si hubiese recibido un despertador golpe en su cabeza– le sonaban nada más y nada menos que a los más ingenuos que ingeniosos aforismos refritos en las tripas de galletas chinas de la fortuna tamaño XL. ¿Seguía creyendo él en todo eso? ¿Le importaba? ¿Era ése el tonto y leve enemigo que le había tocado en suerte, en mala suerte, en tan cómoda suerte? ¿Ese que él había elegido con una sonrisa a regañadientes y acerca del que cada una de las breves y sloganísticas *boutades* que les dedicaba conseguía más centimetraje en prensa –cortesía de jóvenes periodistas culturales a quienes les ordenaban que «nada sonase demasiado cultural» y, así, títulos como «furibunda diatriba» o «preocupación apocalíptica» por el devenir enchufado de la humanidad– que sus propios largos libros, que se ocupaban y preocupaban de cualquier otra cosa? ¿Aparatos, aparatitos? ¿Batteries Not Included? ¿Quién se reía de quién? ¿Quién reía último hasta que ya no había recepción alguna? ¿Se había convertido su tema en eso? ¿Por qué no, en cambio, haber escogido no un enemigo sino un rival/cómplice? ¿Batirse con las admirables frondosidades de la novela decimonónica y no vencerla pero sí convertirla trayéndola a estas tierras baldías del siglo XXI para que volviese a germinar con igual potencia y modales actualizados? (El sólo pensar en semejante desafío le producía mareos, vahídos, suspiros más arrítmicos que románticos.) ¿O tal vez era que uno recibía el enemigo que se merecía, a su altura; y que a él le habían tocado las achatadas planicies de pantallas y tabletas? ¿De verdad le preocupaba todo eso del mundo electrificado? ¿En serio que iba a volver a comentar que los nuevos e insensibles teléfonos habían acabado con la necesidad de ver la hora en el rostro de relojes, de relojes *normales* y no desbordantes de funciones como la de contar los latidos de tu corazón y las calorías consumidas en el desayuno; a evocar el placer perdido de colgarlo como quien da una bofetada o de dejarlo descolgado como quien da la espalda; a reírse de esa app religiosa que te permite confesarte vía multiple choice pulgar; a comparar a las letras sobre el papel en blanco como esas fotos de cromosomas; a hacer un guiño más tonto que nervioso mencionando al selfie de Dorian Gray; citar al Borges de «La flor de Coleridge» cuando dice «Para las mentes clásicas, la literatura es lo esencial, no los individuos»; a lamentarse ante la estampa de familias reunidas no ya a la cálida luz de un fuego sino al resplandor gélido de sus respectivas pantallitas; a llamar la atención sobre el hecho nada casual de que se llamen *buscadores* y no *encontradores* a esos motores de persecución de data; que él y los de su casta surfeaban desde siempre en la cresta de olas de electricidad cerebral, que no hay nada nuevo en eso de pensar en todo y nada; a concluir con algo así como «por primera vez en la historia la escritura es la enemiga de la escritura»? Nah: lo cierto es que en las noches oscuras y tormentosas del alma, a sus tres de sus mañanas, pensaba que pensaba en todo eso porque aún alguien pensaba en pagarle porque pensara así, en voz alta, pensaba él. Porque, si lo había puesto primero por escrito para después leerlo, tenía que haber pensado antes en ello más o menos seriamente, ¿verdad? De acuerdo, todavía le causaba cierta indignación cuando en noches de zapping se cruzaba con supuestamente graciosas propagandas de tablets y teléfonos en las que se presentaba a los clientes y usuarios como zombis descerebrados que no despegaban los ojos de la pantalla ni para besar a sus parejas o acariciar a sus hijos pero, aun así, elegidos y privilegiados. Pero a esta altura, ya no estaba muy seguro de que le importase: se sentía como un comediante que alguna vez había estudiado seriamente el arte de su oficio (Shakespeare, Wilde, Twain, Marx, SNL, Seinfeld) y que ahora se precipitaba en caída libre habiendo pasado por un club de New York, por los mejores casinos de Las Vegas para acabar riéndose solo en un tugurio de Reno en el que sólo se juntan los gángsters de segunda y tercera clase para sollozar citando frases de Corleones o de Sopranos. Lo próximo, lo último, el no retorno sería el suelo helado del baño de Lenny Bruce, temblaba. Un último chiste inconcluso frente al sucio espejo y después el sucio suelo del sucio baño. Y el sucio frío. Y nadie que lo remate con una última punchline.

Luego de la mesa redonda, todos se pusieron de pie y se sirvió un cocktail rojizo con unos canapés que no estaban mal (lo que era de agradecer y cada vez más extraño; porque tal como estaban las cosas pronto pedirían a los escritores que se trajesen algo de comida de casa para convidar al público). Y él, como era su costumbre, comenzó el operativo para escabullirse de regreso a un hotel cercano previo paso por una librería para ver si Arthur C. Clarke, aunque estuviese muerto, se las había arreglado para transmitir desde los confines del universo alguna nueva continuación de *2001*, alguna respuesta y/o consejo/tratamiento del doctor Heywood Floyd a sus llamadas de auxilio. O ver si ya estaba a la venta ese nuevo techno-thriller sobre el que había leído y parecía tener su gracia: la idea paranoide de que los teléfonos móviles eran el único dulce de la evolución tecnológica que habían arrojado a las masas para mantenerlas distraídas y atontadas en una nueva Edad Media mientras una selecta minoría se beneficiaba de todo lo demás (medicinas revolucionarias, medios de teletransporte, métodos para mantenerse por siempre jóvenes, robótica servil que nunca se sublevaba) disfrutando de un futuro que ya había llegado hace años. Sí, él leía estas cosas como cuando era un niño, para viajar, huir, irse lejos, más lejos todavía, hasta que la distancia le cerraba los ojos. Y después hundirse en el sopor opiáceo del último reality show de moda mientras hacía gárgaras con Listerine Cuidado Total color púrpura. Algo con un puñado de personalidades famosas por todas las razones incorrectas metidas en una cárcel de máxima seguridad y conviviendo con asesinos en serie y políticos mafiosos y ancianos que habían arrojado a sus esposas por la ventana. Cualquier cosa que lo distrajese de esas pequeñas botellas en el minibar (había descubierto muy tarde pero con creciente entusiasmo que los licores no eran una vía de salida pero sí el perfecto espacio al costado del camino donde detenerse un rato y desde donde contemplar autos más nuevos y más veloces cuyos conductores, al pasar junto a él, le gritaban cosas que no alcanzaba a entender y le lanzaban carcajadas). Algo que le ayudara a desatender por un rato la cada vez más cercana certeza (como uno de esos carteles de autopista en cuenta regresiva, informando de que faltan cada vez menos kilómetros para que te quedes sin combustible o te estrelles) de que ahora vivía y escribía en un mundo en el que lo medium había triunfado por sobre lo rare y lo well done. Donde lo único que valía eran las carreteras aerodinámicas en las que había que pagar demasiado peaje para poder circular y donde ya a nadie le interesan los caminos secundarios donde se alzaban moteles pintorescos y restaurantes de comida casera desde los que, de nuevo, circularmente, de tanto en tanto él los miraba pasar y los saludaba con una mano o un dedo, según el humor con que se encontrase o se perdiese.

Tenía hambre, masticaba todo lo que se le ponía a mano y a boca; pero también necesitaba salir de allí. Ya. Ahora. Urgente. En eso estaba y ya muy cerca de la puerta de salida de este otro claustrofóbico reality show con escritores y lectores y editores, cuando IKEA lo tomó del brazo como si él fuese algo suyo pero con lo que ya casi no jugaba, como la reliquia más o menos noble de un pasado que no le interesaba recordar mucho salvo para decirse «Ya pasó».

La última vez que había visto a IKEA él había comprobado, con satisfacción, que se estaba quedando calvo. Pero, ahora, de pronto, ya no: lucía una melena fuerte y leonina color petróleo derramado. Era algo tan impresionante que no pudo evitar señalarla. «Ya sé, ya sé... Pero no digas nada. No se puede: está prohibido. Glándulas de bebé de oso panda. Una pequeña fortuna en el mercado negro. ¿Sabías por qué hay tan pocos pandas? Porque sólo se permiten estar en celo tres días al año. Así que supongo que toda esa represión sexual debe estimular el crecimiento capilar. Y es que con mi agente una tarde, mirando fotos, nos dimos cuenta de que las posibilidades de un escritor sin pelo de ganarse el Nobel son entre un 55 por ciento y un 60 por ciento menores que las de un escritor con pelo. Y que son víctimas de las peores injusticias. Tu querido Nabokov... Tu adorado James...» El agente literario de IKEA –luego de que éste haya traicionado a la abnegada anciana que había hecho arrancar su carrera con paciencia y dedicación casi exclusivas y que, corría el rumor, había intentado suicidarse al ser abandonada por aquel a quien consideraba «más que un hijo: el hijo que yo habría elegido de poder elegirse el hijo que uno quiere tener»– era ahora el internacionalmente famoso y temido Dirty Harry. Le decían así porque su nombre era Harry.

IKEA se apartó un mechón de su frente cuidadosa y subliminalmente supermanesco y (con ese acento que ya no era de ningún lugar sino de todos, un acento internacional, un acento con incontables traducciones y editoriales) le dijo algo así como «Aquí estás, amigo. Me encantó tu último libro, no lo entendí mucho, pero seguro que es muy bueno, ¿no?». Y el problema para él no fue lo que IKEA dijo sino cómo lo dijo: con un falso aire culpable y como pidiendo disculpas por su falta de capacidad intelectual pero, al mismo tiempo, con la puñalada oxidada de una leve sonrisa que no significaba otra cosa que un «Estás fuera; ya nada importan esas críticas elogiosas cuando nadie te lee. Uno menos en mi camino y gracias por todo». Para continuar, IKEA activó su arma de destrucción masiva: «Me he enterado de que acabas de terminar un libro... Sería un honor presentarlo». Y él, lento de reflejos, cayó en la trampa y respondió, casi automáticamente pero dándose cuenta del error sin retorno que cometía, con un «No. No tengo ningún libro a punto de salir». IKEA lo miró entonces con tristeza, le dio una palmadita, le dijo «Ah, qué pena. Me deben de haber informado mal. *Ningún* libro entonces... Qué pena. Entonces aprovecho para darte un consejo mucho más útil de los que alguna vez me diste, ja. No, en serio, toma nota: ya basta de esos libros con escritores, de esos libros sobre escribir. A nadie le interesa la literatura, empezando por la mayoría de los lectores, viejo. Y a los escritores sólo les interesa *su* literatura y, a lo sumo, lo dicen para quedar bien, la de algún muerto lejano al que se arriman como si lo hubiesen conocido de toda la vida. Las personas normales sólo buscan pasar el rato y sentirse representados. ¿No has leído los comments que condenan una novela en Amazon con la peor calificación? ¿No? Léelos y aprenderás. La razón es siempre la misma: "No me identifico con ningún personaje" o "No tenía ningún personaje al que valiese el esfuerzo y la pena conocer". ¿Por qué crees que todos mis libros llevan los rostros de sus personajes en las portadas? Ya sé, ya me lo dijiste: no te gusta eso, te parece una imposición dictatorial de los editores sobre la democracia de la literatura y el privilegio de que sea cada lector quien les ponga rasgos a héroes y villanos y que así sea sólo de ellos y único y todas esas cosas que te gusta decir en público porque te las crees en privado. Pero, de nuevo, te equivocas: los lectores no son organismos libres. Todo lo contrario: los lectores quieren ser capturados y que los guíen como a cieguitos en la noche. Los rostros en las portadas de mis libros están cuidadosamente escogidos por un programa informático: son parecidos a los de actores o celebridades pero no exactamente; y se les han injertado detalles estadísticamente comunes al tipo étnico de los países en los que se editan mis libros. Ya te lo dije: poder identificarse, *reconocerse*.

Hacerles sentir que ése es el libro que ellos podrían llegar a escribir. Hacerlos sentirse coautores. Ahí está el secreto. Y cualquier cosa es mejor para conocer o identificarse –incluso el malo malísimo– que un escritor con problemas de escritor. ¿La palabra exacta? No existe. Para eso, para solucionar ese problema, es que se inventaron los sinónimos. Y la gente se pone nerviosa si cuando lee descubre que escribir es difícil. Se les hace difícil leer eso. ¿Qué es lo que buscan, lo que quieren encontrar? Fácil: los lectores del tercer mundo quieren que alguien les arme una buena ficción con la pésima realidad que les ha tocado en mala suerte. Algo que los haga sentir, por lo menos, justificados y sufriendo por una buena causa que es la mía. Si yo triunfo con sus penurias, ellos sienten que ese triunfo es también un poco de ellos. Mientras que los lectores del primer mundo, leyendo esa cabalgata de espantos, agradecen el que toda esa mierda sólo la vean de lejos, en una novela, y el que los ayudes a que se sientan políticamente correctos comprándola para comentarla y estar en onda y a otra cosa. Es como el Oscar a la Mejor Película Extranjera. Ya sabes: darle una vez al año un muñequito dorado a la historia de una pequeña pastora violada por su padre en Kazajistán. Dos horas de espanto distante y después volvemos a lo de siempre: a los superhéroes y a las comedias con una chica graciosa. ¿No te secuestraron a ti cuando eras niño? ¿No desaparecieron tus padres? ¿O se salvaron? ¿No iba de eso un cuento de tu primer libro? ¿No te fue bien con ese libro? Pero le dedicaste a eso nada más que un cuento... Qué desperdicio, viejo: yo con algo así me hubiera hecho una fiesta de ochocientas páginas». Y, ya entrado en calor, continuó: «Por otra parte, suficiente con eso de tu manía referencial y basta de tus enumeraciones y de tus listas y de andar señalando y reconociendo todas y cada una de tus fuentes y deudas y alusiones. Ese alarde de honestidad es de mal gusto y te hace parecer una mezcla de anciano *nouveau riche* con niño homeless de la literatura. Lo peor de ambos mundos. Y nadie espera o te pide ese alarde de honestidad. Todos robamos, ninguno lo admitimos, y no nos gusta que nos anden recordando nuestros pecadillos. Después de todo: ¿no te gusta tanto ese Bob Dylan, quien es algo así como el Rey de las Urracas? ¿No vienes de una gloriosa tradición literaria de apropiadores geniales? Y a propósito: ya deja de repetir una y otra vez eso de los ciento cuarenta caracteres de Twitter. No es así. No es exacto eso. No hables de lo que no sabes y, peor aún, no te indignes por lo que no sabes. Relax, viejo». Y después IKEA –con falsa tristeza y auténtica alegría– remató la faena con un «Quién lo hubiese pensado: te has convertido en todo un writer's writer, en un verdadero escritor de culto. Te envidio. No sabes cómo desearía un poco de calma y soledad para poder dedicarme sin distracciones a lo mío... Pero a cada uno le toca lo que le toca, viejo». Y –con su sonrisa eterna e indiscriminada, con su boca llena de colmillos, con su barba leve que parecía como aerografiada sobre su rostro– IKEA se fue a saludar a un premio Pulitzer al que había conseguido arrancarle las vacías pero sustanciosas burbujas de un blurb para la inminente edición norteamericana de *Paisaje con hombres huecos*. Y él se quedó ahí, de pie pero tendido, deseándole todas las plagas bíblicas (incluyendo la muerte de su aplicado primogénito) y pensando en que si se mira fijo y con los ojos entrecerrados a la expresión «escritor de escritores», lo que se lee ahí abajo, como subtítulos casi subliminales, es la traducción: «Un escritor de escritores es aquel al que le rezan otros escritores porque, como un mártir a la espera, si hay suerte, de canonización póstuma, es ese tipo de escritor mejor al que le va peor para que a otros escritores peores pueda irles mejor».

O algo así.

En realidad, él ya no sabía qué era y cómo era catalogado: para algunos él era comercial, para otros era experimental, para la mayoría era ya algo difícil de etiquetar. Y lo difícil de etiquetar era mejor ignorarlo. Porque lo complicado de definir y delimitar siempre hace ruido, tanto para los fríos académicos como para los cool hunters. Y algunos y otros y la mayoría coincidían en que en sus libros aparecían demasiados escritores (los más agresivos se burlaban de eso apuntando que «Se trata de los libros que sólo pudo haber escrito alguien nacido, nacido muerto además, el mismo día de la muerte de Jane Austen y de la publicación de *Mein Kampf*»). Y que su visión del oficio tenía algo entre romántico e infantil (una vez alguien le había dicho que toda su literatura parecía surgir, proustianamente, de las hamburguesas con puré de patatas deshidratadas que había comido durante su infancia y tal vez tuviese razón). En resumen y hasta nunca: él se había convertido, sí, en una anomalía en el sistema. Asumirlo y reconocerlo equivalía a complicar el discurrir de corrientes más caudalosas y claramente delimitadas por muelles y embalses y represas. Así que mejor mirar para otro lado. Era un –le encantaba el sonido entre brusco y juguetón del término informático– glitch. Algo que también tenía una correspondencia musical: el estilo de música electrónica llamado Clicks & Cuts construido a partir de samples y de loops, de pequeños pedazos de sonidos, de cortes y clics. La suya era una melodía difícil de silbar o de que obedeciera a silbidos. Algo con lo que no se sabía qué hacer y, mejor, por las dudas, no tocarlo demasiado. Un, sí, *little nameless object* como el de *The Ambassadors* al que se procuraba no mencionar. Y, ah, se acordó de esa carta en la que William James (quien acabó filosofando como un novelista) le recomendaba a su hermano menor Henry James (que terminó novelizando como un filósofo) el que escribiese un libro sin demasiadas complicaciones y «con mucho vigor y acción» y concluía con un «No te preocupes: publícalo con mi nombre, yo lo reconoceré como propio, y te daré la mitad de las ganancias».

Ahora él ya no tenía nada que ganar. Estaba perdido y sin nadie que se molestara en buscarlo y encontrarlo. Tampoco es que le interesara demasiado regresar a una tierra supuestamente firme pero donde él todo el tiempo perdía el equilibrio, como si bailase a solas su propio y particular terremoto. Había nacido y crecido y se había resignado a que escribiría en un mundo donde los malos siempre triunfan y los buenos raramente vencen; pero nada le había preparado para alcanzar su poco más de medio siglo de vida contemplando un paisaje donde, además, los mediocres la pasaban tan pero tan bien. Ya no había lugar en la historia de la literatura para una carrera como la de Vladimir Nabokov. Para él, seguro, el mejor ejemplo a seguir, pero imposible de alcanzar: un escritor excéntrico que se había vuelto céntrico gracias a un gran libro excéntrico y central, *Lolita*, para con él y desde allí, darse el lujo y el placer de ser más excéntrico que nunca con *Pale Fire* o *Ada, or Ardor*, este último que él seguía sin poder leer (aunque era, sin dudas, la novela que más veces había comenzado y, superadas las primeras cien páginas o algo así, más veces había interrumpido, como encandilado por una fiebre única) pero al que respetaba tanto. Todavía más aquí, en Suiza, el país con lo mejores suicidas y chocolates y relojes del mundo (conocen como ningunos la muerte y el placer y el tiempo) y cerca de donde el ruso más norteamericano o el norteamericano más ruso había tomado por asalto una suite de hotel de luxe para vivir sus últimos años y dar vida, como alguna vez lo hizo Viktor Frankenstein con sus criatura, a sus últimos libros. No había muchos otros casos como el suyo. Sobre todo en lo que hacía a la literatura. En la música estaban Pink Floyd. Y Bob Dylan. Y en el cine (no es casual que fuese él quien adaptó a su manera ese libro excéntrico-central de Nabokov) Stanley Kubrick. Pero eran casos que podían contarse con los dedos de una mano, la mano que él usaba para escribir.

Para colmo, uno de esos absurdos informes estadísticos recientemente había informado de que –luego de introducidos en un cerebro electrónico nombres y obras y fechas de nacimiento y muerte– se había arribado a la conclusión de que el punto más alto en la carrera de un escritor se alcanzaba a los cuarenta y dos años, tres meses, siete días, catorce horas, treinta y cinco minutos y cincuenta y seis segundos. A partir de entonces –recordó que en *Tender Is the Night*, Dick Diver llegaba a la conclusión de que «A partir de los cuarenta años la vida sólo parecía poder ser observada en fragmentos»– se iniciaba una cuesta abajo hacia el silencio maleducado o el ruido molesto que podía aceptarse con la elegancia con que uno se despide de un vals largo o con la violencia de uno de esos tipos «normales» que un día se levantan y asesinan a toda su familia. Y –los acontecimientos, sí, se precipitan– luego se arrojan por un acantilado. ¿Qué le quedaba? ¿Diez años en activo? Si se daba el lujo del optimismo y confiaba en la medicina moderna y en los avances científicos por llegar: tenía veinte años «buenos» por delante, con suerte, calculaba. Veinte años y cuatro o cinco libros por escribir. Siempre y cuando consiguiese distraer el miedo que cada vez asustaba menos de pensar que tal vez no haya nada más que poner por escrito, que todo fue puesto, y que lo siente mucho si no fue suficiente. Veinte años y cuatro o cinco libros antes de que se encendiesen los generadores para que se fueran apagando las luces de un final lento o veloz pero siempre catastrófico. Un epílogo en el que su mente comenzaría a olvidar cosas importantes y obsesionarse con cuestiones nimias. Un lugar donde el pasado sería cada vez más grande y el futuro cada vez más breve y el presente sería esa corriente que cada vez te arrastra más profundo, más lejos de la orilla, rumbo a una isla cada vez más desierta y metida dentro de una botella. Y todo parecía indicar que serían veinte años en los que no dejarían de llegarle vistas súbitamente reveladas de su ayer más remoto exigiéndole que las ponga por escrito junto a postales a leer de sus contemporáneos recibiendo coronas de laureles de parte de reyes o presidentes. Mientras que a él –si el estilo de su obra se sobreponía a la poca elegancia de su vida– le restaría nada más que el santuario de una cama cenagosa en la que yacería envuelto en un pijama como una apergaminada segunda piel. De tanto en tanto, algún gesto de reconocimiento, un saludo de cubierta a cubierta en un mar borrascoso. Como ese cuento que no hace mucho le había dedicado un narrador joven y talentoso donde él aparecía nombrado como «el escritor vivo» (entendiendo por vivo que lo suyo no estaba muerto) y a su alrededor se construía una preciosa ficción de maestro/aprendiz donde él tenía mujer e hijo. Al leer el cuento por segunda vez y con mayor cuidado –la paranoia era ahora su droga más consumida y cuya potencia parecía aumentar con cada dosis que se clavaba– se preguntó si quizás el escritor joven y vivísimo no estaba, subliminalmente y entre líneas, dándole un indeseable y no solicitado diagnóstico y haciéndole un reproche al insinuarle que todo le hubiese salido mejor a él de haberse casado y haber tenido descendencia. Algo (una mujer a la que ya no retrucarle, cuando llegaba ese inevitable momento en que le decía «No tenemos futuro juntos», con un sonriente «Pero sí podemos tener un presente largo, ¿no?») que lo esperase cuando volvía a casa o cuando, si ya estaba en casa, conseguía salir de la casa de la ficción dentro de su cabeza. Algo (un hijo al que imaginaba, siempre, como en Polaroids narcisistas y en las que él aparecía, por ejemplo, leyéndole *Los mitos griegos* de Robert Graves, pero jamás realizando tareas tan vulgares como cambiarle los pañales o levantándose temprano para llevarlo al colegio) que le distrajese un poco del diástole/sístole del leer/escribir. Alguien que, tal vez, le inspirase una crónica sobre el embarazo o la paternidad y hasta una serie de ensayos sobre la primera vez de cada cosa que experimentaba su hijo: subirse a un tren, escuchar a Bob Dylan, tomar Coca-Cola, ver *2001: A Space Odyssey*, deslizarse por un tobogán o trepar por un tobogán. Mirarlo fijo, anotarlo todo. Ser la memoria fiel de lo que él no podría nunca recordar y apuntarlo todo antes de que fuese su hijo quien, impiadoso y en su adolescencia, lo radiografiara a él hasta su más mínimo y máximo defecto, cuando lo único que él deseará sería el olvido. Había libros ahí. Seguro. Podía verlos y hasta leerlos; pero tenía tan pocas ganas de escribirlos... Casi tan pocas como convencerse de que un hijo podía significar *algo* para él. Algo que, al menos, como a Ulises, le provocara la ilusión de creerse y de engañarse con que sólo sueña con volver a casa. Algo sólido y en tierra firme que lo obligase a no alejarse demasiado de las bahías de su no-ficción y tener más cuidado de no ser arrastrado mar adentro hasta ya no sentir ni las piernas ni los brazos y abrir la boca para que se llene de agua. Un pie a tierra por el que descargar toda esa electricidad de relámpagos que se quedaba dando vueltas dentro de él, rebotando contra las paredes de su cráneo revestidas con planchas de corcho para que no moleste el ruido del exterior. Aunque, con su suerte, seguramente habría terminado casándose con una loca como Miss Havisham (que no se volvió loca por no casarse: *siempre* estuvo loca) o teniendo un hijo inepto como Telémaco (que no protege a su madre, a otra Penélope, de los pretendientes ni sale a buscar a su padre y, seguro, se la pasaba todo el día consultando al oráculo: versión antigua y griega de Facebook). O que su condenada mujer y maldita descendencia acabasen brillando en su oscuridad, con esa palidez no de vampiros sino de víctimas de vampiro a las que se consume de a poco sin jamás permitirles que alcancen la inmortalidad resplandeciente sino, apenas, una agonía de destellos intermitentes que cualquier viento apagará si se dejan abiertas las ventanas. O sucumbiendo a ese primer amor en que te parece adorable y raro y tan seductor el que una chica no sepa atarse los jodidos cordones de sus zapatos para, años después, detestarla exactamente por eso, por ser tan imbécil como para ni siquiera poder atarse los cordones de sus zapatos de mierda. O tal vez no. Tal vez valieran la pena la alegría de una hipotética mujer y un teórico hijo. Ni siquiera tenían por que ser *suyos*. Podía adoptarlos ya hechos: el no tan pequeño prodigio de catorce años y la muy deseable chica de dieciocho que nadie se llevaba del orfanato por ser demasiado grandes. Y quizá lo querrían y lo cuidarían y corregirían y comentarían sus manuscritos. Hasta el extraterrestre terráqueo William S. Burroughs, luego de décadas de vagar a solas por el mundo, atomizando las partículas de sus libros, había dedicado, de salida, una última entrada en su diario al amor como painkiller definitivo. El amor como todo lo que permanece y como lo único que hay y queda. El amor como la solución final, el amor como el problema original. Quién sabe. Demasiado tarde en cualquier caso. Él había aniquilado –siguiendo las instrucciones de Virginia Woolf antes de llenarse los bolsillos con piedras, siguiendo las instrucciones de alguien no muy estable– a «El Ángel de la Casa». Woolf se refería ahí a esa parte sometida y servicial y doméstica que anidaba en el corazón y el cerebro de toda mujer; y que había que extirpar si esa mujer deseaba ser escritora. De acuerdo, él no era mujer. Pero había nacido con una costilla de más: dentro de él, su bíblica parte femenina, intacta y riesgosa para su vocación. Así que había optado por ser El Demonio del Escritorio y a otra cosa. Y, ahora, apenas dudando, ya no tenía fuerzas para bailar bailes amorosos, ejecutar maniobras de cortejo, lanzar señales de seducción: en lo que hacía a los sentimientos, él ya era como uno de esos maestros ajedrecistas que pueden anticipar los próximos movimientos y ya saben de la inexorable desaparición de piezas cada vez más valiosas. Por lo tanto, estaba resignado a percibir, en la misma excitación de las aperturas, la agonía del jaque mate: nada de lo que empieza bien no termina mal. Y, además, en alguna parte había leído que el masturbarse seguido y sin culpa era una de las formas más prácticas de prevenir problemas de próstata. O, si no, tal vez mejor, un poco de sexo casual y desinteresado y hasta pago. «Un poco de ummagumma», como solía decir ese roadie de Pink Floyd en el lenguaje secreto de los roadies. Lo cierto es que siempre le inquietó –y le parecía lo suficientemente explícito– el hecho de que la mayoría de las relaciones sentimentales acabaran en llanto y los niños llegasen al mundo llorando y no riendo. Y le había inquietado aún más asistir una vez a la presentación de un escritor de su edad –un escritor padre, un escritor con hijo– donde este había dicho que, en su modesto entender «los hijos no tienen ninguna deuda con sus padres y están autorizados a devolver sólo lo que considerasen pertinente; pero los padres, en cambio, deben absolutamente todo a sus hijos, hasta su último aliento, porque habían sido ellos quienes los habían traído a este mundo». Y el hombre parecía muy convencido de lo que decía. Y hasta feliz. Y su pequeño hijo –quien, contó ese escritor– había escogido la imagen de portada de su último libro y había exigido que esa imagen fuese, también, protagonista, sonreía feliz a su padre desde la primera fila. Y él no llegó a sentir envidia, pero sí una cierta curiosidad por todo eso, por el misterioso vínculo que parecía unir a esos dos y volverlos más fuertes a la vez que más frágiles y vulnerables a cualquier catástrofe. ¿Sobrevivirían? ¿Serían arrasados por los huracanes del tiempo y las enfermedades de la sangre compartida? ¿Tenía algún sentido arriesgarse tanto, navegar mar adentro, desafiar a los dioses del azar y la desgracia? Quién sabe. En cualquier caso, no era su problema, ya era tarde para esa posible solución. Ahora, sólo había lo que quedaba. Menos de la mitad de un vaso vacío. Una eminencia más grisácea que gris a la que –más detalles más sórdidos más adelante– se le niega hasta el technicolor del propio apocalipsis. Retrato de un hombre escribiendo cada vez menos y leyendo y recitando, quevedísticamente zombi, aquello de «Retirado en la paz de estos desiertos, / con pocos pero doctos libros juntos, / vivo en conversación con los difuntos / y escucho con mis ojos a los muertos». Un desesperado, sí: condición esta que los que se asoman a contemplarla anticipan como una especie de arrasadora fuerza centrífuga cuando en realidad no es otra cosa que la quietud tensa del ojo sin párpados de un huracán. Desesperado es aquel que ya no espera nada. Rezándole cada vez más seguido al Señor de los Crack-Ups, a San Francis Scott Fitzgerald del Segundo Acto Demasiado Tarde, buscando un poco de consuelo en el intentar convencerse de que él es su discípulo y su igual en la incomprensión e ignorancia de los demás, leyendo en voz alta el áspero evangelio de *Tender Is the Night* en noches intraducibles que ya nunca serían suaves, ni tiernas, ni dulces. Recibiendo en días que se le harán larguísimos, puntuados por suspensivas siestas comatosas, la cada vez menos frecuente visita de un escritor primario que –no demorará en comprenderlo– no comprendió nada de lo suyo y que dirá mucho «pop». Y que mencionará su nombre en entrevistas funcionándole como sabor exótico (casi como un escritor fallecido y fallado pero muy interesante) a la hora de distraer y personalizar un poco la lista de obvios y útiles favoritos. Igual que con *Wish You Were Here* de Pink Floyd, primero condenado por la crítica y, con los años, redimido y hasta elevado a los altares como obra magna y sacra y retrato sónico definitivo de lo ausente, de lo que no está pero sigue allí y… O –lobo doméstico que nunca tuvo que ser domesticado, solitario y sin dientes, la versión escritora e inofensiva de un terrorista más aterrorizado que nadie y de pronto arrojado a un claro del más oscuro y feroz de los bosques– apuntando al muy ocasional fotógrafo con un revólver vacío, faltando cada vez menos para convertirse en el muertito de referencia y en la injusticia a redimir post-mortem.

Sí, de tanto en tanto, él experimentaba las leves contracciones de la tentación de parir su pequeño y propio mito. Pero no había tenido una vida tan interesante y el ponerse a hablar mal de todos y de todo en entrevistas no era lo suyo y sí lo de demasiados otros. Método fácil y favorito de ciertas leyendas contemporáneas adictas a la boutade y condenadas a posicionarse por lo que no les gusta en lugar de lo que les gusta (y alcanzaba para percibir el éxito de esta postura con sólo contar el número de comments que se recibían, en un blog, por una defenestración, comparándola al mínimo efecto que más dormía que despertaba todo elogio o simpatía) pensando que el manifestar entusiasmo y placer por algo es casi de cobardes. La Red parecía estar llena de hienas y de buitres (algunos de los internautas hasta proponían nombres y títulos a destruir todos juntos) siempre listas y dispuestos para salir de entre las sombras de sus terminales para arrojarse sobre el caído y destrozarlo a dentelladas mientras reían y picoteaban en comments crudos y podridos y mal redactados por su apresuramiento la felicidad tan rara de ser tan infelices. A él le gustaban demasiadas cosas, siempre había sido criticado por ello, y ser o hacer de malo malísimo se le hacía tan agotador como la opción de andar saltando de festival en festival repitiendo dos o tres frases suyas pero que ya se le hacían casi ajenas de tanto repetirlas como en un eco de una voz supuestamente original que cada vez quedaba y sonaba más lejos. Así que no, mejor no, peor aún no. Cerrar los ojos a todo eso. Después, intentar dormirse no contando y sumando ovejas sino distrayéndose con restas y restos. Asuntos mórbidos; como la música que le gustaría que sonase en su funeral. Sus funerales: su inminente final como escritor y su cada vez más próximo final a secas. A saber: el aria, en la versión última y definitiva y piano solo de Glenn Gould, de las *Variaciones Goldberg* de J. S. Bach (quien nunca cobró tanto por un encargo, por esta música para espantar el insomnio de un conde de la corte de Sajonia; y quien se permitió la broma de componer la última de estas variaciones a partir de dos melodías populares cuyos títulos, traducidos, serían, no es broma, «He estado tanto tiempo lejos de ti, acércate, acércate» y «El repollo y los nabos me han hecho marcharme, si mi madre hubiera cocinado carne, tal vez me habría quedado»), seguida por «A Day in the Life» de The Beatles y «Good Old Desk» de Harry Nilsson (ambas sobre el acto siamés de leer y de escribir), «Days» de The Kinks, y despedir al féretro rumbo a las llamas con «Wigwam», ese instrumental fronterizo y tarareado de Bob Dylan. Y enseguida, si hay tiempo y ganas, a modo de encore, en ese epílogo en el que todos se enjugarán lágrimas que muchos no pensaban derramar y abrazarán cuerpos que nunca abrazaron y hasta dejarán escapar alguna risa (porque nada causa más inesperada gracia que festejar un muerto sintiéndose, de pronto, tan vivo), la última y novena parte de «Shine On You Crazy Diamond», compuesta en su totalidad por el inmenso y nunca del todo bien ponderado Rick Wright, descanse en paz. Letras y músicas puntuando las elegías (algunas muy graciosas y sentidas, seguro) de sus cada vez menos amigos; porque son cada vez menos los que escriben bien y se leen aún mejor. Aunque no descartaba una aparición sorpresa, otra, de IKEA, por las dudas, porque nunca se sabe lo que puede pasar con un escritor muerto y tampoco es que le cueste mucho hacer acto de presencia. Y poner esa máscara de qué pena por él sobre la cara de qué alegría por mí que se suele mostrar y apenas esconder en esas ocasiones. Así hasta que llegue el sueño y cerrar los ojos y abrirlos soñando en esas cosas que, está seguro, sólo sueña él. Sueños en los que entra en una librería no de libros usados sino de libros *leídos* (condición y misterio y respiración al que, de nuevo, ningún ingenio electrónico podrá aspirar nunca) y allí, al abrir uno, descubrir dentro de él esa legendaria carta robada o extraviada, ese eslabón perdido fundamental para entender la evolución de la novela: las líneas y las páginas que, hasta ahora supuestamente y de pronto ciertas, Henry James envió a Marcel Proust luego de leer el primer volumen de *À la recherche du temps perdu*. Está claro que es un sueño infantil. Un sueño tan infantil como su vocación. Pero es mucho mejor soñar *así*, dulcemente y entre estantes y libros, que lo que suelen traerle las pesadillas, donde él es un anciano muy viejo (valga la redundancia), nada elegante, velado por los filtros de enfermedades vigorosas y saludables que ya no lo dejan, y gruñón no como uno de esos retorcidos personajes de Charles Dickens sino como la *ilustración* de uno de esos retorcidos personajes de Charles Dickens. Una especie de Ebenezer Scrooge que a todos desprecia porque se sabe despreciado y al que nada le interesa el afecto interesado y metodológico de estudiantes universitarios que lo rondan como buitres, esperando que muera para poder resucitarlo en tesis y teorías. Alguien quien ya ha olvidado cómo era eso de saltar. Alguien que ya no puede saltar y despegarse del suelo y volar por un segundo o dos. Alguien al que en cualquier momento se le romperá la cadera, porque sus huesos ya no aguantan el llamado y el arrastre de la gravedad de una tierra que reclama el cuerpo, que lo quiere no de pie sino acostado y enterrado. Y él piensa en todo eso, él imagina todo eso sin sentir ya la necesidad de ponerlo por escrito, en la sabana de sus sábanas, moviéndose mucho sin molestar a nadie porque duerme solo y se despierta más solo todavía, repitiendo hasta hundirse en el insomnio, con los ojos cerrados, como si se tratase de un mantra ciego, cosas como «Mi reino no es de este mundo... Mireino noes deestemundo... Mireinonoesdeestemundo...».

¿Dónde quedaba su reino?, se preguntaba ahora, a miles de metros de altura y a mil kilómetros por hora, poco tiempo después de haber intentado y de haber fracasado en su intento de destruir el mundo. ¿Era su reino este caballo metálico o volador? ¿O esperaba en alguna parte un lugar donde volver y ser bienvenido luego de tantos años lejos, en sus enredadas Cruzadas? Allí donde descubrió que Dios no existía o que –lo que era tal vez peor– Dios no lo leía a él; porque al séptimo día quería algo ligero y entretenido y que lo convenciese de que la culpa de todos los horrores de la humanidad la tenía el hombre.

¿Por qué?

¿Por qué no?

También él quería –él *necesitaba*– algo así, ahora. Algo pasajero para ese pasajero que era él. Así que presionaba botones y subía y bajaba por el listado de películas y vio que, entre cerca de cincuenta títulos, estaba la recién estrenada versión musical de *La metamorfosis* titulada *Bug!* Algo raro había sucedido –algo que no podía ser bueno– cuando se decidió que el género musical clásico (aquel en el que los personajes de pronto, atravesados por una felicidad extática, se ponían a cantar y a bailar sin que a nadie le pareciese raro) debía contagiar, también, a las grandes tragedias de la literatura. No hace mucho había aguantado en su televisor unos quince minutos de *Les Misérables* y se había estremecido frente a esas escenografías colosales y esas banderas al viento que enseguida fundían a primeros planos de personajes con el rostro prolijamente sucio por la más cosmética de las pobrezas, cantando sus penurias a los gritos, con los ojos y la boca tan abiertos que parecían listos para saltar de sus órbitas o desarticular sus mandíbulas. Por pura curiosidad, luego de ver un documental sobre John Cazale y otro sobre Harry Dean Stanton (sobre dos secundarios de primera), escoge *Bug!* La película está protagonizada por ese prodigio de moda: L.B. Wild. Lost Boy Wild –nombre que le puso su representante– es un joven que fue hallado vagando por una isla supuestamente deshabitada del Pacífico adonde se había ido a filmar una serie de trama paranormal e incomprensible pero que tenía en vilo a buena parte de la humanidad. Otra de esas series tan automáticamente celebradas por los celebrantes automáticos, series que duran temporadas y temporadas y que someten a sus seguidores a un ejercicio de sadomasoquismo (*Había una y otra y otra y otra vez...*) comparable al de una amorosa y terrible madre con personalidad de madrastra que demora cinco años en contarles a sus hijos la historia de Cenicienta y de Blancanieves y de la Bella Durmiente y de Caperucita Roja. Series que eran como nuevos colores favoritos o signos astrológicos o comidas preferidas: «¿Qué serie estás viendo?» como pregunta perfecta para entablar una conversación tonta. Sus fans –que se hacían llamar wildies en infinidad de blogs paranoides y foros conspirativos– habían celebrado el hallazgo del joven perdido y salvaje como si se tratase de un desprendimiento de la serie, como una prueba incontestable de que lo suyo era mucho más que un simple show televisivo. Así que L.B. Wild fue llevado de vuelta a la civilización e intentó rastrearse su origen hasta un posible accidente en el que hubiesen muerto padres o familiares, un naufragio o un accidente de pequeño avión, lo que sea. Pero no se había encontrado nada en ningún registro. Nadie extrañaba a ese extraño que –casi dos metros de estatura, musculoso, rubio, ojos azules– pronto fue elegido el hombre más sexy del planeta. Y a nadie le sorprendió demasiado el que L.B. Wild poseyera talentos salvajes para la actuación (años obligado a la supervivencia en la jungla lo habían dotado de una capacidad mimética casi sobrenatural), la música (su voz alcanzaba agudos de vértigo y graves profundos y era capaz de imitar los sonidos de todos los animales y del mar y de la lluvia y del viento entre los árboles) y la pintura (sus ojos, que no habían perdido nada de la curiosidad infantil, lo habían convertido en el maestro de algo nuevo que los críticos se habían apresurado a catalogar como «popexsionismo»). Así, L.B. Wild había ganado un Oscar por *Bug!*, tenía muestras simultáneas en las galerías de Charles Saatchi (Londres) y Larry Gagosian (New York); su primer disco –*You Jane, Me* NOT *Tarzan*, con colaboraciones de U2, Kanye West, Bruce Springsteen,

Lady Gaga y el DJ Thomas Pincho– era número uno de ventas en varios países; se anunciaba su autobiografía (¿se está volviendo loco o en algún noticiero se había enterado de que IKEA sería el encargado de «ayudarlo a civilizar su salvaje pasado»?); desfilaba para los principales diseñadores de ropa; y, se decía, había sido violado e iniciado sexualmente por Miley Cyrus en un casino-discoteca de Las Vegas.

En cualquier caso –con la colaboración de otro bourbon– *Bug!* le ayuda a cerrar los ojos sin angustiarse demasiado acerca de en qué se habrá convertido él a la hora del despertar. Hace ya tiempo que se siente una cucaracha. Mientras tanto y hasta entonces, ahora está en una playa, en el blanco y negro de los sueños, siguiendo los pasos de un obispo vestido de fiesta que levanta su mano y hace la señal de la cruz y bendice a todo en un idioma que no alcanza a identificar pero que enseguida memoriza y que repite tras su paso. «Porpozec ciebie nie prosze dorzanin albo zyolpocz ciwego», dice una y otra vez el religioso. Y sin saber cómo ni por qué, a él le parece que todo eso no puede sino significar que «Hay muchas cosas buenas en la vida, así que no busques aquellas cosas que no existen».

«¿Cuáles?», dice él en el sueño, en voz alta, y su propia voz abre sus ojos y se despierta y le duele todo. Podría culpar de todo a los guardias (una vez más: paciencia, hay para todos y aún quedan detalles sórdidos a repartir); pero no sería justo y sería sobreestimar su poderío y entrenamiento. No: el suyo es un dolor que viene desde hace tiempo. No un dolor de crecimiento sino el dolor (salvo la nariz, que aseguran crece hasta el último respiro y aliento) de ya no crecer más. Aunque la butaca de primera clase sea como una especie de pequeña supercama que se adapta a su cuerpo como un molde cálido y blando y protector *by* Bubble Wrap o volviese luego de tanto vagar a la camita perfecta e insuperable de esa zona de turbulencias que fue su infancia. O tal vez se haya despertado dentro de otro sueño, como en cajas chinas o en muñecas rusas. Henry James advertía que contar un sueño era perder un lector. Pero él nunca estuvo de acuerdo en eso con Henry James quien, además, había acabado su vida soñando despierto dentro de un delirio donde se creía Napoleón y dictaba órdenes y últimas voluntades, como el más vulgar y peor escrito de los locos. Los sueños son útiles y funcionan. En el peor de los casos, cuenta un sueño y gana tiempo. Y ni hablar de las pesadillas: proclamar no un «I had a dream» sino un «I had a nightmare» frente a las multitudes de una fiesta y todo se detiene y uno se convierte, por un rato, en rey de la velada al que todos escuchan. Nada supera al relato de la cabalgata oscura de la yegua de la noche. Y de pronto desvelados y ya no aburridos –y verticales y derechos y civiles– todos atienden y comparan y levantan la mano para pedir turno. Y poder contar el siempre vago e impreciso y aun así trabajador e interpretable recuerdo de los micro-macro relatos (porque la trama de las historias dormidas nunca se corresponde con el tiempo despierto y transcurrido fuera de ellas) de los que se despiertan alertados por el ruido de sus propios gritos o por el sabor de sus lágrimas. Y enseguida comenzar a olvidarlos, a inventarlos, a poner en ellos todo lo que se desea pero no se confiesa. Y de este modo echar a dormir la sospecha de que, en realidad, los sueños verdaderos son algo mucho menos ocurrente y siempre recurrente; como ese repetitivo sueño suyo en que una pareja no hace otra cosa que despedirse a las puertas de un edificio absurdo. O que las más terribles pesadillas no sean otra cosa que el despertador natural de una parte del cerebro a identificar y ubicar cuya función es sobresaltarnos para que saltemos de la cama y no caigamos en la tentación de seguir durmiendo para siempre, para escapar así a los horrores reales de todos los días. De ahí que, tal vez, al despertarnos, queriendo y necesitando justificar todas esas horas en otra parte (la tercera parte de nuestras vidas; por eso, conscientes de la farsa, los sabios recién nacidos y los inocentes próximamente muertos duermen menos) nos obliguemos a soñar despiertos con que soñamos algo dormidos. Nos inventemos historias, mentiras, opciones a nuestras vidas. O tal vez sea algo que ahora le sucede nada más que a él: no se le ocurre nada despierto, no se le ocurre nada dormido.

A él siempre le gustó –en libros y en películas y en camas– que le cuenten sueños. Incluso los sueños infantiles de los niños que, desnudos en público o volando o cayendo, son los sueños que nos acompañarán a todos por toda la vida. O los sueños obvios de esos primeros films con psicoanalistas a los que se les cuenta despierto lo soñado con la poco confiable exactitud de quien ya no está dormido y cuya interpretación es, por lo tanto, tan infiel como el relato de nosotros mismos que nos hace cualquier otro o que hacemos para cualquier otro. O los sueños de auteur en esos otros films: autopistas petrificadas por el tráfico o personitas surgiendo detrás de calefactores en películas que parecen ser puro sueño: largometrajes oníricos en los que jamás llegamos a conocer a quienes sueñan. O los sueños perturbadores de alguna amante (que no dejaba de matarlo de maneras cada vez más elaboradas), y se despertaba y lo despertaba para contárselo primero con lujo y enseguida con lujuria de detalles; porque nada la excitaba más que sentirse voraz y religiosamente mantis.

Y con el tiempo el propio pasado se vuelve sueño a reescribir o pesadilla imborrable. Su pasado reciente –a la cama y sin postre–, reciente como un divertimento que se devora a sí mismo, cada vez más pequeño hasta alcanzar la inmensidad de la nada, del vacío. Aquello con lo que él había soñado. Él, quien tanto había renegado contra las nuevas tecnologías, dejándose ir para volver cambiado dentro de un máquina suprema, con sólo presionar una tecla. Una forma épica del suicidio. Una muerte inmortal. Un dejar de ser e irse para regresar, triunfal, como fuerza destructora y justiciera. Como aquellos infinitos villanos siderales en los cómics de la Marvel que leía cuando era un niño poseído por el bellísimo Espíritu Feo de la ciencia-ficción. Viñetas a toda página dibujadas por Jack Kirby con desgraciados superhéroes siempre conflictuados y con mesiánicos complejos de inferioridad –sus globos llenos de signos de admiración, las bocas muy abiertas por el terror, gritando lo que les escribía Stan

Lee– señalando a los cielos desde los que se descolgaban seres con nombres ominosos como Galactus o Annihilus o Catastrophus o Apocaliptus Ahorus. Devoradores de planetas y sacudidores de moléculas haciendo sus voluntades y deshaciendo las de los demás. Vengativas visiones dantescas –no por Dante sino por Dantés– volviendo desde los confines del universo, desde sus «zonas negativas» para clamar venganza.

Para eso había escogido ir a Ginebra, coincidiendo con la Nochebuena, al acelerador y colisionador de partículas, luego de recibir –luego de tantos años– una llamada telefónica de Abel Rondeau preguntándole a qué lugar del mundo tenía ganas de ir. Oír la voz de Rondeau –varias décadas sin oírla– le hizo confirmar aquello que desde siempre había sospechado: Rondeau era inmortal, Rondeau no se iba a morir nunca, Rondeau siempre había sido así, ya desde bebé, tan parecido al nowhere man Jeremy Hillary Boob Ph. D. en la película *Yellow Submarine*. Rondeau había sido su primer jefe, el primero que le había pagado algo por algo que él había escrito. Figura más que importante, por lo tanto, en su vida de escritor. Rondeau –quien había sido un poeta precoz y, se decía, nadaba hacía años en los versos libres de un infinito poema fluvial en el que les cantaba a los ríos de su provincia– se había especializado en la edición de revistas de tarjeta de crédito y de aerolíneas. Varios escritores de buen nombre habían pasado por sus filas, pero él había sido el primero que se había formado desde cero y surgido de allí. Ahora Rondeau –al frente de una publicación llamada *Volare*– volvía como el fantasma de navidades pasadas. Y le contaba que la revista cumplía un aniversario redondo. Y que se le había ocurrido la idea de recuperar a las «mejores firmas» de su vida profesional y enviarlos al lugar del planeta que escogiesen para un número especial de *Volare*. «Enviarlos de verdad», había aclarado Rondeau con una de sus risitas crujientes, como de escarabajo. Porque él había pasado buena parte de su segunda década de vida y primera década de vida profesional –bajo numerosos seudónimos y personalidades, entre los que se contaba un dandi, una esposa despechada y el último eslabón en la cadena de una familia de niños prodigio– redactando viajes imaginarios para las páginas de una encarnación anterior de *Volare* llamada *Millas & Kilómetros*. Haciéndolos más o menos creíbles a partir de la información en guías de turismo y de las fotos que compraba Rondeau a agencias (introduciendo a modo de gesto de rebeldía frases subliminales como «los acontecimientos se precipitan», «truenos y rayos», «demoras inexplicables» para aterrorizar subliminalmente a sus lecturas de altura) hasta convertirse en una especie de Marco Polo encerrado entre las mamparas de su cubículo con máquina de escribir de última generación y computadora de primera generación. Había sido para él, estaba seguro, el mejor taller literario posible. Y su deuda con Rondeau –en los cada vez menos días en que se sentía feliz de haberse convertido en escritor– era infinita e imposible de pagar.

Y ahora Rondeau volvía a entrar en su vida y él dijo sí y señaló ese lugar en el mapa cercano a Ginebra donde se alzaba el Gran Colisionador de Hadrones. Y Rondeau lanzó una risita y dijo: «Mañana te envío el pasaje en primera clase y los detalles de tu itinerario. Cuarenta mil caracteres. Dos mil euros. Buen viaje».

Y el dinero ofrecido no estaba nada mal. En los últimos tiempos, había hecho mucho más por mucho menos. Pero lo verdaderamente atractivo para él era, de pronto, tener un destino y un fin y un final. ¿Cómo era aquello que había dicho el capitán/assasin Benjamin L. Willard antes de descender a los infiernos navegando río arriba, fuera de Vietnam y dentro de Camboya, «a unos 75 clicks más allá del puente de Do Lung»? Ah, sí: «Cada uno recibe lo que quiere. Yo quería una misión y, por mis pecados, me dieron una. Me la trajeron como si fuese room-service. Era una verdadera misión especial, y cuando estuviese concluida, ya no querría otra» o algo así, ¿no?

Sí, sí, sí: iba a llegar allí. Iba a montar un numerito inolvidable. Un numerito con muchos dígitos. El regalo más grande de la historia de la humanidad. El último regalo que no admitiría cambios ni devoluciones en la Liquidación Total de su furia. En la venganza de su EVERYTHING MUST GO hasta agotar existencias. Iba a ser un nuevo Santa Claus llamado Cataclismicus. Iba a ser agujero y negro y supermasivo y magnético y vacío y cuántico. Iba a irse para volver. Iba a acelerar a fondo y colisionar con todo. Iba ya no a escribir lo suyo sino a tacharlos a todos: letra a letra y en reversa, dejarlos flotando en un loop monosilábico, ahora todos iban a saber lo que era bueno y Feliz Navidad y Ho Ho Ho.

Por supuesto, algo había salido mal, nada había salido bien. Todo el momento tuvo la trémula y ultraviolenta coreografía de uno de esos viejos y mudos (pero como filmados a los gritos) cortometrajes de los Keystone Kops. O, mejor aún, de uno de esos largometrajes de los hermanos Coen cuando soñadores y visionarios como Jeff «The Dude» Lebowski o Llewyn Davis o Herbert I. «Hi» McDunnough o Tom Reagan o Ulysses Everett McGill reciben no su merecido pero sí lo que se merece una buena historia para que, con ellos y ahora con él, los acontecimientos se precipiten, *yessir.* Lo vieron acercarse a una puerta prohibida y, enseguida, se lanzaron sobre él varios guardias pero que a él no lo engañaban: eran descendientes directos de miembros de la SS. Fue rápidamente reducido y sacado de allí no a patadas («Elvis has left the building», pensaba él mientras los encargados de seguridad lo esposaban de pies y manos y lo llevaban a rastras) pero sí ejecutando una serie de tomas de tai-chi marcial y pinzamientos vulcanos de nervios cervicales que no dejaban rastro y no lo arrojaron sino que lo depositaron dentro de un calabozo que estaba mucho mejor y más limpio que el piso en el que vivía y que, ay, parecía enteramente decorado con mobiliario marca, sí, IKEA. Allí, en la intimidad de su gran fracaso público, él sintió que de alguna perversa manera había triunfado: se había convertido, por fin y al final, en uno de esos tan queridos y triunfales en sus derrotas homos catastróficos de la literatura norteamericana. Siempre al frente de novelas con sus apellidos (por lo general judíos) como título y contraseña en la portada. Le gustaba tanto que un libro se llamase como una persona. Y ahora él era algo así como Shivastein, bailarín lesionado en la destrucción de mundos, riendo lágrimas, tan bien acondicionado en una celda de credenciales impecables.

De allí lo rescató –humillación última– IKEA.

IKEA, que no era como él lo pensaba, como él lo había descrito, como él lo había, en parte, inventado.

IKEA era una excelente persona, que siempre le había estado muy agradecido por todo, y que había movido hilos e influencias para que lo dejaran en libertad y le cancelaran una multa millonaria por «intento de causar el fin del mundo». Así, aunque fuese una versión alternativa de lo que él entendía por talento –pero, también, algo que contaba con herramientas más sencillas y mejores y manuales de instrucciones más fáciles de seguir y comprender–, lo de IKEA no dejaba de tener cierto mérito más allá de que a él su prosa solemne y tan autosatisfecha sin motivos para estarlo le evocara a lección aprendida hasta el más mínimo detalle por alumno sin ningún talento más allá del de la memoria fotográfica que no añade nada propio ni particular ni personal o le sonase como esas tronantes bandas de sonido que siempre subrayaban en películas dirigidas por directores de la variedad «hábil artesano» a los momentos románticos o dramáticos pero jamás graciosos; porque IKEA no concebía la idea de que el humor pudiese ser parte de la literatura seria y en serio. IKEA estaba más preocupado por otro tipo de gracia. Por una gracia seria. Por destilar la clave secreta del import/export a la hora de la literatura. Un exotismo instantáneamente asimilable o un nacionalismo automáticamente internacional.Y la verdad sea pensada pero no dicha: entre que le fuese muy bien a IKEA o a alguno de sus contemporáneos a los que consideraba pares impares y hermanos de tinta, él prefería –se le hacía mucho más soportable y hasta digno de un frágil desprecio– el que le fuese muy bien a IKEA. Porque le permitía convencerse de que le había correspondido algo que a él jamás le tocaría. En cambio, la cosa sería muy diferente y no habrían excusas o coartadas de triunfar uno de los suyos, uno de los escritores de escritor... Así que mejor así. IKEA –escritor de lectores– no se parecía en nada a su IKEA mental. A ese ente construido como un monstruo de laboratorio a partir de pedazos y piezas sueltas de varios escritores. Construido por él, un hombre con un martillo para el que todo eran clavos a golpear y hundir y al que su mente enferma convocaba y deformaba y perfeccionaba en una infecta caricatura, día a día, luego de googlear las noticias de sus últimos pero nunca últimos triunfos. Una de esas caricaturas pertenecientes a esa escuela de caricaturismo que él despreciaba: dibujos con la cabeza inmensa y el cuerpo pequeño, como si lo único que importase caricaturizar fuera el rostro. O no conforme con eso, imaginando el rostro de IKEA como insertado en uno de esos pósters de obras de teatro (por lo general vaudevilles franceses donde todos gritan y dan portazos y, como en las novelas de IKEA, para él descripción física de la que no hay retorno posible una vez que se la puso por escrito, «giran sobre sus talones») en que los actores aparecían juntos y con los ojos y bocas muy abiertos y en posturas supuestamente graciosas pero no. En sus caricaturas mentales en la trastienda de los escenarios de su insomnio, IKEA era como un gran globo, como Oz El Grande y Poderoso flotando en el aire comandado por un pigmeo detrás de una cortina. IKEA era su obra. Dedicaba horas a ello. Horas que podría dedicar a escribir. O a leer. O a no hacer nada. No dejaba de ser algo muy triste, este desperdicio de creatividad suya: hubo un tiempo en que sus contaminantes fantasías nocturnas pasaban por cómo habría sido acostarse con esas chicas con las que no se acostó pero, estaba casi seguro, podría haberse acostado de dar un pequeño paso al frente. Hubo otro tiempo en que se dedicaba a pensar en su novela en trámite y, en horas bajas, en discursos de agradecimiento por premios que nunca llegaron ni llegarían. Ahora, en cambio, todas sus poluciones pasaban por un IKEA fantástico e imposible. Bueno, en realidad su IKEA en algo se parecía a IKEA; porque –no olvidarlo nunca– para que alguien se inspire y respire, alguien tiene que espirar. IKEA estaba tan feliz de conocerse a sí mismo, parecía posar más para un busto que una foto, era un eficiente emisor de lugares comunes en sus entrevistas y era, también, autor de una internacionalmente exitosa novela titulada *Paisaje con hombres huecos* que –aunque no se ajustara del todo a su sinopsis– era igual de espantosa a la de su IKEA. En lo que a él respecta, y en las contadas y cada vez menos frecuentes ocasiones en que con gran esfuerzo de mente y cuerpo se obligaba y conseguía sentirse y comportarse como un ser digno y más allá del bien y del mal, la verdad era que el triunfo de IKEA no le indignaba tanto. De nuevo, en serio: con un par de gin-tonics encima y adentro, hasta se alegraba por él. Y envidiaba algo que IKEA tenía y conservaba. Algo que él había perdido en el momento en que ya sintió que lo era: las terribles ganas de ser escritor. IKEA –y muchos de los escritores de su generación– tenían cada vez más ganas de ser escritores y de hacer de escritores y de que les pidieran hacer aquello que se supone que deben hacer los escritores y que no es precisamente escribir sino ir por el mundo explicando que escriben, lo que escriben, para quién lo escriben y cómo lo escriben hasta que por un lado estaba la obra real y por otro lo que ellos afirmaban que era esa obra. Bien por ellos, bien por IKEA, mal por él a quien cada vez le gustaba menos no ser escritor pero sí *hacer* de escritor, *actuar* de escritor. Pero no podía sino entristecerse por tantos injustamente caídos a lo largo del camino. El que el inmenso perdedor Fitzgerald no hubiese conocido sino en muerte el éxito del que disfrutaba el pequeño triunfador IKEA le parecía una injusticia imperdonable. El que IKEA no dejase de pronunciar el nombre de Fitzgerald como el de «uno de mis maestros» le sonaba directamente blasfemo. Y el que IKEA se refiriese a *The Great Gatsby* como «el libro del que aprendí todo lo que sé» no sólo era sacrílego sino que, además, no hacía otra cosa que confirmarle (podía jurar que el autor de *Paisaje con hombres huecos* no había aprendido nada de *Tender Is the Night* porque jamás lo había abierto) que IKEA nada más leía los libros más conocidos de cada uno de sus «maestros». Pero nadie parecía darse cuenta. O a nadie parecía importarle. Así era la vida, y la vida no tenía por qué gozar y hacer disfrutar como la literatura –aun en sus tramas más desgarradoras– de un cierto sentido de justicia y moralidad y recompensa. Porque, finalmente, tanto el infeliz Julien Sorel como las infelices y los infelices Emma Bovary, Alonso Quijano, Cathy Earnshaw, Ahab, Bergotte, Cass Cleave, Ralph Touchett, Tess la de los D'Urberville, Geoffrey Firmin, Faustine de Morel, todos morían felices por, inmortales, estar tan bien escritos. Morir *así* era estar más vivo que nunca.

De ahí que él ya no aspiraba a morir feliz pero sí a escribir algo que lo hiciese otra vez feliz. Feliz como alguna vez lo había sido escribiendo. Feliz como seguía siendo cuando leía algo triste pero eufóricamente escrito.

¿Adónde ir? ¿Dónde reencontrar todo eso? ¿Cuándo? Tal vez –y le pidió otro bourbon a la azafata– en el tiempo de los libros. En ese presente constante donde transcurren el pasado y el futuro. Un tiempo que transcurre al mismo tiempo y del que se entra y sale como quien entra a una casa en la que, por haber estado habitada alguna vez, uno sigue viviendo. Una casa que cada vez se parece más a un museo. Una casa para siempre en la que uno, como cuando evoca la infancia, recordaba todo más grande pero que enseguida, a medida que se adentra por sus pasillos, se siente cada vez más pequeño.

Eso a lo que Henry James se refiere como «el pasado visitable». Y, se sabe, ir de visita es siempre un deporte de alto riesgo donde abundan las sorpresas no necesariamente agradables. Cualquier cosa puede suceder. O aquellos no nos esperaban o no nos esperábamos encontrar aquello. Nada es como nos parecía que era, como parece ser. El recuerdo es como un virus que muta cada vez que se lo vacuna y la memoria es una enfermedad de la que sólo se curan del todo los amnésicos absolutos. El resto anda por ahí, casi a oscuras, tropezándose con muebles que pensaba en otro lugar de la habitación. La memoria es un decorador de interiores; y es un decorador de interiores que parece creer en eso del feng-shui: cambiar las cosas de sitio y encontrarles la orientación perfecta para nuestro mayor bienestar. O tranquilidad. O consuelo. O mejor forma y manera y conveniencia a la hora de recordar. Porque el recordar no es otra cosa que una ligera mutación del olvido, muy personal y muy privada. Tachamos, reescribimos, corregimos, alteramos el orden y calibramos intensidades y voltajes de escenas y escenarios. Así, el pasado es, siempre, un work in progress: un manuscrito inconcluso y, finalmente, una obra póstuma a ser retocada por extraños.

Para evitar esto él, como envolviéndose en una fiebre, se promete ahora un libro póstumo en vida. Una memoir zombi (le preocupa un poco lo mucho que piensa la palabra «zombi» últimamente) y autocaníbal y hambrienta sólo de su propio cerebro. Una especie de autobiografía autista: una *autibiografía* que se concentre (como observando a través de un microscopio con lentes telescópicas o de un telescopio con lentes microscópicas; acercando distancias, distanciando cercanías, como se mira y se ve todo a través del lejano pero próximo ojo de una cerradura) en un detalle aparentemente nimio pero original y fundante. El Little Bang y la génesis íntima e inaudible cuyo eco resonará, apocalíptico, a lo largo de los años en catástrofes por venir y milagros por acontecer. No Literatura del Yo sino Literatura del Quién Soy Yo. O Literatura del Yo Qué Sé. O Literatura del Ex Yo, de ese Yo que pudo haber sido pero no fue, porque se bajó del tren antes de llegar a destino o no subió al avión a tiempo. La figura escondida en el tapiz, la clave secreta, la palabra mágica, la llave que abre la puerta por abrir y así acceder al explosivo mecanismo de relojería que es la cabeza de todo escritor. Tic-Tac, Knock-Knock. ¿Qué hora es allí dentro? La hora de siempre, todo el tiempo. La hora, para él, de seguir pensando en cómo sigue, en cómo empieza, en cómo transcurre, en cómo termina, en cómo vuelve a empezar. Hora del «Había otra vez…». La hora que nunca marcan los relojes que no hay en los aeropuertos (él ha llegado a pensar que se trata de un acuerdo entre sus administradores y los fabricantes de teléfonos móviles e ingenios electrónicos diversos; obligar así a los usuarios a depender de ellos para algo tan sencillo como la hora y, claro, quedar atrapados de inmediato en la telaraña de mensajes y publicidades y juegos). La hora que sólo se marca en los relojes digitales en los ángulos de pantallas de plasma de películas y de libros sostenidos por espectadores y lectores electrocutados aferrándose a tabletas como si fuesen salientes o salvavidas al borde del abismo y del naufragio, convencidos de que flotan o se sostienen cuando en realidad caen y se hunden sin fondo a la vista. A todos ellos y para todos ellos, piensa ahora él, en el cielo, por qué no obsequiarles el infierno del gadget definitivo. Por qué conformarse con un *lector* electrónico cuando pueden acceder a un *escritor* electrónico. La verdad sin atenuantes ni anestesia. Todavía. Aunque, seguro, falte cada vez menos para ello, para *esa* hora que más temprano que tarde será. Campanadas a medianoche anunciando la idea –que aquí patenta– con la que los lectores, por vía oral o en vena o en supositorio o con injerto de chip, puedan acceder directo y en directo a la mente de un escritor, de su escritor favorito. No vender ya libros sino mentes pensando libros. «E-Writer» o «iWrite» o «Bookman». Experimentar en directo –un link sin escalas– el cómo se le ocurre una idea a un escritor. Una idea que, por supuesto, no siempre será una buena idea y que puede llegar a ser una pésima idea y una terrible pérdida de tiempo y un gasto inútil de energía neuronal. Como cuando se lee un libro malo o equivocado pero experimentando en carne propia lo que significa un trabajo de veinticuatro horas. Un verdadero *neverending tour* (tal vez un paseo sin suave pero firme voz de GPS que te oriente por el desorientador y aún no editado Monte Karma, Abracadabra; ¿has estado allí?, ¿podrás volver para contarlo dando forma a toda esa materia incandescente y caótica?, ¿saldrás de allí alguna vez o, no habiendo vivido jamás algo así, siendo hijo de un pequeño clan en extinción, permanecerás allí y adicto a esa familia cuyo nombre es legión?), una piedra que no deja de rodar. Sentir cada una de las curvas peligrosas y arriesgadas circunvalaciones de un cerebro escindido y una personalidad megapolar. Y padecer sus desalientos y respirar la euforia de sus cimas y, desde allí, arrojarse al abismo. Y eso será sólo el principio. Experimentar también todo eso de *le mot juste* y del *we work in the dark* y *the madness of art* y las absurdas cábalas y locas supersticiones e infantiles fantasías (soñar despierto con que uno es el autor de ese clásico); padecer las dificultades para conciliar la lenta y secreta construcción de su obra con la imparable demolición de la vida; y asumir la inconfesable certeza (porque no hace falta confesar nada cuando todos son culpables) de que los laureles que recibe otro escritor (sobre todo si es más joven) no pueden ser sino los propios laureles que, no se entiende cómo, no llegaron a posarse sobre la cabeza de su justo dueño y autor por culpa de ese advenedizo y obsecuente trepador; inventarse y creerse tragedias familiares y locuras y desapariciones para excusarse por no escribir o para ayudarse a escribir de nuevo.

Puede imaginar a todos los usuarios usados, a los adictos a la efímera novedad de este nuevo juguete: primero sonriendo fascinados para, enseguida, comenzar a emitir grititos de terror y pedidos de auxilio. Y luego desenchufarse rápido y salir de allí corriendo, seguros de que *no quieren* ser eso pero, tal vez, a partir de entonces, tratando con mayor respeto a los libros y al abecedario. Y apreciando como corresponde ese proceso, ese viaje aventurero, en que las letras saltan de la página y se te meten por los ojos y llegan al interior de nuestros cráneos. Y una vez allí y desde allí, intentan, una vez más, liberar a los temblorosos condenados y a los locos en llamas e inspirar y guiar a los amantes, venciendo la desesperación y, tal vez, salvando al mundo. Bendita sea.

Mientras tanto y hasta entonces, se dice, por qué no el coming soon de un libro que no sea como un libro sino como un escritor. Variaciones sobre un mismo tema, con las luces apagadas, mientras todos menos él duermen en la oscuridad del espacio envasado al vacío: *Un libro… Un libro… Un libro…*

Un libro que fuese no vanguardista sino *retaguardista*: la parte de atrás de un libro, su backstage y making-of, su how to en código a la vez que piezas sueltas a las que hay que atrapar. Porque no hay gesto más vanguardista o experimental en un libro que ese que se hace durante el momento de su misma creación, de su antes de ser. Un antes que no es otra cosa que un largo durante en el que sucede todo lo que puede llegar a suceder sin importar tiempos ni espacios ni estructuras: ese viaje sin rumbo claro o destino preciso en el que el escritor lee para sí un libro que aún no ha sido escrito. Durante esa época –esa *era*– que es, también, el momento de máxima plenitud y felicidad: cuando todo está por hacerse y uno contempla el porvenir como si se tratase de un paisaje ideal y sin límites, desde lo alto de una montaña alta. Con las manos en la cintura y las piernas un poco abiertas, firme y de pie. Y se lo ve todo. Y se lo comprende y se lo comprehende todo. Hasta el más mínimo y revelador detalle.

Un libro que piense como un escritor en el acto de ponerse a pensar un libro, en lo que piensa cuando se le ocurre un libro, cuando ese libro le ocurre, y qué ocurre con ese libro.

Un libro que se leyera del mismo modo en que se escribió.

Un libro que se leyera –como leían esos monjes medievales quienes primero perfeccionaron el arte de leer en voz baja y apenas moviendo los labios– como en una plegaria.

Un libro en la más singular y primerísima de las terceras personas.

Un libro que –airado y aireado– fuese como el stand-up comedian de sí mismo, a solas, en un club en la última noche del fin del mundo.

Un libro como antimateria, como el antimaterial que –su energía tan oscura– resultará en otro libro, en otra dimensión.

Un libro que sonase a greatest hits compuesto de rarities o de irrespetuosos o distorsionados pero sentidos covers de uno mismo.

Un libro que, al pie de un aeropuerto, con sus hélices ya girando y listo para despegar, obedezca sin discutir y hasta con entusiasmo la orden aquella de *round up the usual suspects*.

Un libro como un puente colgante desde el que arrojar tantas cosas mientras se lo cruza para llegar al otro lado, ah, tan ligero y liviano.

Un libro que prometa a quien corresponda –luego de su autor haber escrito escritores niños, escritores de santos, escritores de canciones, escritores de cómics, escritores de necrológicas, escritores de libros infantiles, escritores de ciencia-ficción– que en el próximo libro, de haberlo, ya no habrá escritores. O que al menos intentará que así sea, de verdad, en serio, ¿sí?

Un libro que te invitara con un «Acerca tu silla al borde del precipicio y te contaré una historia» y que, una vez allí, te empujara y, mientras caes de lleno al vacío, te gritase «Pero ¿cómo es que te lo creíste? ¿Nunca te dijeron que no hables con desconocidos?».

Un libro que incluyese rostros célebres. Ray Davies, atenazado por el pánico de sentir que todo un cielo inmenso se le viene encima. William S. Burroughs matando a su mujer para poder nacer como escritor. Bob Dylan perdido en la inercia mítica de ser Bob Dylan y de asegurar que no hacía falta componer más canciones porque «ya habían demasiadas canciones en este mundo, canciones de sobra» y, aún así, continuando extrayendo de su «Box» fragmentos y anotaciones y palabras y papelitos y bijis porque mejor escribir para otros que leerse así a sí mismo. Francis Scott Fitzgerald hundiéndose en la ciénaga de una larga noche muy áspera, nada suave. Syd Barrett y Pink Floyd retratados con esa cadencia y fraseo y estilo del por siempre no joven sino juvenil periodismo rock –ese exhibicionismo entre enciclopédico e ignorante– que a todos contamina durante la pubertad, cuando se escuchan discos y se escribe sobre esos discos con los oídos. Todos ellos, ahí dentro, con los ojos abiertos y la boca cerrada, rasgos petrificados en el momento terrible en que se les ocurre mucho acerca del que no se les ocurre nada salvo inventar partes de sus vidas que se parecen, incluso para ellos mismos, cada vez más ficciones.

Un libro que desbordase de epígrafes y que cada uno de ellos fuera como la pieza de un mensaje secreto o como esas notas secuestradoras que piden rescate y que están armadas con letras cortadas, con diferentes tipografías y personalidades y estilos, pero todas y cada una de ellas deseando y exigiendo lo mismo.

Un libro que, como todos los suyos, nunca dejase de crecer en sucesivas ediciones incorporando en un *writer's cut* nuevos párrafos y páginas y hasta capítulos. Bonus-tracks y escenas redescubiertas a último momento. Siempre le había pasado lo mismo: terminado el libro, en el último juego de pruebas, como si contemplase toda su vida en un puñado de minutos antes del final, se le aparecían ideas y acciones que no había *recordado* a tiempo pero que ahora…

Un libro que –si había suerte– con el tiempo se convirtiese en uno de esos libros como *On the Road* o *The Catcher in the Rye*: libros por siempre juveniles que se releen a lo largo de la vida para contemplar como uno va envejeciendo.

Un libro que incluyera, desaparecido, al Más Grande Desaparecido de Todos los Tiempos. Un libro con desaparecido que reaparece para hacer que todo desaparezca o cambie o vuelva a empezar; como quien estruja una hoja de papel hasta convertirla en una bola para luego lanzarla hacia el círculo de ese canasto a las patas del escritorio y ¿entra o no entra?

Un libro que cuando se lo arroje contra una pared rebote y vuelva a las manos. O que, por lo menos, al caer, caiga siempre abierto en la página por la que se iba cuando se arrojó contra la pared.

Un libro (im)personal y autorreferente y con tantos guiños para connoisseurs y momentos maravillosos detenidos en el tiempo que empiece y acabe pareciéndose a un rostro golpeado por un maremoto de tics, ahogado por un tsunami de tic-tacs: como la voz secreta de alguien desesperado por decirnos algo pero que no puede pronunciar palabra, porque su lengua está trabada, porque su lengua de pronto habla en la más extraña de las lenguas.

Un libro que –como Beckett dijo de Proust– padeciese benéfica y gozosamente del «más necesario, nutritivo y monótono de los plagios: el plagio a uno mismo».

Un libro que hable otro idioma, el suyo, pero que también te diga: «OK, de acuerdo, no me entiendes ahora pero vas a aprender, porque yo te voy a enseñar a entenderme. A ver: empecemos por el final…».

Un libro en el que todo transcurra al mismo tiempo.

Un libro que sea claramente adolescente: granos, voz cambiante, alteraciones de personalidad y humor y carácter, siempre excitado; pero escrito desde esa segunda adolescencia que es la que comienza con el final de la madurez y con el principio de la vejez.

Un libro que –de no ser el último de todo sino el principio de algo– acabaría produciéndole a su autor, con los años, una cierta incomodidad. Una inquietud como la que produce encontrarse con un amigo de la juventud que sabe demasiado y al que hace mucho tiempo que no se ve. Y cuando, sin aviso, se vuelve a verlo, uno no puede sino preguntarse cómo es que tuvo algo que ver con alguien así y qué hacer para que no nos reconozca, para que no se acerque a los gritos y moviendo mucho los brazos, al ataque, en guardia.

Un libro que no hiciera preguntarse qué hay o no hay de cierto en él sino que respondiera sin dudar ni mentir al cómo es que se le ocurren esas cosas a este tipo.

Un libro que, de ser un edificio, sería el Flatiron en Manhattan, y está todo arquitectónicamente dicho, ¿no?

Un libro que se contemple como a esos antiguos grabados anatómicos mostrando un corte panorámico de la cabeza, mostrando las zonas donde habitan estados de ánimo, sensaciones, sentimientos, pasen y vean y lean. Lo mismo que –cancelada la carrera espacial, sin indicios de vida extraterrestre allá fuera o, al menos, de seres superiores a los que les interesemos lo suficiente como para revelarse– se busca ahora con la más futurista y espacial tecnología. Pero el objetivo es el mismo: ubicar los centros exactos del amor y la culpa y el odio y el deseo y hasta de la fe religiosa. Uno a uno –nos aseguran los científicos sin ofrecer mayor prueba de ello, como si llenasen un álbum de cromos– van encontrando su sitio exacto en nuestro cerebro. Mientras la figurita más difícil –La Parte Inventada, la parte que inventa– no se queda quieta y cambia de posición como quien cambia de idea.

Un libro tóxico –tanto para su autor como para sus lectores– pero que, una vez procesado y digerido, bajada la fiebre, haya funcionado como una especie de exorcismo dejando detrás a alguien que, después de sentirse como el demonio, mira al cielo y sonríe con esa sonrisa de los santos en las estampitas.

Un libro como esos venenos que, a partir de su cuidadosa y precisa aplicación, acaba convirtiéndose en su propio antídoto.

Un libro que sea como una purga y un exorcismo y un *vomitífico.*

Un libro que sea como un tumor al que tienes que acunar y cantarle para que no se despierte y se expanda.

Un libro a extirpar.

Un libro que sea un libro abierto pero no por eso despejado y figurativo sino, también, turbio y abstracto.

Un libro como una de esas limpias y bien iluminadas habitaciones de Edward Hopper, pero con un Jackson Pollock esperando a salir del armario.

Un libro que cerca de su final *también* él dijese –y va a decir–, o ahora mismo, escúchenlo decirlo– aquello de «Lo que yo quería escribir era otra cosa, otra cosa más larga y para más de una persona. Más larga de escribir».

Un libro que funcionase como *journal* y como comunión de personas y paisajes aparentemente irreconciliables y que acabase siendo como una carta de amor desde un edificio en llamas.

Un libro que sea como un libro de fantasmas pero donde el fantasma es el libro mismo, la vida muerta de la obra.

Un libro que se escribiese como después de mucho tiempo sin escribir, como volviendo a empezar; como ese pianista de jazz que tuvo que aprenderlo todo otra vez escuchándose a sí mismo luego de pasar por el baile del electroshock: como saliendo de un coma prolongado y aprendiendo a caminar de nuevo sin olvidar del todo que alguna vez se corrió como se recorren las páginas y descubrir que ahora es diferente, que escribe de otra manera a la que alguna vez escribió: ahora escribe como sólo puede escribir alguien que alguna vez renunció a escribir, como escribe alguien que de pronto renuncia al haber renunciado a escribir.

Un libro no de no-ficción y sí de sí-ficción.

Un libro que, todo el tiempo, cambiase a todo el tiempo.

Un libro que –divino y comediante, infernal y purgante y paradisíaco– todo el tiempo pensase en no escribir mientras se pone por escrito.

Un libro que una vez terminado –superada su práctica y ejercicio– recién entonces se pusiese a pensar en su propia teoría que lo hace caminar a lo largo de un día, haciendo compras para una fiesta, por una ciudad lejana en el espacio y cercana en la biblioteca, partiendo de Westminster, cruzar St. James's Park, subir por Queen's Walk, doblar a la derecha en Picadilly, volver a subir por Old Bond Street y New Bond Street, un pequeño giro hacia Harley Street, atravesar Regent's Park y volver a empezar, recomenzar esa trayectoria cada vez que se relea ese día, cada vez mejor, cada vez descubriendo cosas nuevas.

Un libro cuyo género fuese como esa declaración bajo juramento y respuesta a un juez de J. D. Salinger –intentando y finalmente consiguiendo impedir la publicación de una biografía suya– cuando le preguntan qué es lo que hace y cómo lo hace: «Me limito a empezar a escribir una ficción y luego veo qué le ocurre».

Un libro como (des)armado por las tijeras cortadoras de un sacerdotal Hombre Invisible, como papelitos sueltos brotando de la box/voz de un songwriter fuera del tiempo del espacio, como piezas sueltas pegadas a una pared para que sean libremente asociadas víctimas del Síndrome de Keyzer Söze.

Un libro que fuese como una dádiva: como un hueso que un perro le alcanza a alguien tan concentrado en atrapar una mariposa nueva a la que bautizar con la deformación latina del propio apellido.

Un libro que sea como un televisor que sintonizan muertos y extraterrestres para mirarnos, para intentar comprender las páginas de nuestras sitcoms.

Un libro con siete canales transmitiendo al mismo tiempo siete programas que son uno (y que, de estar vivo, Shakespeare jamás habría escrito para la HBO) y en los que se vence a un monstruo y se conoce el éxito y se busca y se ríe y se llora y se renace y se dejan atrás las sombras para alcanzar la luz.

Un libro que –a diferencia de ese vicio reciente de muchas películas– no se conformase con una última escena sorpresa, con una coda iluminadora o graciosa obligando a los espectadores a permanecer sentados en la oscuridad hasta que se encienden las luces, luego de los larguísimos créditos finales sino que propusiese numerosas variantes y alternativas a lo ya visto, ya leído.

Un libro cuyas siete secciones se escribiesen al mismo tiempo, cambiando velozmente las cosas de lugar, como naipes en una partida de solitario o en una tirada de tarot en la que siempre la carta de El Escritor sale boca abajo y demasiado cercana a las de El Loco, La Rueda de la Fortuna, El Ahorcado y La Muerte.

Un libro cuyo amplio centro, y en un siempre presente estado de permanente ebullición, estuviese flanqueado por dos textos con las convexas concavidades de paréntesis que fuesen el pasado y el futuro.

Un libro que avanzase *ceaselessly into the past* hasta alcanzar la meta del punto de partida.

Un libro que jamás se cristalice del todo.

Un libro que sonara a promesa de algo atronador y sinfónico pero compuesto con palabras casi inaudibles, desde el interior de una pequeña cámara, donde nada es revelado.

Y la absurda solemnidad de esta última idea, piensa él, es señal inequívoca de que vuelve a estar en problemas. Los mismos problemas de siempre. Los mismos problemas de cada vez que escribe. En el aire pero con el convencimiento de que los habitantes de la Tierra eran, fundamentalmente, escritores. Y de que los que no lo eran tenían la obligación –en realidad, lo fue descubriendo con los años, tenían el placer y la bendición– de ser, apenas, lectores.

Pero lo importante para él siempre habían sido los malditos y desgraciados escritores.

Era un adicto a los escritores. Nada le interesaba más como tema y trama.

Así, había leído biografías y autobiografías y recopilaciones de cartas y memoirs y diarios y journals. Siempre con una insaciable voracidad, como si en las vidas y recuerdos de sus mayores (y de sus contados amigos quienes, por un tiempo, fueron todos escritores o personas relacionadas con la literatura) buscase una clave al misterio. Una idea, sí, completamente infantil: la de la existencia de alguna Piedra de Rosetta que ayudase a difundir y enseñar el secreto y que convirtiese todo el asunto en la más exacta de las ciencias. Y que, al no hallarla, se hubiese limitado a escribir sobre ellos y nada más que sobre ellos. Sobre esa clase de animal en el que él enseguida se convirtió. Novelas y relatos en los que siempre había un escritor. Persiguiéndolos como reflejos suyos en un espejo deformante, redactándolos a lo largo y ancho de todos estos años hasta el agotamiento, hasta sentirse extinguido y apagado o con unas incontenibles ganas de oprimir la fantasía de interruptor que lo desactivase y que anulase la energía que hace escritores a los escritores. Tanteando con los ojos cerrados las paredes de una casa encandiladora. Rogando por una llave de luz que apagar y que, una vez apagada, le permitiese abrir los ojos por primera vez para ver otra cosa que no sea escritores y escritura. Dejar atrás el tipo de problemas en que ya no quería volver a estar o en los que pensar y que, como consecuencia de una especie de superpoder para infradotados, le permitiese contemplarlo todo dentro de su mente. Como si lo leyera, como esos textos eternos y ascendentes al principio de films de ciencia-ficción en los que el espectador entiende poco y nada entre tantos nombres consonantes de planetas distantes. Leer todo eso y casi de inmediato comenzar a corregirlo, no necesariamente para mejor o por su propio bien. Porque para él corregir siempre fue agregar. Así que mejor ir cambiando de frecuencia y de definiciones y, tal vez, de ideas. Pero un libro es un libro es un libro y ahora sigue enumerando posibilidades de ese libro que será uno. No puede detenerse. Aunque sí puede alterar un tanto la mirada, entrecerrar los ojos, mirar con menos confianza y recordar aquello (¿quién lo había dicho?, ¿Nathan Zuckerman?, ¿Richard Tull?, ¿Bill Grey?, ¿Sigbjørn Wilderness?, ¿Bradley Pearson?, ¿Paul Benjamin?, ¿Ted Cole?, ¿Julio Méndez?, ¿Buddy Glass?, ¿Kenneth Toomey?, ¿Vadim Vadimovitch N.?, ¿Kilgore Trout?, ¿persona?, ¿personaje?, qué importa eso: ¡escritor!) de que un libro es como una cosa sollozante, vagando y tropezando y arrastrándose por los pasillos de la casa. Un idiota de pies deformes y con la lengua fuera, babeante e incontinente, meándose y cagándose encima, con una cabeza pesada que su cuerpo apenas puede sostener. Una criatura monstruosa a la que, sin embargo, no podemos sino querer y sentirnos responsables de ella y desearle lo mejor y que sea lo mejor posible una vez que salga al mundo. No es que los escritores sean malos o poco atentos padres: lo que en realidad sucede es que los escritores están todo el tiempo pendientes de esos hijos que concibieron a solas (sabiendo que sus hijos biológicos son tanto mejores y más inteligentes) y por lo tanto malcriándolos, aterrorizados por el modo en que crecen hasta ser más fuertes que ellos y disfrutan moliendo a patadas a sus creadores mientras éstos, en el suelo, gimen «¡Más! ¡Más!».

Una vez, en otro libro, por exigencias de la trama, él se había visto obligado a inventar a un personaje crítico de literatura que se refiriese a lo que él hacía. Su frase a citar –anticipando inconscientemente sus ganas de acelerar sus partículas– había sido algo así como «Lo suyo es como miles de ideas a la búsqueda de una cabeza que las piense». Una frase ambigua que funcionaba a la vez como elogio y condena. Y que, pensó entonces, reflejaba bastante bien la naturaleza –como esos peces de las profundidades que acaban convertidos en sus propios soles a falta de luz– cada vez más líquida e invertebrada y fosforescente de sus ficciones. La frase en cuestión parecía haber sido tan apropiada y justa que *otro* crítico literario (un crítico que él respetaba, un crítico verdadero y de los pocos críticos puros y constantes: un crítico que no era un escritor que hacía crítica de tanto en tanto) fuera de ese libro, pero presentándolo en una librería, la había subrayado y leído al público asistente pensando que se trataba de la apreciación muy cierta y muy certera de un colega suyo. Recuerda esa noche –en tiempos cuando aún presentaba sus libros– y es como algo que hubiese sucedido en otro planeta, tan lejos, como uno de esos estallidos de colores imposibles que de tanto en tanto revela el Hubble, como una luz lejana ahí abajo, en ese cielo que ahora es la Tierra.

Los puntos de colores –como un espejo de las estrellas– de la ciudad en el amanecer hacia la que ahora se acerca, descendiendo.

Y comienza a prepararse para tomar tierra, para bajar el tren de aterrizaje, para enseguida preparar el despegue de...

... un libro que fuese para el lector –con el cinturón de seguridad abrochado durante todo el viaje, por las dudas, mejor así– primero como la inesperada pero siempre temida voz del piloto brotando por los parlantes y audífonos para decir que «Tenemos un pequeño problema», y después, luego de complicadas y riesgosas maniobras, como el alivio de haber llegado bien al final del viaje.

Y, por fin, descansar frente a la cálida sombra de una idea sencilla, algo que tal vez, sí, sea un nuevo comienzo para él.

Algo que ahora le llega desde muy atrás y que, finalmente, no es otra cosa que un movimiento puramente físico: la idea de que escribir es algo como trepar a un árbol. Es más fácil subir (cuando se te ocurre algo a ti; como si lo leyeras) que bajar (cuando tienes que hacer que ese algo, luego, ocurra para los otros, poniéndolo por escrito). O de que escribir es como aprender a andar en bicicleta: nunca se olvida pero, tampoco, nunca se aprende del todo, jamás se aprende lo suficientemente bien, siempre seguirás cayendo y lastimándote en el momento menos pensado o en el instante de mayor concentración.

Dejar de escribir, en cambio, debería ser algo increíblemente sencillo, piensa.

Un dejarse ir.

Que te arrastre la corriente cada vez más lejos de tu escritorio. Ir desactivando una a una las luces en la terminal de tu cerebro hasta olvidar no cómo se escribe pero sí cómo hacer para sentir ganas de sentarse a escribir. Ya ni siquiera mirar árboles.

O limitarse a dejar de pedalear.

O subir pedaleando a lo alto de un árbol y, desde la última rama, arrojar la bicicleta y contemplarla caer y oírla estrellarse y hundirse allí abajo hasta alcanzar el sin fondo de todas las cosas.

Pasar el resto de la vida como alguien que ya no escribe, presentarse ya no como *escritor* sino como *excritor.* Tal vez, como último gesto, publicar un manual que enseñe a dejar de escribir o dar un taller donde se desmoralice a los participantes y se los inste a buscar mejores maneras de gastar y ganarse la vida. Y sonreír esa sonrisa triste de los que alguna vez fueron adictos a algo: la sonrisa de quienes están mejor de lo que estaban, pero no necesariamente más felices. La sonrisa de quienes –en las noches largas y de ojos abiertos– sospechan que en realidad ellos no eran los adictos sino, apenas, la adicción: la incontrolable sustancia controlada, la tan efectiva como pasajera droga. Y, entre temblores, comprenden que algo o alguien se los ha quitado de encima porque ya no les sirve, no les funciona, no les hace efecto. Y que por eso la droga ha partido, lejos de ellos, en busca de sustancias mejores y más poderosas.

Pero algo extraño ocurre, algo extraño vuelve a ocurrirle, algo que no le ocurría desde hacía mucho y que extrañaba tanto. De pronto él, que se sentía acabado y cerrado, se siente ahora de vuelta. Y ya sin ningún viaje de ida a la vista. Él es ahora como parte de una postal de la Zona Cero: no ese sitio donde alguna vez hubo algo y ahora sólo queda un agujero en la tierra sino que es algo metido en un agujero en la tierra en el que alguna vez, si hay suerte, habrá algo. No estaba muerto, estaba enterrado vivo. O listo para resucitarse a sí mismo no con un «Levántate y anda» sino con un «No te levantes y escribe». Algo así. Algo que no va a resultar fácil. Volver a volver. Algo frágil y que, de acuerdo, no lo llevará demasiado lejos. Pero algo que, bien utilizado –como esos últimos vapores de combustible en un tanque vacío soplando una chispa para que todo siga en movimiento por un rato más–, será suficiente para regresar a casa.

Y una vez allí, quién sabe.

Y dónde está esa maldita azafata para pedirle y comprarle al caminante y viajero y metálico Mr. Trip, ¿eh? Necesita tanto darle cuerda y ponerlo a andar y colgarse de su cuello como alguna vez se colgó del cuello de Rolling Thunder. Necesita que los tiempos estén cambiando. Necesita flotar en el viento, lluvias duras, tañidos de campanas y plegarias y sirena de último camión de bomberos infernal. Necesita el sonido de la última radio informando de lo que le pasó, lo que vuelve a pasarle. Necesita una nueva dosis de posición de reposo aunque jamás se haya sentido más inquieto y despierto, como si un gremlin le hubiese extirpado los párpados y hubiese corrido a encerrarse en el pequeño baño del avión para, con ellos, como si fuesen papel de armar, liarse unos cigarrillos y alarmar a todos los detectores de humo espeso como nubes de tormenta.

Y es un poco absurdo y bastante cursi y muy lugar común (pero ciertos lugares se han ganado lo de común, en el mejor sentido del término, en la acepción más exclusiva de lo común, a pulso y recién después de mucho tiempo de ser burdos lugares poco comunes) que, en este preciso instante, salga el sol (el sol que vuela más bajo que el avión) y que sus rayos atraviesen de lado a lado el interior de la nave. «Nave»: palabra que –ah, ya está de vuelta pensando *así,* en *esas* cosas– siempre le gustó mucho por su aplicación todoterreno a toda trayectoria y a todo tiempo aunque provenga de un primario y primitivo «navegar». Y alza su cabeza y mira con ojos entrecerrados. Esas cortinas de plástico levantándose una a una, dejando entrar la luz. Y algo sucede. Y es uno de esos pocos momentos durante un vuelo en los que uno es consciente de estar volando: el avión inicia el trazo de una curva después de tanta recta, se pone casi de costado, como si amenazara con darse vuelta para detenerse justo antes de completar el giro. Un movimiento al que su versión informatizada y esquemática no le hace ninguna justicia, en ese pequeño y sádico mapa que da cuenta de la trayectoria del avión, tan veloz y tan lenta al mismo tiempo, y que está allí para convencer a los pasajeros de la mentira de que se pueden delimitar los cielos a partir de la tierra a sus pies. Un ejercicio de aproximación que, seguro, tiene su nombre francés y difícil de pronunciar y de ejecutar en el argot saltarín de los bailarines de ballet clásico. Una pirueta de una delicadeza casi obscena en su eficiencia, como si siguiese fielmente el trazado de una línea secreta y puntuada por el formal y variable idioma de las nubes. El instante preciso e irrepetible de todo viaje en el que se piensa en que, por fin y finalmente, tuvo sentido el arriesgarse a subir tan arriba: por el solo placer de haber estado allí y –como advierte la voz del piloto– por la tranquilidad de que «Ahora iniciamos el descenso».

El aterrizaje será «dentro de unos veinte minutos aproximadamente». Pero a él no le importa. Sabe, también, que para las compañías aéreas «veinte minutos» no son veinte minutos: son entre treinta y cuarenta minutos. Veinte minutos es para ellos como decir «un rato», pero para no decir «un rato» decimos «veinte minutos» y todos más felices. En el aire, donde nada está garantizado, se agradece todo gesto de precisión aunque sea obsesivamente impreciso. Sobre todo lo agradece él, que ahora, volviendo a encender sus motores cuando falta poco y menos para que el avión apague los suyos, está ahí arriba, solo. No necesita de nada ni de nadie ahora y sonríe con una sonrisa de azafata. Una sonrisa que hacía tanto que no producían los muchos músculos que se utilizan para sonreír. Cuatrocientos treinta músculos es lo que necesita una sonrisa para encenderse mientras que, para el prólogo del enojo o de la tristeza, para fruncir el ceño, se activan nada más que treinta y cuatro músculos. Las matemáticas no mienten y son exactas: cuesta más trabajo ser feliz que infeliz.

Pero hay un tiempo en que no cuesta tanto, en que la felicidad es esa playa sin límites por la que se corre como corren los niños. Como niños sabios que corren sin pensar, aún, en que alguien los mira correr. Niños que corren sin ser conscientes de que, por desgracia, por total ausencia de gracia, pronto habrá una manera uniforme y vigente y respetable y armoniosa de correr. Y correr es leer y acelerados sean los lectores que corren como alguna vez corrieron, como cuando aún no sabían leer, como en una fiesta de los músculos y de los fémures y de las rótulas y de las tibias y de las calientes risas. Sin vergüenza ni recato o temor al qué dirán y al qué verán. Niños que ríen entre trescientas y cuatrocientas cincuenta veces al día y que, cuando crezcan, estadísticamente, el número de sus risas descenderá hasta las menos de veinte diarias. Y muchas de ellas serán risas heladas y ácidas y amargas y risas que se ríen de los demás y risas que se ríen para no llorar. El tipo de risas que él más utiliza y consume de un tiempo a esta parte. Risas que son como la radiografía de una risa donde se detecta una mancha oscura que requiere de más y más complejas pruebas. Risas que ya no curan sino que son incurables. Risas terminales.

Nada que oír o que ver con la risa suya y de ahora. Una súbita e inesperada risa sana e infantil. Una risa n.º 450 que alguna vez fue su risa de todos los días y que ahora vuelve a oír dentro de él, de nuevo, retumbando en la cabeza grande un cuerpo pequeño que crece a cada minuto. La risa de un cuerpo que recién alcanzó la altura y las proporciones de su cabeza a los doce años.

Ahora mira por la ventanilla del avión y ahí abajo hay una playa, y la desembocadura de un río en un mar, y un punto flotando en las aguas que, podría jurarlo, es un niño que mira al cielo y señala al avión y a él ahí dentro y mirándolo. Ahora, al final pero de nuevo en el principio, él tiene la boca llena de agua y de risas. Se está ahogando pero, visto desde el presente de su futuro, como invocando al fantasma de las vacaciones pasadas, sabe que sobrevivirá, que vivirá para contarlo y para convertirlo en cuento. El saber cómo termina, sin embargo, no vuelve al volver algo menos interesante. Por lo contrario, los detalles del pequeño entonces se funden con los datos de la inmensidad que seguirá y, por ejemplo, ahora puede precisar que la novela, la misma novela, que leen sus padres es *Tender Is the Night* (1934, primero publicada en cuatro entregas, entre enero y abril de ese año, en la *Scribner's Magazine*) y que su autor es Francis Scott Fitzgerald (St. Paul, Minnesota 1896 / Hollywood, California, 1940). También sabe por qué discuten ellos, cerca pero lejos, en la playa, ignorantes de que su hijo se está ahogando. Y también –cortesía de *Ways of Dying*– comprende al detalle lo que le está ocurriendo: el modo en que el agua entra en su cuerpo para diluir su sangre. Los fuegos artificiales de las endorfinas preparándose para estallar en su cerebro celebrando la fiesta de esa luz blanca al final del túnel. Toda la vida revisitada en un par de minutos como si se tratase de uno de esos libritos con figuras impresas en sus márgenes que, al pasarse sus páginas a toda velocidad, producen la ilusión cierta del movimiento. El verse desde afuera como si, corrigiendo lo que acaba de escribir, se leyera a sí mismo mismo y, leyéndose, se acordase de algo que alguna vez leyó que una de las preguntas favoritas de Truman Capote era la de qué te imaginas que imaginarías –«qué imágenes dentro de la tradición clásica», precisaba– durante ese momento eterno en que te ahogas.

Se está ahogando y se está muriendo y todo lo anterior vuelve a vivirlo ahora. Vuelve a morirlo. Con la ansiedad voraz de quien necesita saber cómo sigue y cuáles fueron los detalles clave que entonces se le escaparon. Detalles que tiene ganas de escribir sintiendo de nuevo que está más que dispuesto a poner en movimiento todos los músculos que se necesiten para ello. Porque en ello le va la vida que le queda y el dejar de ahogarse.

Así que impulsado por corrientes misteriosas –en la revisitación de la escena, poniéndola en letras, le gusta pensar que es él quien se salva a sí mismo– llega a la orilla sin fuerzas en el cuerpo pero con su mente más poderosa que nunca, envuelta en la calma sobrenatural de los que han ido y regresado.

Con piernas que apenas lo sostienen se acerca a sus padres, que no se han dado cuenta de nada, que continúan componiendo otra variación de la misma discusión de siempre. Tiene la impostergable necesidad de contarles lo que ha sucedido, por lo que ha pasado, pero sabe también que aún no dispone de las palabras necesarias para comunicarlo. Entonces se detiene junto a ellos –que están acostados, que se han vuelto especialistas en discutir acostados– y emite ruidos raros y mueve mucho los brazos y los salpica con gotas de agua de su cuerpo. Y por una vez en mucho tiempo, padre y madre se muestran de acuerdo en algo. Y, por primera vez, dicen lo mismo al mismo tiempo. Y lo que dicen es algo absurdo. No le dicen, no le ordenan sugerencias posibles como «¿Por qué no construyes un castillo de arena?» o «¿Por qué no te vas a dormir un rato a la casa?» o imposibles como –porque no se lo dejaron traer de vacaciones– «¿Por qué no te vas a jugar con tu hombrecito de metal?». No. Lo que le preguntan –una pregunta que no espera respuesta, una pregunta que es un mandato– es algo que no puede hacer aún pero que él, de pronto, siente como posible. Aunque nadie le haya enseñado aún cómo hacerlo. Su padre y su madre, en perfecta sincronía, creando una voz nueva hecha de dos voces, más molestos con él que con ellos, le dicen: «¿Por qué no te vas a escribir?».

Sus padres –que no le dieron ni le dan ni le darán tantas cosas– le han dado esto: un salvavidas para más adelante, una balsa para náufrago errante, una forma de, con el tiempo, mantenerlos a ellos a flote, arrancarlos de las profundidades a las que fueron arrojados y traerlos de vuelta a casa caminando sobre las aguas y por escrito. Y, después, con todas las letras, bajar a su hermana desde los riscos de su locura y recuperar a su hijo perdido, a su casi hijo querido.

Así que ¿por qué no escribir?

Se lo han preguntado con una de esas preguntas que apenas esconde una orden modelo prohibido desobedecer.

Y él es un niño obediente.

Así que entra a la casa y atrapa el primer libro que se le cruza (no le cuesta mucho atraparlo; es otro ejemplar del libro favorito de sus padres, un tercer ejemplar que tal vez sea el que lean juntos, cuando no se están peleando, cuando se llevan bien) y lo abre por la primera página y lee: «En la apacible costa de la Riviera francesa, a mitad de camino entre Marsella y la frontera con Italia, se alza orgulloso un gran hotel de color rosado».

Entiende lo que ahí se dice –el ordenamiento de palabras– pero no entiende lo que lee. «Riviera», «Marsella», «Italia», son todavía caramelos de sabor raro y nuevo en la boca de sus ojos. Pero después, unas líneas más abajo, se habla de «una playa deslumbrante» y entonces experimenta la novedosa maravilla de cómo algo que está ahí fuera y que él vive todos los días puede, al mismo tiempo y lugar, convertirse en letras y estar ahí dentro.

Y sigue por cualquier página, por varias páginas, y lee: «Nunca sabes exactamente cuánto espacio ocupaste en las vidas de una persona». Y «Se escribe acerca de que las heridas cicatrizan estableciéndose un paralelismo impreciso con la patología de la piel, pero no ocurre tal cosa en la vida de un ser humano. Lo que hay son heridas abiertas; a veces se encogen hasta no parecer más grandes que el pinchazo que deja un alfiler, pero lo mismo continúan siendo heridas. Las marcas que deja el sufrimiento se deben comparar, con mayor precisión, con la perdida de un dedo o la pérdida de visión en un ojo. Puede que en algún momento no notemos su ausencia, pero el resto del tiempo, aunque los echemos de menos, nada podemos hacer». Y «¿Quién no sentiría agrado al portar, servicialmente, lámparas a través de la oscuridad?». Y «Los niños raros deben sonreírse los unos a los otros y decir "¡Juguemos!"».

Y de ahí –porque intuye que el efecto y el superpoder no durarán demasiado– salta a las últimas palabras del libro: «En todo caso, es casi seguro que se encuentra en esa zona del país, en un pueblo u otro», lee.

Y busca el cuaderno donde dibuja y el lápiz con el que dibuja.

Y escribe sus primeras palabras.

Y las lee y las dice.

Apenas dos palabras para comenzar.

Y la visión se le enturbia, como si mirara la playa y a sus padres, que vuelven corriendo, sin dejar de gritarse truenos y rayos, cubriendo su cabeza con toallas para no mojarse, como si los contemplara a través de una ventana contra la que cae la lluvia.

Ahora llueve o, tal vez, ahora llora.

Y oye aplausos.

El *clap-clap-clap* de los pasajeros aplaudiendo cuando el avión encuentra la pista del aeropuerto. Siempre detestó esos aplausos con los que los imbéciles voladores, aliviados o regios, se creen autorizados para festejar al piloto como si hubiese hecho una gracia, como si fuese un gladiador que luchó contra los elementos y, por ello, ahora se lo premia no con el pulgar en alto sino chocando todos los dedos. Lo mismo que esos otros aplausos: los que se oyen sobre la arena y bajo el cielo y junto al mar cuando se pierde un niño en una playa. Los padres de los otros niños, de los niños que aún no se han perdido, aplaudiendo; como si celebrasen a los padres del pequeño extraviado por su talento para, por fin, haberse quitado de encima a ese indeseable al que alguna vez se deseó. Pero él ahora no quiere perder nada. Ahora él quiere recuperarlo todo. Volver a casa. *Bringing it all back home*. Convertirse en el monolito de sí mismo. Desear estar allí para encontrarse. No hace falta que lo aplaudan por ese deseo, por esa decisión. Pero esos aplausos, *estos* aplausos –¿será posible que lo estén aplaudiendo a él?– suenan ahora a sus oídos como el *flap-flap-flap* de las alas de los ángeles batiendo los cielos; como el *plop-plop-plop* de células de Bubble Wrap reventando de alegría; como el *swift-swift-swift* de pequeñas rueditas sobre las que de pronto todo parece deslizarse, por fin, tan decidida y suavemente, en una dirección determinada y con un destino claro que suena a *clackety-clack* con todas las letras, con todas las letras del teclado.

Aterrizado, pura energía particular y acelerada y suya y nada más que suya, luego de mucho tiempo flotando o hundiéndose, nunca se sintió tan alto al nivel no del mar sino del nivel donde el río desemboca en el mar. O sí. Pero hacía tanto tiempo de ello (los paréntesis son el pasado) que es como si lo sintiese por primera vez, tal vez por última vez, pero mejor no pensar en eso.

Ha vuelto a casa –la odisea continúa– para poder volver a salir.

«Mañana empiezo», se promete.

«Así termina», se dice.

NO-FICCIÓN: UNA NOTA DE AGRADECIMIENTO

A no ponerse nerviosos, a no irritarse: nada que explicar esta vez. El libro, espero, es su propia explicación («Un libro que...») y nada más que añadir salvo –ah, sí– eso de, todos juntos ahora:

Cualquier parecido de lo que se cuenta o de quienes se cuentan o son contados en este libro (de ahí su título, su título no es casual) con la realidad es pura coincidencia.

Pero como siempre –que se pongan nerviosos e irritables aquellos a los que la gratitud incomoda– muchos y mucho a los/lo que agradecer, de este lado o del otro, por su ayuda directa o indirecta, por su buena compañía siempre:

Ana y Carlos Alberdi; *London Fields*, de Martin Amis; Paul Thomas Anderson; Wes Anderson; *In Other Worlds: SF and the Human Imagination*, de Margaret Atwood; *Goldberg Variationen*, de Johann Sebastian Bach (versiones de Glenn Gould de 1981 y de Jonathan Crow, Matt Haimovitz y Douglas McNabney de 2008); Agencia Carmen Balcells; John Banville; *They called for more structure...*, de Donald Barthelme; Franco Battiato; Antonin Baudry; The Beatles; Eduardo Becerra; Saul Bellow; *Pigs Might Fly: The Inside Story of Pink Floyd*, de Mark Blake; Juan Ignacio Boido; Roberto Bolaño; «Space Oddity» y «Ashes to Ashes», de David Bowie; *Fahrenheit 451*, de Ray Bradbury; *The Seven Basic Plots: Why We Tell Stories*, de Christopher Booker; *Pursued By Furies: A Life of Malcolm Lowry*, de Gordon Bowker; *On the Origin of Stories: Evolution, Cognition, and Fiction*, de Brian Boyd; Miguel Brascó; Harold Brodkey; Emily Brontë & Co.; *The Notebooks of F. Scott Fitzgerald*, editado por Matthew J. Bruccoli; *Reader's Companion to F. Scott Fitzgerald's «Tender Is the Night»*, de Matthew J. Bruccoli con Judith S. Baughman; *The Romantic Egoists: A Pictorial Autobiography from the Scrapbooks and Albums of F. Scott Fitzgerald and Zelda Fitzgerald*, editado por Matthew J. Bruccoli, Scottie Fitzgerald y Joan P. Kerr; *Mid Air*, de Paul Buchanan; David Byrne; *Comí*, de Martín Caparrós; Mónica Carmona; *The Professor and Other Writings*, de Terry Castle; *The Professor's House*, de Willa Cather; *The Piper at the Gates of Dawn*, de John Cavanagh; John Cheever; Arthur C. Clarke; *The Shakespeare Riots: Revenge, Drama, and Death in Nineteenth-Century America*, de Nigel Cliff; Coen Bros.; «Are You Ready to Be Heartbroken?», de Lloyd Cole; *Apocalypse Now*, de Francis Ford Coppola; Jordi Costa; *Wise Up Ghost and Other Songs*, de Elvis Costello and The Roots; *La mujer que escribió Frankenstein*, de Esther Cross; Eva Cuenca; Charles Dickens; Joan Didion; *El jardín de al lado*, de José Donoso; Doctor Manhattan (Dr. Jonathan «Jon» Osterman); Bob Dylan; *Here, There and Everywhere / My Life Recording the Music of The Beatles*, de Geoff Emerick; Ray Davies y The Kinks; Marta Díaz; Ignacio Echevarría; William Faulkner (falta menos); Charlie Feiling; Federico Fellini; Marcelo Figueras; *Tender Is the Night*, de Francis Scott Fitzgerald (y prefacios a esta novela de Geoff Dyer, Richard Godden y Charles Scribner III); *Save Me the Waltz* y *The Collected Writings*, de Zelda Fitzgerald; Juan Fresán; Nelly Fresán; William Gaddis; *La bala perdida: William S. Burroughs en México (1949-1952)*, de Jorge García-Robles; Alfredo Garófano y Marta Esteve; Daniel Gil; &

Sons, de David Gilbert; *Beloved Infidel* (& Co.), de Sheilah Graham; Leila Guerriero, Isabelle Gugnon; «Love Too Long», de Barry Hannah; *All the Madmen: A Journey to the Dark Side of British Rock*, de Clinton Heylin; *Encyclopedia of Science Fiction*, editada por Robert Holdstock; Homero; Aldous Huxley; John Irving; Henry James; Andreu Jaume; *2001: A Space Odyssey*, de Stanley Kubrick; La Central (Marta Ramoneda & Antonio Ramírez & Neus Botellé & Co.); *The Salinger Contract*, de Adam Langer; Literatura Random House (todos allí, ellos saben quiénes son); *Crazy Sundays: F. Scott Fitzgerald in Hollywood*, de Aaron Latham; *Martin Eden*, de Jack London; Claudio López Lamadrid; David Lynch; *I Trawl the MEGAHERTZ*, de Paddy McAloon; «Socrates on the Beach», de Joseph McElroy; Terrence Malick; *Inside Out: A Personal History of Pink Floyd*, de Nick Mason; Norma Elizabeth Mastrorilli; *Invented Lives: F. Scott Fitzgerald & Zelda Fitzgerald*, de James R. Mellow; Luna Miguel; *Zelda*, de Nancy Milford; Mauricio Montiel Figueiras (Festival de México); *The Lady and Her Monsters: A Tale of Dissections, Real-Life Dr. Frankensteins, and the Creation of Mary Shelley's Masterpiece*, de Roseanne Montillo; Rick Moody; *Literary Outlaw: The Life and Times of William S. Burroughs*, de Ted Morgan; Morrissey; Annie Morvan; *The Cinema of Malcolm Lowry / A Scholary Edition of Lowry's «Tender Is the Night»*, editado con una introducción de Miguel Mota y Paul Tiessen; *Sara & Gerald / Villa America and After*, por Honoria Murphy Donnelly con Richard N. Billings; *Look at the Harlequins!*, de Vladimir Nabokov; Bill Murray; Harry Nilsson; Mark Nowark (Rose O'Neill Literary House at Washington College); *How We Die: Reflections on Life's Final Chapter* de Sherwin B. Nuland; *El eternauta*, de Héctor Germán Oesterheld y Francisco Solano López; Open Letter (Chad Post & Will Vanderhyden); *Letters from the Lost Generation: Gerald and Sara Murphy and Friends*, editado por Linda Patterson Miller; Alan Pauls; Edmundo Paz-Soldán; *Wish You Were Here*, de Pink Floyd; *Truman Capote: In Which Various Friends, Enemies, Acquaintances, and Detractors Recall His Turbu-*

lent Career, de George Plimpton; Francisco «Paco» Porrúa; «Algunas palabras sobre el ciclo vital de las ranas», de Patricio Pron; Marcel Proust; Matteo Ricci; Homo Rodríguez y flia.; *The Counterlife*, de Philip Roth; *Making It Big: The Art and Style of Sara & Gerald Murphy*, editado por Deborah Rothschild con un ensayo introductorio de Calvin Tomkins; Gabriel Ruiz Ortega; Salman Rushdie (PEN American Center); Guillermo Saccomanno; Sebastián Sancho; Rod Serling; *Frankenstein or The Modern Prometheus*, de Mary Shelley; Maarten Steenmeijer (Radboud University, Nijmegen); *Drácula*, de Bram Stoker; Daniel Suárez; *Remando al viento*, de Gonzalo Suárez; The Invisible College; *Mind Over Matter: The Images of Pink Floyd*, de Storm Thorgerson y Peter Curzon; *Living Well Is the Best Revenge*, de Calvin Tomkins; *Showman: The Life of David O. Selznick*, de David Thomson; John Updike; *Everybody Was So Young / Gerald and Sara Murphy: A Lost Generation Love Story*, de Amanda Vaill; Enrique Vila-Matas; Juan Villoro; familia Villaseñor; Kurt Vonnegut; David Foster Wallace; *Yes Is The Answer and Other Prog-Rock Tales*, editado por Marc Weingarten y Tyson Cornell…

… y a los cercanos desconocidos que sostienen ahora estas páginas en sus manos…

… y después de todos y todo, pero antes que nada y nadie, gracias a Daniel Fresán (por haber elegido el objeto y la imagen de la portada que abrió a todo el libro); y gracias a Ana Isabel Villaseñor (por haber elegido a quien ahora cierra el libro y se despide hasta el próximo, hasta la próxima, hasta otra parte a inventar).

Post-scriptum a la edición de bolsillo:

Está claro que un libro tan inclusivo como *La parte inventada* inevitablemente resultaría ser, también, un libro expansivo.

Y, sí, *La parte inventada* sigue creciendo.

Pero –a diferencia de lo que sucedió con *La velocidad de las cosas*, su opuesto y/o complementario hermano siamés aunque distante en el espacio-tiempo– he optado porque siga creciendo en otra parte, bajo otro título: *La parte soñada*.

Añadir aquí nuevas y largas secciones en/de la vida de El Escritor habrían convertido a este objeto en algo físicamente insostenible, intratable, incómodo.

En resumen: lo que aquí se añade/se añadió (un total de casi cincuenta páginas inéditas, cuyas esquirlas aparecen aquí y allá, como moléculas suspendidas en el aire atómico) a lo largo de las siete secciones ya existentes, sean *apenas* numerosos inserts. Algunos funcionan como aclaraciones, otros como oscurecimientos y, sí, ¡nuevas preguntas que se hace El Niño!, ¡nuevos videos de El Escritor!, ¡nuevos personajes en la pseudocosmogonía literaria de El Chico!, ¡nuevas microtramas hospitalarias de El Hombre Solo!, ¡nuevos bijis!, y ¡nuevos *Un libro que...*!

También, por supuesto, se han enmendado varias (nunca todas) las erratas más o menos graves que agudos lectores supieron detectar aquí y allá y en todas partes.

Gracias de nuevo a ellos, gracias otra vez a ustedes: recién llegados o de regreso aquí.*

R. F.

Barcelona, marzo de 2017

* A partir de los comentarios de algún lector cercano y calificado en cuanto a sentir que la aparición tan temprana de los expansivos Karma desequilibraba el conjunto de la novela, tuve la tentación, a lo largo de una noche de insomnio, de separar las historias de El Chico y La Chica y

de Penélope (llevando a esta última) a un sitio entre los Murphy y Pink Floyd. Pensé entonces –con los ojos muy abiertos en la noche cerrada– que tal vez así *La parte inventada* sería algo más balanceado y más simétrico y más «amable». Pero, al amanecer, recordé la casi última voluntad de Fitzgerald (cumplida post-mortem por Malcolm Cowley) a la hora de reordenar (para mal, cronológicamente) una segunda versión de *Tender Is the Night*.

Y me dije que los por siempre mayores están, también, para que aprendamos de sus mayúsculos errores.

Y que la gracia de que la edición de bolsillo fuese diferente a la original siendo casi la misma no resultaría tan graciosa.

Y que *La parte inventada* no tenía por qué ser más amable de lo que –mucho o poco– ya era.

Y me dije también que cada vez me gustan más los libros desequilibrados y...

En cualquier caso, para aquellos que piensen que es conveniente postergar por un rato tanta radiación karmática, he aquí las instrucciones: (a) Leer la parte I de «El sitio donde termina el mar para que pueda comenzar el bosque»; (b) saltarse la parte II; (c) seguir directamente con la parte III y, si se está de humor, componer mentalmente un breve interludio en la muy criticada por muchos tipografía tipo American Typewriter en/con la que El Escritor se presentase, por primera vez, flotando por encima de todos, su voz no como viento en los árboles sino como árboles en el viento, no como olas en el mar sino como mar entre las olas, mezclándose en la cabeza de El Chico con el recuerdo de la conversación de aquellos cangrejos mutantes; (d) extirpar y trasladar y calzar la parte II de «El sitio donde termina el mar para que pueda comenzar el bosque» justo entre «Many Fêtes, o Estudio para retrato de grupo con decálogos rotos» y «La vida sin nosotros, o Apuntes para una breve historia del rock progresivo y de la ciencia-ficción»; (e) titular a esta nueva sección seccionada como «Partículas aceleradas de un paisaje con familia y vaca verde»; y (z) buena suerte y que lo disfruten.

Si no, si lo prefieren, pueden seguir y seguirla y seguirlos a todos en otra parte y en otro libro.

En *La parte soñada*.

ÍNDICE

I

II

III

El papel utilizado para la impresión de este libro
ha sido fabricado a partir de madera
procedente de bosques y plantaciones
gestionados con los más altos estándares ambientales,
lo que garantiza una explotación de los recursos
sostenible con el medio ambiente
y beneficiosa para las personas.
Por este motivo, Greenpeace acredita que
este libro cumple los requisitos ambientales y sociales
necesarios para ser considerado
un libro «amigo de los bosques».
El proyecto «Libros amigos de los bosques» promueve
la conservación y el uso sostenible de los bosques,
en especial de los Bosques Primarios,
los últimos bosques vírgenes del planeta.

Papel certificado por el Forest Stewardship Council®